HEYNE BÜCHER

27.3.98

Das Buch

Der zweite Teil der fesselnden Trilogie DIE UFO-VERSCHWÖRUNG!

Dr. Everett Scarborough ist auf der Flucht und wird nicht nur von der Geheimorganisation der »Publisher«, sondern auch von der Polizei gejagt.

Everett findet heraus, daß die »Publisher« Menschen entführen lassen und einer Gehirnwäsche unterziehen; angeblich sind die Opfer von UFOs entführt worden. Letztlich dient diese Aktion aber nur dazu, um zu verschleiern, daß tatsächlich schon mehrfach echte UFOs mit scheinbar friedlicher Mission auf der Erde gelandet sind. Gemeinsam mit dem Sensationsreporter Jake Camden und dem Army-Offizier Marsha Manning reist Everett quer durch Amerika, interviewt Entführungsopfer und Wissenschaftler; er ist auf der Suche nach Beweisen, die das Komplott auffliegen lassen können oder aber ihn zu seiner Tochter führen, die spurlos verschwunden ist.

Der Autor

David Bischoff ist ein bekannter amerikanischer SF-Autor, der bereits einige Romane – darunter »Wargames – Kriegsspiele« und »Hackers« – veröffentlicht hat.

DAVID BISCHOFF

DIE UFO VERSCHWÖRUNG

GETÄUSCHT

Aus dem Amerikanischen
von Jürgen Langowski

Deutsche Erstausgabe

WILHELM HEYNE VERLAG
MÜNCHEN

HEYNE ALLGEMEINE REIHE
Nr. 01/10531

Titel der Originalausgabe
DECEPTION

Band 1: »Entführt« (01/10530) ist lieferbar
Band 3: »Enthüllt« (01/10532) erscheint im April 1998

Umwelthinweis:
Das Buch wurde auf
chlor- und säurefreiem Papier gedruckt.

Redaktion: Werner Heilmann

This edition published by arrangement
with Warner Books, Inc., New York

Printed in Germany 1998
Umschlagillustration: doMANSKI, München
Umschlaggestaltung: Atelier Ingrid Schütz, München
Gesamtherstellung: Ebner Ulm

ISBN 3-453-13139-8

Für Steve Brown
und Joanne Klappauf

Meinen besonderen Dank an Andy Zack,
Cathy Solomon und, natürlich,
meinen Verleger Brian Thomson

Prolog

Roswell, New Mexico, 3. Juli 1947

Lieutenant Todd Jenkins von der United States Air Force saß in der Messe und trank eine Tasse des Gebräus, das vom Kantinenpersonal als Kaffee bezeichnet wurde. Er löste gerade das Kreuzworträtsel in einer alten Ausgabe von *Stars and Stripes,* als ein Soldat in die Wellblechbude gestürmt kam wie eine atemlose Fledermaus aus dem Fegefeuer.

»Lieutenant Jenkins, Sir . . .«, keuchte der Mann. Jenkins erkannte Private Marousek, der sich in der Funkstube um die Kommunikation kümmerte. »Es ist einfach unglaublich, Sir.«

»Nun beruhigen Sie sich mal, und halten Sie die Pferde im Zaum, mein Junge«, sagte Jenkins und hob beschwichtigend eine Hand. »Solange die Russen nicht eine Invasion in Alaska beginnen, können wir uns auch ein paar Sekunden Zeit lassen, um wieder zu Atem zu kommen.«

Marousek schnappte nach Luft, und sein pummeliges Gesicht wurde noch röter, als es schon war. »Sir, es kam über Funk herein . . . ein Bericht des Sheriffs von Roswell. Es geht um einen Rancher aus der Gegend.« Marousek fuhr sich mit den Fingern durch das kurze, völlig zerzauste Haar und sprudelte den Rest heraus: »Sir, es ist eine *fliegende Scheibe.*«

Jenkins hob eine Augenbraue und stellte die Tasse mit dem bitteren Kaffee ab. Er glaubte kein Wort, aber es klang verdammt interessant, und interessant war hier draußen bei der 509th Bomb Group der Eighth Air Force auf dem Flugfeld von Roswell normalerweise rein gar nichts. Vor ein paar Jahren hatte er im Zweiten Weltkrieg reichlich Arbeit gehabt. Er hatte in Europa und im Pazifik gedient und die Deutschen und Japaner gründlich mit Bomben eingedeckt. Aber für einen aufstrebenden Berufsoffizier, der gerade mal Mitte Zwanzig war, wurden die Berge, die Steppensträucher und die Klapperschlangen nach einiger Zeit ausgesprochen langweilig, auch wenn man die meiste Zeit hoch über ihnen am Himmel herumflog.

»Meinen Sie eine fliegende Untertasse?« fragte er ruhig. Der gutaussehende Mann mit den blonden, gewellten Haaren, der sich seiner Wirkung auf Frauen sehr bewußt war, lächelte fast unmerklich.

»Eine fliegende Untertasse?« wiederholte Marousek. »Yeah, okay. Eine fliegende Untertasse! Ein Farmer namens Brazel oder so ähnlich hat sie gesehen. Er ist heute morgen aufgewacht und wollte Kühe oder Schafe zusammentreiben, und da fand er auf seinem Land lauter Trümmer. Mitten auf dem Acker lag da so ein Ding ... Eine abgestürzte fliegende Untertasse. Genau, das war es. Weitere Einzelheiten weiß ich auch nicht, aber wir haben von der Eighth Air Force zusammen mit der Meldung den Befehl bekommen, die Sache zu untersuchen. Und wir sollen einen Tieflader und einen Kranwagen mitnehmen, weil das Ding geborgen werden muß. Major Marcel meint, er sei heute morgen sehr beschäftigt, und ich sollte mich an Sie wenden. Sie sollen die Sache in die Hand nehmen.«

»Möchten Sie einen Kaffee, Private?«

»Sir, das ist eine äußerst wichtige Angelegenheit.« Er senkte die Stimme, als ihm mit etwas Verspätung einfiel, daß sie nicht allein in der Kantine waren. »Es soll *top secret* sein.«

»Setzen Sie sich doch einen Augenblick, mein Freund. Lassen Sie mich meinen Kaffee austrinken. Ich will Ihnen was sagen ... Wie lange sind Sie jetzt bei der Air Force?«

»Gerade mal ein Jahr, Sir.« Private Marousek setzte sich, aber ihm war sichtlich unwohl, und er war nervös, denn er wußte nicht recht, welche Befehle den Vorrang hatten – die aus Fort Worth oder die seines Vorgesetzten hier am Tisch.

»Ich habe in der letzten Sonntagszeitung von diesen fliegenden Untertassen gelesen«, erklärte Lieutenant Jenkins. »Haben Sie mal von einem Kenneth Arnold gehört, der oben im Staat Washington als Privatpilot geflogen ist?«

»Ja, Sir. Die Kameraden sprachen oft darüber. Wir haben uns gefragt, ob die Russen dahinterstecken. Walnard – der liest immer diese billigen Geschichten in *Weird Tales* und *Amazing* –, Walnard redet oft über Dinge wie das Shaver Mystery, und er hat ein Autogrammfoto von Raymond Palmer. Jedenfalls meint er, das seien entweder Wesen von einem anderen Planeten oder vielleicht auch Leute, die zu einer unbekannten Zivilisation im Inneren der Erde gehören.«

Jenkins schnaubte. »Yeah, sicher doch. Mein Bruder hat auch ständig diesen Mist von Edgar Rice Burroughs gelesen. Ich will Ihnen was sagen, Marousek, bevor Sie völlig den Verstand verlieren. Als ich noch Copilot war und über Straßburg und Hamburg einen Haufen Metall abwerfen mußte, da habe ich diese ›fliegenden Untertassen‹ gesehen. Viele Piloten haben sie gesehen. Zuerst erschrickt man, aber mit der Zeit gewöhnt man sich daran.«

Private Marousek riß die ohnehin schon großen, nervös um sich schauenden Augen noch weiter auf. »Sie haben sie wirklich gesehen?«

»Und ob. Wir nannten sie ›Foo-Jäger‹. Große Lichtkleckse, die um die Flügel und dem Rumpf schwirrten wie die Fliegen um einen Kuhfladen. Dieser Spuk könnte einen abergläubischen Einfaltspinsel zum Wahnsinn treiben, wenn er nicht aufpaßt. Aber man merkt ziemlich schnell, daß man sich besser über die Messerschmitts und Zeros Gedanken machen sollte, statt um Gespenster. Jedenfalls hat mir eine längere Unterhaltung mit einem Meteorologen der Army den Kopf zurechtgerückt. Haben Sie schon einmal was von Kugelblitzen gehört? Yeah, also, am Himmel gibt es jede Menge verrückte elektrische Erscheinungen.«

»Aber was wir da haben, das fliegt gar nicht am Himmel, Sir, und es ist auch nicht elektrisch. Es liegt auf dem Boden. Corporal Tankerslee holt schon die Fahrzeuge, und er hat mich zu Ihnen geschickt. Wir müssen jetzt wirklich bald aufbrechen, Sir.«

»Oh, natürlich, Private. Wir müssen los, aber lassen Sie mich doch bitte erst meinen Kaffee austrinken, ja? Ich möchte einfach vermeiden, daß Sie einen Herzanfall kriegen. Wie kann man nur so leichtgläubig sein. Wenn Sie erst einmal einen richtigen Krieg mitgemacht haben, dann lernen Sie rasch, die Dinge ruhig anzugehen. Sie springen nicht sofort los, weil man Ihnen sonst den Arsch abschießt. Habe ich mich deutlich ausgedrückt, Marousek?«

Private Marousek starrte verlegen die Krümel auf der Tischplatte an. »Ja, Sir.«

Jenkins trank einen Schluck Kaffee. Man mußte diesen jungen Spunden hin und wieder mal zeigen, wer das Sagen hatte. Es ging nicht an, daß die Burschen einem vorschreiben wollten, was man zu tun oder zu lassen hatte, denn sonst verloren sie jeden Respekt vor ihren Vorgesetzten. Obwohl Jenkins die Brühe aus Kondensmilch und sogenanntem Kaffee in seiner Tasche nicht gerade genoß, würde er in aller Ruhe austrinken, da konnte kommen wer wollte.

Einige Minuten verstrichen in betretenem Schweigen.

»Private Marousek«, sagte Jenkins schließlich, um die Situation zu entspannen, »Sie wissen doch, daß wir ständig Wetterballons steigen lassen. Wahrscheinlich steckt nicht mehr dahinter: ein geplatzter Wetterballon. Was meinen Sie, ob dieser Farmer genau wie ich die Sonntagszeitung gelesen hat? Ich bin nämlich sicher, daß ein Zeitungsbericht ihm diese Flausen in den Kopf gesetzt hat.« Der Lieutenant stellte seine Kaffeetasse ab, stand auf, zog gemächlich die Jacke an und setzte in aller Ruhe die Mütze auf. Dann grinste er Marousek an. »Worauf warten Sie noch, Private? Wir müssen los, den verdammten Marsmenschen auf die Finger klopfen!«

Es war ein schöner, klarer Tag in Roswell, New Mexico. Die Luft war frisch und rein, und das tat Lieutenant Jenkins' Nebenhöhlen gut, die ihm seit seiner Dienstzeit in den B-25-Bombern mit dem schlechtem Druckausgleich Probleme machten. Er saß vorn in einem verbeulten alten Lastwagen, Private Marousek lenkte das Fahrzeug. Hinten auf der gedeckten Ladefläche saßen noch drei Soldaten. Sie folgten einem zweiten Lastwagen, einem Tieflader von Mack. Hinter ihnen kam der Kranwagen, den sie angefordert hatten, auf dem weitere drei Soldaten mitfuhren, so daß sie einen Trupp von insgesamt zehn Soldaten bildeten. Um sicherzugehen, hatte Lieutenant Jenkins vorher im Büro des Sheriffs vom Chavez County angerufen. Aber wie der Deputy ihm gesagt hatte, war der Sheriff gerade unterwegs. Er sei zum Feld eines Farmers gefahren, um irgendwelche Trümmer zu besichtigen. Ja, man hätte vom Büro des Sheriffs aus mit der Air Force Kontakt aufgenommen.

Die Straße war nicht befestigt, aber es staubte nicht sehr, weil es erst vor kurzem geregnet hatte, so daß der Boden noch festgebacken war. Die Sonne stand schon hoch am Himmel, es war bald Mittagszeit. Das Land war flach und weithin mit dürren Büschen bewachsen. In der Ferne erhob sich der Haystack Mountain aus einer Bergkette.

»Glauben Sie eigentlich, was Corporal Narden gesagt hat?« fragte Jenkins. »Strahlenschutzanzüge! Mein Gott, es hat allein schon eine halbe Stunde gedauert, die verdammten Dinger zu holen. Wohin fahren wir überhaupt, nach Hiroshima?«

»Immerhin liegt Los Alamos in diesem Staat, Sir.«

»Yeah! Aber es ist fünfhundert Kilometer entfernt.« Jenkins schnaubte empört. »Nun ja, das sind eben die Zeichen der Zeit. Angst vor Strahlung. Merken Sie sich meine Worte, dieses Ding, das da bei diesem Farmer auf dem Akker liegt, ist so radioaktiv wie mein Arsch.«

Soldat Marousek ersparte sich einen Kommentar. Er hatte seine Lektion anscheinend gelernt: Wenn ein Lieutenant an einem Gespräch beteiligt war, dann gab man besser keine Widerworte.

»Also, ich kann nur hoffen, Private«, sagte Jenkins mehr zu sich selbst, »daß jetzt nicht gleich wieder eine Panik ausbricht wie damals im Jahre 1938 in New Jersey.«

»Ist in New Jersey etwa auch eine fliegende Untertasse abgestürzt, Sir?«

»Ach wo. Ich ging damals, es war im Herbst, in Asbury

zur Schule. Dieser Orson Welles – kennen Sie den? Ich meine den Burschen, der den Film *Citizen Kane* gemacht hat. Er hat das Buch *Krieg der Welten* von H. G. Wells für das Radio bearbeitet, und es klang wie eine echte Reportage. Die Leute haben mitten in der Nacht eingeschaltet und gedacht, es wäre echt. Der halbe Staat war auf den Beinen, alle sind weggelaufen. Sie dachten, es wäre eine Invasion der Marsmenschen. Mein Gott! Die Leute sind vielleicht bescheuert, Marousek.«

Der Soldat nickte. »Ja, Sir.«

Ein Gestrüppbüschel rollte auf die Fahrbahn und wurde unter dem Wagen zerquetscht. Die Ranch dieses Brazel lag vierzig Kilometer weit draußen im Nichts. Viel Gegend, viel Himmel, viel gar nichts. Ein elendes Land. So ein Mist, dachte Jenkins. Ganz anders als die Küste in Jersey. Oder erst New Jork. Auch wenn das alles hier Gottes eigenes Land war, er hätte lieber in einem Penthouse an der Fifth Avenue in Manhattan gesessen.

Die Militärfahrzeuge rumpelten eine kleine Ewigkeit über die Straße, bis sie endlich zwischen den vertrockneten Büschen in der Halbwüste das Schild mit dem Namen BRAZEL erreichten. »Keine Zäune«, sagte Jenkins. »Wie hält der Komiker nur sein Vieh zusammen?«

»Vielleicht ist die Ranch zu groß, um das ganze Land einzuzäunen«, schlug Marousek vor.

»Yeah, kann sein«, murmelte Jenkins, als der Tieflader vor ihnen in die noch schmalere Zufahrt zu Brazels Farm einbog. Die Straße bestand jetzt aus kaum mehr als zwei parallelen Trampelpfaden, die sich einen Hügel hinauf wanden. Marousek schaltete zurück. Der Lastwagen spuckte und holperte heulend die Straße hinauf. Jenkins sah sich um. Hinter ihnen hüpfte der Ausleger des Kranwagens hin und her.

Sie fuhren zwei Hügel hinauf und zwei Hügel hinunter. Ungefähr anderthalb Kilometer weiter streckte Marousek den Arm aus. »Da ist der Zaun, Sir.«

Aber Jenkins hatte keine Augen für den Zaun. Er starrte das Zeug an, das rechts neben dem Weg lag. Es sah aus wie Fetzen von Stanniol. Aber es war kein Stanniol. Von

Nordwesten kam ein Wind, der stark genug gewesen wäre, um eine leichte Folie sofort wegzuwehen. Das Zeug blieb jedoch liegen, glänzend und massiv und anscheinend ziemlich schwer.

Vor dem Zaun wartete ein Mann auf sie. Die Militärfahrzeuge mit den braunen und grünen Tarnfarben blieben stehen, und Lieutenant Jenkins stieg aus, um mit dem Mann zu reden. Er trug einen Hut und eine graue Uniform und hatte ein Abzeichen auf der Brust. Im Halfter, das er sich um die schmalen Hüften gegurtet hatte, steckte ein Revolver.

»Deputy Horace Brown, Sir«, sagte der junge Mann und streckte eine Hand aus. »Sie müssen Lieutenant Jenkins sein.«

»Richtig.« Jenkins schüttelte dem Hilfsscheriff die Hand. Er dachte stirnrunzelnd nach. Mit Wetterballons kannte er sich aus: z. B. mit der Rawin-Sonde und dem Rawin-Reflektor. Die Sonde war ein zwei Pfund schweres Paket mit Instrumenten, das an einem heliumgefüllten Ballon aus Polyäthylen hing. Der Reflektor wurde vom gleichen Ballon getragen und bestand im wesentlichen aus einem aus Balsaholz und Stanniol gefertigtem Radarschirm. Keines der beiden Geräte hatte eine Ähnlichkeit mit dem, was er hier auf dem Feld sah. »Was ist hier los?« fragte er irritiert.

»Das wissen wir selbst nicht, deshalb haben wir ja die Air Force gerufen«, sagte der junge Mann. Er schob seinen Hut zurück und kratzte sich an der sommersprossigen Stirn. »Vielleicht können Sie uns das erklären. Der Sheriff ist mit Brazel da hinten über den nächsten Hügel gegangen und sieht sich um. Brazel ist der Rancher, dem das Land hier gehört. Wir müssen uns jetzt überlegen, wie wir die Laster da hinüberkriegen. Es gibt dort nämlich keine Straße. Aber Sie können ja einfach mal mitkommen und es sich selbst ansehen.«

»Schön, aber worum handelt es sich nun eigentlich?«

»Wie ich schon sagte, wir haben keine Ahnung, und wir dachten, daß Sie das vielleicht wissen. Es muß eine Art Fluggerät sein, das kann man sehen, aber es ist nichts, was der Sheriff oder Mr. Brazel oder ich selbst schon einmal gesehen hätte. Wir dachten uns, daß wir es lieber nicht berühren, solange ihr nicht da seid. Es könnte ja radioaktiv sein oder so.« Er räusperte sich. »Und außerdem, Sir ... es hat Verletzte gegeben. Tote, meine ich.«

»Was denn, ist das Ding auf ein paar Farmhelfern gelandet?«

»Nein, Sir.«

»Was denn dann, Mann?«

Deputy Brown wandte den Blick ab und starrte ins Leere. »Kommen Sie doch einfach mit, Lieutenant, und sehen Sie es sich selbst an. Wenn Sie auf den Hügel da hinten steigen, können Sie sich ein Urteil bilden.«

»Ich nehme ein paar Männer mit.«

Deputy Brown warf den Soldaten einen raschen Blick zu und zog Jenkins dann zur Seite. »Hat Major Marcel nicht erwähnt, daß dies hier möglicherweise das sein könnte, was Sie als ›top secret‹ bezeichnen?«

»Meinen Sie wirklich, das hier wäre eine streng geheime Angelegenheit? Mir wurde tatsächlich etwas in dieser Art gesagt, aber da sich heutzutage bei jeder Kleinigkeit alle aufregen, weil die Russen dahinterstecken könnten, ist das eigentlich nichts Besonderes.« Major Marcel hatte die Angelegenheit offenbar mit der gleichen Skepsis betrachtet wie Jenkins, sonst wäre er sicher gleich selbst gekommen.

»Ich möchte Ihnen vorschlagen, daß Sie mitkommen und einen Blick darauf werfen. Danach können Sie ja entscheiden, was Sie anordnen wollen und was getan werden soll. Wenn Sie ein Funkgerät haben, dann sollten Sie wohl auch mit dem Major Verbindung aufnehmen, der da drüben auf Ihrem Landeplatz das Sagen hat.«

Der selbstbewußte und leicht herablassende Tonfall des Deputys störte Jenkins erheblich. »Ich habe hier das Kommando, Mann. Der Major hat mir den Einsatz übertragen.«

»Yeah? Okay, dann ist es Ihre Sache. Machen Sie, was Sie wollen. Aber Sie können mir glauben, Lieutenant, Sie sollten es sich lieber erst allein ansehen.«

»Also gut«, sagte Jenkins. »Wenn Sie das glücklich macht, Deputy.« Er wandte sich an die anderen Soldaten, die neugierig in der Gegend herumlungerten, und befahl ihnen, an Ort und Stelle zu bleiben.

Dann stieg er mit Deputy Brown den Hügel hinaus.

Als sie höher kamen, roch die Luft nach Holzkohle. Ein häßlicher Geruch wie bei einem Flugzeugabsturz im Krieg, nur daß hier kein Treibstoff brannte und daß es nicht nach Öl stank.

Zwischen den Büschen lagen einige verdrehte Stücke des glänzenden, an Stanniol erinnernden Materials herum. Jenkins wollte sich bücken und eines aufheben, dann ließ er es lieber bleiben. Plötzlich war er sich seiner Sache überhaupt nicht mehr sicher. Vielleicht sollte er sich doch besser einen Strahlenschutzanzug anziehen, bevor er diesen Dingern zu nahe kam. Vielleicht war die ganze Sache doch etwas ernster, als er es bisher angenommen hatte.

Jenseits des Hügelkamms senkte sich das Land zu einem kleinen Tal. Hinter der Kuppe eines weiteren Hügels, ungefähr zwei Meilen entfernt, konnte Jenkins die Dächer der Farmgebäude sehen: ein langgestrecktes Wohnhaus, ein paar Ställe, eine Scheune, ein Silo mit einem kleinen Windrad auf dem Dach.

Doch was direkt unter ihm war, fesselte sofort seine Aufmerksamkeit. An einer Stelle des Tals lief eine geschwärzte, offenbar eingebrannte Furche entlang. Stücke des glänzenden Materials waren überall verstreut, als hätte ein Riesenroboter hier seine Ersatzteile hinterlassen.

Am Ende der Furche stand ein Mann in einer Latzhose und mit einem grauen Hut auf dem Kopf. Neben ihm stand ein zweiter Mann, der die gleiche Uniform trug wie Deputy Brown, zusätzlich einer leichten Jacke über dem Hemd. Die beiden Männer starrten etwas Geschwärztes und Metallisches von ungefähr fünfzehn Metern Durchmesser an, das in einer Senke lag. Aus dem Etwas stiegen schwarze Rauchwolken auf, die sich in der Luft rasch auflösten.

Deputy Brown forderte den Lieutenant mit einer wortlosen Geste auf, ganz hinabzusteigen. Der Sheriff, der sie inzwischen bemerkt hatte, drehte sich um und winkte. Er schien sehr erfreut, daß endlich das Militär kam.

Ungefähr fünfundzwanzig Meter weiter unten vereinigte sich der Trampelpfad, dem sie gefolgt waren, mit einem Weg, und nach einigen weiteren Schritten konnte Jenkins direkt auf das Ding hinabblicken, das am Ende der geschwärzten Furche lag. Er blieb stehen und starrte es sprachlos an.

»Yeah«, meinte Deputy Brown. »Das wäre es dann wohl. Haben Sie so etwas schon einmal gesehen? Der Sheriff meint, es könnte euch Jungs von der Air Force gehören, aber ich bin da nicht so sicher.« Er schloß zu Jenkins auf. »Ich persönlich glaube, daß es eine dieser fliegenden Untertassen ist, über die man in der letzten Zeit so viel hört. Bloß daß ich keine Ahnung habe, was so ein Ding hier im Chavez County zu suchen hat. Aber es ist nun einmal hier gelandet.«

»Allmächtiger«, flüsterte der Lieutenant ehrfürchtig. Fassungslos starrte er die Scheibe an und schüttelte den Kopf.

Dieses Ding dort war mit absoluter Sicherheit kein Wetterballon.

Erst jetzt sah Jenkins die beiden geschwärzten Körper, die links und rechts neben dem Objekt lagen.

Plötzlich wünschte er sich die Langeweile von vorher zurück.

Aber tief in seinem Herzen wußte er, daß es damit ein für allemal vorbei war.

1. Kapitel

Die beiden Männer fielen unter den Gästen im Restaurant außerhalb von Hastings, Nebraska, überhaupt nicht auf. Sie trugen verblichene alte Jeans, abgestoßene billige Arbeitsstiefel und weiße Shirts unter karierten Flanellhemden. Obwohl im Flachland des Mittelwestens der Frühling längst angebrochen war, trug die saubere, klare Luft immer noch einen winterlich kalten Hauch mit sich, und deshalb hatten die Männer außerdem Anoraks angezogen, die sie auch nicht ablegten, als sie das Trucker's Special mit Orangensaft, Eiern und Bratkartoffeln aßen.

Ihrem Äußeren nach konnten sie Farmer oder Rancher oder Trucker sein; amerikanische Arbeiter und Budweiser-Konsumenten, die einem Song von Waylon Jennings entsprungen sein mochten. Sie hatten unauffällige Gesichter, an die sich später niemand würde erinnern können. Einer schien Ende Vierzig, sein zerzaustes Haar war an den Schläfen leicht ergraut. Der zweite war vielleicht Ende Zwanzig und hatte ein Allerweltsgesicht, ein Produkt des genetischen Einheitsbreis im amerikanischen Kernland.

Sie fielen in dem altmodischen Restaurant mit den müden Kellnerinnen in gestärkten Röcken und dem finster dreinblickenden Koch zwischen den allmählich spärlicher eintreffenden Frühstücksgästen nicht auf. Die Gesichter hoben sich nicht von den andern Gesichtern ab, ihre Kleidung und ihre akzentfreie Aussprache unterschied sich nicht von denen der anderen Besuchern.

Es war genau das, was sie wollten. Auf der Wall Street hätten sie wie Börsenmakler ausgesehen, auf dem Capitol Hill wären sie Regierungsbeamte gewesen, und auf einem Farmertreffen hätten sie ausgesehen wie Farmer.

Sie waren hier, weil sie dem Mann gefolgt waren, der in einer der hinteren Nischen Platz genommen hatte.

Dieser Mann war Dr. Everett Scarborough.

Scarborough hatte nicht bemerkt, daß die Männer ihm seit Las Vegas auf den Fersen waren. Sie waren allerdings auch nicht darauf angewiesen, ihre Zielperson eng zu beschatten, denn sie verfügten über ganz andere Methoden, Scarboroughs Aufenthaltsort festzustellen. Sie hatten sogar eine recht gute Vorstellung, zu welchem Ziel er wollte.

Scarborough benutzte Nebenstraßen, was eine gute Idee war, und er besuchte möglichst wenige Restaurants, was ebenfalls nützlich schien. Aber sein Ford Falcon brauchte eindeutig einen neuen Keilriemen, und er mußte tanken. Also hatte er an einer Exxon-Tankstelle an der Route 6 gehalten und dann, ob aus Hunger oder Übermüdung, beschlossen, im Mort's Good Cookin' Diner eine rasche Mahlzeit und einen Kaffee zu sich zu nehmen. Und das war keine gute Idee gewesen. Sein Foto war vor ein paar Tagen in Zeitungen im ganzen Land abgedruckt worden, und obwohl er sich einige Mühe gegeben hatte, sich zu tarnen, verrieten ihn gewisse Dinge wie zum Beispiel die Narben seiner Wunden im Gesicht. Das Problem war nur, daß Scarborough von Berufs wegen Wissenschaftler und Autor war und kein flüchtiger Krimineller.

Die unauffälligen Männer in den Flanellhemden dagegen waren Profis. Unter anderem auch Profikiller. Doch sie hatten nicht die Absicht, Doktor Everett Scarborough umzubringen. Jedenfalls nicht, solange sie es nicht mußten.

Nachdem sie ihren schwarzen Cadillac (ein Scherz ihrer Vorgesetzten, aber da sie viel unterwegs waren, ein sehr angenehmes Fahrzeug für weite Reisen) auf dem staubigen, ungepflasterten Parkplatz in einiger Entfernung von Scarboroughs Ford Falcon abgestellt hatten, waren sie ihm in das Lokal gefolgt und hatten ihn in einer hinteren Nische des heruntergekommenen, mit gelbem Linoleum ausgelegten Restaurants gefunden. Ein Stück von Scarborough entfernt, wo er sie nicht sehen konnte, hatten sie sich an einen Tisch gesetzt. Von dort aus konnten sie beobachten, wenn er wieder aufbrach. Sie redeten nicht miteinander, keiner las die Zeitung. Falls jemand sich die Mühe gemacht hätte, sie näher in Augenschein zu nehmen, dann wäre ihm aufgefallen, daß ihre Körper bemerkenswert entspannt blieben, während die Blicke aufmerksam wanderten wie bei hungrigen Wölfen. Als sie ihr Frühstück verspeisten, zeigten sie keinerlei auffällige Eigenheiten. Sie kratzten keine verbrannten Stellen vom Toast ab, sie tauchten das Brot nicht ins Eigelb ein, sie verbogen nicht die Finger und knackten nicht mit den Knöcheln. Sie saßen einfach nur da, aßen und warteten.

Exakt sechzehn Minuten, nachdem sie sich gesetzt hatten, betraten zwei weitere Männer das Restaurant. Die übertrieben geschminkte Kellnerin mit dem Namen MARGE auf der Hängebrust führte die Neuankömmlinge zu einer Nische direkt neben den beiden Männern mit den Anoraks, die inzwischen schwarzen Kaffee tranken, und gab den Neuankömmlingen die Speisekarten. Wenn sie die Männer in der nächsten Nische näher angesehen hätte, dann wäre ihr aufgefallen, daß sie jetzt nicht mehr entspannt wirkten. Einer der Neuankömmlinge trug eine sportliche braune Kordjacke und einen roten Schlips. Er lächelte wie ein Vertreter. Der zweite war ein Beamter der County-Polizei.

Der ältere Mann schaute zu Scarborough hinüber. Der Doktor hatte den Cop noch nicht gesehen, und es gab keine Möglichkeit, ihn zu warnen. Der jüngere Mann sah aus, als wollte er etwas sagen, aber der Mann mit dem angegrauten Haar warf ihm einen Blick zu, der bedeutete: sitzen bleiben.

Der Cop von der County-Polizei trug einen Bierbauch vor sich her, mit dem er beinahe schwanger aussah. Er roch stark nach Schweiß, Kaffee und den Donuts, die in einem Laden in der Nähe kostenlos abgegeben wurden. Lässig bestellte er sich Rührei mit Wurst und ein großes Glas kalte Milch, rieb sich dann die Augen und begann, mit dem anderen Mann über einen Grundstückskauf zu reden, an dem sie beide beteiligt waren. Der Cop nannte seinen Begleiter ›Ted‹. Der Mann mit dem Schlips redete den Cop als ›Pat‹ an. Sie waren nichts weiter als zwei Leute aus dem Ort, die zusammen frühstückten. Die Männer mit den Anoraks entspannten sich etwas.

Marge brachte das Bestellte, und der saftige Geruch der gebratenen Würstchen hing mehrere Minuten in der Luft, während der Cop, der Pat hieß, sein Essen verdrückte. Er trank die Milch dazu, rülpste und redete weiter mit Ted, dem Grundstücksmakler. Jetzt unterhielten sie sich über eine Frau, mit der sie anscheinend beide geschlafen hatten.

Genau diesen unglücklichen Augenblick wählte Scarborough, um aufzustehen und das Restaurant zu verlassen. Der Mann schien müde, tiefe Falten zeichneten sein Gesicht. Everett Scarborough war fünfzig Jahre alt, aber er war stolz darauf, eher auszusehen wie ein früh ergrauter Fünfunddreißigjähriger. Jetzt sah man ihm die fünfzig jedoch an, wenn nicht noch ein paar Jahre mehr. Er ging steifbeinig den Gang zwischen den Nischen entlang. Seine Bewegungen verrieten schmerzende Muskeln und vielleicht sogar den Beginn eines sich gerade entwickelnden Rheumatismus. Die Augen wirkten stumpf und übernächtigt. Den Polizisten bemerkte er erst, als er den Tisch fast erreicht hatte. Die beiden Männer in den Anoraks beobachteten die Situation aufmerksam. Für den Doktor waren sie so gut wie unsichtbar, aber als er den Cop sah, zuckte Scarborough sichtlich zusammen. Er zögerte einen Augenblick, ehe er weiterging und mit der Rechnung in der Hand vor die Kasse trat.

Als hätte er es gespürt, hörte der Cop auf, seinem Begleiter zuzuhören und blickte zu Scarborough hoch, als dieser an ihm vorbeiging. Er drehte sich sogar um und beobachtete den Wissenschaftler, als der bei dem dunkelhaarigen Brillenträger im kurzärmligen Hemd bezahlte, der die Kasse bediente.

»Scheiße«, sagte der Cop.

»Was ist denn?«

»Irgendwie habe ich das Gefühl, daß ich das Gesicht dieses Kerls da schon einmal gesehen habe. Auf einem Foto oder so.«

»Wo denn, Pat? Auf einem Fahndungsfoto?«

»Vielleicht.«

»Der sieht mir aber nicht wie ein Verbrecher aus.«

»Ich kann mich auch irren. Aber weißt du, Verbrecher

müssen durchaus nicht böse aussehen. Sie können auch aussehen wie Ronald Reagan und trotzdem Serienmörder sein.«

Scarborough nahm sein Wechselgeld in Empfang und ging rasch hinaus.

»Der sieht jedenfalls aus, als hätte er es eilig«, bemerkte Ted.

»Yeah, das mit Sicherheit.«

»Also, vielen Dank für das Essen, Pat.« Ted warf seine Serviette auf den Tisch. »Ich muß jetzt wieder ins Büro. Joyce hat ein paar Steuerformulare vorbereitet, die ich noch durchackern muß.«

»Gut so, du zahlst mit deinen Steuern mein Gehalt, Geschäftsmann.«

»Scheiß auf dein Gehalt, ich versuche einfach nur zu überleben. Mach's gut.«

Ted stand auf und ging hinaus. Pat blieb noch einen Augenblick sitzen und beobachtete Everett Scarborough, der draußen in seinen Ford Falcon stieg. Dann, anscheinend zu einem Entschluß gekommen, stand der Uniformierte auf und ging zum Fenster. Die Männer mit den Anoraks sahen, wie er die Lippen bewegte, als er sich das Nummernschild einprägte.

Der Polizist kehrte an seinen Tisch zurück, zog einen Zehner aus einer dicken Brieftasche und steckte ihn unter die Rechnung. Dann streckte er sich und wackelte in den hinteren Teil des Restaurants, wo die Toiletten waren.

Als er verschwunden war, sagte der jüngere Mann: »Er wird ihn nicht verfolgen.«

»Nein, aber er hat die Autonummer«, sagte der andere nervös. »Jetzt ist er wohl nicht im Dienst, aber er könnte über Funk der Staatspolizei Bescheid sagen, wenn er von der Toilette zurückkehrt.«

»Er schien Scarborough nicht erkannt zu haben.«

»Nein, aber die Staatspolizei könnte ihn kontrollieren. Es scheint nötig, ihn aufzuhalten. Eine Weile nur, damit Scarborough einen guten Vorsprung bekommt.«

Der jüngere Mann nickte. Er hatte eine Aufgabe zu erledigen, und er wußte, wie er es anpacken mußte.

Während der ältere Mann zur Kasse ging, um die Rechnung zu bezahlen, ging der jüngere zur Toilette. Die Männertoilette war im entlegenen hinteren Teil des Gebäudes. Der lange Flur, der dorthin führte und in dem die Tapete von den Wänden blätterte, war nur von einer flackernden schwachen Birne erhellt. An der entsprechenden Tür hing das übliche Symbol für die Herrentoilette schief an einer einsamen Schraube. Der junge Mann öffnete die Tür und betrat die Toilette.

Sie bestand aus einem Waschbecken, einem Handtuchspender, einem Mülleimer, einem Urinal und einer Kabine. Der junge Mann hatte gehofft, den Polizeibeamten am Urinal beim Pinkeln zu finden, doch die beiden Beine, die er durch den Spalt unter der Kabinenwand sehen konnte, sowie das Grunzen und der Geruch, der sich im kleinen Raum ausgebreitet hatte, verrieten ihm, daß der Cop eine Sitzung hielt.

Der junge Mann drehte sich um und untersuchte die Tür. Kein Schloß. Er zog eine flache Schachtel, die ähnlich aussah wie eine Brieftasche, aus der Jacke. Der Schachtel entnahm er eine blaue Kapsel. Sie war mit K.o.-Gas gefüllt, das aber nur wirklich wirkte, wenn man sie höchstens zwanzig Zentimeter vor der Nase des Opfers kanckte. Deshalb hatte der junge Mann auch gehofft, den Cop am Urinal vorzufinden. Dort hätte er einfach hinter ihn treten und die Kapsel zerbrechen können.

Der junge Mann griff in sein Kreuz und zog seine Waffe, die er sich griffbereit vorne in den breiten Gürtel steckte. Es war eine Glock mit Schalldämpfer, doch hatte er nicht die Absicht, sie zu benutzen, sie diente nur zur Einschüchterung.

Glücklicherweise hatte der Cop, der Pat hieß, die Tür seiner Kabine nicht verriegelt. Der junge Mann zog mit der linken Hand die Tür auf und richtete mit der Rechten seine Waffe auf den Mann, der auf der Toilette saß.

»Ein falsches Wort und ich schieße«, flüsterte er heiser.

Der Polizist sperrte erschrocken den Mund auf. Er blinzelte und hob langsam die Hände. Die Augen hatte er weit aufgerissen, aber er wagte es nicht, sich zu widersetzen.

Die Hose lag als unordentlicher Ring um seine Unterschenkel.

Der junge Mann nahm die Pistole in die linke Hand und faßte die blaue Kapsel mit Daumen und Zeigefinger der rechten Hand. Das Gas, das die Kapsel enthielt, verursachte bei den Opfern nicht nur Bewußtlosigkeit, die zwischen zehn Minuten und einer halben Stunde anhielt, sondern erzeugte zugleich eine Erinnerungslücke, die gut eine Stunde umfaßte. Das bedeutete, daß der Polizist namens Pat sich nicht mehr an Everett Scarborough erinnern würde.

Der junge Mann brachte die Kapsel in die richtige Entfernung und drückte darauf, wie er es gelernt hatte.

Die Kapsel zerbrach nicht.

Er wandte den Blick von dem Polizisten ab und betrachtete verwundert die Kapsel. Die Waffe, die er in der linken Hand hielt, schwankte leicht.

Dieser Sekundenbruchteil war alles, was der Cop brauchte. Mit einer Geschwindigkeit, die seine Leibesfülle Lügen strafte, packte er mit einer Hand die Finger, die die Kapsel hielten, und mit der anderen Hand die Waffe. Die Ampulle wurde dem jungen Mann aus der Hand gerissen und rollte außer Reichweite davon. Die Pistole spuckte, doch fuhr die Kugel nur in die Hohlziegel der Toilettenwand, daß die Krümel spritzten. Der Cop richtete sich auf wie ein wütender Kodiakbär, stieß mit einer Hand die Waffe beiseite und griff mit der anderen nach dem Gesicht des Schützen.

Er erwischte den jungen Mann an der Schläfe und wollte die Finger hineinkrallen. Künstliche Haut gab nach, und das Gesicht des jungen Mannes rutschte zur Hälfte herunter.

»Mein Gott«, keuchte der Polizist verblüfft und wich einen Schritt zurück. »Jesus Maria!«

Der junge Mann geriet in Panik.

Er riß die Waffe herum und schoß den Polizisten zweimal in die Brust und einmal mit bemerkenswerter Treffsicherheit zwischen die Augen. Blut spritzte auf Metallarmaturen und graue Hohlziegel. Der große Mann sank in sich zusammen, als hätte man einer Plastikgespielin den Stöpsel herausgezogen. Sein Kopf kippte zurück, er verdrehte die Augen, die Zunge hing ihm schief aus dem Mund, und hellrotes Blut lief ihm aus der Stirn ins volle Haar.

Der junge Mann atmete tief durch. Er hatte einen Polizisten getötet, daran gab es nichts zu rütteln. Eine extreme, unnötige Maßnahme, aber wenigstens war das Resultat das gleiche, das er auch mit der blauen Kugel erreicht hätte.

Er steckte die Waffe wieder ins Kreuz und begutachtete sein ramponiertes Gesicht im verschmierten Spiegel über dem Waschbecken. Sorgfältig schob er die Haut wieder an Ort und Stelle und fixierte sie, indem er auf die richtigen Punkte den richtigen Druck ausübte. Er hatte es eilig, aber es würde gehen. Er und sein Gefährte mußten diesen Ort rasch verlassen.

Hastig suchte er die Kapsel und steckte sie wieder in die Schachtel. Dann schloß er die Tür der Kabine und verließ die Toilette. Wegen seiner Fingerabdrücke machte er sich keine Sorgen, denn er hinterließ keine.

Der ältere Mann wartete schon im Wagen.

Als der schwarze Cadillac auf die Route 6 einbog, machte der junge Mann Atemübungen, um seine Spannung und Panik auf kontrollierte Weise abzubauen.

»Ist es gut gelaufen?« fragte der ältere Gefährte. Das Auto glitt schnell dahin unter dem weiten blauen Himmel des Mittelwestens, an dem nur hier und dort ein paar dickbäuchige Kumuluswolken hingen.

»Nein«, sagte der junge Mann. »Ich mußte ihn töten.«

»Ihn töten! Wir töten nur, wenn es keine andere Möglichkeit gibt.« Der ältere Mann packte das Lenkrad so fest, daß die Knöchel weiß hervortraten.

»Er hat mein Gesicht gesehen. Mein *wirkliches* Gesicht.«

»Das ist sehr unangenehm. Wir müssen uns die Zeit nehmen, unsere Identität zu wechseln und die Zulassung des Autos zu verändern. Keinesfalls dürfen wir das Risiko eingehen, daß sie sich an uns oder an das Auto erinnern.«

»Ja«, sagte der jüngere Mann. »Es tut mir leid.«

Er berichtete seinem Gefährten von dem Problem, das er mit der Kapsel gehabt hatte.

Danach schwiegen sie längere Zeit.

»Nun, wir wissen, wohin Scarborough will, und wir können es uns erlauben, ihn vorübergehend zu verlieren. Hoffentlich braucht er seine Schutzteufel nicht gerade jetzt.« Der ältere Mann lächelte humorlos.

Der jüngere Mann lächelte nicht.

Er sah ängstlich zum Rückfenster hinaus, ob sie verfolgt würden, und wünschte sich, sein erster Einsatz wäre nicht so schrecklich verlaufen.

2. Kapitel

Sie hatte die Kontrolle.

Als sie die letzten hypnotischen Kommandos gab, fühlte sie sich als Herrin der Situation und war zufrieden mit sich. Der Raum schien aus Respekt vor ihr, aus Ehrfurcht vor ihrer Macht stumm zu verharren. Alles war an Ort und Stelle, die Jalousien gerade weit genug heruntergezogen, die Beleuchtung exakt auf das Maß gedämpft, das sie verlangt hatte. Vor der Sitzung hatte sie im Flur eine Fliege bemerkt. Sie wußte, daß sie dort war, denn ihr war das hektische Summen aufgefallen, als sie ihren Patienten vorbereitet hatte. Wenige Minuten später waren schon zwei Agenten mit Fliegenklatschen und Spray unterwegs gewesen, und kurz danach war die garstige Fliege, dieses böse Insekt, das irgendwie hätte eindringen und die Sitzung stören können, erlegt und beseitigt.

»Sie fühlen sich jetzt sehr entspannt«, sagte die Ärztin zu ihrem Patienten. »Sehr ruhig und entspannt.«

»Ja«, sagte der Mann auf dem Stuhl. »Ja.«

Die Ärztin, die am Schreibtisch gesessen hatte, stand auf und öffnete leise den Schrank, der hinter ihr stand. Dort drinnen war alles, was sie für die Sitzung brauchte. Da der Patient jetzt in tiefer Hypnose war, konnte sie die Dinge ohne weiteres offen auf den Tisch legen. Er würde nur bemerken, was sie ihm ausdrücklich zu bemerken befahl.

Sie kehrte zum Schreibtisch zurück und drückte auf einen Knopf.

In einem anderen Teil des Gebäudes wurden die entsprechenden Leute benachrichtigt, daß der Patient der Ärztin sich in tiefster Hypnose befand. Sie würden binnen weniger Minuten für ihr nächstes Signal bereit sein. Die Ärztin öffnete eine Schublade und zog einen Stapel Papiere heraus. Ihr Skript.

»Wir wollen zum kleinen Haus auf der Insel zurückkehren. Es ist der Abend des 28. Februar 1986«, sagte sie zu dem Patienten. »Wir wollen zu jener Nacht zurückkehren, in der die Außerirdischen Sie in ihrer fliegenden Untertasse mitgenommen haben.«

Der Mann auf dem Stuhl nickte. Sein Gesicht war entspannt. Er war nicht alt, aber an den tiefen Falten um Augen und Mund und auf der Stirn konnte man sehen, welch extremen Spannungen er in den letzten Jahren ausgesetzt gewesen war.

»Ja, ja«, sagte er. Er sprach kultiviert und präzise, verfügte anscheinend über ein gutes Ausdrucksvermögen. »Jene Nacht.« Er ließ die Schultern kreisen, als müßte er sich in einer neuen Umgebung zurechtfinden. »Ich bin heute erst spät mit meiner Arbeit fertig geworden und sitze mit einer Tasse Kakao auf der Veranda, um mich zu entspannen. Ich bin allein, aber ich bin unruhig. Irgend etwas verunsichert mich stark. Etwas, das in der Luft zu vibrieren scheint. Während ich noch auf dem Stuhl sitze, sehe ich in den Wolken über dem Meer ein Licht blinken. Ein Flugzeug? Das Licht schimmert durch die niedrigen Wolken. Es bewegt sich zu schnell und zu abrupt, um ein Flugzeug zu sein. Dann verschwindet es. Ich bin sehr unruhig, aber ich bin auch müde. Sehr müde. Es war ein langer Tag, und ich will jetzt schlafen. Ich verriegele die Türen und versperre die Fenster und mache all das, was mir seit einer Woche zu einem zwanghaften Ritual geworden ist. Warum ich das tue, weiß ich aber nicht. Ich schlafe ein, kaum daß mein Kopf das Kopfkissen berührt.«

»Ja«, sagte die Ärztin. Sie zog die Handschuhe an und begann die Instrumente, die sie aus dem Schrank genommen hatte, auf ihrem Schreibtisch zu ordnen. »Ja, und was dann?«

Ein starkes Zucken verzerrte eine Gesichtshälfte des Patienten.

»Was geschieht dann?« fuhr die Ärztin fort. »Schlafen Sie die ganze Nacht durch?«

»Ich wache auf, ich bin in kalten Schweiß gebadet. Ich sehe ... ich sehe auf der anderen Seite des Raumes ...«

Wieder zuckte es im Gesicht des Patienten. Verdammt, dachte die Ärztin. Die Dosis war zu niedrig. Er brauchte anscheinend jedesmal mehr. Rasch nahm sie eine frische Spritze zur Hand und zog die sterile Schutzkappe ab. Sie war schon mit der richtigen Kombination von Medikamenten gefüllt worden und lag für alle Fälle auf dem Tablett bereit.

Der Tick des Patienten hatte sich in einen Krampf verwandelt, der inzwischen auf das ganze Gesicht übergriff. Die Füße begannen zu zucken, sein ganzer Körper wand sich hin und her, er streckte die Zunge heraus. Die Ärztin stellte sich vor, welcher Sturm jetzt im Kopf des Mannes wütete. Er zeigte alle Symptome eines epileptischen Anfalls.

Aber natürlich war der Mann kein Epileptiker.

Sie faßte die Hand des Mannes und zog sie näher. Die Nadel wurde angesetzt und drang in die Ellenbeuge ein. Sie injizierte das Mittel.

Nur wenige Augenblicke später entspannte er sich und hing kraftlos auf dem Stuhl.

Die Ärztin seufzte. Sie zog die Nadel heraus und ignorierte das kleine Blutrinnsal, das aus der Einstichstelle drang. Dann legte sie die Spritze auf das Tablett und wandte sich wieder an den Patienten, der jede Antriebskraft verloren zu haben schien. Sie gab ihm eine Ohrfeige, und er riß die Augen auf. Die Augenlider flatterten. »Oh, oh«, keuchte er. »Ja, tut mir weh, tut mir weh, ich habe es verdient.«

»Das war nur ein freundschaftlicher Klaps, damit Sie

mir nicht einschlafen«, sagte sie ungerührt. Sie dachte: Wir müssen ihn bald einer neuen biochemischen Analyse unterziehen. Vielleicht hatte er zu wenig Serotonin. »Sind Sie jetzt wieder hier im Zimmer?«

»Ja.« Er hatte die Augen weit geöffnet. »Ja, ich bin wieder im Zimmer.«

Sie ging zum Schreibtisch und drückte auf den Summer, um ihre Helfer zu rufen. »Was sehen Sie jetzt?«

Die Tür wurde geöffnet, und drei Männer kamen herein. Sie trugen Masken und silberne Anzüge. In den Händen hatten sie Stäbe, die ein bleiches, phosphoreszierendes grünes Licht ausstrahlten. Die Gesichtsmasken waren oval; Mandelaugen glänzten darin, die Kinnpartien waren schmal und spitz zulaufend.

Langsam hob der Mann den Kopf und sah sie voll an. »Nein, nein, ich will nicht.«

»Schauen Sie zurück. Sie müssen sich Ihren Erinnerungen stellen. Sie müssen in sie eintauchen, um die Wahrheit über das herauszufinden, was mit Ihnen geschehen ist.«

Der Mann drehte sich mühsam um. Als er die Männer mit den Masken und den silbernen Anzügen direkt hinter sich bemerkte, wimmerte er. »Nein«, sagte er leise. »Nein.«

Die Ärztin winkte die drei Männer heran. Als sie näher kamen, hoben sie die Stäbe, die leicht zu flimmern begannen.

»Was sehen Sie im Zimmer?«

»Sie sind wieder da! Die Besucher! Es sind drei. Sie haben ihre Lichtstäbe dabei.« Der Patient keuchte, holte tief Luft. »Bleibt weg, kommt nicht näher! Berührt mich nicht!« Er stöhnte und wollte zurückweichen, schaffte es aber nicht, sich vom Stuhl zu lösen. Es schien, als würde er von einem unsichtbaren Klebstoff festgehalten.

Die drei Agenten, die Masken trugen, traten vor. Ihr Gang war linkisch und wirkte fast rituell. Es sah aus wie eine Zeitlupenaufnahme des Landstreichers, den Charlie Chaplin dargestellt hatte. Der vordere hob den glühenden Stab wie ein Zauberkünstler, der gleich einen Spruch aufsagen will.

»Was geschieht jetzt?« fragte die Ärztin.

»Sie kommen – sie kommen. Oh, mein Gott. Nein . . .«

Das beleuchtete Ende des Stabes – für den Effekt war eine einfache Vorrichtung aus Batterien und Glühbirnen verantwortlich – berührte den Mann leicht zwischen den Augen.

Die Wirkung war verblüffend. Der Mann krümmte sich, als hätte jemand einen Hebel umgelegt, der seine Wirbelsäule wie ein Scharnier zusammenklappen ließ. Trotz der Injektion hörten seine Hände nicht zu zittern auf, und der Tick, der sich jetzt auf die linke Gesichtshälfte beschränkte, erweckte den Eindruck, ein unsichtbarer Angelhaken zöge die Haut hoch und lasse los, zöge hoch und lasse wieder los.

»Auf den Behandlungstisch«, sagte die Frau zu den Agenten.

Einer schob die Maske hoch und betrachtete besorgt den Patienten. »Es sieht aus, als hätte er schon jetzt eine Art Anfall, Doktor. Wäre es nicht besser, die Sitzung einfach ausfallen zu lassen?«

Die Ärztin starrte den Mann an. Sie war eine attraktive Frau von Mitte Dreißig mit hohen Wangenknochen und langem Haar, das sie, damit es nicht bei der Arbeit störte, zu einem Knoten zusammengesteckt hatte, so daß ihr Gesicht kantig und hart wirkte. Die Lippen waren schmal, die Augen dunkel. Wenn diese Lippen zusammengepreßt wurden und diese Augen streng blickten, so hieß es in der Firma, dann würde jeder Doppelagent ein Geständnis ablegen.

»Ich dulde keine Insubordination, Mann! Hier habe ich das Sagen. Holen Sie den Patienten vom Stuhl und legen Sie ihn auf den Tisch. Los jetzt!«

Der Agent schob sich die Maske wieder über das Gesicht. Zusammen mit seinen Kollegen packte er den Patienten an Armen und Beinen und trug ihn zu dem mit Kunststoff gepolsterten Tisch hinüber. Dort wurde der Patient auf die sterile Papierdecke gelegt.

Die Ärztin rollte das Wägelchen mit ihren Instrumenten hinüber, nahm ihr Skript vom Schreibtisch und blätterte ein paar Seiten weiter.

»Wir machen heute mit den Anweisungen auf Seite acht Bindestrich B weiter, meine Herren. Wenn Sie so freundlich wären, den Patienten zu entkleiden?«

Die Hände des Mannes zitterten hilflos.

»Acht-B – ist das ist nicht ein bißchen extrem für jemanden, der sich noch in einem so instabilen Zustand befindet?« fragte der gleiche Agent.

Sie konnte seinen Geschichtsausdruck nicht erkennen, aber es war ihr ohnehin gleichgültig. »Ich bin die Ärztin. Überlassen Sie diese Einschätzungen ruhig mir.«

Sie zogen den Patienten völlig nackt aus.

»Festbinden«, befahl die Ärztin mit monotoner Stimme.

Lederriemen wurden von gegenüberliegenden Seiten des Untersuchungstischs heraufgezogen, und auf Bauch und Brust des Patienten festgeschnallt.

»Untersuchungsgeräte.«

Unter dem Tisch wurden Geräte hervorgezogen, im richtigen Winkel angebracht und festgeschraubt. Anschließend fixierte man die Beine des Patienten mit weiteren Riemen.

Der Mann roch nach Deodorant und Schweiß. Seine Hände zitterten immer noch, die Zähne klapperten wie Kastagnetten.

Die Ärztin überprüfte alle Riemen. »Gut. Sie können jetzt gehen. Ich werde Sie rufen, wenn ich Sie brauche.«

»Ist soweit alles klar?« fragte einer ihrer Helfer.

»Ja, alles in Ordnung.«

Die Männer verließen gehorsam den Raum.

Die Ärztin kehrte zum Schrank zurück und holte ihre eigene Maske. Es war eine besser modellierte Version der Masken, welche die Agenten getragen hatten, und sah erheblich realistischer aus. Sie bestand aus Gummi und ließ sich leicht über den Kopf ziehen. Für Augen, Nase und Mund waren Löcher ausgespart. Außerdem nahm die Ärztin einen der Stäbe aus dem Schrank, schaltete ihn ein und betrachtete die Narben, die sie vor zwei Jahren, unmittelbar nach Beginn der Arbeit mit ihm, auf der Haut des Patienten hinterlassen hatte: eine dreieckige Narbe auf dem linken Unterarm, eine quer gelegte Acht auf der rechten Schulter. Vielleicht sollte sie die Narben in der nächsten Sitzung ein wenig auffrischen. Es war gut, wenn er in dieser Hinsicht ständig aktiviert blieb. Die Narben sorgten dafür, daß er oft an das Phänomen dachte, und genau das wollte sie erreichen.

Sie tippte ihm zweimal auf die Stirn und gab ihm das Kommando, aus der Bewußtlosigkeit zu erwachen und wieder in die Hypnose zu fallen.

»Was geschieht jetzt?«

Sie beugte sich vor und flüsterte ihm das Wort *Pequod* ins Ohr. Dadurch wurde das vorgefertigte Realitätskonstrukt freigegeben.

»Ich bin in der fliegenden Untertasse«, berichtete der Mann. »Ich bin im weißen Raum. Im Untersuchungsraum. Und vor mir steht – oh, mein Gott! Sie ist wieder da, es ist Eva!«

»Eva, so heißt sie nur für Sie, vergessen Sie das nicht.«

Der Patient wehrte sich. »Sie haben mich festgebunden. Mein Gott, was wird man dieses Mal mit mir tun?«

Das Lächeln der Ärztin unter der Maske verhieß nichts Gutes.

Sie ließ die leuchtende Spitze des Stabes über die Brust des Mannes wandern und weiter über den Bauch bis zu den Schamhaaren, wo sie kurz den schlaffen Penis des Mannes berührte. Der Mann zuckte zusammen und wand sich. Der Stab wanderte weiter hinunter bis zum Damm zwischen den Schenkeln, wo er lange verharrte.

»Nein, nein!« rief der Mann. »Nicht das wieder, nein, hört auf! Wer seid ihr? Was macht ihr da?«

Die Ärztin zog den Stab zurück und legte ihn auf das Tablett mit den Instrumenten. Nein, das war in der heutigen Sitzung nicht nötig. Er brauchte diese Art von Verstärkung dieses Mal nicht.

»Wer wir sind?« sagte die Ärztin, die jetzt mit ihrer schrillen Eva-Stimme sprach. »Das weißt du doch inzwischen. Wir sind Besucher vom Planeten Draco und wir führen mit euch Menschen Experimente durch. Wir brauchen fruchtbares Sperma von der Erde, weil unsere Art mit den Genen einer primitiven Rasse aufgefrischt werden muß, um eine Mischrasse zu erzeugen.«

Während sie dies sagte, knöpfte die Ärztin sich die Bluse und den Rock auf. Sie legte ihre Schuhe und die Unterwäsche ab und befreite ihre Brüste, die große Brustwarzen hatten, aus dem Büstenhalter.

»Oh, bitte! Bitte, versteht ihr das denn nicht, das tut mir weh. Bitte, tut das nicht wieder!«

Die Ärztin nahm den Edelstahlstutzen der Melkmaschine vom Tablett. Sie überlegte, ob sie ihn gleitfähig machen sollte – aber nein. Er sollte keinen Spaß an der Sitzung haben. Nicht in dieser delikaten Phase der Behandlung.

Der Patient begann erbärmlich zu kreischen.

»Bitte sei kooperativ und höre auf zu schreien«, sagte die Ärztin, während sie mit dem Gerät neben den Patienten trat.

Ja, dachte sie, das war der Teil, der ihr am meisten Freude machte.

Am Nachmittag bekam Dr. Julia Cunningham in ihrem Büro Besuch von ihrem Vorgesetzten, der auch die Operation White Book leitete.

»Schön, daß Sie gekommen sind«, begrüßte sie ihn, als er einen Schluck des angebotenen kalten Mineralwassers getrunken hatte. »Wir haben einige ernste Dinge zu besprechen.«

»Ja. Entschuldigen Sie die Verspätung. Wir wollten uns ja eigentlich schon vor drei Tagen trreffen, aber nach all den Dingen, die sich unlängst ereignet haben . . .«

Brian Richards hatte das markante, gute Aussehen eines Charakterdarstellers, den man als brauchbare Besetzung für einen Western oder für die Marlboro-Werbung hätte engagieren können. Er war schlank und sah mit dem teuren und dennoch unaufdringlichen grauen Maßanzug, dem dunkelroten Schlips und dem weißen Tuch, das aus der Brusttasche lugte, ausgesprochen gut aus. Sein Haar war grau durchsetzt, aber statt ihn älter zu machen erzeugte das Grau zusammen mit dem Geflecht der Falten in seinem Gesicht einen Eindruck von eiserner, nicht zu erschütternder Autorität. Als er sich jetzt auf den Stuhl setzte und mit ruhigen Bewegungen das Wasser trank, das sie ihm angeboten hatte, fühlte Julia Cunningham sich unwillkürlich an Dr. Preston Cunningham erinnert, ihren berühmten Vater.

Und sie haßte Richards genauso, wie sie ihren Vater gehaßt hatte.

»Ja, ich habe die Berichte bekommen«, sagte sie ein wenig trotzig. Steif, wie eine Statue aus kaltem Metall, saß sie auf ihrem Bürostuhl. »Aber ich war mit meinen anderen Aufgaben im Zusammenhang mit dem Projekt White Book beschäftigt. Könnten Sie mir vielleicht einen kurzen Überblick über die wichtigsten Entwicklungen geben?«

Er lächelte kühl, stellte das Glas ab und sah sie mit seinen harten Augen, in denen irgendwo ein humorvoller Funke flackerte, so durchdringend an, daß sie den Blick senken mußte. Herausfordernd lächelte er sie an.

»Was sehen Sie mich so an?« fragte sie unsicher.

»Ich mußte gerade an eine Redensart denken: ›In ihrem Mund würde Butter nicht schmelzen.‹ Wollen Sie es auf ein Experiment ankommen lassen, Doktor?«

»Was reden Sie da?«

»Dr. Cunningham, Sie müßten eigentlich wissen, daß Woodrow Justine bei unserer kleinen Operation in der letzten Woche getötet wurde.«

»Ja, diese Information habe ich bekommen. Und, was weiter?«

»Was weiter? Doktor, gerade Sie sollten doch bei so einer Nachricht eine etwas lebhaftere Reaktion zeigen. Immerhin war Woodrow Ihr Patient. Sie haben mehrere Jahre mit ihm gearbeitet.« Wieder das schiefe Lächeln und der Blick aus diesen verdammten Augen. »Sie haben ihn doch erst zu dem gemacht, was er war.«

»Richards, Sie sind der letzte, den ich daran erinnern müßte, daß Justine ein käuflicher Killer war. Ich habe nur seine Psychosen so weit zurückgedrängt, daß sie innerhalb erträglicher Grenzen blieben – damit die Editoren seine ... seine beachtlichen Talente einsetzen konnten.

Mr. Richards, muß ich Sie wirklich darauf hinweisen, daß es nicht zu meinen vordringlichsten Aufgaben hier beim Projekt White Book gehört, Killer zu kontrollieren? Vielleicht könnten Sie jetzt mit den wichtigeren Aspekten der Operation fortfahren.«

Das Lächeln verschwand, und das Gesicht des Mannes verdüsterte sich. Er leckte sich die Lippen und wandte sich einen Augenblick ab. Als er sich wieder zu ihr herumdrehte, flackerte Zorn in seinen Augen. »Sie haben sich für Justines Leistungen mit ihrer ganzen beruflichen Erfahrung verbürgt, Doktor«, sagte er scharf. »Sie sagten, Sie hätten die Dämonen aus seinem Kopf vertrieben. Und dann zeigt sich, daß er mit einem linksradikalen, pazifistischen Trottel wie Everett Scarborough überfordert ist. Um Himmels willen, er stürzte den Hoover-Damm hinunter. Und wir haben die Leiche immer noch nicht gefunden.«

Sie starrte ihn einen Moment an, bevor sie antwortete: »Mr. Richards, muß ich Sie daran erinnern, daß es keine Aufzeichnungen über die Ereignisse auf dem Damm gibt? Sie selbst haben Justine doch ermuntert, allein zu operieren. Seine Kollegen waren anderweitig im Einsatz. Es ist ganz einfach so, daß wir nicht wissen, was geschehen ist. Diese Karte können Sie also beim besten Willen nicht spielen.« Sie stand auf, stemmte die Hände auf den Schreibtisch und beugte sich vor, als wolle sie ihn durch die körperliche Nähe einschüchtern. »Außerdem, Mr. Richards, gibt es wirklich keinen Grund, mir in diesem Stadium Vorwürfe zu machen. Das Projekt White Book befindet sich in einer kritischen Phase. Mehr als jeder andere wissen Sie, daß das Projekt mit mir persönlich steht und fällt. Warum tun Sie auf einmal so, als würden Sie mich am liebsten zum Teufel jagen? Warum verhalten Sie sich mir gegenüber so aggressiv?«

Richards grinste gehässig. Er lehnte sich demonstrativ gelassen zurück und schlug die Beine übereinander. »Darf ich rauchen, Doktor?«

»Ja. Aber Sie wissen ja, was ich darüber denke.« Sie tippte auf das Schild auf ihrem Schreibtisch, auf dem das international bekannte Zeichen für ›Rauchen verboten‹ zu sehen war: ein roter Kreis mit einem roten Querstrich, der eine brennende Zigarette durchkreuzte.

Richards zog eine Packung Benson and Hedges aus der Jackentasche, formulierte lautlos und immer noch lächelnd die Worte ›Zur Hölle mit dir, du Miststück‹ und nahm eine Zigarette aus der Packung. »Schauen Sie, Julia, ich kann mich noch gut an die Zeit erinnern, als wir erheblich freundlicher miteinander umgegangen sind. Wissen Sie noch? Das war damals, als ich Sie an der Universität Stanford gerettet habe. Sie benahmen sich da wie ein herrenloses Kind, wollten mit Ihren Ideen dem System trotzen und hatten es mit feindseligen Lehrern und hoffnungslosen psychiatrischen Fällen zu tun. Wenn ich mich recht erinnere, hatten Sie sich gerade durchgerungen zu buckeln, um Ihr Diplom zu bekommen. Dann sind wir auf der Bildfläche erschienen und haben Ihnen alles geboten, was Sie sich erträumt haben. Und sogar noch mehr – einen raschen Abschluß an der John Hopkins University, Laborarbeiten am NIH, ein Beraterposten am NIMH, ein paar Experimente – und plötzlich verdiente das süße kleine Püppchen, dem Daddy den Geldhahn abgedreht hatte, einen sechsstelligen Betrag im Jahr, daß ihr das Geld fast zum hübschen Hintern herauskam.« Er zündete die Zigarette an, paffte ein paarmal und sah sie abschätzend an.

»Sie spielen wohl darauf an, daß ich Sie mit mir schlafen ließ, Richards«, sagte sie, und ihren Augen und ihrer Stimme war ihre Verachtung anzumerken. »Meinen Sie das?«

Richards schüttelte den Kopf. Er betrachtete die Zigarette, befeuchtete seine Finger und drückte sie aus. Die Kippe warf er in den Papierkorb neben ihrem Schreibtisch. »Nein, Julia, das meine ich nicht. Das war ein Fehler. Wir beide haben da einen Fehler gemacht, und das tut mir leid.« Er schloß die Augen. »Druck, Doktor, es war der Druck. Das ist lange her und fast vergessen. Ich entschuldige mich, falls bei Ihnen der Eindruck entstanden ist, ich spielte darauf an. Ich entschuldige mich für mein Verhalten, Julia.«

Sie entspannte sich und war ungehalten über sich

selbst. Der verdammte Kerl! Das machte er immer mit ihr. Er reizte sie, bis sie in die Luft ging, und dann sorgte er dafür, daß sie sich dumm vorkam. Er hatte sie ausmanövriert.

»Es sind harte Zeiten, denke ich. Und da Scarborough jetzt kein Aktivposten mehr ist, sondern eine unberechenbare Größe . . . Nun ja, ich bin wohl etwas gereizt.«

»Soll ich Ihnen etwas verschreiben, Mr. Richards?« fragte sie, bemüht darum, nicht die Beherrschung zu verlieren.

»Nein, nein. Vielen Dank, Julia. Das ist eben das Berufsrisiko. Aber legen Sie mir einen Satz neue Lungen und eine neue Leber aufs Eis, falls ich sie mal brauche.«

»Ich kann für nichts garantieren. Sie sollten nicht rauchen, Sie sollten nicht trinken. Klare Anweisung vom Doktor. Lassen Sie mich nur rasch eine Analyse machen, dann kann ich Ihnen eine Arznei zusammenmixen, die zu Ihrer Neurochemie paßt. Damit Sie klar, aber ruhig denken können. Es ist wirklich kein Problem.«

»Das würden Sie wirklich gern tun, nicht wahr, Julia?« Er lächelte, aber seine Augen blieben kalt. »Sie würden wirklich gern meine Dealerin werden, was? Damit Sie den Alten kontrollieren können.«

»Das ist nicht das, was ich . . .«

»Es ist ein Spiel wie Katz und Maus, Julia. Und warum auch nicht? Es gehört dazu und macht Spaß. Es ist ein Teil des großen Spiels. Wir sind schon zwei, nicht wahr?«

Plötzlich, ungerufen, zuckte eine Erinnerung durch ihren Kopf: sie und Richards nackt in ihrem Bett in ihrer Wohnung in Silver Spring, das einzige Licht die Beleuchtung des Aquariums.

Energisch drängte sie die Erinnerung zurück, schenkte sich ein Glas Mineralwasser ein und trank einen Schluck, als könnte sie damit alle unerwünschten Gefühle wegspülen. Verdammt, sie hätte sich am liebsten selbst etwas verschrieben. Heiler, heile dich selbst.

»Ich weiß nicht, was Sie damit meinen, Richards«, sagte sie. »Ich glaube aber, angesichts der Situation ist es das beste, unseren Meinungsaustausch auf das zu beschränken, was aus sachlichen Gründen erforderlich ist.« Sie beugte sich vor und sprach mit rauher Stimme weiter, ihre Worte genau wählend und jedes Wort übertrieben betonend. »Kurz gesagt, ich möchte unsere Begegnungen auf das beruflich unbedingt Notwendige beschränken.«

Richards nickte zustimmend. »Ja, und wir sind ja Profis, nicht wahr, Doktor? Also gut, sprechen wir über unsere beruflichen Aufgaben. Haben Sie schon Ihren Bericht über die Fortschritte des Projekts White Book geschrieben?«

Der Ordner lag links vor ihr auf dem Schreibtisch, dem Namen des Projekts entsprechend weiß wie ein Lamm. Sie gab ihm die Mappe, er schlug sie auf und überflog die sauber getippten Seiten gleich an Ort und Stelle.

Das Projekt White Book, dachte Donna Cunningham, während sie den lesenden Richards beobachtete. Sie wußte genau, daß das, was sie in ihrem exzellenten Stil zu berichten hatte, ihrem Vorgesetzten gefallen würde. Wie sehr sich das Projekt doch seit seinen Anfängen in den fünfziger Jahren verändert hatte.

Nein, Veränderungen war nicht das richtige Wort.

Es war mutiert.

Das war der richtige Begriff, das richtige Verb. Und das passende Substantiv?

Nun, da kam natürlich nur jenes wundervolle, von Regierungsbeamten geprägte Wort in Frage, dieser bürokratische Ausdruck, der den Vorgang perfekt umschrieb, so daß er sofort in die Alltagssprache übernommen worden war.

Desinformation.

So hatte die CIA das genannt, was der KGB und die russischen Medien in den siebziger Jahren veranstaltet hatten. Nur daß die Amerikaner es natürlich im gleichen Maße auch selbst taten, seit der Kalte Krieg begonnen hatte. Das durch Aufklärung gewonnene Material wurde in Müll verwandelt, in leeres Geschwätz.

Projekt White Book, das Projekt hinter Blue Book.

Als einige Offiziere der Air Force später ihr Bedauern zum Ausdruck brachten, wie wenig das Projekt Blue Book wirklich zur Aufklärung des UFO-Phänomens beigetragen habe, hätten sie sich krasser nicht irren können. Das Projekt Blue Book war eine wichtige Tarnung gewesen. Es war der sichtbare Ausdruck der Bemühungen aller CIA-Mitarbeiter in der Air Force, diejenigen zufriedenzustellen, die verlangten, man müsse die Lichter am Himmel offiziell untersuchen. Aber die wirklich wichtigen Operationen im Hintergrund, die man schon sehr früh ins Leben gerufen hatte, waren das Projekt White Book und natürlich das Projekt Black Book. Cunningham wußte nur sehr wenig über Black Book. Gerade soviel, wie sie wissen mußte, um in ihrer Abteilung im Rahmen des Projekts White Book brauchbare Arbeit zu leisten. Das Black Book war fast ausschließlich Richards' Angelegenheit, und dort war der Dreckskerl Richards seinerseits nur ein kleiner Untergebener. Sicher, er war der Leitende Editor, aber über ihm im Projekt Black Book regierten die Publisher. Vielleicht erklärte das seine Launenhaftigkeit.

Ja. Julia Cunningham mußte unwillkürlich kichern. Das war der Grund. Die Publisher hatten ihn an den Eiern, und es stand in ihrer Macht, mit ihm zu tun, was sie wollten. Sie selbst hatte mit ihnen kaum zu tun, und sie war dankbar dafür. Richards konnte ihr keine Angst einjagen. Die CIA fürchtete sie nicht, und sie hatte nicht einmal den psychotischen, verrückten Woodrow Justine beängstigend gefunden. Aber die Publisher – sie gab es vor niemandem offen zu, doch vor denen hatte sie wirklich große Angst. Das wären die letzten, denen sie in die Quere kommen wollte.

Natürlich waren sie es gewesen, die White Book und Black Book geschaffen hatten, auch wenn Richards behauptete, die CIA habe die Projekte in gewisser Weise selbst in Gang gesetzt. Top-secret, kein Wort darüber. Dieses alberne Getue. Aber nach allem, was Cunningham über die Publisher wußte und sich zusammenreimte, hatten sie wirklich von Anfang an die Finger im Spiel gehabt.

Das Projekt White Book war die Maschinerie, jener geheime, im verborgenen arbeitende Apparat, der in den fünfziger und sechziger Jahren zahlreiche Sichtungen *erzeugt* hatte. Hinter den meisten Sichtungen steckte ohnehin nur eine Kombination aus natürlichen Phänomenen und menschlicher Fantasie – man setzte einem Landei in Arkansas einen Floh ins Ohr, und plötzlich sah der ganze Ort über Farmer Jones' Silo UFOs kreisen. Wenn man genug Sichtungen erzeugte, war man binnen kurzer Zeit fähig, die gesamte Situation zu kontrollieren. Das war damals in den fünfziger Jahren die Theorie gewesen, und es hatte eine Zeitlang funktioniert. Aber dann hatten sich die Dinge verändert, der Mythos war gewachsen – Betty und Barney Hill waren Anfang der sechziger Jahre entführt worden, John Fuller hatte 1966 *The Interrupted Journey* geschrieben – und seitdem waren direkte Kontakte mit Außerirdischen das höchste der Gefühle. Als Travis Walton Mitte der siebziger Jahre von einem UFO mitgenommen wurde und danach ein vom *Enquirer* preisgekröntes Buch schrieb (keine Aktion im Rahmen des White Book, sondern vielmehr das, was die zuständige Abteilung der Firma als »hausgemachten Schwindel« bezeichnete), war klar, in welche Richtung sich der UFO-Mythos weiterentwickeln würde. 1977 hatte Brian Richards, damals selbst erst Editor, eine vielversprechende Studentin in der Universität Stanford aufgegabelt. 1980 bekam sie grünes Licht, ihre Methoden anzuwenden. Als Richards 1982 befördert wurde, verlieh man ihr den Rang einer Editorin, und sie wurde ihm unmittelbar unterstellt.

Die Theorie stammte nicht von ihr selbst. Die Publisher hatten sie entwickelt. Aber die Methoden, einschließlich der wissenschaftlichen Verfahren, die Arbeit, die Fortschritte und die Rückschläge und schließlich die herausragenden Erfolge, die als Grundstein des ganzen Programms galten – all das war ihr Werk gewesen. Richards hatte es ihr mit deutlichen, einfachen Worten gesagt: »Kennen Sie das Phänomen, das auftritt, wenn zahlreiche Frauen in einem Büro zusammenarbeiten? Die pheromonische Anführerin bekommt ihre Tage, und das schlägt auf die anderen Frauen durch. Wenn mehrere Frauen im gleichen Büro eng zusammenarbieten, dauert es nicht lange, bis der Hausmeister weiß, wann jeden Monat der Zeitpunkt kommt, an dem er den Tamponspender im WC nachfüllen muß. So etwas Ähnliches tun wir hier auch, Julia.«

Damals waren sie noch ein Paar gewesen, und er hatte einen Moment gewählt, als sie zufrieden und umschlungen im Bett lagen, um es ihr zu sagen. »Damals, in den fünfziger und sechziger Jahren, war es anfangs mit Schrotschüssen vergleichbar, aber nach einer Weile wußten wir, wie man die richtigen ›Anführer‹ findet. Natürlich waren in diesem Fall keine Pheromone beteiligt, sondern es war eine Art kultureller Okkultismus – wir haben gewissermaßen kosmische Meinungsführer gesucht. Man pickte sich eine oder einen heraus, zeigte ihm eine fliegende Untertasse, die über sein Haus schwirrte, verpaßte ihm die richtigen Suggestionen, und schon hatte man nicht nur einen Konvertiten, sondern auch einen Anführer. Und das Aufregende dabei ist, daß ein solcher Mensch nicht einmal über seine Erlebnisse schreiben oder sie im Fernsehen offenlegen muß. Sein psychischer ›Duft‹ färbt den Zeitgeist. Das kollektive Unbewußte wird geprägt und von den UFO-Gläubigen verändert, bis sich die Realität selbst verändert. Plötzlich entsteht ein neues Bewußtsein in der Öffentlichkeit, das wir kontrollieren können. Wir suchen die Anführer, wir schicken sie zu dir, und du bekommst soviel Zeit, wie du brauchst. Der wirklich komplizierte Teil dabei ist deine Arbeit. Du mußt diesen Leuten einen Trip verschaffen, du mußt sie programmieren, bis sie glauben, sie seien entführt und von Außerirdischen gequält und mißhandelt worden. Wir erfinden immer verrücktere, immer bizarrere Szenarien als Hintergrund, aber wir achten darauf, daß die Schilderungen nicht zu konsistent und plausibel werden – denn dann würden die Wissenschaftler, die Regierung und die Akademiker aufmerksam werden. Jedes Jahr nicht mehr als ein paar richtig plazierte Fälle. Voilà! Das Brot fällt ins Wasser, zerkrümelt und verteilt sich. Kieselsteine werden zu Schneebällen, die eine Lawine auslösen. Und auf einmal werden überall Phänomene beobachtet!«

Sie hatte die Idee so aufregend gefunden – außerdem Macht zu erhalten, experimentieren zu können, neues

Wissen über das neurochemische System des Menschen zu gewinnen –, daß es ihr überhaupt nicht in den Sinn gekommen war, die naheliegende Frage zu stellen. Aber schließlich hatte ihre Neugierde gesiegt.

Warum?

Aus welchem Grund sollte all dies getan werden?

»Oh, das wirst du sicher bald erfahren«, hatte Richards ihr geantwortet. »Im Augenblick muß dir genügen, daß es dem Wohl unseres Landes dient und daß es Kräfte gibt, die wir auf diese verdeckte, aber dennoch sehr effiziente Weise bekämpfen.«

Als sie die ganze Wahrheit herausfand, war sie bereits zur Editorin ernannt worden und emotional, beruflich und in jeder anderen Hinsicht viel zu tief in das Projekt verstrickt, um noch aussteigen zu können.

Selbst wenn sie es gewollt hätte, sie kam nicht mehr heraus. Das Projekt White Book war ihr Leben, und die Dinge, die sie lernte und leistete, waren einfach unglaublich. Die Kontrolle, die sie über andere Menschen und über ihr eigenes Schicksal ausüben durfte, erzeugte ein Gefühl ungeheurer *Macht*, und das war viel besser als jede Droge, weil es real und dauerhaft war.

Außerdem würde man sie umbringen, wenn sie kündigte.

»Gut. Sehr gut, Doktor«, sagte Richards, während er seine Aktentasche aufhob und die Mappe samt Inhalt darin verstaute. »Wie es aussieht, läuft hier im guten alten Wilden Westen alles bestens.« Er sah sich lächelnd im Büro um. »Ja, aus irgendeinem Grund scheint diese Abteilung hier ständig die schönsten Früchte zu tragen. Glauben Sie, es steckt etwas Mystisches dahinter, Doktor?«

»Ich glaube, es liegt daran, daß wir hier ziemlich isoliert sind, Richards. Weit draußen auf dem Land kann man leichter arbeiten, man kann die Operation leichter geheimhalten – und wir haben mehr Freiraum für unsere Bewegungen.« Sie tippte auf ihre Kaffeetasse. »Außerdem gibt es hier eine Menge militärischer Aktivitäten. Die Einwohner sind daran gewöhnt, daß in der Nacht Hubschrauber fliegen und geheimnisvolle geschlossene Militärfahrzeuge zwischen den Mesas und Arroyos herumfahren.«

»Wie unromantisch, meine Liebe. Aus Ihnen würde nie eine anständige UFO-Anhängerin.« Er stand auf. »Und jetzt führen Sie mich bitte herum. Wir wollen gleich über den Grund reden, aus dem ich Sie überhaupt aufgesucht habe. Ihr Bericht klingt äußerst vielversprechend. Steht die Implementierung unmittelbar hervor?«

Sie nickte. »Unsere Subjekte sprechen auf die Konditionierung gut an. Es war brillant, die Jahrtausendwende als Faktor einzuführen. Ich glaube, uns steht jetzt alles zur Verfügung, um eine neue Religion zu gründen. Es ist sehr aufregend, bei ihrer Geburt mitwirken zu können, denn dieser Glaube vereint Schönheit und Eleganz ebenso wie abgrundtiefe Dunkelheit.« Sie unterbrach sich, als ihr klarwurde, daß sie begeistert gesprochen und ihre Gefühle zu offen gezeigt hatte. Das kam nicht in Frage. »Was ist mit Scarborough?« sagte sie, das Thema wechselnd. »Er ist sehr gefährlich für uns. Sehr gefährlich für das White Book. Und ich glaube, er könnte sogar das Black Book gefährden.«

Als sie an Scarborough dachte, war es ihr, als zögen dunkle Wolken durch ihren Kopf. Sie war zornig, und auf einmal regten sich noch andere Gefühle, die sie sofort unterdrückte. Die Kapsel in ihrem Innern drohte sich zu öffnen. Richards durfte es nicht sehen – er durfte nicht erfahren, was wirklich in ihr vorging, in ihrem Innern, das zerklüftet war wie der Süden Kaliforniens.

»Keine Sorge, Doktor. Dank unserer Verbindungen zu den Medien wird es in der öffentlichen Wahrnehmung Everett Scarboroughs eine Kehrtwendung geben. Er ist nicht mehr der Vorreiter von Logik und Vernunft, nicht mehr der kluge, wortgewandte Skeptiker, sondern erscheint jetzt als wahnsinniger Mörder. Als charmanter Psychopath, der die Öffentlichkeit schon seit Jahren hinters Licht führte. Wenn er der Wahrheit auch nur ein Stück weit nahe kommt und sie verbreiten will – nun, bis dahin werden wir seinen Ruf längst ruiniert haben. Man wird den Eindruck haben, er litte an seinem schrecklichen Verfolgungswahn, das hilflose Opfer des Genusses zu vieler Romane von Robert Ludlum.« Richards lächelte und zog ein dickes Buch aus der Tasche. »Übrigens habe ich vorhin auf dem Flug das letzte Buch von Ludlum ausgelesen. Wollen Sie es haben?«

Sie schüttelte den Kopf. »Sie wissen doch, daß ich keine Romane lese, Mr. Richards.« Schnell kam sie auf das vorherige Thema zurück. »Aber was Scarborough angeht – Sie versuchen, ihn zu schnappen, nicht wahr?«

»Aber selbstverständlich.«

»Und dann? Werden Sie ihn umbringen?«

»Wir können nicht zulassen, daß er weiter frei herumläuft. Nicht mit dem, was er jetzt anscheinend weiß.«

»Mir kommt da eine Idee, Richards. Wenn es sein muß, dann töten Sie ihn meinetwegen. Ich kann verstehen, was Sie darüber denken. Aber falls Sie ihn lebendig erwischen sollten und ihn zu befragen wünschen, bevor Sie ihn beseitigen . . .«

Sie unterbrach sich, suchte nach den richtigen Worten.

»Sie wollen ihn haben, Doktor?« flüsterte Richards. Er verstand, was sie meinte.

»Ja«, sagte Dr. Julia Cunningham. »Überlassen Sie mir den großen Skeptiker eine Weile.«

Sie konnte nicht anders, ihre ungeschminkten Lippen verzogen sich zu einem kleinen Lächeln.

3. Kapitel

Das Schöne an einer Versetzung ins Hinterland der USA war, daß die Häuser dort erheblich weniger kosteten als im Einzugsbereich der großen Städte.

Marsha Manning besaß ein hübsches Haus im Baustil von Cape Cod, dazu genau einen Acre Land, einige Bäume und eine Wiese; ein Anliegen, das sie mit Hilfe einer Hypothek ohne weiteres hatte kaufen können. Eine kleine Erbschaft von ihrem Großvater hatte für die Anzahlung ausgereicht. Sie hatte nur noch zwei Jahre abzuzahlen, aber innerhalb dieser zwei Jahre würde sie mit Sicherheit versetzt werden. Sicher würde sie beim Umzug kein Geld verlieren und vielleicht sogar an ihrem neuen Dienstort ein Schnäppchen machen können. Andererseits konnte sie sich dort auch eine Wohnung nehmen und das Haus vermieten. Wie auch immer, sie würde das Haus verlassen müssen, und sie würde es ganz bestimmt vermissen, das wußte sie.

Marsha Manning dachte über diese Fragen nach, während sie ihren blauen Hyundai Excel vom Kepler Drive in die asphaltierte Zufahrt ihres Hauses lenkte.

Der Frühling neigte sich dem Ende zu, weiches Nachmittagslicht lag auf dem schiefergedeckten Dach, der Wind spielte mit den Blättern der Bäume und strich über die Erde wie ein liebevoller Vater über das Haar seines Kindes. Der Geruch nach frisch ausgetriebenen Buchenblättern und den Tulpen, die sie im Garten zog, begrüßte sie. Auf der Straße spielten ein paar Kinder mit Skateboards. Es war ein ruhiger Vorort, in dem überwiegend Familien lebten, ein freundliches, sicheres Wohnviertel. Sie kannte die meisten Nachbarn hier, die immer wieder einmal versuchten, sich mit einem um zwei Ecken verwandten Cousin oder dem netten Buchhalter zu verkuppeln, der auf der Elkins Street allein lebte, seit seine Frau ihn verlassen hatte. Wie kam es nur, daß diese junge Frau allein war? fragten sie sich wahrscheinlich beim Kaffeeklatsch oder bei Tupperpartys. Meine Güte, sie mußte doch in diesem großen Haus schrecklich einsam sein!

Marsha schaltete den Motor ab, zog die Handbremse an und nahm die braune Tüte mit den Einkäufen aus dem Wagen.

In Wirklichkeit war es so, daß sie nach einer langen Beziehung Raum brauchte, um wieder zu sich zu kommen. Sie lebte gern allein. Natürlich war sie hin und wieder mal mit einigen der Männer ausgegangen, die Jill Perkins oder Harriet Durk für sie ausgesucht hatten. Es war ja keineswegs so, daß sie menschenscheu war. Aber sie wollte sich eben nicht auf tiefere Gefühle einlassen, und so hatte sie sich – in diese Gegend versetzt – ein hübsches, gemütliches Haus gekauft und eine Art psychologisches Großreinemachen in Angriff genommen. Raus aus den verstaubten Abhängigkeiten! Auf den Müll mit den vergilbten Erinnerungen an eine gescheiterte Liebe! Herein mit neuem Lesestoff. Sport treiben und Bänder mit Meditationsmusik hören, die ihr Selbstbewußtsein steigern halfen. Marsha Mannings wollte graue Mauern grellrosa anstreichen, damit sie sich endlich wieder so gut fühlen konnte, wie es einer erfolgreichen Frau in den neunziger Jahren nur möglich war.

Das war alles sehr, sehr gut verlaufen, bis sie Doktor Everett Scarborough kennengelernt hatte.

Sie zog ihren Schlüsselring aus der Tasche, an dem außer den Schlüsseln auch ein winziger Chip hing. Ihre männlichen Kollegen hatten ihr das Plättchen nach der Ausbildung am Computer geschenkt, weil sie als beste abgeschnitten hatte. Sie schloß die Tür auf. Wer hätte auch ahnen können, daß ein bekannter Wissenschaftler, ein Autor und UFO-Skeptiker, der die fünfzig längst hinter sich gelassen hatte, ihre hübsche emotionale Inneneinrichtung derart in Unordnung bringen konnte? Ganz zu schweigen davon, daß sie für ihn ihre Karriere aufs Spiel gesetzt hatte. Everett Scarborough – na gut, dachte sie, als sie das Licht einschaltete. Sie hatte ihren Vorgesetzten einige gute Erklärungen geliefert, und es schien so, als käme sie nicht vors Kriegsgericht. Wäre es nach Colonel Walter Dolan gegangen, dann hätte ihr das durchaus passieren können. Gott sei Dank hatte sie sich die Zeit genommen, alles streng nach den Vorschriften abzuwickeln, als sie Scarborough aus der Haftzelle der Air Force befreit hatte. Und Gott sei Dank war ihr der General, den sie aus dem Bett geholt hatte, damit er ihr die Papiere unterschrieb, persönlich sehr gewogen. Er war ihr sogar einen Gefallen schuldig gewesen. Ohne diese Hilfe ...

Nun, sie wollte einfach nicht mehr darüber nachdenken. Die Air Force war ihr wichtig, es war ihr Job, und auch wenn sie sich nicht gerade fühlte wie auf einer Hochzeitsreise, hatte sie sich für lange Zeit verpflichtet und festgelegt. Es war ...

Sie stellte die Tüte mit den Einkäufen auf den Küchentisch und sah sich stirnrunzelnd um.

Irgend etwas stimmte hier nicht.

Sie konnte es spüren.

Auf den ersten Blick schien alles an Ort und Stelle zu sein. Die Spüle blitzte sauber, die Kaffeepötte mit den komischen Sprüchen und Abbildungen hingen an ihren Plätzen, die Schranktüren waren geschlossen.

Trotzdem lief ihr ein Schauer den Rücken hinunter. Es war eigentlich keine Angst, sondern eine Art gespannte Vorsicht wie bei einer Katze.

Ob ein Einbrecher in das Haus eingedrungen war?

Ihre inneren Alarmglocken schrillten laut.

Einige Mitarbeiter der örtlichen Polizei, vor allem Jim Nichols und Rob Prosky, hatten sie ins Herz geschlossen. Sie war ein- oder zweimal mit Jim ausgegangen, und sie hätte sich auch mit Rob verabredet, wenn der nicht verheiratet gewesen wäre. »Sie können uns jederzeit anrufen, Marsha. Die Nummer haben Sie ja – 911. Wenn Sie auch nur das kleinste Problem haben, dann preschen wir mit durchdrehenden Rädern zu Ihrem Haus. Selbst wenn Sie nur jemanden suchen, mit dem Sie Kaffee trinken und ein paar Donuts essen wollen.«

Natürlich hatte sie trotzdem noch nie die Polizei angerufen. Sie wollte nicht den Eindruck erwecken, sie sei eine hilflose, einsame Frau. Das war einfach nicht ihr Stil. Ganz davon abgesehen, daß sie bisher sowieso nicht den geringsten Grund gehabt hatte. Nicht einmal als Pressy, die Katze der Nachbarin, auf ihr Dach gestiegen war. Sie hatte sich eine Leiter geborgt und das Tier selbst heruntergeholt.

Trotzdem, hier stimmte etwas nicht, und nachdem Mac MacKenzie in Iowa ermordet worden war – nun ja, Marsha Manning war eine kluge Frau, die genau wußte, wo der Stolz aufhören und der Pragmatismus beginnen mußte.

Trotz der Größe des Hauses gab es nur zwei Telefonapparate. Einer stand in ihrem Arbeitszimmer, wo zugleich ihr Modem angeschlossen war, der zweite im Schlafzimmer. Die Schlafzimmertür war die nächste, sie mußte nur von der Küche aus durch einen kurzen Flur gehen. Marsha Manning wandte sich in diese Richtung.

Eigentlich ist das albern, dachte sie, als sie das Licht einschaltete. Aber lieber albern und vorsichtig als verletzt oder tot.

Das Telefon stand neben dem Bett. Sie ging hinüber, hob ab und wählte.

Neun.

Eins . . .

Der Mann mußte sich hinter dem Schrank versteckt haben. Er stand auf einmal hinter ihr und legte ihr eine Hand auf den Mund und einen Arm um die Taille.

»Keine Bewegung«, sagte er. »Ich will dir nicht weh tun. Ist hier noch jemand bei . . .«

Schon vor der Grundausbildung hatte Marsha einige Selbstverteidigungskurse absolviert. Sie reagierte reflexartig und ohne nachzudenken, setzte ihren Körper als Drehpunkt ein, stieß den Hintern gegen die Beine des Mannes zurück und zog ihn über ihre Schulter. Er landete auf dem Boden und streckte überrascht alle viere von sich.

»Hi!« rief sie und hob die Schlaghand. Beinahe hätte sie zugeschlagen, doch dann wurde ihr klar, daß sie die Stimme des Eindringlings schon beim ersten Wort hätte erkennen müssen. Sie hielt inne und starrte das Gesicht des Mannes an, den sie nur zu gut kannte.

»Scarborough!« sagte sie.

Ihr zu Füßen lag jemand, der nur noch entfernt an den Dr. Everett Scarborough erinnerte, den sie vor einiger Zeit kennengelernt hatte.

»Meine Güte, Marsha«, stöhnte er. »Wenn ich gewußt hätte, daß du eine Karatemeisterin bist, dann hätte ich mich dir erheblich vorsichtiger genähert.« Er schüttelte den Kopf, rollte sich herum und kam schwankend auf die Knie. »Ich habe niemanden gesehen – bist du allein gekommen?«

»Ja, ich bin allein. Mein Gott, Everett, mein Gott! Du hast doch meine Telefonnummer. Konntest du nicht anrufen?«

Er schüttelte den Kopf. »Ich hatte keine Zeit. Himmel, es kann sogar sein, daß dein Haus überwacht wird, aber dieses Risiko mußte ich eingehen. Ich brauche deine Hilfe, und ich brauche sie wirklich dringend.«

Er stand auf und setzte sich auf die Bettkante. Äußerlich sah er aus wie Everett Scarborough, aber er war nicht mehr der Mann, den sie in Iowa in Mac MacKenzies Haus auf dem Land kennengelernt hatte. In seinem früher makellos rasierten Gesicht war ein Einwochenbart gewachsen, das ehemals sauber frisierte Haar wirkte zottelig und ungekämmt, er trug schmutzige Jeans, ein löchriges Flanellhemd und einen blauen Anorak. Früher war er sogar bei eher informellen Anlässen fast nie ohne Krawatte aufgetaucht. Jetzt hatte er tiefe Ringe unter den Augen und sah ausgemergelt aus.

Sie war sprachlos.

»Ich bin heute morgen durch ein offenes Fenster eingestiegen, und war so müde, daß ich aufs Bett fiel und sofort einschlief. Als du gekommen bist, wußte ich nicht, ob du allein warst. Es tut mir leid, daß ich mich so ungeschickt bemerkbar gemacht habe. Ich war nicht recht bei Verstand.«

»Ev, Ev . . . was tust du nur hier?«

Er sah an sich herab, starrte seine abgestoßenen Straßenschuhe an, und zum erstenmal seit sie ihn kannte, gewann Marsha den Eindruck, daß er sich schon fast aufgegeben hatte. Auf jeden Fall war er stark angeschlagen. »Damals auf dem National Airport hast du gesagt, wenn ich dich brauche, könnte ich kommen. Du hast mir die Adresse gegeben.«

»Natürlich bist du willkommen«, sagte sie ein wenig unsicher. »Ich habe nur nicht damit gerechnet. Ich meine, nach alldem, was geschehen ist – ich habe von dem CIA-Agenten gehört, der vom Hoover-Damm gestürzt ist, von deinem Verschwinden . . . aber ich hätte wirklich nicht vermutet, daß du hier auftauchen würdest.«

Scarborough nickte. »Yeah, aber sie haben nicht die ganze Geschichte veröffentlicht. Sie wollen mich drankriegen, darum geht es. Sie wissen nur nicht recht, wie sie es formulieren sollen. He, glaubst du, ich könnte einen Kaffee kriegen? Ich fühle mich, als hätte ich Spinnweben im Kopf.«

»Sicher doch. Schaffst du es bis in die Küche?«

»Sobald mein Rückgrat und die gebrochenen Rippen verheilt sind.«

Sie mußte unwillkürlich lachen. »Du lebst noch, und du lernst, Doktor. Leg dich eine Weile auf das Bett, wenn du willst. Ich gehe rüber und mahle echte kolumbianische Kaffeebohnen, und dann werfe ich die Kaffeemaschine an.«

»Danke, aber ich glaube, ich schaffe es bis in die Küche.«

Er bewegte sich hölzern, wanderte aber mit ihr in die Küche hinüber, wo Marsha sofort mit Kaffeemachen begann.

»Willst du was essen?«

»Ja, ich bin ziemlich hungrig.«

»Wie bist du überhaupt von Nevada hier herauf gekommen?«

Scarborough schlug sich die Hände vors Gesicht und seufzte. »Vielleicht sollte ich erst etwas Kaffee trinken und eine Dusche nehmen. Ich fühle mich wie etwas, das eine Katze angeschleppt und in der Katzenkiste verbuddelt hat.«

Sie brachte ihm den Kaffee, gab ihm ein sauberes Handtuch und zeigte ihm, wo die Dusche war.

Als das Wasser in die Badewanne trommelte, kehrte sie in die Küche zurück, goß sich selbst auch einen Kaffee ein und gab etwas Süßstoff und fettarme Milch dazu.

Erst jetzt gestattete Marsha Manning sich ein leichtes, zögerndes Lächeln.

Nun war also Everett Scarborough doch noch in ihr Leben zurückgekehrt, dieser verrückte Dickschädel, und auf einmal roch es nach Geheimnissen und Abenteuern.

Sie war sehr froh, den Mann wiederzusehen.

Sehr, sehr froh.

4. Kapitel

Marha Manning bereitete ihm eine kräftige Mahlzeit zu: mit Eiern und Speck, Bratkartoffeln, Organgensaft, Vollkorntoast, Marmelade und allem anderen, was er aus ihrem Kühlschrank haben wollte.

Es war köstlich.

Unterwegs hatte er nicht viel gegessen. Er hatte kaum Appetit gehabt. Außerdem war er über Nebenstraßen gefahren, hatte sich von den verkehrsreichen Highways ferngehalten, war den gut besuchten Truck Stops und Schnellimbissen ausgewichen und hatte sich an kleine, von Einheimischen betriebene Geschäfte gehalten, wo er im Vorbeigehen rasch ein Sandwich kaufen konnte. Solche und ähnliche gastronomische Wunderwerke nahm er im Auto zu sich und stellte dabei das Autoradio auf die Nachrichtensendungen ein, die er jeweils in der Gegend empfangen konnte. Wo es nur Musiksendungen gab, ertrug er das Geheule der Country & Western-Musik oder das Gehämmere der Top Forty, um zur vollen Stunde die Nachrichten zu erwischen und zu hören, ob da von ihm, von UFOs oder von den illegalen Organisation der Regierung die Rede war, die ihn schnappen wollte.

Aber er konnte nichts Neues erfahren.

Auch die Zeitungen berichteten kaum über den Vorfall. Innerhalb von zwei Tagen gab es nur einen groß aufgemachten Bericht, dann kam überhaupt nichts mehr. Jedenfalls hatte er in den Blättern, die er in Supermärkten kaufen oder an Automaten ziehen konnte, nichts gefunden. Eines Abends hatte er zufällig in der Fernsehsendung *A Current Affair* etwas mitbekommen, als er völlig erschöpft war und beschlossen hatte, keinesfalls noch eine weitere Nacht auf dem Rücksitz zu verbringen. Er war in einem heruntergekommenen alten Motel mit grellen Neonreklamen in der Nähe von Muncie, Indiana, abgestiegen. Ironischerweise war das, was im Fernsehen gezeigt wurde, schon vor Wochen aufgezeichnet worden und alles andere als neu. Vor einiger Zeit hatte er mehreren Sendern Interviews gegeben, um für sein neues Buch zu werben, das den Titel *Above Us Only Sky* trug. Die sensationsgeilen Journalisten hatten jetzt nichts weiter getan, als der Geschichte einen etwas anderen Dreh zu geben, ein paar aufgeregte Kommentare einzustreuen und ein paar Blutflecken auf dem Hoover-Damm zu filmen, und schon war die Geschichte fertig. Fernsehen für den sofortigen Verzehr. Scarborough kam es vor, als wäre es ein Fremder, der da auf dem Bildschirm scharfe Bonmots über die Gläubigen, die Ungewaschenen und die Ungebildeten von sich gab. Ja, er war in der Tat ein anderer geworden. Aber wer er jetzt war, das wußte er selbst nicht.

Gott, es tat so gut, an einem Ort zu sein, an dem er sich sicher fühlte. Es tat gut, die Düfte aus der Küche zu riechen und Marshas Magnetfiguren auf dem Kühlschrank oder die selbstgestrickten Topflappen neben dem Herd zu sehen. Er hatte große Sehnsucht nach seinem Haus in Bethesda, nach der kleinen Oase, die er sich dort eingerichtet hatte, um Herz und Seele vor der rauhen Welt zu schützen. Nach dem Tod seiner Frau war ihm diese Zuflucht, wo zahlreiche Erinnerungen an Phyllis die Räume schmückten, besonders wichtig geworden. Ein großes, nicht ganz billiges Nest, das seine Bilbiothek, seine Stereoanlage, seine Schallplattensammlung, seinen Schreibtisch und seinen Computer beherbergte – all die schönen Dinge, die ihn gegen das Chaos draußen abschirmten, gegen die kalte und dunkle Seite des Lebens. Wärme, Vernunft, Intelligenz, Klarheit – das waren die Qualitäten, die dieses Haus für ihn verkörperte. Aber Scarborough wußte nicht, wann er es wiedersehen würde. Falls überhaupt jemals. Und so war er froh, die vielen Dinge in Marshas Haus betrachten zu dürfen. Die altmodische Standuhr, den antiken Stuhl im Eßzimmer, die zerknitterten und aufgeblätterten Zeitschriften, die überall im Wohnzimmer herumlagen. Er hatte das Gefühl, daheim zu sein, und er bekam zugleich einige Einblicke in das Leben und die Persönlichkeit dieser Frau.

»Hm«, machte Marsha, die ihn beobachtete, während er die Eier verdrückte und den Speck verzehrte. Sie unterhielten sich, wie er es sich gewünscht hatte, über Belanglosigkeiten. Er stellte ihr einige Fragen nach ihrem Haus und ihrem Leben, und sie sprachen über alles mögliche, nur nicht über UFOs und die Schwierigkeiten, in denen er steckte. »Ich glaube, ich mache dir noch mehr.«

Sie tat es, und er schlug sich glücklich den Bauch voll.

Unter normalen Umständen hätte Everett Scarborough große Bedenken gehabt, seinen Cholesterinspiegel mit einer einzigen Mahlzeit so sehr zu steigern. Schon bei der jährlichen Routineuntersuchung vor einiger Zeit waren die Werte etwas zu hoch gewesen, und er hatte sich sehr bemüht, keine fetten Speisen mehr zu essen. Aber da er hungrig war wie ein Wolf und ohnehin nicht wußte, ob er die nächste Woche überleben würde, stellte er seine Bedenken zurück.

Er aß einfach nur.

Als er sich etwas besser fühlte, als der Kaffee seinen Kreislauf auf Touren brachte und er sich beinahe wie ein Mensch vorkam, beantwortete er endlich die Fragen, die sie zurückgehalten hatte, und lenkte das Gespräch auf das Thema, das wie eine dunkle Wolke drohend über ihnen gehangen hatte.

»Ich habe ein Auto gekauft.«

Sie hob die Augenbrauen und stellte die Kaffeetasse auf den Unterteller.

»Ein Auto? Woher hast du denn das Geld her? Ich habe draußen übrigens auch kein Auto gesehen.«

»Es ist ein alter, verbeulter Ford Falcon. Er steht ein Stück weiter in einer Seitenstraße.« Er tauchte ein Stück Toast in die Pfütze Eigelb auf seinem Teller und biß hinein. »Ich wollte den Wagen nicht direkt vor deinem Haus parken, Marsha. Es gibt eine Verbindung zwischen uns, und es würde mich nicht wundern, wenn dich das FBI schon nach unserer Beziehung befragt hat.«

»Ja, das haben sie getan, aber viel kam dabei nicht heraus. Ich habe dich ja nur in Virginia aus der Haft geholt, und da wurdest du illegal festgehalten, und ich habe nichts Falsches getan. Als sie sagten, du seist ein Mörder, hättest einen CIA-Agenten getötet und man würde dich als Verdächtigen wegen der Ermordung von Captain Eric

MacKenzie suchen, bin ich pflichtschuldigst erschrocken und habe ihnen sofort mein Pfadfinderehrenwort gegeben, daß ich mich melden würde, sobald du mir auch nur eine Postkarte schickst.«

»Das war klug.« Er schob sich ein Stück Speck in den Mund und genoß den rauchigen, salzigen Geschmack, während er nachdenklich kaute. »Die haben meinetwegen wohl sogar die Nationalgarde eingeschaltet, Marsha. Die Regierung will mich unbedingt kriegen. Anscheinend kann ich ihnen mehr schaden, als ich es jemals gedacht hätte.« Er schüttelte traurig den Kopf und starrte trübselig auf seinen Teller. »Was war ich dich für ein Narr, daß ich mich so lange an der Nase herumführen ließ.«

»He, Mann, für diese Selbstbezichtigungen haben wir keine Zeit. Du wolltest mir erzählen, woher du das Geld bekommen hast.«

Scarborough sah sie an und dachte nach, bis die Erinnerung zurückkam. »Kreditkarten. Barauszahlungen am Automaten. In Las Vegas gibt es jede Menge Geldautomaten. Ich habe mein Kreditlimit bis zur Grenze ausgeschöpft, ehe sie sich an die Kreditkartenfirmen wenden konnten. Als wir zum Steinbruch gefahren sind, wußte ich, daß sie schon bald hinter mir her sein würden. Ich habe mich allerdings gefragt, warum sie mich nicht gleich festgehalten haben, als die Polizei in Arizona Jack Camden und mich verhört hat.«

»In welcher Angelegenheit denn? Und welcher Steinbruch? Was ist mit dem Steinbruch?« Marsha schüttelte den Kopf. »Du mußt es mir von Anfang an erzählen. Alles, was passiert ist, nachdem ich dich am National Airport in Washington abgesetzt habe. Aber zuerst das mit dem Steinbruch.«

Everett Scarborough schob den Teller weg und beugte sich vor. Sein Gesicht war zornig verkniffen, er hatte die Augenbrauen zusammengezogen, und um seine Augen bildeten sich viele kleine Falten. Er war müde, unendlich müde. Aber er war es Marsha schuldig, ihr alles zu erklären, was sie wissen wollte. Und zwar nicht nur als Gegenleistung, weil sie ihm Unterschlupf gewährte, sondern auch weil sie ihm wichtig war. »Dort sollte sich angeblich meine Tochter aufhalten, Marsha. Dort wollte Diane sich mit ihrer fliegenden Untertasse treffen, erinnerst du dich?« Er wandte den Blick ab und sprach heiser und beinahe flüsternd weiter. »Sie haben sie geschnappt, Marsha. Sie haben Diane entführt.«

»Was? Diane ist von einer fliegenden Untertasse entführt worden?«

»Nein, nein.« Scarborough schüttelte verzweifelt den Kopf. »Es war der CIA. Oder irgendeine illegale Abteilung, die Mittäter jener Verschwörung, die anscheinend seit den Tagen des Projekts Grudge in den vierziger Jahren aktiv ist.«

»Die Editoren? Die Publisher? Die Gruppen, die erwähnt wurden, als ich Colonel Dolan und Brian Richards im Pentagon belauscht habe?«

»Ja. Das sind die Leute, die auch Tim Reilly geschnappt haben. Und jetzt . . .« Seine Hand, die den Kaffeepot hielt, verkrampfte sich. Dann ging er ins Schlafzimmer zurück und zog etwas aus seiner verdreckten Jeanshose. Es war ein rotes Halstuch. »Aus Italien«, erklärte er. »Ich habe es ihr mitgebracht, als ich vor ein paar Jahren in Rom war. Diane hat es sehr geliebt. Sie hat es getragen, wann immer sie konnte. Ich habe es im Steinbruch auf einem Kaktus gefunden. Es war dort festgebunden – eine Nachricht von ihr.« Er seufzte. »Sie haben Tim Reilly geschnappt, und jetzt haben sie auch Diane.« Er sah Marsha an und kämpfte mit den Tränen, die ihm in die Augen steigen. »Ich muß sie befreien, Marsha, und ich muß diesen verdammten Schweinehunden heimzahlen, was sie ihr antun wollen. Und was sie mir seit mehr als zwanzig Jahren angetan haben.«

Das rote Halstuch, das in der sternenklaren Wüstennacht schlaff am verwachsenen Kaktus hing . . .

Der Schrei des CIA-Killers, der außen am Hoover-Damm hinunterstürzte und jedesmal, wenn er an der steilen Mauer aufschlug, einen Blutfleck hinterließ . . .

Das Krachen der Waffe in seiner Hand, als er mit dem musku-

lösen Gegner mit den Aknenarben auf der Straße gekämpft hatte ... die aufs Geratewohl abgefeuerte Kugel, die irgendwie die Brust des Mannes traf ...

Jake Camdens Grinsen, als sie sich die Hände geschüttelt und einen Pakt geschlossen hatten, den er früher für undenkbar gehalten hätte ...

Die Geräusche, die Bilder, all diese Dinge hatten Dr. Everett Scarborough verfolgt, während er kreuz und quer durch die USA gefahren und sich stetig Marsha Mannings Haus in Cleveland, Ohio, genähert hatte.

Und jetzt konnte er endlich den Druck loswerden und ihr die ganze Geschichte erzählen.

»Ich bin zur University of Kansas gefahren und habe Dianes Freundin angerufen, bei der Diane sich eigentlich aufhalten sollte. Das Mädchen sagte nur, Diane sei weggefahren. Ich wußte genau, wohin sie wollte. Sie wollte zum Hoover-Damm.«

»Ja, dort wollte sie sich noch einmal mit den Außerirdischen treffen, die angeblich mit ihr und Tim Kontakt aufgenommen hatten«, warf Marsha ein. »Aber, Ev, du hast ihr doch ausdrücklich gesagt, sie solle nicht ohne dich fahren.«

»Diane kann sehr impulsiv und eigensinnig sein. Ich hatte mich verspätet, deshalb hat sie vermutlich Camden zugesetzt und ihn gedrängt, mit ihr zu fahren.«

»Ausgerechnet Camden! Dieser schmierige Journalist! Ein sehr schlechter Ersatzmann für dich.«

Scarborough zuckte die Schultern. »Ob du es glaubst oder nicht, Camden hat auch seine guten Seiten.«

»Ich hätte nie gedacht, so etwas einmal aus dem Mund von Dr. Everett Scarborough zu hören, dem Erzfeind der Boulevardpresse.«

»Was soll ich sagen? Er hat mir das Leben gerettet. Ich denke, damit hat er ein paar Punkte bei mir gut.«

Als Scarborough in Las Vegas eingetroffen war, hatte er ein Auto gemietet und war zum Hoover-Damm gefahren. »Ich wußte da noch nicht, daß Diane eine weitere ›Vision‹ gehabt hatte. Wie es scheint, haben ihre ›Außerirdischen‹

nicht den Hoover-Damm selbst gemeint. Sie wollten sich mit ihr an einer weniger auffälligen Stelle treffen – in einem aufgegebenen Steinbruch, der ein paar Meilen vom Damm entfernt ist. Anscheinend hatte sie diese ›Vision‹, während sie für Camden einen neuen Anzug kaufte. Diane hat Hawaiihemden schon immer gehaßt.«

»Das ist sehr weiblich gedacht. Sie wollte nicht im Angesicht von Außerirdischen mit einem schlechtgekleideten Begleiter in Verlegenheit kommen. Das kann ich gut verstehen.«

Scarborough grunzte nur. »Wie auch immer, ich beklage mich ja gar nicht. Diane hatte es eilig, deshalb hat sie Camden einfach einen dunklen Anzug verpaßt und ist rasch zum Steinbruch gefahren. Inzwischen war auch ich zum Damm unterwegs, um sie dort zu treffen. Natürlich habe ich keine Spur von ihr gefunden, deshalb wartete ich und sah mir die Aussicht an.« Er trank einen Schluck Kaffee und erinnerte sich an den leichten Schwindel und die Urängste, die sich gemeldet hatten, als er auf dem riesigen Damm stand: auf einer Seite ein See und auf der anderen Seite ein Abgrund, tief unter den Füßen das schwache Wummern der Turbinen, deren Rotationen er als Vibration in den Füßen spüren konnte. »Dann ist ein Auto gekommen und hat angehalten. Ein junger Mann mit athletischem Körperbau und einem Gesicht voller Mondkrater ist ausgestiegen und hat mich mit einer Pistole bedroht. Er meinte, er hätte mich vorher beschützt, aber jetzt würde er mich umbringen. Ich hatte den Eindruck, daß er seine Arbeit liebte.«

»Ein Editor?«

»Richtig. Ich will dir was sagen, Marsha, ich habe mich in diesem Augenblick nicht besonders wohl gefühlt.«

»Du dachtest, dein letztes Stündlein hätte geschlagen, was? Aber du bist ja hier . . .«

»Ja. Dann kam ein zweiter Wagen. Ein Mann stieg aus, der einen schwarzen Anzug trug. Der Wagen war eine große Limousine, ebenfalls schwarz. Der Typ von der CIA . . . ich glaube, wir werden den wirklichen Grund dafür nie erfahren, jedenfalls hat er völlig durchgedreht. Er ist erschrocken und hat etwas von ›Männern in Schwarz‹ gestammelt. Dadurch bekam ich Gelegenheit, ihm die Waffe aus der Hand zu schlagen. Wir haben gekämpft, und es stellte sich heraus, daß der Mann im schwarzen Anzug Jake Camden war.«

»Diane hat ihn wohl geschickt, um zu sehen, ob du am Damm angekommen bist.«

»Genau. Ich bekam dann die Waffe in die Hand und habe den Mann angeschossen. Eigentlich hatte ich gehofft, einige Informationen aus ihm herauszubekommen, aber er ist über das Geländer gestürzt und hielt sich nur noch mit den Fingerspitzen außen an der Mauer fest. Ich wollte ihn retten, und es sah beinahe so aus, als könnte ich ihn heraufziehen. Ich habe Camden gerufen, mir zu helfen, aber dann ist der Kerl endgültig ausgeflippt und hat den Halt verloren. Er ist an der Mauer hinuntergepoltert wie ein Sack Kohlen.«

Marsha schüttelte den Kopf. »Wenigstens hast du die Sache überlebt, das ist das wichtigste. Vielleicht könntest du jetzt einen kurzen Exkurs über die Männer in Schwarz einschieben?«

»Das ist ein Teil der UFO-Mythologie, Marsha.«

Er trank einen Schluck und bat sie, den Kaffee noch einmal für ihn aufzuwärmen. Dann gab er ihr eine Kurzfassung seines Vortrags über die Men in Black, die Männer in Schwarz. Er begann mit ihrem Auftritt bei Albert K. Bender, dem Direktor des International Flying Saucer Bureau. Bender hatte erklärt, drei Männer in schwarzen Anzügen, weißen Hemden und mit schwarzen Hüten hätten sich ihm als Mitarbeiter einer Regierungsbehörde vorgestellt. Sie hätten ihm streng geheime Informationen über die Herkunft der UFOs gegeben, ihn zugleich aber gewarnt, daß sie nur seine Neugierde befriedigen wollten, damit er keine Fragen mehr stellte. Falls er aber Informationen durchsickern ließe, dann würden sie es ihm heimzahlen.

»Bender war jedoch, wie sich später herausstellte, paranoid und von Horrorgeschichten, Science-fiction und okkulten Themen sehr fasziniert«, erklärte Scarborough. »Gray Barker, ein früherer Mitarbeiter, hat über das

Thema ein paar Bücher geschrieben, die das Lager der UFO-Verrückten Ende der fünfziger und Anfang der sechziger Jahre geradezu aufgepeitscht haben. Seitdem machen zahlreiche Geschichten über die Men in Black die Runde. Normalerweise sind sie zu dritt unterwegs. Sie tragen entweder sehr gut gebügelte oder stark verknitterte schwarze Sachen. Oft haben sie Schlitzaugen oder sehen sonstwie fremdartig aus, und sie behaupten immer, sie kämen von der CIA oder einer anderen Regierungsbehörde. Häufig verhalten sie sich wie Figuren aus zweitklassigen Kriminalfilmen der vierziger oder fünfziger Jahre. Sie haben auch, wie es scheint, sehr merkwürdige Bildungslücken. Meist fragen sie nur nach Informationen über fliegende Untertassen. Und sie drohen den Leuten. Ja, sie drohen sogar sehr häufig. Und sie sind mit alten schwarzen Cadillacs unterwegs.«

»Damit würden sie bei jedem Treffen von Freunden bizarrer Angewohnheiten den ersten Platz belegen«, sagte Marsha.

»Ich habe diese Geschichten jahrelang nur für Mythen gehalten. Dieser Bender hat irgendwie die alten Legenden über den Teufel oder den Sensenmann, der in eine Stadt kommt und Unheil verkündet, mit dem UFO-Phänomen in Verbindung gebracht. Und viele andere haben seine Fantasien aufgegriffen. So legte ich mir das zurecht. Aber in der letzten Zeit – mein Gott, ich weiß es einfach nicht. Ich weiß überhaupt nichts mehr. Ich meine, du hättest diesen Mann von der CIA mal sehen sollen. Er ist wirklich ausgeflippt, als er dachte, die Men in Black wollten ihn schnappen.«

»Ja, okay. Ich habe das verstanden. Aber jetzt erzähl doch weiter. Du bist dann sicher in den Steinbruch gefahren, um Diane zu suchen.«

»Ja. Camden hat mich mitgenommen.«

»Und Diane war verschwunden?«

»Richtig. Es gab Anzeichen, daß ein Handgemenge stattgefunden hat.«

»Gab es Spuren von einer UFO-Landung?«

Scarborough lächelte grimmig und schüttelte den Kopf.

»Aber dafür gab es Reifenspuren. Ich habe keinen Zweifel, wer sie geschnappt hat. Marsha, ich habe mir dort geschworen, daß ich sie befreien werde. Aber dabei brauche ich deine Hilfe.«

Sie nahm seine Hand. »Ich werde tun, was immer ich kann.«

»Dann glaubst du mir?«

Ihre Augen funkelten plötzlich und sahen aus wie flüssiges grünes Feuer. »Natürlich glaube ich dir, Everett! Ich weiß, daß du nichts mit Captain MacKenzies Tod zu tun hast. Ich war doch dabei, als er ermordet wurde. Und ich habe das Gespräch über die Editoren und Publisher belauscht.«

»Ich brauche einen Stützpunkt, eine Zuflucht – aber ich will keinesfalls deine Sicherheit, deine Freiheit oder deine Karriere gefährden. Mehr verlange ich gar nicht, Marsha.«

»Okay, okay, Doktor. Ich habe doch gesagt, daß ich dir helfe. Bist du in den letzten Wochen etwa auch schwerhörig geworden?«

»Nein, im Gegenteil. Vieles ist mir jetzt sogar klarer als früher, glaube ich.«

»Gut. Dann erzähl jetzt weiter. Was ist mit Camden? Du sagtest, ihr arbeitet zusammen . . .«

»Am nächsten Tag haben wir die Meldungen in den Nachrichten gehört und uns zusammengereimt, was passiert war. Die Editoren, wer auch immer das ist, hatten beschlossen, mich für vogelfrei zu erklären. Irgendwie hatte ich ja schon damit gerechnet«, erklärte Scarborough, »deshalb hatte ich schon am Abend vorher an Geldautomaten alles abgehoben, was ich nur bekommen konnte. Ich dachte mir, sie würden mich suchen und mir die Kreditkonten sperren lassen, was auch immer. Aber ich hätte nicht gedacht, daß sie mir den Tod dieses Agenten und den von MacKenzie in die Schuhe schieben wollten.«

Jake Camden war in den Meldungen nicht erwähnt worden. Wahrscheinlich war außer den Gläubigern niemand hinter dem Reporter des *Intruder* her, so daß dieser sich relativ frei bewegen konnte.

»Ich mache mir, was Jake Camden angeht, keinerlei Illusionen. Ich habe ihm unmißverständlich gesagt: ›Wenn Sie mir helfen, bekommen sie die Geschichte des Jahrhunderts. Aber den Schmierenjournalismus des *Intruder* müssen Sie vergessen.‹ Camden hatte jetzt die Möglichkeit, wie ein echter Reporter zu arbeiten, berühmt und reich zu werden und vielleicht sogar den Pulitzerpreis zu bekommen. Die Geschichte sollte ihm gehören, wenn er bereit war, mir zu helfen. Natürlich war er bereit. Und ihm drohte ja überhaupt keine Gefahr. Da er sich frei bewegen konnte, habe ich ihn gebeten, Informationen über die Editoren und Publisher und über ihre seltsamen Projekte zu beschaffen. Ich wollte ihn als außenstehenden Helfer einbeziehen können, soweit dies nötig wurde. Er war sofort einverstanden.«

Es war sogar Camden gewesen, der das Auto gekauft hatte – einen alten Ford Falcon für tausend Dollar einschließlich Steuern und Zulassung. Dann hatten sie sich getrennt. Camden war nach Florida zu seiner Redaktion geflogen, Scarborough war nach Ohio und in Richtung New York City aufgebrochen.

»Als erstes«, sagte Scarborough, »wäre es mir wichtig, wenn du mit Camden in Kontakt bleiben könntest. Ich habe ihm deine Telefonnummer gegeben. Was er mir zu sagen hat, wird er bei dir hinterlassen. Alles, was er an Informationen findet – Papiere, Berichte, was auch immer, soll er an deine Adresse schicken. Umgekehrt werde ich meine Informationen über dich an ihn weitergeben. Ist das in Ordnung?«

Marsha zuckte die Schultern. »Kein Problem.« Sie schwieg einen Augenblick und dachte nach. Dann sah sie ihm fest in die Augen. »Wäre ich nicht eine größere Hilfe, wenn ich dich begleite?«

»Nein!« Er sagte es entschieden und sehr energisch.

»Aber gibt es nicht noch jemand anders, der dir als Verbindungsperson dienen kann?« fragte sie störrisch, und ihre braunen Augen schienen ihn festzunageln. »Schau, ich habe noch etwas Urlaub, und ich wollte sowieso wegfahren . . .«

»Dann sag den Urlaub ab. Ich will nicht, daß du irgendwo hinfährst, verstehst du? Nicht, wenn du mir wirklich helfen willst. Marsha, bitte ... Ich freue mich über deinen Vorschlag, aber du kannst mir viel nützlicher sein, wenn du hierbleibst. Im Augenblick jedenfalls. Verstehst du das nicht?«

Sie biß sich auf die Unterlippe und starrte ihre Fingernägel an. Scarborough bemerkte, daß sie bis aufs Fleisch abgekaut waren. Vor einer Woche war sie noch nicht so nervös gewesen. Er hoffte, daß nicht er der Grund für diese Unruhe gewesen war. Nein, natürlich nicht. Das war ein absurder Gedanke.

Er sah Marsha aufmerksam an. Dunkle, südländische Augen fand er bei Frauen im allgemeinen nicht sehr anziehend, und ihr Haar war für seinen Geschmack etwas zu brünett und zu lockig. Natürlich war sie eine wundervolle Frau, klug und lebensfroh, sogar temperamentvoll. Warm und liebenswürdig und so weiter. Aber sie war nicht die Art von Frau, mit der Scarborough Sex haben und eine Beziehung aufbauen wollte. Nein, das war sie wirklich nicht. Sie waren einfach nur Freunde.

»Also gut«, sagte sie, und ihre Stimme klang etwas sarkastisch. »Ich verstehe. Charles Bronson muß losziehen und das Unrecht der Welt rächen. Der einsame Held. Aufrechter Gang und männliche Härte und was sonst noch dazugehört.«

»Marsha, ich bin ja gar nicht allein«, widersprach Scarborough. Er nahm ihre Hand. »Jedenfalls nicht, wenn du hier bist und mir hilfst.«

»Oh, alles klar«, sagte sie, zog die Hand zurück, stand auf und marschierte auf dem blankgebohnerten Linoleum davon. Dann wirbelte sie herum, eine Hand in die Hüfte gestemmt und den Zeigefinger der anderen wie eine Waffe auf ihn gerichtet. »Kaum, daß er was zu beißen bekommt, hebt der alte, eigenbrötlerische Scarborough schon wieder den Klotzkopf.«

»Ja, vielen Dank für das Mitgefühl.« Er war ein wenig verletzt.

»Du hast meine Sympathie, du bekommst mein Mitgefühl, du bekommst alles, was du brauchst, Everett.

Warum nimmst du nicht mehr als das, wenn es dir schon angeboten wird? Dir steht das Wasser bis zum Hals. Ich bin seit mehr als zehn Jahren beim Militär, ich kenne mich aus, und ich kann vielleicht etwas für dich tun.«

Scarborough trank ruhig seinen Kaffee. »Es tut mir leid, Marsha. Weißt du, ich hätte wirklich gern Gesellschaft.«

»Gesellschaft? Hast du eigentlich nicht zugehört? Paß auf, Freundchen, ich bin eine Frau, die was bewegen kann. Weißt du, wie sie mich bei der Ausbildung genannt haben? Lieutenant Stachelschwein. Aber natürlich nur hinter meinem Rücken, weil sie wußten, daß ich ihnen sonst den Arsch versohlt hätte. Ich habe schon auf der High-School den schwarzen Gürtel in Karate bekommen, jetzt besitze ich den blauen Gürtel in Aikido, und ich bin eine ausgezeichnete Schützin. Zeig mir eine Computerfestplatte, und ich zeige dir, wie man einbricht. Du bist genau wie meine Vorgesetzten. Du gibst mir einfach keine Chance.«

»Ich zweifle nicht an deinen Fähigkeiten, Marsha. Aber es wäre mir in diesem Fall völlig gleichgültig, und wenn du die Klassenbeste gewesen wärst . . .«

»Dazu hat mir nur ein einziger Punkt gefehlt!« warf sie trotzig ein.

»Auch wenn du als Supergirl agieren könntest, wäre mir das egal, Marsha. Du vergißt anscheinend, daß es schon ein viel zu großes Risiko für dich war, als du mich aus der Arrestzelle aus dem Militärstützpunkt in Virginia herausgeholt hast.« Er schüttelte den Kopf und stützte müde den Kopf auf seine Hände. »Glaube nicht, daß ich nicht auch daran gedacht habe. Sogar quer durch neun Staaten die ganze Zeit lang! Aber das hier ist mein Kampf, Marsha. Ich verlange sowieso schon viel zuviel von dir. Ich kann nicht zulassen, daß du auch noch dein Leben riskierst.«

»Das ist meine eigene Entscheidung, Everett. Ist es nicht auch mein Leben? Du darfst nicht glauben, ich wäre hier bei der Air Force übermäßig glücklich. Ganz im Gegenteil. Vielleicht denkst du, ich hätte großen Respekt vor der Regierung in Washington und dem Pentagon. Aber nein!

Und mein Beruf – ich bin einfach in alten Geleisen festgefahren. Dir aus dem Bau zu helfen, das war das erste Vernünftige, das ich seit wer weiß wie langer Zeit getan habe.«

Sie wandte sich von ihm ab. Hustete sie, oder war das Geräusch, das er hörte, ein unterdrücktes Schluchzen? Er stand auf, trat zu ihr und legte ihr eine Hand leicht auf den Rücken.

»Glaube mir, Marsha, du kannst mir wirklich helfen, wenn du tust, worum ich dich bitte. Schau her«, sagte er sanft, »ich verspreche dir, dich sofort anzurufen, wenn es mir zuviel wird, und dich um Hilfe zu bitten. Okay?«

Sie nickte. »Entschuldige. Ich glaube, ich reagiere in dieser Hinsicht sehr emotional, Ev.« Sie drehte sich wieder um und sah ihn stirnrunzelnd an. »Vielleicht weil ich die Erinnerung an Richards und Dolan nicht loswerden kann. Zwei hochrangige Mitarbeiter, Ev, die sich unterhalten haben wie Ganoven. Sie arbeiten für irgendeine Verschwörung der Regierung und begehen wer weiß was für Schandtaten! Als ich das Offizierspatent bekam, habe ich geschworen, meinem Land zu dienen und es zu schützen – und wenn ich gegen diese Schweine arbeite, dann tue ich nur meine Pflicht.«

»Gut gesprochen, Marsha, und ich kann deine Enttäuschung und deinen Zorn wirklich verstehen. Ich empfinde ganz ähnlich, das kannst du mir glauben.« Er kicherte wehmütig. »Ich will die Dinge wieder in Ordnung bringen, Marsha. Ich werde die Wahrheit herausfinden, und ich werde allen Leuten diese Wahrheit verkünden. Und letzten Endes werde ich auch meine Tochter finden.«

Sie nickte, lächelte und legte den Kopf an seine Schulter. Er konnte nichts weiter tun als sie festzuhalten. Ihr Herz hämmerte. Ihr Körper war warm, sie roch so gut . . .

Aber nein, das kam nicht in Frage.

Sie war eine Freundin.

Eine sehr gute, enge, wichtige Freundin.

Und mehr nicht, verdammt!

»Aber was willst du jetzt tun, Everett?« fragte sie. »Wohin willst du?«

Er sagte es ihr.

5. Kapitel

Die Frau zog die Kopfhörer vom Kopf des Mannes, der einen Text tippte. Bluesklänge drangen blechern aus den winzigen Muscheln.

»Hier sind deine Telefonnotizen, Jake«, sagte Betty Norton und warf einen Stapel rosafarbener Notizblätter auf den Schreibtisch, auf dem es aussah, als hätte eine Bombe eingeschlagen. »Es ist schon nach sechs, Junge. Ich muß jetzt weg.«

Jake Camden wandte kurz den Blick von seiner ratternden IBM-Kugelkopfmaschine ab. Die halbgerauchte Camel baumelte zwischen seinen Lippen wie ein Satzzeichen in einem Song von Tom Waits. »Klar doch, Baby. Ich glaube, ich werde heute abend noch ein paar Seiten schreiben. Ich bleibe noch hier.«

Betty Norton war die Assistentin, die er sich beim *National Intruder* unter anderem mit dem Redakteur teilte, der für die Klatschspalte zuständig war. Jake Camden war der UFO-Reporter des Blattes. Jeder nahm an, daß er so hart arbeitete, weil er seine Kolumnen und Artikel für einen Zeitraum von mehreren Wochen abliefern mußte, bevor er sich wieder um die ›Feldforschung‹ kümmern konnte, wie er es seinem Chef gegegenüber genannt hatte. In Wirklichkeit hatte er seine Arbeiten für den *Intruder* jedoch schon am Vortag abgeschlossen. Jetzt hatte er den ersten Entwurf einer Geschichte in der Maschine, die er der *New York Times* oder der *Washington Post* oder einem großen Medienkonzern verkaufen wollte – irgendeinem Abnehmer jedenfalls, der das Format und Ansehen besaß, das einem Käseblatt wie dem *Intruder* abging. Die Geschichte über Everett Scarborough, das sollte die Fahrkarte sein, die ihn aus diesem Loch herausbrachte. Natürlich konnte er die Geschichte noch niemandem anbieten, denn er und Scarborough mußten erst noch einige beweisbare Fakten ausgraben. Aber wenn ihnen das gelang – jippie! Es würde eine gewaltige Sache werden. Er würde vielleicht sogar ein Angebot für ein Buch und einen Film bekommen, und vor allem würde er aus dem Dreckloch in Florida herausfinden und seine Tätigkeit in Gefilde verlagern können, wo der Journalismus noch etwas galt. Sein Traum würde . . .

»Ich habe dich noch nie so fleißig arbeiten sehen«, sagte Betty kopfschüttelnd.

»Eine heiße Sache, Baby. Wirklich heiß.« Er blickte wieder auf die Tastatur und hackte weiter. Nach ein paar Sekunden spürte er, daß sie noch da war, drehte sich auf dem Bürostuhl herum, nahm die Camel aus dem Mund und sagte: »Was hast du da zu gaffen, Süße?«

»Du hast keine anzüglichen Bemerkungen gemacht und seit einer Woche nicht mehr nach meiner Schwester gefragt, Jake. Was ist los?«

Sie war eine gefärbte Blondine mit einer ordentlichen Figur und einer niedlichen Nase. Das war genug, um zur Zielscheibe für Jakes anzügliche Bemerkungen zu werden. Mit ihrer Schwester Ann, die im letzten Jahr aus Tampa zu Besuch gekommen war, hatte er geschlafen, und damit war er auch an ihr nahe dran. Er meinte es nicht besonders ernst mit ihr, setzte ihr aber trotzdem zu, weil er glaubte, sie wäre verletzt, wenn er es nicht täte. Aber seit er aus Las Vegas zurückgekehrt war, hatte er die Frauen in seiner Nähe in Ruhe gelassen.

Es gab größere Fische zu fangen.

Jake quittierte den Seitenhieb mit einem Lächeln. »Ich weiß, daß du meine Aufmerksamkeit vermißt, Mädchen, aber was soll ich machen? Die Untertassenmenschen haben einen Energiestrahl auf mich gerichtet, und ich tanze an Fäden, die sich durch die ganze Galaxis spannen. Ich muß schreiben, und das kann ich nur, wenn ich die Hände auf der Tastatur halte.«

»He, das war nicht als Beschwerde gemeint, Jake. Ganz im Gegenteil. Gute Nacht.« Sie wollte gehen.

Jake blätterte die Telefonnotizen durch, weil ihm plötzlich einfiel, wer angerufen haben könnte.

Ein Rückruf von MUFON, eine Nachricht von der PR-Abteilung der Air Force. Außerdem die üblichen Verrückten mit Geschichten über fliegende Untertassen, die ihren Fernsehempfang störten.

Leider nichts von Everett Scarborough oder irgend jemandem, der irgendwie mit Scarborough zu tun hatte.

Jake stand auf und bog seinen verspannten Hals hin und her. Die Hälfte der blauen Mangofrüchte und der grünen Papageien auf seinem Hawaiihemd baumelte aus der billigen Hose, die andere Hälfte war noch irgendwie im Hosenbund verstaut. »Betts, he! Warte mal!«

Sie drehte sich um und blieb vorsichtig auf Distanz, weil sie sich inmitten der leeren Schreibtische nicht wohl fühlte. Nebenan ratterten Fernschreiber und spuckten endlose Papierfahnen in das verwaiste Nachrichtenbüro der besten UFO-Zeitschrift der Welt. Jakes Büro war kaum mehr als ein kleiner Verschlag im hinteren Teil des Raumes, mit schulterhohem Metallgestänge und billigem gefärbtem Glas von anderen Verschlägen abgetrennt. Dank sei Kozlowski, dem großzügigen Übervater, dem geizigen Herrscher des *Intruder*. Aber Camden war im Grunde sogar dankbar für das bißchen Abgeschiedenheit, das ihm dadurch zufiel – ganz besonders in einer Situation wie jetzt, wenn er Ruhe brauchte.

»Was ist?«

»Nichts von Ed Chaney?«

»Das fragst du mich andauernd, Jake. Wenn ein Anruf von Ed Chaney gekommen wäre, dann hätte ich ihn durchgestellt, wie du es mir gesagt hast. Kann ich jetzt gehen, mein Lieber? Ich habe zufällig einen Freund, und der weiß genau, welch schlechten Ruf eine gewisse Schlange hat, mit der ich zusammenarbeite.«

Jake lächelte. Er freute sich immer, wenn seine Geschlechtsgenossen ihn bewunderten. »Was ist mit Kozlowski? Hat er etwas über meine Artikel gesagt?«

»Nada. Adios, Jake.«

»Danke, Süße. Grüße deinen Freund von mir. Sage ihm, es tut mir leid, daß ich bei der letzten Grillparty auf seine Golfschuhe gekotzt habe.«

Bettys Nike-Schuhe quietschten schon den mit Linoleum ausgelegten Flur hinunter, und ihr Hintern wackelte prächtig. Jake sah ihr einen Augenblick interessiert hinterher und machte ein schmatzendes Geräusch.

Jake Camden hielt sich für eine Art Spencer Tracy, der ein paar Nummern kleiner als Tom Selleck wiedergeboren worden war, aber in seinem Äußeren und seinem Verhalten stellte er viel eher eine Art unheilige Allianz zwischen Mickey Rourke und James Woods dar.

Ach, was soll's. Alle diese Typen machten regelmäßig ihre Nummern, und das machte Jake auch, und dafür hatte er ein reiches Angebot an Damen zur Verfügung. Und das allein zählte, oder?

Camden hatte ein fahles, ungesundes Gesicht, ein schmales Kinn und hohe Wangenknochen und Augen, mit denen er aus fünfzig Schritt Entfernung einen Vogel in einem Baum vor Schreck erstarren lassen konnte – wenn er nüchtern war. Wenn er es nicht war, hingen ihm die Lider schwer über die Augen, und er wirkte schläfrig. Aber auch das mochten die Mädchen. Sein Haar war kaninchenbraun mit Geheimratsecken, sein Körperbau untersetzt. Um die Taille geriet er vom Trinken allmählich etwas in die Breite, aber Camden machte sich deshalb keine Sorgen – mit ein paar Wochen Sport würde er das leicht wieder los. Im Augenblick sah Camden geradezu erbärmlich aus. Er hatte Bartstoppeln im Gesicht, die Kleidung war zerknittert, das Haar zerzaust. Aber wenn er einen Tag harter Arbeit hinter sich hatte, sah er immer so aus, und er war sogar stolz darauf, daß man es ihm ansehen konnte, wenn er mehr als die unbedingt notwendigen paar Stunden an der Schreibmaschine verbracht hatte.

Er hockte sich wieder an den Schreibtisch, nahm die Kassette aus dem Walkman und legte ein Band mit B. B. King ein. Dann setzte er sich den Kopfhörer auf und drehte die Lautstärke hoch.

Yeah, Lucille, sing mir irgend etwas vor, sing mir den Blues!

Unschlüssig klopfte er eine Camel ohne Filter aus der

Packung und zündete sie an, dann trank er die letzten Tropfen Kaffee, die im Styroporbecher übriggeblieben waren, und warf einen kurzen Blick auf die Geschichte, mit der er am Vortag nicht weitergekommen war. Er wollte möglichst schnell den Schluß herunterschreiben, damit er sie Kozlowski am nächsten Tag zur Begutachtung vorlegen konnte.

Stehlen UFOs unseren Müll?

Anhand von Hinweisen aus den ganzen Vereinigten Staaten zeichnet sich allmählich eine neue, erschreckende Wende ab, die das UFO-Phänomen zu nehmen scheint. Immer mehr Indizien sprechen dafür, daß die Außerirdischen von Bangor, Maine, bis San Pedro, Kalifornien, immer und immer wieder ins Privatleben der amerikanischen Bürger eindringen. Nachdem diese Hinweise nun auch unserem Blatt zugänglich gemacht wurden, stellen unsere Reporter nur noch eine einzige simple und dennoch äußerst wichtige Frage:

Wissen Sie, liebe Leser, was aus Ihrem Müll wird?

Entwenden die Außerirdischen die alltäglichen kleinen Beweise Ihrer Existenz, um sie ihren ganz eigenen, unbegreiflichen Zwecken zuzuführen?

Harold Budkey aus Omaha, Nebraska, weiß eine beunruhigende Geschichte zu berichten, die sich in ähnlicher Form auch anderenorts zugetragen hat:

»Es war ungefähr halb vier Uhr morgens, ich habe noch geschlafen. Da hörte ich plötzlich ein sehr lautes Klappern. Ich dachte zuerst, das wären Katzen oder Hunde, die in meinen Mülleimern herumkramten, denn ich hatte die Behälter schon vor die Tür gestellt, damit die Müllabfuhr sie am nächsten Tag abholen konnte. Schnell habe ich den Bademantel angezogen und zur Vordertür hinausgesehen, und verdammt will ich sein, da wühlt so ein kleiner, glatzköpfiger Kerl, ungefähr einszwanzig groß, in meinem Mülleimer herum, und über ihm schwebt eine fliegende Untertasse!«

Die Frage ist nun, was die Wesen von anderen Planeten mit Kaffeesatz, Verpackungen von Fertiggerichten und leeren, stinkenden Katzenfutterdosen anfangen wollen ...

Yeah, dachte Camden.

Das ist die Frage. Was wollen Wesen von anderen Planeten mit unserem Müll?

Er blätterte seine Notizen durch. In den sechs Jahren, die er jetzt auf diesem Gebiet arbeitete, hatte er ganze drei Hinweise auf diesen Aspekt des UFO-Phänomens bekommen. Eine kleine Übertreibung war aber sicher nicht schlecht fürs Geschäft. Außerdem mußte er ein paar Geschichten auf Halde produzieren – ein paar wirklich gute Geschichten, die gekonnt mit den Wahnvorstellungen des amerikanischen Mittelwestens spielten. Er brauchte diese Geschichten als Vorrat und Rückendeckung, wenn er sich um das kümmerte, was Scarborough von ihm verlangte. Außerdem mußte er noch einige Informationen für den Entwurf seines Bestsellers abklären.

Und dann hatte er vor, mit Maximillian Schroeder zu sprechen.

Plötzlich durchzuckte es ihn wie ein Blitz. Vielleicht stahlen die Außerirdischen den Müll, weil sie hinter menschlicher DNA her waren. Yeah, und sie benutzten die DNA, um in ihren Untertassen menschliche Klone zu produzieren. Nein, nein, nicht dort – aber auf der Rückseite des Mondes. Dort taten sie es. Von seiner eigenen Inspiration mitgerissen begann Camden, seine rasch fließenden Ideen auf einem gelben Notizblock zu notieren. Da stand plötzlich Kozlowski hinter ihm.

Camden wäre fast aus den Socken gefahren, als der große Boß ihm auf die Schulter tippte. Er zog sich den Kopfhörer herunter und fuhr herum. Vor ihm baute sich der rundliche Herausgeber auf, sah ihn durch dicke Brillengläser an, wie üblich eine stinkende Zigarre zwischen den Lippen, die jederzeit auf den Gesprächspartner zielen konnte wie ein anklagender Zeigefinger.

»Sir«, sagte Camden. Der Schreck ließ ihn ausnahmsweise höflich reagieren, die üblichen frechen Bemerkungen waren vergessen. »Ich wußte gar nicht, daß Sie noch da sind.«

»Ich muß schwer arbeiten, damit der Laden läuft, Camden«, erwiderte Kozlowski. Er kratzte sich an einem besonders häßlichen, fetten Leberfleck am Hals. »Gerade hatte ich eine wichtige Besprechung. Es gab da ein paar Probleme mit der Story über die Orgien, die unter Reagan im Weißen Haus stattgefunden haben. Sieht aus, als müßte ich Blake anweisen, sich etwas zurückzuhalten.«

Camden grinste verschlagen. »Das ist aber schade, Koz. Das war wirklich eine heiße Geschichte.«

»Warum liefern Sie mir nicht mal Geschichten über Orgien? Yeah. Orgien in fliegenden Untertassen. Wir hätten schon längst mal so was machen sollen.«

Kozlowski war ein fetter, schmieriger Kerl – so wie er sahen nur die wirklich häßlichen Geschäftsleute dieser Welt aus, die alle Unzulänglichkeiten ihrer Seele öffentlich zur Schau stellten. Er roch nach der Körperlotion Old Spice, die an den feuchten Stellen seines Körpers vergeblich gegen Pilzbefall kämpfte, und nach dem reichlich mit Zwiebeln garnierten Imbiß, den er bei seiner Besprechung mit dem Firmenanwalt Joe ›Hackmesser‹ Donohue gegessen hatte. Donohue verkaufte angeblich nebenbei Raubkopien des Kinofilms *Der weiße Hai*. Kozlowskis Akzent klang nach einem ärmlichen Vorort von New York, und dem Vernehmen nach drohte ihm ein durch Zementklötze beschleunigter Untergang in den Gewässern jener Gegend, falls er sich jemals wieder dort blicken ließe.

»Geht klar, Boß, ich mache mich gleich an die Arbeit.« Camden lächelte dienstbeflissen. »Und was ist mit den anderen Geschichten, die ich Ihnen vor ein paar Tagen vorgelegt habe? Was meinen Sie dazu?«

»Deshalb wollte ich mit Ihnen sprechen, Camden.« Kozlowski kaute gemächlich auf der Zigarre herum und ließ seinen Reporter eine Weile schmoren. »Die sind gar nicht so übel. Wirklich nicht schlecht. Ich kann erkennen, daß unsere kleine Unterhaltung über Ihre Arbeitsleistung neulich doch eine gewisse Wirkung hatte. Vielleicht fliegen Ihnen jetzt wieder ein paar neue Inspirationen zu, was? Die Geschichte über die CDs, auf denen geheime Botschaften der Außerirdischen kodiert sind, hat mir besonders gut gefallen. Ich glaube, das können wir drucken, und im nächsten Monat lassen wir die gleiche Sache noch einmal mit geheimen Botschaften von Elvis Presley laufen. Was meinen Sie?«

»Geht klar, Boß, danke.« Camden räusperte sich. »Wenn Sie ... äh, wenn Ihnen die Geschichten gefallen haben, Koz, also, ich dachte, äh, vielleicht könnten Sie ...« Schrecklich, wie er auf einmal herumdruckste und stotterte. Camden tat das sonst nie – Koz hatte ihm wirklich übel zugesetzt. »Vielleicht könnten Sie mir eine Art Bonus zahlen?«

Die Augen des dicken Herausgebers verengten sich sofort zu Schlitzen. »Was, Sie wollen mehr *Geld*?«

Nein, du Idiot, ich will eine Kiste von deinen Zigarren haben.

»Ja, sicher. Ich mußte mich in große Unkosten stürzen, und eine kleine Zuzahlung wäre mir da willkommen.«

Kozlowski schwieg einen Augenblick. Die nasse, besabberte Zigarre wanderte zwischen seinen Lippen und Zähnen hin und her, als kaute ein Hund auf einem Aal. Meine Güte, dachte Camden. Das war aber wirklich eine Veränderung. Er spie nicht auf der Stelle die Worte »Nein, Sie Arschloch« aus, wie er es sonst immer tat. Welch üble Ideen trieben sich in diesem stinkenden Topf voller Würmer herum, den Kozlowski an Stelle eines Gehirns benutzte?

Die Knopfaugen wanderten über die hochaufgestapelten Papiere auf dem Schreibtisch und zur alten IBM-Schreibmaschine, auf der Camden geschrieben hatte.

»Woran arbeiten Sie da gerade, Camden?« Er verrenkte den Hals, um genauer zu sehen.

Camdens erste Reaktion war, den Text vor seinem Boß zu verstecken, aber er unterdrückte den Impuls sofort, denn das hätte Kozlowskis Interesse erst recht erregt. Camden durfte sich nichts anmerken lassen. Außerdem konnte der Herausgeber Schreibmaschinenschrift nur lesen, wenn er sie sich direkt vor die Nase hielt. »Oh, ich schreibe gerade diesen Artikel hier zu Ende.« Er schob dem dicken Mann den ersten Teil des Artikels über die Mülleimer zu. Kozlowski hielt sich die Blätter dicht vor das Gesicht und las die Schlagzeile.

»Ha, gut gemacht, Camden! Guter Stoff! Yeah, das ist auf einer ganz persönlichen Ebene geschrieben, das ist genau das, was ich will. Das wird den Durchschnittsbürger dazu bringen, auf dem Hinterhof nach Biestern vom Jupiter zu suchen.« Dann zogen sich seine dicken Augenbrauen zusammen wie Würmer bei der Paarung. »Aber was ist der Grund dafür, Camden? Warum stehlen die Außerirdischen unseren Müll?«

»DNA, Koz«, sagte Camden. Wie schön, daß er gerade darüber nachgedacht und bereits eine Antwort auf diese Frage gefunden hatte.

»Deh-En-Ah? Was, zur Hölle, ist das?« fragte Koz kichernd.

Camden überlegte, ob er dem Mann einen kurzen Vortrag über Genetik halten sollte, entschied sich dann aber dagegen und erklärte es lieber mit einfacheren Worten. »Klone, Mr. Kozlowski. Das Zeug, aus dem man Klone macht. Vielleicht machen die Außerirdischen im Weltraum gerade Klone von amerikanischen Durchschnittsbürgern. Im Weltraum oder auf der Rückseite des Mondes.«

»Yeah.« Die Zigarre wippte begeistert. »Yeah, das gefällt mir sehr.« Er tippte mit einem dicken Zeigefinger auf das Manuskript. »He, glauben Sie, daß sich dort vielleicht auch Elvis versteckt? Auf der Rückseite des Mondes?«

»Kann sein, Koz, kann sein. Aber vielleicht ist er auch auf einem Jupitermond. Kallisto vielleicht. In der Nähe von Kallisto gibt es starke UFO-Aktivitäten.«

»Sehr schön, das kann ja eine ganze Artikelserie werden. Machen Sie einen Termin mit unserem Elvis-Redakteur, sobald er seinen Artikel über das Abwassersystem von Graceland fertig hat.«

»Klar doch, Koz, kein Problem.« Seine bevorstehende Reise brachte er vorsichtshalber nicht zur Sprache. Koz würde das alles sowieso sehr schnell vergessen. Eines gab es jedoch, das sein Boß auf gar keinen Fall vergessen sollte.

»Aber mal im Ernst«, sagte Camden. »Was meinen Sie denn jetzt? Finden Sie nicht auch, daß diese Sachen ein paar Scheinchen extra wert sind, damit der Autor glücklich ist und kreativ bleibt?«

Koz dräute über Camdens Schreibtisch wie eine Gewitterwolke. Er steckte sich nachdenklich einen Finger in die Nase, wühlte eine Weile herum und begutachtete die Ausbeute, die auf der Fingerspitze hängengeblieben war. Ein Taschentuch aus der Hosentasche ziehend, reihte er das Fundstück in den Tagesfang ein. »Geld wollen Sie, Camden? Sie sind mir aber einer, wissen Sie. Vor knapp anderthalb Wochen konnten Sie schon froh sein, überhaupt Ihren Job zu behalten, weil ich Sie beinahe auf der Stelle an die Luft gesetzt hätte. Und jetzt wollen Sie eine Zulage!« Er nickte in Richtung der Schreibmaschine und tippte auf den ersten Teil der Müllgeschichte. »Diese Sache hier – das geht in Ordnung, das gefällt mir. Aber den Putz-Seltzer-Preis bekommen Sie dafür nicht.« Der Putz-Seltzer-Preis, das war Kozlowskis frei erfundenes Gegenstück zum Pulitzerpreis: Der Name der nichtexistenten Auszeichnung für auflagensteigernden Boulevardjournalismus.

»Yeah, Koz, aber sehen Sie es doch mal von meiner Seite. Woche für Woche und Jahr für Jahr muß ich solche Sachen ausspucken. Ich muß es doch hier und dort mal etwas verdünnen und strecken, weil es sonst einfach nicht reicht.«

»Ich habe das bisher noch niemandem gesagt, und vielleicht sollte ich es auch Ihnen nicht sagen, Camden. Aber der *Enquirer* und der *Star* haben im letzten Jahr im Vergleich zu uns noch einmal um eine Million Leser zugelegt. Wir haben zwar keine Leser verloren – aber es sind noch vielmehr da, die wir bisher nicht erreichen konnten. Deshalb will ich auch, daß Sie ein paar heiße Geschichten schreiben. Ich will diese zusätzlichen Leser haben.« Kozlowski verstummte plötzlich. Camden glaubte im ersten Augenblick, der Mann wollte gleich tiefschürfende Gedanken zu irgendeinem philosophischen Problem äußern, aber er mußte nur rülpsen. Aus dem schwabbeligen Gesicht des Herausgebers brach eine Eruption von Luft hervor, die nach Oregano, Peperoni und Fett roch. »Ich sage Ihnen was, Camden. Fragen Sie mich nicht, warum ich das mache, nachdem Sie meine Tochter geschändet haben. Eigentlich sollte ich Sie an den Eiern aufhängen. Aber ich bin eben ein nachsichtiger Mann. Ich sage Ihnen was ... Sie bringen mir eine erderschütternde – also, eine wirklich gute Geschichte, damit diese Million Leser die anderen Blätter vergißt und den *Intruder* zur Milch und den Eiern und dem Brot in den Einkaufswagen steckt, und dann sollen Sie Ihren Bonus bekommen, so etwas in der Größenordnung von zwölftausend Smackeroos.«

Camden blinzelte verunsichert. »Wie ist denn der Wechselkurs für Smackeroos?«

»Als ich mich das letzte Mal vergewissert habe, war es ein Dollar pro Stück. Ich sehe, Sie sind überrascht. Sie hätten wohl nicht gedacht, daß ich so großzügig sein kann, was? Nun ja, die Geschichte muß aber wirklich gut sein, Camden, und daher werde ich das Geld wahrscheinlich gar nicht ausgeben müssen. Aber wenn sie das ist, was ich mir unter einer guten Geschichte vorstelle, dann ist die Auflage der Nummer, in der Ihre Geschichte erscheint, eine Million höher als sonst. Na, wie klingt das?«

»Das klingt hervorragend. Aber das nützt mir jetzt im Augenblick überhaupt nichts.«

»Ich sehe da schon eine Möglichkeit, Camden. Zweitausend sofort, bar auf die Hand, die können Sie behalten. Klingt das gut?«

»Also, dann werde ich am besten gleich mit der Arbeit anfangen, Koz.«

Kozlowski tätschelte den Arm seines Angestellten. »Ich wußte doch, daß Ihre Motivation sofort steigt, wenn Sie das hören, Camden. Und ich würde Ihnen dieses Angebot nicht machen, wenn ich nicht genau wüßte, daß Sie eine unglaubliche Geschichte produzieren können.« Er richtete sich auf und wackelte davon, eine Wolke Zigarrenqualm hinterlassend. »Sie wissen ja, wo ich zu finden bin, Camden. Bringen Sie mir ein paar gute Geschichten, und ich lege Ihnen was drauf.«

Camden sackte in sich zusammen. Er langte nach dem Becher, aber er hatte den Kaffee schon ausgetrunken. Sein

Herz raste wie wild. Er stand auf und ging zu den Automaten, die in einer Ecke des Raumes standen.

Zwölftausend Dollar, zweitausend als Vorschuß. Auf einen Schlag. Das konnte er wirklich gut gebrauchen.

Das Problem war, daß Camden genau wußte, daß er die richtige Geschichte bereits hatte. Er hatte sie längst an der Angel.

In der Ecke des Großraumbüros standen ein leise summender Cola-Automat und auf einem Regal aus Mahagoniimitat eine Kaffeemaschine. In der Kanne stand noch ein halber Zoll einer tiefschwarzen Flüssigkeit. Als Camden sie in seine Tasse kippte, gluckerte sie zähflüssig und roch verbrannt. Er bemerkte es kaum, er mußte nachdenken.

Was soll's, dachte er, es konnte ja nicht schaden. Er mußte dem *Intruder* ja nicht unbedingt die ganze Geschichte hinwerfen. Er konnte eine Artikelserie daraus machen, yeah. Zuerst nur ein paar vage, unbestimmte Andeutungen. Der erste Artikel würde sowieso erst in ein paar Wochen in die Zeitungsständer kommen. Bis dann alles soweit war, hätte er die vollständige Geschichte längst an ein angesehenes Blatt verkauft. Außerdem die Buchrechte. Damit wäre er endlich aus diesem miesen Laden heraus. Und bis dahin hätte Scarborough sicher auch Diane gefunden, und alles wäre vorbei. Also konnte es nicht schaden.

Er trank einen Schluck des bitteren Kaffees und verzog das Gesicht. Das Gebräu schmeckte entsetzlich; er verdünnte es mit Wasser. Immer noch ekelhaft, aber wenigstens trinkbar. Das Koffein beschleunigte seinen Herzschlag noch mehr. Dann erinnerte er sich an Scarboroughs Hände, die ihn am Kragen gepackt hatten, während Scarborough ihm wütend erklärte: »Und wehe, wenn ich auch nur ein Wort davon im *Intruder* sehe, Camden. Wenn das passiert, können Sie alle Absprachen vergessen. Keine Exklusivrechte. Keine Zusammenarbeit bei einem Buch. Und vergessen Sie nicht, daß ich jetzt wegen Mordes gesucht werde. Wenn Sie in Ihrem Käseblatt auch nur eine Andeutung veröffentlichen, mein Freund, dann werde ich sehen, ob dieser Verdacht nicht doch noch durch eine Tat gerechtfertigt wird.«

Es sah Dr. Everett Scarborough überhaupt nicht ähnlich, Gewaltdrohungen auszusprechen, aber Camden hatte andererseits auch noch nie beobachten können, wie sich ein Mensch mit einer derartigen Geschwindigkeit von einem zivilisierten Wesen in ein gehetztes wildes Tier verwandelte. Natürlich hatte es Scarboroughs Stimmung nicht heben können, als er kurz nacheinander erfuhr, daß sein bester Freund ermordet, seine Tochter von einer illegalen Abteilung der CIA entführt und er selbst zwanzig Jahre lang an der Nase herumgeführt worden war.

Nein, dachte Camden. Vielleicht ist das mit der Artikelserie doch keine so gute Idee.

Außerdem mochte er Scarborough. Und eine nette Tochter hatte er auch, ein wirklich hübsches Mädchen. Und außerdem war er auch mit Diane Scarboroughs Freund, diesem Timothy Reilly, sehr gut zurechtgekommen. Ein guter Junge. Und da Tim und Diane jetzt irgendwo festgehalten wurden und wer weiß was durchmachen mußten, war es vermutlich besser, auf dem Pfad der Tugend zu wandeln.

Camden seufzte. Na gut. Er mußte bald aufbrechen – für 19 Uhr 30 hatte er einen Platz für den Flug der US-Air von Orlando nach New York gebucht. Vielleicht würde er das Angebot seines Chefs überhaupt nicht brauchen. Vielleicht sprang auch bei der Sache mit Max Schroeder etwas heraus.

Auf der Theke neben der Kaffeemaschine stand eine Kaffeedose von Maxwell House. Auf die Dose hatte jemand einen Zettel geklebt: *25 Cent pro Tasse. Gilt auch für dich, Jake.*

Aus reiner Gewohnheit sah Jake sich um, ob ihn auch niemand beobachtete, kippte die gesammelten Vierteldollarstücke aus der Dose in seine hohle Hand und steckte die Münzen ein.

Für heute hatte er genug gearbeitet. Er brauchte jetzt einen Drink, verdammt.

Wenn er allzu tugenhaft wurde, dann würde er am Ende sogar noch ein Langweiler werden. Ein Mann mußte sich doch hin und wieder mal was gönnen.

Er kehrte zu seinem Schreibtisch zurück und steckte den Artikel über Scarborough in seine Aktentasche. Nicht daß er die Absicht hatte, daheim weiter daran zu arbeiten – er wollte einfach vermeiden, daß das Manuskript an seinem Arbeitsplatz herumlag, wo ab und zu seine neugierigen Kollegen herumschnüffelten.

Als Jake Camden die Tür hinter sich geschlossen hatte und die Treppe hinunterlief, in Gedanken schon in der Palm Branch Lounge, klingelte das Telefon auf dem Schreibtisch seiner Sekretärin.

Aber Jake hörte es nicht mehr. Er sah schon vor sich, was er trinken würde. Er wollte Pool spielen und vielleicht eine hübsche Touristin aufreißen, die nach Disney World unterwegs war.

6. Kapitel

Verdammt, jetzt heb doch endlich ab!

Everett Scarborough ließ es elfmal klingeln, ehe er auflegte. Der Münzfernsprecher spuckte die Münzen wieder aus, die klingelnd zu Boden fielen.

Er hätte Camden früher anrufen müssen.

Moment. Hatte er nicht auch die Privatnummer? Da war sie, auf der Rückseite des Briefpapiers mit dem Wappen eines Hotels. Scarborough schob die Münzen wieder in den Schlitz, ließ sich die Fernvermittlung geben und nannte der Mitarbeiterin die Nummer. Er wagte es nicht, für das Gespräch seine Telefonkarte zu benutzen. Auch seine Kreditkarten benutzte er nicht mehr. Schließlich hatte er es mit Leuten zu tun, die sich mit moderner Technik auskannten und konnte sich nicht darauf verlassen, daß alles so weiterlief wie bisher. Er wäre kein Problem, ihn aufzuspüren.

Auch Everett Scarborough kannte sich mit moderner Technik aus, aber sie stand ihm nicht mehr zur Verfügung. Er war auf der Flucht. Wenn er dieses Abenteuer überlebte, konnte Hollywood seine Geschichte zu einer

Serie verarbeiten. Eine Fortsetzung von »Ein Mann auf der Flucht«.

Die Vermittlung meldete sich, sein Anruf wurde durchgestellt.

Beim dritten Klingeln stand die Verbindung.

»*Que pasa*«, war Camdens Stimme zu hören. Heiser von zuviel Schnaps und zu vielen Zigaretten. »Ich kann gerade nicht selbst drangehen, weil ich meine Maschinenpistole nachladen muß, um die Einbrecher zu erledigen. Falls Sie einen grünen Mann vom Mars gesehen haben, dann rufen Sie meine Sekretärin im Büro an. Falls Sie Geld für mich haben, hinterlassen Sie Ihren Namen, Ihre Adresse und Ihre Telefonnummer. Wenn Sie Geld von mir wollen, dann kommen Sie vorbei, damit ich die Maschinenpistole ausprobieren kann. Oh, yeah . . . Ich werde gleich ein schmutziges Wort sagen, das die Telefongesellschaft mit einem Piepston ausblenden wird. Wollen Sie mir etwas mitteilen, können Sie das nach dem Piepston tun.«

PIEP!

Scarborough legte auf.

Wenn er dazu kam, wollte er es später noch einmal versuchen.

Er stand vor einem 7-Eleven-Supermarkt in einem Ort namens Imperial in der Nähe von Pittsburgh.

Everett Scarborough war seit ungefähr zwei Uhr nachmittags unterwegs. Er benutzte nach wie vor Nebenstraßen und hielt sich streng an die Geschwindigkeitsbegrenzungen, denn er wollte um keinen Preis auffallen. Jetzt, da er genau wußte, wohin er wollte und was er vorhatte, bedrückte es ihn, daß er nur so langsam vorankam. Vorher hatte er es kaum bemerkt. Er war viel zu sehr damit beschäftigt gewesen, nachzudenken, die Situation einzuschätzen und vor allem, seine Emotionen unter Kontrolle zu bekommen.

Schließlich betrat er das Geschäft und kaufte eine Zeitung und einen Snickers-Riegel. Er konnte später noch zu Abend essen; im Augenblick kam es in erster Linie darauf an, seinen Blutzuckerspiegel und vor allem auch seine

Stimmung zu heben. Wenn er sich zu Hause so niedergeschlagen gefühlt hätte, dann wäre es Zeit für einen Scotch gewesen. Jetzt konnte er es sich nicht leisten, auch nur einen Tropfen zu trinken.

»He, habe ich Sie nicht schon einmal irgendwo gesehen?« fragte der Kassierer, ein dürrer Kerl mit klebrigem langem Haar und einem großen Adamsapfel.

Scarborough hob die Schultern und versuchte, sich seinen Schreck nicht anmerken zu lassen. Früher hatte er solche Situationen genossen. Jetzt zuckte er zusammen, sobald er nur daran dachte.

»Keine Ahnung«, murmelte er. »Wo denn?«

Der junge Mann starrte Scarborough mit zusammengekniffenen Augen an. »Nein, es ist wohl doch nur eine entfernte Ähnlichkeit.«

»Oh? Wem sehe ich denn ähnlich?«

»Diesem Regierungsbeamten, der im Fernsehen gezeigt wurde. Den Namen weiß ich nicht mehr. Danke.« Scarborough bekam sein Wechselgeld, und der Mann konzentrierte sich wieder auf seinen kleinen Schwarzweißfernseher.

Scarborough grunzte nur und ging hinaus.

Er kehrte zu den drei Telefonhäuschen zurück, die rechts neben dem Eingang vor einem großen Eiskasten standen. Er wollte noch jemand anders anrufen. Einen Mann, den er zuerst ausgeschlossen hatte, der aber, nachdem Scarborough gründlich nachgedacht hatte, vielleicht bereit sein könnte, ihm zu helfen.

Er zog das kleine Adreßbuch aus der Gesäßtasche, sah unter ›M‹ nach und wählte die Nummer, die mit der Vorwahl von Virginia begann. Sehr genau erinnerte er sich noch an Eds Worte, als dieser ihm ein Jahr zuvor seine Visitenkarte gegeben hatte. »Ed, vielen Dank. Ich bin dir eine Menge schuldig. Falls du irgendwann mal Schwierigkeiten hast, dann rufe mich privat an. Abhörsicherer Telefonanschluß im Keller, eine abgeschirmte Leitung, ordentlich angemeldet und garantiert nicht überwacht.«

Edward Myers.

Ed arbeitete in Langley, Virginia, hielt sich aber nicht oft in seinem Büro auf. Er reiste viel, bildete Regionalleiter aus und sorgte dafür, daß die Männer mit den Schlapphüten hinsichtlich ihrer Hardware, der Software und allem, was sie sonst für ihren Beruf brauchten, auf dem neuesten Stand blieben. Kurz gesagt, er war emsig damit beschäftigt, bei der CIA Karriere zu machen. Scarborough und Myers hatten sich bei einem Projekt der Regierung kennengelernt, bei dem es darum gegangen war, neue Ideen für den effizienten Einsatz von Spionagesatelliten auszuhecken. Scarborough kannte sich dank seiner früheren Tätigkeit für das Massachusetts Institute of Technology recht gut in dieser Branche aus.

Nachdem Scarborough als führender UFO-Skeptiker des Landes gut zu verdienen begann, hatte er die Beratertätigkeit etwas zurückgestellt und sich nur noch so weit darauf eingelassen, daß er im Hinblick auf wichtige flugtechnische Neuerungen auf dem laufenden blieb.

Er und Myers hatten es geschafft, dem Beamtenmief zu entfliehen. Myers war ein paarmal bei Scarboroughs berüchtigten Pokerwochenenden zu Gast gewesen, und dort hatte er auch MacKenzie kennengelernt. Mac hatte Ed Myers für einen anständigen Kerl gehalten, was für einen CIA-Schnüffler ein hohes Lob war.

Ihre Beziehung wäre über die Pokerabende und die Dinner Partys (bei denen Cynthia Myers unweigerlich versuchte, Scarborough zu verkuppeln) nicht hinausgegangen, wäre da nicht David Myers gewesen, Eds Sohn.

Schon in jungen Jahren hatte David die unternehmerische Tradition für sich entdeckt, durch die Amerika zu einem wirtschaftlichen Giganten geworden war. Leider hatte David jedoch Drogen verkauft. Mit sechzehn Jahren erwischt und von Koks, verschiedenen Anregungs- und Beruhigungsmitteln und wahrscheinlich auch von Alkohol abhängig, war David eine längere Haftstrafe nur dank der Verbindungen seines Vaters zur Regierung erspart geblieben. Myers verschaffte ihm eine Therapie, aber außer dieser war noch eine weitere Zutat notwendig: Aufmerksamkeit. Der CIA-Agent ging so in seinem Job auf, daß er David nie die Aufmerksamkeit schenken konnte, die dieser eigentlich gebraucht hätte. Er hatte sich bemüht, so gut es ging, aber er hatte David auch ermuntert, sich selbständig nach Erwachsenen umzusehen, die ihm als Vorbild dienen könnten. Davids große Liebe war die Wissenschaft, und einer seiner Lieblingsautoren war Everett Scarborough. Fast ein Jahr lang hatten Everett Scarborough und David sich regelmäßig gegenseitig besucht. Scarborough hatte mit ihm über Bücher diskutiert und ihm Einblicke in verschiedene Wissensgebiete gegeben, und vor allem hatte er mit dem Jugendlichen richtig Freundschaft geschlossen.

Nach einer Weile war deutlich geworden, daß David eine Begabung für alles, was mit Computern zusammenhing, besaß, und so hatte Scarborough ihn unter anderem in die Programmiersprachen BASIC, FORTRAN und C eingeführt. Inzwischen besuchte David die University of Virginia und hatte sich von den Drogen befreit; wenn er überhaupt noch süchtig war, dann zielte seine Abhängigkeit auf das Programmieren, auf Mädchen und Musik. Myers war Everett Scarborough überaus dankbar gewesen, aber im Grunde hatte Scarborough das alles getan, weil er David mochte und sich selbst in dem Jungen wiedererkennen konnte. Außerdem hatte es ihm Spaß gemacht, denn sein junger Zuhörer gab ihm die Möglichkeit, Vorträge auszuprobieren, die er eigens für Schüler und Studenten entwickelt hatte. Natürlich wäre Scarborough damals nicht auf die Idee gekommen, tatsächlich einmal auf Myers' Angebot zurückzukommen.

Das sah jetzt anders aus.

»Hier ist Potomac Consultants, Incorporates«, verkündete Ed Myers Anrufbeantworter. »Bitte hinterlassen Sie nach dem Signalton Ihren Namen und Ihre Rufnummer.«

Das klang ganz anders und vor allem erheblich professioneller als Jake Camdens Ansage.

Sollte er eine Nachricht hinterlassen? Ja, dachte Scarborough. Dieses Risiko konnte er eingehen.

»Ed, ich bin's. Wie du sicher schon weißt, stecke ich in großen Schwierigkeiten. Vielleicht weißt du auch, daß man mich hereingelegt hat. Ich brauche deine Hilfe, und zwar so schnell wie möglich. Du kannst mich über meinen Agenten William Franklin erreichen.«

Scarborough nannte die Nummer in Manhattan und legte auf.

Als er zu seinem Wagen zurückging, bemerkte er sofort einen Streifenwagen der Staatspolizei von Pennsylvania. Der Polizist inspizierte gerade sein Auto. Scarboroughs Herz klopfte wild, aber er unterdrückte den Drang, einfach wegzulaufen. Ohne den Schritt zu verzögern, ging er weiter zum Auto. Wenn der Cop nach seinem Führerschein fragte, war er vielleicht erledigt, aber vielleicht auch nicht. Wenn er wegrannte, machte er sich aber ganz bestimmt verdächtig.

»Kann ich Ihnen helfen, Officer?«

»Ist das Ihr Wagen?« fragte der Mann, ein pummeliger, gelangweilt aussehender Beamte, der zweifellos bereits die Monate zählte, die er bis zu seiner Pensionierung noch absitzen mußte. Er würdigte Scarborough kaum eines Blickes, und das war ein gutes Zeichen.

»Ja.«

Der Mann mit der grauen Uniform hob einen abgestoßenen Schuh und tippte unter dem Rücklicht an die Stoßstange des Wagens. »Die Blinkleuchte ist kaputt, Mister. Wenn ich im Dienst wäre, würde ich Ihnen eine Verwarnung schreiben. Nehmen Sie meinen Rat an und bringen Sie das in Ordnung.«

»Oh, vielen Dank, Officer. Ich hatte das noch gar nicht bemerkt.«

Der Beamte grunzte, rückte seinen Gurt zurecht und watschelte in den Supermarkt.

Scarborough schnaufte erleichtert. Er bückte sich und untersuchte die Abdeckung der Heckleuchte, die einen Sprung hatte.

An der nächsten Tankstelle mußte er sich entweder eine neue Abdeckung besorgen oder die Bruchstelle irgendwie kleben lassen. Er hatte keine Lust, wegen einer solchen Kleinigkeit von der Polizei erwischt zu werden.

Er stieg ein und verschwand, so schnell er es wagte, vom Parkplatz.

7. Kapitel

Die Palm Branch Lounge präsentierte neues Personal. Weibliches Personal. Eine Bardame, die hübsch war und keine üble Figur hatte. Nicht mehr ganz taufrisch, aber Jake Camden mochte die Art, wie sie die Haare trug, an den Seiten lang und vom Mittelscheitel aus zurückgekämmt.

»Und da sage ich zu Steve Spielberg: ›Wenn du ein ordentliches Skript auf den Tisch legst, dann können wir ins Geschäft kommen.‹« Camden leerte sein Moosehead-Bier, teils aus dramatischen Gründen und teils weil er wirklich Durst hatte. Er sah der Frau tief in die geschminkten Augen und spielte die Aufrichtigkeit in Person. »›Steve, ich sage das nicht gerne, aber *Unheimliche Begegnung* und *ET* waren ja ganz nett, aber die hatten mit der Realität ungefähr so viel zu tun wie Disneyland mit Harlem. Wenn du noch einen Film über Außerirdische machst, dann muß er auf den Punkt kommen und realistisch sein.‹ Ich habe ihm meine Ideen aufnotiert, und er setzt jetzt seine Autoren dran. In Hollywood sagt man dazu, daß sie ›in der Projektierung‹ sind. Natürlich zahlen Sie mir ein paar Dollar dafür, aber wer weiß, was danach draus wird. Die Leute wollen die Wahrheit einfach nicht hören, sie wollen eine Show. Ich bin für Shows nicht zu haben, mir kommt es nur auf die Realität an ... Da wir gerade dabei sind, Annette, wie wär's mit einem Johnny Walker und noch einer Flasche von diesem kanadischen Zeugs hier?«

Die Palm Branch Lounge, eine heruntergekommene Bar, die von früherer Größe zehrte, war halb über einen Kanal gebaut und wurde von ein paar saft- und kraftlosen Palmen mehr pro Forma vor der Sonne Floridas geschützt. Das große Ereignis für Besucher und Gäste hier war es, wenn Gertie, ein zwei Meter langer Alligator, unter dem Vorbau auftauchte. Die Stammgäste fütterten das Tier mit Kartoffelchips und Marshmellows. Die Marshmallows waren besonders amüsant, weil sie an den langen Zähnen des Tiers kleben blieben. Das Lokal war ein Treffpunkt halbwegs betuchter Alkoholiker und der Frauen von Geschäftsleuten, die viel reisten. Für Weiberhelden wie Jake Camden ein prima Ansatzpunkt, um Frauen aufzureißen.

»Das macht dann dreifünfzig, Mr. Camden«, sagte Annette.

»Jake, Mädchen. Nenne mich bitte Jake.« Camden zückte seine Brieftasche und sah sie trübselig an. »Mensch, Annette, ich habe kein Bargeld dabei. Ich habe vergessen, am Automaten zu tanken. Kannst du's auf meine Rechnung setzen? Ich bin Stammgast hier. Aber warte mal, warte – du wolltest doch hören, wie ich überhaupt auf die fliegenden Untertassen gekommen bin.« Er beugte sich verschwörerisch vor, als wollte er ihr das größte Geheimnis der Welt verraten. »Bist du schon einmal von Außerirdischen mitgenommen worden, Annette?«

Annette blinzelte. »Teufel noch mal – natürlich nicht.«

»Bist du da auch ganz sicher? Die können nämlich deine Erinnerungen löschen. Aber es gibt bestimmte Hinweise . . . Symptome. Soll ich dir mal ein paar nennen, nur damit du sicher bist, daß alles in Ordnung ist und daß es nicht ohne dein Wissen passiert ist?«

»Vergiß es, mein Freund. Seit meiner Brustamputation gibt es da nichts mehr zu sehen.«

»Das war kein Witz, Annette. Ganz im Ernst, willst du es nun hören?«

Sie beäugte ihn mißtrauisch. Wenn sie lächelte, war sie ausgesprochen hübsch, aber wenn sie die Stirn runzelte, war von ihren Grübchen nichts mehr zu sehen. »Jake, wie kommt es eigentlich, daß ich das Gefühl habe, daß du diese Sätze nicht zum erstenmal sagst?«

Jake betrachtete sie gründlich. Jetzt aber mal langsam. Ja, ihr Äußeres verriet es durchaus. Diese Dame hatte genügend Männer verschlissen und genügend gelitten, um eine ganze Jahresproduktion von *True Confessions* zu liefern. Aber in ihren immer noch jungen Haselnußaugen glomm dennoch ein interessierter Funke.

»Das ist für mich nicht einfach nur ein Job, Anny. Die ernsthafte journalistische Auseinandersetzung mit den unidentifizierten Flugobjekten ist meine Lebensaufgabe.

Du kannst sicher sein, daß ich zuerst auch gezweifelt habe. Die Wahrheit ist, daß mehr als 95 Prozent der UFO-Sichtungen durch natürliche Phänomene, Täuschungen oder Schwindeleien erklärt werden können. Aber was ist mit den vier oder fünf Prozent, die man nicht auf diese Weise in den Griff bekommen kann? Das ist die Frage, die ich mir stelle, seit ich die ersten Artikel für den *Intruder* geschrieben habe.«

»Aber du selbst hast noch nie ein UFO gesehen?« Die Bardame wickelte einen Streifen Wrigley's Spearmint aus und schob ihn sich in den Mund.

»Nein. Vielleicht steht mir das eines Tages noch bevor. Aber weißt du, so wichtig ist das eigentlich nicht. Ich habe mich trotzdem sehr intensiv damit beschäftigt. Wenn ich aus zuverlässiger Quelle einen authentischen, ehrlichen Bericht über eine Sichtung höre – also, das ist wirklich erstaunlich, Baby. Das haut mich einfach von den Füßen. Mir kommt's dann so vor, als wäre ich selbst dabei gewesen.« Er rutschte aufgeregt vom Barhocker und stand gestikulierend vor ihr. »Wenn ich höre, daß im Mittelwesten fliegende Untertassen über Starkstromleitungen schweben und den Strom absaugen, um ihre Energiespeicher nachzuladen, dann bin ich dabei. Wenn irgend jemand mir sagt, er hätte kleine, komisch aussehende Männchen durch sein Schlafzimmerfenster hereinschauen sehen, und später wäre ein rot und grün blinkendes Objekt herumgeflogen – Mädchen, dann bin ich dabei. Wenn eine Frau heult und mir sagt, die Außerirdischen hätten ihr ein kleines Kind gezeigt, halb menschlich und halb außerirdisch, das man aus ihrem Bauch geschnitten, das man ihr aus den liebevollen Armen gerissen hätte – verdammt, Annette, dann bin ich dabei. Und manchmal muß ich auch selbst heulen, so ist das.«

Sie sah ihn etwas freundlicher an. So langsam drang er zu ihr durch.

Vielleicht würde sie sogar vergessen, sein Bier in dem abgestoßenen schwarzen Buch zu notieren, das Fritz, der Inhaber, neben der Kasse aufbewahrte.

Er sagte ihr – und das war ausnahmsweise einmal die

Wahrheit –, daß er von der Welt der UFOs fasziniert wäre. Er habe sich auf die Literatur gestürzt und sich neue und alte Bücher besorgt, er habe am Anfang seiner beruflichen Laufbahn sogar einmal die Kongreßbibliothek aufgesucht und eine ganze Woche lang recherchiert. Mit wohlklingenden Worten beschrieb er ihr das Gefühl von Ehrfurcht und Staunen, mit dem er über die Möglichkeit nachgedacht hatte, daß auf anderen Planeten andere Lebensformen existieren und daß intelligente Wesen tatsächlich die Menschen beobachten und sich vielleicht sogar insgeheim mit den Menschen vermischen könnten. Jake Camden verschwieg Annette an diesem Punkt allerdings, daß seine Begeisterung nicht länger als etwa anderthalb Jahre angehalten hatte, bis es ihm dämmerte, daß sich all dies nur in den Köpfen der Menschen abspielte und daß höchstwahrscheinlich alles nur ein Schwindel war. Aber an diesem Punkt steckte er bereits zu tief drin, verdiente zu gut und war zu bekannt geworden, um einfach wieder auszusteigen. Er hatte damals an seinem billigen Film gearbeitet, in dem eine Figur auftauchte, die Scarborough verblüffend ähnlich sah. Und nach und nach war Camden klargeworden, daß er in der Falle saß.

»Oh, verdammt«, meinte Annette. Sie hatte im schwarzen Schuldnerbuch nachgesehen. Camden war so sehr damit beschäftigt gewesen, ihr sein dramatisches, aufregendes, immer wieder von Krisen erschüttertes Leben zu beschreiben, daß ihm das überhaupt nicht aufgefallen war. Sie sah ihn streng an. »Du Arschloch. Warum hast du mir nicht gesagt, daß du keinen Kredit mehr hast?«

Jake blinzelte. »Keinen Kredit mehr? Was denn, ich habe hier keinen Kredit mehr? Zeig mal her. Das kann doch nur ein Irrtum sein.« Er trank vorsichtshalber schnell sein Bier aus, ehe er einen Blick in das aufgeklappte Buch warf. Natürlich war es kein Irrtum. Er schuldete Fritz ungefähr dreihundert Dollar, und was der Kerl in großen Druckbuchstaben ins Buch geschrieben hatte, war unmißverständlich: DER NASSAUER BEKOMMT KEINEN KREDIT MEHR. NUR NOCH BARZAHLUNG.

Ein paar andere Stammgäste, die am Ende der Bar auf

ihren Hockern hingen wie ein Schwarm Geier, halb verborgen hinter waberndem Zigarettenqualm, begannen zu gackern. Sie hatten gewußt, daß es zu dieser Konfrontation kommen würde. »He, Jake«, rief einer von ihnen, »du bist mir noch zehn Dollar schuldig!«

»Und mir zwanzig!« rief ein anderer.

»Ihr Jungs werdet euer Geld schon kriegen«, knurrte er wütend. Dann wandte er sich etwas freundlicher wieder an Annette. »Paß auf, du gibst mir die Drinks hier aus, und dafür lade ich dich zum Abendessen ein und nehme dich in eine Show in Orlando mit, sobald ich aus New York zurück bin.«

Sie sah ihn böse an.

»Okay, okay. Wie wäre es mit einem Wochenendausflug nach Palm Beach? Ich kenne da unten ein sehr nettes Ehepaar, wirklich reizende UFO-Anhänger. Sie haben ein schönes Haus, und ich bin dort jederzeit willkommen.«

»Ich kann mir die Drinks nicht leisten. Meinst du, ich will meinen Job verlieren?«

»Nein, Süße, bestimmt nicht. Fritzy muß es ja gar nicht erst erfahren.«

Einer der Stammgäste, ein weißhaariger alter Mann, der gackerte wie eine Henne, schaltete sich ein. »O doch. Er wird es erfahren, Camden.«

»Okay, okay, ein Stück die Straße hinunter ist ein Geldautomat. Ich werde mal sehen, ob außer heißer Luft noch irgend etwas auf meinem Konto übrig ist.«

Er rutschte vom Barhocker. Natürlich wußte er genau, daß auf seinem Konto noch etwas Geld war, auf jeden Fall genug, um seine Zeche in der Bar zu bezahlen. Aber er brauchte das Geld, und er würde keinesfalls zurückkommen und dieser Schlampe das Geld geben. Außerdem sah sie sowieso nicht gut aus. Seit er im letzten Jahr eine Vortragstour gemacht hatte, stand er auf knackige College-Mädchen. Yeah, du hast es wirklich nicht nötig, dich mit so einem Barflittchen einzulassen, sagte er sich. Beim nächstenmal gibst du ihr das Geld und ein hübsches Trinkgeld dazu und lieferst einen Teil von dem ab, was du Fritzy schuldest. Und dann wird alles prima in Ordnung sein.

So würde es nicht ablaufen, aber als Jake aus der Bar eilte, während die neue Bardame ihm einige saftige Flüche hinterherrief, spielte das keine große Rolle. Jakes Fähigkeit, aufrichtig zu wirken, beruhte zu einem nicht geringen Teil darauf, daß er sich selbst jedes Wort glaubte, während er seine Geschichten erzählte.

Leicht schwankend und froh, der Situation entkommen zu sein, angeregt vom geschnorrten Whisky, der seinen Kreislauf in Fahrt brachte, wanderte Jake zum großen Parkplatz, um sein Auto zu holen. Bis zu seiner Wohnung war es nicht weit, da bestand kaum die Gefahr, daß er wegen Alkohol am Steuer zur Rechenschaft gezogen wurde. Er war im letzten Jahr schon zweimal erwischt worden und wäre vielleicht sogar im Gefängnis gelandet, aber Kozlowski konnte es gut mit der Ortspolizei, und so war Camden mit einer Bewährungsstrafe und einer kleinen Geldbuße davongekommen.

Sie warteten an seinem Auto auf ihn.

Camden sah sie zuerst überhaupt nicht. Er fummelte schon mit den Schlüsseln herum, pfiff ›Eternal Flame‹ von den Bangles und fragte sich, ob Susanna Hoffs an UFOs glaubte, da traten plötzlich drei Männer aus dem Schatten und bauten sich vor seinem Ford Escort auf.

Zunächst erkannte er sie nicht. Die angenehme Benommenheit des Alkohols, den ihm die Palm Branch Lounge spendiert hatte, verlangsamte seine Reaktion und blendete die Instinkte aus, die ihn sonst vor drohenden Gefahren warnten. Normalerweise hätte er auf der Stelle kehrtgemacht und wäre, wütende Bardame oder nicht, in das Lokal zurückgekehrt.

»Jake, mein lieber Jake. *Mi bueno amigo. Buenas noches.*«

Ein kleiner Mann, der unter einer Jacke von Banlon nur ein T-Shirt trug – die weißen Hosen hatte er über die Knöchel hochgerollt, damit die Air-Jordan-Basketballschuhe zur Geltung kamen –, löste sich von seinen Kollegen, die deutlich gewichtiger und größer waren als er. Jake erkannte die Stimme sofort und zuckte zusammen.

»Oh«, sagte er. »Hallo, Johnny. Hallo . . . Ich habe schon versucht, dich zu erreichen.«

»Yeah? Stimmt das auch, Camden?« Das dunkle Haar des Mannes glänzte, er hatte es sich mit Pomade eingeschmiert. Irgendwo in einem Kanal in der Nähe platschte etwas. Auf der Mangrove Avenue fuhr mit röhrendem Motor ein Auto vorbei. Camden roch den stechenden Duft von Marihuana.

Sie hatten hier draußen auf ihn gewartet. Wenn sie nur hätten mit ihm reden wollen, dann wären sie in die Bar gekommen und hätten ihm einen Drink spendiert. »Ich habe aber leider keine Nachricht von meinem Auftragsdienst bekommen, Mann.«

Johnny Plentenos sprach mit deutlichem kubanischem Akzent, den er sich anscheinend nur zugelegt hatte, weil er ihn für schick hielt. Camden war früher schon aufgefallen, daß der Mann bei Bedarf makelloses amerikanisches Englisch sprach. Plentenos hatte an einer Universität in Havanna sogar einen Abschluß erworben. Wenn der Dealer seinen kubanischen Akzent auflegte, dann hieß das, er war beruflich unterwegs und hatte etwas zu erledigen, das er entweder besonders widerlich fand oder das er sehr genießen würde.

»Johnny, ohne Umschweife – wie ich schon sagte, wird es noch eine Weile dauern, bis ich dir das Geld geben kann. Sei bitte geduldig, ja?«

Die beiden anderen Männer traten näher. Sie trugen schwarze T-Shirts, und unter den kurzen Ärmeln protzten Muskeln in der Größe von schwangeren Melonen. Sie hatten Gesichter wie Boxer, einschließlich der zugehörigen gebrochenen Nasen, und beide musterten Camden mit begierigen Blicken. Einer hatte langes, der andere kurzes Haar. Ansonsten sahen sie aus wie geklonte Produkte eines Labors, das sich in irgendeinem Urwald befand.

»Geduld? Ich bin wirklich ein geduldiger Mann, Jake. Ich habe jetzt – wie lange? – seit zwei Monaten Geduld mit dir.«

»Hör mal, ich habe dir im letzten Monat und im Monat davor etwas Geld gegeben, Johnny. Ich habe sogar meinen IBM-Computer verkauft, um dich zu bezahlen. Eine

Chance noch, ja? Ich bin hinter einer großen Sache her, und in zwei Wochen habe ich das Geld.«

»Zwei Wochen! Ich kann keine zwei Wochen warten, Jake. Weißt du das nicht? Die Kolumbianer verkaufen nicht auf Kredit. Ich selbst bin ja ein entgegenkommender Mensch, aber wenn ich denen das Geld nicht gebe, dann schneiden sie mir die Eier ab und stecken sie mir in den Hals.«

Er schnippte mit den Fingern, und die Muskelpakete bauten sich lächelnd neben Camden auf.

»He, Johnny, okay. Okay. Ich verkaufe mein Auto. Ich gebe dir morgen das Geld.«

Johnny Plentenos grunzte nur. Über seinen fleischigen Lippen sprießte ein dürrer Schnurrbart. Er kratzte sich einen Augenblick am Bart und betrachtete das Auto. »Dieses Auto hier willst du verkaufen?« Er spuckte auf den Kies des Parkplatzes, zog ein Stemmeisen aus dem Gürtel und knallte es vor den linken hinteren Kotflügel. Die Heckleuchte zersprang in tausend Stücke.

»Was machst du da?« rief Jake. »Was zum Teufel machst du da?«

Plentenos wandte sich wieder an Camden, doch jetzt war sein Gesicht vor Wut verzerrt. »Hör doch mit diesem *Scheißdreck* auf, Mann. Das Auto gehört dir überhaupt nicht, es gehört der Bank. Du bist mit deinen Zahlungen weit im Rückstand und kannst dieses Auto auf keinen Fall verkaufen. Sie wollen es so zurückbekommen, wie es vorher war.« Der dunkelhäutige Mann trat vor und hielt Jake das Stemmeisen unter die Nase. »Ich werde allmählich etwas nachdenklich, Jake. Ich frage mich, ob es mir fünfzehn Riesen wert ist, dich unter die Erde zu schaffen. Damit du mir nicht mehr mit deinen Lügen die Ohren vollheulen kannst.«

Ein Sprühregen aus Spucke ging auf Jakes Stirn nieder. Das und die brutale Drohung des Drogendealers ließen ihn zusammenzucken wie eine Auster, die mit Zitronensaft in Berührung kommt. »Mein Gott, Johnny, das wäre aber nicht klug. Du weißt doch, daß ich für das Geld gut bin. Mein Gott, bitte bring mich nicht um!«

Er wich zurück und wollte sich umdrehen und wegrennen, aber die beiden Schläger holten ihn sofort ein.

»Was meint ihr, Jungs?« Johnny schlenderte um die drei herum, bis er dem Gefangenen ins Gesicht sehen konnte. Er grinste, und die großen weißen Zähne blitzten. »Miquel und Paco hier, das sind meine neuen Assistenten. Ich habe sie mir aus Miami geholt, Jake, weil ich meine Geschäfte auf Orlando ausdehnen will, vielleicht gehe ich sogar bis Tampa. Da brauche ich ein paar kräftige Jungs, was? Ich möchte meine neuen Jungs gern mal ausprobieren. Ihre Spezialität ist es übrigens, Leute umzubringen. Nicht wahr, Miquel? Paco? Oder wollt ihr es mit diesem Kerl machen wie mit einem Truthahn zu Thanksgiving? Jeder schnappt sich ein Bein und wünscht sich was, und dann reißen wir ihn auseinander, *si*?«

Ehe er sich's versah, stand Jakes Welt auf dem Kopf. Er wurde hochgehoben und ein Stück getragen – plötzlich hing er mit dem Kopf nach unten über einem Kanal. Mit Kopf und Händen prallte er gegen die hölzerne Einfassung. Seine Nase kam in innige Berührung mit dem Pech, mit dem das Holz imprägniert war.

»Hör doch auf damit, Johnny! Um Himmels willen, ich zahle dir dein Geld doch in Raten zurück!« Camden fuchtelte wild herum und suchte einen Pfosten, an dem er sich festhalten konnte, aber die kubanischen Schläger, die sahen, was er vorhatte, hielten ihn über dem Schlamm, dem Schilf und dem Wasser so weit hinaus, daß er keine Chance hatte. Die Vierteldollarstücke, die er an der Kaffeebar in der Redaktion geklaut hatte, rutschten aus seinen Taschen, plitschten ins stehende Wasser und zerstörten dabei das Spiegelbild des Halbmondes.

»Ich verstehe, Jake, ich verstehe.« Plötzlich war Plentenos' Akzent verschwunden. Er sprach jetzt wie ein normaler Geschäftsmann aus Florida. Gelassen, ruhig und konzentriert. »Also – dann möchte ich dir mein Ultimatum mitteilen. Du gibst mir bis Mittwoch nächster Woche den Rest des Geldes, sonst bekommt du ernsthafte Schwierigkeiten. Ich wollte dir heute abend nur beweisen, daß ich die Macht habe zu tun, was ich sage.«

»Yeah. Damit habe ich eine Woche. Ich mache es, Johnny, ich schwöre es. Aber tu mir nicht weh.«

Plentenos lachte. »Sag mal, gibt es hier nicht einen Alligator, der sich immer in der Nähe der Bar herumtreibt? Was meinst du, Miquel, ist der Kerl ein guter Köder für einen Alligator?«

»Wir müssen ihn ein bißchen blutig hauen, dann guter Köder für Alligator, *Señor*«, sagte einer der Schläger mit todernstem Gesicht.

»Oder ihn ein wenig aufschlitzen, *si*?«

Sie lachten. Einer der Männer ließ los, und Jake sackte einen Fuß tiefer, ehe der andere wieder zupackte. Jake knallte gegen das Holz und schluckte eine Ladung Brackwasser und ein paar Blätter der Wasserpflanzen.

»Okay, Jungs. Zieht das arme Würstchen wieder raus.«

Jake wurde heraufgezogen und kurzerhand auf dem Kies abgelegt. Er wollte aufstehen, aber die beiden Muskelmänner schlugen ihn zu Boden. Einer stellte ihm einen riesigen Schuh auf die Brust, so dicht unter der Nase, daß Jake die Schuhwichse riechen konnte.

Johnny Plentenos kniete sich neben ihn. »Jake, jetzt hör gut zu. Sind deine Ohren wieder frei?« Plentenos schlug Camden auf die Ohren, doch Camden verkniff sich den Schmerzensschrei. Sie wollten ihn anscheinend weder töten noch verstümmeln, und so durfte er ihnen keinen Anreiz bieten, ihre Meinung doch noch zu ändern. »Ich sage es dir noch einmal: Am nächsten Mittwoch. Ich werde um drei Uhr nachmittags in meinem Club sein. Mittwochs spiele ich immer Golf, wenn ich Zeit dazu habe. Du kommst um drei Uhr nachmittags in die Bar des Winston Springs Country Club. Wenn ich dich nicht dort sehe, werden wir dich holen. Es ist mir egal, wo du dich verkriechst, Jake. Wir finden dich.«

Plentenos nickte dem Mann zu, den er Miquel genannt hatte, und der Fuß wurde von Jakes Brust genommen. Jake wollte sich erleichtert aufrichten, aber plötzlich kam von irgendwoher eine harte Schuhspitze geflogen und traf seinen Solarplexus. Er schnaufte laut und kam erst eine Handvoll Sterne und einen Klumpen Schwärze später wieder zu sich. Alle viere von sich gestreckt, keuchend und mit rasselndem Atem lag er auf dem Rücken.

Miquel und Paco näherten sich ihm wieder und verpaßten ihm einige weitere Tritte in Brust und Bauch. Krampfartig zuckte der Schmerz durch seinen Körper. Er wollte wegkriechen, brach aber vor Schwäche zusammen. Plötzlich wurde ihm übel. Die Schläger sprangen zur Seite, um dem heraussprudelnden Erbrochenen auszuweichen.

Plentenos, der sich schon ein paar Schritte entfernt hatte, kicherte. »Jetzt treten wir dich nur, daß du kotzen mußt, Jake. Wenn du mir das Geld nicht bringst, werden wir dich töten. Kommt schon, Jungs. Wir müssen uns die Schuhe putzen, *si*?«

Die Männer starrten Jake noch einen Augenblick an. Offensichtlich hatten sie keine Lust, in dem Augenblick, wo der Spaß begann, ihre Arbeit zu unterbrechen. Jake wollte ihnen etwas Ermunterndes zurufen, aber aus seinem Mund kam nur ein neuer Schwall von Erbrochenem.

Schwer atmend und mit einem Gefühl, als wäre er innerlich entzweigegangen, sah er den Gangstern nach, die sich gemächlich entfernten. Ihre mit Metallauflagen verstärkten Schuhe klickten leise wie bei Steptänzern.

Jake kam auf die Beine und torkelte zu seinem Auto. Er wollte hier verschwinden, bevor es sich diese Arschlöcher anders überlegten und noch einmal zurückkamen. Vor der Fahrertür blieb er einen Augenblick stehen, um wieder zu Atem zu kommen, und sah zum Nachthimmel hinauf. Der Kanal war im Gegensatz zur Straße nicht beleuchtet, und über den Magnolien dehnte sich ein klarer, wolkenloser Nachhimmel, in dem unzählige Sterne beinahe heller leuchteten als der Mond.

»Verdammt«, schnaufte er, wischte sich den Mund ab und starrte noch einmal hinauf. Jake hatte sich bisher nie besonders für die Astronomie interessiert, auch wenn seine ufologischen Studien es notwendig gemacht hatten, ein wenig über das hinauszugehen, was er aus SF-Romanen und in der Schule gelernt hatte. Jedenfalls kannte er sich mit Sternenbildern nicht aus, und jetzt zum Beispiel, wo es doch so wichtig zu sein schien, erkannte er kein einziges.

»Verdammt«, keuchte er noch einmal, während er wartete, bis der Schmerz nachließ und einem kalten, tauben Gefühl wich. »Falls ihr kleinen Wichser mal daran gedacht habt, in euren Raumschiffen herunterzukommen und Jake Camden zu einer intergalaktischen Kreuzfahrt einzuladen . . .« Er hustete und spuckte aus. »Dann ist jetzt der richtige Augenblick dafür gekommen.«

Hastig zog er die Schlüssel aus der Tasche und stieg in seinen Wagen.

8. Kapitel

Scarborough traf am Vormittag des nächsten Tages in New York ein.

Es war am vergangenen Abend empfindlich kühl geworden, und deshalb hatte er es gewagt, in einem verwahrlosten kleinen Motel in den Poconobergen zu übernachten, um ein paar Stunden ungestört schlafen zu können. Am frühen Morgen hatte er noch einmal Ed Myers' Privatnummer gewählt, aber wieder war niemand drangegangen.

In New York gab es drei potentielle Verbündete, denen er trauen konnte: seinen literarischen Agenten, den Agenten, der sich um seine Vortragsreisen kümmerte, und seine Lektorin im Verlag.

Es sprach einiges dafür, dachte er, daß wenigstens einer von ihnen ihm helfen konnte, Diane zu finden – oder ihm zumindest Unterschlupf gewähren würde, bis er sich mit Ed Myers in Verbindung gesetzt hatte.

Ungefähr um halb elf fuhr er in Yonkers vom Highway herunter. Yonkers war beinahe so etwas wie eine Grenzstadt zwischen den schönen, baumreichen Orten und den großen Landsitzen im Westchester County und den Türmen aus Stahl und Beton in Manhattan. Dazwischen lag das Niemandsland der Bronx. Insgesamt stellte Yonkers eine eigenartige Mischung aus urbaner Besiedlung und der Ruhe eines Vorortes dar. Komplexe mit Häusern aus Sandstein wechselten mit größeren Anwesen, hier und dort waren die Reste von Siedlungsobjekten zu sehen, die Pleite gemacht hatten. Scarborough hielt an einem kleinen Einkaufszentrum an, suchte ein funktionstüchtiges Münztelefon und wählte die Nummer seines Agenten.

Halb elf war eine gute Zeit, um jemanden anzurufen, der mit dem Verlagswesen zu tun hatte. Lektoren und Herausgeber tauchten meist erst gegen zehn Uhr morgens am Arbeitsplatz auf, doch um elf waren sie oft schon wieder auf irgendeiner Besprechung. Verlagsmitarbeiter hatten ständig irgendwelche Besprechungen, dachte Scarborough. Während der Drucklegung seiner ersten Bücher fand Scarborough rasch heraus, daß die Mitarbeiter, die er erreichen wollte, entweder auf einer Besprechung oder beim Mittagessen waren oder früh Feierabend gemacht hatten. Bei denen, die er um halb elf erwischte, gab es dagegen gute Chancen auf eine telefonische Audienz.

Dummerweise war sein Agent aber auf Urlaub in der Karibik.

Einer war damit gestrichen, blieben noch zwei.

Abe Novak, der Agent, der sich um seine Vortragsreisen kümmerte, war der nächste auf der Liste. Abe war ein zuverlässiger Mann, mit Abe konnte er sicher rechnen.

»Everett.« Das klang todernst, gar nicht nach dem alten Abe, der ihn immer mit einem »Schön, daß Sie sich melden« begrüßt hatte. »Wo sind Sie?«

»Das kann ich nicht sagen. Ich bin in Schwierigkeiten, Abe.«

»Das glaube ich gern. Auch ich habe im Büro Besuch bekommen, Everett. Die Beamten waren sogar bei mir zu Hause. Was ist los?«

»Sie haben wohl gelesen, was man über mich veröffentlicht hat?«

»Ja.« Und unausgesprochen war die Frage des Agenten zu hören: Haben Sie es getan, Scarborough? Haben Sie die Männer umgebracht? Nun? Sind Sie ein Verbrecher? *Haben Sie es getan?*

»Ich hoffe, Sie glauben diesen Unsinn nicht«, sagte Scarborough. »Die Wahrheit ist, daß ich seit Jahren von einer Abteilung der CIA an der Nase herumgeführt worden bin. Die versuchen, etwas zu vertuschen, Abe. Und sie haben Diane und ihren Freund entführt.«

»Ich weiß nicht, was ich dazu sagen soll.«

»Warten Sie. Ich wollte Sie eigentlich um Hilfe bitten, Abe, aber wenn Sie sich verhalten wie ein Eisberg, dann vergessen Sie's einfach.«

»Ich kann Ihnen nicht helfen. Ich habe eine Firma, und vor allem habe ich eine Familie, an die ich denken muß.«

»Okay, okay. Das weiß ich. Aber, Abe, wenn ich mit dieser Sache hier fertig bin, dann bin ich reif für die teuerste Vortragstour des Jahrzehnts. Ich meine, wenn Sie es in Dollar und Cent hören wollen, dann dürfen Sie davon ausgehen, daß Sie mich in Diamanten aufwiegen können.« Es war ein Anzeichen seiner Verzweiflung, wenn er Abe gegenüber zu diesem Argument griff. Zwar schämte er sich etwas dafür, aber er wußte nicht, was er sonst hätte sagen können. »Hören Sie, Abe, wie dem auch sei, ich dachte, Sie wären mein Freund.«

»Ich glaubte, Sie besser zu kennen, Everett. Diese Männer – die haben mir einige Dinge erzählt, von denen ich keine Ahnung hatte. Sie waren Mitarbeiter der Regierung und konnten sich ausweisen. Wem soll ich denn nun glauben?«

»Ich verstehe. Okay. Abe, wenn Sie so denken, dann kann ich nichts machen. Ich lege jetzt lieberauf. Wahrscheinlich wird sogar Ihr Telefon abgehört, was? Man weiß ja nie.«

»Hoffentlich nicht.«

»Vielen Dank jedenfalls.«

Er legte auf und war außer sich. Es war schwer, Abes Zurückweisung zu akzeptieren.

Aber wenn er recht darüber nachdachte, konnte er dem Mann keinen Vorwurf machen. Man hatte schweres Geschütz gegen ihn aufgefahren. Es brauchte nur ein paar Fehlinformationen, ein bißchen üble Nachrede, und schon war Dr. Everett Scarboroughs guter Ruf dahin. Für welche

Abteilung der CIA diese Editoren und Publisher auch arbeiteten, sie hielten in diesem Spiel alle Trümpfe in der Hand. Er konnte sich gut vorstellen, was sie Abraham Novak erzählt hatten, und Abe war letzten Endes nur ein armes Schwein, das rational dachte und an die Regierung glaubte – er verkörperte genau das, was Scarborough bis vor kurzem noch selbst gewesen war. Aber jetzt, ausgelöst durch die Zurückweisung des Agenten, kehrten die Erinnerungen an die letzten Wochen zurück.

Hoffnungslosigkeit bedrückte ihn. Einen Augenblick hatte er nicht übel Lust, sich auf den Gehweg zu legen und das Versteckspiel einfach aufzugeben. Er fühlte sich nackt, verletzlich und einsam. So schrecklich hatte er sich noch nie gefühlt, so ausgestoßen und isoliert. Er kam sich vor wie eine Ratte im Labor – Angst und Verzweiflung waren die Worte, die seinen Zustand beschrieben.

Wie sehr er sich jetzt nach seiner Frau sehnte. Er wollte sie berühren und sie halten. Aber sie war tot. Er sehnte sich auch nach seiner Tochter Diane. Er wollte ihr Lächeln sehen, ihr Lachen hören. So schwierig sie sich manchmal auch gab, sie war das Wichtigste, was ihm geblieben war.

Er spürte das heftige Pochen seines Herzens und ihm fiel auf, daß er zu schnell und viel zu tief atmete. Offensichtlich war er nur noch Millimeter von einer klassischen Panikattacke entfernt.

Mit den Zähnen knirschend drückte er sich die Fingernägel in die Handflächen, bis er glaubte, sie rissen ihm die Haut auf.

Halte durch, Mann, sagte er zu sich selbst. *Du kannst es dir nicht erlauben, mitten in Yonkers einen Nervenzusammenbruch zu bekommen.*

Ein Windstoß trieb ein Snickers-Papier gegen seine Hosenbeine. Ein junger Mann kam vorbei. Er hatte ein zusammengefaltetes großes Stück Pizza in einer Hand, der Saft tropfte durch seine Finger auf den Boden. Scarborough roch die Bäckerei ein paar Türen weiter: ein saftiger Duft von Brot und Kuchen und Gebäck. Er schauderte, er hatte schreckliche Angst – und bekam trotzdem plötzlich einen völlig unerklärlichen Heißhunger auf ein Stück

Nußkuchen. Wie ein Ertrinkender an die Schwimmweste klammerte er sich an diese Vorstellung, konzentrierte sich auf das Bild der frischen Kruste, der saftigen Füllung, an das Knacken der Nüsse …

»Geht es Ihnen nicht gut, Mister?«

Er hob den Kopf. Eine ältere Frau in einem grauen Wollmantel, die sich ein Halstuch um den Kopf gelegt hatte, war auf dem Gehweg stehengeblieben und starrte ihn an. Sie schob einen Einkaufswagen mit einem verbeulten Rad, in dem einige wenige Lebensmittel lagen.

»Oh, es ist alles in Ordnung, vielen Dank«, sagte Scarborough, und gab sich einen Ruck. Sein Atem ging wieder halbwegs normal. »Nur ein kleiner Anfall. Äh, Asthma.«

Die entzündeten Augen der Frau musterten ihn unbewegt, und Scarborough gefror das Blut in den Adern. Hatte sie ihn erkannt?

»Sie sind der Mann aus dem Fernsehen«, sagte sie plötzlich begeistert. »Milliarden und Abermilliarden! Der Kosmos! Ja, auf Kanal dreizehn. Ich habe Kanal dreizehn abonniert, für dreißig Dollar im Jahr! Kann ich ein Autogramm haben, Mister?«

Sagan? Sie hielt ihn für *Carl Sagan*? Dann mußte er inzwischen wirklich schrecklich aussehen. Und irgendwo meldete sich auch wieder sein Stolz. Verletzter Stolz. Er hatte sich schon eine giftige Antwort zurechtgelegt, doch dann besann er sich. »Selbstverständlich.«

Rasch schrieb er »Alles Gute, Carl Sagan« auf die Tüte mit ihren Einkäufen.

»Schreiben Sie auch ›Milliarden und Abermilliarden‹ dazu«, sagte die alte Frau. »Mein Harry hatte sich das regelrecht bei Ihnen abgeguckt. Milliarden und Abermilliarden, das sagte er auch immer. Der arme Harry, er ist vor zwei Jahren gestorben.«

Rasch schrieb Scarborough den Satz dazu. »Es tut mir leid, Ma'am, aber ich muß jetzt telefonieren. Es freut mich, Sie kennengelernt zu haben.«

Sie schlenderte mit quietschendem Einkaufswagen davon. »Und passen Sie gut auf den Himmel auf!« rief sie zurück.

Scarborough brauchte einen Augenblick, bis er die Komik der Situation verarbeitet hatte, dann blinzelte er und lachte. »Deshalb bin ich ja überhaupt erst in diese Situation gekommen, Ma'am«, murmelte er. Seufzend drehte er sich wieder zum Telefon um und suchte ein Vierteldollarstück. Die Nummer der Quigley Publishing Company wußte er auswendig und wählte rasch.

Erst die Vermittlung, dann die Vorzimmerdame, dann wurde er zu seiner Lektorin durchgestellt.

Die ihm hoffentlich helfen konnte.

»Cindy Clinton.«

»Cindy, hallo. Schön, daß Sie da sind. Hier ist Everett Scarborough. Ich muß dringend mit Ihnen sprechen.«

Sie schwieg einen Augenblick, und Scarborough stellte sich vor, wie sich der Schreck in ihrem hübschen, dezent geschminkten Gesicht abzeichnete.

»Ev, Ev! Meine Güte, ich bin ja so froh, daß Sie anrufen!«

»Dann haben Sie wohl in den Nachrichten gehört, was los ist.«

»Und ich habe diese miese Nummer in *A Current Affair* gesehen. Ja, ich weiß Bescheid. Wo sind Sie? Ist alles in Ordnung?« Ihre Stimme klang wirklich besorgt, und Scarborough war unendlich erleichtert. Ja, ja, er hätte es wissen müssen. Cindy war immer noch seine Freundin. Er und Cindy hatten im Laufe der Zeit eine Beziehung aufgebaut, die über das Berufliche hinausging. Auf sie konnte er sich verlassen.

Er holte tief Luft, er war dankbar. »Es geht mir gut, aber ich kann nicht lange reden. Wir müssen uns irgendwo treffen, Cindy. Heute abend, irgendwo in der Stadt.«

»Natürlich, Ev. Aber was ist denn eigentlich los?«

»Um es kurz zu machen, Cindy, die Regierung hat mich zwanzig Jahre lang an der Nase herumgeführt. Es sieht so aus, als müßte ich noch ein Buch schreiben. Falls ich lebend hier herauskomme, natürlich.«

»Ich verstehe das nicht, Ev.«

»Verstehen Sie die Worte *Verschwörung* und *auf höchster Ebene* und *die größte Geschichte des Jahrhunderts*?«

»Die verstehe ich, und das klingt nach einem Bestseller,

Ev. Aber ich mache mir solche Sorgen um Sie. Sie haben doch nicht das alles gemacht, was man über Sie sagt . . .«

»Natürlich nicht, Cindy. Man hat mich hereingelegt.«

»Gut, das ist gut, Ev.« Cindy war Mitte Dreißig. Sie hatte die Rebellion der sechziger Jahre nicht selbst miterlebt, aber sie schien eine Art Nostalgie für diese Zeit entwickelt zu haben. Trotz ihrer Designerkleidung, die sie auf der Fifth Avenue bei Saks kaufte, schlug in ihrer Brust das Herz eines Hippiemädchens. Ihr Vater war ein ehemaliger US-Senator, der inzwischen einen bequemen Job beim Verteidigungsministerium innehatte. Ob sie, ähnlich wie Diane, gegen das Establishment rebellieren wollte? »Sagen Sie mir, wo wir uns treffen können, und ich werde kommen.«

»Wollen Sie mir wirklich helfen?«

»Ich kann Ihnen einen Unterschlupf und etwas Geld anbieten – ich glaube, hier fliegt sogar noch ein Scheck mit Tantiemenzahlungen für Sie herum.«

»Ich würde es aber bar brauchen.«

»Das ist kein Problem. Sagen Sie mir nur, wohin ich kommen soll. Ich möchte Ihnen wirklich helfen, Ev.«

»Okay. Heute abend um halb acht am Zeitungskiosk auf dem Bahnsteig in der U-Bahn-Station am Columbus Circle. Aber nicht die IRT-Linie, ich werde mit der D-Linie kommen.«

»Ich werde dasein, Ev.« Sie sprach mit gedämpfter Stimme weiter. »Und passen Sie auf sich auf. Ich will Sie nicht verlieren.«

»Yeah. Ich muß jetzt los, Cindy. Wenn ich zu lange telefoniere, werde ich leicht nervös.«

»Alles klar. Passen Sie auf sich auf, alter Nörgler.«

Scarborough legte lachend auf. »Alter Nörgler«, das war Cindys privates Schimpfwort für ihn, weil sie ihn manchmal für übertrieben skeptisch hielt. Schon bald nach dem Beginn ihrer Zusammenarbeit hatte sie ihn so getauft. Zuerst war Cindy eine Lektorin von vielen gewesen, aber nicht zuletzt dank seiner erfolgreichen Bücher war sie vor einiger Zeit zur Cheflektorin befördert worden. Aber das war nicht der einzige Grund dafür, daß sie ihren Lieblingsautor so ins Herz geschlossen hatte. Scarborough hatte schon immer das Gefühl gehabt, daß sie von Anfang an in ihn verknallt gewesen war. Manchmal fragte Scarborough sich, warum er nach dem Tod seiner Frau nicht einfach auf Cindys stillschweigendes Angebot eingegangen war. Sie hatte ihn wirklich sehr unterstützt. Er hatte sich mit anderen Frauen eingelassen, dabei war Cindy durchaus attraktiv. Ein wenig neurotisch vielleicht.

Aber der wichtigste Grund, die Finger von ihr zu lassen, war natürlich ihre berufliche Beziehung. Und sie waren Freunde. Er wollte beides nicht gefährden, indem er eine Affäre mit ihr begann, und er wußte auch nicht, wie man so ein Arrangement zwanglos hätte gestalten können, obwohl Cindy sich alle Mühe gab, ihm entgegenzukommen.

Im Augenblick hatte sie sowieso einen festen Freund. Es war ein netter Junge namens Burke. Etwas älter als sie, geschieden, Vizepräsident einer PR-Agentur. Es lief bestens. Scarborough und Cindy waren nach wie vor gute Freunde geblieben, und sie war eine sehr gute Lektorin – in einem Augenblick wie diesem konnte er sich hundertprozentig auf sie verlassen.

Scarborough betrat die Bäckerei.

Leider gab es keinen Nußkuchen, ». . . aber wie wäre es mit einem Stück dänischem Kuchen, Sir?«

Er kaufte eine Tüte gefüllte Donuts und einen Becher Kaffee und kehrte zu seinem Auto zurück.

Bevor er sich am Abend mit Cindy treffen würde, hatte er noch einiges zu erledigen.

9. Kapitel

Betty beugte sich in seinen Verschlag herein.

»Jake«, sagte sie, »Mr. Kozlowski hat sich gerade bei mir gemeldet. Er will dich sofort in seinem Büro sprechen.«

»Danke, Mädchen«, sagte Jake Camden, schob sich ein paar Pillen in den Mund und hoffte, sie würden das Unwetter bändigen, das sich gerade in seinem Magen zusammenbraute. Dann klatschte er sich etwas Rasierwasser ins Gesicht und sprühte sich Right Guard unter die Achseln. An diesem Morgen wollte er seinen Chef auf gar keinen Fall verärgern. Sein Leben lag in den Händen des alten Koz. Seufzend stand er auf und zog sich eine frisch gebügelte weiße Leinenjacke über sein bestes Hawaiihemd. Heute hatte seine Hosen sogar Bügelfalten. Und wenn es so etwas wie gewienerte Tennisschuhe gab, dann hätten seine Reebok-Schuhe geglänzt wie nie. Zu schade, daß er seine Sandalen in seinem Wandschrank einfach nicht hatte wiederfinden können. Trotzdem war es ein ausgesprochen sauberer und nüchterner Jake Camden, der an diesem Morgen Kozlowskis Büro aufsuchte. Vielleicht nicht gerade der Camden, den Diane Scarborough aus ihm hatte machen wollen, aber es sollte reichen, daß der alte Knacker genau hinsah und sein Outfit erfreut zur Kenntnis nahm. Nach der Begegnung mit dem Drogendealer am vergangenen Abend war die Restaurierung nicht unproblematisch gewesen.

Kozlowski telefonierte gerade. Er hatte sich in seinem riesigen Bürosessel zurükgelehnt und sah aus wie ein kleiner König, der sein kleines Imperium regierte.

»Okay, Joe, okay. Yeah, wir treffen uns zum Mittagessen, dann können wir weiter darüber reden. Camden ist gerade gekommen. Hat eine großartige Geschichte, sagt er. Genau, wir sehen uns dann um halb zwei im Lido.« Der dicke Mann legte auf und betrachtete Camden mit einem flüchtigen, verächtlichen Blick, während er sich eine frische Zigarre aus der Kiste angelte. »Wollen Sie auch eine, Kumpel?«

Kozlowski bot seinen Besuchern nur selten eine seiner teuren Zigarren an, und wenn er sogar einen Angestellten damit bedachte, dann mußte man sie nehmen und genießen, denn sonst war Mr. Kozlowski beleidigt. Jake Camden schloß die Tür hinter sich, trat zum Schreibtisch und nahm eins der langen, knisternden Dinger aus der Kiste. Die Zigarre duftete nach saftigem, leicht öligem Tabak und fühlte sich frisch und knusprig zwischen den Fingern an. Er ließ sich von seinem Chef Feuer geben, paffte einen

Augenblick und setzte sich dann ganz vorn auf die Kante des Stuhls, der vor dem Schreibtisch stand.

»Schön, Mr. K. Wirklich ausgezeichnet.«

»Ich hoffe, Sie haben auch etwas Gutes anzubieten, sonst ziehe ich Ihnen vom nächsten Gehalt den Preis für eine ganze Kiste von den Dingern wieder ab.«

»Aber sicher doch, Boß, etwas Erstklassiges.«

»Was ist los mit Ihnen? Sie sehen nicht sonderlich begeistert aus, Jake. Und warum sind Sie so *sauber*? Kommt Ihre Mutter zu Besuch, oder was ist da im Gange?«

»Dieses Angebot, daß Sie mir gestern abend gemacht haben – ein paar tausend Dollar Vorschuß für eine wirklich gute Geschichte. Gilt das noch?«

»Aber sicher doch, Jake.« Kozlowski hob interessiert die Augenbrauen. »Und wenn wir dadurch die Auflage um eine Million heben können, dann gibt es noch mehr, wie ich versprochen habe. Warum, ist Ihnen heute morgen etwas in den Schoß gefallen? Oder haben Sie mir etwas vorenthalten?«

Camden mußte husten. Er legte die Zigarre sanft und andächtig in den Aschenbecher und faltete die Hände. Die spitze Bemerkung seines Chefs ignorierte er. Er mußte sich konzentrieren, um das, was er zu sagen hatte, richtig auf die Reihe zu bekommen.

»Es ist eine große Sache, Mr. K. Wir können sie nur in kleinen Portionen bringen, und wir dürfen die volle Wahrheit nicht schreiben, weil es sich um eine höchst delikate Angelegenheit handelt.«

»Yeah, yeah, Mann. Jake, nun hören Sie auf, sich so zu zieren, und kommen Sie endlich zur Sache.«

»Es geht um Dr. Everett Scarborough.«

»Bitte? Was denn, dieser Kerl, der letzte Woche durchgedreht ist und ein paar Leute umgelegt hat? Über den haben wir schon eine Geschichte von Peters bekommen. Sie hätten andere Sachen am Haken, meinten Sie.«

»Ich kann Ihnen jetzt die Details nicht nennen. Aber ich bin über diese Angelegenheit wirklich aus erster Hand informiert. Bei vielem, was sich in der letzten Woche ereignet hat, war ich selbst anwesend. Und ich halte Kontakt mit Scarborough, der sich vor den Regierungsbehörden versteckt.«

»Jesus!«

Der Herausgeber war hinreichend interessiert, seine Zigarre ging aus. Als Camden fertig war, senkte sich ein lastendes Schweigen über das Büro, aber die Augen des alten Mannes funkelten wie Kristall.

»Das«, sagte er, »ist ein Knüller.«

»Ich stelle es mir als Serie vor. Sozusagen direkt vom Ort des Geschehens berichtet. Es muß gehetzt klingen, und es sollte ablaufen wie die Folgen einer Fernsehserie.«

»Yeah, yeah. Die Leute werden am Montag morgen im Supermarkt Schlange stehen. Außerdem wird man sich um die Nachdruckrechte reißen. Das gefällt mir, Camden. Das gefällt mir sogar sehr. Aber ist Scarborough auch einverstanden? Sie sagten, Sie stünden mit ihm in Verbindung.«

»Nein, es wird ihm nicht gefallen. Aber aufgrund des Vorlaufs beim Druck wird jede Geschichte, die erscheint, um ungefähr drei Wochen überholt sein. Wer weiß, vielleicht ist er da schon überführt, verhaftet oder umgebracht worden.«

»Ja, ja. Und was ist mit dem ersten Artikel?«

»Dafür muß ich nach New York fahren. Sie bekommen den ersten Artikel, wenn ich wieder da bin.« Camden holte tief Luft. Jetzt wurde es schwierig. »Ich habe aber ein paar Bedingungen. Zuerst einmal bekomme ich den Bonus, den Sie mir versprochen haben. Zweitens bleibt das Copyright der Geschichte bei mir. Dann kann ich sie für eine andere Zeitung oder eine Zeitschrift aufbereiten, wenn die Serie hier beendet ist. Drittens gehören auch die Buch- und Filmrechte mir.«

Kozlowski nahm seine Zigarre aus dem Aschenbecher und zündete sie wieder an. Eine bläuliche Rauchwolke stieg auf. Er tippte etwas Asche in den Aschenbecher und beugte sich vor. »Jetzt aber mal langsam. Sie haben mich hingehalten, seit Sie wieder hier sind. Sie hatten diese große Geschichte, aber Sie haben den Mund gehalten. Jetzt werden Sie auf einmal gesprächig. Wie kommt das?«

Camden starrte seine Schuhe an. An den Rändern waren braune Krümel zu sehen. Er mußte am vergangenen Abend oder am Morgen in Hundekot getreten sein. »Ich brauche Geld«, sagte er seufzend. »Und ich brauche es jetzt. Ich kann Ihnen nicht sagen, warum ich es brauche. Ich brauche es einfach. Es ist kein Betrug, kein Trick, Sir. Es ist kein Windei. Wenn ich aus New York wieder zurück bin, brauche ich fünfzehntausend Dollar.« Er sah Kozlowski so aufrichtig in die winzigen Augen, wie er nur konnte. »Es ist eine Sache, bei der es um Leben und Tod geht. Es geht um *mein* Leben und *meinen* Tod.«

Kozwlowski paffte seine Zigarre. Er starrte nachdenklich ins Leere, dann wandte er sich mit stahlhartem Blick wieder an seinen Reporter. »Es ist wegen der Drogen, nicht wahr? Ich habe es Ihnen gesagt, als Sie hierhergekommen sind. Ich habe Ihnen gesagt, halten Sie sich von dem Zeug fern, Jake.« Er schüttelte den Kopf. »Wissen Sie, woher ich komme, Jake? Ich komme aus Brooklyn, und es ist wohl kein Geheimnis, daß ich dort mal in einer Gang war. Ich habe für die Mafia gearbeitet.« Er zuckte die Schultern. »Amerika, das Land der unbegrenzten Möglichkeiten. Nun ja, jetzt sind meine Geschäfte legal, und darauf bin ich stolz. Es gibt ein paar Sizilianer, die nichts dagegen hätten, wenn ich tot wäre, aber solange ich ihnen nicht in die Quere komme, lassen sie mich in Ruhe. Ich bin ein harter Mann geworden, Jake, weil ich eine harte Jugend hatte. Ich habe für Leute gearbeitet, die ohne mit der Wimper zu zucken andere Leute umgelegt haben. Aber ich kann Ihnen sagen, diese Drogenbosse – die Latinos, die Schwarzen –, da sind heutzutage Typen im Geschäft, die Lucky Luciano oder Al Capone Alpträume bereiten könnten. Was die Mafia macht, das ist nur die halbseidene Version der freien Marktwirtschaft. Aber jetzt sieht man überall nur noch Dunkelheit und Chaos. So langsam glaube ich, daß der Teufel in Wirklichkeit spanisch spricht. Jake, haben Sie Ärger mit einem dieser *putas*?«

Jake senkte den Blick und nickte elend.

»Okay.« Der Boß legte die Zigarre wieder in den Aschenbecher und formte mit den Fingern beider Hände ein Spitzdach. »Ich kann keinen toten Reporter gebrauchen. Wenn jemand Sie umbringt, Jake, dann will ich höchstpersönlich der Glückliche sein. Lassen Sie uns verhandeln.«

»Sie geben mir die fünfzehntausend?«

»Fünfzehntausend. Ich werde Ihnen das Geld in bar aushändigen, wenn Sie zurückkommen. Und ich verzichte auf die Buchrechte. Mir geht es jetzt nur darum, die Auflage zu erhöhen. Wenn Sie uns die Leser einfangen, dann will ich damit völlig zufrieden sein. Ich habe genug Geld, Jake. Was ich aber will, das ist – die Nummer eins der Branche zu werden.«

»Danke. Es wird Ihnen nicht leid tun, das schwöre ich.«

»Ich bin noch nicht fertig, Jake. Sie behalten die Buchrechte, aber ich will exklusive Informationen haben, und ich will alles bekommen, was wichtig ist. Wenn Sie mir bei dieser Scarborough-Geschichte auch nur ein wichtiges Detail vorenthalten, wenn Sie mich noch einmal hereinlegen, Jake Camden, dann schwöre ich Ihnen, daß meine Alligatoren Ihnen den Arsch aufreißen werden.«

»Denken Sie aber daran, Koz – das ist doch eigentlich gar keine Geschichte für den *Intruder*. Ich meine, die Geschichte ist echt, und es kann ziemlich kompliziert werden. Ich glaube, zum Teil kann man das gar nicht in kleine, leichtverdauliche Stücke zerlegen.« Jake sank das Herz, und er sah die Geschichte, die er für die *New York Times* schreiben wollte, auf großen Schwingen davonfliegen. Die *Times* würde auf keinen Fall eine Story drucken, die aus Brosamen bestand, die beim *Intruder* übriggeblieben waren.

»Das werde ich selbst beurteilen, Camden. Wahrscheinlich müssen wir Ihre Berichte stark nachbearbeiten. Das ist aber nicht der springende Punkt. *Ich* will darüber entscheiden, was gedruckt wird und was nicht. Kapiert?«

Oh. Der alte Mann wollte einfach nur etwas angeboten bekommen, aus dem er auswählen konnte. Die Geschichte für die *Times* flatterte wieder heran, setzte sich brav auf seine Schulter und zirpte ihm das Wort »Pulitzerpreis« ins Ohr.

»Alles klar, Sir.« Er beugte sich vor und gab seinem Chef die Hand. »Es wird Ihnen bestimmt nicht leid tun, Sir. Und Sie haben mir wirklich das Leben gerettet.«

»Noch eins, Jake. Sind Sie von diesem verdammten weißen Zeug abhängig?«

»Nein, Sir.«

»Das ist gut. Ich will nicht, daß Sie weiter damit herumspielen, klar? Wenn ich davon Wind bekomme, fliegen Sie augenblicklich raus.«

Kein Problem. Es gab Wichtigeres als Koks.

»Und was ist mit dem Schnaps, Jake?«

Oh, der wunde Punkt. Jake war überhaupt nicht sicher, ob er das Trinken lassen konnte. Ganz besonders nicht, wenn er, wie jetzt, unter starkem Streß stand.

»Also, äh ...«

Kozlowski grinste. »Ein guter Reporter hört sofort zu trinken auf, wenn er an einer guten Geschichte arbeitet, Jake. Er wird nüchtern, damit er mit klarem Kopf alles herausholen kann, was nur herauszuholen geht. Zum Teufel mit den Temperenzlern. Unser Medizinredakteur liebt deren Verlautbarungen, und wir müssen sie wegen unseres guten Rufs drucken, aber wenn ich diese Scheiße lese, brauche ich persönlich immer einen Drink.« Kozlowski nahm eine Flasche Whisky, es war ein George Dickel, und zwei Gläser aus dem Schreibtisch. »Es ist wohl nichts dagegen einzuwenden, wenn wir darauf anstoßen, Jake, was?« Er schenkte die bernsteinfarbene Flüssigkeit ein und gab seinem Reporter ein Glas.

»Also, vielen Dank, Sir. Ich muß schon sagen, jetzt fühle ich mich viel besser. In jeder Hinsicht.«

»Auf die UFOs und die geheimen Verschwörungen der Regierung«, sagte Kozlowski. Er stand auf und stieß mit Camden an.

»Yeah.« Camden trank einen kleinen Schluck Whisky. Er war samtig und weich und tat ihm gut. Der Knoten der Angst in seinem Bauch löste sich auf, als die Wärme des Whiskys sich ausbreitete.

»Wer weiß – vielleicht stecken am Ende sogar wirklich die Außerirdischen dahinter. Übrigens dürfen Sie ruhig in jede Richtung spekulieren, Jake. Das ist es ja gerade, was unsere Art von Journalismus so spannend macht. Wir lassen uns von albernen Fakten nicht beirren.«

Jake grinste. »Wissen Sie, Elvis Presley hat sich ja auch für die geheimen Operationen der Regierung interessiert. Vielleicht steckt ja der King persönlich hinter diesem ganzen Schwindel. Ich sehe schon die Schlagzeile: ›Elvis Presleys UFO-Schwindel.‹«

»Yeah!« machte Kozlowski und strahlte. »Sehen Sie doch mal, ob es da nicht eine Verbindung gibt. Vielleicht sollten Sie unseren Elvis-Redakteur hinzuziehen.«

Jake lächelte in sich hinein. Das war ganz ausgezeichnet. Er konnte die echten Fakten meterhoch unter Unfug verschütten. Seine Geschichte für die *New York Times* würde nagelneu aussehen. »Der neue Tom Wolfe«, so hörte er schon das Lob seiner Kollegen. Ruhm, Geld, Frauen ...

»Gern, Sir«, sagte er und trank sein Glas aus. »Das will ich gern machen.«

10. Kapitel

Everett Scarborough parkte seinen Ford Falcon auf einem kleinen Parkplatz am Hudson River in der Nähe der West 60th Street. Er hatte den Platz vor ein paar Jahren entdeckt, als er den Fehler gemacht hatte, mit dem Wagen nach Manhattan hineinzufahren. Die Parkgebühren im Zentrum waren geradezu erpresserisch. Scarborough war kein armer Mann, aber die sparsame Zeit, bevor er als Redner und Autor Erfolg gehabt hatte, steckte ihm immer noch in den Knochen.

Er stellte den Wagen ab und verschloß ihn. Von hier aus war es nicht weit bis zur U-Bahn-Station am Columbus Circle, aber er war viel zu früh dran. Schon mehrmals hatte er versucht, Ed Myers telefonisch zu erreichen, leider immer vergebens.

Jetzt mußte er etwas Zeit totschlagen.

Scarborough wünschte, er hätte das Treffen auf einen früheren Zeitpunkt gelegt. Aber als er nun um halb fünf am Nachmittag am Lincoln Center vorbei zum Broadway ging, während sich der zur Stoßzeit besonders starke Verkehr durch die Betonschluchten von New York City quälte, wurde ihm klar, daß er die Muße wirklich gut gebrauchen konnte, um wieder zu sich zu kommen. Seit fast einer Woche war sein Adrenalinspiegel ununterbrochen extrem hoch gewesen. Jetzt war er wieder an der Ostküste, er hatte die Unterstützung gefunden, die er brauchte, und er konnte ein paar Stunden nutzen, um die Füße wieder auf den Boden zu bekommen. Er mußte sich emotional in der Gewalt haben. Dieser Anfall am Vormittag in Yonkers ... so etwas war ihm noch nie passiert, nicht einmal in der Trauerzeit kurz nach dem Tod seiner Frau. Und doch, irgendwie hatte ihn dennoch das Gefühl heimgesucht, so etwas schon einmal erlebt zu haben. Es war ihm auf äußerst unangenehme Art und Weise bekannt vorgekommen. Aber er würde keinesfalls Diane helfen können, wenn er ein nervliches Wrack war. Er mußte sich wieder unter Kontrolle bekommen.

An der Ecke 60th und Broadway überlegte er, was er jetzt tun sollte. Taxen und Busse fuhren vorbei, stießen Wolken von Auspuffgas aus und hupten, Menschen, die zum Abendessen, zu ihren Ballettstunden oder in ihre teuren Apartments in der West Side wollten, drängten sich an ihm vorbei. In diesem Meer von Gesichtern fühlte er sich besser aufgehoben als draußen auf den Highways, und viel sicherer. Hunger hatte er nicht. Wenn er hungrig wurde, konnte er jederzeit in einem der vielen chinesischen Restaurants am Broadway etwas essen. Das war eins seiner Rituale, an die er sich hielt, wann immer er nach New York kam. Instinktiv spürte er, daß er solche Rituale brauchte, um sich zu stabilisieren. Ein Stück den Broadway hinauf war die New Yorker Filiale von Tower Records.

Natürlich. Er konnte ein paar CDs kaufen gehen. Zwar hatte er keinen CD-Spieler im Auto, aber er wäre damit ein wenig beschäftigt. Früher hatte er regelmäßig die Läden in Washington aufgesucht und es sich zur Gewohnheit gemacht, mindestens einmal pro Woche die Neuerscheinungen durchzusehen.

Ja, Rituale. Wenn ihm irgend etwas helfen konnte, dann waren es Rituale. Außerdem, wer würde schon auf die Idee kommen, in einem CD-Laden nach ihm zu suchen?

Den größten Teil des Nachmittags hatte er damit verbracht, auf den abgenutzten Highways und verwahrlosten Brücken herumzufahren, die New York City umgaben wie ein rostiges Spinnennetz. Er wußte, daß es paranoid war, aber er dachte, es wäre keine schlechte Idee, etwaige Verfolger abzuschütteln. Seit Las Vegas hatte er das unbestimmte Gefühl, jemand sei ihm auf den Fersen. Nach einer Weile hatte er sich jedoch über sich selbst lustig gemacht. Typisch für Paranoide, daß sie sich verfolgt glauben. Aber er konnte das Gefühl einfach nicht abschütteln. Und jetzt, da er in New York war und etwas Zeit zur freien Verfügung hatte, konnte er sich in aller Ruhe ein paar Ausweichmanöver einfallen lassen.

New York und sein Umland sind für Fremde sehr unübersichtlich. Die Gegend besteht aus unzähligen Arterien, Venen und Kapillaren, in denen der Verkehr fließt. Scheinbar willkürlich sind sie miteinander verbunden, unerwartet steht der Ortsunkundige plötzlich vor Abzweigungen und Einbahnstraßen. Die zahlreichen Brükken und Tunnel, die die Insel Manhattan mit den Nachbarbezirken und mit New Jersey verbinden, geben reichlich Gelegenheit für halsbrecherische Richtungswechsel im letzten Augenblick, um etwaige Verfolger abzuschütteln. Everett Scarborough war also mehr als zwei Stunden lang wie ein Irrer kreuz und quer durch die Verkehrswege des Big Apple gefahren. Es war sein Glück, daß die meisten New Yorker ebenfalls wie die Irren fuhren, denn sonst hätte er sich mehrere Verwarnungen eingefangen. Aber so dachte er, was soll's. Das hier ist New York, wo die Stoßstangen zum Stoßen benutzt werden.

Er stellte sogar fest, daß dieses Spiel seine Stimmung erheblich hob. Er bekam dadurch das Gefühl, die Kontrolle zurückzugewinnen. Falls ihm wirklich jemand gefolgt war, dann hatte er die Verfolger abschütteln können. Wahrscheinlich steckten sie immer noch im Verkehrschaos auf der Brooklyn Bridge, nachdem er im letzten Moment waghalsig auf den FDR abgebogen war.

Jedenfalls war das Gefühl, verfolgt zu werden, verschwunden.

Komisch, dachte er, als er am Hot-dog-Stand vor den ABC-Studios vorbeiging, wo mit Laufschrift für »All My Children« geworben wurde. Er lief rasch über den Broadway, weil die Fußgängerampel gerade Grün zeigte. Intuitionen und Dinge wie außersinnliche Wahrnehmung hatte er immer weit von sich gewiesen. Aber jetzt, so schien es ihm, nachdem seine geordnete, rationale Welt auf den Kopf gestellt war, hatte er sich in einen wenn auch widerstrebenden Gläubigen verwandelt.

Tower Records war ein großes zweistöckiges Geschäft, hell erleuchtet mit Neonröhren. Hier und dort hingen Werbeplakate an den Wänden, und die Regale quollen vor CDs, Schallplatten und Kassetten beinahe über. Im Laden in Washington, D.C., wo Scarborough Stammkunde war, gab es eine eigene Videoabteilung, aber hier in New York war diese Abteilung unter dem Namen »Tower Video« ein Stück weiter in einem eigenen Geschäft untergebracht.

Seit Ende der fünfziger Jahre sammelte er Musik, vor allem Jazz. Er besaß inzwischen drei- oder viertausend Aufnahmen, viele von ihnen waren inzwischen Sammlerstücke und eine Menge Geld wert, was sich vor allem auf seine alten Schallplatten bezog. Was die CDs betraf, so waren das zur Abwechslung mal silberne Scheiben, die nicht in der Luft herumflogen.

Ja, CDs hatten seine Musiksammlung einen erheblichen Auftrieb gegeben, und als nach und nach immer mehr CDs mit älteren Aufnahmen veröffentlicht wurden, machte es ihm großen Spaß, in Geschäften gezielt nach ihnen zu suchen: Beispielsweise hatte ihn ein freudiger Schreck durchfahren, als er die Sammlung mit alten Aufnahmen von Charlie Parker oder die neue Anthologie mit Musik von Stan Getz aus den fünfziger Jahren gefunden hatte. Eine harmlose Sucht, da Scarborough genügend Geld hatte, um sich ihr hemmungslos hinzugeben.

Unzufrieden mit der Jazzabteilung, wandte er sich etwas später der Ecke mit der Klassik zu. Natürlich würde er hier nichts kaufen, aber während er die CDs betrachtete und nach einem Schnäppchen suchte, wurde er ruhiger und fühlte sich an angenehmere Zeiten erinnert.

Die Abteilung mit klassischer Musik war riesig. Kultivierte Menschen mit Jacken und Schlipsen, sauber gestutzten Bärten und den glänzenden Augen der Musikbegeisterten sahen sich ausgiebig nach den Neuerscheinungen um. Aus BOSE-Lautsprechern erklangen leise die *Vier Jahreszeiten* von Vivaldi, und Scarborough richtete sich auf eine ausgedehnte Expedition ein.

Es gab eine Einspielung von Julian Bream mit Gitarrenwerken nach Bach, die Scarborough vor einiger Zeit verloren hatte. Wenn er die hier fand, würde er vielleicht sogar die dreizehn oder vierzehn Dollar ausgeben und sie kaufen. Das war vielleicht dumm, da er im Augenblick keinen Zugang zu einem CD-Spieler hatte, aber schon das Gefühl, den kleinen akustischen Schatz zu hüten, war ein wichtiger Teil seines CD-Rituals.

Er fand tatsächlich die CD von Bream, und wie oft in solchen Situationen durchfuhr ihn ein freudiger Schreck.

In diesem Augenblick, als er unvermittelt den Kopf hob, sah er die beiden Männer.

Sie sahen so aus wie die meisten anderen Männer im Laden. Überwiegend waren es Angestellte, die nach der Arbeit auf dem Heimweg waren und sich einen Augenblick Zeit nahmen, um die Musikabteilung zu durchforsten. Nadelstreifenanzüge, Krawatten. Einer der beiden schien Ende Zwanzig oder Anfang Dreißig zu sein, der zweite war ungefähr in Scarboroughs Alter. Sein Haar war grau durchsetzt. Sie hatten sich in der Jazzabteilung bei den Big Bands umgesehen, und jetzt waren sie hier unten. Scarborough hatte auf einmal das unbestimmte Gefühl, sie schon einmal gesehen zu haben. Und zwar nicht in diesem CD-Laden und nicht hier in Manhattan, sondern an einem ganz anderen Ort.

Aber dann wanderte einer von ihnen zu den Aufnahmen mit Musik von Mozart hinüber, während der andere sich für Filmmusik zu interessieren schien.

Scarborough blätterte müßig die CDs durch und schüttelte den Gedanken ab, daß die beiden ihn verfolgten.

Wer sollten sie auch sein? Wenn sie von der CIA oder vom FBI wären oder Zivilbeamte der Polizei, dann hätten sie ihn schon längst verhaftet und abgeführt. Es war nicht zu übersehen, daß Scarborough unbewaffnet war – er trug im Augenblick nur ein kurzärmliges Hemd und Jeans. Außerdem schien es unmöglich, daß jemand ihm gefolgt war. Er hatte sich aufs Geratewohl hin und her bewegt, und niemand außer Marsha und Cindy wußten, daß er sich in Manhatten aufhielt.

Nein, dachte er. Das waren nur wieder seine Wahnvorstellungen.

Er zwang sich, noch zehn Minuten im Laden zu bleiben, dann ging er zur Kasse hinauf und bezahlte die CD mit den Gitarreneinspielungen nach Bach.

Anschließend schlenderte er den Broadway hinunter und suchte das chinesische Restaurant, an das er sich erinnert hatte.

Es war ein relativ ausgeruhter und satter Everett Scarborough, der am Columbus Circle aus der U-Bahn stieg. Er hatte ein ganzes Stück laufen müssen, um einen Zug der D-Linie zu erreichen, aber er hatte es so mit Cindy verabredet, und nun mußte er sich daran halten.

Als er aus dem Zug ausgestiegen war, ging er zum Zeitungskiosk. Er sah sich in der Menge um. Aus irgendeinem Grund schien es um diese Zeit, um halb acht Uhr abends, viel belebter als bei seinen früheren Besuchen. Trotzdem war es nicht mit dem Gedränge während des Berufsverkehrs zu vergleichen. Am Zeitungskiosk konnte er keine Spur von Cindy entdecken. Nervös sah er auf die Uhr. Es war erst 19 Uhr 25, also war er zu früh dran. Nun, lieber zu früh als zu spät kommen, dachte er.

Er lehnte sich an ein grüngestrichenes Absperrgitter, wartete und sah den Leuten zu, die durch den Bahnhof eilten. Dem Donnern der U-Bahn-Züge lauschend beobachtete er, wie sie hielten und einen Schwall schwitzender Körper ausspuckten.

Jedesmal wenn er nach New York kam, wunderte er sich über zwei Dinge. Das erste war, daß die Stadt noch teurer war, als es seiner Erinnerung und seinen Befürchtungen entsprach. Das zweite war, daß die angeblich wichtigste Stadt der Welt schmutziger war, als man es für möglich hielt. Die ganze Stadt trug einen eigenartigen Grauschleier.

Es hieß, man müsse in New York aufgewachsen sein, um diese Reibung wie von Sandpapier auf blanken Nervenenden ertragen zu können, diese entsetzliche Überlastung aller Sinnesorgane, der man in jedem wachen Augenblick ausgesetzt war (vermutlich auch im Schlaf). Scarborough war froh, daß er nicht hier leben mußte und die Stadt nur hin und wieder besuchen konnte.

So grell die Straßen waren, so bedrückend kam ihm das vor, was sich unter ihnen abspielte. Die Untergrundbahn von New York war eine lärmende Hölle, dunkel und drekkig, es roch nach altem und frischem Urin, nach ungewaschenen Körpern und Rattenkot. Es waren garstige Verliese, verbunden durch Gänge, in denen Hades selbst zu herrschen schien, irrlichternd erhellt von elektrischen Funken und dem gespenstisch bleichen Licht der Bahnhöfe. Wenn Scarborough in New York mit de U-Bahn fuhr, rechnete er immer damit, vor ihm würde sich plötzlich die Hölle auftun, und deren Anblick könnte nach dem, was man sah, wenn man an der 14th Street oder der Tenth Avenue aus dem Zug stieg, sogar eine Erleichterung sein.

Die Station am Columbus Circle, auf deren Bahnsteig er gerade wartete, war typisch für die New Yorker Untergrundbahn. Droben auf der Straße trieben sich die üblichen Stadtstreicher und Obdachlosen herum, die in dunklen Ecken ihre Exkremente hinterließen und Passanten um Kleingeld angingen. »Marktwirtschaftlicher Ausschuß«, so nannte Scarborough sie. Auch in Washington gab es dank der jahrelangen konservativen Politik jetzt mehr Arme als früher, aber in New York kamen sie ihm besonders virulent vor. Scarborough gab ihnen immer Geld, er konnte nicht anders. Seine Freunde hier sagten ihm, daß man jeden Blickkontakt vermeiden solle, aber er wollte den Blick nicht abwenden, er empfand Mitleid und Angst und mußte hinsehen. Eine der angenehmen Begleiterscheinungen, wenn man finanziell gut dastand, war die Tatsache, daß man den Hilfsorganisationen, die diese Menschen unterstützten, Geld spenden konnte. Aber keine Spende war in der Lage, die Wunden zu heilen, die der Abbau der Sozialleistungen geschlagen hatte. So etwas hätte von vornherein gar nicht erst passieren dürfen.

Ja, die Untergrundstation am Columbus Circle war bevölkert mit Obdachlosen, die sich Zeitungspapier in die löchrigen Schuhe stopften. Es stank. Die Decken waren niedrig, die Trenngitter häßlich, die ganze Station voller Müll. Hier waren die Fehlleistungen des industriellen Zeitalters zu besichtigen, hier rasten kreischende Würmer aus Metall unablässig durch die Eingeweide der sterbenden Stadt.

Obwohl er so über die New Yorker Untergrundbahn dachte, konnte er nicht umhin, sie zu benutzen, wann immer er in New York war. Warum er das tat, konnte er selbst nicht erklären.

Er hatte sich überlegt, daß die Station am Columbus Circle aus drei Gründen ein guter Treffpunkt wäre. Zuerst einmal war es ein Ort, den sie beide leicht erreichen konnten. Zweitens war es ein öffentlicher Ort, an dem es leicht schien, sich in der Menge zu verbergen, und drittens konnte er von hier ohne weiteres fliehen, denn an diesem Knotenpunkt standen ihm zahlreiche Fluchtwege offen.

Um exakt 19 Uhr 36 sah er sie die Treppe von der Eingangshalle, wo die Tickets verkauft wurden, herunterkommen. Sie sah sich nach ihm um, doch er ließ sich noch einen Moment Zeit und überprüfte die Umgebung, bevor er ihr winkte. Er wollte sicher sein, daß ihr niemand folgte. Aber was erwartete er eigentlich? Männer in Lodenmänteln, die aussahen wie in einem Roman von Robert Ludlum? Mühsam entspannte er sich, löste sich vom stählernen Absperrgitter und winkte ihr.

Sie sah ihn, lächelte, erwiderte sein Winken und kam die Treppe herunter.

Cindy war eine attraktive Frau mit gut frisiertem Haar, das sie mit reichlich Festiger in Form gebracht hatte. Sie trug eine aquamarinblaue Designerbrille mit halbierten Gläsern, deren Bügel den Blick zu den Seiten nicht behinderten. Ihr Gesicht war oval, die Sommersprossen, die von ihrem letzten Urlaub in der Karibik stammten, waren nicht mit Make-up verdeckt. Sie trug ein neutrales schwarzes Kostüm und flache Schuhe. Einen großen schwarzen Beutel hatte sie sich über die Schulter gehängt.

Scarborough betrachtete Cindy mit seltsam zwiespältigen Gefühlen. Einerseits war sie klug und attraktiv, eine sehr ehrgeizige junge Frau und eine ausgezeichnete Verlagsmitarbeiterin, die bei ihrer Kleidung, ihrem Kunstverstand, bei der Inneneinrichtung ihrer Wohnung, beim Speisen und bei vielen anderen Dingen ihren ausgezeichneten Geschmack immer wieder unter Beweis stellte. Und sie hatte einen guten Geschmack, was Männer anging. Es war von Anfang an klar gewesen, daß sie Scarborough mochte – schon vor dem Tod seiner Frau war dies deutlich geworden. Die anfängliche jugendliche Verknalltheit war im Laufe der Zeit zu einer etwas unruhigen Freundschaft gedämpft worden, die dennoch über eine rein berufliche Beziehung hinausging. Als Scarborough dann entschieden hatte, sich mit ihr nicht weiter einzulassen, hatten sie zynische Witze gerissen. Es würde unsere berufliche Beziehung gefährden, wenn wir etwas miteinander anfangen, hatte er gesagt.

Aber das war nicht der einzige Grund gewesen. Cindy hatte einige Verhaltensweisen, die ihn beunruhigten. Sie zeigte manchmal Anflüge einer neurotischen Kälte, die der jeweiligen Situation völlig unangemessen waren. Als würde in den Tropen unversehens die Spitze eines Eisbergs auftauchen. Vielleicht war das aber auch der ganz alltägliche New Yorker Wahnsinn, hatte Scarborough gedacht. In dieser miesen Stadt veränderten sich Frauen zu ihrem Nachteil. Oh, natürlich hatte er gelegentlich auch Affären mit Frauen aus New York gehabt. Die Frauen in New York klagten häufig, es gebe nicht genügend heterosexuelle unverheiratete Partner für sie. Wie auch immer, er war mit Cindy nicht ins Bett gegangen, obwohl sie bei einigen Champagnerpartys und Feiern anläßlich einer Neuerscheinung mehrmals kurz davor gewesen waren.

»Ev«, sagte sie jetzt, als sie mit entschlossenen, selbstbewußten Schritten auf ihn zuging. Ihre Brüste hüpften unter der frisch gebügelten weißen Seidenbluse, die schlanken, wohlgeformten Beine bewegten sich hinreißend elegant, und sie schwang anmutig die Hüften. »Hallo. Da sind Sie ja. Ich bin ja so froh, daß Sie wohlauf sind.«

Sie küßte ihn auf die Wange, und er roch eine Spur von White Linen, ein himmlischer Duft in dem Gestank, der ansonsten die U-Bahn-Station beherrschte.

»Danke, daß Sie kommen konnten, Cindy. Ihnen ist doch niemand gefolgt, hoffe ich?«

Ein seltsamer Ausdruck zog wie der Schatten einer Wolke über ihr Gesicht. »Nein. Meinen Sie, ich werde beobachtet?« Man hörte ihr die gute Ausbildung an, die sie auf einer angesehenen Schule in Neuengland genossen hatte. Die exzellente Diktion entsprach exakt dem, was ihre klugen, derzeit aber etwas besorgt blickenden Augen zum Ausdruck brachten.

»Ich kann einfach nicht vorsichtig genug sein.«

»Ich verstehe, Ev. Das ist ja auch eine verrückte Angelegenheit. Gratulation zu Ihrer Verkleidung übrigens. Einen so schlecht gekleideten Everett Scarborough kann man wirklich kaum wiedererkennen.« Sie lächelte fast unmerklich. »So, und was tun wir jetzt? Wird mir die Ehre zuteil, meinen populärsten Autor streng konspirativ in mein Boudoir bitten zu dürfen?«

Er mußte über ihre anzügliche Bemerkung unwillkürlich lächeln. »Nein, das ist nicht gerade das, was mir vorschwebt. Es ist ja bekannt, daß zwischen Ihnen und mir eine Verbindung besteht, und da liegt der Gedanke nahe, daß ich bei Ihnen unterkrieche. Und dann tauchen um drei Uhr morgens die Agenten auf und ertappen uns auf frischer Tat.«

»Das ist aber vor dem Hintergrund unserer gemeinsamen Geschichte eher unwahrscheinlich.« Obwohl es ein Scherz war, runzelte sie die Stirn, und er bekam plötzlich ein ungutes Gefühl. Es begann als eisiger Klumpen an der Wurzel seiner Wirbelsäule, der ihm auf unzähligen kleinen Beinchen das Rückgrat emporkroch. Da stimmte etwas nicht, da war etwas faul. Es war nicht so, daß Cindy sich seltsam benahm. Ganz im Gegenteil. Sie verhielt sich *zu* normal. Keine Nervosität, keine der kleinen Unsicherheiten, die sie normalerweise zeigte, wenn sie angespannt war. Sie redete, als sei es für sie nichts Besonderes, sich mit einem flüchtigen Kriminellen zu treffen, und sie tat, als wäre sie mit Scarborough nur auf ein paar Drinks verabredet, um später mit ihm ins Kino zu gehen.

»Cindy, ich brauche Geld. Können Sie mir etwas geben?«

»Sicher, aber ich schleppe so eine Summe nicht mit mir herum. Ich fürchte, Sie müssen sich dafür schon in den Dschungel der West End Avenue wagen, Ev.« Es klang nach gezwungener Freundlichkeit. Dahinter: Abwehr.

»Das freut mich, Cindy. Ich kann gar nicht vorsichtig genug sein. Ich rufe Sie dann morgen früh an, und wir verabreden uns zur Geldübergabe. Einverstanden?«

»Everett, ist etwas nicht in Ordnung? Sie verhalten sich so komisch.«

»Ich weiß es nicht, Cindy. Ich weiß es einfach nicht. Sie müssen mich im Augenblick wohl einfach so ertragen, wie ich bin. Fahren Sie jetzt nach Hause oder tun Sie, was Sie sonst tun wollten. Ich melde mich.«

Er wandte sich von ihr ab.

VERSCHWINDE HIER! schrie etwas in ihm. VERSCHWINDE SOFORT AUS DER NÄHE DIESER FRAU!

»Everett!«

Er ging in Richtung Ausgang. Ein mit Graffiti bedeckter Zug der A-Linie, der nach Süden fuhr, donnerte in die Station.

»Everett Scarborough, bleiben Sie stehen!«

Die Stimme war jetzt näher. Sie war direkt hinter ihm und hielt Schritt mit ihm.

»Es tut mir leid, Cindy, aber ich muß verschwinden.«

Die Türen des Zuges wurden geöffnet, Fahrgäste stiegen aus und ein.

»Scarborough!« Ihre Stimme klang jetzt hart, unbeirrbar und entschlossen. »Ich habe eine Pistole auf Ihren Rücken gerichtet. Bleiben Sie stehen, sonst schieße ich.«

Scarborough wirbelte überrascht herum.

Cindy stand direkt vor ihm. Mit einer Hand stützte sie von außen ihre große Tasche, die andere steckte darin. Von innen drückte etwas Hartes gegen das schwarze Material. Eine Pistole? Oder war es nur der alte Trick mit dem Zeigefinger? Wie auch immer, allein schon die Tatsache, daß diese Frau offensichtlich doch nicht auf seiner Seite stand, reichte aus, um Scarborough an Ort und Stelle festzunageln.

»Cindy«, sagte er, und ihm war, als hätte ihm jemand einen Schlag in den Solarplexus versetzt. »Cindy, was hat das zu bedeuten?«

»Ich liefere Sie aus, Everett. Zu Ihrem eigenen Wohl, zum Wohle aller. Sie sind zu gefährlich, wenn Sie frei herumlaufen.«

Sie sah sich um, und Scarborough wurde klar, nach wem sie suchte. Ein Mann in grauem Anzug und mit kurzem Haar, der vom Scheitel bis zur Sohle aussah wie ein FBI-Agent, kam die Treppe heruntergerannt. Dicht hinter ihm folgte ein zweites Paar grauer Beine.

Sie folgte seinem Blick, und er ergriff die Chance, sprang auf sie los, schlug ihr den Beutel aus den Händen und die Hände zur Seite und versetzte ihr einen harten Schlag ins Gesicht. Sie ging zu Boden, und er packte sie, hob sie hoch und sah zu den Männern hinüber. Sie kamen schnell näher, ihre Hände in den Jackentaschen.

Eine Möglichkeit hatte er noch. Von der drohenden Gefahr beflügelt, stellte Scarborough fest, daß Cindy leicht war wie eine Feder. Er hielt sie fest und zerrte sie in den Wagen des C-Zuges, unmittelbar bevor die Türen geschlossen wurden. Der Zug fuhr an und rollte schon weiter, bevor die Männer in den grauen Anzügen ihn erreichten und von außen wütend und hilflos mit den Fäusten gegen die Tür schlugen. Scarborough wollte kein Risiko eingehen. Er zog die benommene Lektorin von der Tür weg.

»Loslassen!« kreischte sie plötzlich. »Laß mich in Ruhe!«

Die Agenten – ob vom FBI oder von der CIA spielte jetzt keine Rolle mehr – waren hinter ihm her, das war jetzt sicher. Sie hämmerten gegen die Tür und schrien dem Zugführer zu, er solle anhalten. Aber das Kreischen der Räder und der übrige Lärm in der Station verschluckten ihre Rufe. Ein paar Sekunden später ratterte der Zug bereits durch die dunklen Tunnel.

Die Fahrgäste im schwach besetzten Zug zogen sich vor ihnen zurück, als hätten sie die Pest.

»Helft mir!« rief Cindy. »Er ist ein Krimineller!«

»Entschuldigen Sie, daß meine Frau so ein Theater macht«, sagte Scarborough lächelnd zu der bunten Versammlung von Fahrgästen. »Sie regt sich wegen meiner Affäre mit meiner Sekretärin schrecklich auf.«

»Im Zug ist ein Polizist, rufen Sie ihn!« schrie Cindy.

Ein Mann in der Nähe des Durchgangs öffnete die Tür und eilte in den nächsten Wagen.

Ja, vielleicht war wirklich ein Cop im Zug, aber es würde eine Weile dauern, bis er da wäre. Sie konnten natürlich nicht im Zug bleiben. Nicht lange jedenfalls. Aber solange er sie bei sich hatte, solange er sie am Unterarm festhielt, damit sie nicht weglaufen konnte, wollte Everett Scarborough der Cheflektorin von Quigley Publishing ein paar Fragen stellen.

»Wer waren die Männer in der Station?«

»Welche Männer?«

»Ihr Begleitschutz. Waren sie vom FBI? Von der CIA? Was ist los, Cindy? Hat man Ihr Telefon angezapft? Hat man Sie gezwungen, das hier zu tun?«

»Das ist richtig, man hat mich gezwungen, Everett.«

Er sah sie an, aber in ihren blauen Augen war nur Angst zu lesen, keine Aufrichtigkeit.

»Was für ein Spiel spielen Sie, Cindy?«

»Everett, man wußte, daß Sie mit mir Kontakt aufnehmen würden, deshalb hat man mich gebeten, Sie festzuhalten.«

»Nein. Ich will wissen, was Sie wirklich wollen.« Da war wieder das Gefühl, tief in seinem Bauch. Ihm wurde klar, daß sie ihm von Anfang an etwas vorgemacht hatte.

»Ich verstehe nicht, was Sie meinen.«

Plötzlich fiel es ihm ein. Eine Erkenntnis, die ihn traf wie ein Blitz, der ihm die Seele zu spalten schien. Nein, das konnte doch nicht sein . . ., aber vielleicht war es wirklich so. Cindy hatte sein erstes Buch angenommen, nachdem viele andere Verlage es abgelehnt hatten. Cindy hatte Kapitel um Kapitel und Beförderung um Beförderung mit ihm gearbeitet. Sie war aufgestiegen, weil er erfolgreich wurde. Das hatte sie ihm jedenfalls gesagt.

Aber seltsam, sie hatte von Anfang an eine schöne Wohnung gehabt. Sie war immer gut gekleidet gewesen, hatte immer ein Auto besessen – und dann diese Urlaubsreisen zu exotischen Orten. Scarborough hatte sich schon öfter darüber gewundert. Das Geld stamme aus dem Vermögen ihrer Familie, hatte sie behauptet, als er sie einmal gefragt hatte. Aber nein, das war nicht die Wahrheit gewesen. Nicht die ganze Wahrheit. Das wurde ihm jetzt klar.

Sie war ziemlich oft nach Washington gekommen. Viel öfter, als es für die Arbeit an den Büchern eigentlich nötig gewesen wäre. Angeblich, um ihren Daddy zu besuchen, hatte sie erklärt. Er war so blind gewesen. Die Verbindungen waren so klar, lagen so deutlich auf der Hand. Aber im Rausch des Erfolges hatte er nicht bemerkt, wie man die Fäden befestigte, an denen er dirigiert wurde. Nein, er hatte es nicht bemerken wollen.

»Sagen Sie es, Cindy. Sagen Sie die Wahrheit.«

»Hören Sie auf, Sie tun mir weh!«

»Sie arbeiten nicht nur für Quigley, nicht wahr? Sie arbeiten für die Publisher und die Editoren.«

Schreck blitzte in ihren Augen auf (woher kannte er diese Begriffe?), aber sie hatte sich rasch wieder in der Gewalt.

»Ich arbeite für den Verlag, das wissen Sie doch, das ist mein Job.«

»Stellen Sie sich nicht dumm. Sie arbeiten für die CIA. Oder besser für irgendeine obskure Gruppe, die vielleicht sogar mächtiger ist als die CIA. Ich weiß es nicht. Aber Sie werden es mir sagen.«

»Wie kann ich Ihnen etwas sagen, das ich nicht weiß? Die Polizei hat recht, Everett, Sie sind völlig ausgeflippt.«

»Nein, ich komme nur gerade zu mir, Cindy.«

»Man will Ihnen nicht weh tun, Everett. Man will Ihnen helfen. Kommen Sie mit zu mir. Wir können dort ein Gespräch arrangieren. Man will nur mit Ihnen reden, das ist alles.«

»Nein, Cindy, ich will jetzt über *Sie* reden. Ich will mit Ihnen über die unglaubliche Karriere des bekanntesten UFO-Skeptikers der USA reden. Sie waren von Anfang an mit im Spiel, nicht wahr? Ihre Hintermänner haben Sie in den angesehenen Verlag lanciert und Sie angewiesen, meine ersten Bücher anzukaufen. Und dann haben Sie die Werbung angeleiert und dafür gesorgt, daß ich berühmt wurde, daß ich ein Star wurde. Nicht wahr, Cindy? Nicht wahr?«

»Everett, lassen Sie mich los, mein Arm tut weh . . .«

Er bemerkte, daß er sie viel zu fest gehalten hatte, lokkerte seinen Griff ein wenig, gab sie aber trotzdem nicht völlig frei. Der Zug fuhr gerade in die Station unter der 50th Street ein. Zum Glück stiegen keine Männer in grauen Anzügen ein, aber einige der anderen Fahrgäste ergriffen die Gelegenheit, auszusteigen oder in einen anderen Wagen zu wechseln. Scarborough war sicher, daß keiner von ihnen die Polizei rufen würde. Die Situation hatte sich wieder beruhigt, und von außen betrachtet mußte es jetzt aussehen, als wären er und Cindy mit einem ganz normalen Ehekrach beschäftigt.

Die Türen schlossen sich klappernd, und der Zug rumpelte weiter.

»Ich weiß nicht, was Sie damit meinen, Everett, aber bitte, vertrauen Sie mir. Ich kann dafür sorgen, daß Ihnen geholfen wird. Mit Ihnen stimmt etwas nicht.«

»Nein, mit mir ist alles in Ordnung. Ich verstehe jetzt, was im Gange ist. Ich hätte schon längst darauf kommen müssen. Sie haben mich gelenkt wie eine Marionette. Ich war ihr Aushängeschild, ihr Vorzeigewissenschaftler. Es war so einfach – ich mußte mich nicht einmal dafür verkaufen. Sie haben einfach nur mein Ego gefüttert.«

»Sie sind ja verrückt!«

»Ach, wirklich? Wie kommt es dann, daß Sie es für nötig halten, mich mit der Waffe zu bedrohen? Wie kommt es, daß die Männer in den grauen Anzügen Sie begleiten mußten?« Er holte tief Luft und knirschte mit den Zähnen. »Sie bleiben jetzt erst einmal bei mir, Teuerste. Wir müssen uns ernsthaft unterhalten.«

»Worüber denn? Everett, was Sie da machen, das ist eine Entführung. Sie werden dadurch nur noch mehr Schwierigkeiten bekommen.«

»Ihre eigenen Leute sind die wahren Entführer. Wo wird Diane festgehalten?«

»Ich weiß nicht, wovon Sie reden.«

»Diese Leute – nein, *Sie* und diese Leute haben meine Tochter geschnappt, verdammt. Was haben Sie mit ihr gemacht?«

»Everett, bitte. Okay, ich gebe es zu . . .« Sie wandte den Blick ab, weil sie ihm nicht in die Augen sehen konnte. »Ich arbeite für die Regierung. Ich diene meinem Land, und ich bin stolz darauf. Glauben Sie etwa, das hätte *mir* Spaß gemacht, Everett? Haben Sie nicht gemerkt, welche Gefühle ich Ihnen entgegenbrachte? Glauben Sie, das hätte mich nicht innerlich zerrisssen?«

Sie seufzte, und Scarborough konnte auf ihrer Wange eine funkelnde Träne herabrollen sehen. »Wie oft sagte ich mir, daß Sie es nie herausfinden würden, weil Sie so große Freude an Ihrem Leben, an Ihrem Ruhm und Ihrem Erfolg hatten. Es wäre wirklich gut für Sie, dachte ich. Nie hätte ich mir träumen lassen, daß es mal soweit kommen würde.«

Sie wandte sich flehend an ihn, und er konnte sehen, daß die blauen Augen jetzt endlich aufrichtig besorgt aussahen.

»Ich schwöre es, Everett, ich könnte Ihnen oder Diane niemals weh tun. Ich wünschte, Sie wären überhaupt nicht zu mir gekommen. Ich hatte die Wahl, Sie zu verraten oder mein Land zu verraten. Wenn Sie jetzt einfach mitkommen würden ... Sie haben natürlich recht. Auch dann wäre *nicht* alles in Ordnung, aber wir könnten eine Art Abkommen aushandeln, das allen nützt. Im Augenblick aber, Everett, sind Sie gefährlich, und diese Leute, für die ich arbeite, die müssen Sie einfach aufhalten. Auf welche Art und Weise auch immer.« Der Zug bremste laut quietschend, sie näherten sich der Station am Times Square. Er sollte jetzt, dachte Scarborough, zur Penn Station an der 34th Street fahren, einen Zug nach Norden nehmen, in seinen Wagen steigen und wie der Teufel aus New York verschwinden. Natürlich konnte er Cindy nicht zwingen, ihn zu begleiten, das wäre viel zu gefährlich gewesen. Früher oder später würde er von einem Polizisten aufgehalten werden. Nein, sie mußte freiwillig mitkommen.

»Die Publisher und die Editoren, Cindy ... Erzählen Sie mir von ihnen. Sagen Sie mir, was sie mit meiner Tochter gemacht haben.«

»Ich kann Ihnen nicht mehr sagen. Ich hätte eigentlich überhaupt nichts sagen dürfen.« Sie verschloß sich wieder, verdammt. Die Tränen waren verschwunden. Sie war eine gutausgebildete Agentin der Regierung. Der einzige Grund, warum sie sich geöffnet hatte, war der, daß sie ihn mochte. Aber es war klar, wem ihre eigentliche Loyalität galt.

»Cindy, um Himmels willen, was ist denn nur los mit Ihnen? Eine Regierung, die zu solchen Mitteln greift, muß doch im Kern faul sein. Die haben Ihnen eine Gehirnwäsche verpaßt, Cindy. Sie sind genauso eine Spielfigur, wie ich es war. Um Himmels willen, helfen Sie mir! Wenn Sie Ihrem Land dienen wollen, dann sind Sie letzten Endes doch der Verfassung und der Bill of Rights verpflichtet. Nicht einer Bande von Kriminellen und Mördern.«

Der Zug hielt rüttelnd an, und die Türen wurden geöffnet. Ein großer schwarzer Jugendlicher schlenderte in den

Wagen und ließ angeberisch die Muskeln spielen. Auf der Schulter trug er einen Gettoblaster, aus dem laute Rapmusik dröhnte. Scarborough war einen Augenblick abgelenkt, und sein Griff lockerte sich. Nur einen Moment vergaß er, daß sie eine hervorragend ausgebildete Agentin der Regierung war.

Der Schlag kam völlig überraschend, ein rascher Stoß in sein Gesicht. Er wurde zurückgeworfen und blinzelte vor Schreck und Schmerzen.

Als er die Augen wieder öffnen konnte, rannte Cindy schon mit laut klackernden Schuhen durch die offene Tür aus Metall und Glas zum Ausgang an der 42th Street hinauf. Die Station war stark frequentiert, aber sie wich geschickt den Fahrgästen aus. Sie schien genau zu wissen, wohin sie wollte.

Er spurtete ihr hinterher.

»Cindy!« rief er. »Nein! Wir müssen doch reden! Ich schwöre, ich tue Ihnen nichts.«

Ein paar Köpfe fuhren herum, wurden aber sofort wieder abgewendet. »Das geht mich nichts an«, war der Satz, den die New Yorker wohl am häufigsten dachten.

Er rannte ihr nach.

Dann sah er, wohin sie wollte.

Auf der anderen Seite des Ganges, durch ein graues Metallgitter von dem Bahnsteig getrennt, auf dem sie angekommen waren, stand eine Zierde New Yorks. Dunkles Haar quoll unter der nachlässig aufgesetzten Mütze hervor, und der Cop sprach gerade in ein Funkgerät. Er sah in die andere Richtung, drüben fuhr gerade ein Zug in die Station ein. Der Lärm war so groß, daß der Cop Cindy nicht hören konnte – so wenig wie er hören konnte, was Scarborough Cindy hinterherrief.

Scarborough blieb unschlüssig stehen. Dann drehte er sich um. Er mußte wieder in den Zug der C-Linie einsteigen. Aber noch während er sich umdrehte, wurden die Türen geschlossen, und der Zug fuhr an.

Verdammt! Er wirbelte wieder herum. Wollte sie wirklich auf die andere Seite zu dem Cop? Wenn sie das tat, dann war alles klar. Der Cop würde über Funk Verstärkung anfordern, und dann hätte man Scarborough rasch gefaßt. Die Männer in den grauen Anzügen würden ihn übernehmen, und das wäre es dann gewesen.

Er mußte fliehen.

Aber noch während er dies dachte, noch während er zusah, wie Cindy sich dem Cop näherte, als sie schon die Hand hob, um ihn an der Schulter zu berühren und ihn auf sich aufmerksam zu machen, geschah etwas völlig Unerwartetes.

Cindy zuckte zusammen.

Sie zuckte zusammen, als wäre sie von einer unsichtbaren Hand geschlagen worden. Einen Sekundenbruchteil später sprudelte ein kleiner blutiger Springbrunnen aus ihrem Rücken, und die Tropfen spritzten auf den schmierigen Boden des Bahnsteiges.

Mein Gott, jemand hatte sie erschossen!

Sie öffnete den Mund, aber falls sie schrie, dann wurde das Geräusch vom Donnern des einfahrenden Zuges verschluckt. Sie ruderte wild mit den Armen und verlor einen Schuh. Ihre Bewegungsrichtung änderte sich, sie taumelte haltlos hin und her, die weiße Bluse färbte sich blutig rot.

»Cindy!« rief Scarborough.

Mein Gott, sie taumelte direkt auf die Gleise zu. Sie war ziemlich schnell gelaufen, und der Einschlag der Kugel hatte sie weitergetrieben. Stolpernd taumelte sie zur Bahnsteigkante und fiel direkt auf die Gleise, das Gesicht von Panik und Schmerzen entstellt.

Sofort als der Zugführer die Frau auf die Schienen fallen sah, begannen die Bremsen zu kreischen, aber der Zug war erst zu einem Viertel in die Station eingefahren und war noch sehr schnell.

Er überrollte sie.

»Cindy!«

Scarborough sah vor seinem inneren Auge, wie die harten stählernen Räder den hübschen Körper zermalmten, Gliedmaßen abtrennten, den Schädel zertrümmerten, bis sie nur noch ein gräßlicher Haufen von Knochen, zerfetzter Haut und Eingeweiden war. Er konnte fast spüren, wie ein siedendheißer Schmerz sie im letzten Augenblick durchzuckte, bevor sich die ewige Dunkelheit über sie senkte.

»O mein Gott!« rief er. »Cindy!«

Die Menschen begannen zu schreien.

Der Cop war auf den Vorfall aufmerksam geworden, aber er starrte nur, ohne sich zu bewegen, die Augen vor Schreck weit aufgerissen. Es dauerte nur wenige Sekunden, bis sich die Verwirrung in Chaos verwandelte. Einige Menschen wichen zurück, ein paar blieben starr vor Entsetzen stehen wie Scarborough, wieder andere drängten sich vor, weil sie gaffen wollten.

Cindy ...

Irgend jemand hatte sie erschossen. Aber warum? Weil sie ihn ausliefern wollte? Weil er in Gefahr war?

Es paßte nicht zusammen.

Es sei denn ... Scarborough konnte den Gedanken nicht zurückdrängen. Und ungebeten stand plötzlich wieder das Bild vor ihm.

Auf der Krone des Hoover-Damms hatte er ungezielt in die Richtung des Killers geschossen, der ihn umbringen wollte. Seiner Meinung nach hatte er ihn verfehlt – doch dann der Aufschlag der Kugel, der ihn rückwärts über das Geländer am Straßenrand taumeln ließ, das Blut, das aus der Brust des Mannes sprudelte ...

Der Zug hatte angehalten, der Cop sprach aufgeregt in sein Funkgerät. Scarborough hielt sich etwas abseits, wider besseres Wissen hoffend, daß Cindy noch lebte, daß sie sich gegen die Wand gepreßt hatte und den mahlenden Rädern ausgewichen war, dem gewaltigen Gewicht des Zuges.

Eine Hand legte sich auf seine Schulter. Mein Gott, durchfuhr es ihn, jetzt haben sie mich erwischt.

Er wurde kraftvoll herumgedreht und sah sich einem Mann gegenüber, der einen Anzug und eine Krawatte trug. Später erinnerte Scarborough sich daran, daß der Mann eigenartig gerochen hatte. Es war ein Geruch, der ihm hier, im Gedränge der Menschen, einen kalten Schauer über den Rücken jagte. In diesem Augenblick jedoch war er viel zu aufgeregt, um den Geruch bewußt wahrzunehmen.

»Everett Scarborough«, sagte der Mann, der ihn aus unergründlichen Augen ansah. Er sprach fast akzentfrei und mit großer Autorität wie ein Ansager im Radio. »Sie müssen sofort verschwinden. Auf der Stelle. Sonst wird man Sie mit Sicherheit festnehmen.«

»Wer sind Sie?« keuchte Scarborough.

»Verschwinden Sie, sonst müssen wir Sie töten, Everett Scarborough.« Es klang besorgt. Erregt? Der Mann griff in die Jackentasche und zog eine Pistole so weit hervor, daß Scarborough den Griff sehen konnte. »Das wäre ein Tragödie, eine wahre Tragödie.«

»Sie waren es! Sie haben Cindy umgebracht!«

Jetzt erkannte er den Mann. Es war einer der beiden, die er bei Tower Records in der Klassikabteilung gesehen hatte.

Vorne am Bahnsteig herrschte große Unruhe. Scarborough sah die Uniformen von Sanitätern und Polizisten.

Als er sich wieder umwandte, war der graugekleidete Mann verschwunden, von der Menge verschluckt. Scarborough spürte einen Stich in der Brust, fast als hätte ihn selbst auch eine Kugel getroffen.

Sie waren da und paßten auf ihn auf, diese beiden Männer.

Aber wieviel Zeit blieb ihm noch, bevor diejenigen zuschlugen, die ihn festnehmen und wahrscheinlich sogar töten wollten?

Er war verwirrt. Verwirrt und traurig. Aber jetzt ging es in erster Linie um sein Überleben. Man durfte ihn nicht verhaften, er mußte entkommen, wenn er dieses schreckliche Rätsel auflösen, wenn er seine Tochter wiederfinden wollte.

Entschlossen kehrte er dem Chaos den Rücken und stieg langsam die Treppe hinauf, entfernte sich vom Schauplatz eines plötzlichen, sinnlosen Todes.

11. Kapitel

Maximillian Schroeder öffnete selbst.

Bei der Kohle, die der Mann verdiente, hätte Jake mit einem arroganten Butler gerechnet, der ihm die Tür aufhielt. Aber nein, Max Schroeder stand in Fleisch und Blut vor ihm, in modischen Gabardinehosen und ein Polohemd gekleidet, Sandalen an den Füßen. Er musterte Camden durch seine Hornbrille. Das lockige Haar wirkte auf geschmackvolle Weise unfrisiert.

»Max«, sagte Camden, nahm die Hand des Mannes und schwenkte sie begeistert. »Max, wie schön, Sie zu sehen. Danke, daß Sie mich empfangen.«

Die Hand war schlapp und weich. Schroeder ließ sich einen Moment die Hand schütteln, dann zog er sie zurück. »Sie müssen Jake Camden sein. Bitte, kommen Sie doch herein, Jake. Ich habe Frühstück gemacht. Wollen Sie einen Kaffee?«

»Das ist wirklich sehr nett von Ihnen, Max. Ich bin gerade erst aufgestanden, und ich denke, eine Tasse Kaffee könnte mir jetzt bestimmt nicht schaden – vielleicht bekomme ich auch einen Toast hinunter oder so.«

Schroeder schüttelte traurig den Kopf und schloß hinter seinem Gast die Tür. »Das Frühstück ist die wichtigste Mahlzeit des Tages. Sie sollten wirklich darauf achten, daß Sie ein ausgewogenes Frühstück zu sich nehmen.«

Maximilian Schroeder lebte in einem Sandsteinbau in der 63rd Street in der East Side von Manhattan. Er bewohnte das Haus allein mit seiner Familie. So ein Gebäude war Millionen wert. Zwar war Maximillian Schroeder mit seinen Büchern reich geworden, aber doch nicht *so* reich. Das Haus war ihm von einem wohlhabenden Onkel vererbt worden, der sein Vermögen mit Export-Import-Geschäften verdient hatte. Schroeders Familie in Oklahoma verfügte ebenfalls über einen Haufen Geld, und das hatte ihm seine Ausbildung an einer Nobeluniversität im Osten und das Flair des Bildungsbürgers eingebracht. Schroeder war ein äußerst erfolgreicher Romanautor, aber in erster Linie war er für seinen Verlag wegen seiner Sachbücher eine Goldgrube – wegen der Bücher über seine Entführung und die folgenden Begegnungen mit den ›Anderen‹, wie er sie nannte. Bücher, die manche Menschen erschreckend und andere genial fanden.

»Irgendwie komme ich nie dazu. Vielleicht ein Brötchen und etwas Marmelade? Darf ich rauchen?«

»In diesem Haus wird nicht geraucht, Jake.«

»Yeah, ich hab's befürchtet.« Camden schob die Pakkung Camel in die Hosentasche zurück. Er wollte eigentlich gar nicht so dringend eine Zigarette rauchen; es kam ihm vor allem darauf an, die Grenzen abzuklopfen. »Ein hübsches Haus haben Sie hier, Max.« Jake sah sich um, während er über einen Flur am Wohnzimmer vorbei ins Eßzimmer geführt wurde. Die Räume waren altmodisch und teuer möbliert, sahen aber bewohnt aus, wie es sich für einen vornehmen Schriftsteller gehörte, der sich mit seinen Werken an die Boheme und das gehobene Bürgertum wandte. Doch die Küche, in die Camden aus dem mit Walnußholzmöbeln eingerichteten Eßzimmer einen Blick werden konnte, beinhaltete eindeutig die High-Tech-Anlage, die man bei einem Yuppie erwartet hätte: blitzender Chrom, glänzende Kacheln.

»Vielen Dank.« Schroeder bat Camden einen Stuhl an. Das Frühstück, das auf dem Beistelltisch wartete, bestand aus Kaffee in einer makellos blanken Silberkanne, einer großen Schale mit Haferflocken, entrahmter Milch, braunem Zucker und einer Vielfalt frischer Früchte. Auf dem Tisch lag die aktuelle Ausgabe der *New York Times*, die Schroeder offenbar gerade gelesen hatte, als Camden gekommen war. »Eigentlich halte ich mich lieber in unserem Landhaus in Pennsylvania auf, aber Melinda zieht es vor, den kulturellen Ereignissen etwas näher zu sein. Das Lincoln Center und die Carnegie Hall sind ja gleich um die Ecke. So verbringen wir immer ein paar Wochen hier und ein paar Wochen dort.« Schroeders Akzent, den er in seiner Jugend in Oklahoma erworben hatte, war normalerweise kaum zu hören, aber manchmal brach der alte Zungenschlag durch, und das kultivierte Erscheinungsbild bekam ein paar Kratzer.

»Pennsylvania? Dort treffen Sie sich auch mit den ETs, nicht wahr?«

Schroeder verzog das Gesicht. »Bitte, Jake. Ich nenne sie die ›Anderen‹. Wir sind hier nicht in einem Spiel von Spielberg.«

»Oh, yeah. Es tut mir leid. Wissen Sie, ich vergesse immer, daß Sie das alles sehr ernst nehmen.«

Schroeder nahm die Brille ab und beugte sich vor. Aus blaugrauen Augen sah er Camden durchdringend an und runzelte die Stirn. »Es *ist* eine ernste Sache. Wir stehen nicht nur an der Schwelle eines neuen Zeitalters, Jake. Wir werden uns bald mit Dingen konfrontiert sehen, die weit über unser Fassungsvermögen hinausgehen. Die ›Anderen‹ berichten mir Dinge, die mein Begriffsvermögen bei weitem übersteigen. Manchmal brennt mir fast das Hirn durch, Jake. Ich kann gar nicht ermessen, was für Implikationen die metaphysischen Nuancen, welche die Anderen mir offenbaren, noch nach sich ziehen werden.«

Der Mann sah ihn so aufrichtig und durchdringend an, daß Camden den Blick abwenden mußte. Er trank etwas schwarzen Kaffee und räusperte sich. »Yeah, vielleicht haben Sie recht, Max. Wie auch immer, ich brauche einen Rat, vielleicht auch Ihre Hilfe. Eventuell sogar ein nettes Zitat, wenn ich dazu komme, mein Buch zu schreiben.«

»Sie wollen noch ein Buch schreiben, Jake? Ich hoffe, es wird erheblich glaubwürdiger als das letzte. Fünfundneunzig Prozent der Dinge, die über UFOs und außerirdisches Leben geschrieben werden, sind völlig verzerrt. Schatten liegen über Platos Grab, Jake – schrecklich verzerrte Schatten. Ich kann nichts für Ihr Buch tun, wenn ich nicht absolut sicher bin, daß Sie aufrichtig schreiben – und natürlich muß ich mich mit den ›Anderen‹ abstimmen.«

»Warten Sie, Max. Halten Sie mal die Luft an, und hören Sie mir gut zu. Ich habe ein paar wirklich nette Sachen zu berichten.«

»Ach, wirklich?« Schroeder hob interessiert die Augenbrauen.

»Ja, ein paar harte Sachen, heiße Neuigkeiten, und ich bin mittendrin. Wenn das in der *New York Times* oder vielleicht in der *Washington Post* erscheint, gewinne ich Glaubwürdigkeit bis zum Anschlag.«

»Wie schön für Sie, Jake. Was ist es denn diesesmal? Die Viehverstümmelungen der schleimigen Venusier? Elvis-Nachahmer von Alpha Centauri?« Der reiche Mann gestattete sich ein kleines, herablassendes Lächeln.

»Nein, Max.« Jetzt beugte Camden sich vor und grinste voller Vorfreude über einen leichten Sieg. »Die wahre Geschichte des Doktor Everett Scarborough.«

Schroeders Lächeln gefror. Der Mann blinzelte erschrocken. »Scarborough?«

»Yeah. Und jetzt stellen Sie sich mal vor: Ich arbeite mit ihm zusammen.«

Maximillian Schroeder erholte sich rasch. Er lehnte sich zurück, nahm seine Kaffeetasse und nippte nachdenklich. »Doktor Scarborough ist ein brillanter Mann. Ich achte ihn sehr, aber ich habe bisher immer angenommen, daß er von Ihnen nicht besonders viel hält, Jake.«

Camden grinste. »Das ist vorbei, mein Freund. Da ist die Vergangenheitsform inzwischen mehr als berechtigt.« Camden hob einen Daumen. »Wir sind jetzt die allerbesten Freunde.«

Schroeder brauchte offensichtlich eine Weile, um diese Eröffnung zu verdauen. Das war kein Wunder, denn er und Dr. Everett Scarborough waren trotz aller Höflichkeit erbitterte Feinde. Jeder hielt den anderen für den Inbegriff des Bösen. Schroeder war bei UFO-Kongressen und allem im Fernsehen der einnehmendere der beiden, aber Scarboroughs Sarkasmus und seine scharfen, geistreichen Bemerkungen, seine Fähigkeiten nicht nur als Wissenschaftler, sondern auch was die Beherrschung der Sprache anging – all dies hatte Schroeder mitunter tief betroffen gemacht. Er sehnte sich nach Würde, Ansehen und vielleicht sogar Ruhm, obwohl er bei aller Aufrichtigkeit und Distinguiertheit eine verrückte und abgedrehte Botschaft zu vermitteln hatte.

Maximillian Schroeder war berühmt für seine ausgesuchte Höflichkeit selbst den verrücktesten UFO-Anhängern gegenüber. Teilweise lag dies an seinem Charakter, teilweise lag es aber auch an der Botschaft, die er predigte und die er angeblich von den ›Anderen‹ bekommen hatte: Auf die eine oder andere Weise, sagte er, stehe jeder Mensch auf Erden mit den Außerirdischen in Verbindung, aber da jeder Mensch anders wäre, würde die Botschaft unterschiedlich wahrgenommen und die meisten Mitteilungen sogar von den Mechanismen des Unbewußten unterdrückt. Diejenigen, die dann noch durchdrängen, schössen aus dem vielschichtigen Prisma, das die Menschheit nun einmal darstellt, hervor wie Lichtstrahlen.

Maximillian Schroeder war nicht immer ein Prophet des Sternenvolks gewesen. Er hatte eine ausgezeichnete Ausbildung genossen, ein Vermögen geerbt und es bereits mit Ende Zwanzig zum erfolgreichen Romanautor gebracht. Mit einer berühmten Serie unter dem Titel ›Codename‹ hatte es begonnen. Die Bücher waren als Hardcover und als Paperback sehr gut gelaufen. *Codename: Werewolf* war das erste gewesen. Dann waren *Codename: Vampire, Codename: Medium* und schließlich *Codename: Conspiracy* erschienen. Danach hatte Schroeder einen Reihe von Krimis geschrieben, die sich aber weniger gut verkaufen ließen.

Schließlich aber wurde Schroeder durch ein Buch weltberühmt, das den Titel *Baptism* trug. Er schilderte darin, daß Wesen von einem anderen Planeten ihn entführt und an Bord ihrer fliegenden Untertasse mitgenommen hätten. Bei dieser Gelegenheit sei ihm klargeworden, daß ihm dies in größeren Abständen seit seiner Jugend schon mehrmals passiert wäre. Die folgenden Bücher, *Touched* und *Pentecost*, waren fast genausogut gelaufen, und als er einen Roman mit dem Titel *Revelations* schrieb, in dem es um die Wesen ging, die er die ›Anderen‹ nannte – angeblich sei ihm das Buch telepathisch diktiert worden –, war der Durchbruch in die Bestsellerlisten endgültig geschafft.

Vermutlich half ihm die Tatsache, daß die Jahrtausendwende unmittelbar bevorstand. Die Mythen, die sich um dieses Datum rankten, waren in das Buch eingeflossen, denn es ging dort um Wesen von einem anderen Planeten, die auf der Erde landeten und den Menschen nach einem schrecklichen Konflikt mit faschistischen Regierungen endlich den Frieden und den ersehnten Wohlstand brachten. Die Gutgläubigen nannten Schroeder einen Visionär, seine Gegner bezeichneten ihn als opportunistischen Schmierfinken. Soweit Camden den Mann persönlich kannte, konnte er nur bestätigen, daß Schroeder einen äußerst ernsten und aufrichtigen Eindruck machte, daß er jedoch mit einigen schweren psychischen Störungen belastet war, die ihn glücklicherweise nicht in einen Psychotiker oder einen Außenseiter verwandelt, sondern ihm Ruhm und Geld eingebracht hatten. Er war wirklich ein umgänglicher Mann, obschon gelegentlich etwas wirr. Camden mochte ihn wirklich, und sei es nur, weil er ihn empfangen hatte und ihm zuhörte.

»Ich verstehe das nicht. Ich dachte, Scarborough hätte große Schwierigkeiten mit der Polizei«, sagte Schroeder. »Was haben Sie damit zu tun?«

»Ich hatte den richtigen Riecher.« Camden erklärte kurz, wie seine Verbindung zu Scarborough aussah, achtete jedoch darauf, keine wichtigen Einzelheiten zu verraten. »Der arme Kerl ist übel hereingelegt worden, Max.«

Schroeder schüttelte den Kopf. »Natürlich bedauere ich, was Scarborough zugestoßen ist, aber was soll das alles jetzt mit mir zu tun haben?«

Camden lachte. »Eigentlich nicht besonders viel. Aber ich dachte, es kann nicht schaden, wenn ich Sie ins Vertrauen ziehe. Da ist eine böse Verschwörung im Gange, an der die Regierung beteiligt ist – ich meine, eine üblere Sache, als die Vertuschungsaktion bei den Dokumenten von MJ-12, größer als alles, was wir uns bisher in Zusammenhang mit den UFOs haben träumen lassen.«

»Aber Jake, die Leute, die an die fliegenden Untertassen glauben, haben doch schon immer vermutet, daß es eine Vertuschungsaktion der Regierung gegeben hat. Die ganze Welt redet inzwischen darüber, und jede UFO-Gruppe auf der Welt behauptet, die Behörden hielten Beweise zurück. Das ist doch alles nichts Neues mehr.«

»Hören Sie auf, Max. Sie haben da ganz eifrig mit den

Wölfen geheult. Ich weiß doch, was Sie über dieses Thema zu sagen hatten.«

»Ja, und?«

»Sie glauben anscheinend also auch, daß irgendwo eine Verschwörung im Gange ist?«

»Oh, gewiß doch. Aber ich halte das nicht für sehr wichtig. Wenn die ›Anderen‹ den Wunsch haben, sich der ganzen Welt offen zu zeigen, dann wird nichts und niemand sie daran hindern können.«

»Vergessen sie die ›Anderen‹ mal für den Augenblick, Max. Lassen Sie uns über die nackten Tatsachen reden, stellen wir Märchen zurück. Sie zahlen Steuern, Sie haben das Recht zu wissen, welche Informationen die CIA, die Air Force, die NSA und was weiß ich wer noch alles zurückhält. Vielleicht haben Ihre Außerirdischen schon längst ihre Botschaft an die ganze Welt geschickt, aber die Jungs in Washington halten den Daumen drauf.«

»Wenn Scarborough gefaßt wird, werde ich für seine Verteidigung eine größere Summe spenden. Sie sammeln doch für ihn, nicht wahr?«

»Nein. Nein, Max. Ich versuche nur, Ihnen im Austausch für das, was Sie für mich tun sollen, ein paar interessante Informationen zukommen zu lassen.«

Schroeder schüttelte verständnislos den Kopf. »Es tut mir leid, Jake, aber ich verstehe nicht, worauf Sie hinauswollen.«

»Begreifen Sie nicht, was ich in den Händen habe, Max? Es ist die größte Story des Jahrzehnts . . .«

»Und sie wird in Zeitungen abgedruckt. Was wollen Sie also? Ein paar bissige Kommentare von mir? Ungefähr so: ›Ich wußte schon immer, daß Dr. Scarborough im Grunde nichts weiter ist als ein Verbrecher.‹ Ist es das, was Sie möchten?«

»Nein, Max. Ich werde Angebote bekommen, ein Buch zu schreiben. Vielleicht sogar Angebote für einen Film, dessen Drehbuch mein Buch als Grundlage benutzt. Wir sprechen nicht über den journalistischen Feldzug eines gewissen Jake Camden, wir sprechen über finanzielle Sicherheit. Ich glaube, dieses Wort bedeutet einem Menschen wie Ihnen, der sein Leben lang gut versorgt war, nicht viel, Max – aber für mich ist das ein Traum, eine ungeahnte Möglichkeit.«

»Ja, das verstehe ich. Und – was soll ich jetzt tun?«

»Ganz einfach. Als ich das letztemal ein Buch geschrieben habe, nahmen mich die Anwälte des *Intruder* in die Mangel, und ich bin auf die Nase gefallen, weil ich zu gutgläubig war. Ich brauche einen guten Agenten. Vielleicht können Sie Ihrem Verleger was flüstern? Wer weiß. Wie ich hörte, haben Sie sogar eine eigene Produktionsfirma. Hätten Sie gern die Filmrechte? Ich muß die Sache jetzt in Gang bringen, Max. Was meinen Sie? Um der alten Zeiten willen.«

Schroeder sah in seine Kaffeetasse. Sie war leer, und er schenkte sich nach. »Dekoffeiniert. Ich mußte mich umstellen, das Koffein hat mich zum Nervenbündel gemacht.«

»Max, jetzt lassen Sie mich doch nicht so zappeln. Ich erzählte Ihnen meine Geschichte, und Sie spielen mit mir.«

Schroeder lächelte milde. »Jake, Sie haben im Grunde nur heiße Luft von sich gegeben. Sie haben kein Manuskript, Sie haben nicht einmal einen Artikel zu Ende geschrieben.«

»Der aber fast fertig ist ... die Sache wird zuerst als Serie im *Intruder* laufen.«

»Oh, das ist aber gar nicht gut für Ihre Glaubwürdigkeit.«

»Ich schwöre, daß die Fakten in Ordnung sein werden, Max. Es wird eine *gute* Artikelserie. Sie wird nur deshalb im *Intruder* erscheinen, weil ich schnell etwas Geld brauche.«

»Wie üblich. Ich glaube, Sie schulden mir auch noch einige hundert Dollar, die Sie mir bei verschiedenen Kongressen abgeknöpft haben.«

Camden stand auf und schritt ungestüm durch den Raum, die Hände in die Hosentaschen gesteckt.

»Ich schwöre bei Gott, Sie bekommen Ihr Geld zurück, und ich lege noch etwas drauf. Max, bitte!«

Schroeder lachte. »Aber selbstverständlich werde ich Ihnen helfen, Jake. Nun beruhigen Sie sich doch. Wenn Sie weiter nichts wollen als einen guten Agenten, der Ihnen behilflich ist, UFO-Bücher zu verkaufen, dann ist das überhaupt kein Problem.«

Camden war sichtlich erleichtert. Er trat neben Schroeders Stuhl, legte dem Mann eine Hand auf die schmächtige Schulter und tätschelte ihn dankbar. »Das wird Ihnen bestimmt nicht leid tun, Max, ich schwöre es. Ich werde Sie in den Danksagungen erwähnen. Mensch, vielleicht widme ich Ihnen sogar das ganze Buch. Wer weiß, ich könnte Sie sogar im Text als die wichtigste Autorität der gesamten Erde für den Kontakt zwischen Menschen und Außerirdischen zitieren.«

Schroeder schüttelte traurig den Kopf. »Das ist nicht das, was ich will, und es entspricht auch nicht dem, was die ›Anderen‹ wollen. Ich fürchte, Jake, mit Ihrem aggressiven Streben nach Ruhm verkörpern Sie genau das, was die ›Anderen‹ bei den Menschen so sehr fürchten. Trotzdem, die Zeit, da sie kommen werden, rückt näher.«

»Aber sagen Sie ihnen bitte, sie sollen noch ein paar Jahre warten und erst hier auftauchen, nachdem mein Buch und der Film herausgekommen sind, damit ich nicht nur den Frieden genieße, sondern auch ein Vermögen.«

Schroeder seufzte traurig. »Jake, Sie haben doch meine Bücher gelesen, oder?«

»Da können Sie Gift drauf nehmen. Ich habe eine Menge Ideen für meine Geschichten aus ihnen gestohlen, vielen Dank.«

»Ja, Ideen unterliegen wohl wirklich nicht dem Urheberrecht. Und ich nehme an, Zeitungen wie die Ihre tragen irgendwie dazu bei, wichtige Impulse weiterzuleiten. Aber wenn Sie mich auf einer Konferenz sprechen hören, denken Sie da nicht manchmal: Du meine Güte, vielleicht sollte ich wirklich darüber nachdenken, wer ich bin – und meinen eigentlichen Platz im größeren Rahmen des ganzen Universums finden. Glauben Sie denn, das Geld allein machte mich glücklich, Jake? Glauben Sie, es käme immer nur auf die materiellen Werte an?«

»Und ob!«

»Nein – es kommt nicht darauf an! Ich habe aus meinem Kontakt mit den ›Anderen‹ soviel gewonnen, daß ich es gar nicht mit Worten ausdrücken kann.« Schroeder wandte nachdenklich die blaugrauen Augen von ihm ab. Er war Anfang Vierzig, und in seinem Gesicht war nicht die kleinste Falte zu sehen. Kein Fleckchen, wo die Haut trocken und schlaff geworden wäre, verschandelte sein Gesicht. Irgendwie sieht er aber auf einmal überhaupt nicht jung aus, dachte Camden. Im Gegenteil, er sieht sogar plötzlich sehr alt aus. »Ich habe meinen Frieden gefunden, Jake. Einen Frieden, der über das geringe Verständnis des Menschen weit hinausgeht, wie es in der Bibel heißt. Was sein wird, das wird sein. Ich bin nur ein Mittler, der sich größeren Kräften zur Verfügung stellt.«

Camden war Schroeders Verwandlung etwas unheimlich. Obwohl er so etwas bei ihm schon früher einmal beobachtet hatte. Es geschah gelegentlich auch auf den Workshops, die der Mann auf UFO-Kongressen anbot: Er verschmolz mit den Außerirdischen. Das war natürlich nur ein spiritueller Mumpitz, aber dennoch hatte der Mann eine hypnotische Ausstrahlung, bei der es Camden kalt den Rücken herunterlief.

Camden liebte all die Zutaten des UFO-Glaubens: gespenstische Lichter jagen, die Fantasie spielen lassen, die Aufregung, eines Tages vielleicht *doch* einmal mit vieläugigen Wesen von einem Lichtjahre entfernten Stern zu reden. Aber dieser spirituelle Mist, dieses Channeling, das war ihm nicht geheuer. Man merkte das auch den Beiträgen an, die er schrieb. Sobald es um Typen wie Shirley MacLaine ging, äußerte er sich ausgesprochen ironisch, und ließ keinen Zweifel daran, wie er über dieses Thema dachte.

Aber viele Leser stürzten sich vor allem auf die spirituellen Ebene des UFO-Phänomens. Beispielsweise gab es Leute, die Elvis für den neuen Messias hielten. Nicht zuletzt aus diesem Grund waren Maximillian Schroeders Bücher so erfolgreich. Sie boten eine interessante, moderne Melange aus östlichen und westlichen Motiven, eine Art Verschnitt aus Alan Watts und Werner Erhard, nur auf die UFO-Szene übertragen. Man hatte den Eindruck, daß die Leute, die sich von diesen mystischen Geschichten fesseln ließen, zu den Sternen hinaufblickten und auf irgendeine Weise mit dem ›kosmischen Geheimnis‹, wie Schroeder es nannte, in Berührung kommen wollten. Es gab bereits kleine Gruppen von ›Anderswissenden‹, die sich in Kirchen und Bibliotheken trafen, um über Schroeders Bücher und ihre eigenen Erfahrungen mit den ›Anderen‹ zu diskutieren. Vielleicht würde eines Tages sogar ein neuer Kult daraus entstehen. Wenn Schroeder sich aufführte wie ein Prediger und wenn ihn diese unheimliche Aura umgab, fühlte Camden sich nicht wohl.

Aber alles in allem war er ein verdammt netter Kerl. Und er hatte ja versprochen, ihm zu helfen.

»Was meinen Sie, Max? Sie helfen mir, und ich werde den Willen der ›Anderen‹ predigen.«

»Nein, darum geht es nicht, Jake. Ich wollte Sie nur auf etwas aufmerksam machen. Jake, manchmal sehe ich in Ihnen einen Mann, der mit allen Kräften am eigenen Untergang arbeitet. Spät am Abend habe ich Sie auf Kongressen schon betrunken gesehen, Jake. Das Kokain lief Ihnen aus der Nase, Sie hatten ein Mädchen im Arm, manchmal sogar zwei. Ich frage mich, ob sie Ihr Lebenslicht nicht gewissermaßen an beiden Enden zugleich mit dem Flammenwerfer entzünden würden, wenn Sie viel Geld in die Finger bekämen.«

»He, ich kann schon selbst auf mich aufpassen. Außerdem kokse ich nicht mehr, und mit dem Alkohol kann ich umgehen. Im Grunde bin ich ja nur ein Reporter, Max. Ich will eine Geschichte auftun, und das hier ist eine großartige Story, die mich zu weiteren großartigen Geschichten führen könnte. Das ist meine wahre Sucht, mein Freund. Also seien Sie nett zu mir, ja?«

»Es tut mir leid, Jake. Ich beginne manchmal zu predigen. Verzeihen Sie. Ich mache mir nur Sorgen.«

Sie schwatzten noch eine Weile über gemeinsame Bekannte, über Schroeders erfolgreichen Film und über den neuen Roman, an dem er gerade arbeitete. Der Titel sollte *Redemption* lauten.

»Da wir gerade über das Buch sprechen – ich komme gut voran, und ich sollte mich allmählich wieder an die Arbeit machen.« Schroeder stand auf, holte sich ein Stück Papier und schrieb für Camden einige Namen und Telefonnummern auf: sein Buchagent, sein Verleger, sein Agent in Hollywood.

»Danke, Max. Das ist wirklich sehr freundlich von Ihnen«, sagte Camden auf dem Weg nach draußen.

»Es freut mich, daß ich Ihnen helfen konnte, Jake. Oh, eine Sache wäre da noch. Wissen Sie, ich will die Möglichkeit nicht ausschließen, daß Great Light – das ist meine Produktionsfirma – es nicht gern sehen würde, wenn Sie sich in einem etwaigen Optionsvertrag für die Filmrechte ein einseitiges Kündigungsrecht vorbehalten würden.«

Jake grinste. »Sie alter Teufel. Jetzt reden Sie meine Sprache. Geht klar, Kumpel. Wenn Sie mir den Rücken kratzen, dann kratze ich Ihren. Ich schicke Ihnen die Artikel, sowie sie erscheinen, und ich sage dem Agenten, daß Sie das letzte Wort haben.«

»Das ist nicht ganz das, was ich meinte, Jake. In diesem Geschäft geht alles sehr schnell, und die Geschichte mit Scarborough ist brandaktuell. Ich vermute, daß vieles bisher überhaupt noch nicht in den Zeitungen stand, und möchte, daß Sie sich regelmäßig bei mir melden und mich auf dem laufenden halten. Das ist doch nicht zuviel verlangt, oder? Sie haben ja meine Privatnummer . . .«

»Ich soll Ihnen also berichten, was mit Scarborough passiert?«

»Er ist immerhin der Held dieser Geschichte, nicht wahr?«

»Sicher doch, Max. Kein Problem.«

»Wäre es zuviel verlangt, wenn ich Sie bitte, jeden zweiten Tag anzurufen?«

»Meine Güte, Max, das klingt aber wirklich, als wollten Sie sich meine Geschichte unbedingt für Ihre Produktionsfirma sichern.«

Schroeder dachte einen Augenblick darüber nach und bohrte sich mit der Zunge in der Wange herum. »Vielleicht wäre es gar keine so schlechte Idee, die Sache sofort unter Dach und Fach zu bringen. Ein kleiner Vorschuß, um einem Freund aus der Klemme zu helfen . . .«

»Wenn Sie die Option kaufen, Max, dann rufe ich Sie *täglich* an. Und ich werde ein persönliches Gespräch mit Scarborough arrangieren.«

»Ja, richtig – wie Sie schon sagten, brauchen Sie dringend Geld. Auf das Interview können wir allerdings verzichten. Es wäre sogar das beste, wenn Scarborough überhaupt nicht erfährt, daß ich beteiligt bin. Unsere Beziehung ist ja nicht besonders angenehm.«

»Kein Problem. Jesses, jetzt werden mir die Agenten aus der Hand fressen. Max, Sie sind Spitze.«

»Vielleicht bin ich einfach nur ein leichtgläubiger Mensch.«

»Ich verspreche Ihnen, mein Freund, daß Ihnen das nicht leid tun wird.«

»Das hoffe ich sehr. Und, Jake, es reicht vollkommen, wenn Sie jeden zweiten Tag anrufen. Ich erwarte Ihren Anruf dann übermorgen.«

»Sie können sich darauf verlassen!«

Sie schüttelten sich die Hände, und Schroeder begleitete ihn zur Tür.

Camden schwebte beinahe den Gehweg hinunter und wich beschwingt den Müllhaufen aus, die auf die Müllabfuhr warteten. Er hatte erheblich mehr bekommen, als er sich hätte träumen lassen. Tatsächlich – das war wirklich eine heiße Geschichte. Kein Wunder, daß Schroeder sich sofort die Filmrechte sichern wollte. Wenn Schroeder Verleger gewesen wäre, dann hätte er wahrscheinlich auch das Buch sofort gekauft.

Camden bog in die Lexington ein, um mit der U-Bahn zum Hotel zu fahren. Das war wirklich ein erfolgreicher Tag, dachte er.

Als er halb den Block hinunter war, sah er in einem Geschäft die Schlagzeile der neuen Ausgabe der *New York Post*.

»U-BAHN-OPFER IDENTIFIZIERT! Flüchtiger Scarborough laut FBI beteiligt.«

Scheiße, dachte Camden. So eine verdammte Scheiße.

Er kaufte eine Zeitung.

12. Kapitel

Der Mann saß auf einer Betonbank und betrachtete den Springbrunnen, der vor ihm im Betonbecken plätscherte. Er bereitete sich innerlich auf das vor, was ihm jetzt bevorstand. Tauben gurrten, trippelten um einen überquellenden Mülleimer herum und pickten an schimmeligen Brotstücken. Es roch nach Sauerkraut, an der Ecke verkaufte ein Mann Hot dogs. Hinter dem Mann erhob sich einer der vielen Türme Manhattans, ein außergewöhnliches und in dieser Umgebung doch nicht einzigartiges Bauwerk, ein Baum in einem Wald.

Die Luft schmeckt nach Hudson River und nach Tod.

Es wird keine Probleme geben, dachte Everett Scarborough, doch mußte er sich zwingen, nicht nervös auf seinem Platz im Schatten herumzurutschen. Sein Gesicht hatte er hinter einer *New York Daily News* versteckt.

Es war Mittag. Einer von ihnen würde jetzt gleich herauskommen und zum Essen gehen. Einer der Redakteure von Quigley Books. Er kannte sie alle, und es war ihm egal, wer auftauchen würde – er wollte dem Mitarbeiter einfach folgen, ihm die Waffe, die er in der Tasche hatte, ins Kreuz drücken und ihm vorschlagen, einen Spaziergang zu machen.

Dann würde er die Wahrheit erfahren.

Er würde erfahren, wo Diane war und vielleicht auch, was zum Teufel überhaupt im Gange war.

Er beobachtete die Drehtür genau. Jeden Augenblick ... jeden Augenblick mußte jetzt jemand kommen. Das kalte Metall zog seine Jackentasche nach unten. Es war die Waffe des CIA-Agenten, des Mannes, den er erschossen hatte. Eigentlich hatte er sich geschworen, die

Waffe im Handschuhfach seines Wagens einzuschließen und sie nur zur Selbstverteidigung zu benutzen.

Aber dieser Vorsatz war längst vergessen. Gleichgültig, ob er jemand verletzen, sogar töten mußte. Er wollte der Sache auf den Grund gehen, er wollte herausfinden, was es mit Quigley Publishers auf sich hatte. Bestimmt war der Verlag eine Tarnfirma der CIA oder einer anderen Regierungsbehörde. Vielleicht sogar das Hauptquartier der Publisher und Editoren, von denen er so oft gehört hatte. Er wollte die Wahrheit aufdecken, er wollte die Sache aufklären. Selbst wenn er dabei Gewalt anwenden mußte. Wie lange konnte er noch davonlaufen? Sicher nicht mehr lange. Aber mit diesem Schachzug würden sie nicht rechnen, nein. Sie konnten nicht damit rechnen, daß er den Tiger am Nackenfell packen und durchschütteln wollte.

Sie konnten nicht damit rechnen, daß er auch bereit dazu wäre, in Donald Montcalms Büro im 33. Stock zu stürmen und dort mit einer gefährlichen Waffe herumzufuchteln wie der Rächer der Enterbten. Wie der Immolator. Ja, genau wie der Held aus Eric MacKenzies Abenteuerserie. Scarborough sah sich schon die Büros mit Brandbomben eindecken. Angestellte und Grafiker rannten mit brennenden Haaren zu den Notausgängen, die Redakteure und Herausgeber sprangen durch die Fenster und stürzten mit wild rudernden Armen in den Tod. Ah, ja. Das war der Traum jedes gedemütigten Autors. »Bring die Schweinehunde einfach um«, würde der Immolator sagen. »Verbrenn sie doch!«

Natürlich wäre es unsinnig, mit dem Aufzug hochzufahren. Wenn ein Polizist oder ein Agent davon Wind bekäme, dann wäre es um ihn geschehen. Aber gestern abend, im Bann seiner Angst, seines Kummers und seiner Furcht – da hatte er sich vorgenommen, genau das zu tun. Diese Modifikation – einen von ihnen draußen abzufangen – war ihm erst später eingefallen.

Er richtete den Blick wieder auf die Kolumne von Pete Hamill. Der Beitrag stand im oberen Teil der Seite, und so konnte er gleichzeitig die Drehtür des Gebäudes am Broadway im Auge behalten.

Einer der Mistkerle würde gleich herauskommen. Vielleicht sogar zwei – er konnte auch mit zweien gleichzeitig fertig werden. Er war ja daran gewöhnt, vor großem Publikum aufzutreten. Ja, es konnten seinetwegen auch zwei sein.

Gestern abend, nach der Schießerei, war er im Gedränge am Times Square untergetaucht. Er wollte vor den zuckenden Blaulichtern der Rettungsfahrzeuge und Polizeiwagen fliehen, vor der Erinnerung an die kreischenden Bremsen des Zuges, an die Schreie der Zeugen, an die Hand, die er plötzlich auf der Schulter gespürt hatte. Irgendwann hatte er in der 42nd Street vor einem Kino gestanden, einem billigen Theater, wo im Dreierpack Horrorfilme oder Kung-Fu-Streifen gezeigt wurden. Sechs Dollar hatte er bezahlt und sich die Hälfte von *The Laughing Dead* angesehen. Die Zombies im Film, die Enthauptungen und das blutrünstige Gemetzel trugen nicht dazu bei, seine Stimmung zu heben, aber es war ein guter Ort, sich zu verstecken, bis sich die Lage wieder beruhigt hatte. Als er es nicht mehr aushielt, verließ er das Kino und ging zu Fuß bis zur Grand Central Station. Von dort aus fuhr er mit der Schnellbahn nach Süden, wo er in der Nähe der Chinatown ein billiges Hotel namens Apex fand. In einem schmierigen Fenster hing ein halbseitig dunkles Neonschild: »Vacancies.« Ein ungesund bleicher Portier nahm Bargeld, wollte keinen Namen wissen und stellte keine Fragen, was Scarborough sehr recht war.

Seine erste Reaktion war es gewesen, einfach fortzulaufen. Er wollte ins Auto steigen, Manhattan verlassen und so schnell wie möglich auf sichere, anonyme Landstraßen zurückkehren. Der Aufenthalt in dem nach Ammoniak riechenden Kino hatte ihn jedoch zur Besinnung gebracht. Nein, hatte er sich überlegt, er mußte zu Quigley. Die grauen Herren hatten die Hände bewegt und an den Fäden gezogen, an denen die Puppe Scarborough tanzte. Und an den Fäden, die eine Dame namens Cindy bewegten. Bei Quigley saßen die Herren, die sich als Puppenspieler betätigten.

Er hatte eine unruhige Nacht verbracht, hatte kaum geschlafen und sich auf den fadenscheinigen Bettlaken herumgewälzt. Es roch nach Schimmel. Wer war der Mann, der ihn gewarnt hatte und der ihn zu beobachten schien? Er dachte unablässig darüber nach, schloß Möglichkeiten aus, prüfte andere und konnte beim angestrengten Nachdenken nicht einschlafen. Aber dann, als fast schon der Morgen dämmerte, war er in einen tiefen und traumlosen Schlaf versunken. Erst um zehn Uhr war er aufgewacht.

Los jetzt, dachte er und schaute wieder zur Drehtür. Macht schon, ihr Schweinehunde.

Plötzlich fiel ihm etwas ein, und er zuckte zusammen. Was, wenn sie gerade eine ihrer zahlreichen Sitzungen abhielten? Aber nein, wahrscheinlich nicht. Da die Nachricht von Cindys Tod inzwischen auch in den Zeitungen verbreitet wurde, waren sie vermutlich ziemlich aufgeregt.

»Kommt schon, Leute«, flüsterte Scarborough zähneknirschend. »Kommt da raus und geht Mittagessen und Martini trinken.«

Er hatte in einem durchgehend geöffneten Drugstore eine Schere gekauft und sich das gefärbte, inzwischen lokkige Haar kurz geschnitten. Da er sich nicht mehr rasiert hatte, breitete sich inzwischen ein ansehnlicher Bart auf Wangen und Kinn aus. Außerdem trug er jetzt ständig seine Lesebrille, so daß er völlig anders aussah als auf den Fotos, die sie von ihm hatten. Auch magerer war er geworden, und ohne seine üblichen Maßanzüge (vor allem in Verbindung mit seinen übrigen kosmetischen Veränderungen) hielt er es für ungefährlich, sich im Freien zu bewegen. Er rechnete nicht damit, daß jemand ihn erkennen und der Polizei ausliefern würde.

»Scarborough! He, Scarborough!«

Noch nie war er beim Klang seines Namens so erschrokken. Und die Stimme war nahe, sehr nahe. Er fuhr herum und war bereit, sich entweder auf den vermeintlichen Angreifer zu stürzen oder wegzurennen.

Als er sich umdrehte, sah er einen schlanken Mann, der unter der Jacke ein Hawaiihemd trug, auf sich zukommen. Der Mann ließ sich auf der Bank nieder und rutschte neben ihn. »Gott sei Dank erwische ich Sie hier. Ich hatte mir irgendwie schon gedacht, daß Sie herkommen würden.«

Scarborough blinzelte ihn an, zugleich erleichtert und erschrocken. »Camden, was tun Sie denn hier in New York?«

»Das könnte ich Sie auch fragen. Was ich hier mache? Ich bin für den *Intruder* unterwegs.«

»Gehen Sie. Verschwinden Sie. Ich habe hier etwas zu tun. Etwas sehr Wichtiges.« Es sollte nicht verzweifelt klingen, aber er war sich sehr bewußt, wie belegt seine Stimme sich anhörte.

Camden sah ihn enttäuscht an. »Evvie, Evvie, das ist aber nicht sehr klug, was Sie da machen.« Er sah sich um, kaute eine Weile nachdenklich auf seinem Kaugummi und blickte zu den Leuten hinüber, die auf dem Broadway vorbeigingen. »Hier könnte Sie leicht jemand erkennen. Ich bin nur froh, daß ich Sie erwischt habe, bevor Sie bei Quigley reinspaziert sind. Natürlich habe ich den Artikel in der heutigen Zeitung gelesen, Mann. Eine ziemlich traurige Geschichte. Diese Redakteurin – war das eine von *denen*?«

»Ja.«

»Nun ja, dann wird die Geschichte nur um so spannender, würde ich sagen. Aber Sie tun weder mir noch sich selbst einen Gefallen, wenn Sie hier vor dem Eingang von Quigley Publishing herumhängen.«

»Einer von den Leuten wird reden müssen. Wer weiß, vielleicht Montcalm selbst. Oder Tarrants. Sie müssen mir sagen, wo Diane festgehalten wird, und sie können mir bestimmt auch erklären, wer diese Editoren und Publisher sind.«

»Also, darauf würde ich nicht wetten, mein Freund. Hören Sie, ich fühle mich hier draußen, wie soll ich sagen, wie auf dem Präsentierteller. Beruhigen Sie sich erst mal. Okay, also war diese Cindy eine von *ihnen*. Das bedeutet, daß sie in den Verlag eingeschleust wurde. Ich halte es aber für ausgeschlossen, daß Quigley oder irgendeine obskure Konzernzentrale der Regierung gehört. Denken Sie doch nach, Kumpel. Quigley ist Teil eines riesigen Konzerns. Ich glaube, daß sogar eine deutsche Firma dahintersteht. Diese Leute könnten die Regierung *kaufen.*«

»Vielleicht haben sie genau das gemacht.« Aber Camden hatte natürlich recht.

»Ach was. Die Typen hier wollen nichts anderes als Geld verdienen. ›Business‹ eben. Ich verstehe ja, daß wir alle ein wenig verrückt sind, aber meinen Sie nicht, daß wir erst einmal etwas essen sollten, ehe wir den Broadway zu Klump schießen?«

Scarborough dachte einen Augenblick darüber nach. Überzeugt war er nicht, aber andererseits hatte Camden einen Einwand erhoben, den er nicht rundweg von der Hand weisen konnte. Quigley mußte nicht unbedingt mit diesen Operationen, bei denen man sich seiner bedient hatte, etwas zu tun haben. Es war auch möglich, daß Cindy, die Editoren und die Publisher den Verlag ebenso benutzt hatten wie ihn.

»Aber ich würde wirklich gern mit einem von ihnen reden«, sagte Scarborough. Doch seine Entschlossenheit war dahin; seine Stimme zitterte unsicher.

»Bitte, nun hören Sie doch zu. Denken Sie wenigstens mal darüber nach. Sie sind so außer sich, daß man den Eindruck hat, sie würden jeden Moment völlig ausrasten. Kommen Sie, Sie können sich die Burschen auch noch schnappen, wenn sie von der Mittagspause zurückkommen.«

Scarborough gab es nicht gern zu, aber Camden hatte recht. Er konnte die Möglichkeit nicht ausschließen, daß sein Denkvermögen wegen der Aufregung des vergangenen Abends, wegen des Schlafmangels und wegen der Sorgen, die er sich um Diane und um das eigene Leben machte, etwas eingeschränkt war. Laß dir ein paar Stunden Zeit, dachte er. Etwas Ruhe, damit du wieder zu dir kommst.

»Okay«, sagte er, griff in die Jackentasche und betastete die Waffe, dann zog er die Hand wieder hervor.

»Schön. Und was haben Sie da drin?« Camden machte einen langen Hals und sah die Form der Waffe, die sich unter dem Stoff abzeichnete. Er grinste ihn an wie David Letterman. »Ach, spielen wir jetzt Dirty Harry? Ihre Jakkentasche beult sich ziemlich aus. Nicht zu übersehen, daß Sie eine Kanone mit sich rumschleppen.«

Scarborough betrachtete die Jackentasche. Auch damit hatte Camden recht.

Mein Gott, was hatte er sich nur gedacht? Was war denn los mit ihm? Was ging in seinem Gehirn vor, das früher so präzise und ordentlich funktioniert hatte?

Er zog wortlos die Jacke aus und rollte sie zusammen, bis die klobige Pistole nicht mehr zu sehen war.

»Also«, sagte Camden und sah sich um, als hätte Scarboroughs Hektik ihn angesteckt. »Dann lassen Sie uns mal hier verschwinden.«

New York City ist ein Ort, der die Bewohner und Besucher zu Trinkern macht und ihnen konsequenterweise zahlreiche Tränken anbietet. In Frank Sinatras Song über New York heißt es, daß die Stadt niemals schläft, aber er vergaß zu erwähnen, wie schwierig es ist, in einer Metropole, deren Bars niemals schließen, dem Alkohol auszuweichen. In Manhattan dürfen die Bars von 6 Uhr 30 bis 4 Uhr am nächsten Morgen öffnen, und wer dann immer noch Lust auf einen Schlummertrunk hat, kann eine der illegalen Kneipen aufsuchen, die nicht selten von Iren geführt werden.

Die betuchten Besucher des Big Apple und viele Einwohner der Stadt trinken in den teuren Etablissements wie Elaine's und im Club 21, Bars eben, die jeweils gerade »trendy« sind. Wenn Sie aber dem Volk aufs Maul schauen wollen und keine Lust haben, vier Dollar für einen Martini und fünf für härtere Drinks hinzulegen, dann sollten Sie eine Kneipe aufsuchen, in der irische Arbeiter verkehren. Camden hatte die richtigen Lokale bereits bei seinem ersten Besuch in New York aufgespürt. Es waren Treffpunkte wie das Blarney Stone und das Blarney Rock oder McAnn's – einfache, große Kneipen, die im Laufe der Jahre wahrscheinlich mehr Drinks verkauft hatten, als McDonald's an Hamburgern unter die Leute brachte.

Camden und Scarborough hatten sich in eine dieser irischen Kneipen zurückgezogen und hockten im hinteren Teil des Speiseraums in einer spärlich beleuchteten Nische. Scarborough mußte zugeben, daß das Lokal eine gute Wahl war. Die Wahrscheinlichkeit, an so einem Ort aufzufallen, war gleich Null. Außerdem leuchtete nur ein paar Schritte entfernt in einem Flur die rote Neonschrift, die den Weg zum Notausgang wies. Eine Möglichkeit, rasch zu verschwinden, falls es nötig werden sollte.

Das Harp war ein typisches Lokal, wie es die irischen Arbeiter liebten. Es bestand aus einem großen Raum mit knarrenden Dielen. An einer Seite befand sich eine lange, altmodische Bar, die mit unzähligen Flaschen ausgerüstet war. Die Flaschen waren mit Tüllen versehen und mit kleinen Schildern, auf denen man die Preise der Schnäpse notiert hatte. Beispielsweise kostete das heutige Sonderangebot, Old Crow, nur einen Dollar und zehn Cents. Aber auch die anderen Spirituosen waren nicht viel teurer, außerdem schenkte man, wie Camden rasch herausgefunden hatte, in Lokalen wie diesem besonders gut ein.

Es gab eine zweite Theke, wo man ein Sandwich mit Corned beef und Salat oder eine Roastbeefplatte mit Kartoffeln und zwei Gemüsesorten für fast die gleiche Summe kaufen konnte. Ringsherum um den Mann in mittleren Jahren, der mit gerötetem Gesicht gerade Sandwiches belegte, wie er es vermutlich schon seit Jahren tat, stiegen Dampfschwaden auf. Es roch nach verschüttetem Bier und Essensresten, aber es war ein ehrlicher, heimeliger Geruch, so ähnlich wie Großvaters Stiefel.

Als Camden mit einem Johnny Walker Red Label und einem großen Guiness vom Faß mit tropfender Schaumkrone von der Bar an ihren Tisch zurückkehrte, hatte Scarborough seinen Krug New Amsterdam Amber, den Camden ihm als erstes besorgt hatte, praktisch noch nicht angerührt.

»He, trinken Sie doch, damit Sie sich etwas entspannen.«

Scarborough nippte vorsichtig am Bier. Es war kalt und mundete ihm gut, ein kräftiges Bier, das deutlich nach Hopfen schmeckte. Ähnlich wie das Bier, das man in den kleinen Brauereien bekommen konnte, die manchen Gaststätten angegliedert waren.

»Gutes Bier«, sagte Camden. »Wird hier in der Stadt gebraut. Man kann die Brauerei sogar besichtigen. Trinken Sie schon. Das ist viel besser als Valium. Andererseits, hätte ich Valium bei mir gehabt, dann hätte ich Ihnen vorhin an Ort und Stelle eine Pille gegeben. Meine Güte, wollen Sie geschnappt oder sogar getötet werden?«

Scarborough saß sich nervös um. Sie saßen im hinteren Teil des mäßig besuchten Lokals und waren vor den Blikken der anderen Gäste geschützt. In die wummernde Musik aus der Musikbox mischte sich das Gemurmel vieler Stimmen. Zufrieden, daß niemand sie belauschte, wandte Scarborough sich wieder an Camden. »Sie können sich überhaupt nicht vorstellen, was ich durchgemacht habe.«

»Ich kann's mir denken. Nun trinken Sie schon, Mann. Alkohol ist das beste Mittel, um Spannungen abzubauen.«

»Ich habe, seit ich in Las Vegas war, nichts mehr getrunken. Nein, vorher schon. Ich fürchte, wenn ich jetzt anfange, dann kann ich nie wieder aufhören.«

Camden trank einen Schluck Bier und ließ seinen Whisky vorerst stehen. »Ein paar Bier können nicht schaden. Sehen Sie mich an. Ich werde den Whisky hier erst trinken, wenn ich etwas gegessen habe. Also, was soll's?«

Scarborough nahm noch einen Schluck. Camden hatte recht. Es entspannte wirklich. »Mann, ich bin vielleicht durcheinander«, sagte er. »Danke, daß Sie mich abgefangen haben, Jake. Wahrscheinlich stimmt alles, was Sie sagen.« Er berichtete ausführlich über seine Begegnung mit der Redakteurin, die Verwirrung seiner Gefühle und das Mißtrauen gegenüber allen Menschen, das sich daraus entwickelt hatte. »Wer hätte gedacht, daß Sie mal einer der wenigen Menschen sein würden, denen ich noch vertrauen kann, Jake.«

Camden pfiff leise. »Das ist hart. Es tut mir leid. Aber es wird alles gut werden – wir finden Diane schon noch. Inzwischen müssen Sie sich ausruhen. Wahrscheinlich sind Sie den ganzen Weg mit dem Auto gefahren.«

»Yeah, ich habe den Wagen in der West Side in Manhattan abgestellt und versuchte auch, Sie telefonisch zu erreichen, Jake.«

»Tja, und jetzt bin ich da.«

Scarborough erzählte Camden, wie die lange Fahrt quer durch das Land verlaufen war.

»Schön«, sagte Camden schließlich. »Ich werde mich bei Marsha melden. Sie wird dafür sorgen, daß wir zwei in Kontakt bleiben. Wenn ich will, kann ich sogar zuverlässig sein. Sie werden sehen. Was halten Sie davon, wenn wir uns jetzt was zu essen besorgen?«

Jake holte sich ein Sandwich mit Bratenscheiben, Everett entschied sich für Corned beef auf Roggenbrot und eine Portion Fritten. Allmählich entspannte er sich, bestellte noch ein Bier, und trank es aus. Jetzt fühlte er sich wirklich besser.

»Was ich aber überhaupt nicht einordnen kann«, sagte Camden, als er seinen Whisky in Angriff nahm, »das ist der Kerl, der Sie aus der U-Bahn gescheucht hat. Sind Sie sicher, daß Sie sich das nicht nur eingebildet haben?«

»Absolut. Und ich hatte ihn ja schon vorher einmal gesehen. Da war er mit einem zweiten Mann zusammen. Die beiden beschatten mich, Jake. Erinnern Sie sich noch, daß ich mir überhaupt nicht vorstellen konnte, wie ich diesen CIA-Mann erschossen haben soll? Inzwischen glaube ich, daß ich ihn wirklich nicht umgelegt habe. Das muß einer meiner Schutzengel gewesen sein.«

»Irgendwie haut das nicht hin. Diese Leute tun so, als wären sie selbst von der CIA. Sie verhalten sich wie Profis. Was meinen Sie? Ob das verschiedene Fraktionen sind, die sich gegenseitig bekämpfen? Ob die von der NSA waren? Ausländische Agenten? Es gibt da verdammt viele Möglichkeiten, aber nichts paßt.«

Scarborough bemerkte, daß Camden still zu lächeln begonnen hatte. Natürlich, die Story wurde immer besser, und der Mistkerl freute sich darüber, daß es Scarborough so mies ging. Nein, nein, dachte Scarborough. Ich darf mich nicht aufregen und ausrasten. Was immer sonst noch im Gange war, Jake Camden hatte sich als vertrauenswürdiger und wertvoller Verbündeter erwiesen.

»Deshalb brauche ich mehr Informationen. Ich meine, was haben wir denn in der Hand? Irgendeine Verschwörung, na schön – aber warum? Was verbirgt man? Und wer genau verbirgt was? Ich meine, wir wissen doch, daß die Leute irgendwie mit der Regierung in Verbindung stehen, aber das ist noch nicht alles. Ich habe da so ein komisches Gefühl.«

»Dr. Everett Scarborough hat ein komisches Gefühl! Der Meister der Logik wird zum Hellseher.«

»Lachen Sie nicht. Es sind ja wirklich einige sehr seltsame Dinge geschehen.«

»Okay, lassen Sie uns die Fakten durchgehen. Die Fakten, die wir haben, meine ich.« Camden zählte sie mit den Fingern ab. »Das Projekt Blue Book war eine Tarnoperation. Ihre Tochter und ihr Freund wurden von denen geschnappt, die für dieses Täuschungsmanöver verantwortlich waren. Zu den Täuschungen gehören zahlreiche UFO-Sichtungen, die zwischen die echten Sichtungen gestreut wurden – und außerdem fälschte man Dokumente, die als Beweismittel aufbewahrt wurden.«

»Desinformation also.«

»Yeah. Sie wurden nicht nur als Wissenschaftler jahrelang an der Nase herumgeführt, als Sie für das Projekt Blue Book arbeiteten, sondern Sie wurden auch zum führenden UFO-Skeptiker aufgebaut und sind dadurch berühmt und reich geworden. Das beinhaltet eigentlich zweimal das gleiche Manöver, nur jeweils mit anderen Mitteln durchgeführt. Ich frage mich bloß, warum man Sie nicht einfach gekauft hat.«

Scarborough sah ihn böse an. »Vielleicht, weil manche Leute sich nicht kaufen lassen.«

»Okay, okay. Ich glaube, Sie brauchen noch ein Bier. Wir wollen uns ja nur die Fakten ansehen und ein wenig spekulieren.« Jake trank wieder einen Schluck Whisky. »Die waren wegen MacKenzies Unterlagen vom Projekt Blue Book und seiner anderen Akten so nervös, daß sie alles angezündet haben. Und als er den Agenten in die Quere kam, wurde er getötet. Übrigens war er ein netter Kerl. Ich mochte ihn.«

»Ja.« Scarborough starrte ins Leere und dachte traurig an seinen toten Freund. »Er war einer der besten.« Vielleicht brauchte er wirklich noch ein Bier.

»Okay. Die Typen wissen, daß Sie etwas gegen sie in der Hand haben – Gott sei Dank wissen Sie anscheinend nicht, daß ich darin verwickelt bin –, und sie versuchen, Sie umzubringen. Es klappt nicht. Also werden Sie durch das ganze Land gehetzt. Eine wilde Flucht. Und Sie selbst jagen Gespenstern hinterher und keinem Einarmigen, wie es Richard Kimble getan hat.«

»Sie haben da etwas ausgelassen.«

»He, das klingt mir ja schon fast wieder wie der Scarborough, den ich von früher kenne. Dann sind Sie also doch nicht so im Eimer, wie es den Anschein hat. Könnten Sie mir das ›Etwas‹ mal näher erklären, das ich ausgelassen haben soll?«

»Die Farm. Die verlassenen Gebäude, die aussahen, als hätten dort wissenschaftliche Versuche stattgefunden oder so etwas.«

»Volltreffer, Evvie. Das ist es, was diesen Leuten aufstößt. Danach hat das Theater ja angefangen. Dieser Hausmeister – je länger ich darüber nachdenke, desto stärker wird meine Überzeugung, daß er ein ausgemusterter Agent war. Sie haben ihn da hingesetzt, damit er auf den Laden aufpaßt. Eine andere Möglichkeit gibt's wohl nicht.«

»Ja, aber was hat man dort gemacht? Ich habe mir das Hirn zermartert, aber ich kann einfach keine Antwort darauf finden. Ich habe sogar daran gedacht, noch einmal in Iowa vorbeizufahren ...«

»Nicht doch. Man macht nicht zweimal den gleichen Fehler.«

»Ich bin ja auch nicht hingefahren. Aber ich dachte daran, weil ich mich gefragt habe, ob dort nicht insgeheim ein sehr wichtiges wissenschaftliches Projekt durchgezogen wurde. Aber was sollte das mit dieser Desinformationskampagne zu tun haben? Es ergibt kein Bild, da fehlen noch zu viele Puzzleteile.«

»Hatten Sie eigentlich öfter mit diesem Colonel Dolan

und dem anderen zu tun – wie hieß er noch gleich? Mit dem Mann, den Marsha erwähnt hat und der ebenfalls über die Publisher und Editoren redete? Oh, yeah, Richards. Brian Richards.«

»Den kenne ich nicht. Mein einziger Kontakt beim Militär war Colonel Dolan. Ich habe für verschiedene Leute in verschiedenen Abteilungen Forschungsobjekte durchgeführt, aber da steckte weiter nichts dahinter. Seit ich vor zwanzig Jahren vom Militär entlassen wurde, bin ich ja nur noch ein ganz normaler Bürger, ein Autor. Ich habe Bücher geschrieben und Vorträge gehalten und in den Medien mein Gesicht vorgezeigt – und genau das haben sie auch von mir erwartet. Mein Gott, wie dumm ich doch war. Camden, je länger ich über Cindy nachdenke, desto wütender werde ich. Ich bin wütend, weil diese Mistkerle meine Rechte als Bürger verletzt haben, ganz zu schweigen von den Werten, die die Grundlage dieses Landes bilden.«

»Schnell, trinken Sie Ihr Bier aus. Wir können es uns nicht erlauben, hier aufzufallen, Scarborough.«

Scarborough holte tief Luft und atmete langsam wieder aus. »Entschuldigen Sie.«

»Also läuft jetzt alles auf die Frage hinaus, was die Leute dort im Labor auf der Farm gemacht haben. Anscheinend waren sie da schon eine ganze Weile am Werk. Als allererstes fällt mir ein, daß sie UFO-Sichtungen gefälscht haben könnten. Desinformation, nicht wahr? Sie und ich, wir wissen ja, was die durchschnittlichen UFO-Paranoiker so alles von sich geben.«

Scarborough seufzte. »Ja. Desinformation, um echte Kontakte der Regierung mit UFOs zu vertuschen. Aber das ist Blödsinn. Haben Sie den Artikel in *UFO Universe* gelesen, der erschienen ist, bevor das ganze Theater angefangen hat? Wo jemand behauptete, die Regierung hätte eine Art Abkommen mit den Außerirdischen geschlossen und ihnen im Austausch für moderne Raketentechnik erlaubt, mit US-Bürgern zu experimentieren? Trotz allem, was mir zugestoßen ist, bin ich noch weit davon entfernt, so einen Unfug zu glauben. Nein, wir haben es hier mit einer Vertuschungsaktion der Regierung zu tun, die aus dem Ruder gelaufen ist. Bei Aliens sind wir noch lange nicht angelangt.«

»Und was ist mit den Kerlen, die Ihnen gefolgt sind?«

»Die sahen für mich ganz normal aus. Vielleicht sind sie die Mitarbeiter irgendeiner Geheimdienstabteilung ...«

»Na gut, reden wir über das Labor. Es scheint mir, als hätten Sie inzwischen ein bißchen zuviel erlebt, um Verschwörungstheorien einfach als Unfug abzutun. Lassen Sie Ihre Gedanken ein wenig schweifen ...«

»Das habe ich schon oft genug getan. Anscheinend wollen Sie mir einreden, daß diese Leute nicht nur UFO-Sichtungen fälschen. Sie meinen, sie fälschen auch Entführungen durch Außerirdische. Geschichten, wie sie Budd Hopkins oder Strieber oder Schroeder verbreiten.«

Camden räusperte sich. Ihm war sichtlich unbehaglich zumute. »Ja, das meinte ich damit.«

»Okay. Aber warum?«

»Das müssen wir jetzt herausfinden, Kumpel. Und was auch immer dahintersteckt, es ist eine Sauerei. Kein Wunder, daß die Typen sich auf einmal solche Mühe geben, Sie zu diskreditieren. Die wissen eines ganz genau: Wenn jemand, der nur halbwegs glaubwürdig ist, die Fakten auf den Tisch legt und erzählt, daß irgendeine Gruppe, die mit der Regierung zu tun hat – es ist mir egal, ob es Leute vom CIA oder Putzkolonnen aus dem Weißen Haus sind –, Bürger entführt und mit ihren Gehirnen herumspielt, dann wird das einen Riesenkrach geben, vorsichtig ausgedrückt. Wer weiß, welche Köpfe von Lamettaträgern da rollen könnten. Vielleicht stürzt deswegen die ganze Regierung.«

»Soweit wollen wir doch nicht gehen, Camden.«

»Ich meine es aber ernst. Und, Scarborough, wenn wir herausfinden, was da im Gange ist, wenn wir den Beweis finden – Teufel, mir würden schon ein paar kleine Hinweise reichen –, dann wird das auf jeden Fall Sie selbst und wahrscheinlich auch Diane und Tim retten.«

»Ich glaube, da kann ich Ihnen nicht folgen.«

»Die Macht der Presse, Mann! Sie werden von jedem

Verdacht freigesprochen, und diese Kerle dürfen es dann nicht einmal wagen, sie anzurühren. Vielleicht sind die Männer, die Sie beschatten, genau darauf aus – yeah, vielleicht sind das Agenten, die nicht mehr mitspielen wollen und die versuchen, diese Schweinerei an die Öffentlichkeit zu zerren, ohne dabei ihre Identität preiszugeben. Was meinen Sie?«

Scarborough grunzte. »Das gefällt mir erheblich besser als die Vorstellung, es könnten Außerirdische im Spiel sein.«

»Okay. Damit sind wir auf jeden Fall ein gutes Stück weitergekommen. Das ist sicher besser, als einen armen Verlagsbuchhalter mit einer Pistole anzugreifen.« Camden trank sein Bier aus und starrte nachdenklich zur Bar. »Wenn wir uns so unterhalten, dann kommt mein desolates Gehirn auf Touren.«

»Haben Sie etwas vergessen?«

»Nein, ich habe mich an etwas erinnert. Ich habe einen Pressedienst abonniert, Scarborough. Wissen Sie, was das ist?«

»Natürlich. Die sammeln Artikel aus verschiedenen Publikationen, lokal, national, international. Was man haben will.«

»Genau. Und dieser Dienst sammelt für mich Berichte über UFOs, das brauche ich natürlich für meinen Job.«

»Ich hätte es mir denken können. Ja, ich weiß Bescheid.«

»Entschuldigen Sie. Ich vergesse immer, daß wir eine Zeitlang auf dem gleichen Gebiet gearbeitet haben. Jedenfalls ist das ein Dienst, den Sie bestimmt nicht abonniert haben, denn sie verschicken die Artikel *sofort*, und das ist für eine regelmäßig erscheinende Zeitung wie den *Intruder* natürlich sehr wichtig.«

»Das klingt, als wäre es ziemlich teuer.«

»Ja, aber das ist es wert. Also, gestern abend während des Flugs las ich eine Geschichte, die gerade erschienen war. Ich denke, Sie sollten sich das mal ansehen. Der Artikel liegt in meinem Hotelzimmer.«

»Vielleicht wäre es besser, wenn sie Marsha anrufen

und ihr die Geschichte vorlesen. Ich melde mich heute abend bei ihr.«

»Das ist eine gute Idee. Wollen Sie denn die Stadt verlassen?«

»Ja. Ich hätte das schon gestern abend tun sollen.«

Camden nagte einen Moment an der Unterlippe, als müßte er die richtigen Worte suchen. »Passen Sie auf, Mann. Ich weiß, daß man Ihnen übel mitgespielt hat und daß Sie die schwerste Last ganz allein tragen müssen. Mein Gott – muß schlimm sein, wenn die eigene Welt plötzlich in Brüche geht. Und dann wird Ihre Tochter entführt – also, ich denke, wir hatten ja früher nicht unbedingt die herzlichsten Beziehungen, weil wir sozusagen in zwei verschiedenen Lagern standen, aber in dieser Situation sollten Sie einfach wissen, daß ich für Sie da bin und Ihnen helfe. Ich werde Ihnen helfen, wo immer ich nur kann.«

»Danke, Camden. Ich glaube, Sie haben mir vorhin einen großen Gefallen getan. Ich war wirklich außer mir. Vielleicht sollte ich mir irgendwo in einem Vorort ein Hotel suchen und erst einmal eine Weile schlafen.«

»Wer weiß. Vielleicht wären auch Ihre beiden Schutzengel aufgetaucht und hätten Ihnen einen Tritt in den Hintern verpaßt. Übrigens, wohin wollen Sie eigentlich?«

»Ich muß in die Gegend von Washington zurück.«

»Ist das nicht ziemlich gefährlich?«

»Nicht gefährlicher als New York City.«

»Was haben Sie denn dort zu suchen?«

»Da gibt's einen Freund, der als aktiver Agent bei der CIA arbeitet. Er ist jemand, der auf illegale Aktivitäten in der Firma äußerst ungehalten reagiert. Und er ist mir einen Gefallen schuldig. Ich habe schon mehrmals erfolglos versucht, ihn zu erreichen. Vielleicht fahre ich hin und suche ihn persönlich auf.«

»Hat der Mann auch einen Namen?«

»Warum wollen Sie das wissen?«

»Aua, da ist die Paranoia in voller Blüte.«

Scarborough lächelte müde. »Ja, vielleicht sollte ich Ihnen den Namen sagen, Jake.« Er trank sein Bier aus und stellte den Krug auf den zerkratzten Tisch. »Er heißt Edward Ross Myers.«

13. Kapitel

»Entschuldigen sie, Lieutenant Manning ... Ich wollte Sie nicht stören, aber ich habe hier einen Ordner mit einigen Dokumenten, die mit Ihrer derzeitigen Aufgabe zusammenhängen.«

Marsha Manning schrak auf, als es an der Tür klopfte. Sie hatte nicht mehr genug Zeit, das Buch wegzustecken, bevor Captain Fredricks hereinspaziert kam. Er hatte sich einen braunen Umschlag unter den Arm geklemmt und lächelte unsicher.

»Captain«, sagte Marsha, während sie das große Buch auf einem Stapel von Ausdrucken ablegte, »ich habe gerade Pause gemacht. Diese statistischen Untersuchungen sind wirklich eine faszinierende Aufgabe.«

»Gott sei Dank gibt es Leute, die sich mit Computern auskennen, mehr kann ich dazu nicht sagen«, erwiderte Captain Fredricks. Das Funkeln seiner Augen paßte zu dem Glanz, den die Leuchtstoffröhren auf seiner Glatze hervorriefen. »Ohne Leute wie Sie müßten wir die Truppen auf den Übungsplatz marschieren und mit Fingern und Zehen rechnen lassen, was?«

Marsha Manning lachte verlegen. »Ich muß zugeben, daß mir die Arbeit am Bildschirm erheblich lieber ist.«

»Das kann ich mir lebhaft vorstellen.« Der Captain legte den Kopf schief und betastete den Rücken des Buches. Es war von *Time Life* und trug den Titel *The UFO Phenomenon*. »Vertiefen Sie Ihr wissen über Flugobjekte?«

»Ich habe erkannt, daß bei diesem Thema sehr viele Dinge höchst unklar sind, Sir.«

»Das ist natürlich alles Unfug.« Er sah sie prüfend an und hob die buschigen Augenbrauen. Mitte Vierzig, mit grauen Strähnen im Haar, sah er schneidig aus; er wußte, wie er auf Frauen wirkte, und er genoß es. »Ich bin jahrelang geflogen und habe nicht ein einziges UFO gesehen. Aber ich konnte durchaus einige seltsame Dinge am Himmel beobachten. Halos von Sonne und Mond, Eiskristalle. Alles durch natürliche Ursachen erklärbar. In der Atmosphäre rührt sich einiges. Unterdruck und Sauerstoffmangel tun ein übriges.« Er gab ihr den Ordner. »Meinen Sie, Sie können dieses Material in Ihre komplizierten arithmetischen Algorithmen integrieren?«

Marsha nahm den Ordner entgegen und blätterte den dicken Stapel Kopien durch, die alle mit der mechanischen Wirkungsweise verschiedener Düsen- und Propellerantriebe zu tun hatten, die in den letzten dreißig Jahren bei der Air Force eingesetzt worden waren. Normalerweise wurden solche Aufträge an freie Unternehmer in der Umgebung von Washington vergeben. Die Tatsache, daß sie mit diesen Aufgaben konfrontiert wurde, war eine Art Strafe. Man hatte ihr nicht das geringste anhängen können, aber die Air Force kannte ganz eigene Formen der Züchtigung. Statt des ›Tropf-tropf-tropf‹ der chinesischen Wasserfolter hieß es hier: ›Byte, Byte, Byte.‹

»Danke, Sir. Ich glaube, damit kann ich die Verschleißtabellen ergänzen.«

Captain Fredricks räusperte sich dienstlich und wollte ihr Büro wieder verlassen. Doch dann blieb er noch einmal stehen und drehte sich wieder zu Lieutenant Manning um. »Sie haben sicher schon die Geschichten über diesen Stützpunkt hier gehört.«

»Was meinen Sie?« Manning spielte die Ahnungslose. »Ist hier in Wright-Patterson mal ein UFO gelandet?«

»Nein, nein. Ich meine die Geschichten über die abgestürzte fliegende Untertasse. Das Flugobjekt, das angeblich 1947 in New Mexico abgestürzt ist. Ich glaube, in der Nähe von Roswell. Es wird erzählt, wir bewahrten das Ding hier irgendwo in einem Hangar auf und hätten auch die Leichen einiger Raumfahrer geborgen.«

»Das klingt aber ziemlich spannend, Captain. Ist es denn wahr?«

»Natürlich nicht. Ich dachte nur, Sie wären an der örtlichen Folklore interessiert.«

»Ich glaube, hier ist mir wirklich alles willkommen, was etwas Abwechslung verspricht, nicht wahr?«

»Das stimmt, Lieutenant, das stimmt. Was meinen Sie, wann Sie die ersten Statistiken graphisch aufbereitet haben?«

»Die Graphiken? Nun, ich habe zwei Wochen dafür bekommen, aber wenn Sie mir nicht noch weiteres Material geben, das ich einarbeiten soll, dann müßte ich eigentlich ... nun ja, ich schätze, daß ich ungefähr nächste Woche Dienstag fertig bin.«

»Oh, das hat keine Eile, das hat überhaupt keine Eile.« Der Captain lächelte gezwungen, verabschiedete sich und ging. Offensichtlich hatte er nur ein paar vage Andeutungen über das gehört, was sie vor ein paar Wochen getan hatte, und war neugierig hinsichtlich saftiger Details. Er wußte nur, daß sie ganz plötzlich in seinem Bereich an einem Computer hing und langweilige Kleinarbeiten machen mußte, für die sie eindeutig überqualifiziert war.

Aber so ging das eben beim Militär.

Marsha Manning war Berufsoffizierin, und wenn man sich für diesen Beruf entschieden hatte, dann gehörte man mit Haut und Haaren zur großen Familie der Streitkräfte Onkel Sams; oder man bastelte, noch während man seine fünfundzwanzig Jahre absaß, schon an der nächsten Karriere. Manning gehörte zur zweiten Gruppe. Sie freute sich nicht unbedingt auf die Aussicht, irgendwann Mitte Vierzig zu sein, aber sie freute sich auf einen beruflichen Wechsel. In der Zwischenzeit versuchte sie, Erfahrungen zu sammeln, die irgend etwas mit dem wirklichen Leben zu tun hatten. Die Begegnung mit Everett Scarborough und ihre Verwicklung in diese Geschichte waren ihr vorgekommen wie eine Fahrt auf der Achterbahn. Jetzt war der Alltag zurückgekehrt, und sie wollte am liebsten sofort wieder in die Achterbahn steigen. Sie mochte es, darin zu fahren, sie mochte Scarborough.

Marsha warf den Stapel Papier verächtlich in ihren Eingangskorb, starrte den Bildschirm an, rief eine Subroutine des Programms auf und nahm einige Abstimmungen vor. Hier und dort veränderte sie einige Kleinigkeiten und gab es nach einer Weile auf. Zum Teufel damit. Ihre Methode war sicher nicht besonders elegant, aber das Grundprogramm war auch selbst nicht besonders elegant, sondern eher ziemlich klobig. Die wirklich guten Programmierer und Analytiker arbeiteten in der freien Wirtschaft und verdienten sich dumm und dusselig. Die Programme der Air Force kamen sozusagen in Springerstiefeln daher und stürzten sogar noch öfter ab als die Piloten.

»Mist«, sagte sie angewidert und stellte die Tasse mit kaltem Kaffee ohne Sahne, der nach bitterer Realität schmeckte, wieder ab. Sie starrte durch das getönte Fenster zum architektonischen Alptraum hinaus, der den Verwaltungstrakt des Luftwaffenstützpunkts Wright-Patterson darstellte. Auf einer Startbahn hob gerade eine Boeing ab, raste heulend dem Himmel entgegen, ließ die Lärmschutzwände erbeben und würde, wahrscheinlich aus keinem nachvollziehbaren Grund, eine Weile herumfliegen und jede Menge Kerosin verbrennen. Es war ein trüber Tag. Am Morgen war leichter Regen gefallen, und die Wolken hingen noch schwer über dem Gelände. Der graue Schimmer auf dem Zement und über den Gebäuden schien trotz des geschlossenen Fensters in den Raum einzudringen. Es roch nach Asphalt, Öl und Uniformen. Der Geruch, mit dem Manning so lange gelebt hatte, lastete jetzt schwer auf ihr, bedrückend wie die Wolken über der eintönigen Landschaft Ohios.

Marsha schauderte, ihr war plötzlich kalt. Sie fühlte sich deprimiert und eingeengt. »Mist«, sagte sie noch einmal. Dann schloß sie die Tür ihres winzigen Büros und sperrte ab, damit nicht noch mehr Captains einfach anklopfen und einen Sekundenbruchteil später hereinstürmen konnten.

Sie nahm wieder das Buch von *Time Life* zur Hand und schlug den Index auf. Richtig, dort war es: ›Wright-Patterson Air Force Base.‹ Schnell blätterte sie zur richtigen Stelle und las den Abschnitt. Dann überflog sie die Seite vor dem Abschnitt über den Stützpunkt, dann die Seite dahinter.

Hm.

Undurchsichtig. Hörensagen, Gerüchte, Mythen, genau wie Captain Fredricks es gesagt hatte. Trotzdem ...

Sie konnte dem Buch entnehmen, daß im Süden des Staates New Mexico auf dem Land eines Ranchers namens Brazel ein unidentifiziertes Flugobjekt gelandet wäre. Der Absturz habe sich nahe an einem Flugplatz ereignet, und die Soldaten hätten sich die Sache angesehen. Die Geschichte wurde durch eine Sammlung eigenartiger Zeitungsausschnitte ergänzt. Ursprünglich, hieß es dort, habe der kommandierende Offizier bekanntgegeben, daß eine fliegende Untertasse gelandet sei. Die Soldaten hätten sogar die Leichen von ›Außerirdischen‹ entdeckt. Angeblich hätten die Trümmer aus einer seltsamen und ungeheuer widerstandsfähigen Metallfolie bestanden. Plötzlich habe sich jedoch die offizielle Haltung der Air Force verändert. Es gäbe keine fliegende Untertasse und keine Außerirdischen, hieß es. Was da vom Himmel gefallen sei, das sei nichts weiter als ein Wetterballon gewesen, hatte die Air Force beteuert.

Nach allem, was Manning jetzt las, konnte diese Erklärung ohne weiteres zutreffen. Durchaus vorstellbar, wie sich eine solche Geschichte einer Lawine gleich ausbreitete. Die Autoren erwähnten nicht, wie die ›fliegende Untertasse‹ samt ihrer Insassen nach Wright-Patterson gelangt sein sollte.

Sie hatte keine große Lust, sich wieder mit dem dummen Statistikprogramm zu beschäftigen. Als nächstes hätte sie die Daten eingeben müssen, und das kam der Tätigkeit einer Sekretärin recht nahe. Solche Arbeiten haßte sie. Außerdem war ihr inzwischen klar, daß die Air Force mit gespaltener Zunge redete. Scarboroughs Erlebnisse bewiesen das. Vielleicht war an diesem UFO-Absturz tatsächlich etwas dran, vielleicht gab es wirklich etwas, das die Lamettaträger verheimlichen wollten.

Es konnte doch nicht schaden, wenn sie sich die Sache mal ansah, nicht wahr?

Außerdem war es eine Herausforderung.

Marsha drehte sich lächelnd zu ihrer Computertastatur um. Mit dem richtigen Paßwort (sie hoffte, daß es noch nicht geändert worden war) schaltete sie sich in den Großrechner des Stützpunktes ein.

Ziffern und einige Buchstaben wanderten über den Bildschirm.

Dann war sie drin. Die Verbindung stand.

Sie erinnerte sich, daß es in diesem System eine Art Menü gab, und dort hatte sie einen Hinweis auf einen Lagerbereich bemerkt. Sie brauchte nur durch die elektronischen Flure dieses gigantischen Systems streifen.

Und wenn es dort etwas Interessantes gab, dann würde sie es finden.

Selbst wenn sie dafür die Mittagspause opfern mußte.

Wenn das überhaupt möglich war, dann war der Himmel noch dunkler geworden. Hier und dort klatschten dicke Regentropfen herunter und fielen auf den Boden oder landeten in einer der vielen Pfützen, die auf dem Gelände verstreut wie traurige kleine Spiegel das trübe Licht reflektierten. Marsha wich den Pfützen aus, während sie sich über Gehwege und Parkplätze dem Lager 34 näherte, das hinter den Hautgebäuden lag. Der zur Grundausrüstung gehörende Parka würde sie schützen, falls der Regen begann. Bis jetzt tröpfelte es nur, deshalb hatte sie sich die Kapuze nicht über den Kopf gezogen. Es war ein Wetter, bei dem Regenwürmer ersaufen konnten. Der Geruch nach feuchter Erde und nach Öl, das sich auf Wasserlachen ausbreitete, war allgegenwärtig. Das Kreischen und Röhren der Düsenflugzeuge war leiser geworden, denn die Gebäude hielten den Lärm etwas ab. Von Nordosten wehte eine frische Brise über das saftige Gras, das an manchen Stellen wuchern durfte. Der Wind blähte einen Windsack, den irgendein Spaßvogel in der Nähe einer Baracke aufgehängt hatte. Windsäcke waren wohl kaum nützliche Geräte für eine moderne Luftwaffe.

Marsha hatte ein Stück Papier in der Tasche, auf dem sie eine Registriernummer des Lagers 34 notiert hatte: Bereich 18, Abteil A-27. Fast eine Stunde hatte sie sich durch das Lagerverzeichnis wühlen müssen, bevor sie fündig geworden war.

Die Eintragung lautete nur: ›Roswell, '47.‹

Nicht etwa: ›Unbekannte Gegenstände‹ oder ›Fliegende Untertasse‹, und ganz sicher nicht ›Tote Außerirdische.‹ Nichts weiter war eingetragen, nur ›Roswell, '47‹.

Bereits die Tatsache, daß es diese Eintragung gab, war es wert, sich die Sache näher anzuschauen. Sie hatte sowieso nichts weiter zu tun. Wer weiß, vielleicht konnte sie sogar etwas herausfinden, das Scarborough helfen würde. Einen Hinweis auf das, was die Regierung all die Jahre geheimgehalten hatte.

Einer Karte des Stützpunktes hatte sie entnehmen können, wo das Lager 34 zu finden war. Es war nicht weit weg. So nahe, daß es sich nicht lohnte, mit dem Wagen zu fahren. Das Lager befand sich auf einem offensichtlich kaum noch benutzten Terrain von Wright-Patterson. Als sie sich dem Gelände näherte, konnte Marsha sehen, daß es sich bei den Gebäuden um alte Hangars und Behelfsschuppen handelte, die ausgesprochen heruntergekommen und verstaubt aussahen. Die Air Force baute ihre Anlagen nicht gerade für die Ewigkeit, und die Gebäude standen sicherlich nur deshalb noch, weil die Anordnung für den Abriß im bürokratischen Gewirr untergegangen war.

Doch als sie über eine alte Startbahn näher kam und das Lager 34 überblicken konnte, war sie überrascht. Einer der beiden Hangars war von einem Zaun umgeben.

Ein Elektrozaun, der oben zusätzlich mit Stacheldraht gesichert war.

Vor dem Tor des Zauns, der die Lager 34 und 36 umgab, standen keine Wachen, aber das Tor war versperrt. In einem offenen Plastikkasten war ein elektronisches Schloß zu sehen.

Marsha näherte sich dem Tor und sah sich die Sache an. Sie ahnte bereits, was sie erwartete, wollte sich aber dennoch vergewissern. Richtig, es war ein Schloß, das sich nur mit einer ID-Karte öffnen ließ. Man mußte seine ID-Karte in den Schlitz schieben und über den Ziffernblock einen Zugangscode eingeben, den der Apparat dann überprüfte. Genau wie am Geldautomaten.

Verdammt, von einem Zugangscode war im Computer nicht die Rede gewesen.

Wer weiß, was passieren würde, wenn sie ihre Magnetkarte hineinschob. Möglicherweise löste das irgendwo einen Alarm aus, und vielleicht wurde dann auf irgendeinem Drucker ihr Name ausgegeben, unterstrichen und durch Sterne hervorgehoben. Nachdem sie Scarborough aus der Arrestzelle befreit hatte, wäre es Colonel Walter Dolan bestimmt lieber, sie schon heute als erst morgen abzuschießen. Nur die Intervention hochgestellter Freunde in der Air Force hatte Marsha eine Untersuchung erspart, die den ersten Schritt auf dem Weg zu einem Disziplinar- oder gar einem Kriegsgerichtsverfahren dargestellt hätte. Ihre Freunde hatten ihr nahegelegt, eine Weile ein braves Mädchen zu sein. Versuchtes Eindringen in einen geheimen Bereich war nicht gerade das, was mit ›brav‹ gemeint gewesen war.

Aber immerhin, keine Wachen. Das war gut so. Es gab nicht einmal elektronische Überwachungsanlagen. So wichtig war dieser abgesperrte Bereich also wohl doch nicht.

Und wenn sie unbedingt wollte, würde sie hineinkommen.

Sie wanderte am Schloß vorbei, ohne sich weiter darum zu kümmern. Ähnliche Sperren hatte sie auch an anderen Stellen auf dem Stützpunkt gesehen, und sie wußte, wie sie funktionierten.

Vielleicht hätte sie mit so einem derartigen Hindernis rechnen sollen. Wie auch immer, das elektronische Schloß reizte sie nicht nur, es war eine große Herausforderung.

Sie würde sich die Sache näher ansehen, ein bißchen an den Sicherheitssystemen herumschnüffeln, ein bißchen mit den Codes herumspielen.

Still vor sich hin lächelnd, wanderte Lieutenant Marsha Manning am Lager 34 vorbei, umrundete das Karree, kehrte in ihr Büro zurück und aß die Butterbrote, die sie vorsorglich eingepackt hatte.

Ja, das würde Everett Scarborough sicher interessieren. Sogar sehr.

14. Kapitel

Der Hauptsitz der Central Intelligence Agency gleicht einer beeindruckenden Festung. Ein modernes Gebäude, das sich schroff aus den weitläufigen Wäldern um den Ort Langley, Virginia, erhebt. durch den Potomac vom Regierungssitz getrennt und ein paar Kilometer nördlich von Arlington und dem Pentagon gelegen.

In Langley befinden sich die Büros des Direktors und der leitenden Angestellten. Viele der übrigen Mitarbeiter, die nach Tausenden zählenden Berater für wissenschaftliche, technische und wirtschaftliche Fragen und die Verbindungsleute zur Regierung und zum Verteidigungsministerium, sitzen jedoch über ganze Washington verstreut in Gebäuden, die aus dem Sumpfgebiet sprießen wie Pilze aus dem Boden – ganz zu schweigen von den mehr als zehn anderen Behörden wie der National Security Agency und dem FBI, die ihre Berichte unmittelbar bei der CIA einreichen.

Washington, D.C., ist ein warmer und feuchter Ort. Vor der Erfindung der Klimaanlage galt die Hauptstadt der USA bei Diplomaten aus anderen Ländern als »subtropisches« Einsatzgebiet. Nachdem das riesige Hauptgebäude der CIA im Jahre 1961 fertiggestellt worden war, klagten die mehr als 10000 Angestellten darüber, daß es zwar eine angemessene Heizung, aber keine vernünftige Klimaanlage gab. Daraufhin wurden in den Büros Thermostate eingebaut, und es wurden Hausmitteilungen zur Regelung der Raumtemperatur verteilt. Doch als die Klimaanlage nach einiger Zeit wegen ständiger Manipulationen noch unzulänglicher funktionierte als ohnehin schon, wurden die Thermostate mit kleinen Kästchen abgesperrt. Die Vertragsfirma hatte jedoch nicht die Tatsache berücksichtigt, daß viele CIA-Mitarbeiter im Rahmen ihrer Grundausbildung einen Kurs im Schlösserknacken mitgemacht hatten. Es dauerte also nicht lange, bis alle Thermostate wieder in Betrieb waren.

In dem Trakt, in dem sich Brian Richards' Büro befand, hatte es jedoch noch nie Probleme mit der Klimaanlage gegeben. Es befand sich in einem Teil des CIA-Gebäudes, wo die Leiter der Behörde residierten – die sogenannten höheren Chargen, zivile Mitarbeiter von höchstem Rang. Diese Mitarbeiter kamen in den Genuß einer ganzen Reihe von Vergünstigungen, und eine dieser Vergünstigungen war ein privater Speiseraum.

In diesem Speiseraum saß Brian Richards gerade beim Mittagessen.

Die Köche beherrschten zwar die französische Küche, aber der letzte Schrei in Washington, D.C., waren italienische Gerichte, und an diesen Trend paßte sich die Kantine der leitenden Mitarbeiter der CIA an. Nach der Vorspeise genehmigte Richards sich eine spezielle Ribollita, die *Pappa al pomodore* genannt wurde. Als Dessert wollte er Zabaione bestellen, eine köstliche italienische Eierspeise, die er besonders liebte.

Aber er sollte nicht bis zum Dessert kommen.

Richards wußte den privaten Speisesaal durchaus zu schätzen, wo man erstklassiges Essen zu bescheidenen Preisen erhielt. Im Haus gab es noch zwei weitere Restaurants. Einmal die kleine, unappetitliche Cafeteria für die Angestellten anderer Regierungsbehörden, und zum zweiten die Kantine, die den übrigen CIA-Angestellten vorbehalten war. Der Grund war der, daß Besucher der Cafeteria, keine verdeckt operierenden CIA-Mitarbeiter wiedererkennen sollten.

Richards haßte die Cafeteria, und als er endlich zu einer entsprechend hohen Position aufgestiegen war, hatte er das Ereignis mit einer besonders teuren Flasche Château Rothschild gefeiert. Er hatte sich in die Kantine gesetzt, die eher wie ein teures Restaurant in der Stadt denn wie eine Kantine in einer Behörde eingerichtet war, und die Flasche allein ausgetrunken.

Heute trank er keinen Wein. Er aß schneller als sonst, und er wäre sogar mit einem Sandwich im Büro zufrieden gewesen, wenn das sein Stolz zugelassen hätte. Aber ein Dummkopf wie Everett Scarborough sollte den vertrauten Ablauf seines Arbeitstages nicht durcheinanderbringen. Nein, keinesfalls.

Ivan, einer der schwarzen Kellner, die gestärkte weiße Hemden und Schlipse trugen, kam mit einer Nachricht an seinen Tisch. »Ihr Büro, Sir«, sagte Ivan. »Sie sollen sofort zurückkommen.«

»Hat man den Grund genannt?« fragte Richards und blickte mißmutig auf.

»Nein, Sir, es hieß nur, daß es die höchste Dringlichkeitsstufe sei.«

Ein Kellner im Speiseraum der Spitzenkräfte der CIA, der ausgerechnet Ivan hieß, das bot den Beamten reichlich Anlaß zu Scherzen. Angeblich hatte George Bush ihn persönlich eingestellt, bevor er die Leitung der Behörde abgab; er hätte es nur getan, hieß es, um seinen Nachfolger zu ärgern.

»Danke, Ivan, Und grüßen Sie den Koch. Ich glaube, ich kann heute wohl nicht alles aufessen.« Er tupfte sich den Mund mit einer frisch gewaschenen, bestickten Serviette ab und starrte die Reste seines Mittagessens auf dem schönen Porzellanteller an. »Aber es ist wirklich ausgezeichnet. Setzen Sie es bitte auf meine Rechnung und schreiben Sie fünf Prozent zusätzlich als Trinkgeld auf.«

»Danke, Sir. Das muß ja wirklich eine wichtige Sache sein.«

Richards lächelte verächtlich. »Was glauben Sie! Und außerdem natürlich top-secret. Höchste Geheimhaltungsstufe.«

Ivan kicherte über den Scherz. »In diesem Fall, Sir, sollten Sie zu den Mann, der ausgerechnet Ivan heißt, kein Wort mehr sagen.«

Richards lachte freundlich und klopfte Ivan auf den Rücken. »Genau. Bis morgen dann, hoffe ich.«

Als er sein Büro betrat, schaute sein Sekretär, ein Mann Namens Harold Finch, von seinen Schreibcomputer auf und nahm die Kopfhörer des Diktiergeräts ab. »Agent Edward Myers ist da, Sir. Sie hatten mich gebeten, Sie zu rufen, sobald er eintrifft.«

»Myers ist da? Gut, gut.« Richards räusperte sich. »Harold, Sie können jetzt Mittagspause machen.«

»Ich habe schon gegessen, Sir.«

»Dann machen Sie einfach noch eine Pause. Ein schwer arbeitender Mann wie Sie kann immer eine Pause gebrauchen.«

Finch nickte. »Ich verstehe, Sir.«

Harold Finch wurde nicht nur von der CIA, sondern auch über ein Privatkonto von Brian Richards selbst bezahlt. Er wurde für das bezahlt, was er wußte, und für das, was er nicht wußte. Richards hatte keinen Grund, seinem Sekretär zu mißtrauen, aber dieses Treffen sollte er auf gar keinen Fall belauschen können, nicht einmal zufällig.

Finch stand auf und rief die Telefonvermittlung an, damit die in der Zwischenzeit eingehenden Anrufe entsprechend umgeleitet wurden. Dann verschwand er. Richards räusperte sich, zog sein Jackett zurecht und öffnete die Tür seines privaten Konferenzzimmers, das gleichzeitig als Bibliothek diente. Ed Myers saß am Tisch und las eine Zeitschrift.

Die Mitarbeiter der CIA, die mit ihm zu tun hatten, erzählten untereinander, daß Ed Myers im falschen Beruf tätig wäre – er hätte sich als Mitarbeiter von Walt Disney sicher gut gemacht. Mit seinem offenen Gesichtsausdruck sah er aus wie einer, der für Kalifornien und Hollywood so typisch schlaksigen, blonden und kreativen Burschen. Glatt und gewandt und so amerikanisch, als wäre er mit dem Mickey Mouse Club aufgewachsen. Er war groß und schlank und hatte kurzes Haar, das er sich mindestens alle zwei Wochen schneiden ließ, und wenn er jemandem die Hand gab, wie er es jetzt bei Brian Richards tat, dann überkam sein Gegenüber das Gefühl, die Welt sei ein wunderschöner Ort, wo man sich nicht anders als voller Begeisterung bewegen konnte.

Dennoch war Myers, wie Richards genau wußte, durchaus ein harter, fähiger Agent.

»Danke, daß Sie kommen konnten, Ed. Es tut mir leid, daß es so geheimniskrämerisch und schnell geschehen mußte, aber das ließ sich leider nicht vermeiden.«

»Schon gut. Ich war gerade im National Airport aus dem Flugzeug gestiegen und wollte sowieso hier herauskommen und persönlich dafür sorgen, daß mein Bericht in der richtigen Ablage landet.« Der Mann sah müde aus. Richards bemerkte, daß die Falten um seine Augen sich stärker abzeichneten als sonst.

»Wie ich hörte, waren Sie in Berlin.«

»Richtig.«

»Haben Sie wieder einmal heftig an der Verbesserung der Ost-West-Beziehungen gearbeitet?«

»Sie wissen doch, daß ich nicht darüber sprechen darf, Mr. Richards. Nicht einmal mit Ihnen.«

»Ja, natürlich. Sollen wir uns in mein Büro setzen? Ich denke, ich könnte dort noch etwas Kaffee für uns auftreiben.«

Myers nahm das Angebot dankbar an. »Sehe ich denn so schlimm aus? Aber tatsächlich, ich könnte etwas Koffein gebrauchen. Ich bin wirklich nicht mehr der jüngste.«

»Wer ist das schon Ed, wer ist das schon.«

Die beiden Männer, die eingeschweißten ID-Karten mit Foto und Nummer klemmten an den Jackettaufschlägen, gingen in Richards' Büro. Die Karten gehörten ebenso zu den Sicherheitsmaßnahmen in Langley wie der Stacheldrahtzaun, der das Gebäude umgab, und die bewaffneten Wächter und Polizeihunde, die am Zaun patrouillierten. Niemand konnte das Gelände ohne Identifizierung und entsprechende Freigabe betreten. Selbst die Putzkolonnen mußten ausgiebige Sicherheitsüberprüfungen über sich ergehen lassen. Der Bereich, in dem sich die beiden Männer befanden, war noch einmal zusätzlich abgeschirmt. Man mußte einen Kontrollposten passieren und sich bei Wachen hinter Sicherheitsglasschaltern ausweisen.

Es gab Leute, die behaupteten, das ›C‹ in ›CIA‹ stünde für ›chaotisch‹, aber ein besonders bissiger Spötter hatte einmal erklärt, daß Präsident Harry Truman, der die Behörde 1947 mit dem National Security Act ins Leben gerufen hatte, das Wort ›security‹ nicht richtig habe buchstabieren können, sonst wäre es anstelle von ›central‹ verwendet worden.

Richards deutete auf einen der Polstersessel vor seinem Schreibtisch, dann schloß er die Tür. Das Büro war jetzt schalldicht versiegelt, und er fühlte sich sofort etwas besser. Was hier gleich besprochen werden mußte, das sollte niemand in dieser Abteilung auch nur andeutungsweise mitbekommen.

»Wie geht's der Familie, Myers?«

»Hervorragend, Sir. Mein Sohn macht sich ganz prächtig, er entwickelt sich ausgezeichnet.«

»Gut, gut. Das freut mich zu hören.« Richards umrundete den Schreibtisch und ließ sich auf seinem riesigen und sehr bequemen Bürosessel aus Leder nieder. Von seinem Sitzplatz aus hatte er einen schönen Ausblick auf die Sammlung von Diplomen, Auszeichnungen und Beförderungsurkunden, die die Wände schmückten. Darunter standen einige Bücher, sein kleiner, verschließbarer Aktenschrank, die Bilder seiner Frau und seiner Familie und ein üppiges Sofa. Wenn er sich umdrehte, konnte er die in frühlinghaftes Grün gekleideten Wälder um Langley betrachten, doch im Augenblick waren die Vorhänge geschlossen. Das Büro wurde von geschmackvollen Lampen erhellt, es gab keine grellen Leuchtröhren. Richards haßte die Dinger.

»Einfach wundervoll, wenn man Familie hat, nicht wahr?« fuhr Richards fort. »Was wären wir ohne unsere Familien. Aber jetzt lassen Sie uns zur Sache kommen.« Richards zog ein kleines tragbares Aufnahmegerät hervor und stellte es auf den Schreibtisch. »Soweit ich weiß, sind Sie mit Dr. Everett Scarborough befreundet?«

»Das ist richtig. Er hat mir früher mal geholfen ... mir und meinem Sohn. Sogar sehr.« Das heitere Gesicht des Mannes verdüsterte sich. »Es geht doch hoffentlich nicht um Everett?«

»Ich fürchte doch.« Richards räusperte sich. »Ich glaube, Sie konnten in Berlin nicht verfolgen, was hier durch die Medien gegangen ist. Ich habe mir die Freiheit genommen, einige Zeitungsausschnitte für Sie vorzubereiten, die Sie sich ansehen können, Ed. Aber das Wichtigste kann ich für Sie auch mündlich zusammenfassen.«

Richards gab ihm die offizielle Version der Geschichte und schloß: »Anscheinend hatte er eine Art Nervenzusammenbruch, er ist emotional am Ende. Wir wissen es nicht genau – aber der Mordanschlag an der Universität von Maryland könnte es ausgelöst haben. Mit Sicherheit wissen wir nur, daß er Captain Eric MacKenzie und einen unserer Spitzenagenten getötet hat. Außerdem mischte er sich in höchst wichtige Projekte ein, die der nationlen Sicherheit dienen. Er läuft Amok und kämpft gegen die Regierung, von der er glaubt, daß sie sich gegen ihn verschworen habe. Er behauptet sogar, daß wir seine Tochter entführt hätten.« Richards zog einen Ordner aus dem Stapel, öffnete ihn und zeigte Myers den Inhalt. »Das hier sind die letzten Meldungen. Scarboroughs Lektorin bei Quigley – Cindy Clinton – wurde gestern abend getötet. Erschossen und in New York vor einen U-Bahn-Zug geworfen. Wir haben Grund zu der Annahme, daß Everett Scarborough daran beteiligt war.«

Myers hatte sich den Vortrag mit unbewegtem Gesicht angehört. Selbst seine sonst so ausdrucksvollen Augen verrieten nichts, abgesehen von seiner Müdigkeit und seiner Erschöpfung. Doch jetzt schüttelte er den Kopf. »Everett? Das ist wirklich schwer zu glauben. Everett *Scarborough*? Er kann manchmal etwas griesgrämig sein, aber ich habe ihn bisher immer für einen emotional ausgesprochen stabilen Menschen gehalten.«

»Wir auch. Wie Sie wahrscheinlich wissen, hat Scarborough in den sechziger Jahren als hochrangiger Berater für das Projekt Blue Book gearbeitet. Nachdem dieses Projekt 1969 beendet wurde, stand Scarborough auf Abruf zur Verfügung und durfte Einrichtungen der Air Force und der Regierung benutzen, um für seine Bücher und seine Vorträge zu recherchieren, mit denen er beinahe so etwas wie ein Star geworden ist. Sein Kontaktmann war Colonel Walter Dolan. Aus intensiven Gesprächen mit Dolan wissen wir, daß Scarborough vermutlich schon eine ganze Zeit auf diesen Zusammenbruch zusteuerte. Wir haben sogar einige alte Aktennotizen von Colonel Dolan gefunden, in denen seine diesbezüglichen Sorgen zum Ausdruck kommen. Es ist sehr bedauerlich, daß wir nicht früher auf diese Verfallserscheinungen eines einstmals brillanten Verstandes aufmerksam wurden – aber wir müssen uns ja leider um so viele dringende Dinge gleichzeitig kümmern. Nun geht es vor allem darum, die Situation wieder in den Griff zu bekommen. Es ist übrigens eine Situation, in der die nationale Sicherheit unmittelbar bedroht ist.« Richards räusperte sich. »Tatsächlich besteht die Möglichkeit, daß Scarborough mit der Spionageabteilung des KGB in Verbindung steht.«

Myers hob die Augenbrauen und starrte Richards einen Augenblick an, dann kicherte er leise. »Sir, und Sie erwarten wirklich, daß ich Ihnen das alles glaube?«

Richards runzelte die Stirn. »Das sind die Tatsachen, Myers.«

»Okay, vielleicht bin ich zu müde, um wirklich zu verstehen, was hier gespielt wird. Entschuldigen Sie, Sir. Aber Scarborough würde so etwas nicht tun. Dazu kenne ich ihn viel zu gut. Und was meinten Sie gerade mit der nationalen Sicherheit? Er ist ein UFO-Skeptiker, und das ist nicht gerade ein brandaktuelles Thema.« Myers seufzte schwer und rieb sich die Augen. »Außerdem sind wir doch noch nicht zu des Pudels Kern vorgedrungen, nicht wahr? Warum erzählen Sie mir das alles? Weil ich ihn kenne? Wollen Sie meine Meinung hören? Nun, meine Meinung ist, daß Dr. Everett Scarborough ein großartiger Mensch ist und daß es sich hier nur um ein schreckliches Mißverständnis handeln kann.«

Richards schob das Kassettengerät über den Schreibtisch zu Myers. »Deshalb habe ich Sie hinzugezogen, Ed.« Er drückte auf die »Play«-Taste.

Everett Scarboroughs Stimme, untypisch gespannt und schwankend, war zu hören. Er sprach Ed Myers an, der aufmerksam zuhörte. Es waren drei Aufnahmen, die letzten beiden nur kurze Anfragen und das Versprechen, er werde sich wieder melden.

Richards schaltete das Gerät ab.

Myers saß schweigend vor dem Schreibtisch und verdaute, was er gehört hatte. Dann hob er den Kopf und sah Richards an. »Ihr Dreckskerle«, flüsterte er.

»So ist das im Leben, Ed. Sie sind einer von uns. Sie wissen, daß solche Maßnahmen manchmal notwendig sind.«

»Das ist über meinen Privatanschluß gekommen. Ich stehe doch wohl hoch genug in der Hierarchie, um das Privileg zu genießen, daß mein Telefon nicht abgehört wird.«

»Es wird nicht abgehört. Wir haben nur Ihren Anrufbeantworter überprüft. Wir dachten, Scarborough könnte sich an Sie wenden und Sie um Hilfe bitten. Wie es aussieht, war diese Vermutung richtig, Ed. Und deshalb sind Sie jetzt hier. Sagen Sie, würden Sie einem steckbrieflich gesuchten Flüchtigen helfen?«

»Es wäre schön, mit ihm zu reden. Ich würde gern seine Version der Geschichte hören. Schließlich gibt es kein Gesetz, das mir das verbietet. Das ist ganz bestimmt kein Landesverrat.«

»Natürlich nicht. Es ist sogar genau das, was wir von Ihnen erwarten, Ed. Sie sollen mit Everett Scarborough reden. Sie sollen ihn überreden, sich zu stellen, damit die ganze traurige Geschichte endlich beendet werden kann.«

»Und wenn er sich nicht stellen will?«

»Nun, dann wird unser Ausweichplan greifen.«

»Sie meinen, ich soll einen Freund verraten?«

»Wenn wir unseren Diensteid auf diese Behörde und das Land leisten, Ed, dann übernehmen wir eine schwere Verantwortung, die uns manchmal zu Handlungen zwingt, für die wir uns verachten. Liebt der Müllmann den stinkenden Abfall, den er wegbringt? Ich glaube nicht, aber es ist sein Job. Dies hier ist Ihr Job, Ed, aber was noch mehr ist, es ist auch Ihre Pflicht.« Richards redete jetzt mit harter und eigenartig nasaler Stimme, mit der er immer sprach, wenn er seine Autorität und seine Befehlsgewalt zur Geltung bringen wollte. »Muß ich Sie denn wirklich an Ihren Eid erinnern, ganz zu schweigen von Ihrer Verantwortung als Bürger der Vereinigten Staaten von Amerika? Muß ich Sie an die großzügigen finanziellen Zuwendungen erinnern, in deren Genuß Sie im Rahmen Ihres Dienstes gekommen sind?« Richards seufzte tief, wandte den Blick ab und drückte mit fast abwesenden Bewegungen auf einen Knopf. Die Vorhänge, die das Panzerglasfenster bedeckt hatten, fuhren mit leisem Rascheln zur Seite, als hätte eine Frau ihr Kleid abgestreift. Draußen sah man jetzt die zarten Frühlingsfarben der Wälder von Virginia. »Ein schöner Ausblick, was?«

»Wundervoll.« Myers' Stimme klang monoton.

»Glauben Sie mir, ich mußte ein paar Leuten ein Messer in den Rücken jagen, um diese Position zu bekommen.«

»Gott allein weiß, was Sie alles getan haben, Richards.«

»Was soll das heißen?«

»Nichts.«

»Sie haben ... wie lange noch? Zwei oder drei Jahre, bis Sie auf einen netten Schreibtischposten versetzt werden. Dann müssen Sie nicht mehr in der Welt herumkurven. Aber es sieht so aus, als wären Sie angesichts dieser Idee nicht besonders begeistert. Schreibtischposten können auch Sackgassen sein, nicht wahr, Ed? Sie wissen das, und ich weiß es auch. Ich könnte Ihnen helfen, auch so einen Ausblick zu genießen.« Er deutete zum Fenster. »Und natürlich auch die Macht, die damit verbunden ist.«

»Jesus Christus, Richards. Verdammt noch mal, soll ich wirklich meine Seele verkaufen, mich versündigen und für Typen wie Sie arbeiten?«

»Ich sehe, daß Sie in der letzten Zeit gewissen Belastungen ausgesetzt waren, Ed. Das will ich berücksichtigen und die Beschimpfung überhören.«

Myers schlug sich die Hände vor das Gesicht, atmete tief durch und schnaufte leise. »Nein. Versuchen Sie es doch – geben Sie mir einen miesen kleinen Bürojob. Aber ich kenne auch andere hochrangige Mitarbeiter. Sie sind nicht der einzige, der hier was zu sagen hat. Und wenn Sie *mir* Schwierigkeiten machen, wird das ziemlich mies aussehen. Um einen früheren Mitarbeiter unserer Firma zu zitieren: Sie dürfen mir das von den Lippen ablesen. Ich werde keinen Finger rühren, um meinen Freund Everett Scarborough ans Messer zu liefern.«

»Oh, aber Sie müssen, Ed. Denn Sie sind hier bei der Firma der einzige, der dazu in der Lage ist.« Richards faltete die Hände, dachte nach und zog eine Schreibtischschublade auf. Er nahm drei Ordner heraus und legte sie auf den Tisch. Einer war blau, der zweite weiß und der dritte schwarz. »Edward Myers, Sie hatten mehr als einmal das Privileg, geheimes Material zu sehen zu bekommen. Das gehört zu Ihrem Beruf. Doch da Sie einen niedrigen Dienstgrad bekleiden, sind Ihnen nicht alle Berichte zugänglich, und Sie dürfen manches nicht erfahren. Ich glaube, es ist jetzt an der Zeit, Ihnen gewisse Fakten mitzuteilen, da Sie von so überragender Bedeutung für uns sind. In diesen Ordnern finden Sie die Gründe dafür, daß wir die Bedrohung, die den Namen Everett Scarborough trägt, so schnell wie möglich aus der Welt schaffen müssen.«

Fast grau vor Erschöpfung, aber dennoch neugierig geworden und zugleich beschämt über diesen Impuls, betrachtete Myers die Ordner.

»Hübsch«, sagte er.

»Projekt Blue Book, Projekt White Book.« Richards deutete auf den schwarzen Ordner. »Und Projekt Black Book.«

»Ich hätte es mir denken können. Es geht also um UFOs. Na und? Jeder weiß doch, daß die Regierung heimlich die Szene überwacht. Was soll das Getue, Richards?«

»Sehen Sie hinein. Ich habe die Informationen eigens für Sie aufbereitet.«

Myers nahm die Ordner. Er blätterte das Material im blauen Ordner durch, dann war der weiße Ordner an der Reihe. Einige Minuten las er schweigend und sah Richards schließlich an, als wäre dieser der Satan selbst.

»Hören Sie, Richards, das ist . . . das ist . . .« Er bekam die Worte nicht heraus.

»Sie haben es jetzt gesehen, niemand hat Sie dazu gezwungen. Wenn Sie mitspielen, werden Sie nicht nur all das bekommen, was ich Ihnen versprochen habe, sondern außerdem einen ordentlichen Bonus. Hunderttausend. Nein, sagen wir, zweihunderttausend Dollar.«

»Das kann nicht von oben abgesegnet sein, Richards. Das hier ist Landesverrat! Das ist ein Verrat an der Bill of Rights, an allem, was in diesem Land heilig ist. Es ist unanständig, verdammt.«

»All das geschieht nur deshalb.« Richards wedelte lokkend mit dem schwarzen Ordner. »Wäre nicht das Projekt Black Book, dann würden die anderen beiden nicht existieren. Hier, Sie können auch das lesen.«

»Warum?«

Richards warf den Ordner auf die anderen beiden. »Ed, wir kommen jetzt zum Kern der Angelegenheit. Es sieht aus, als wären wir in diesem Fall ein wenig in der Klemme. Ich habe keine andere Wahl.«

»Was heißt das, Sie haben keine andere Wahl?«

»Wie spät ist es, Ed?«

Myers sah auf die Uhr. »Es ist jetzt 14 Uhr 32, Eastern Daylight Savings Time.«

»Richtig. Ich will es möglichst einfach ausdrücken. wenn Sie sich nicht bis morgen um 14 Uhr 32 einverstanden erklären, uns dabei zu helfen, Everett Scarborough zu schnappen, dann werden Ihre Familienangehörigen bedauerliche, tragische Unfälle erleiden. Tödliche Unfälle. So. Was ist Ihnen jetzt lieber, Ed? Eine tote Familie und die Loyalität Ihrem Freund gegenüber, oder uns dabei helfen, einen Verbrecher zu fassen?«

Ed Myers erbleichte. »Das ist keine Aktion der Firma.«

»Nein.«

»Ich habe Gerüchte gehört.«

»Wahrscheinlich sind sie wahr, Ed.«

»Dann sind Sie . . .«

»Das ist richtig.«

»Gott steh mir bei.«

»Das wird er wohl nicht, Ed.« Richards ging zur privaten Bar am Sofa und mixte Ed Myers einen steifen Drink. Er wußte, daß Myers braunen Rum mit Cola mochte, und es dauerte nur wenige Sekunden, das Getränk zuzubereiten. Dann kehrte er zu dem Mann zurück, der mit aschfahlem Gesicht auf dem Stuhl saß, und drückte ihm das Glas in die Hand. Myers trank es mechanisch zur Hälfte aus. Seine Knöchel, die die Stuhllehne umklammerten, hoben sich weiß ab.

Es war typisch.

Richards hatte bereits drei oder vier ähnliche Situationen erlebt. Manchmal mußten die Publisher kurzfristig

Leute rekrutieren, und als leitender Editor hatte Brian Richards sich einige Male selbst darum gekümmert. Meist hatte er Kollegen von der CIA ausgewählt.

Sie hatten alle genauso reagiert wie Ed Myers.

»Vielleicht sollten Sie auch noch die Dokumente im schwarzen Ordner lesen, Ed. Dann werden Sie es besser verstehen.«

Ed starrte den schwarzen Ordner an. Mit leicht zitternder Hand öffnete er ihn und sah die Papiere durch.

Gemächlich schlenderte Brian Richards wieder zur Bar, holte die Flasche mit Jamaika-Rum und füllte das Glas seines neuen Rekruten großzügig nach.

15. Kapitel

Es ist ganz einfach, von New York City nach Baltimore zu fahren. Man nimmt einfach den Interstate 95 in südlicher Richtung. Das bedeutet, daß man einen großen Teil der Fahrt auf dem gefürchteten, stinkenden New Jersey Turnpike bleibt, um schließlich die majestätische Brücke über den Delaware River zu überqueren und weitere zwei Dollar für die Benutzung des JFK Expressway zu bezahlen. Die Reise dauert zwischen drei und vier Stunden, je nachdem, wie mutig man mit der Geschwindigkeitsbegrenzung umgeht.

Everett Scarborough zog es jedoch vor, einen Umweg zu fahren. Er übernachtete in einem Motel in Elizabeth, New Jersey, und holte seinen verpaßten Schlaf nach. Dann stand er spät am Morgen auf und fuhr über Nebenstraßen weiter. In Wilmington, Delaware, hielt er an, rief die Auskunft und ließ sich die Nummer von Mrs. Elaine Strazinski geben.

Bei Mrs. Strazinski mußte er ein wenig Überzeugungsarbeit leisten, bis sie ihm abkaufte, daß er ein waschechter UFO-Forscher war, der zufällig durch Baltimore kam. Ob er sie am Abend befragen dürfte?

Ja, hatte sie gesagt, das wäre ihr recht.

Scarborough kam um sieben Uhr abends in Baltimore

an. Er hatte sich mit Mrs. Strazinski um acht Uhr verabredet, und so blieb ihm noch genug Zeit, sich ein Hotel zu suchen und zu besorgen, was Mrs. Strazinski ihm aufgetragen hatte. Er fand das richtige Hotel in Dundalk in der Nähe der Maryland Port Administration. Heruntergekommen, nur Barzahlung. Ruhig und anonym. Dann suchte er einen Schnapsladen und kaufte einen Karton Bier, National Bohemian, und fuhr die restlichen Kilometer bis zu dem Teil Baltimores, der Highlandtown hieß.

Baltimore ist im Grunde eine Arbeiterstadt mit vielen Vierteln, in denen Arbeiter leben. Als Bürgermeister Schaefer das Hafenviertel modernisieren und den Harbor Place anlegen ließ, um Touristen anzulocken, trug dies wenig dazu bei, die Arbeiterviertel wie Highlandtown zu verändern. Highlandtown war berühmt für die polnische Einwohnerschaft und den sexuellen Unternehmungsgeist seiner jungen, unverheirateten Frauen.

Das Viertel bestand aus bescheidenen, windschiefen Reihenhäusern. Was Scarborough an Baltimore schon immer beeindruckt hatte, war der bemerkenswerte Mangel an Bäumen und die allgemeine, bedrückende Stimmung, die von Gegenden wie Highlandtown ausging. Die Gegend wirkte öde und verfallen, es gab kaum Grün, und es roch zwar nicht direkt nach Armut, aber von Wohlstand konnte andererseits mit Sicherheit nicht die Rede sein.

Scarborough fand in der Straße, in der Mrs. Strazinski lebte, ohne weiteres einen Parkplatz für seinen Wagen. 9427 Lombard war die Adresse. Aus einer Pizzeria an der Ecke wehte ein Geruch nach klebriger Tomatensoße, Käse und Gewürzen herüber. Scarborough hatte Hunger und hätte gern ein Stück Pizza gegessen, aber er verzichtete darauf, weil Mr. Strazinski ihm ein Sandwich versprochen hatte. Bei solchen Gesprächen war es gut, fand er, das angebotene Essen anzunehmen. Irgendwie wurde der Gast wohl durch das Ritual des gemeinsamen Essens vorübergehend in die Familie aufgenommen. Ganz sicher war Scarborough nicht, aber er wollte alles tun, damit das Interview in einer angenehmen, entspannten Atmosphäre stattfinden konnte. Er fand das Haus ohne Probleme, stieg die quietschende Holztreppe hinauf und drückte auf den Klingelknopf, aber es war kein Geräusch zu hören. Schließlich klopfte er, den Karton mit den kalten Flaschen unter den Arm geklemmt.

Ein kleiner Junge öffnete ihm.

»Hallo?«

»Hallo. Ich möchte Mrs. Elaine Strazinksi sprechen. Mein Name ist Ted Anderson.«

»Ich bin Billy.«

»Hallo, Billy.«

»Haben Sie mir auch was mitgebracht?« fragte der Junge, der den Karton mit dem Bier beäugte. Er mußte acht oder neun Jahre alt sein.

»Nein – doch, warte. Wie wär's mit einem Vierteldollar?«

»Au, weia! Dafür kann man sich doch überhaupt nichts kaufen.«

Scarborough lächelte. »Das stimmt. Das liegt an der Inflation. Wie wäre es dann mit einem ganzen Dollar?«

Der Junge strahlte. »Klasse.« Er drehte sich um und rief ins Haus: »Mooom! Hier ist jemand, der dich sprechen will.«

»Einen Augenblick!« rief eine Frauenstimme zurück. »Sag ihm, er soll hereinkommen.«

»Kommen Sie rein, Mister.« Der Junge öffnete die Tür und ließ Scarborough eintreten.

Das Haus roch nach Kohl, Katzen, schmutziger Wäsche und Duftkerzen. Billy nahm die Dollarnote, die Scarborough aus der Hosentasche zog, und führte ihn ins Wohnzimmer. Ein übergewichtiger Mann lümmelte in einem Fernsehsessel und sah sich ein Baseballspiel an. Der Mann schien halb im Koma zu liegen. In den Händen hielt er eine Dose National Bohemian, die in einem Kühlbecher aus Styropor steckte. Der Bierkühler stammte, wie die Aufschrift verriet, aus Ocean City. Im Schoß des Mannes lag eine zerknüllte Tüte Kartoffelchips. Er trug ein ärmelloses T-Shirt und war barfuß.

»Hallo«, sagte Scarborough. »Sie müssen Mr. Strazinski sein.«

Der Mann grunzte, ohne den Blick vom Fernseher zu wenden. »Die O.s spielen«, erklärte er; rülpsend setzte er die Bierdose an und trank.

»Ach ja, richtig, die Orioles. Hoffentlich schneiden sie dieses Jahr in der Liga besser ab als im letzten.«

Der Mann sah Scarborough kurz an, dann richtete er seine Aufmerksamkeit wieder auf den Fernseher. Er kratzte sich im Schritt und schien Scarborough nach ein paar Sekunden schon wieder vergessen zu haben.

»Möchten Sie ein Bier?« fragte Scarborough. »Ihre Frau hat mich gebeten, einen Karton mitzubringen. Ich heiße übrigens Ted Anderson und würde gern mit ihr sprechen.«

Oben kreischte ein kleines Kind, darauf folgten einige mütterliche Flüche. Mr. Strazinski schien sich nicht dafür zu interessieren. Er schüttelte leicht die Dose, und da es nicht mehr gluckerte, stellte er sie ab und nahm eine Flasche von Scarborough entgegen.

»Danke.« Er nickte in Richtung eines Stuhls. Scarborough setzte sich, nahm den Karton auf die Knie, öffnete sich auch selbst eine Flasche und sah dem Spiel zu. Das Bier war zwar kalt, hatte aber kein Aroma und dafür einen häßlichen Nachgeschmack. Doch er war durstig, und er hatte nichts anderes.

Dass Haus sah aus, als wären die Strazinskis verzweifelt bemüht, es in Ordnung zu halten, fielen jedoch Tag für Tag einer Art rasend schnellen Verfalls zum Opfer, die durch zuwenig Geld und zu viele Kinder in Gang gehalten wurde. Über dem Sofa hingen zwei große Bilder von traurigen Kindern mit großen Augen, die Blumensträuße hielten. Auf einem Regal stand neben einem Plattenspieler eine kleine Statue, die Elvis Presley in seiner Zeit in Las Vegas darstellte. Sie trug die Aufschrift *The King Lives!* Scarborough bemerkte, daß der wacklige Stuhl, auf dem er saß, mit weißen Katzenhaaren übersät war. Er trank noch ein paar Schluck Bier und hoffte inständig, seine Allergie würde sich noch etwas Zeit lassen.

Seine Flasche war fast leergetrunken, als eine Frau das Wohnzimmer betrat. »Mr. Anderson, hallo! Ich bin Elaine

Strazinski. Es freut mich, Sie kennenzulernen.« Sie schüttelte Scarborough die Hand.

Elaine Strazinski trug ein gelbes und rotes Kleid mit breiten Ärmelaufschlägen. Sie sah aus, als wäre sie kürzlich beim Friseur gewesen, und hatte reichlich Schminke aufgelegt. Weder das Kleid noch das Make-up konnten die Tatsache verbergen, daß sie eine dicke Frau von Mitte Dreißig war, früher vielleicht einmal hübsch, jetzt aber genauso verbraucht wie jede Frau der unteren Mittelschicht mit drei oder mehr Kindern.

»Danke, daß ich Sie so kurzfristig sprechen kann, Mrs. Strazinski. Ich hoffe, ich komme Ihnen nicht ungelegen.«

»Nein, wirklich nicht, natürlich nicht. Ich habe mich schon gefragt, wann einer von euch Forschern mal Wind davon bekommen und sich hierher nach Baltimore aufmachen würde.« Sie sprach den Namen der Stadt im örtlichen Dialekt wie ›Bulmer‹ aus. »Ach, Sie haben ja den Karton Bier mitgebracht, und Sie haben sich schon eins genommen. Das ist gut. Und Sie haben Flaschen gekauft. Auch gut, Earl kennt sich nämlich mit Bier aus. Aus Flaschen schmeckt es besser als aus Dosen.«

Earl grunzte nur.

»Achten Sie nicht auf Earl. Er hat einen schweren Arbeitstag in der Auspuffwerkstatt hinter sich. Mensch, wenn ich den lieben langen Tag unter Autos herumkriechen müßte, dann wäre mit mir am Abend auch nichts mehr los. Bringen Sie es doch einfach in die Küche, und stellen Sie's in den Kühlschrank, und dann können wir uns hinsetzen und reden.«

Scarborough trug den Karton mit den Bierflaschen in den hinteren Teil des schmalen, langgestreckten Hauses. Er mußte einem Skateboard und einem Nest Murmeln ausweichen, und unterwegs rieb sich die Katze an seinem Bein.

Als er endlich die Küche erreichte, hatte Elaine Strazinski schon die Tür des hochmodernen Kühlschranks geöffnet. »Stellen Sie's hier rein, Mr. Anderson. Ins unterste Fach. Nehmen Sie bitte eins für mich heraus, und nehmen Sie sich auch selbst noch eins. Dann mache ich Ihnen gleich ein paar Krabbensandwiches. Ich dachte, wenn Sie schon nach Bulmer kommen, dann will ich Ihnen auch unsere Spezialität auftischen.«

»Vielen Dank, Mrs. Strazinski.«

»Elaine. Nennen Sie mich einfach Elaine. Und ich werde Sie Ted nennen.«

Scarborough nahm sich noch ein Bier und setzte sich an den Küchentisch mit der blitzblank geputzten Tischplatte. Er verstand, warum Elaine Strazinski ihn in die Küche gebeten hatte. Es war der angenehmste Raum des ganzen Hauses: neue Schränke, helle Linoleumböden, die makellos rein gehalten wurden. Die Küche war groß und modern eingerichtet, von der Geschirrspülmaschine bis zur Mikrowelle war alles da, was das Herz begehrte. Das Fenster blickte zu einem schmalen, langgestreckten Hinterhof hinaus, wo Kinderspielzeuge und Fahrräder abgestellt waren. In einer Ecke lehnte ein windschiefer Grill, und der ganze Hinterhof war von feinem Staub überzogen.

»Das hier ist der Raum, in dem ich den größten Teil des Tages verbringe. Deshalb habe ich auch hier das Geld von dem Buch hineingesteckt, in dem ich erwähnt wurde«, erklärte sie.

»Ah, das ist das Buch *Hijacked by the Stars*, nicht wahr?«

»Ja.« Elaine Strazinski holte einen Teller mit kaltem Krabbenauflauf, einen Topf Senf von Gulden's und einen Laib Wonder Bread aus dem Kühlschrank. »Dieser Mr. Abe Dickens hat mir einen kleinen Anteil von den Tantiemen gegeben, weil ich bereit war, so lange mit ihm zu reden. Meine Geschichte macht ja die Hälfte des ganzen Buches aus.«

Abraham Dickens war der wichtigste Konkurrent von Budd Hopkins, soweit es um das Thema der Entführungen durch UFOs ging. Das einzige, was seine Bücher interessant machte, war Dickens' außergewöhnliche Gabe, auch dann völlig aufrichtig zu klingen, wenn er geradezu inbrünstig die entsetzlichsten, haarsträubendsten Situationen schilderte, um einen eher spirituellen als realistischen und dennoch mindestens genauso erschreckenden Einblick in das Phänomen zu geben. In einem seiner eigenen Bücher hatte Scarborough ihn als »George Adamski der paranoiden achtziger und neunziger Jahre«, bezeichnet. Whitley Strieber hatte angedeutet, wenn die archetypische Erfahrung der Entführung durch Außerirdische nicht im üblichen Sinne real sei, dann könne dies der Beginn einer neuen Religion sein. Traf das zu, dann war Abraham Dickens eine Art Johannes der Täufer des neuen Glaubens.

»Nun bin ich aber wirklich neugierig, Elaine – will Mr. Dickens Ihre neuen Erlebnisse denn nicht auch verwerten?«

»Oh, er wird sie schon noch verwerten. Glauben Sie, ich bin dumm? Wer weiß, vielleicht in seinem nächsten Buch. Aber im Augenblick ist Abe in Australien und arbeitet an einem Buch mit dem Titel *Dreamtime Abductions*. Das ist wirklich sehr meter ... meter ...«

»Metaphysisch«, half er ihr aus.

»Genau, so heißt das. Er ist ein netter, ehrlicher Kerl, und wir haben ja keinen Exklusivvertrag oder so.«

»Wissen Sie, ich kann höchstens ein paar hundert Dollar zahlen ...«

»Keine Sorge, Mister. Ich denke mir, wenn ich Geld dafür nehme, dann glauben die Leute am Ende noch, ich hätte mir das alles nur ausgedacht. Und ich schwöre bei Gott, es ist die reine Wahrheit! Zuerst hat Abe mir für die Geschichte auch gar nichts angeboten. Nein, Mister. Ich habe einfach nur meine Story erzählt. Eigentlich halte ich das für eine öffentliche Dienstleistung. Wissen Sie, ich war sogar in Talkshows bei Oprah und Donahue und Geraldo und sogar in Sallys kleiner Show, und wenn ich kann, will ich das noch öfter machen. Die Leute müssen doch über das informiert werden, was da passiert.«

»Ja, sicher.« Scarborough mußte sich auf die Zunge beißen, um sich die üblichen ungläubigen, sarkastischen und witzig-verächtlichen Bemerkungen zu verkneifen, die ihm sofort einfielen. Seine Meinung zum Phänomen der Entführungen durch Außerirdische hatte sich grundlegend geändert, und inzwischen war er wenigstens so weit, daß er zuhören konnte.

»Sie sind jedenfalls der erste, der wegen der Geschichte, um die es jetzt geht, ein eingehendes Interview mit mir führen will.«

Elaine Strazinski machte ihm ein Krabbensandwich mit Salat, Tomaten und Senf. Sie schnitt es in der Mitte durch, legte es auf ihren besten Teller und stellte den Teller vor ihm ab, als brächte sie die Speise andächtig als Opfer dar. Das Sandwich war köstlich, und Scarborough lobte sie entsprechend.

Sie strahlte. »Danke. Übrigens, da fällt mir gerade ein – Sie kommen mir irgendwie bekannt vor. Habe ich Sie nicht irgendwo schon einmal gesehen?«

Scarborough zuckte zusammen. Mein Gott, dachte er. Er hoffte nur, sie hätte keines seiner Bücher gelesen. Vor allem die gebundenen Bücher, in denen sein Foto abgedruckt war.

»Dieser Kerl in den Filmen über die Haie – ja, der *Weiße Hai . . .*«

»Meinen Sie etwa Roy Scheider?«

»Yeah. Sie sehen ihm ein bißchen ähnlich, wirken aber etwas kantiger.«

Scarborough hob erleichtert die Schultern. »Das hat mir schon einmal jemand gesagt. Nein, ich bin freier Autor und schreibe Artikel für verschiedene Zeitschriften und Zeitungen. Wissen sie, ich bin gern unterwegs, das ist ein sehr ungebundenes Leben.«

»Oh, das ist schön für Sie. Ich wollte immer schon gern reisen, seit ich ein kleines Mädchen war.« Die Frau seufzte und starrte sehnsüchtig ins Leere. »Natürlich kann man das nicht machen, wenn man einen Mann und vier Kinder hat. Die kleinen Lieblinge sind jetzt im Bett, außer Billy. Den haben Sie ja schon gesehen. Es hat mich einiges gekostet, sie so früh ins Bett zu stecken, aber ich hab's geschafft.«

Scarborough zog einen Zeitungsausschnitt aus der Tasche und glättete ihn auf dem Tisch. Dann setzte er sich seine Lesebrille auf und schlug ein jungfräuliches Notizbuch auf. Er bewegte sich dabei langsam und gemessen und war bemüht, sehr professionell zu wirken.

»Also, Elaine. Sie haben Ihre früheren Erlebnisse ja schon in dem Buch von Dickens erzählt und im Fernsehen auch. Lassen Sie mich sehen, ob ich die wichtigsten Fakten richtig im Kopf habe. Ein Campingurlaub in Pennsylvania. Entführung aus Ihrem Zelt. Begegnung mit Außerirdischen. Untersuchungen, Experimente. Später kamen die Außerirdischen auch hierher in Ihr Haus. Mehrere Jahre nach Ihrer ersten Entführung zeigten sie Ihnen ein Kind, das halb menschlich und halb außerirdisch war. Es sei Ihr Kind, meinten Sie. Das ist den Erfahrungen anderer Frauen recht ähnlich; besonders den Fällen, die in *Intruders* von Budd Hopkins beschrieben werden. Der Unterschied ist jedoch der, daß Sie in der fliegenden Untertasse Jesus Christus, Buddha und Mohammed begegnet sind, die Ihnen versichert und Ihnen versprochen haben, daß Ihr verlorenes Kind das Mitglied einer neuen Rasse von Sternenwesen werden solle.« Scarborough trug die Informationen mit monotoner Stimme vor, ohne sich anmerken zu lassen, was er wirklich darüber dachte.

Elaine Strazinski zupfte eine Handvoll Tücher aus einer Kleenex-Schachtel mit Gänseblümchenmuster und tupfte sich dramatisch die Augen trocken. »Ja, ja. Gott, es tut immer noch so weh, daß ich mein Baby verloren habe. Ich habe vier – und eines in den Sternen. Ich liebe sie alle. Manchmal wache ich mitten in der Nacht auf, weil ich solche Sehnsucht nach Zeta habe – das ist sein Name. Zeta. So ein goldiger kleiner Junge. Er hat richtig geleuchtet, Ted, als hätte er einen Heiligenschein um den ganzen Körper. Was die da mit uns machen, Ted, das ist nicht richtig. Ich glaube, sie verstehen uns einfach nicht, diese Außerirdischen.«

»Bestimmt, so wird es sein.«

»Aber trotzdem hat mir mein Herr Jesus gesagt, daß es in Ordnung ist. Ich weiß nicht, was diese anderen Heiden da in der Untertasse zu suchen hatten, aber vielleicht wollte mir der Herrgott damit einfach nur sagen, Elaine, du mußt ökonomischer sein.«

»Meinen Sie vielleicht ökumenischer?«

»Ja, so was in der Art . . .«

»Haben Ihr Mann und Ihre Kinder die Außerirdischen gesehen?«

»Billy hat sie gesehen. Aber die anderen – die wissen nur, daß etwas Komisches passiert ist. Earl versucht, es zu ignorieren. Es ist zuviel für ihn. Er nennt das mein kleines Hobby, und er redet nicht gern darüber. Deshalb brauche ich auch andere Leute, mit denen ich mich unterhalten kann. Ich muß es mir von der Seele reden, wenn Sie verstehen, was ich meine.«

»Ja, natürlich. Aber jetzt ist vor ein paar Tagen eine Kurzmeldung erschienen. Es hieß da nur, Sie seien noch einaml entführt worden. Aber dieses Mal hätten Sie einen Menschen an Bord des UFOs gesehen. Eine sehr schöne Frau, sagten Sie. Eine sterbliche Frau. Ganz bestimmt nicht die Jungfrau Maria.« Scarborough mußte sich große Mühe geben, nicht ironisch zu werden. »Das ist, soviel ich weiß, der erste Fall überhaupt, wo ein Entführungsopfer an Bord eines Raumschiffs einem anderen Menschen begegnet ist. Soweit ich mich erinnere, ähneln Ihre Beschreibungen der Außerirdischen denen, die andere Beobachter gegeben haben – kleine Geschöpfe, dreieckige Gesichter, mandelförmige Augen, die glänzen –, aber was Sie hier erwähnen, klingt recht ungewöhnlich. Würden Sie mir das noch etwas detaillierter erläutern? Ich glaube, darüber könnte man vielleicht einen längeren Artikel schreiben.«

Er hatte eindeutig die richtigen Worte gewählt. Diese Art von Aufmerksamkeit war genau das, was Elaine Strazinski wollte. Ihre Körperhaltung änderte sich schlagartig. Sie sah aus, als säße sie vor einem Publikum oder in Oprah Winfreys Talkshow vor der Kamera. Ihre Gesten wurden ausladender, die Augen größer, die Atmung schneller.

Scarborough fühlte sich auf einmal sehr mutlos. Bisher hatte Elaine Strazinski sich als exakt die ›typische UFO-Tante‹ erwiesen, die er in *Above Us Only Sky* beschrieben hatte – in einem heftig umstrittenen Kapitel, dessen Veröffentlichung er inzwischen ein wenig bedauerte. (»Willst du nicht wenigstens die sexistischen Bemerkungen etwas abmildern, Dad?« hatte Diane gesagt.) Er spielte mit dem Gedanken, dieses Kapitel in der Taschenbuchausgabe ganz zu streichen. Es ging dort um vernachlässigte Hausfrauen der Mittelschicht, die auf sexuelle, spirituelle und gewiß auch psychologische Abenteuer erpicht waren und durch eine Art Selbsthypnose ihre Träume in allerhand Sinnestäuschungen und Fantasien umwandelten. Aufmerksamkeit war das, was sie wirklich brauchten – Aufmerksamkeit und Aufregung, die sie in ihrem öden, sorgenvollen Leben nicht im gewünschten Maße bekommen konnten.

Man mußte einer jener pummeligen, verzweifelten Frauen, die Budd Hopkins zu seinen Auftritten mitschleppte, wenn er für sein Buch *Intruders* warb, nur zehn Minuten zuhören, um zu erkennen, daß sie nicht ganz richtig im Kopf waren. In vielen Fällen konnte man sogar registrieren, daß die psychischen Schwierigkeiten dieser Frauen lange vor ihren angeblichen Begegnungen mit den Untertassenpiloten begonnen hatten.

Dennoch hörte Scarborough zu und bemühte sich, seine Vorurteile so weit wie möglich zurückzustellen.

»Wissen Sie, seit das Buch erschienen ist, haben sie mich einfach nicht mehr besucht. Ich meine, wir sind sogar noch einmal zum Campen gefahren, weil ich sehen wollte, ob sie mich wieder holen würden. Und die Kerle sind einfach nicht gekommen. Ich dachte, daß sie vielleicht sauer wären, weil ich die Geschichte veröffentlicht hatte und weil viele Leute jetzt Bescheid wußten, auch wenn sie mir gesagt hatten, daß ich das ruhig tun dürfte. Und als ich Jesus gesehen habe, da sagte er mir, ich müßte das Evangelium predigen. Das Evangelium bedeutet soviel wie ›die gute Botschaft‹, und ich war der Meinung, ich sollte alles weitererzählen, was ich über die Leute in den Untertassen wußte, also habe ich das auch getan. Und deshalb bin ich jetzt auch aus allen Wolken gefallen, als es doch noch einmal passiert ist.«

»Waren Sie auch wieder zelten, als es diesesmal geschah?«

»Nein, dazu sind die Nächte in den Poconobergen noch etwas zu kalt. Nein, ich war einfach hier unten auf der Couch eingeschlafen. Und auf einmal waren sie da. Die

Leute aus der fliegenden Untertasse. Sie haben mich hinausgeschleppt, und dann bin ich ohnmächtig geworden, als hätte man eine Lampe ausgeknipst. Ich wache wieder auf – und bin in der fliegenden Untertasse. Also, ich jedenfalls bin der Meinung, daß es eine fliegende Untertasse war, weil ich das ja mit der Begegnung damals in den Poconos vergleichen kann.«

»Ja, ich erinnere mich.« Das entsprach zwar nicht der Wahrheit, aber Scarborough konnte sich ungefähr vorstellen, was sie meinte. UFOs bzw. fliegende Untertassen kamen in vielen Größen und Formen vor, aber normalerweise huschten sie alle mehr oder weniger schnell und abrupt herum und beeindruckten mit bunten Lichterketten.

»Okay, also dachte ich – he, da sind sie ja endlich! Vielleicht kann ich jetzt auch meinen Sohn wiedersehen. Das wäre nicht schlecht. Ich will damit natürlich nicht sagen, daß es das reine Zuckerschlecken war, als diese Außerirdischen mich abgeschleppt haben. Das ist verdammt beängstigend. Aber ich hatte sie irgendwie doch schon ein bißchen vermißt. Dieser rülpsende Kartoffelchipfresser da drüben ist nicht sehr aufregend ... aber dieses Mal war es anders, das habe ich gleich am Anfang gemerkt.«

»Warum war es anders, Elaine?«

»Weil die fliegende Untertasse innen ganz anders ausgesehen hat. Und es hat sich anders angefühlt. Nein, ich habe mich selbst anders gefühlt. So, als wäre ich auf ein neues Medikament gesetzt worden oder so.«

»Drogen? Sie glauben, man hat Sie unter Drogen gesetzt?«

»Ja, sicher doch. Oder, wie Abe das ausdrückt, ein Äquivalent von Drogen. Die fummeln doch bestimmt mit Neurochemikalien herum, sagt Abe immer. Vielleicht war's auch so was wie eine elektromagnetische Spektralkanone oder so. Jedenfalls ist es etwas ganz Komisches, das einen total ausknipst. Wie kommt das nur, frage ich mich, daß Earl und die Kinder ohnmächtig sind, während die kleinen Wesen mich aus dem Zelt schweben lassen oder aus meinem eigenen Haus?«

»Ja, wirklich seltsam. Ich würde das jetzt gern mit allen Details hören.«

»Okay, also, die haben die üblichen Untersuchungen vorgenommen. Das macht keinen Spaß, und ich habe mich auch beschwert, aber was will man machen?«

»Eine Untersuchung – könnten Sie das etwas genauer beschreiben?«

»Das ist mir jetzt aber ein bißchen peinlich. Ich kann Ihnen ja ein Exemplar von Abes Buch geben ...«

»Oh, Sie meinen Amniozentese, Blutproben, gynäkologische Untersuchungen und so weiter.«

»Lauter so Sachen, ja, aber das kam mir eher vor wie eine Formalität. Deshalb habe ich sie gefragt, ob sie mich wieder schwängern wollten, und sie meinten, nein, das wollten sie nicht. Und ich sage, das ist gut. Aber was habt ihr jetzt mit mir vor? Habt ihr mich nicht schon genug gepiesackt? Also, ich dachte, wenn ich nicht richtig Zoff mache, dann denken die am Ende noch, ich wäre tot oder so was. Und dann ist es passiert.«

»Dann ist die menschliche Frau hereingekommen?«

»Nein. Ich war da gerade mitten im außerirdischen Untersuchungsraum. Sie wissen schon, mit diesen Lichtern und den Geräten oben und so weiter. Wirklich komische Sachen wie in dem Film *Alien*.«

»Der Autor des Drehbuchs hat aber ...«

»Wie auch immer. Also, auf einmal wird mir ganz schwummerig, und mir wird schwarz vor Augen. Es war, als hätte ich unten in Hardigans Bar ein paar Schnäpse über den Durst getrunken. Ich sacke also zusammen, und alles dreht sich um mich wie verrückt. Und die Außerirdischen – also, die sind regelrecht ausgeflippt. Und dann ging alles immer an und aus ...«

»Wie bei einem Stroboskop?«

»Yeah, wie die Lichteffekte beim Konzert dieser Rockgruppe, das ich mal im Hammerjack's gesehen habe. Und die Außerirdischen, die sind abgehauen und haben mich auf dem Boden liegen lassen. Dann ist das Licht wieder angegangen, und vor mir stand eine Frau.«

»Eine menschliche Frau?«

»Ja.«

»Elaine, das ist jetzt sehr wichtig. Könnten Sie mir die Frau beschreiben? Das ist im Artikel nicht erwähnt worden.«

»Sicher. Nur, daß mein Gedächtnis ein paar Lücken hat. Sie war wirklich schön, aber sie hat kein Make-up getragen.«

»War sie jung?«

»Nein, aber sie war auch nicht alt. Vielleicht Anfang bis Mitte Dreißig.«

Scarborough war enttäuscht. Nein, Diane war das bestimmt nicht. Aber er hatte ja von Anfang an gewußt, daß die Wahrscheinlichkeit dafür äußerst gering war. Es war ein Schuß ins Blaue gewesen. Trotzdem wollte er sich anhören, was die Frau zu berichten hatte. Vielleicht war es wichtig.

»Ich verstehe. Versuchen Sie bitte, sich genau zu erinnern, wie sie ausgesehen hat und was sie getan hat.«

»Was sie gemacht hat? Die war wirklich ziemlich sauer. Sie hat irgend etwas gerufen. Und ich weiß noch, daß glitzernde Instrumente von der Decke heruntergekommen sind. Ich habe einen Stich im Arm gespürt, aber das war an einer anderen Stelle als sonst. Hier, ich kann es Ihnen zeigen.«

Sie rollte den Ärmel hoch und zeigte Scarborough eine dreieckige Narbe, die den Malen anderer Entführungsopfer sehr ähnlich war. Es sah aus wie der Abdruck einer Stechform für Gebäck.

»O ja. Aber was ist mit der Frau? Wie hat sie ausgesehen?«

»Kennen Sie ›Cheers‹? Sie sah aus wie die Frau an der Bar.«

»Tatsächlich?«

»Wie die Frau, die den Seelenklempner geheiratet hat. Die sich immer so benimmt, als hätte man ihr einen Besen in den Arsch gesteckt.«

»Lilith. Lilith Sternan. Sie hat Frazier Cane geheiratet.«

»Yeah, dann sind Sie anscheinend auch ein Fan der Serie, was? Also, diese Frau hat genauso ausgesehen, nur daß sie langes blondes Haar hatte, das hinter dem Kopf zusammengebunden war. Dadurch hat sie ziemlich streng gewirkt. Und sie hatte eine Brille. Ja, sie trug eine Brille. Und sie hat etwas über die ›Mischung‹ gesagt. Mit der Mischung stimmte etwas nicht, sagte sie, und wenn sie nicht schnell irgendeinen Wirkstoff bekämen, dann hätten sie es bald mit einer Leiche zu tun.«

»Und Sie erinnern sich genau daran . . .?«

»Irgendwie schon. Dann war ich ein bißchen weg, und dann sind die Aliens zurückgekommen. Sie sagten mir, die Frau, die ich gesehen hätte, sei eine der Erdfrauen, mit denen sie experimentierten. Außerdem würde ich mich sowieso nicht daran erinnern können. Ich sollte mich nur daran erinnern, daß das alles keine Fantasie wäre, daß es wirklich geschehen würde – und, Sie wissen schon, ich sollte das Evangelium predigen. Aber der Herr Jesus war nicht da. Nein, und auch von diesen Heiden-Erlösern war keiner zu sehen.«

»Und dann sind Sie wieder aufgewacht . . .«

»Ich lag auf einmal wieder auf der Couch und hatte dieses verdammte Loch im Arm. Ich habe gezittert und geheult. Und wissen Sie, als ich mich wieder beruhigt hatte, ging ich zu Earl hinauf, aber der hat geschlafen wie ein Toter. Die Kinder auch. Ich kann Ihnen sagen, was die mit einem machen, das ist wirklich verrückt.« Sie runzelte die Stirn und schüttelte traurig den Kopf.

»Ich verstehe. Und ich glaube, das könnte sehr wichtig sein.«

»Wirklich?« Sie war sichtlich erfreut.

»Ja, ich bin davon überzeugt, Elaine. Hatten Sie vielleicht das Gefühl, daß diese Frau in irgendeiner Weise die Befehlsgewalt hatte?«

»Ja, und ob. Das habe ich auch den Zeitungen gesagt, die angerufen haben. Ich glaube, daß an diesen Dingen irgendwie auch Menschen beteiligt sind, kann mir das aber nicht zusammenreimen . . . vielleicht gibt es so etwas wie Überläufer. Das glaubt jedenfalls Abe. Ich meine, daß es hier Leute gibt, die den Aliens helfen, andere Leute zu entführen. Andererseits, da wäre ja noch eine Möglichkeit . . .«

»Welche denn, Elaine?«

Elaine Strazinski riß die Augen auf und sah ihn wild an. »Vielleicht haben das auch die Außerirdischen selbst gemacht. Künstliche Menschen hergestellt, meine ich. Dinger, die so aussehen wie Sie und ich und die sich unter uns bewegen, nur daß sie keine Menschen sind. Weil sie in Wirklichkeit zu *ihnen* gehören.«

»Ich verstehe. Also, das muß ich unbedingt in den Artikel aufnehmen. Vielen Dank, daß Sie sich Zeit für mich genommen haben, Elaine. Jetzt will ich Sie aber wirklich nicht länger aufhalten.«

Elaine blinzelte. »Aber nicht doch! Nein, Sie dürfen noch nicht gehen. Sie haben doch Ihr Sandwich noch gar nicht aufgegessen. Bleiben Sie einfach da sitzen und trinken Sie noch ein Bier. Sie sehen nicht besonders gut aus, Ted. Ich glaube, Sie brauchen was zu essen und noch ein Bier.« Abrupt stand sie auf, schwebte durch die Küche, aktivierte ihre weiblichen Reize und ging zum Kühlschrank, holte ihm ein Bier, öffnete es und schenkte ihm beinahe andächtig ein.

Scarborough überlegte einen Augenblick.

Er hatte zwar nicht bekommen, weswegen er hergekommen war, aber er hatte eine äußerst interessante Aussage gehört. Angenommen natürlich, es war nicht von vorn bis hinten Teil einer Fantasie, Teil eines Täuschungskomplexes, wie er es in seinem Buch genannt hatte. Angenommen, Elaine Strazinski war wirklich entführt worden . . .

Wenn das zutraf, dann waren die Entführer mit hoher Wahrscheinlichkeit keine Außerirdischen gewesen.

Damit kam er zum entscheidenden Punkt, was die Entführungen durch Außerirdische anging. Scarborough wäre beinahe selbst in die Falle getappt. Das entscheidende Wort, das die Aufmerksamkeit auf sich zog, war ›Außerirdische‹. Entführungen ereigneten sich jeden Tag, das FBI unterhielt sogar eine eigene Abteilung, die sich mit Entführungen beschäftigte. Aber sobald Außerirdische ins Spiel kamen, zerfielen die Zuschauer in eine Fraktion von Gläubigen und eine Fraktion von Ungläubigen. Die Gläubigen nahmen die Geschichte für bare Münze, was zum großen Teil darauf beruhte, daß sie ohnehin offen für die Idee waren, daß es außerirdische Intelligenzen gab. Die Skeptiker wie Scarborough hatten die Berichte in Bausch und Bogen verworfen, weil sie unlogisch waren und weil der Gedanke, daß außerirdische Intelligenzen die Erde besuchten, so unglaubwürdig schien.

Aber wenn diese Entführungen – oder wenigstens einige davon – real, aber nicht notwendigerweise von Außerirdischen durchgeführt worden waren? Was, wenn sie nur als Entführungen durch Außerirdische interpretiert wurden – *oder wenn man sie so abwickelte, daß dieser Eindruck entstehen mußte?*

Vor einem Monat hätte Everett Scarborough solche Ideen als grotesk abgetan.

Inzwischen war er seiner Sache nicht mehr so sicher.

Er hatte in den letzten zwei Wochen die Hölle auf Erden durchlebt und festgestellt, daß die Realität schlimmer sein konnte als jede Wahnvorstellung.

Schon früher hatte er mehrmals mit Entführungsopfern gesprochen, und viele dachten und fühlten ähnlich wie Elaine Strazinski. Viele waren genauso gesprächig – und sie erzählten anderen Menschen von ihren Erlebnissen. Manche der Entführten waren sicherlich genau die Verrückten und Schwachsinnigen, zu denen Scarborough anfangs auch Elaine gezählt hatte, stark beeinflußt und infiziert von Typen wie Whitley Strieber und Maximillian Schroeder.

Nur, daß keiner von ihnen Scarborough etwas von einer Begegnung mit einer menschlichen Frau erzählt hatte. Außerdem hatte die Beschreibung dieser Frau Everett Scarborough an irgend etwas erinnert. Er akzeptierte das Bild und das Angebot, mit einem weiteren Sandwich bewirtet zu werden.

Vielleicht würde Elaine noch einiges einfallen, wenn er weiter mit ihr redete.

Also aß Everett Scarborough sein Krabbensandwich und trank sein National Bohemian, saß zum erstenmal im

Leben mit dem Opfer einer Entführung durch Außerirdische zusammen und hörte wirklich zu.

16. Kapitel

»Hallo?«

»Ed? Ed Myers?«

»Ja, richtig. Wer ist da?«

»Ed, hier ist Everett. Everett Scarborough. Gut, daß du zurück bist. Ich habe schon mehrmals versucht, dich zu erreichen.«

»Jesus, Ev! Alles klar, Mann? Ich bin erst heute von einer Reise zurückgekehrt, und meine Frau hat mir gesagt, daß . . .«

»Yeah, Ed. Ich habe einen Haufen Ärger.«

»Wo steckst du denn?«

»Das kann ich nicht sagen.«

»Nein, nein. Natürlich nicht. Aber ich freue mich, daß ich gerade zu Hause bin und deinen Anruf selbst entgegennehmen konnte. Ich hatte noch keine Zeit, meinen Anrufbeantworter abzuhören. Du hast sicher schon mehrmals angerufen?«

»Yeah, Ed. Ich muß dich um einen Gefallen bitten.«

»Wie kann ich dir helfen, Ev?«

»Zuerst einmal: Hältst du mich für unschuldig? Glaubst du mir, daß ich Mac oder den CIA-Agenten nicht getötet habe?«

»Ev, ich kenne dich doch. Warum solltest du so etwas tun? Und ich kenne die Firma. Die haben dir eine Falle gestellt, man hat dich reingelegt. So und nicht anders muß es sein.«

»O ja. Sie haben mich hereingelegt. Aber es steckt noch mehr, viel mehr dahinter. Irgendeine illegale Gruppe in deiner Firma hat Diane geschnappt. Ich weiß nicht, warum sie sie noch nicht gegen mich eingesetzt und mir gedroht haben, sie würden sie umbringen, wenn ich mich nicht stelle . . . aber vielleicht sind sie auch nur vorsichtig.

Ich weiß es nicht. Ed, da geht etwas Unglaubliches vor. Eine Art Verschwörung – von einem Ausmaß, das ich mir niemals hätte träumen lassen. Ich habe nicht die geringste Ahnung, was man letzten Endes erreichen will, aber es geht unter anderem um UFOs, und das reicht zurück bis in die Zeit von Projekt Sign in den vierziger Jahren.«

»Ich verstehe.«

»Ich kann nicht lange reden. Ich weiß, daß du nie sehr viel von deinen Arbeitgebern gehalten hast, aber ich werde dich nicht bitten, sie zu hintergehen. Ich brauche nur einige Informationen. Informationen, die du, glaube ich, beschaffen kannst. Wenn ich die habe, kann ich mir vielleicht weiterhelfen.«

»Ev, es gibt mehrere Geheimhaltungsstufen, und ich bin nicht besonders weit oben.«

»Ja, aber du weißt Bescheid und hast gewisse Methoden.«

»Sicher, ja, das stimmt. Aber, Ev, vielleicht sollten wir uns einfach zusammensetzen und reden.«

»Nein. Das Telefon genügt für den Augenblick, und deshalb kann ich auch nicht lange mit dir sprechen. Vielleicht später. Im Augenblick möchte ich nur, daß du einige Namen notierst. Colonel Walter Dolan, Brian Richards. Eine Organisation, die als ›Editoren und Publisher‹ bezeichnet wird. Und schließlich möchte ich noch wissen, was du über eine Frau namens Doktor Julia Cunningham herausbekommen kannst.«

»Gut, schon notiert. Ich werde sehen, was ich tun kann.«

»Danke, Ed. Gott, es tut so gut, deine Stimme zu hören. Du weißt ja gar nicht, was ich durchgemacht habe.«

»Hör mal, Ev, bist du eigentlich schon einmal auf die Idee gekommen, daß mit dir selbst etwas nicht in Ordnung ist? Vielleicht sollten wir uns wirklich treffen. Ich kann an jeden Ort fliegen, den du mir nennst, und ich habe noch etwas Urlaub übrig . . .«

»Nein. Darüber können wir später noch reden. Ich muß jetzt auflegen, Ed. Ich rufe morgen abend um diese Zeit wieder an, falls du da am Telefon sein kannst.«

»Ich werde da sein, Junge. Und ich werde sehen, was ich herausfinden kann.«

»Danke, Ed. Du rettest mir das Leben. Ich wünschte, wir könnten uns einfach irgendwo hinsetzen und ein Bier trinken. Ich bin so froh, daß es jemanden bei der Regierung gibt, dem ich vertrauen kann.«

»Bis morgen abend dann.«

Scarborough legte auf. Er hatte von einem Münzfernsprecher vor einem 7-Eleven-Supermarkt in der Fayette Street telefoniert. Jetzt kehrte er zu seinem Wagen zurück, der auf dem Parkplatz stand, und fuhr den South Broadway hinunter bis in eine Gegend von Baltimore, die er und MacKenzie manchmal besucht hatten. Der Ortsteil hieß Fells Point. Er hatte Lust, sich ein gutes Importbier zu genehmigen, um den Geschmack des National Bäh loszuwerden, und Highlandtown war nicht weit. Da auf ihn ohnehin nichts als ein schäbiges, deprimierendes Zimmer in Dundalk wartete, konnte er sich auch eine Stunde Zeit nehmen und im Bertha's oder im Wharf Rat einkehren. Wenn er später Hunger bekäme, konnte er in Mike's Tavern ein mexikanisches Gericht essen.

Scarborough hatte durch den Anruf etwas Auftrieb bekommen. Endlich hatte er Ed Myers erreicht. Das Gespräch war kurz, aber doch sehr kooperativ verlaufen. Ed hatte nicht versucht, ihn am Telefon festzuhalten, das war ein gutes Zeichen. Sie hatten nicht lange genug gesprochen, als daß es irgend jemand möglich gewesen wäre, den Ort feststellen, von dem der Anruf erfolgt war. Ein Beweis dafür, daß Ed ihm ehrlich helfen wollte.

Vorher hatte er versucht, Marsha zu erreichen, doch sie hatte sich nicht gemeldet. Er würde es später am Abend oder vielleicht auch erst morgen noch einmal versuchen.

Was nun? Vielleicht konnten ihm ein paar Bier helfen, zu einem Entschluß zu kommen.

Fells Point war ein historisches Gelände, das wie ein ausgestreckter Finger in den Hafen von Baltimore ragte. Früher hatte es hier Bars mit zwielichtem Publikum, Penner und Seeleute gegeben, die sich vor der nächsten Fahrt noch einen Drink genehmigten. Auch heute gab es hier noch viele Bars, aber während des letzten Jahrzehnts hatte die ›Renaissance‹ in Baltimore die Gegend feiner gemacht. Die Grundstückspreise waren nach der Modernisierung gestiegen, und inzwischen war Fells Point auf dem besten Wege, eine Art Georgetown von Baltimore zu werden. Glücklicherweise hatte sich die Gegend trotz der teuren Geschäfte und Restaurants das Ambiente eines Kneipenviertels bewahrt. Es war der richtige Ort, um Bekannte zu treffen oder am Wochenende Folk, Blues oder Jazz zu hören.

An Freitagen und Sonnabenden spielte im Bertha's, das für seine gedünsteten Muscheln berühmt war, eine Jazzband namens Alan Houser Quartet. Mac hatte die Band sehr gemocht, weil sie vor allem Bebop spielte. Scarborough bevorzugte eher Cool Jazz und Swing, aber Bebop gefiel ihm auch, und wenn Mac aus Iowa zu ihm gekommen war, hatten sie meist auch dieses Lokal besucht. Es war kein Freitag oder Sonnabend, und Mac MacKenzie war tot, aber immerhin – Scarborough war in Fells Point, und er hatte das Gefühl, daß er ein Glas Newcastle Brown Ale gut gebrauchen konnte.

Auf der breiten Verkehrsinsel in der Mitte des South Broadway fand er einen Parkplatz und wanderte am Max's vorbei und dann über einen Parkplatz zum Bertha's, über dem ein farbenfrohes Schild hing. Links von ihm stand der Halbmond über dem Hafen wie eine Erinnerung an frühere Tage, als es in Fells Point noch echte Matrosen gegeben hatte, als noch zahlreiche Handelsschiffe und Kriegsschiffe hier angelegt und die Seeleute in die Spelunken und Freudenhäuser dieses Stadtviertels geströmt waren. Dies war angeblich die Gegend, in der Edgar Allan Poe seinen letzten Drink zu sich genommen hatte.

Während er sich der Bar näherte, stellten sich Scarboroughs Nackenhaare auf, und er bekam eine Gänsehaut. Abrupt blieb er stehen und drehte sich um.

Nur die üblichen Kneipengänger und Passanten, die ein Restaurant suchten oder ins Theater wollten. Niemand schien den ein wenig abgerissen wirkenden bärtigen

Mann mit dem Flanellhemd, dem Anorak und den Jeans auch nur eines Blickes zu würdigen. Aber Scarborough hatte inzwischen gelernt, auf seine Eingebungen zu achten. Er überlegte, ob er auf den Besuch des Lokals verzichten und sofort wieder nach Dundalk fahren sollte. Doch in diesem Augenblick wurde die altmodische rote Tür des Bertha's geöffnet, und ein paar Takte von ›Old Copenhagen‹ von Stan Getz wehten heraus. Scarborough schüttelte seine Unsicherheit ab.

Bertha's Bar war kaum mehr als ein langgestreckter, düsterer Raum mit schmierigen Fenstern. Es roch nach verschüttetem Bier und Cidre und dem köstlichen Fischeintopf, den es an der Theke gab. An den Wänden waren alle möglichen seltsamen Schilder befestigt, und an den Dekkenbalken hingen alte Musikinstrumente wie schlafende Fledermäuse. An diesem Abend waren nur wenige Gäste da. Vier von ihnen saßen in zwei Nischen. Eine attraktive Brünette mit einem reizenden Lächeln stand hinter der Bar. Sie servierte ihm für nur zweieinhalb Dollar einen Krug mit köstlichem englischem Ale, und Scarborough nippte dankbar daran. Es war zu kalt. Britisches Faßbier sollte eigentlich in Zimmertemperatur serviert werden. Aber trotzdem – köstlich. Wie auch immer, das Newcastle Ale war berühmt hochprozentig, und Scarborough hatte ohnehin nicht die Absicht, mehr als eines zu trinken. Er wollte sich eine Weile an seinem Krug festhalten, und bis er ihn halb ausgetrunken hatte, würde das Bier auch annähernd die richtige Temperatur erreicht haben.

Er trank schweigend und hörte der Musik zu. Getz wich den etwas härteren Rhythmen von Dave Brubeck und Paul Desmond, und dann kamen ein paar Klassiker von Zoot Sims und Al Cohn. Ah, richtig so, ihr jaulenden Saxophone! Der Nachgeschmack des National Bäh verschwand, und seine Geschmacksnerven erholten sich. Die Augen schließend, lauschte er den melodischen, pulsierenden Rhythmen des Jazz. Man konnte die Atmosphäre des Lokals sogar mit geschlossenen Augen spüren, dachte Scarborough. Er war froh, daß er es aufgesucht hatte. Wahrscheinlich war dies den Meditationen sehr ähnlich, die Diane ihm immer so nachdrücklich empfohlen hatte. Fast konnte er ihre klagende Stimme hören: »Aber Dad, es muß doch noch eine andere Möglichkeit der Entspannung geben, als Alkohol zu trinken und diese alberne alte Musik zu hören.«

Scarborough seufzte.

Er würde das Trinken aufgeben. Er würde auf die Jazzmusik verzichten. Er würde so ziemlich alles aufgeben, wenn er nur seine Tochter zurückbekäme, wenn er sie diesen herzlosen Ungeheuern in den grauen Anzügen entreißen könnte.

Als Scarborough sein Ale ausgetrunken hatte, wußte er, daß die Frau hinter der Bar Ivy hieß, daß sie eine Bildhauerin war und demnächst in einer Galerie in der Nähe eine Ausstellung bekommen sollte. Er gab ihr ein gutes Trinkgeld und verabschiedete sich bedauernd. Es war Zeit zu gehen. Er hatte genug getrunken, und er hatte keine Lust, sich von einem Cop zur Alkoholkontrolle einladen zu lassen.

Als er auf den Gehweg trat, bemerkte er aus den Augenwinkeln eine Bewegung.

Ein Mann hatte sich rasch in einen Hauseingang gedrückt.

Jedenfalls hatte die Gestalt wie ein Mann ausgesehen. Oder hatte er sich das nur eingebildet?

Wurde er beschattet?

War es der Mann, der ihm in der U-Bahn-Station die Hand auf die Schulter gelegt hatte?

Scarborough wollte es herausfinden. Doch er wußte, wenn er sich jetzt diesem dunklen Hauseingang näherte, dann konnte der Mann sich ohne weiteres verdrücken. Also mußte er etwas Unvorhergesehenes tun und den Mann hinter sich herlocken.

Er wandte sich in Richtung Shakespeare Street und marschierte rasch davon.

Die Shakespeare Street war schmal und mit Kopfsteinen gepflastert. Die Lampen der Straßenlaternen leuchteten neu und hell, waren aber dem viktorianischen Stil nachempfunden – eine Folge der Renovierung dieses

Stadtviertels. Scarborough schlug ein rasches Tempo an und wandte sich dann auf der Dallas nach rechts. Er wollte den Eindruck erwecken, er sei zur Lancaster oder Aliceanna unterwegs, um nach Little Italy zu gelangen.

Doch dann blieb er stehen und huschte in eine Garageneinfahrt. Nachdem er auf die Dallas abgebogen war, hatte er das teure Yuppie-Viertel verlassen und befand sich jetzt in einem Industriegebiet, einer öden Stadtlandschaft mit Lagerhallen und schäbigen alten Wohnhäusern, wo es keinen einzigen Baum und keinen Flecken Gras gab. Die Gegend war, abgesehen von einigen wenigen Autos, so gut wie verlassen.

Scarborough wartete mit angehaltenem Atem.

Nichts.

Hatte er sich geirrt? Waren seine Wahnvorstellungen wieder am Werk?

Er wollte es gerade aufgeben, tief Luft holen und zu seinem Auto zurückkehren, als er die Schritte hörte.

Es tappte und schlurfte. Vorsichtige Schritte, die trotzdem nach Eile klangen.

Scarborough drückte sich tiefer in die Schatten der Einfahrt und hielt sich völlig still.

Ein Mann kam um die Ecke. Er trug eine Lederjacke, Jeans und Tennisschuhe und sah aus wie irgendein Einwohner Baltimores, der nach einem Kneipenbesuch in Fells Point nach Hause ging. Doch an der Art, wie er den Kopf hin und her drehte und die Augen wandern ließ, war ersichtlich, daß der Mann etwas oder jemanden suchte.

Und dazu dieses Gefühl, das sich in Scarboroughs Bauch ausbreitete, dieses schreckliche Gefühl, das er nur zu gern ignoriert hätte.

Er wartete, bis der Mann an ihm vorbei war, dann sprang er ihn an.

Scarborough war größer als der andere, und sein Gewicht warf den Mann zu Boden. Er prallte mit dem Kopf gegen eine Mülltonne; es gab einen lauten Knall, die Mülltonne fiel um, rollte davon und riß eine weitere Mülltonne um. Der Mann, der überraschend kräftig und wendig war, wehrte sich, aber Scarborough konnte ihn trotzdem herumdrehen und sein Gesicht erkennen.

Es war einer der beiden Männer, die er bei Tower Records in New York gesehen hatte.

Nicht der ältere, sondern der jüngere der beiden.

Scarborough versetzte ihm einen harten Schlag in die Magengrube. Der Mann holte stöhnend Luft, und Scarborough packte ihn am Hals und drückte mit der Kraft eines Irren zu. All seine Frustrationen, seine Ängste und seine Sorgen hatten ihn unter eine Spannung gesetzt, die sich jetzt in diesem Angriff entlud.

»Wer sind Sie?«

Der Mann gurgelte und keuchte und versuchte mit kräftigen Händen Scarboroughs Anorak zu packen.

»Wer sind Sie? Warum verfolgen Sie mich? Wo ist Ihr Freund?«

Als Antwort nur verzweifelte Gegenwehr.

Scarborough ließ seinen Hals los und verpaßte dem Mann einen Schlag ins Gesicht, daß ihn die Knöchel der Faust schmerzten. Dann zog er ihn vom Gehweg in die Einfahrt. Die Garage stand nicht mit einem Wohnhaus in Verbindung, und drinnen war es dunkel. Falls nicht zufällig ein Fußgänger oder ein Auto vorbeikäme, würde niemand sie hören.

Scarborough wollte es so kurz wie möglich machen. Er war für einen Fünfzigjährigen recht gut in Form, wußte aber, daß er keine große Ausdauer hatte.

»Sag es mir, Arschloch, oder ich bring' dich um!«

»Lassen Sie mich los«, sagte der Mann, überraschend ruhig für jemanden, der gerade zusammengeschlagen wurde. »Das ist nicht klug.«

»Was soll das heißen – es ist nicht klug? Was zum Teufel ist hier los? Wer sind Sie?«

Der Mann schwieg.

Die Wut vertrieb alle Ängste, und Scarborough schlug wieder zu. Diesmal prallte der Kopf des Mannes gegen die Mauer, und sein Körper erschlaffte. Er war bewußtlos. Verdammt! Das hatte Scarborough nicht gewollt.

Trotzdem . . .

Scarborough tastete nach der Gesäßtasche des Mannes. War dort die Brieftasche ...? Richtig, da war sie. Er zog sie heraus. Schwarzes Leder. Eine ganz normale Brieftasche, in der Scarborough eine Art Dienstabzeichen oder Ausweis zu finden hoffte.

Nichts außer Kreditkarten und einem Führerschein.

Er hielt die Fundstücke ins Licht der Straßenlaterne.

Der Führerschein war in New Mexico ausgestellt.

Der Mann hieß demnach Philip Roscoe Newton.

Die Adresse war ebenfalls angegeben, aber Scarborough kam nicht mehr dazu, sie zu lesen. Aus dem Nichts traf ein harter Schlag mit voller Wucht seinen Hinterkopf. Es wurde dunkel um ihn, und er verlor das Bewußtsein.

Als er wieder zu sich kam, lag Scarborough in der Garageneinfahrt.

Zuerst dachte er, er hätte zuviel getrunken und einen Unfall gehabt. Ihm war übel, und er konnte nicht erkennen, wo genau er sich befand. Scarborough wußte, wie man sich fühlte, wenn man mit einem Kater aufwachte, aber er hatte noch nie einen solchen Schlag auf den Kopf bekommen, und so verglich er seinen jetzigen Zustand unwillkürlich mit einem Kater.

Der Kopf tat schrecklich weh, und er fühlte sich benommen. Es dauerte einige Sekunden, bis er merkte, daß seine Kopfschmerzen nichts mit Alkohol zu tun hatten. Die Erinnerungen kehrten zurück: der Mann, der Kampf, die Brieftasche.

Die Brieftasche. Scarborough hob die Hände und wollte sie ansehen.

Die Brieftasche hatte man ihm wieder weggenommen, aber in einer Hand hielt er ein zerknülltes Stück Papier.

Stöhnend kam er auf die Füße und betastete seinen Hinterkopf. Keine Beule. Und als er sich die Hand vor die Augen hielt, konnte er auch kein Blut erkennen. Er schüttelte den Kopf, holte tief Luft und wankte zum Lichtkegel der nächsten Laterne.

Dort faltete er das Blatt auf, das er in der Hand gehabt hatte.

In Blockschrift stand darauf geschrieben: ›Es ist noch nicht die richtige Zeit. Seien Sie vorsichtig, Scarborough. Seien Sie sehr vorsichtig.‹

Scarborough drehte das Blatt herum, aber die Rückseite war leer.

Seine Kopfschmerzen verwandelten sich in ein dumpfes Pochen, und er fühlte sich fast wieder bereit, ein Stück zu laufen.

Dann ergriff namenlose Angst von ihm Besitz.

Wer waren diese Leute?

Er zerknüllte das Papier, steckte es in die Jackentasche, taumelte auf den Gehsteig und kehrte langsam zu seinem Wagen zurück.

Fast glaubte er, brennende Blicke im Rücken zu spüren.

Wer waren sie?

Irgendwo, tief in seinem Innern, hatte er das Gefühl, daß ein großer Teil des völlig unübersichtlichen Puzzles, in das sein Leben sich verwandelt hatte, aufgelöst werden konnte, wenn er die Antwort auf diese Frage fand.

Im Hafen dröhnte eine Schiffssirene. Droben ballte sich eine Wolke um den Mond wie eine Faust.

Scarborough ging in Richtung Fells Point, den Geschmack von Blut auf den Lippen und wilder entschlossener denn je.

17. Kapitel

Es war dunkel und still auf dem Luftwaffenstützpunkt Wright-Patterson, als Lieutenant Marsha Manning abends um halb zehn ihr Büro verließ und, die Ausweiskarte mit dem Magnetstreifen in der Hand, zum Lager 34 wanderte.

Der Himmel war teilweise bewölkt, aber glücklicherweise regnete es nicht. Es hatte sich etwas abgekühlt, deshalb trug Marsha jetzt einen Pullover unter dem Parka. Der Geruch von Auspuffgasen und Motoröl hing schwer in der Luft, stinkende Schwaden, dazwischen süßer Duft, der von den frisch aufgeblühten Lilien neben den Officer's Quarters ausging.

Niemand hatte sich darüber gewundert, daß sie Überstunden machte. Ihre Kollegen wußten, daß sie einen Termin einzuhalten hatte, und außerdem arbeitete sie häufig bis in den Abend. Jetzt, da der Stützpunkt praktisch menschenleer war, wollte sie sich näher ansehen, was für Geheimmaterial in dem Lager verborgen war.

Sie hatte fast den ganzen vergangenen Abend gebraucht, um den Computerspeicher des Büros zu knakken, das die Ausweise ausgab. Schließlich war es ihr gelungen, die Programmierung ihrer Karte so zu verändern, daß sie Zutritt zu dem abgesperrten Lager erhalten mußte. Sie war jetzt sicher, daß nirgends ein rotes Licht aufflammen würde, wenn sie die Tür öffnete.

Zum Glück unterlag das Material, um das es anscheinend ging, keiner sehr hohen Einstufung. Wäre das der Fall gewesen, dann hätte man es vermutlich sowieso nicht im Stützpunkt Wright-Patterson aufbewahrt, und außerdem hätte ein menschlicher Wachposten vor der Tür gestanden. Das Computerprogramm war nicht sehr umfangreich und relativ einfach zu verändern gewesen, aber Marsha war vorsichtig und hatte sich Zeit gelassen, bis sie den richtigen Code fand, der ihre Karte für den Zutritt programmierte. Außerdem hatte sie eine Subroutine geschrieben, die verschleiern würde, daß sie in den gesperrten Bereich eingedrungen war. Diese Routine konnte sie jederzeit aktivieren und veranlassen, daß sie sich selbst löschte, so daß im Computer keine Spur ihres Vorhabens zurückbleiben würde.

Trotzdem war sie aufgeregt und fühlte sich, als liefe sie auf rohen Eiern. Und sie machte sich Sorgen um Everett Scarborough. Er hatte nicht angerufen. Nur Camden hatte sich gemeldet und sie über Scarboroughs Handlungen und seine Probleme unterrichtet. Kaum zu glauben, daß seine eigene Verlagsredakteurin eine Verräterin gewesen war. Eine von ihnen! Marsha war sich ihrer eigenen Loyalität völlig sicher. Scarborough war ein anständiger Mann, der sich für Ehrlichkeit und Aufrichtigkeit einsetzte, und es gab heutzutage wirklich nicht mehr viele Menschen, die diesem Ideal gerecht wurden. Vielleicht war das etwas, was sie bei ihm so anziehend fand – diese Aura von Rechtschaffenheit, die ihn umgab.

Camden hatte eingewilligt, mit ihr in Kontakt zu bleiben, sie hatte aber beschlossen, ihm nichts von ihrem kleinen Spionageeinsatz heute abend zu erzählen. Zwar vertraute sie Scarborough, aber sie war sich nicht sicher, ob sie auch Camden vertrauen konnte. Wer weiß, vielleicht würde er in ein paar Wochen in großen Schlagzeilen im *Intruder* über den Einbruch berichten: ›Geheiminformationen über abgestürzte Untertassen gefunden!‹ Nicht lange, dann hätten ihre Vorgesetzten herausgefunden, wer da als Schnüfflerin tätig gewesen wäre, und dann säße sie in der Tinte.

Nein, es war besser, wenn sie die Sache vorerst für sich behielt. Falls sie etwas Interessantes fand, würde sie es Scarborough sagen. Wenn nicht, dann brauchte sie es ihm gegenüber wahrscheinlich nicht einmal erwähnen. Er hatte ja wirklich genug andere Sorgen.

Sie hatte ihr Ziel schon fast erreicht, als plötzlich ein Wagen mit aufgeblendeten Scheinwerfern um eine Ecke kam. Sie hörte das vertraute Motorengeräusch eines Jeeps, ignorierte den Wagen aber und ging einfach weiter.

Der Jeep hielt an.

»He, Marsha, bist du das?«

Lieutenant Manning zuckte unwillkürlich zusammen, als hätte man sie auf frischer Tat ertappt. Aber nein, das war albern. Wer auch immer das war, er konnte nicht wissen, wohin sie wollte und was sie vorhatte.

Sie blieb stehen; die Stimme kam ihr bekannt vor, aber sie war ihrer Sache nicht ganz sicher. »Es tut mir leid, aber ...«

»Meine Güte, dann bin ich wohl doch keine so strahlende Schönheit, daß ich im Dunkeln leuchte. Ich bin's, Marsha, Pete. Pete Adams. Weißt du nicht mehr? Wir sind ein paarmal ausgegangen und waren im Konzert – du hast aber wirklich ein schwaches Gedächtnis. Hör mal, ich habe um zehn Uhr Feierabend. Wie wär's, wenn wir uns im Officer's Club auf einen Drink treffen?«

Es war Lieutenant Peter Adams. Einer von mehreren Offizieren, mit denen sie ausgegangen war. Ein freundlicher, netter Typ, der sie ein paarmal geküßt hatte. Mehr war nicht passiert, denn Marsha hatte es sich zum Grundsatz gemacht, nur mit Kollegen von der Air Force ins Bett zu gehen, wenn sie wirklich nicht anders konnte. Bei Pete war es leicht gewesen, darauf zu verzichten.

»Nein, danke, Pete.«

»Schade. Dann muß ich armer Junggeselle wohl allein nach Hause fahren und *Batman* lesen. Sag mal, was machst du überhaupt hier draußen? Soll ich dich mitnehmen?«

»Nein, ich gehe nur spazieren. Oder darf ich das nicht?«

»He, nun spiele nicht gleich die beleidigte Leberwurst. Ich frage ja nur. Paß auf, ich muß sowieso gleich beim Club vorbeischauen. Wenn du willst, komm doch nachher vorbei, dann gebe ich dir einen Singapore Sling aus. Das sind diese Drinks mit den kleinen Regenschirmen, weißt du?«

»Danke, Pete. Ich werde darüber nachdenken.«

»*De nada. Adios*, Marsha. Und paß bloß auf, daß dich da hinten im Lagerbereich nicht die Ratten anknabbern. Die sind hier draußen ziemlich fett.«

Marsha verzog angewidert das Gesicht, als der Jeep in die Nacht davondröhnte.

Ratten. Verdammt auch. Sie haßte alle Arten von Nagetieren, und Ratten standen auf dieser Liste ganz oben. Und jetzt wollte sie in ein dunkles, staubiges Lager eindringen.

Also gut. Vielen Dank auch, Pete, dachte sie. Genau das, was ein Mädchen in meiner Situation braucht. Trotzdem ging sie weiter.

Der alte Hangar kauerte im Dunkeln wie ein schlafender Riese. Die angerosteten Blechwände schimmerten matt im Licht des Mondes und der wenigen Sterne, die durch die treibenden Wolken zu sehen waren. Es roch nach feuchtem Asphalt und alten Reifen, nach Rost und nach Vergangenheit.

Manning legte den restlichen Weg rasch zurück.

Da war es. Das Tor und das Schloß, in das sie ihre ID-Karte stecken mußte.

Sie knipste die kleine Lampe über dem elektronischen Schloß an, schob die Karte in den Schlitz und tippte ihren Code ein.

Das Schloß klickte.

Das Tor war nicht mehr gesperrt. Manning atmete erleichtert aus. Jetzt mußte sie es nur noch aufdrücken und hineingehen. Sie schaltete das kleine Licht aus, richtete sich auf und ging auf das Tor zu.

Plötzlich wurde sie von Scheinwerfern erfaßt, und ein Jeep kam rasch näher.

Ihr schlug das Herz bis zum Hals.

Verdammt! Gab es hier Kontrollfahrten der Militärpolizei, von denen sie nichts wußte?

Sie nahm die Hand vom Tor und fuhr herum, um zu sehen, wer da käme.

»He, Marsha! Entschuldige, daß ich dich schon wieder störe, aber ich dachte, daß du sowieso nicht zum Club kommst, und wollte dich nicht aus den Augen verlieren. Ich habe für das nächste Wochenende zwei Theaterkarten, aber noch keine Verabredung. Was meinst du?«

Manning entspannte sich etwas. Es war nur Pete Adams.

»Was läuft denn?« fragte sie möglichst gelassen.

»Die Neuinszenierung eines Stücks von Noel Coward. Britische Schauspieler, ein Gastspielensemble. Soll wirklich gut sein.«

Sie ließ ihn noch einen Augenblick zappeln.

»Und wann ist das?«

»Sonnabend in einer Woche.«

»Okay, Pete, das geht. Und vielen Dank für die Einladung.«

»Schön. Sag mal, was machst du überhaupt hier?«

»Ich bin nur neugierig. Ich überprüfe ab und zu die Sicherungseinrichtungen der Lager. Das gehört zu meinem Auftrag hier.«

»Oh, deshalb haben sie dich also hierher versetzt.« Ihre

Antwort war nicht sehr intelligent gewesen, aber Pete Adams schien überglücklich, daß sie seine Einladung angenommen hatte, und dachte an nichts anderes. »Sag mal, wie wäre es anschließend nach der Vorstellung mit einem Essen bei mir? Ein bißchen Wein, etwas Jazz?«

»Klingt nicht schlecht, Pete, könnte mir Spaß machen.«

»Prima. Ich rufe dich an und sage dir noch genau Bescheid.«

»Fein. Bis dann, Pete.«

Der Motor brummte, Pete wendete mit quietschenden Reifen und fuhr davon.

Marsha seufzte erleichtert und atmete noch einige Male tief durch, bevor sie zum Tor ging und es öffnete. Die rostigen Scharniere quietschten laut, aber es war niemand in der Nähe, der es hätte hören können. Trotzdem bewegte sie sich vorsichtig und langsam und schloß das Tor hinter sich so weit wie möglich, ohne es einrasten zu lassen.

Dann ging sie zur Seitentür des Hangars. Die vorderen großen Tore, durch die jahrelang Flugzeuge hinein- und herausgerollt waren, hatte man längst mit Hohlziegeln zugemauert.

Auch die Seitentür war verschlossen; es gab hier ein zweites elektronisches Schloß mit einem anderen Code, den Marsha ebenfalls kannte.

Sie tippte die Zahlen ein, etwas surrte, dann klickte das Schloß, das sich hell von der alten Tür abhob, in die es eingesetzt worden war, denn es war viel neuer. Die Tür ließ sich ohne Schwierigkeiten öffnen, und Manning trat in die Halle ein.

Staub.

Es roch nach Staub und Alter. Sie hatte eine kleine Taschenlampe mitgebracht, die sie jetzt einschaltete, und ließ den Lichtkegel wandern, bis sie den Lichtschalter gefunden hatte. Vorsichtig drückte sie die Seitentür zu und knipste die Beleuchtung der Halle an. Sie brauchte sich keine Sorgen zu machen, daß das Licht von draußen bemerkt würde. Der Hangar hatte keine Fenster.

Drinnen sah es aus wie in einem uralten Lagerhaus, das sehr lange kein Mensch mehr betreten hatte. Es gab hier anscheinend nur alte Aktenschränke, Kartons, Schachteln und etikettierte Holzkisten.

Marsha lächelte in sich hinein. Sie mußte unwillkürlich an den Spielberg-Film *Jäger des verlorenen Schatzes* denken, in dem die Bundeslade am Ende in einem riesigen Lagerhaus der Regierung landete.

Ein großer Teil der Halle wurde von riesigen, fast bis zur Decke reichenden Regalen eingenommen. Die Regale waren in große Drahtkäfige unterteilt. Diese Abteile waren numeriert, und Marsha hatte sich genau eingeprägt, wo sie suchen mußte.

Es war Abteil 27.

Sie trug die vorgeschriebenen Schuhe, die zur Uniform gehörten, und während sie an den Regalreihen entlangging, hallten ihre Schritte laut im riesigen Hangar. Es war ein unwirkliches, gespenstisches Geräusch. Sie überprüfte die Nummern an den Kopfenden der Regale. Endlich fand sie die Zahl, die sie gesucht hatte.

Als sie in den düsteren Gang einbog, hörte sie am anderen Ende Geräusche.

Ein Quietschen, dann huschte etwas davon.

Die Ratten, über die Pete Adams gesprochen hatte?

Sie schauderte und blieb wie angewurzelt stehen. Die Geräusche hörten auf.

Ratten. Sie haßte Ratten, zwang sich aber, weiterzugehen.

In diesem Gang war es so finster, daß Manning wieder die Taschenlampe herausholen mußte, um die Nummern der Abteile zu lesen. Auf halbem Weg, in der Nähe der zugemauerten großen Tore des Hangars, waren die Abteile erheblich größer, und sie waren auch nicht mehr übereinander angeordnet. Schließlich fand sie das Abteil mit der Nummer 27.

Die Tür war offen, daneben hing ein Schild:

> GEHEIM. ROSWELL, 1947. Auf der Brazel-Ranch sichergestelltes Material. Siehe: Forschungsberichte über die Analyse, 1947, 1955, 1960, 1965, 1970, 1979.

Analyseberichte des Speziallabors, White Sands, New Mexico. Weiteres Material vom Absturz in Roswell im Nachbarabteil.

Marsha öffnete die Tür des Abteils und leuchtete hinein.

Das reflektierte Licht blendete sie. Sie mußte den Strahl der Taschenlampe auf eine Seitenwand richten, ehe sie etwas erkennen konnte. Was dort auf dem Boden lag, war ein großer Stapel eines stark reflektierendes Materials. Zuerst kam es ihr vor wie Metall, aber dann sah sie, daß es stellenweise zerknüllt oder verschmutzt oder verbrannt schien, ähnlich einer Aluminiumfolie, die auf einem riesigen Grill gelegen hatte. Sie trat in das Abteil, kniete sich vor das Material und hob ein Stück auf.

Trotz der Dicke war es bemerkenswert leicht. Und widerstandsfähig! Das war überhaupt keine Folie.

Sie ging weiter hinein und hob ein größeres Stück auf.

Mit einem Kreischen schoß ein fetter, pelziger Körper unter dem Stück hervor und verschwand in einer Ecke.

Marsha schrie erschrocken auf. Ihr Herz schlug wie wild, sie wich zitternd bis zur Wand zurück und brauchte fast eine Minute, um sich zu erholen.

Los, Lieutenant, sagte sie sich selbst. *Die Ratten haben mehr Angst vor dir als du vor ihnen. Reiß dich zusammen!* Sie kehrte zum Haufen des glänzenden Metalls zurück. Gern hätte sie ein Stück mitgenommen, aber die Bruchstücke waren zu groß, und es wäre zu schwierig gewesen, unbehelligt damit bis zu ihrem Auto zu kommen.

Es spielte aber keine Rolle. Das Wichtigste war, daß das Zeug anders als alles aussah, was Marsha Manning bisher zu sehen bekommen hatte. Das war eindeutig etwas, das sie Scarborough mitteilen mußte. Außerdem hatte sie auf dem Schild die Worte ›Absturz in Roswell‹ gelesen. Also war in New Mexico tatsächlich etwas vom Himmel gefallen. Dies hier war der Beweis. Die Frage war nur, was dort abgestürzt war.

Vielleicht fand sie die Erklärung in dem erwähnten benachbarten Abteil?

Sie ließ das seltsame Metall, wo es war, und ging ein Stück weiter den Gang hinunter, bis sie das Abteil mit dem entsprechenden Schild gefunden hatte.

Dieses Abteil war sehr groß – vielleicht dreißig mal zwanzig Meter. Weiter hinten sah sie einen dunklen Umriß.

Manning richtete die Taschenlampe darauf. Das Ding war drei Meter hoch und acht Meter breit und verjüngte sich, ausgehend von einem Buckel im Zentrum, zu den Rändern hin. Aber die Form war unregelmäßig, als wäre es nur ein Haufen Abfall. Als sie näher herankam, erkannte sie, daß das Ganze mit einer riesigen Plane bedeckt war.

Die Plane sah aus wie die Schutzhauben, die manchmal über Flugzeuge gespannt wurden, aber sie schien recht alt zu sein – sicherlich älter als das Material, das die Mechaniker heute verwendeten, um Flugzeuge zu bedecken. Sie hob den zerfransten Saum und machte sich darauf gefaßt, daß Ratten herausstürzen würden.

Aber nichts geschah.

Sie zog die Kante weiter hoch, und jetzt sah sie auch hier dieses kräftige, folienähnliche Metall, das an Streben befestigt zu sein schien.

Na gut, dachte sie. Die Plane ist nicht schwer, also kann ich mir das gründlich ansehen.

Sie schob die Plane noch höher, mußte sie aber auf der ganzen Längsseite hochklappen, ehe sie das gesamte Objekt in Augenschein nehmen konnte. Als sie fertig war, trat sie ein paar Schritte zurück und ließ den Strahl der Taschenlampe über das wandern, was sie freigelegt hatte.

Dann schaltete sie die Taschenlampe aus und zog die Plane wieder herunter, damit niemand bemerken konnte, daß sie hier gewesen war. Noch während sie das tat, begannen ihre Hände zu zittern. Sie mußte einen Augenblick innehalten, um die Fassung zurückzugewinnen.

Guter Gott, dachte sie. Sie wollte nur noch hinaus, sie wollte nur noch so schnell wie möglich verschwinden.

Guter Gott im Himmel!

Irgendwo im riesigen Hangar huschten verstohlen die Ratten herum.

18. Kapitel

»Hallo?«

»Ed?«

»Hallo, Ev. Schön, du bist pünktlich. Wie geht's dir denn?«

»Wenigstens lebe ich noch.«

»Das freut mich, Ev, das klingt wirklich gut.«

»Und du klingst, als hättest du etwas für mich.«

»Nicht sehr viel, aber es dürfte etwas sein, mit dem du hoffentlich ein Stück weiterkommst. Bist du sicher, daß wir uns nicht persönlich treffen können? Nein, wahrscheinlich hast du recht, vielleicht ist das im Augenblick wirklich keine sehr gute Idee.«

»Was hast du denn für mich?«

»Also, Everett, ich will dir kurz und knapp sagen, was ich herausfinden konnte, und fange mit den schlechten Neuigkeiten an. Leider konnte ich nicht den geringsten Hinweis darauf erhalten, daß die CIA oder irgendeine Organisation, die mit der Firma zu tun haben könnte – angefangen von den Contras bis zu den afghanischen Freiheitskämpfern – deine Tochter oder sonst jemanden aus deinem Umfeld entführt hat.«

»Okay, was noch?«

»Was noch ... ach ja. Diese Editoren und Publisher. Darüber habe ich nichts Offizielles herausfinden können, Ev, aber ich habe mich bei ein paar Freunden umgehört, die einige Etagen höher sitzen. Anscheinend werden umgangssprachlich die Führungskräfte, die Beziehungen zum großen Geld haben, als Editoren und Publisher bezeichnet.«

»Das große Geld? Was meinst du damit?«

»Oh, du weißt schon – die Leute, die angeblich wirklich dieses Land regieren. Die Milliardäre, die eingeschworenen Freundeskreise. Zwischen dem alten Geldadel und der CIA gibt es enge Verbindungen – schau dir nur George Bush an! Ich glaube, das ist damit gemeint.«

»Aber was hat das mit Vertuschungsaktionen der Regierung bei UFO-Geschichten zu tun?«

»Hör mal, ich hatte nur einen Tag Zeit, und ich mußte auch noch die Nachbesprechung für meine letzte Dienstreise absolvieren. Hab etwas Geduld, ja?«

»Entschuldige, Ed. Was hast du sonst herausgefunden?«

»Anscheinend bin ich dann doch noch auf etwas gestoßen. Ich habe ein paar Erkundigungen über diese Doktor Julia Cunningham eingezogen. Sie arbeitet wirklich für uns. Forscht im Hinblick auf neurochemische Kontrollmechanismen. Das klingt wie aus einem Science-fiction-Roman. Wenn sie Ende der fünfziger Jahre schon für die Firma tätig gewesen wäre, dann hätte sie damals wahrscheinlich LSD-Trips verteilt, wenn du verstehst, was ich meine.«

»Ja, ja, ich verstehe.«

»Mir ist allerdings immer noch nicht klar, was das mit UFOs zu tun haben soll; sie arbeitet eindeutig als Beraterin für die CIA.«

»Heißt das, sie ist nicht fest angestellt?«

»Genau. Anscheinend forscht sie außerdem an einigen Universitäten und steht außerdem mit dem NIH und dem NIMH in Verbindung.«

»Ja, dort habe ich sie auch kennengelernt. Beim National Institute of Health. Beeil dich, Ed, ich kann nicht mehr lange telefonieren. Ich weiß ja, daß du nicht abgehört wirst, aber trotzdem leide ich an Wahnvorstellungen.«

»Schon gut. Nach den Unterlagen ist Dr. Cunningham einer Forschungseinrichtung der Regierung in New Mexico zugeteilt. Das Labor befindet sich auf der Kirtland Air Force Base. Es geht dort um psychologische Kontrolle; die Forschung hat bereits in den vierziger Jahren begonnen. Die CIA hat das Labor übernommen, nachdem Präsident Truman die Atombomben abgeworfen hatte.«

»Danke, Ed. Könntest du morgen um die gleiche Zeit wieder am Telefon sein.«

»Kann ich, kein Problem. Und mein Angebot, dir persönlich zu helfen und zu dir zu kommen, steht noch. Ich habe immer noch etwas Urlaub.«

»Danke, Ed. Vielleicht muß ich darauf zurückkommen. Mach's gut.«

Scarborough legte auf, nahm das restliche Kleingeld aus dem Ausgabefach des Münzfernsprechers und steckte es gleich wieder hinein. Er fügte noch einige Vierteldollarstücke hinzu, die er tagsüber in einer Bank in Fredrick, Maryland, eingetauscht hatte.

Scarborough hielt sich in einer Bar in Uniontown, Pennsylvania, auf. Er hatte gerade ein helles Bier vom Faß getrunken und ein Steak mit Folienkartoffeln gegessen. Schon mehrmals hatte er versucht, Marsha Manning zu erreichen, aber sie hatte sich nicht gemeldet.

Er dachte, jetzt sei der richtige Augenblick, es noch einmal zu probieren, und wählte ihre Nummer.

Es ging Scarborough im Augenblick nicht nur darum, ihr zu erzählen, was er erlebt und herausgefunden hatte. Vor allem wollte er ihre Stimme hören. Er hatte einen ziemlich schweren Tag hinter sich.

Wer waren die Männer, die ihn verfolgten?

Den ganzen Tag lang hatte er immer wieder geglaubt, sie aus den Augenwinkeln zu sehen, aber sobald er sich umdrehte, kamen ganz harmlose Leute hinter ihm her.

Oder er konnte überhaupt keinen Menschen sehen, höchstens einen Mantelsaum, der flatternd hinter einer Ecke verschwand.

Wer waren sie?

Er hatte den Zettel, den sie ihm in die Hand gedrückt hatten, inzwischen hundertmal gelesen.

Noch nicht die richtige Zeit ... noch nicht die richtige Zeit ...

Was hatte das zu bedeuten?

Er dachte über hunderterlei Möglichkeiten nach. Waren es Beamte der Regierung, die sich wie er bemühten, die Verschwörung auffliegen zu lassen?

Oder arbeiteten sie unabhängig von der Regierung? Reporter, die an einer großen Story dran waren. Handelte es sich um Leute vom Militär? Waren es ausländische Agenten? Oder gehörten sie gar zur Mannschaft der Publisher, die ein verrücktes, undurchsichtiges Spiel mit ihm spielten?

Wer sie auch waren, sie beschatteten ihn. Sie spielten

mit seinem Leben. Sie hielten ihn für eine Figur, die sie wie auf einem Schachbrett herumschieben konnten. Scarborough gefiel dieser Gedanke überhaupt nicht.

Nein, er mißfiel ihm sogar sehr.

Trotzdem mußte er diese Überlegungen zurückstellen, er mußte seinem fieberhaft arbeitenden Gehirn unbedingt eine Pause gönnen.

Es ging ihm inzwischen nicht mehr nur darum, Antworten zu bekommen. Er wollte Ruhe finden, Ruhe und Geborgenheit. Der einzige Ort, an dem er sich jetzt sicher fühlen konnte, war in Ohio. In Marsha Mannings Haus, die er seltsamerweise sehr ins Herz geschlossen hatte, von der er sich auf fast unbehagliche Weise abhängig fühlte. So etwas hatte er nicht mehr empfunden, seit – nun ja, seit seine Frau gestorben war. Normalerweise versuchte er, Gefühle wie diese zu verdrängen, sobald sie erwachten, aber jetzt ließ er sie zu.

Die Zeiten hatten sich geändert.

Er wollte zu ihr, zu Marsha Manning, um in ihrem Haus in Ohio etwas Ruhe zu finden.

Aber dann . . .

Dann fiel ihm ein, was er statt dessen tun konnte.

Beim sechsten Klingeln hob sie ab.

»Hallo?«

»Marsha, ich bin's.«

Sie war außer Atem. Scarborough hörte sie schnaufen. Schließlich sagte sie: »Du mußt gemerkt haben, daß ich telepathisch mit dir Verbindung suchte.«

Er nannte ihr die Nummer des Münzfernsprechers. Es war ein Ferngespräch, und seine Vierteldollarstücke gingen rasch zur Neige.

Wenige Sekunden später rief sie zurück.

Er sagte: »Paß auf, ich bin jetzt unterwegs. Es war ziemlich verrückt.«

»Das habe ich auch schon gehört. Camden hat mich informiert. Alles klar bei dir?«

»Ich fühle mich nicht besonders wohl, aber es geht noch. Ich . . . ich muß mich etwas ausruhen und dachte, ich könnte mich vielleicht eine Weile bei dir verkriechen.«

»Das hätte ich wirklich gern, aber leider glaube ich, daß es keine besonders gute Idee ist, Everett. Wirklich nicht.«

Scarborough fühlte sich schmerzlich zurückgewiesen – doch dann wurde ihm klar, daß sie ernsthaft besorgt war.

»Was ist passiert? Hast du Agenten gesehen, die dich beobachten?«

»Nein, aber ich bin mir nicht mehr sicher. Es ist eine große Sache, Everett. Viel größer, als ich mir je hätte träumen lassen, und ich glaube, wir müssen sehr, sehr vorsichtig sein. Ich verstehe genug von Elektronik, um mich vergewissern zu können, daß mein Telefon sauber ist. Aber nach dem, was ich heute abend gesehen habe ... Sagen wir mal, ich habe mich bemüht, meine Spuren zu verwischen, aber es könnte sein, daß sie mich trotzdem überprüfen. Und wenn sie dich dann hier finden, dann ist es aus.«

»Wovon redest du?«

»Wußtest du, daß Wright-Patterson etwas mit UFOs zu tun hat?«

Er mußte einen Augenblick nachdenken. »Oh, sicher. Die abgestürzte fliegende Untertasse aus Roswell, New Mexico. Das gehört zum kleinen Einmaleins jedes Ufologen. Unfug. Ich habe das selbst untersucht. Alles nur Hörensagen. Genau wie der größte Teil der übrigen UFO-Mythologie.«

»Dann mach dich auf eine Überraschung gefaßt, Junge.«

»Wie bitte?«

»Ich habe etwas zu diesem Thema gelesen, dabei sind mir ein paar Dinge aufgefallen. Und weil ich doch sowieso in Wright-Patterson sitze – nun ja, ich habe das geheime Inventar mit meinem Computer durchsucht. In den Akten stand, daß in einem Hangar etwas unter dem Namen Roswell, New Mexico, gelagert wird. Ich habe mir also Zugang verschafft und es mir selbst angesehen.«

»Du willst mir doch hoffentlich nicht einreden, du hättest eine fliegende Untertasse gesehen, Marsha?« Er knirschte mit den Zähnen, versuchte aber, scherzhaft zu sprechen und die Dinge nicht zu ernst zu nehmen. Das hatte ihm in all den Jahren bei seinen Vorträgen und seinen Auftritten bei Talk-Shows im Fernsehen immer sehr geholfen.

»Nicht direkt. Allerdings – habe ich in einem Hangar etwas gefunden, das aus einem Material bestand, das ich noch nie gesehen habe; und das Ding sah aus wie ein UFO, das auf den Boden geknallt ist. Ich habe Schriftzüge entdeckt, mit Symbolen, die mir noch nie im Leben begegnet sind. Es kam mir sehr fremdartig vor.«

Scarborough hatte, wie schon so oft in der letzten Zeit, wieder einmal das Gefühl, daß ihm der Boden unter den Füßen weggezogen wurde.

»Everett? Everett, bist du noch da?«

»Ja, Marsha. Ja. Ich bin da. Laß uns das mal für den Augenblick ausklammern und ...«

»Was meinst du mit ›ausklammern‹? Das ist sehr wichtig. Die Air Force und die CIA, die ganze Regierung – die haben das Ding versteckt! Die Erde wird tatsächlich von Wesen von anderen Planeten besucht, Everett. Weigerst du dich immer noch, das zu akzeptieren?«

»Ich weiß es nicht, Marsha. Ich habe es ja nicht selbst gesehen, und ich kann mir kein Urteil bilden. Aber das ist nicht das, worüber ich reden wollte, also rege dich bitte nicht auf.«

»Das fällt mir verdammt schwer, wenn ich sehe, wie störrisch du dich weigerst, bestimmte Fakten anzuerkennen.«

»Okay, dann will ich dir erst mal einige neue Dinge berichten, auf die ich inzwischen gestoßen bin, dann kannst du selbst urteilen.«

»Also gut, Everett. Du kannst mich manchmal wirklich auf die Palme treiben.«

Scarborough mußte lächeln. »Ich glaube, das beruht auf Gegenseitigkeit, Marsha.«

Er erzählte ihr von den Männern, die ihm gefolgt waren, und von der Begegnung mit ihnen am vergangenen Abend, er berichtete vom Kontakt mit seinem Freund Ed Myers und den Informationen, die der CIA-Agent für ihn herausgefunden hatte. Aber was noch wichtiger war, er erklärte ihr, was er über die verdeckten, erschreckenden Aktivitäten der sogenannten Editoren und Publisher dachte und welche Schlußfolgerungen er gezogen hatte.

»Warum nur sollten Menschen so etwas tun?« fragte Marsha nach kurzem Schweigen.

»Irgendwie paßt das auf eine verrückte Art und Weise zusammen. Die CIA interessiert sich schon lange für Bewußtseinskontrolle. Als Waffe, als Werkzeug. Nachdem etwas an die Öffentlichkeit durchgesickert war, mußte die CIA natürlich versprechen, daß sie damit aufhören würde, aber man darf ruhig annehmen, daß die Firma unter Reagan und Bush die stillschweigende Erlaubnis bekommen hat, weiterzuforschen, und zwar intensiver denn je. Diese Farm in Iowa ist ein Hinweis darauf, daß sie das schon ziemlich lange machen.«

»Ich verstehe es immer noch nicht.«

»Desinformation, Marsha. Desinformation und Bewußtseinskontrolle.«

»Du meinst, diese Geschichten über Entführungen – Strieber, Schroeder –, die Berichte in den Büchern von Hopkins ... Meinst du wirklich, daß die CIA hinter alledem steckt?«

»Oder irgendeine illegale Abteilung der CIA, von der die anderen Agenten überhaupt nichts wissen.«

»Aber warum? Welche Informationen wollen sie geheimhalten? Warte mal ... so langsam dämmert es mir. Mein Gott, Everett, glaubst du denn, die wollen damit *echte* Aktivitäten von Außerirdischen vertuschen?«

»Ich habe noch nicht genügend Informationen, um diesen Schluß ziehen zu können, aber es ist eine Möglichkeit. Eine Möglichkeit, die durch deine Entdeckung wahrscheinlicher geworden ist, Marsha. Entschuldige, daß ich so heftig reagiert habe. Ich glaube, das ist die alte Skepsis aus meiner Vergangenheit.«

»Glaubst du denn, daß es Außerirdische auf der Erde gibt, Everett?«

»Nein, das kann ich immer noch nicht glauben. Wir kennen noch nicht alle Fakten, und außerdem mache ich mir jetzt noch viel größere Sorgen um meine Tochter. Ich schaudere, wenn ich mir vorstelle, wer sie entführt haben könnte und was die Entführer mit ihr getan haben könnten. Und mit Tim . . .«

»Ich glaube, darüber muß ich jetzt erst mal nachdenken. Aber ich werde der Sache weiter nachgehen.«

»Das ist gut. Vielleicht gibt es irgendwo eine Verbindung zwischen unseren Beobachtungen. Und ich werde mich jetzt um mein nächstes Ziel kümmern.«

»Um welches denn?«

»Ich habe Grund zu der Annahme, daß ich eine der Personen kenne, die an diesen schrecklichen Dingen beteiligt sind. Es ist eine gewisse Doktor Julia Cunningham. Ed Myers hat mir berichtet, daß sie tatsächlich für die CIA arbeitet. Und sie ist in New Mexico, Marsha. In einem Labor, in dem an solchen Dingen geforscht wird. Dort will ich hin. Ich habe das unbestimmte Gefühl, daß man Diane dort festhält.«

»In New Mexico? Etwa in der Nähe von Roswell?«

»Ich habe keine Zeit, mich um abgestürzte fliegende Untertassen zu kümmern, aber es ist tatsächlich nicht weit entfernt – auf der Kirtland Air Force Base, um genau zu sein.«

»Ruf mich morgen abend wieder an, ich werde der Sache auf jeden Fall weiter nachgehen.«

»Was meinst du damit?«

»Ruf mich einfach morgen abend an, Everett, okay?«

»Marsha, wenn du etwas vorhast, dann solltest du es mich wirklich wissen lassen.«

»Morgen abend, Everett«, sagte sie. Ihre Stimme klang abweisend, und damit legte sie auf.

Noch ein Anruf, dann konnte er ein Stück fahren und sich eine Übernachtungsgelegenheit suchen.

Er ging zur Bar, wechselte noch ein paar Vierteldollarstücke und bestellte eine Coke. Es war ein Lokal, das hauptsächlich von Fernfahrern besucht wurde. Über der Kasse hing ein Hirschgeweih, auf der Theke standen Gläser mit eingelegten Eiern und Schweinshaxen in Aspik. Das Steak war etwas zäh, aber sättigend gewesen, die Kartoffel groß und gut.

»Na, Sie haben aber die Telefonitis«, sagte der Barkeeper, ein Mann in mittleren Jahren mit schläfrigen Augen, der so aussah, als kostete er oft und gern die Getränke, die er ausschenkte.

»Ja, das stimmt.« Scarborough schob ihm zwei Vierteldollarstücke für die Cola und vier weitere Münzen als Trinkgeld über die Theke. »Bin ich im Weg? Will noch jemand anders telefonieren?«

»Nein, ich wollte Sie da nicht verscheuchen. Ich kümmere mich lieber um meinen eigenen Kram. War nur so eine Redensart.«

»Alles klar.«

Im Lokal hielten sich nur etwa zehn Gäste auf, und während Dolly Parton und Buck Owens aus der Musikbox heulten und am Pooltisch Männer leise fluchend die Kugeln klackern ließen, hatte Scarborough in einer Ecke etwas Ruhe finden können.

Er trank die Cola. Kleingehacktes Eis, das war gut. Es gab nicht viele Bars, in denen das Eis kleingehackt wurde. So mochte Scarborough seine Coke, wenn er eine trank. Er kehrte mit dem beschlagenen Glas zum Telefon zurück, stellte es neben den zerfetzten Telefonbüchern ab, legte die Vierteldollarstücke neben den Apparat und wählte.

Es klingelte nur zweimal, bis abgehoben wurde.

»Hallo.«

»Camden, hier ist Scarborough. Rufen Sie mich bitte unter der folgenden Nummer zurück . . .«

»Oh, das geht aber nicht. Ich wollte gerade weg, Mann. Feiern.«

»Camden! Ich muß mit Ihnen reden.«

Es dauerte einen Augenblick, bis der Mann, der leicht beduselt klang, die Situation überdacht hatte. »Na gut. Geben sie mir die Nummer.«

Camden rief zurück. »He, Scarborough, tut mir leid. Ich dachte, meine Telefongesellschaft hätte mir die Ferngespräche gesperrt. Hat sie aber wohl doch nicht.«

»Hätten Sie das nicht gleich sagen können?«

»Oh, mir war klar, daß Sie mich sowieso noch mal anrufen würden, wenn ich mich nicht melde.«

»Das hätte ich, darauf können Sie Gift nehmen. Camden, was haben Sie zu feiern?«

»Eine erfolgreiche Geschäftsreise nach New York. Habe ein paar interessante Geschichten aufgetan, die meinen Lesern gefallen werden.«

»Das freut mich für Sie. Ich bin auch froh, daß Sie mit Marsha gesprochen und sie informiert haben. Vielen Dank dafür.«

»Schon gut. Wo sind Sie jetzt?«

»Das spielt keine Rolle. Ich bin da auf etwas gestoßen, Jake.«

Scarborough erzählte dem Reporter ungefähr das, was er auch Marsha erzählt hatte, doch erwähnte er nicht, was sie herausgefunden hatte – irgendwie fügte sich das noch nicht richtig ein, und außerdem mußte er dafür sorgen, daß Camden sich um die wirklich wichtigen Sachen kümmerte. Wenn man einem UFO-Reporter neues Material über abgestürzte UFOs in New Mexico, über Majestic 12 oder über sonst irgendein wichtiges Element des UFO-Mythos in Aussicht stellte, dann begann der zu sabbern wie ein Pawlowscher Hund und vergaß alles andere.

»Hmm, das hört sich spannend an, hört sich eigentlich an, als sollte ich dabeisein.«

»Ja, ich könnte Ihre Hilfe gebrauchen.«

»Passen Sie auf, ich muß vorher noch ein paar wichtige Beiträge schreiben. Kann ich annehmen, daß Sie eher auf Umwegen zu Ihrem Ziel fahren?«

»Ja.«

»Gut, damit habe ich noch ein paar Tage Luft, oder?«

»Ich glaube schon.«

»Wo genau werden Sie in New Mexico sein?«

»Das weiß ich noch nicht.«

»Na schön, ich werde jedenfalls mit dem Flugzeug nachkommen. Kein Problem. Der Südwesten ist immer eine gute Gegend für UFO-Geschichten – denken Sie nur an die mystischen Erzählungen von Carlos Castaneda und so weiter. Ich fahre oft da runter, also wird niemand etwas dabei finden. Aber ich muß zuerst die Artikel schreiben, okay?«

»Alles klar. Danke, Camden.«

»Es tut mir leid, daß Sie in Baltimore einen kleinen Zusammenstoß mit ein paar kräftigen Jungs hatten. Keine Ahnung, wer das war. So was ist mir in der UFO-Szene bisher noch nicht untergekommen. Die Männer in Schwarz schüchtern ihre Opfer normalerweise nur ein, ohne ihnen den Scheitel nachzuziehen.«

»Ich glaube, wir haben es hier mit mehr als nur absurden Geschichten zu tun, Jake. Dahinter steckt eine echte Verschwörung der Regierung, bei der Bürger der Vereinigten Staaten mißbraucht und im Interesse von Gott weiß welchen perversen Zielen sogar ernsthaft gefährdet werden.«

»Ja, darüber habe ich auch schon nachgedacht, mein Freund. Erinnern sie sich an diesen Harry Reynolds? An den Kurzwellenamateur, der im letzten Monat verschwunden ist? Meinen Sie, die Editoren und die Publisher könnten den alten ›Klaatu der Kurzwelle‹ erwischt haben?«

Scarborough durchfuhr es wie ein Blitzschlag. Er dachte fieberhaft nach.

»Scarborough, hey! Kumpel, sind Sie noch da, oder haben die grauen Männchen Sie geholt?«

»Nein, ich bin noch da. Ich habe nur nachgedacht. Harry Reynolds ... Ja, ich erinnere mich an ihn.«

»Das dachte ich mir. Ein echter UFO-Gläubiger. Ein klassischer Fall. Ich bin ihm mal begegnet. Ein freundlicher älterer Typ. Hatte ein künstliches Bein, das richtige wurde ihm in Korea kaputtgeschossen. Was für ein Kerl ... he, Sie glauben mir doch, oder?«

»Reynolds hat in Iowa gelebt, nicht wahr?«

»Yeah, in Dubuque. Und?«

»Ich erinnere mich gerade an ihn, mehr nicht.«

»Was, Sie erinnern sich, daß Sie etwas darüber gelesen haben? Mensch, Sie wollen das doch hoffentlich nicht nachrecherchieren, oder? Der alte Harry ist wahrscheinlich nur mit einer jungen Krankenschwester nach Kanada durchgebrannt und will dort ein neues Leben beginnen.«

»Nein, ich wußte überhaupt nichts von seinem Verschwinden, bis MacKenzie mir einen Brief gezeigt hat.«

»Einen Brief? Was für einen Brief?«

»Einen Brief, in dem es um die Entführung von Reynolds durch Außerirdische ging. Der Brief kam von jemandem aus New Mexico. Wie war noch gleich sein Name? Soweit ich mich erinnere, klang er russisch. Mashkin, das ist es! Mashkin. Kennen Sie in New Mexico jemanden namens Mashkin?«

»Ja, das ist ein passionierter Leserbriefschreiber. Er schreibt an alle wichtigen Zeitschriften. Ich habe seine Briefe oft in meiner Kolumne verwendet. Mashkin. Yeah. Walter Mashkin. Aus Albuquerque, New Mexico.«

»Jake, ob's mir paßt oder nicht, aber Sie sind einfach unbezahlbar.«

»Ich hab's Ihnen doch gleich gesagt!«

»Gehen Sie jetzt aus, und genehmigen Sie sich einen auf meine Kosten, Jake. Wir bleiben über Marsha in Kontakt, aber wundern Sie sich nicht, wenn Sie am Wochenende von mir die Nachricht bekommen, daß wir uns in New Mexico treffen sollten. Ich habe so ein Gefühl, Jake . . . Tatsächlich glaube ich jetzt wirklich, daß Diane in dieser Forschungseinrichtung der Regierung festgehalten wird – entweder dort oder in einem geheimen Labor in der Nähe, das die Editoren und Publisher für ihre Experimente benutzen.«

»Mann, die Sache wird ja immer heißer. Die Geschichte ist wirklich ein Knüller.«

Nachdem er aufgelegt hatte, ging Scarborough zur Bar und bestellte einen Jack Daniels. Dann kehrte er mit dem Glas zum Münzfernsprecher zurück, hob den Hörer ab und salutierte ins Leere.

»Auf dich, Mac.«

Er trank den Whisky aus, rief die Auskunft an und ließ sich Walter Mashkins Nummer heraussuchen.

19. Kapitel

Als Camden sah, daß Joseph Donohue, der ständige Rechtsberater des *Intruder*, in Kozlowskis Büro auf ihn wartete, wußte er, daß es Schwierigkeiten geben würde.

»He, Joe! *Que pasa?* Wie geht's der Frau und den Kindern und dem Gartengrill?« Demonstrativ locker schlenderte er über den dicken Teppich und ließ sich selbstbewußt auf den Stuhl vor dem Schreibtisch fallen. Er schlug die Beine übereinander und verschränkte die Hände hinter dem Kopf.

Allerdings, das sah nach Ärger aus. Er konnte nicht genau sagen, was für ein Ärger ihm bevorstand, aber da ein Anwalt im Spiel war, schien es ihm das beste, sich selbstbewußt zu geben, weil man ihn sonst im Handumdrehen in der Luft zerreißen würde.

»Jake«, sagte Donohue. Er nickte und sah Kozlowski an. »Soll ich es ihm sagen, Mr. K., oder möchten Sie das selbst tun?«

Kozlowskis Zigarre lag vergessen im Aschenbecher. Auch das war ein sehr schlechtes Zeichen. Er grunzte nur und inspizierte seine Fingernägel.

Donohue verstand das Signal seines Arbeitgebers und übernahm das Erklären. Er wandte sich an Camden und sah ihn streng an. »Jake, es geht um den ersten Teil Ihrer journalistischen Bemühungen, um Dr. Everett Scarborough.«

Camden sah auf Kozlowskis Schreibtisch eine mit Anmerkungen versehene Kopie seines acht Seiten langen Textes. Eine zweite Kopie steckte in einer Aktenmapee von Gucci, die Donohue gehörte.

Es war Montag nachmittag.

»Habe ich etwa versehentlich jemanden beleidigt? Der Text ist doch gut, oder? Er ist wirklich gut.«

»Tatsächlich der beste Artikel, den ich seit langem gesehen habe«, bestätigte Kozlowski. Doch er sah Jake dabei nicht an.

Camden lächelte. Vielleicht würde es doch nicht ganz so schlimm werden. Der alte Knabe war einfach fix und fertig und von den Socken, daß Camden ein so guter Reporter war.

»Ja, es ist wirklich gut geschrieben, Jake«, sagte Donohue. »Aber Mr. Kozlowski hat mich gebeten, den Text auf mögliche Probleme hin abzuklopfen, und ich habe ein paar gefunden. Schwerwiegende Probleme, Jake. Probleme, über die wir eingehend sprechen müssen.«

Donohue war ein vierschrötiger Mann von Anfang Vierzig mit einem betont gepflegten Äußeren, das ihm ebenso stand wie die dreiteiligen Nadelstreifenanzüge, die er am liebsten trug. Er wirkte gut genährt, war aber nicht fett. Mit seiner gesunden Gesichtsfarbe kam er Camden vor wie ein putzmunterer Hai, der sich nach neuer Beute umsieht. Auffallend war seine Hakennase und die hohe Stirn, unter der die schmalen Augen in tiefen Höhlen lagen. Kleine Knopfaugen waren es. Exakt so sehen die Rechtsverdreher aus, dachte Jake Camden, die seit zwanzig Jahren Florida im Griff haben und mit ihren Grundstücksgeschäften das Land vergewaltigen und die Umwelt verschandeln. Sein Kollege John D. MacDonald schrieb ausgezeichnete Artikel über diese Leute.

Donohue hatte vor ein paar Jahren Schwierigkeiten mit den Behörden bekommen, und danach hatte er den Beruf wechseln müssen. Er war die Sorte Anwalt, die Verträge am liebsten auf Schecks schrieb, doch mußte Donohue gut sein, wenn Kozlowski ihn als Syndikus fest engagiert hatte. Privat verachtete Camden den Mann.

»Okay, kein Problem. Dann verändern wir einfach ein paar Namen, um Unbeteiligte zu schützen. Vielleicht habe ich auch zu viele Fakten reingepackt. Schreiben Sie es um, wie Sie wollen. Die Geschichte gehört jetzt ihnen.«

Das war genau das, was er gehofft hatte: Kozlowski sollte die Geschichte umschreiben. Er hatte allerdings nicht damit gerechnet, daß Donohue auf der Bildfläche erscheinen würde. Das spielte aber keine Rolle, denn wenn er der *New York Times* die Geschichte anbot, konnte er sowieso auf den ursprünglichen Wortlaut zurückgreifen.

»Nein, das meinen wir nicht, Jake«, sagte Kozlowski.

»Wir werden die Geschichte einfach nicht bringen können, so ist das.«

»Wie bitte?« Jake blinzelte verdutzt. Er wußte nicht, was er davon halten sollte.

»Das große Problem, Jake«, erklärte Donohue, »ist die Tatsache, daß aus Ihrem Artikel hervorgeht, daß Sie einem vom FBI gesuchten Kriminellen geholfen haben. Wenn Sie das als Angestellter des *Intruder* öffentlich einräumen, dann könnten wir alle in große Schwierigkeiten kommen.«

»Was? Das ist doch Unsinn! Ich bin Reporter, ich arbeite an einer Geschichte. Reporter sprechen dauernd mit Kriminellen.«

»Sie halten Informationen zurück, die zur Ergreifung dieses Mannes führen könnten, Camden. Damit verstoßen Sie gegen das Gesetz. Der *Intruder* kann implizit oder explizit Ihr Verhalten nicht unterstützen.«

Jake sah Kozlowski flehend an. »Was ist denn hier los? Die Geschichte hat Ihnen doch vorher gefallen!«

»Es tut mir leid, Jake. Ich muß mich an das halten, was Joe sagt. Er ist mein Anwalt, und in dieser Hinsicht kann ich ihm vertrauen.«

Camden schüttelte den Kopf. »Ich kann das nicht glauben. Wollen Sie nicht einmal einen zweiten Anwalt befragen?«

»Ich kann Ihnen die Gesetze zeigen, die hier greifen, Jake«, sagte Donohue steif.

»Wir können es uns leisten, wenn Hollywoodstars und Verrückte auf uns sauer sind«, seufzte Kozlowski. »Aber wenn ich ein wenig darüber nachdenke, dann will ich mit der Regierung der Vereinigten Staaten lieber keinen Ärger haben. Ganz besonders nicht mit Regierungsangestellten, die bewaffnet sind.«

Plötzlich erkannte Jake den wahren Grund. Es mußte mit Kozlowskis Vergangenheit zu tun haben – wahrscheinlich mußte Koz darauf achten, daß seine Weste peinlich sauber blieb. Im Grunde war das natürlich gar nicht schlecht. Er war sicher, daß die *New York Times* oder die *Washington Post* seine Geschichte bringen würden.

Und dank dieser Entwicklung mußte er nicht einmal das Versprechen brechen, das er Scarborough gegeben hatte, und etwas veröffentlichen, bevor die Sache durchgestanden war. Besonders darüber war Camden in diesem Augenblick wirklich froh. Er mochte den Mann, und er wollte ihn nicht hintergehen.

»Ich bin sehr enttäuscht«, sagte Camden. »Aber ich kann das natürlich verstehen.« Er tippte auf das Manuskript. »Das sind harte Fakten, und es kommt noch mehr. Ich habe den Tiger am Schwanz gepackt, Chef. Nun ja, es soll mir recht sein, solange der Scheck eingelöst wird.«

Kozlowski kratzte sich an der Nase. »Wird er aber nicht, Jake. Wir haben ihn sperren lassen. Es ist eine verdammt gute Geschichte, aber für Dinge, die wir nicht gebrauchen können, zahlen wir nicht.«

Camden sperrte den Mund auf. »Wie bitte?«

»Genau so ist es, Camden«, sagte Donohue ernst. »Ich habe selbst die Bank angerufen.«

Camden sprang auf und zielte mit dem Zeigefinger auf seinen Chef. »Sie haben es mir versprochen!«

»Ich habe Ihnen Geld für etwas versprochen, das die Auflage steigert. Da wir das Material nicht benutzen können, wird die Auflage nicht steigen. Finden Sie eine andere heiße Geschichte.«

Camden wußte nicht, was er sagen sollte. Er hatte das Gefühl, ein Riese hätte ihm die Brust mit gewaltigen Fingern eingeklemmt und würde jeden Augenblick zudrükken. *Oh, verdammt,* dachte er. *Plentenos! Ich habe nicht genug Geld, um diesen verdammten Koksdealer auszuzahlen. Er wird mich umbringen!*

»Aber Chef, ich habe finanzielle Verpflichtungen. Sie wissen doch, daß ich in der Klemme stecke.«

»Ja, aber ich glaube, was wir Ihnen als nächstes zu sagen haben, wird dieses Problem lösen, Jake. Und natürlich werden Sie auch nicht hinausgeworfen. Sie bleiben unser Angestellter.«

Camden blinzelte. Worauf wollte der alte Knabe hinaus? »Was wollen Sie mir als nächstes sagen? Was ist hier los? Ich verstehe überhaupt nichts mehr.«

»Joe, am besten, Sie sagen es ihm. Sie haben ja auch angerufen.«

Donohue richtete sich auf und konzentrierte sich. »Camden, ich war über einige Dinge, die Sie in Ihrem Artikel geschrieben haben, äußerst beunruhigt. Ich persönlich habe Ihre Geschichte übrigens auch nicht geglaubt. Keine Sekunde. Aber da ich beim Lesen erfuhr, daß Ihnen der Aufenthaltsort des flüchtigen Mörders Everett Scarborough bekannt ist, habe ich es auf mich genommen, das nächste Büro des FBI anzurufen. Sie schicken heute nachmittag jemanden, der Ihnen die entsprechenden Fragen stellen wird.«

Camden konnte nicht glauben, was er da hörte. »Sie haben *was* gemacht? Sie haben mir die *Feds* auf den Hals geschickt, Sie Schweinehund?« Er fuhr zu Kozlowski herum. »Wie konnten Sie zulassen, daß er so etwas macht? Die werden mich verhaften!«

Kozlowski zuckte die Schultern. »Dann sind Sie wenigstens vor Ihrem Drogendealer sicher. Ich tue Ihnen damit sogar einen Gefallen, Jake. Sie werden mir später noch dankbar sein. Ich habe ja auch gar nicht selbst die Feds angerufen, Jake. Es war ja schon passiert. Aber wenn die Beamten sowieso kommen, können Sie auch ihre Fragen beantworten.«

»Verstehen Sie denn nicht, daß ich das nicht tun kann? Scarborough verläßt sich auf mich. Haben Sie den Artikel nicht gelesen? Verstehen Sie nicht, daß ich es ihm versprochen habe? Können Sie nicht sehen, wie wichtig das ist?«

»Hören Sie auf, Jake. Ich weiß, was Ihnen wichtig ist – Geld, Schnaps und Frauen. Versuchen Sie nicht, mich einzuwickeln. Sie machen das nicht, weil Sie der Freund dieses Mannes sind. Sie machen das aus eigennützigen Gründen. Schauen Sie, vielleicht können Sie Ihre Geschichte ja woanders verkaufen. Für uns ist sie jedenfalls zu riskant. Und eines müssen Sie mir glauben, Jake – es ist wirklich in Ihrem eigenen Interesse, wenn Sie mit den Behörden zusammenarbeiten.«

»Ich denke nicht daran.« Jake Camden ging zur Tür, öffnete sie und marschierte hinaus.

»Jake, wohin wollen Sie?«

Draußen in der Redaktion hörten Schreibmaschinen zu klappern auf. Köpfe fuhren herum.

»Ich sehe zu, daß ich hier verschwinde!« rief Camden zurück. Er sah sich wild im Großraumbüro um, wo Redakteure, Autoren, Assistenten und Sekretärinnen saßen. »Der Mann ist völlig ausgeflippt, Leute. Er hat ein paar Drogenschnüffler herbestellt, die jeden Augenblick herkommen und den Laden auf den Kopf stellen.«

Die Hölle brach los.

Stühle kippten um, Schubladen wurden quietschend geöffnet, Leute rannten zu den Toiletten, um ihre Vorräte durchs Klo zu spülen. Jake Camden eilte den Gang hinunter und sah sich nicht einmal um, ob inzwischen Kozlowskis knallroter Kopf zur Bürotür herausschaute.

Zum Teufel mit dem *Intruder*.

Jake Camden hatte einen besseren Fisch an der Angel. Er würde ein Buch oder sogar die Filmrechte verkaufen können, und er hatte eine ausgezeichnete Serie, auf die jede angesehene Zeitung scharf sein würde.

Natürlich mußte er so schnell wie möglich aus der Stadt verschwinden, weil er sonst entweder im Gefängnis oder tot wäre.

Jake Camden zog es vor, lebendig und frei zu sein.

20. Kapitel

Also los!

Jake Camden grinste, als er seinen Wagen auf die Everglades Avenue lenkte und in Richtung des Interstate 75 fuhr. Er war eilig zu seiner Wohnung gefahren und hatte seine Sachen geholt: vor allem seinen Notgroschen – insgesamt vierhundertzweiundzwanzig Dollar und neunzehn Cents –, der in einem alten Socken im Schrank versteckt war, die einzige Visa-Card, die noch funktionierte, und schließlich eine uralte Reiseschreibmaschine. Alles lag jetzt auf dem Rücksitz seines Wagens.

So, dachte er anschließend. *Dann steht mir also wieder ein anstrengender Ausflug nach New Mexico bevor.*

Es war schon 18 Uhr 30, aber dank der Sommerzeit war der Himmel noch hell, und die Sonne hockte wie eine Göttin auf ihrem Wolkenthron. Was für ein Land! dachte Camden. Man konnte früh am Morgen aufstehen, nach Osten fahren und die Sonne am Atlantik aufgehen sehen, man konnte arbeiten oder sich einfach nur herumtreiben, und dann fuhr man an die Ostküste und beobachtete den Sonnenuntergang. Camden liebte Florida. Er fühlte sich hier heimischer als an jedem anderen Ort in den USA. Keine staatliche Einkommensteuer; eine erstaunliche Auswahl an Naturschönheiten, Stränden und Mädchen, und viele Leute, die er über den Tisch ziehen konnte. Außerdem sah ihn hier niemand wegen seiner geliebten Hawaiihemden schief an.

Sehnsüchtig betrachtete er die draußen vorbeihuschenden Palmen. Irgendwo in einiger Entfernung war ein Buschfeuer ausgebrochen. Die ganze Gegend schien nach Geld zu riechen. Wie lange würde es noch dauern, bis auch hier alles bebaut war? Sicherlich nicht mehr lange; es war nicht weit bis Orlando, und Orlando blühte auf. Wenn er das Geld für sein Buch und die Filmrechte bekam, wollte Jake Camden als erstes einen guten Teil davon in ein paar Grundstücke stecken, am besten gleich hier in der Nähe. Egal, ob Florida von einer Verbrecherbande vergewaltigt wurde – er wollte wenigstens mit von der Partie sein. Sein alter Zynismus war wieder da. Wer weiß, vielleicht konnte er sich ein großes Stück vom Kuchen abschneiden.

Er zündete sich eine Camel ein, setzte sich bequem zurück und genoß die Fahrt.

Zwei Kilometer war er ungefähr auf der Palmetto Road gefahren, als sich aus dem Nichts ein riesiger Buick mit offenem Verdeck vor ihm einfädelte und ihn ausbremste. Er stellte instinktiv den Fuß auf die Bremse und konnte einen Zusammenstoß nur um Haaresbreite vermeiden. Wenn er Zeit zum Nachdenken gehabt hätte, dann wäre er besser ausgewichen, aufs Gaspedal gestiegen und einfach weggefahren.

Drei Männer stiegen aus dem Wagen, und Camdens Herz stürzte bis zum Mittelpunkt der Erde.

Er befand sich jetzt in einer relativ verkehrsarmen Gegend. Felder und Bäume würden die einzigen Zeugen dessen sein, was gleich passieren würde. Jake legte den Rückwärtsgang ein, aber da sah er bereits in die Mündung der 45er Automatik, die Johnny Plentenos auf ihn richtete. Gleichzeitig kamen die Schläger des Drogendealers angerannt und zogen ihn aus dem Wagen.

Er hatte noch Hoffnung. Keine große Hoffnung, aber immerhin.

»Johnny! Was zum Teufel ist denn los?« sagte er und versuchte, seiner Stimme den Klang von rechtschaffenem Ärger zu geben. »Heute ist Montag, oder? Ich soll dir das Geld doch erst am Mittwochnachmittag bringen.«

Plentenos steckte die 45er ein, und Camden fühlte sich sofort etwas besser. »Ich habe einen Tip bekommen, daß du die Stadt schrecklich schnell verlassen willst, Jake. Und es klang nicht danach, als würdest du bald zurückkommen. Sieht so aus, als stimme das, wie?«

Plentenos hatte seinen kubanischen Akzent nicht aufgelegt, und er wirkte nicht so, als wollte er den Macho spielen. Eigentlich schien er ehrlich verdutzt und auf eine stille, aber sehr beunruhigende Art und Weise äußerst zornig zu sein. Er sah den Mann an, der seine Schulden nicht bezahlen konnte, und schien bekümmert über das, was er gleich tun mußte.

»He, Johnny, ich würde dich doch nicht anlügen. Yeah, ich verlasse die Stadt, aber das hat nichts mit dir zu tun. Ich habe die Feds am Arsch. Das FBI. Ich will jetzt nicht weiter darüber sprechen, aber ich wollte dir wirklich das Geld besorgen. Laß mir nur noch etwas Zeit. Und um Himmels willen, verschwinde lieber von der Straße, weil sie jeden Augenblick hier sein könnten.«

»Die Feds?« Johnny Plentenos sah fragend seine beiden Schläger Miquel und Paco an.

Sie zuckten die Schultern und schüttelten die Köpfe.

»Ich glaube dir nicht, Jake. Das ist dein übliches Geschwätz. Paß auf, Jake, ich bin es leid. Ich glaube, wir müssen das jetzt an Ort und Stelle hinter uns bringen. Du hast uns etwas Zeit erspart, weil du von selbst auf die Palmetto herausgefahren bist. Hübsch einsam ist es hier. Wir werden es schnell machen, es wird dir nicht weh tun.«

»Jesus!« Camden wollte sich von den Männern losreißen, die ihn festhielten, doch deren Griff wurde härter. Camden konnte sich nicht befreien, und er bekam obendrein einen Schlag in die Magengrube, der ihm seine Widerspenstigkeit austreiben sollte.

Stöhnend ging er in die Knie, und ihm wurde übel vor Schmerzen.

»So ein Pech aber auch. Vielleicht war das ein bißchen zu fest? Wir gehen jetzt spazieren, Jake. Los, ich sehe da vorne einen Weg. Miquel, du fährst die Wagen von der Straße. Paco, du kommst mit.«

»Mein Gott, Johnny, ich habe doch fast fünfhundert Dollar dabei. Die gehören dir. Und du hast mir doch bis Mittwoch Zeit gegeben!«

»Ich habe dir vertraut, Camden. Du hast mein Vertrauen mißbraucht. Jetzt sind die fünfzehntausend Dollar überhaupt nicht mehr wichtig. Paco und Miquel halten mich sowieso schon für einen zahnlosen Tiger, weil ich dich nicht bereits letzte Woche umgelegt habe. Ich glaube, sie hatten wohl recht damit. Das will ich jetzt wiedergutmachen. Die Leute sollen es erfahren. Wer Johnny Plentenos übers Ohr haut, lebt nicht mehr lange. Ich muß auf meinen guten Ruf achten, auf meine Ehre. Dir werde ich's zeigen! Los, komm schon. Je mehr Unsinn du uns erzählst, desto mehr werden wir dir weh tun, bevor wir dich unter die Erde bringen, Jake.«

Verdammt! Was war hier los? Donohue, dieser Bastard – er mußte Johnny auf ihn angesetzt haben. Was bedeutete, daß es Kontakte gab . . . was wiederum bedeutete . . .

Mein Gott, gab es denn überhaupt keinen ehrlichen Menschen mehr auf der Welt?

»Das war dieser schmierige Anwalt, dieser Donohue, wie?« fauchte Camden. »Habt ihr den in der Tasche, Johnny? Aber ich sage dir, wenn du deine Ehre wahren willst, dann darfst du dich mit dieser Schlange nicht einlassen.«

»Halt das Maul, ja?« Plentenos funkelte ihn böse an. »Ich tue der Welt einen großen Gefallen, Camden, wenn ich dir das verdammte Maul stopfe, und zwar für immer.«

Er versetzte Camden einen Tritt in die Seite. Einen festen Tritt. So fest, daß Camden aus Pacos Händen gerissen wurde und ein paar Meter wegrollte. Der Tritt war so hart gewesen, daß er nicht einmal aufstehen und weglaufen konnte. Verzweifelt bemühte er sich, nicht das Bewußtsein zu verlieren, weil er fürchtete, daß sie ihn dann einfach umbringen und irgendwo verscharren würden.

Plentenos wollte den am Boden liegenden Camden gerade noch einmal treten, als einer seiner Schläger etwas rief.

»Was ist los?«

»Ein Auto? Da kommt ein Auto.«

»Scheiße! Miquel, fahr den Buick von der Straße. Sie werden vorbeifahren.«

Doch das Auto fuhr nicht vorbei.

Er fuhr von der anderen Seite in den Buick.

»Scheiße!« rief Plentenos noch einmal. »Was ist denn los?«

Der Buick wurde umgeworfen und krachte schwer gegen Camdens Escort. Camden, der noch am Boden lag, konnte nicht viel sehen, und außerdem standen ihm vor Schmerzen die Tränen in den Augen, aber er konnte die Umrisse eines großen schwarzen Wagens ausmachen. Dann hörte er, wie Türen geöffnet wurden, und vernahm Schritte auf dem Asphalt. Er drehte den Kopf und sah, wie die Latinos erstaunt die Augen aufrissen.

»*Madre de Dios!*« rief der Schläger, der Paco hieß. Er griff in seine gelbe Popelinjacke, um seine Waffe zu ziehen, noch einen Wimpernschlag schneller als seine Gefährten, die ebenfalls die Kanonen herausreißen wollten.

Es gab einen Knall, als wäre eine große Sprengladung explodiert, und mitten in Pacos Brust klaffte ein Loch. Ein Schwall Blut strömte heraus wie eine ausgestreckte Zunge, die nach ein paar Augenblicken schlaff und formlos wurde. Der große Mann wurde herumgeworfen wie ein Sack Mehl, die Knie gaben nach, er verdrehte die Augen und ging direkt neben Camden zu Boden. Der Reporter hörte den Atem des Sterbenden rasseln.

Camden wimmerte und versuchte, vor Schmerzen halb gelähmt, ins Gebüsch am Straßenrand zu kriechen. Wenn das eine Art Vendetta zwischen Drogendealern war, dann wollte er nicht ins Kreuzfeuer geraten.

Plentenos und Miquel hatten inzwischen die Waffen gezogen und sogar ein paar Schüsse abgefeuert, doch wie Camden bereits geahnt hatte – auch wenn er nicht darauf bestanden hätte, sie auf die Probe zu stellen –, waren die Latinos keine besonders guten Schützen.

Eine Garbe schlug in ihre Körper ein wie ein Hagel unsichtbarer Steine. Miquel wurde in Bauch und Brust getroffen, Johnny Plentenos erwischte es an der Schulter, und eine Kugel riß ein Stück aus seiner Stirn.

Sie drehten sich um sich selbst und gingen zu Boden. Das Blut sprudelte aus ihren Körpern wie aus Rasensprengern.

Es wurde still. Camden hörte zu wimmern auf, kroch aber weiter ins Gebüsch, seine Schmerzen ignorierend.

Dann hörte er das Tappen von Schuhsohlen auf der Straße, als die Killer ihren Wagen umrundeten und sich ihm näherten.

Als erstes sah er die Kanonen. Große, schwarze Waffen, die von schlanken Händen gehalten wurden. Es waren zwei Männer, die in seine Richtung kamen und die Waffen bereit hielten, um ihren Opfern den Gnadenschuß zu verpassen. Sie trugen Jeans, schwarze Hemden, schwarze Leinenjacken und Sonnenbrillen und sahen aus wie ganz normale Kunden, die irgendwo in Tampa einen Supermarkt verließen. Beide waren Weiße und offenbar nicht arm.

Camden nahm an, daß sie ihn sowieso nicht verfehlen konnten, und hielt inne. »Ich gehöre nicht zu ihrer Bande, ich schwöre es. Die wollten mich umbringen ...«, war alles, was ihm einfiel.

Die beiden Männer, anscheinend überzeugt, daß die Latinos tot waren, näherten sich Camden und blieben einige Schritte vor ihm stehen. »Ja, das wissen wir, Mr. Camden.«

Camden rollte sich herum, so gut es ihm trotz der Schmerzen möglich war. »Sie kennen mich? Wer sind Sie?«

»Wir möchten Ihnen vorschlagen, ins Auto zu steigen und so schnell wie möglich weiterzufahren, Jake Camden. Zwischenfälle wie dieser hier mißfallen uns sehr, und wir wollen gewiß nicht riskieren, daß sich Agenten der Regierung an Ihre Fersen heften.«

Jake rappelte sich staunend auf, sah aber natürlich nicht den geringsten Grund, dem Vorschlag zu widersprechen. Er wankte zum Auto. Dann drehte er sich noch einmal um.

Die beiden Männer kehrten bereits zu ihrem eigenen Wagen zurück. Jake Camden sah, daß es ein älterer Cadillac war. Am Lenkrad saß ein weiterer Mann.

»Mein Gott, gehören Sie etwa zu der Gruppe, die Everett Scarborough beschattet?«

Die Männer entfernten sich schweigend.

Einer stieg in den Buick und fuhr ihn an den Straßenrand. Der zweite öffnete die Tür des Cadillac.

Camdens Schmerzen waren vor Aufregung vergessen. Er humpelte zum Wagen, winkte mit dem unverletzten Arm und rief: »He, warten Sie! Ich will mit Ihnen reden! Ich kann Ihnen helfen, verdammt noch mal! Sagen Sie mir doch, wer Sie sind. Was ist hier los? Was ist das für eine komische UFO-Verschwörung, auf die wir da gestoßen sind? Erklärt es mir doch, Jungs. Ich kann bestimmt auch was für euch tun.«

Und die ganze Zeit dachte er: *Jesus, da liegt eine Schicht über der anderen, und es kommen immer neue zum Vorschein wie bei einer Zwiebel. Das ist nicht nur die Geschichte des Jahrzehnts, das ist die Geschichte des Jahrhunderts.*

Der Mann, der am Wagen stand, wandte sich an Camden und nahm seine Sonnenbrille ab.

Seine Augen waren wie Eis – kalt und voll tödlicher Entschlossenheit. Der Blick, den er Camden zuwarf, veranlaßte ihn, wie angewurzelt stehenzubleiben.

Ein paar rasche Schritte, und der Mann stand vor ihm. Der Journalist konnte sehen, daß er kaum größer war als er selbst, aber unter seiner Jacke zeichneten sich kräftige Muskeln ab, kompakt und drahtig. Der Mann packte Camden am Hemd und zog ihn mit der linken Hand zu sich her. In der Rechten hielt er noch seine Waffe. Er hob sie und steckte Camden den Lauf in den Mund. Metall klapperte an Camdens Zähne, und die Angst fuhr ihm wie ein Stromstoß durch den Körper.

Camden mußte plötzlich an die Dirty-Harry-Filme mit Clint Eastwood denken. Fast rechnete er damit, daß der Kerl ihn mit rauher, knirschender Stimme fragen würde: ›Geht's dir jetzt besser, Arschloch?‹

Aber was der Mann sagte, klang leise und gut artikuliert.

»Mr. Camden, es bekümmert uns wirklich, daß wir auf diese Weise in Erscheinung treten mußten. Ihr Wohlergehen liegt uns derzeit sehr am Herzen. Aber lassen Sie sich eines gesagt sein: Wenn irgend jemand Sie umbringen sollte, dann werden wir es sein. Es wäre jetzt sehr leicht, auf den Abzug zu drücken und Sie einfach bei den anderen Leichen hier zurückzulassen. Sollen wir das tun?«

Camden schüttelte den Kopf.

»Ich würde das ebenfalls bedauern. Und jetzt steigen Sie bitte in Ihr Auto, fahren Sie sofort los, und kümmern Sie sich um Ihre eigenen Angelegenheiten. *Sofort.* Stellen Sie keine Fragen, denken Sie nicht weiter darüber nach. Verstanden?«

Camden nickte.

Der Mann zog den Pistolenlauf aus Camdens Mund und ging zum Auto. Der andere, der den verbeulten Buick zur Seite gefahren hatte, stieg gerade hinten ein. Noch einmal drehte der Mann sich um und warf Camden einen ersten Blick zu, dann setzte er sich die Sonnenbrille wieder auf und stieg vorne ein.

Sie warteten, um sicher zu sein, daß Camden losfahren würde.

Ein Schauder lief ihm über den Rücken. Er drehte sich um und lief zu seinem Wagen. Glücklicherweise war bei seinem Escort nur die Stoßstange leicht verbeult worden. Er stieg ein, startete den Wagen, wich dem Cadillac aus und beschleunigte auf der Everglades Avenue. Nur fort von den Männern, die ihn hatten umbringen wollen und die jetzt tot waren. Fort von den Männern, die ihm das Leben gerettet und den Tod angedroht hatten. Erst auf dem Interstate 75 erlaubte er es sich, in Ruhe nachzudenken. Allmählich wurde das Adrenalin, das seinen Kreislauf überschwemmt hatte, wieder abgebaut.

Wer waren diese Männer?

Verdammt, was war da im Gange?

Es dämmerte allmählich. Als er die Scheinwerfer einschalten wollte, bemerkte Camden, daß seine Hand zitterte.

Er mußte drei lange Schlucke aus der Flasche Whisky nehmen, die im Fach für die Kassetten steckte, ehe seine Hände sich beruhigten.

21. Kapitel

Dr. Julia Cunningham war von Natur aus kein besonders nervöser Mensch. Zumindest nicht äußerlich. Aber das war nicht immer so gewesen. Die junge Ärztin, die sich vor so vielen Jahren jeden Tag zur Arbeit beim National Institute of Mental Health auf den Weg gemacht hatte, war früher viel verkrampfter gewesen, eine fahrige Raucherin, die an den Fingernägeln kaute und in Lehrsälen unangenehm auffiel – Folge eines Mangels an Aufmerksamkeit in ihrer Kindheit, wie sie bei ihrer späteren Selbstanalyse feststellen mußte. Wäre sie noch ein Kind, dann würde man ihr vielleicht Ritalin gegeben haben. Aber jetzt standen ihr natürlich ganz andere Mittel zur Verfügung.

Heiler, heile dich selbst.

Als Dr. Julia Cunningham erwachte, war sie in kalten Schweiß gebadet. Das Bettzeug war zerwühlt und um sie gewickelt, die Zähne hatte sie zusammengebissen. Ihr Herz raste, und sie spürte, daß eine zu hohe Konzentration Antiadenoson im Blut ihren Kreislauf aufwühlte. Eine volle Minute mußte sie in Angst und Schrecken abwarten, bis ihr Gehirn die Situation durchschauen und verarbeiten konnte. Bis zu diesem Zeitpunkt blieb sie der Gewalt der nervösen Störung ausgesetzt, an deren Unterdrückung sie so hart gearbeitet hatte. Die Nachwehen des Alptraums liefen wie Wellen durch ihr Bewußtsein.

Julia Cunningham hatte den Geschmack von Blut im Mund, wahrscheinlich hatte sie sich in ihrer Angst auf die Lippen gebissen. Schlimm genug, daß ihr neues Quartier so spartanisch eingerichtet war und sogar noch schlimmer als ein Zimmer im Holiday Inn wirkte. Hotels und Motels boten wenigstens freundliche Farben, doch das hier war kaum mehr als eine Kammer in einer Baracke. Julia Cunningham haßte den Raum. Daheim in Washington besaß sie eine Wohnung, die der Traum jedes Innenarchitekten war. Elegante Möbel, Drucke von Marc Chagall, moderne Skulpturen. Vielleicht etwas kühl, wie ihre Gäste manchmal sagten. Auf jeden Fall aber eine schöne Umgebung (zweimal in der Woche kam ein Mädchen und putzte die Wohnung). Äußerst elegant, inspirierend und weiblich und sehr bequem. Die gedämpften Farben des Teppichs, die Bilder an den Wänden, alles war wissenschaftlich darauf abgestimmt, ihr eine visuelle Dosis Valium zu geben, wann immer sie in der Wohnung die Augen öffnete. So etwas gab es hier natürlich nicht.

Ihr Schlafplatz war kaum mehr als eine Pritsche, und sie hatte nur einen Schreibtisch mit einer billigen Lampe aus dem Inventar des Militärs, einen klobigen Schrank und ein paar Stühle bekommen.

Vor ein paar Jahren hatte sie viel Zeit an diesem Standort verbracht, aber inzwischen war ihre frühere Wohnung einem anderen Mitarbeiter zugewiesen worden. Jetzt mußte sie noch einmal von vorn anfangen. Wenn sie einen Tag frei bekommen hätte, wäre sie nach Santa Fé geflogen und hätte ein paar hübsche Navajoteppiche und einige Kunstgegenstände gekauft, um die Einrichtung etwas freundlicher zu gestalten. Aber sie hatte keine Freizeit, weil sich die Dinge rasend schnell entwickelten.

Julia Cunningham lag im Bett und wartete einige lange Minuten, bis ihr Atem sich normalisiert hatte.

Der Traum von ihrem Vater ...

Schon wieder der Traum, in dem sie geschlagen wurde.

Sie schauderte. Sie hatte geglaubt, sie hätte sich diesen Alptraum ausgetrieben. Sie hatte ihn seit Jahren nicht mehr gehabt, und deshalb hatte sie angenommen, daß es ihr gelungen wäre, die Gehirnkomplexe, die diesen Traum und diese Erinnerungen speicherten, komplett zu deaktivieren.

Aber als Wissenschaftlerin wußte sie natürlich, daß das menschliche Bewußtsein und die menschliche Erinnerung nicht auf diese Weise funktionierten.

Sie hatte es trotzdem versucht, und sie würde es weiter versuchen.

Chemie, sagte sie zu sich selbst. Sie sprach das Wort wie ein Mantra, immer und immer wieder. *Es ist alles nur eine Frage der Chemie. Neurotransmitter zwischen den Synapsen, Axonen und Dendriten; Empfang und Blockade des Empfangs. Prozesse auf molekularer Ebene – alles erklärbar, kontrollierbar. Theoretisch jedenfalls.*

Und warum hatte sie die Erinnerungen an ihren Vater nicht auslöschen können?

Nach einiger Zeit war sie imstande, das Bett zu verlassen. Sie trug einen bequemen Baumwollschlafanzug, und als sie das viel zu grelle Licht im Bad eingeschaltet hatte, sah sie, daß der Schlafanzug von Schweiß durchnäßt war. Vor dem Waschbecken starrte sie ihr Spiegelbild an. Sie fühlte sich, als wäre sie tausend Jahre alt. Das Gesicht, das sie sah, war nicht alt, aber es würde bald alt sein. Ohne Make-up konnte sie die Krähenfüße um die Augen erkennen, die Furchen auf der Stirn und die Falten um den Mund. Chemische Prozesse, Chirurgie – Gegenmittel gegen die Anzeichen des Alters. Und natürlich Schminke – Dank sei den kosmetischen Zauberern. Würde nur die Zauberkraft bei ihren Psychopharmaka genauso stark wirken.

Sie verdrängte den Gedanken sofort wieder.

Nein, Selbstzweifel konnte sie sich nicht erlauben. Die Traumerinnerung an den Mißbrauch durch ihren Vater war eine Fehlleistung. Irgendwo in ihrem Unterbewußtsein steckte immer noch eine Wurzel, die neu ausgetrieben hatte. Aber was ihr einmal gelungen war, mit Medikamenten zu bekämpfen, das konnte sie auch ein zweites Mal versuchen. Die Experimente, die sie an sich selbst durchgeführt hatte, waren manchmal fehlgeschlagen und hatten sie in tiefste Depressionen getrieben, aber manchmal auch zu den höchsten Höhen fliegen lassen. Sie war zuversichtlich, daß sie dieses Problem ohne weiteres in den Griff bekommen konnte.

Nur noch wenige Minuten mußte sie jetzt in der Hölle verbringen, ungeschützt und nackt.

Auf der Kommode stand ein großer Lederbeutel. Mit zitternden Händen nahm sie ihn und öffnete den Reißverschluß. Der Beutel enthielt eine Sammlung kleiner Flaschen, Spritzen und Schachteln, in denen die Pillen lagen, die sie selbst gepreßt hatte. Eine Spritze würde sie jetzt nicht brauchen – eine so drastische Maßnahme war nur bei echten Notfällen erforderlich. Nein, eine klug zusammengestellte Kombination von Pillen, die sie in der nächsten halben Stunde einnehmen würde, das wäre genug. Die Digitalanzeige des Weckers sprang auf 5 Uhr 16. Sie hatte ihren ersten Termin um 10 Uhr, allerdings erwartete man von ihr, daß sie bereits um 8 Uhr 30 im Büro erschien.

Zum Teufel mit ihnen. Sie hatte es verdient, einmal auszuschlafen.

Vorausgesetzt natürlich, sie würde überhaupt schlafen können.

Sie dachte nicht weiter darüber nach. Was sollte sie auch tun? Sie brauchte jetzt ihre chemische Hilfen, sonst würde sie den Tag nicht überstehen, vom Rest Ihres Lebens ganz zu schweigen.

Konzentriert suchte sie aus jeder Pillenschachtel die richtige Anzahl heraus. Trotz ihrer beginnenden Panik war Julia Cunningham in der Lage, die Situation zu bewältigen und die Dosis genau zu berechnen.

Kontrolle.

Kontrolle war das Entscheidende.

Unabhängig von den Chemikalien, die sie benutzte, unabhängig von allem anderen hatte sie ihre Intelligenz, ihren Willen. Das war das Wichtigste überhaupt, der Aspekt, dem sich alle anderen unterordnen mußten.

Sie war keine erbärmliche Drogenabhängige, die mitten in der Nacht nach Pillen gierte oder sich im Badezimmer Schüsse setzte. Nein, natürlich nicht. Sie war eine Wissenschaftlerin, sie konnte die Dosierung der Enkephaline, des Serotonins, der Aminosäuren und verschiedener anderer Chemikalien, die sie teilweise selbst synthetisiert hatte, genau bemessen, um die Rahmenbedingungen herzustellen, innerhalb derer ihr Intellekt störungsfrei funktionieren würde. Das war der wahre Triumph der Wissenschaft und der Forschung – die Tatsache, daß das Bewußtsein die Störungen des zentralen Nervensystems mit gezielten Eingriffen kompensieren konnte. Alle menschlichen Wesen hatten natürliche Opiate im Körper – aber Heroinsüchtige und Alkoholiker waren wie Menschen, die sich selbst mit Hammer und Axt bearbeiteten. Nicht so Doktor Julia Cunningham, nein. Sie benutzte die feinsten und schärfsten Skalpelle, die dünnsten Laserstrahlen.

Hastig drehte sie das Wasser auf und ließ es ein paar Augenblicke fließen, ehe sie ihr Glas füllte. Dann nahm sie nacheinander die Pillen und Kapseln und spülte sie mit kleinen Schlucken hinunter. Das Wasser schmeckte abgestanden, und die Pillen waren bitter, aber diese kleinen Unannehmlichkeiten spielten im Vergleich zu ihren blanken Nerven keine Rolle.

Als sie fertig war, schob sie die Utensilien vorsichtig in die Tasche zurück und verschloß sie. Dann legte sie sich wieder ins Bett, wickelte sich in die Decken und rollte sich wie ein Fötus eng zusammen.

Während sie langsam ruhiger wurde und die Schläfrigkeit sich über sie legte wie leichte Gaze, dachte Julia Cunningham: *Er wird heute kommen. Johannes der Täufer wird kommen und Anweisungen von seiner Herrin entgegennehmen.*

Dann schlief sie ein und träumte von einem Meer von Gesichtern, die anbetungsvoll zu ihr aufschauten.

22. Kapitel

New Mexico ist der fünftgrößte Staat der USA, ein fast rechteckiges, riesiges Stück Land. Colorado und Mexiko liegen im Norden und Süden, Texas und Arizona im Osten und Westen. In gewisser Weise ist es der schönste aller Staaten – und der eigenartigste. Das dachte jedenfalls Everett Scarborough. Er war bereits fünfmal in New Mexico gewesen, dreimal im Rahmen von Vorträgen und Auftritten in Fernsehsendungen, zweimal im Rahmen von UFO-Forschungen. Als er jetzt über die Route 40 in Richtung Albuquerque fuhr, bewunderte er die Mesas und die Wüste, den weiten, blauen Himmel, die einsamen goldenen und braunen Landstriche, wo die Ginsterbüsche rollten und wo Nußpinien wuchsen und Yuccapalmen standen, die Wappenpflanzen des Staates. Immer wieder eröffneten sich ihm atemberaubende Ausblicke auf Berge, auf denen teilweise noch der Schnee vom letzten Winter lag. Und wieder bemerkte Scarborough dieses gewisse *Etwas*, das ihm schon bei früheren Besuchen aufgefallen war. Es lag ein gewisser Geschmack und Geruch in der Luft, eine Art knisternde Spannung, eine seltsame Fremdartigkeit. Er hatte früher versucht, es zu ignorieren, aber jetzt, da er auf seine Instinkte und auf andere, noch weniger vertraute Gefühle zu hören begann, bekam die Landschaft, die er betrachtete, eine nahezu mystische Qualität.

Hier wird etwas Wichtiges geschehen, dachte Scarborough.

Hier würden die Dinge auf ihren Höhepunkt zusteuern.

Hier war seine Tochter!

Seine Rationalität war jetzt nicht mehr als ein Werkzeug. Er hatte sich in einen Menschen verwandelt, der von seiner Leidenschaft angetrieben wurde, von dem Willen, seine Tochter zu finden und die Wahrheit aufzudecken.

Der Ford lief gut, als hätte sich die Maschine seinem Willen unterworfen und wollte ihm durch reibungsloses Funktionieren helfen. Er benutzte jetzt die Hauptstraßen, weil er es eilig hatte. Am liebsten wäre er geflogen, aber er sagte sich, daß dies zu gefährlich wäre. Flugzeugpassagiere konnte man leicht kontrollieren. Also fuhr er mit dem Auto und hielt nur hin und wieder an, um sich etwas auszuruhen.

Er wollte nach Albuquerque.

In dieser Stadt würde er allerdings nicht Diane finden; dort lebte Walter Mashkin.

Scarborough hielt an einer Shell-Tankstelle außerhalb der Stadt und kaufte einen Stadtplan. Die Sonne stand hell am Himmel, und gegen Mittag wurde es heiß. Scarborough trank eine Cola und studierte die Karte. Als er die Straße gefunden hatte, die er suchte, tankte er auf und fuhr weiter.

Er hatte Albuquerque immer als angenehme Stadt empfunden, doch im letzten Jahrzehnt war sie so sehr gewachsen, daß sie sich inzwischen, auch wenn die Wurzeln noch vorhanden waren, von anderen amerikanischen Städten kaum mehr unterschied. Scarborough fuhr durch die Old Town Plaza, den ältesten Teil der Stadt, die im Jahre 1706 von spanischen Bauern gegründet worden war. Dann kam er am National Atomic Museum vorbei, das er bei einem früheren Besuch unter weitaus angenehmeren Begleitumständen besichtigt hatte, und dann tauchte das Pueblo Culture Center auf. Drei Kilometer weiter bog er in ein ruhiges Wohnviertel ab, wo Adobe-Häuser standen. Nach kurzem Suchen fand er die Nummer 1923. Dort lebte Walter Mashkin.

In der Einfahrt parkte ein verbeulter blauer Dodge-Kleinlaster, der die Aufschrift von Mashkins Firma trug: Mashkin's Plumbing. Auf der Ladefläche lagen Rohre, alte Ventile und was ein Klempner sonst noch so brauchte. In der Garage schien jemand zu arbeiten. Scarborough beschattete die Augen, damit er besser sehen konnte. Ein Mann beugte sich über eine Werkbank und hämmerte an etwas herum.

Er räusperte sich.

»Mr. Mashkin?«

Das Hämmern wurde beendet. Scarborough hörte, wie die Werkzeuge auf die Arbeitsfläche knallten, dann kam der Mann heraus.

»Ja, was sehe ich da – ist das wirklich der, den ich zu sehen glaube?« Er sprach im Dialekt der Gegend, in den sich allerdings Erinnerungen an Tennessee und einige andere Dialekte mischten.

»Ja, Mr. Mashkin, ich bin es. Können wir hineingehen? Ich möchte nicht gern hier draußen herumstehen.«

»Das kann ich mir denken, natürlich«, sagte Mashkin. »Willkommen. Schön, daß Sie hier sind.«

Der Mann kam näher und gab Scarborough die Hand. Er hatte ein blasses Gesicht und trug einen Overall, der mit Ölflecken übersät war, sowie braune Arbeitsstiefel. Ein Bart umrahmte den Mund; sein freundliches Gesicht unter den widerborstigen hellblonden Haaren wirkte offen und entgegenkommend. Scarborough schätzte ihn auf Mitte Fünfzig.

»Guten Tag, Mr. Mashkin. Ich bin Ihnen wirklich dankbar für Ihre Hilfe, und ich freue mich auf das Gespräch mit Ihnen.«

Mashkin nickte und musterte Scarborough prüfend. Dann sah er sich um, als wollte er sich vergewissern, daß sie nicht belauscht wurden, und schob Scarborough ins Haus.

Drinnen war es kühl und dunkel; es roch ein wenig nach alten Bierflaschen und schmutzigen Socken. Scarborough erkannte den Dunst – es war die Aura eines Junggesellen, dem niemand den Haushalt führte. Aber es war ein angenehmer Geruch, der ihn an MacKenzies Haus erinnerte, nachdem er von seiner Frau verlassen worden war und bevor er ein Mädchen eingestellt hatte, das ihm die Hausarbeit abnahm.

»Sie sehen müde aus, Mr. Scarborough. Kann ich Ihnen ein Bier anbieten? Und wenn wir etwas gegessen haben, können Sie sich im Gästezimmer auch etwas hinlegen.«

»Ja, ein Bier wäre schön. Danke, Mr. Mashkin.«

»Sagen Sie Walter. Oder Walt, wenn Ihnen das lieber ist. Aber nennen Sie mich bloß nicht Wally, das hasse ich.«

Walter Mashkin ging zum Kühlschrank, und als er ihn öffnete, waren zwei Fächer zu sehen, die mit großen Flaschen Budweiser gefüllt waren. Darunter standen ein Karton Eier, Milch und Brot. Mashkin zog zwei Flaschen Bier heraus, schlug die Kühlschranktür wieder zu und winkte Scarborough, sich auf einen Küchenstuhl zu setzen. Scarborough folgte der Aufforderung dankbar und sah Mashkin zu, der einen riesigen Schlüssel aus einer Schublade holte und die Flaschen mit der Öse fast andächtig öffnete.

»Diese neumodischen Flaschen mit den Drehverschlüssen gefallen mir gar nicht«, erklärte Mashkin munter, während er die Kronkorken in den Mülleimer warf. Er gab Scarborough eine Flasche. »Ich mag mein Bier kalt und alt – altmodisch, soll das heißen.« Mashkin blinzelte Scarborough zu. Dann spreizte er einen Finger ab, hielt die Flasche wie eine feine englische Dame ihre Teetasse und nahm einen langen Zug. Scarborough, der erst jetzt spürte, wie trocken seine Kehle war, folgte seinem Beispiel. Es war fast, als absolvierten die Männer ein uraltes Ritual.

»Ah«, machte Mashkin, als er das Bier auf den Tisch stellte. »Die erste Flasche des Tages ist immer die beste. Ich bin aber kein Alkoholiker, Mr. Scarborough. Dienstags, donnerstags und manchmal auch sonntags trinke ich kein Bier. So, und als allererstes muß ich Ihnen jetzt sagen, daß ich wirklich froh darüber bin, daß Sie es bis zu mir geschafft haben.«

»Danke, Walter. Es war eine ziemlich anstrengende Fahrt.«

»Aber ich muß auch sagen, daß ich einigermaßen verwirrt bin. Ich kenne Ihre Bücher und Ihren Ruf und verstehe immer noch nicht ganz, wieso jemand wie Sie sich an einen UFO-Anhänger wie mich wendet und ihn um Hilfe bittet. Nicht daß ich Ihnen nicht gerne helfen würde – nein, das ist mir sogar eine große Freude. Aber neugierig bin ich trotzdem.«

Scarborough nickte und trank noch einen Schluck. »Ich glaube, der letzte Monat hat mich in gewisser Weise verändert, Walter. Zuerst einmal sind Sie, wie ich schon am Telefon sagte, dem Ort, zu dem ich fahren will, recht nahe.«

»Oh, sicher. Aber, Mr. Scarborough«, der Mann grinste und entblößte eine Lücke in seinen gelben Zähnen, »ich bin doch trotzdem ein waschechter Ufotrottel, was?«

Scarborough zuckte etwas zusammen. »Touché. Ich denke, das habe ich wohl verdient. Mr. Mashkin – Walter –, ich glaube immer noch nicht, daß wir Besuch von intelligenten Lebensformen von einem anderen Planeten bekommen. Aber ich bin inzwischen ziemlich sicher, daß ein großer Teil der UFO-Sichtungen, wenigstens in unserem Land hier, von einer illegalen Einrichtung der Regierung inszeniert worden ist.«

Mashkin schlug sich lachend auf die Knie. »Mann, und meine Freunde unten im Tumbleweed Bar and Grill halten *mich* für verrückt.«

Scarborough war etwas pikiert, brachte aber ein verkniffenes Lächeln zustande. »Walter, ich fürchte, selbst Verrückte können tatsächlich mal verfolgt werden.«

Walter Mashkin brüllte vor Lachen. »Ausgezeichnet, mein Freund. Okay, ich erkläre das Eis offiziell für gebrochen.«

»In meinem Fall ist es die CIA. Deshalb habe ich Sie angerufen. Ich erinnerte mich an Ihren Brief an Captain Eric MacKenzie, in dem Sie Ihren Freund Harry Reynolds erwähnten. Ich glaube, daß in diesem Fall tatsächlich eine Schweinerei passiert ist.«

»Glauben Sie etwa, die CIA hätte Harry entführt?«

»Oder eine Abteilung der CIA.«

»Hmm, das ist interessant. Irgendwie gefällt mir diese Idee. Natürlich nicht die Tatsache, daß Harry verschwunden ist, verstehen Sie das nicht falsch. Nein, ich meine die Theorie. Aber Harrys Sendungen und seine Briefe vermisse ich wirklich. Ich bin ihm ein paarmal auf UFO-Kongressen begegnet. Was für ein Typ! Ich glaube, ich interessiere mich auch deshalb so sehr für diese Materie, weil man da so viele interessante Leute trifft.«

»Ja. Nun, in dieser Hinsicht habe ich jedenfalls meine Meinung geändert, Walter. Zwar habe ich bisher die Leute, die an fliegende Untertassen glauben, immer verspottet. Aber trotzdem denke ich, daß ich Ihnen vertrauen kann, weil ich bei vielen UFO-Anhängern vor allem eines sehe: *Aufrichtigkeit* und das ehrliche Bestreben, etwas zu finden. Ich glaube, ich habe ein paar Jahre lang meine Prioritäten falsch gesetzt.«

»Abgesehen davon, Mr. Scarborough ...«

»Everett. Oder Ev, wenn Sie wollen.«

»Ev. Warum wenden Sie sich an mich, an einen Fremden, und bitten ihn um Hilfe?«

»Ich bin nicht der einzige, der Hilfe braucht, Walter. Wie Sie sich vielleicht erinnern, haben Sie ja meinen Freund gebeten, herauszufinden, was mit Harry Reynolds passiert ist. Ich biete Ihnen die Gelegenheit, möglicherweise genau dies zu tun. Und dabei können Sie gleichzeitig mir helfen.«

Mashkin nickte nachdenklich. »Yeah, das klingt vernünftig. Entschuldigen Sie, aber ich mußte Sie einfach direkt fragen, Ev. Oh, übrigens, es tut mir leid, daß Ihr Freund Captain MacKenzie tot ist. Offen gestanden, ich glaube nicht, daß Sie es waren.«

»Natürlich war ich es nicht. Ich könnte das wahrscheinlich vor Gericht auch beweisen, aber ich habe nicht die Zeit, mich auf ein langwieriges Verfahren einzulassen. Wie ich am Telefon schon sagte, Walter, sind meine Tochter und ihr Freund entführt worden, und ich glaube, daß eine Sonderabteilung der CIA dahintersteckt. Ich habe Grund zu der Annahme, daß sie in einem Versuchslabor in der Nähe des Luftwaffenstützpunktes Kirtland in der Nähe von Albuquerque festgehalten werden.«

»Wie kommen Sie darauf?«

Scarborough faßte kurz zusammen, was er wußte.

»Im Grunde, Walter, stelle ich mir vor, daß Harry Reynolds etwas Ähnliches passiert sein könnte. Meiner Meinung nach hat diese Gruppe ihn entführt – vielleicht, um eine Art heimliche Begegnung der vierten Art zu inszenieren, damit Reynolds die Geschichte weiter verbreitet. Allerdings nehmen wir an, daß dabei etwas schiefgegangen ist. In diesem Fall mußten sie ihn möglicherweise töten.«

Mashkin riß die Augen weit auf. »O Mann, Mann, das ist ein Ding.«

»Begreifen Sie, daß mich das alles zu einer unausweichlichen Schlußfolgerung führt, Walter? Alles andere, zum Beispiel die Frage, *warum* sie das tun, gehört in den Bereich der Spekulation. Aber verstehen Sie, *wenn das wahr ist,* und wenn Sie wirklich herausfinden wollen, was mit Ihrem Freund passiert ist, dann können Sie das tun, indem Sie mir zur Seite stehen. Es wäre mir schon eine große Hilfe, wenn ich vorübergehend hier bei Ihnen bleiben dürfte.«

Mashkin grinste breit. »Ach was, ich kann sogar noch viel mehr für Sie tun, Ev.«

»Dann glauben Sie mir?«

»Ich kann nicht sagen, daß ich Ihnen glaube. Es ist eine ziemlich wüste Geschichte. Aber ich werde Ihnen helfen, herauszufinden, ob etwas dran ist. Soweit mir das hier in New Mexico möglich ist, meine ich. Ich kann nicht länger als einen Tag oder so verschwinden, meines Geschäfts wegen. Ich bin Klempner, und ich muß von irgend etwas leben.« Er trank wieder einen Schluck Bier. »Aber andererseits kann ich auch nicht sagen, daß ich Ihnen *nicht* glaube. Wissen Sie, Ev – es geht um meine Philosophie, und deshalb interessiere ich mich so für die UFOs.«

»Ich kann Ihnen nicht ganz folgen.«

»Trinken Sie einfach Ihr Bier aus, und dann trinken Sie noch eins. Vielleicht kommen Sie der Sache dann näher.«

Mashkin holte ihnen Nachschub. Scarborough zuckte die Schultern und trank einen großen Schluck Budweiser. Aus irgendeinem Grund fühlte er sich in diesem Haus sehr wohl. Er hatte das Gefühl, daß er Mashkin vertrauen konnte, und das war gut so, weil er solche Menschen brauchte.

Mashkin öffnete die Flaschen und gab eine davon Scarborough. »Hier, nehmen Sie die mal in Angriff, und dann kommen Sie mit in den Keller. Ich muß Ihnen was zeigen.«

Scarborough stand auf, nahm das Bier mit und folgte ihm. »Was haben Sie denn im Keller, Walter?«

»Das werden Sie gleich sehen.«

Er führte ihn durch einen Flur, von dem zwei Schlafzimmer und ein Bad abgingen, dann öffnete er eine Tür, hinter der es dunkel war. Er schaltete das Licht ein und winkte Scarborough, ihm zu folgen.

Nachdem er den bequemen, aber offensichtlich alten und abgenutzten Wohnbereich gesehen hatte, war Scarborough überrascht, im Souterrain einen gut beleuchteten, voll ausgebauten Keller vorzufinden.

Ein Teil des Kellers war als Büro eingerichtet: ein Computer mit Drucker, Bücherregale, die übliche Büroeinrichtung. In einem weiteren Raum standen ein großer Fernseher, ein Videorecorder und ein Stapel akkurat beschrifteter Videokassetten. Außerdem gab es hier einen großen Pooltisch. Kugeln und Queues waren in einem Regal an der Wand untergebracht. Zwischen den beiden Teilen des Kellers stand eine große Stereoanlage mit Kassettenrecorder, einem Equalizer und dem Prunkstück, einem CD-Spieler.

Scarborough wanderte sofort zum Regal, in dem die CDs gelagert waren.

»Schöne Sammlung«, sagte er.

»Ja«, erwiderte Mashkin strahlend und voller Stolz. »Ich habe mir das hübsch eingerichtet, was? Sie sind überrascht, nicht wahr? Da drüben, das ist der Computer, mit dem ich meine Briefe und die UFO-Artikel schreibe. Gott, ich schreibe wirklich gern. Ich wüßte nichts, was ich lieber täte, als eine gute CD oder ein Band einzulegen und zu tippen.«

»Ich weiß, Walter, ich kann das gut verstehen.«

Im Regal standen ein paar hundert CDs, aber als er die Titel las, schwand seine anfängliche Begeisterung, denn es handelte sich ausschließlich um Country und Western und Rockabilly. Absolut kein Jazz, keine klassischen Aufnahmen.

Mashkin trat neben ihn, zog eine CD heraus und hielt sie hoch.

»Mögen Sie den King, Ev?«

Die CD trug den Titel *The Sun Sessions.*

»Äh, also – nein, ich bin nicht gerade sein größter Fan.«

»Das ist schade. Er war wirklich ein großartiger Sänger. Ich weiß noch, als ich 1954 mit dem Lastwagen nach Knoxville gefahren bin, ich war gerade zwanzig Jahre alt, da habe ich seine Stimme zum erstenmal im Radio gehört, und es hat mir eine Gänsehaut über den Rücken gejagt. Das ist es, dachte ich. Das ist die Stimme meiner eigenen Seele. Und eine verdammt gute Stimme war es. Also, Ev, ich möchte jetzt mal auf das Thema zurückkommen, über das wir gerade gesprochen haben, über Glauben und Unglauben. Haben Sie die Geschichten gehört, daß Elvis noch lebt?«

Scarborough wand sich innerlich.

»Nun, ich weiß allmählich nicht mehr, was ich glauben soll. Ich kannte ihn natürlich nicht persönlich, aber ich kenne die Aufnahmen von seinen Shows, und einmal habe ich ihn auch in Las Vegas live gesehen, aber das war mehr aus alter Verbundenheit. Wissen Sie, irgendwie will es mir nicht in den Kopf, daß er so einfach abgetreten sein soll. Und eigentlich weiß ich sogar ganz genau, daß er noch lebt. Hier ...« Er deutete auf seine CD-Sammlung. »Hier.« Er deutete auf seinen Kopf. »Und hier.« Er deutete auf sein Herz.

Mashkin ging zu einem Schrank mit Schiebetüren und öffnete ihn. Drinnen sah Scarborough tiefe Regalbretter, auf denen Zeitungen und Zeitschriften gestapelt waren. Scarborough erkannte die *Sun*, den *Star*, den *National Enquirer* und natürlich den *Intruder*. Mashkin tätschelte nachdenklich einen Stapel. »Ich habe alle diese Berichte gelesen. Aber ich habe auch Bücher gelesen und die Geschichten von verschiedenen Leuten gehört. Darüber, daß Elvis noch lebt, meine ich. Was halten Sie davon, Ev? Glauben Sie, daß Elvis Aaron Presley alle zum Narren hält und noch auf der Erde herumspaziert?«

»Darüber habe ich noch gar nicht richtig nachgedacht«, sagte Scarborough diplomatisch.

»Wissen Sie, was ich glaube, Ev? Ich glaube, daß es vielleicht sogar wahr ist. Das ist meine Philosophie. Ich bin für alles offen. Ich bin das, was Sie in Ihren Büchern als leichtsinnig bezeichnen.«

»Leichtgläubig, meinen Sie.«

»Yeah, ich bin für alles offen. Seit ich ein Kind war, haben die Leute mir die seltsamsten Dinge erzählt. Sie haben mir Sachen gesagt, die sich später nicht immer als wahr erwiesen. Zum Beispiel sagten sie: ›Walter, der Herr Jesus ist dein Erlöser, und du wirst zur Hölle fahren, wenn du ihn verachtest.‹ Wissen sie, ich mag ja Jesus und Gott und so weiter, und zuerst dachte ich, vielleicht ist da wirklich was dran. Aber was ist denn mit all den anderen Religionen? Sind die etwa falsch? Und dann sagten sie zu mir: ›Walter, du mußt verheiratet sein, bevor du dein Ding da hineinsteckst, wo es jetzt noch nicht hingehört.‹ Aber ich war noch nicht einmal achtzehn, da habe ich mein Ding überall hineingesteckt, wo es nur irgendwie hineingehen wollte, und mich hat nicht der Blitz getroffen, weil ich mit den Mädchen nicht verheiratet war. Ich hatte Sex, habe Freunde gefunden, mir Feinde gemacht und so weiter. Und dann die naturwissenschaftlichen Fächer auf der High-School. ›Walter‹, haben sie mir da gesagt, ›es gibt keine UFOs.‹ Aber als ich zweiundzwanzig Jahre alt war und mit meinem Laster durch die Smokies gefahren bin, da habe ich, das schwöre ich bei Gott, auf einen Schlag drei Stück davon gesehen. Die sind durch den Himmel geschwebt wie Segelschiffe, hell beleuchtet und blinkend mit unglaublichen Farben.‹ Walter schüttelte den Kopf und trank einen Schluck Bier. Er schürzte die Lippen. »Tja, Ev. Ich bin ein leichtgläubiger Hundesohn. Und ich bin verdammt stolz darauf.«

»Haben Sie noch andere fliegende Untertassen gesehen, Walter?«

»Nein, nur dieses eine Mal. Aber es hat mir gereicht. Das war wie Saulus auf der Straße nach Damaskus. Zack, da war es passiert. Und jetzt, nach all den Jahren, bin ich von den UFOs immer noch so fasziniert wie damals. Ach, wir zwei wissen soviel über das Thema, wir könnten tagelang darüber reden, ohne auch nur einen Schritt weiterzukommen. Da können wir auch gleich einen Waffenstillstand schließen. Sagen wir einfach: Ja, ich werde Ihnen helfen, Everett Scarborough, weil Sie mich um Hilfe bitten und weil ich herausfinden will, was mit Harry passiert ist. Und vielleicht haben Sie sogar recht, und diese Bastarde machen wirklich das, was Sie sagen. Und in diesem Fall will ich auch dazu beitragen, daß es aufhört. Ich stehe nicht auf besonders gutem Fuß mit der Regierung, das kann ich Ihnen sagen.«

»Ich wollte nicht das ganze System in Frage stellen, Walter. Ich sage nur, daß eine Gruppe von Leuten anscheinend erfolgreich das System ausnutzt und mißbraucht.«

»Was soll's, Ev. Das machen die Leute schon ziemlich lange. Kommen Sie her, ich will Ihnen was zeigen.«

Mashkin winkte ihn zu einer weiteren Schiebetür und öffnete sie. Er schob ein paar Bücher zur Seite und deutete auf die Wand dahinter.

In die Hohlziegel war ein Safe eingebaut.

»Da bewahre ich mein Geld auf, Ev. Ich habe mit der Regierung nichts am Hut. Ich arbeite nur gegen bar. Ich gebe mein Geld nicht der Bank. Sonst könnte das Finanzamt alles überprüfen. Die könnten einem sogar das Geld stehlen, wenn sie das wollen. Nicht daß Sie mich da falsch verstehen – ich zahle meine Steuern. Ich liebe New Mexico, und ich liebe auch die Vereinigten Staaten von Amerika, und ich zahle Umsatzsteuer und alles andere, wie es sich gehört. Aber, Ev, wenn die Gründerväter gewollt hätten, daß unser Einkommen besteuert wird, dann hätten sie das in Schwarz und Weiß aufgeschrieben. So wie ich mir das denke, saugt uns die Regierung einfach aus. Ich will Ihnen was sagen. Wenn die herkommen und auf meinem Privatbesitz herumschnüffeln wollen, dann bin ich gut vorbereitet.« Er marschierte zu einem weiteren Schrank, der an der Wand stand, und riß die Türen auf. Eine üppige Sammlung von Handfeuerwaffen kam zum Vorschein, unter anderem ein Gewehr und eine Schrotflinte. »Hinten in meinem Laster habe ich noch eine Remington, und in der Stadt kenne ich einen guten Anwalt.«

»Ich verstehe«, sagte Scarborough, ein wenig erschrokken über die Hitzköpfigkeit und die Waffensammlung des vorher so umgänglichen Mannes.

Mashkin grinste plötzlich und zwinkerte ihm zu. »Ich

wollte Sie das nur wissen lassen, Ev. Ich habe keine Hemmungen, gegen das zu kämpfen, was in der Regierung unserer großen Nation verkommen und verrottet ist.«

»Ich fürchte, Sie werden keine Chance bekommen, Steuerfahnder zu erschießen, Walter.«

»Nun ja, mit Abschaum von der CIA wäre ich auch schon zufrieden.«

Scarborough gab ihm die Hand. »Es ist schön, Sie kennenzulernen, Walter Mashkin. Ich habe den Eindruck, daß es für uns beide eine nutzbringende Bekanntschaft sein wird.«

Mashkin schüttelte ihm kräftig die Hand. »Freut mich, Ev. Ich bin wirklich froh, daß Sie angerufen haben. Was meinen Sie, sollen wir zur Besiegelung des Freundschaftsvertrages eine Runde Pool spielen? Und dann wollen Sie sich bestimmt etwas ausruhen. Ich zeige Ihnen das Gästezimmer. Aber erst, nachdem ich Sie geschlagen habe.«

»Ich weiß nicht, Walter, ich spiele gar nicht so schlecht.«

»So! Ich würde Sie ja liebend gern ausnehmen, Ev, aber ich fürchte, ein Mann, der vor der Regierung flieht, hat nicht viel Geld in der Tasche.«

»Da haben Sie recht, Walter.« Scarborough fühlte sich wirklich gut – geborgen und entspannt. Zum erstenmal, seit er sich in Marsha Mannings Haus aufgehalten hatte, fiel die Spannung ein wenig von ihm ab. »Aber ich glaube, fünf Dollar könnte ich riskieren. Und wenn Sie wirklich so sicher sind, daß Sie mich schlagen, dann könnte ich sogar noch einmal fünf oder sogar zehn drauflegen.«

»Ha! Das nenne ich eine Herausforderung. Die fünf Dollar können Sie abschreiben, Freund.« Der schlaksige Mann ging zum Tisch und nahm vorsichtig die Plane ab. Er faltete sie sorgfältig zusammen und legte sie auf einen Stuhl. Dann klopfte er auf das grüne Tuch. »Echter Schiefer darunter, Ev! Flach wie Twiggys Brust. Das Ding ist ein halbes Jahrhundert alt, ich habe es selbst restauriert.«

»Der Tisch ist wirklich sehr schön.«

»Hier, bitte.« Er deutete auf das Regal mit den Queues, die mit Kappen geschützt waren. »Wählen Sie Ihre Waffe. Und bereiten Sie sich auf eine große Schlacht vor. Ich baue inzwischen die Kugeln auf.«

Mashkin stellte das Bier auf einen kleinen Tisch, legte das Dreieck auf den Pooltisch und holte die Kugeln aus dem Regal.

»Ganz altmodisch, Ev. Da ist keine Mechanik unter dem Tisch, das sind einfach nur stabile Stützen. Wollen wir auslosen, wer anfängt?«

»Ja. Bei Ihnen will ich lieber nichts riskieren.«

Mashkin zog einen Vierteldollar aus der Tasche. Scarborough gewann.

»Achtball, oder?«

»Genau, Ev.«

»Gut.« Scarborough stellte sich in Position und machte den ersten Stoß. Er bekam die Sieben ins Loch, mußte also die vollen versenken, ehe er mit der Acht abschließen durfte.

»Wissen Sie, Ev, ich glaube, ich habe all die Jahre falsch gelegen.«

»Ja? In welcher Hinsicht?«

»Nun, ich habe seit Jahren verfolgt, was Sie so getrieben haben, weil ich mich für UFOs interessiere. Und seit ich Ihr erstes Buch gelesen und Sie zum erstenmal im Fernsehen gesehen habe, dachte ich mir: ›Mann –‹ er hielt sein Queue senkrecht wie eine Fahnenstange –, ›der Kerl ist so steif und unbeirrbar, dem haben Sie einen Stock in den Arsch geschoben, daß ihm die Spitze ins Gehirn sticht.‹«

Scarborough dachte stirnrunzelnd über die Bemerkung nach, seufzte dann, kratzte sich an der Nase und lächelte traurig. »Wissen Sie, Walter, wenn ich auf Reisen war, habe ich immer gern unterwegs Billiard gespielt. Ich brauchte die Entspannung, und mit irgend etwas mußte ich mich ja beschäftigen.«

Während Walter Mashkin kicherte, zielte Scarborough auf die Zwei und versenkte sie.

Die zehn Dollar gewann er mühelos.

23. Kapitel

Der Gamma-Komplex, das Herzstück der Operation White Book, war äußerlich ein schlichtes, älteres Militärgebäude, das im Bauboom nach dem Zweiten Weltkrieg entstanden war. Man sah dem Komplex sein Alter an. Er befand sich ungefähr fünfzehn Kilometer südlich des Zentrums des Luftwaffenstützpunktes Kirtland. Damals war der Stützpunkt noch erheblich größer gewesen, doch nach dem Vietnamkrieg war ein großer Teil des Geländes aufgegeben worden. Brian Richards' Vorgänger hatte die Möglichkeiten dieses Standortes erkannt und das Gelände in das Netzwerk des Projekts White Book aufgenommen. Insgesamt handelte es sich um vier Gebäude, einige asphaltierte Straßen und einen Hubschrauberlandeplatz, alles umgeben von einem Drahtzaun mit nur einem Eingang, an dem bewaffnete Wächter darauf achteten, daß nur autorisierte Personen das Gelände betraten.

Das Innere des Gamma-Komplexes stand in krassem Gegensatz zum bescheidenen Äußeren. Drinnen sah es aus wie auf einer Raketenabschußbasis. Hinter Edelstahltüren waren die neuesten technischen Geräte untergebracht, doch so modern die Computer, die Laborgeräte und die medizinische Ausrüstung auch waren, das Konferenzzimmer, in dem Dr. Julia Cunningham jetzt saß, war genauso öde und spartanisch wie das Quartier, das man ihr im Wohngebäude im nördlichen Teil des Komplexes zugewiesen hatte.

Es war vier Uhr am Nachmittag, und sie sollten längst da sein, verdammt!

Julia Cunningham legte großen Wert auf Pünktlichkeit und hielt ihren eigenen Zeitplan streng ein, obwohl sie manchmal sehr eilige, dringende Dinge im Labor zu tun hatte. Das Treffen war bereits vom Morgen auf den Nachmittag verlegt und für sechzehn Uhr angesetzt worden. Also, wo zum Teufel steckten sie jetzt noch?

Sie schenkte sich ein neues Glas eisgekühltes Mineralwasser ein und trank. Jetzt fühlte sie sich viel besser, viel stabiler. Das Elend der frühen Morgenstunden war fast vergessen. Das lag nicht nur an den Medikamenten, die sie ihrer Neurochemie zugeführt hatte. Ein arbeitsreicher Tag, ein nahrhaftes Frühstück und ein gesundes Mittagessen hatten dazu beigetragen, daß sie sich im Laufe des Tages wieder besser fühlte. Beinahe normal.

Das heißt, sie hatte sich beinahe normal gefühlt. Bis gerade eben.

Sie sah wieder auf die Digitalanzeige ihrer Armbanduhr. 16:05:24. Allmählich bekam sie Kopfschmerzen.

Dieser verdammte Richards!

Natürlich war ihr klar, daß es immer gewisse Toleranzen gab, aber irgendwie konnte sie das Gefühl nicht abschütteln, daß der Mann das nur tat, um sie zu bestrafen und sie zu quälen. Ihr sexuelles Verhältnis hatten sie schon vor Jahren beendet, als sie übereingekommen waren, daß es die Operation gefährden könnte, doch Cunningham fühlte sich ihm emotional nach wie vor verbunden. Sie liebte den Bastard immer noch, auf eine tiefe, verstörte Art und Weise, und sie glaubte auch den Grund dafür zu wissen. Ein Psychiater hätte ihr bestimmt erklärt, daß das an der gestörten Beziehung zu ihrem Vater lag.

Irgendwie fühlte sie sich immer wieder zu Männern hingezogen, die sie schlecht behandelten. Sosehr sie auch versuchte, das Gefühl mit ihren Medikamenten und der maßgeschneiderten Therapie zu unterdrücken, sie wurde es einfach nicht los. Sie dachte ständig an Richards. Sie begehrte ihn immer noch. Und tief in ihrem Innern sehnte sie den Tag herbei, an dem das Projekt White Book abgeschlossen war und praktisch von selbst weiterlief. Dann könnte ihre Beziehung den Ablauf nicht mehr gefährden, dann würde Richards sich von seiner Frau scheiden lassen. Er würde seine Familie in Great Falls, Virginia, verlassen und mit ihr zusammenleben.

Sie wußte, daß dieses Bedürfnis, diese Sehnsucht, Krankheitszeichen waren, und hatte alles versucht, um sich selbst zu heilen. Aber das Gefühl war immer noch da.

Trotzdem behielt sie die Kontrolle.

Sie kontrollierte sich streng, damit diese verirrte, erbärmliche Seite in ihr für niemanden sichtbar wurde. Und sie hatte Erfolg damit. Doch manchmal, in Augenblicken wie diesem, wenn die Dinge aus dem Ruder liefen . . . zum Beispiel, als sie Woodrow Justine verloren hatte. Oder als Scarborough verschwunden war, um frei in Amerika herumzulaufen wie eine wandelnde Zeitbombe. Scarborough war der Wahrheit über seine eigene Rolle und über die Operation bereits gefährlich nahe gekommen. Das waren Augenblicke, in denen es schwer wurde, die Fassung zu bewahren. Das waren Augenblicke, in denen sie die Medikamente zu hoch dosierte und Kopfschmerzen bekam.

Sie nahm kein Aspirin oder Tylenol. Das hätte zusammen mit den anderen Chemikalien, die ihren Stoffwechsel beeinflußten, eine äußerst unangenehme Mischung ergeben. Leider war die Biochemie keine so exakte Wissenschaft, wie Cunningham es gern gehabt hätte. Es gab zu viele Faktoren, die vom Zufall abhängig waren. Aber daran arbeitete sie. Das war einer ihrer privaten Gründe dafür, daß sie für das Projekt White Book tätig war. Es gab so vieles, das sie über die Funktionsweise des Gehirns herausbringen mußte – und zwar ohne jede moralische oder gesellschaftliche Rücksichtnahmen.

Letzten Endes, das wußte Dr. Julia Cunningham genau, würde sie unter den richtigen Bedingungen fähig sein, das Herz, das Bewußtsein und die Seele jedes Mannes und jeder Frau zu kontrollieren.

Vielleicht sogar bei sich selbst.

Brian Richards betrat den Konferenzraum erst um 16 Uhr 12. Er brachte einen Mann mit blondem Haar mit, der die Stirn in kummervolle Falten gelegt hatte und resigniert dreinschaute. Cunningham hatte inzwischen rasende Kopfschmerzen, wollte Richards aber nicht die Genugtuung geben, zu erfahren, was er ihr angetan hatte.

»Oh«, sagte sie beiläufig, »schön, daß Sie noch vorbeikommen konnten.«

Richards räusperte sich. »Ja. Entschuldigen Sie bitte. Myers' Flugzeug hatte Verspätung, und dann mußten wir uns auf dem Stützpunkt noch einen Hubschrauber besorgen.«

»Konnten Sie denn nicht mit dem Auto kommen?«

Richards ignorierte die Frage. »Ed, das hier ist Dr. Julia Cunningham. Sie ist unsere Chefwissenschaftlerin beim Projekt White Book, von dem wir Ihnen heute einen Teil zeigen wollen.«

»Guten Tag, Doktor«, sagte Myers und nickte.

»Hallo, Mr. Myers«, gab Julia Cunningham mit belegter Stimme zurück. »Wie ich hörte, sind Sie uns in der derzeitigen Situation eine große Hilfe.«

»Wenn Sie damit meinen, daß ich der Judas bin, der seinen Freund verrät – nun ja, dann haben Sie wahrscheinlich recht.«

»Ich kann verstehen, daß Sie mit dem Verlauf der Dinge nicht sehr glücklich sind. Das wäre wohl niemand, der sich in Ihrer Situation befindet. Ich hoffe aber, wir konnten Sie überzeugen, von welch überragender Bedeutung die Operation ist.«

»Yeah, ich mußte mich wohl oder übel überzeugen lassen«, sagte der CIA-Agent. Er sah Richards düster und mißmutig an. »Sonst wäre mir wohl etwas zugestoßen.«

»Ed ist inzwischen in groben Zügen informiert. Aber da noch einige Zeit vergehen wird, ehe, äh, ehe es zu einer Verabredung mit Everett Scarborough kommt ...«

»Sie meinen, bevor die Falle aufgebaut wird, Richards.« Myers setzte sich auf einen Stuhl und schenkte sich ein Glas Wasser ein, das er in mehreren großen Schlucken austrank.

»Nun gut, nennen sie es meinetwegen eine Falle. Wie auch immer, es soll ein Weg sein, Everett Scarborough festzuhalten. Ich habe Ed bereits erklärt, daß wir Dr. Scarborough möglicherweise gar nicht töten müssen, wenn wir ihn erwischen – es ist gut möglich, daß es uns gelingt, ihn zu überzeugen.«

»Sie meinen, Sie wollen dem armen Mann eine Gehirnwäsche verpassen.« Myers schenkte sich Wasser nach.

»Ich dachte, wenn wir Ed unsere Einrichtung hier zeigen und wenn Sie Ihre fachkundigen Erklärungen beisteuern, Doktor, könnte er vielleicht einsehen, daß unsere Arbeit nicht nur der nationalen Sicherheit dient, sondern vor allem ein philanthropisches Werk ist, das allen Menschen nützt – das, kurz gesagt, dem Wohl der ganzen Menschheit dient.«

»Ich bin nicht sicher, ob ich imstande bin, unser Projekt wie eine PR-Dame zu verkaufen«, sagte Dr. Cunningham, »aber da Mr. Richards mein Vorgesetzter ist und da er Sie für vertrauenswürdig hält, will ich Ihnen gern die Labors zeigen, über unsere Arbeit hier berichten und Ihnen etwas über die anderen Anlagen erzählen, die in unserem Land und mittels der Publisher sogar auf der ganzen Welt eingerichtet worden sind.«

»Yeah, ich würde gern alles über die Publisher erfahren.«

»Das hängt davon ab, wieviel Richards mir zu sagen erlaubt.«

»Sie müssen nämlich wissen«, schaltete der sich ein, »daß auch Dr. Cunninghams Wissen in dieser Hinsicht begrenzt ist. Aber ich glaube nicht, Dr. Cunningham, daß es schaden kann, wenn Sie Ed alles erzählen, was Sie selbst wissen. Vielleicht gelingt es Ihnen, Ed Myers davon zu überzeugen, daß die Publisher heute möglicherweise die wichtigste Institution auf der ganzen Welt darstellen. Eine Gruppe, die bisher das Überleben der Menschheit gesichert hat und die dafür verantwortlich ist, die Menschheit in den unruhigen Jahren, die uns bevorstehen, zu beschützen.«

»Mein Gott, indem Menschen umgebracht werden? Indem man Freunde verrät? Indem gedroht wird, die Angehörigen von Leuten zu töten?«

»Ed, bedenken Sie bitte, daß die wahren Anführer sich stets an John Stuart Mills Satz halten: Es geht um das Wohl der größtmöglichen Anzahl von Menschen. Ich bedaure, was wir in diesem Fall tun müssen. Ich bedaure es wirklich. Aber Everett Scarborough stellt eine zu große Gefahr für unser Programm dar. Er muß einfach gefaßt werden.«

»Ich werde tun, was Sie mir sagen. Reicht Ihnen das nicht?« Er trank wieder etwas Wasser. Die Frühlingssonne und die Hitze in New Mexico wirken sich ungünstig auf den Mann aus, dachte Julia Cunningham. Automatisch begann sie, die notwendigen Chemikalien zu berechnen, die sie ihm verabreichen könnte. Dann riß sie sich zusammen. Es gab Dringenderes zu tun als über den Stoffwechsel eines CIA-Agenten nachzudenken. Trotzdem, alles war Chemie.

Alles.

»Ich habe keinen Zweifel, daß Sie sich verhalten werden, wie man es von einem Profi wie Ihnen erwarten kann«, erwiderte Richards. »Aber Everett Scarborough ist nicht dumm. Irgendwann könnten Sie unsicher werden, Ed. Sie könnten es bereuen und Gewissensbisse bekommen. Worte, die auf Papier geschrieben sind, können bei weitem nicht die wahren Ausmaße dieser Situation wiedergeben. Ich hoffe, daß Sie durch den Rundgang in unserer Einrichtung und durch Dr. Cunninghams Erklärungen die Sicherheit finden, die Sie brauchen, um das Richtige zu tun.«

»Das klingt, als könnte mir dabei schlecht werden.«

»Das werden wir sehen, Ed. So, Doktor, würden Sie nun mit Ihrer kleinen Führung beginnen?«

»Meine Herren, hier entlang, bitte. Wir beginnen einfach auf diesem Flur, wo das Herzstück unseres Projekts untergebracht ist.«

Dr. Cunningham stolzierte zur Tür.

Ihr Kopf tat nicht mehr weh, sie fühlte sich viel besser.

Sie liebte es, Vorträge zu halten.

Dabei konnte sie Kontrolle ausüben.

»Das ist ein Computer.«

»Sehr gut beobachtet, Mr. Myers. Aber es ist ein ganz besonderer Computer, ein einzigartiger Computer, der eigens für das Projekt White Book entwickelt wurde – hauptsächlich für meine analytischen Arbeiten im Rahmen der Operation. Er erledigt eine Reihe von Aufgaben, die allesamt unmittelbar mit unserer Tätigkeit hier zu tun haben. Es geht um die praktische Untersuchung von Methoden zur Gestaltung der menschlichen Realität bis ins letzte Detail.«

Vor ihnen standen mehrere Cray-Computer, die über Kabel mit zahlreichen Bildschirmen, Tastaturen und Druckern verbunden waren.

»Also geht es auch hier um Gehirnwäsche«, murmelte Myers.

Cunningham schüttelte energisch den Kopf. »Nein. Gehirnwäsche funktioniert nur unter sehr extremen Bedingungen. Das menschliche Bewußtsein ist ein höchst komplexes Ding, und so muß es auch behandelt werden. Gehirnwäsche ist meist wirkungslos und überdies gefährlich. Und es ist eine schmutzige Angelegenheit. Im Verhalten der betreffenden Menschen klaffen gewissermaßen Löcher, die groß sind wie Scheunentore. Und die Menschen werden dadurch verletzt. Letzten Endes wollen wir die Menschen ja gar nicht verletzen. Wir wollen sie nicht einmal kontrollieren – wir wollen sie nur *formen*. Den sozialen Herdentrieb in die richtige Richtung lenken. Aber ich greife vor, Mr. Myers. Richards hat mich aufgefordert, Ihnen vom Projekt White Book zu erzählen, und das will ich tun. Ich möchte Ihnen nur vor Augen führen, daß es nicht die primitiven Folterrituale sind, an die Sie vielleicht gedacht haben.«

»Arbeiten Sie etwa mit subliminaler Beeinflussung? Ich dachte, das funktioniert nicht.«

»Subliminale Beeinflussung ist eines der Elemente der Mixtur. Ebenso Hynose und etwas, das wir als ›Realitätsprogrammierung‹ bezeichnen. Aber vor allem ist es die Kunst der biochemischen Steuerung.«

»Sie greifen schon wieder vor, Doktor«, wandte Richards ein. »Myers scheint sehr ungehalten darüber, daß wir uns gelegentlich Menschen ausborgen und mit ihnen arbeiten. Vielleicht sollten Sie an diesem Punkt beginnen.«

Ein wenig pikiert, daß sie bei den allereinfachsten Grundlagen beginnen mußte, seufzte Cunningham und setzte neu an. »Nun gut. Ich kann doch davon ausgehen, Mr. Myers, daß Sie in Grundzügen mit der Geschichte der unidentifizierten Flugobjekte in den USA vertraut sind?«

»Yeah, mehr als vertraut.«

»Das Phänomen selbst – die physikalischen Beweise wie helle Lichter am Himmel und so weiter –, das interessiert mich nicht besonders. Ich interessiere mich für das, was im menschlichen Bewußtsein vor sich geht, wenn ein

Individuum dem Unbekannten ausgesetzt wird. Ich möchte wissen, welche Instanzen des Bewußtseins in der Lage sind, diese Art von Erfahrungen zu produzieren, die in Wirklichkeit ja nur eine subjektive Realität darstellen.«

»Sie meinen – Sinnestäuschungen?«

»Genau. Wie kommt es, daß auf einmal viele Menschen fliegende Untertassen sehen, nachdem zuvor nur einige wenige von solche Beobachtungen gesprochen haben? Es ist eine Form von Massenpsychose. Ob Carl Gustav Jung recht hatte? Gibt es wirklich so etwas wie ein kollektives Unbewußtes? Wie stark ist das Bedürfnis der Menschen, sich an archetypische Erfahrungswerte anzunähern? Gibt es wirklich eine Art psychochemische Verbundenheit zwischen den Menschen? Aber ich greife schon wieder vor. Sprechen wir zunächst über UFOs.«

»Ja, lassen Sie uns über UFOs sprechen«, sagte Richards. Er war etwas verstimmt über ihre Umständlichkeit und die salbungsvollen Worte – Julia Cunningham wußte das, und genau deshalb tat sie es.

»Anfang der sechziger Jahre hat sich das psychokulturelle Erlebnis der Begegnung mit UFOs verändert. Ein Ehepaar aus Neuengland namens Barney und Betty Hill fuhr nach einem Urlaub nach Hause. Sie sahen unterwegs eine fliegende Untertasse, hielten an, und dann verloren sie anscheinend das Bewußtsein. Als sie wieder daheim waren, erkannten sie, daß in ihrer Erinnerung mehrere Stunden fehlten. Was war passiert? Mit Hilfe eines Psychologen und unter Hypnose begannen die Hills, sich an das zu erinnern, was in der fehlenden Zeit geschehen war. Sie waren, glaubten sie, von kleinen Männchen in einer fliegenden Untertasse entführt worden. Dort wurden mehrere Tests an ihnen vorgenommen. Hinterher sagte man ihnen, daß sie den Vorfall vergessen würden. Sie bezeichneten ihr Erlebnis als sehr beängstigend, es war äußerst *proteisch* – das ist mein Wort dafür, Mr. Myers, und ich möchte an dieser Stelle noch einmal auf den bereits erwähnten Begriff der archetypischen Erlebnisse hinweisen.«

»Und? Haben Sie wirklich erlebt, was sie später berichteten?«

»Nein, natürlich nicht, aber das spielt keine Rolle. Es lag in der Luft, Mr. Myers. Wenn es nicht den Hills passiert wäre, dann wäre es jemand anders passiert. Die Massenhysterie in Zusammenhang mit den fliegenden Untertassen war nur die Schaumkrone einer viel tiefer reichenden Welle. Das kann man besonders deutlich an Betty Hills Verhalten erkennen. Sie war ja ständig dem Einfluß der Science-fiction ausgesetzt – Kinofilme und Fernsehen, Zeitschriften und Bücher. Die Idee, daß Außerirdische die Menschen auf der Erde beobachteten, war ja überhaupt nicht neu. Vielleicht hat Betty Hill die Bücher von George Adamski oder eine besonders erschreckende Science-fiction-Geschichte gelesen, und vielleicht hat sie obendrein auch noch die Filme *Invasion vom Mars* oder *Fliegende Untertassen greifen an* gesehen. Besonders die Wesen, die in diesem letztgenannten Film gezeigt werden, haben eindeutig die Auffassung der Menschen beeinflußt, wie Außerirdische auszusehen hätten. Wie ich bereits sagte, lag es in der Luft. Das Thema ging den Leuten unter die Haut, und ich habe keinen Zweifel, daß viele Menschen in ganz Amerika in dieser Zeit sehr ähnliche Dinge träumten. Natürlich haben sie, wie es meist der Fall ist, ihre Träume anschließend wieder vergessen.

Ein paar Jahre später wurde das Projekt White Book auf diesen Vorfall aufmerksam. Meine Vorgänger erkannten das unglaubliche Potential dieses Falles, der nicht nur ihren eigenen Zwecken dienen konnte, sondern es ihnen außerdem erlaubte, mit psychokulturellen Einflüssen zu experimentieren. Ich will jetzt nicht ins Detail gehen. Sie wissen natürlich, daß das Projekt White Book im Grunde nichts weiter ist als eine Vertuschungsaktion in Zusammenhang mit UFOs, die eng mit einer Desinfirmationskampagne verbunden ist. Jedenfalls haben wir dafür gesorgt, daß ein Buch mit der Geschichte der Hills veröffentlicht wurde. Auszüge daraus erschienen in einer Zeitschrift mit hoher Auflage, an deren Name ich mich nicht erinnern kann . . .«

»*Look* hieß sie«, warf Richards ein.

»Ja, richtig«, sagte Myers. »Ich erinnere mich. Es war

Look. Das Buch hieß *The Interrupted Journey*, der Autor war John Fuller.«

»Genau. Es dauerte eine Weile, bis das Buch im kollektiven Unbewußten der Amerikaner seine Wirkung entfaltete, aber nach einiger Zeit begannen auch andere Menschen, von ähnlichen Erfahrungen zu berichten. Sie glaubten, sie seien von Außerirdischen entführt und in fliegende Untertassen verschleppt worden. Unsere Mitarbeiter haben die Berichte gründlich überprüft. Es gab keine Anzeichen dafür, daß diese Berichte der Realität entsprachen. Doch allein aufgrund der Behauptung, es sei passiert und werde wieder passieren, begannen Menschen im ganzen Land, diese Dinge als hypnotisch gesteuerte Realität wahrzunehmen. Der Zeitgeist hat einen neuen Aspekt entwickelt – eine Verlagerung, bei der das Projekt White Book mitgewirkt hatte. Das war aber noch nicht alles. Viel wichtiger war die Tatsache, daß die Menschen nach und nach eine ganz andere Einstellung zu den Wesen bekamen, die angeblich mit ihren Fahrzeugen von fremden Welten zur Erde kamen. Diese Wesen wurden nicht mehr als freundlich oder desinteressiert, sondern plötzlich als sehr bedrohlich wahrgenommen.

Die Mitarbeiter des Projekts White Book erkannten, daß sie auf eine wichtige Sache gestoßen waren. Sie hatten natürlich von Anfang an falsche UFO-Sichtungen produziert, und jetzt waren sie einer weiteren Möglichkeit begegnet, Desinformation zu verbreiten.«

»Haben Sie deshalb begonnen, Menschen zu entführen und ihnen einzureden, sie wären von fliegenden Untertassen entführt worden?«

»Ja, das war der wichtigste Grund. Es war allerdings keine sehr umfangreiche Operation. Sowie Fortschritte in der Wissenschaft zu verzeichnen waren, hat man auch die Methoden des Vorgehens verfeinert.«

»Und natürlich sind wir einen großen Schritt vorwärts gekommen, als wir Dr. Cunningham eingestellt haben.«

Julia Cunningham ignorierte Richards und starrte mit kalten Augen ins Leere. »Wir sind keine Ungeheuer, Mr. Myers. Wir wählen die Menschen, die am besten in der

Lage sind, ihre Geschichten und die gewünschten Informationen in unserem Kulturkreis weiterzugeben, sorgfältig aus. Das UFO-Phänomen verbreitet sich, wenn Sie so wollen, wie eine Infektionskrankheit. Wir rekrutieren überzeugende und dennoch leicht abnorme Persönlichkeiten, weil wir nicht möchten, daß sich das Ganze zu einem Massenphänomen entwickelt. Wir beschränken uns auf bloße Andeutungen. Das mag Ihnen seltsam vorkommen, aber bisher funktioniert es recht gut. Und nun kommen wir zum nächsten Punkt unserer Führung. Wenn Sie mir bitte folgen wollen ...«

Sie drehte sich um und marschierte hinaus; die beiden Männer folgten ihr.

»Das hier, Mr. Myers, ist ein Teil der Ausrüstung, die uns zur Verfügung steht.«

Der Raum war mit allen möglichen Geräten und Requisiten vollgestopft. Sie öffnete einen Schrank, um ihm die aufgehängten Anzüge der Außerirdischen zu zeigen. Daneben standen große Schminkkoffer.

Myers ging zu einem Apparat, der ihm vorkam wie ein komplizierter Filmapparat. »Eine Anlage, die Sie für die Hypnose benutzen?«

»Ja.«

»Und Sie inszenieren also die Entführungen und Untersuchungen und was auch sonst hier in diesem Labor geschieht?«

»Und in anderen Stützpunkten im ganzen Land. Die Umgebung ist unterschiedlich, je nachdem, welche Art von Entführungserlebnissen in welcher Intensität produziert werden sollen. Ich würde Ihnen gern eine unsere besser ausgestalteten Bühnen zeigen. Hier entlang, bitte.«

Sie durchquerten den Raum bis zu einer Tür mit einem elektronischen Schloß, das Dr. Cunningham mit ihrer ID-Karte öffnete. Sie schob die Karte in den Schlitz, und die Tür sprang mit einem Klicken auf. Zischend entwich Luft. Der Raum hatte unter etwas höherem Luftdruck gestanden als die Umgebung. Myers machte eine entsprechende Bemerkung.

»Ja, dadurch wird dem Patienten der gewünschte Eindruck vermittelt, daß er sich in einem Flugzeug oder einem Raumschiff befindet. Das läuft natürlich ausschließlich über Assoziationen. Der normale Mensch kennt dieses Gefühl nur von Flügen mit Passagiermaschinen. Wir erzeugen die gleiche Umgebung, wenn auch so verändert, daß sie fremdartig erscheint. Treten Sie bitte ein, meine Herren.«

Sie kamen in einen kleinen Raum, aus dessen Wänden Vorsprünge ragten wie Krusten aus Edelsteinen. Er schien nach anderen geometrischen Regeln gebaut als normale menschliche Wohnräume, und in der schräg eingesetzten Decke waren mehrere Geräte zu sehen, die mit optischen Linsen übersät waren. Es sah aus, als hätte Hieronymus Bosch die Kulisse für einen Science-fiction-Film entworfen.

»Mein Gott, das könnte auf dem Planten sein, von dem das Wesen in *Alien* gekommen ist.«

Richards hustete und sah Julia Cunningham mit wissendem Lächeln an. »Ed, wir wollen einfach sagen, daß das Projekt White Book in Hollywood einen gewissen Einfluß hat. In finanzieller und in anderer Hinsicht. Hollywood ist ein hervorragender Ansatzpunkt für kulturelle Manipulationen.«

»Darf ich annehmen, daß Ihnen das bei Steven Spielberg nicht so recht gelingt?«

Richards wurde sofort ernst und runzelte die Stirn. »Richtig. Wir können es nicht beweisen, aber wir haben den Eindruck, daß bei Mr. Spielberg völlig andere Einflüsse zum Tragen kommen.«

Myers trat dicht vor eine Wand und berührte sie. »Ja, wirklich gut, daß sie mir das gezeigt haben. Darf ich annehmen, daß es irgendwo auch ein Labor gibt? Mit Meßbechern und Glasröhren und einem blubbernden Zauberkessel?«

»Ich kann Ihnen das Labor zeigen, wenn Sie möchten, aber es ist tatsächlich nicht mehr als ein Labor, wenngleich sehr modern eingerichtet«, sagte Julia Cunningham.

»Modern eingerichtet, ja. Das verstehe ich. Also holen

Sie die armen Leute mitten in der Nacht aus ihren Häusern, nachdem Sie sie ausgewählt haben, weil sie gut schwatzen können. Wie zum Teufel bekommen Sie das hin?«

»Auch dazu benutzen wir Hypnose und subliminale Beeinflussung – aber vor allem lassen wir ein sehr wirkungsvolles Gas in ihre Häuser einströmen, welches sie in einen höchst gefügigen Zustand versetzt. Die Willenskraft wird lahmgelegt«, erklärte Cunningham. »Das Gas wurde in den siebziger Jahren von einer eigenen Abteilung der CIA entwickelt, die an Nervengasen und chemischen Waffen gearbeitet hat. Als man beim Projekt White Book die Potentiale des Mittels erkannte, hat man es benutzt.«

»Sind sie denn nie von der Polizei erwischt worden? Hin und wieder müssen Sie doch auch aufgefallen sein.«

»Oh, natürlich«, sagte Richards. »Manchmal ist es nötig, gewisse Menschen biochemisch zu behandeln, damit sie die Erinnerung verlieren, ohne ihnen vorher das Motiv der Entführung durch Außerirdische einzupflanzen.«

»Das ist eine ungeheuer gefährliche Waffe! Was machen Sie sonst noch alles damit? Reden Sie den Leuten etwa auch ein, für wen sie bei den Wahlen zu stimmen haben?«

»Nein, so weit gehen wir natürlich nicht. Wir interessieren uns nur für Politik, soweit diese auf unsere Operation einwirkt. Die Publisher stehen selbstverständlich eindeutig über jeglicher Politik. Und uns könnte man als Editoren bezeichnen, als ihr ausführendes Organ.«

»Die Publisher, die verdammten Publisher.« Myers schüttelte den Kopf und lehnte sich an die Wand. »Wissen Sie, ich habe Gerüchte über sie gehört, seit ich auf dem College war. Aber ich dachte immer, das sei nichts als paranoider Unfug. Dinge, wie Robert Ludlum sie in seinen Romanen beschreibt.«

»Ich muß Ihnen leider sagen, Ed, daß Mr. Ludlum, obwohl ein exzellenter Desinformant der Öffentlichkeit, nicht in unseren Diensten steht. Seine entzückend absurden Schilderungen mächtiger Menschen sind, verglichen mit der Wahrheit, der reinste Kinderkram. Aber wir haben seine Auflagen nicht gesenkt, denn seine Romane dienen letztlich auch unserer Tarnung.«

»Eine Puppe in der Puppe. Aber ich verstehe immer noch nicht, worum es hier eigentlich geht. Wer sind nun diese Publisher?«

»Ihre Identität können wir Ihnen natürlich nicht preisgeben. Aber wir können Ihnen berichten, warum sie existieren und welch überragend wichtige Rolle sie in der Geschichte der Vereinigten Staaten – und der ganzen Menschheit – spielen. Aber darüber sollen wir vielleicht später bei einer Tasse Kaffee sprechen. Es ist schon spät, eine kleine Erfrischung wäre nicht schlecht. Und Dr. Cunningham hier – nun ja, Dr. Cunningham ist immer für eine Erfrischungspause zu haben, nicht wahr, Doktor?«

Cunningham sah ihn böse an und stolzierte davon.

»Kommen Sie, Ed. Wir werden uns einen guten Kaffee in den Konferenzraum kommen lassen, und dann kann ich Ihnen eine kleine Geschichte erzählen.«

Richards schob den stirnrunzelnden CIA-Agenten zur Tür hinaus.

Hinter ihnen funkelten die Wände wie eine Schatzhöhle aus Tausendundeiner Nacht.

Dann ging das Licht aus.

24. Kapitel

Zischend entwich die Luft aus einem Spalt, der sich im unteren Teil der gelandeten fliegenden Untertasse geöffnet hatte. In der hell glänzenden Legierung der Schiffshülle wurden die Umrisse einer Tür sichtbar. Die Tür öffnete sich nach außen, und eine Rampe wurde ausgefahren. Wirbelnder Dunst, aquamarinblau und hellrot, wehte über den Wüstensand und über die Füße des Mannes, der Frau und des Kindes, die starr vor Staunen das Ereignis beobachteten.

Die Rampe setzte mit einem dumpfen Geräusch auf dem Boden auf.

Irgendwo drinnen, im Nebel, bewegte sich etwas.

Etwas stieg die Rampe herunter.

»Daddy, Daddy!« rief das kleine Mädchen und deutete mit strahlenden und neugierigen, zugleich aber auch ängstlichen Augen zum Raumschiff. »Schau nur!«

Hinter ihnen dröhnte eine Stimme: »Schnitt! Okay, das war's für heute morgen. Mittagspause.«

Als der Regisseur durch den Trockeneisnebel watete, um sich kurz mit den Schauspielern zu besprechen, während die Toningenieure, die Beleuchter, die Kameraassistenten und die Kameramänner ihre Sachen einpackten und sich auf die Mittagspause vorbereiteten, tippte Jake Camden dem Mann auf die Schulter, der es sich auf dem Stuhl des Regisseurs bequem gemacht hatte und mit unbewegtem Gesicht die Aktivitäten der anderen Menschen beobachtete. »Können wir uns jetzt unterhalten, Max?«

Maximillian Schroeder drehte sich um und sah Camden lange an, ehe in seinen Augen das Erkennen dämmerte. »Ah ja, Jake. Es tut mir leid, daß Sie so lange warten mußten, aber diese Szene ist sehr wichtig, und ich wollte sicherstellen, daß alle Details stimmen.«

Jake Camden nickte. Er überblickte die Filmkulisse, die man ein Stück außerhalb von Santa Fé aufgebaut hatte. Die ›fliegende Untertasse‹ war natürlich nur von vorne überzeugend. Wenn man ein paar Schritte zur Seite ging, konnte man die Fachleute für Spezialeffekte sehen, die die Lichter und den Nebelwerfer und was sonst noch alles bedienten. Der Boden und die Felsen waren echt. Dies war eine Außenaufnahme, und die ganze Umgebung war vollgepfropft mit den neuesten technischen Errungenschaften der Filmkunst. Ja, dachte Camden. Das war kein billiger Streifen. Das hier war allererste Wahl. Schroeders erster Film war ein Kassenknüller geworden, und die Filmgesellschaft hatte genug Geld zur Verfügung gestellt, um die Fortsetzung genauso aufwendig zu drehen.

»Also, ich muß schon sagen, das sieht hier ganz anders aus als bei dem Film, bei dem ich als Berater mitgewirkt habe. Die drehten praktisch den ganzen Streifen in einem Lagerhaus in Pasadena und die Außenaufnahmen im Griffith Park.«

»Ein Hoch auf Hollywood, was, Jake?« sagte Schroeder.

Zum erstenmal an diesem Tag lächelte er. »Trotz Drehbuch, Regisseur und so weiter muß ich noch dabei sein, damit das Filmteam nicht irgendwelche teuren Fehler macht oder einfach etwas verändert. Abgesehen davon hätte ich nicht damit gerechnet, daß Sie unangekündigt, nüchtern und so früh am Morgen in New Mexico an den Set kommen.«

»Ich muß dringend mit Ihnen sprechen. Unter vier Augen.«

»Aber sicher.« Schroeder tippte auf die blauen und grünen Kleckse auf Camdens Hawaiihemd; heute waren es Segelboote, auf denen Frauen in Bikinis herumlümmelten. Camden hatte schon einige Zeit mehr keine Gelegenheit gefunden, seine Sachen zu waschen, und das Hemd sah ziemlich zerknittert aus. »Sie kommen mir etwas übernächtigt vor, Jake. Ist mit Ihnen alles in Ordnung?«

Camden sah sich vorsichtshalber um, aber die meisten Filmleute saßen schon an Tischen, die unter großen Planen aufgestellt waren, oder holten sich ihre Sandwiches ab und nahmen sich Kaffee oder Cola. »Ganz im Gegenteil, Max«, sagte er leise und fast ohne die Lippen zu bewegen. »Deshalb schwitze ich mich ja auch hier draußen kaputt und versuche, möglichst unauffällig mit Ihnen zu reden.«

»Ah, nun ja, dann sollten wir vielleicht in meinem privaten Wohnwagen zu Mittag essen, was?« Schroeder deutete lächelnd auf einige Felsblöcke, hinter denen der Wohnwagen geparkt war. Maximillian trug das, was er für lässige Freizeitkleidung hielt: eine kurze Khakihose, ein Khakihemd mit Schulterklappen und einen strahlendweißen Hut auf dem ordentlich frisierten Haar. Er roch nach einem teuren Parfüm von Calvin Klein, sah gesund und braun aus und überhaupt nicht wie ein bedauernswerter Mensch, der einen großen Teil seines Lebens auf den Untersuchungstischen glotzäugiger Aliens verbracht hatte.

Camden lächelte und entspannte sich. »Ich hatte gehofft, daß ein Wohnwagen zu Ihrer Verfügung steht. Bei dem Film, bei dem ich mitgewirkt habe, bestand mein Wohnwagen aus dem Baum, hinter dem ich pinkeln durfte.«

Schroeder zuckte die Schultern und bedeutete Camden, ihm zu folgen.

Maximilian Schroeder hatte nur ein Drittel eines sehr langen Wohnwagens zugeteilt bekommen, aber die kleine Unterkunft war mit allen nur erdenklichen Annehmlichkeiten ausgestattet: eine gut gefüllte Bar, ein Kühlschrank, bequeme Stühle, ein privates Bad, ein Handy. Es gab auch eine Klimaanlage, die eigentlich gar nicht nötig war, weil die Hitze in dieser Gegend trocken und leicht zu ertragen war – aber Camden liebte den kühlen Luftzug von Klimaanlagen, und so fühlte er sich nach ein paar Sekunden richtig heimisch. Nachdem er die Toilette aufgesucht und den Tom Collins in Empfang genommen hatte, den Schroeder ihm inzwischen gemixt hatte, setzte er sich auf die mit weichen Kissen versehene Couch und ließ ein langes, erleichtertes ›Aaaah‹ hören.

»Nun, in welchen Schwierigkeiten stecken Sie dieses Mal, Jake?« sagte Schroeder. Er achtete peinlich auf eine gewählte Aussprache.

»Ich glaube, es ist die Staatspolizei von Florida. Mit Sicherheit das FBI. Ich arbeite nicht mehr für den *National Intruder*, das heißt, mir geht das Geld aus. Habe ich die CIA erwähnt? Yeah, die wollen mich wahrscheinlich auch drankriegen – die CIA oder eine illegale Abteilung der CIA.«

Das Eis klingelte, als er an seinem kühlen Drink nippte. Der Zitronengeschmack war angenehm, aber noch angenehmer war der Alkohol.

»Meine Güte, Jake, da haben Sie sich ja selbst übertroffen. Und das alles nur, weil Sie sich mit Everett Scarborough eingelassen haben?«

»Also, ein Teil meiner Probleme – die Sache mit dem FBI, der Polizei und dem Geld – hat vor allem mit Drogen zu tun. Man könnte sagen, daß ich mir das selbst eingebrockt habe.«

»Aber eine illegale Abteilung der CIA – Sie haben schon

einmal etwas in dieser Art angedeutet. Könnten Sie das jetzt etwas vertiefen?«

»Passen Sie auf, Max. Als erstes muß ich wissen, ob Sie hinter mir stehen. Ich muß mich darauf verlassen können, daß Sie mir aus der Klemme helfen. Sie sagten, Sie seien an den Filmrechten interessiert, aber bisher habe ich noch keinen Cent gesehen. Richtig ist, daß Sie mich dem Agenten empfohlen haben, und der interessiert sich für die Geschichte. Ich bin ziemlich sicher, daß die Sache nicht nur lukrativ, sondern auch die Erfolgsstory des Jahrzehnts wird. Aber jetzt bin ich pleite, habe Probleme und brauche Hilfe. Also, kann ich mich auf Sie verlassen?«

Schroeder stand auf und ging zu einem Schreibtisch, der auf der anderen Seite des Raumes stand. Auf der Schreibfläche stand eine Lederaktentasche von Gucci. Er öffnete sie und zog einen Schriftsatz heraus, dessen Blätter links oben zusammengeheftet waren. »Ich hörte, daß Sie angerufen haben, Jake, aber ich nahm nicht an, daß es derart dringend ist. Eigentlich erwartete ich hier Ihren Anruf. Ich hätte nicht geglaubt, daß Sie gleich persönlich vorbeikommen, aber ich bin gar nicht so unglücklich darüber, daß Sie jetzt da sind. Natürlich wünsche ich Ihnen für Ihre Artikel und Ihr Buch wirklich alles Gute – aber leider kann ich in dieser Hinsicht nicht mehr für Sie tun als das, was ich schon getan habe. Doch wenn Sie das hier unterzeichnen würden, dann könnten wir wohl sagen, daß wir die Filmrechte unter Dach und Fach gebracht haben.«

Er gab Camden die Papiere. Jake sah sie flüchtig durch und grinste. »Das ist ein Optionsvertrag. Zwanzigtausend Dollar, nach einem Jahr Verlängerung möglich, bei Abschluß hunderttausend. Nicht übel, Max, aber ich bin sicher, daß Sie es mir noch ein bißchen schmackhafter machen könnten.«

»Zufällig habe ich gerade zweitausend Dollar in bar bei mir, die den ersten Teil des Vorschusses darstellen sollen. Natürlich wäre ich bereit, mit Ihrem – mit *unserem* – Agenten zu verhandeln, aber ich dachte, Sie brauchen das Geld möglichst rasch, Jake.«

»Wo muß ich unterschreiben?«

»An der üblichen Stelle. Ganz unten.« Schroeder fischte einen goldenen Kugelschreiber aus der Aktentasche und reichte ihn Jake, der sofort dreimal unterschrieb. Als Camden wieder aufblickte, öffnete Schroeder bereits seine Brieftasche und zog einen Pack Hundertdollarscheine heraus, die er auf dem Tisch abzählte. Jake zählte nach und steckte sie glücklich ein.

»Danke, Max, das wird Ihnen bestimmt nicht leid tun.«

»Das hoffe ich doch sehr.«

»Und mir hilft es jedenfalls über die ersten Probleme weg. Aber ich werde meinen Artikel und das Buch nicht schreiben können, wenn Sie mir nicht auch weiterhin helfen. Es sieht so aus, als hätten Sie gerade in Jake Camden investiert, und dafür möchte ich mich bei Ihnen bedanken.« Jake packte Schroeders Hand und schüttelte sie begeistert. »Und jetzt müssen Sie Ihrer Investition auch Schutz gewähren.«

Schroeder zog mit leicht mißbilligendem Gesichtsausdruck die Hand zurück. »Jake, Sie brauchen bei mir wirklich nicht den Geschäftsmann zu spielen, der hart verhandeln kann. Ich bin mir meiner derzeitigen Verantwortlichkeiten durchaus bewußt.« Er schenkte sich ein Glas Perrier ein und gab eine Zitronenscheibe dazu. »Die Frage ist nur, ob Sie sich Ihrer Pflichten ebenfalls bewußt sind.«

»Wie bitte? Ich kann Ihnen da nicht folgen.«

»Wenn Sie sich die Zeit genommen hätten, den Vertrag gründlich zu lesen, dann wüßten Sie, daß wir hinsichtlich dieser Operation eine Art Partnerschaft begründet haben. Sie scheinen auch zu vergessen, Jake, daß ich mich ebenfalls für UFO-Verschwörungen und dergleichen interessiere. Ich möchte über die weitere Entwicklung auf dem laufenden gehalten werden. Zum Beispiel möchte ich wissen, wo Everett Scarborough sich gerade aufhält und was er tut.«

»Nein, das kann ich Ihnen nicht sagen. Ich meine, ich weiß, daß ich Ihnen vertrauen kann, Max, aber trotzdem – es könnte an jemand anders durchsickern, und dann sind Scarborough und ich geliefert.«

»Heißt das, Sie wissen, wo Scarborough sich gerade befindet?«

Camden nahm einen langen Schluck und dachte nach. Warum wollte Schroeder unbedingt wissen, wo Scarborough steckte? Er fand das sehr beunruhigend.

Natürlich wußte er, daß Scarborough gar nicht weit entfernt, in Albuquerque, Walter Mashkin besuchte. Er war mit Marsha Manning in Kontakt geblieben, und er hatte von ihr Informationen erhalten und umgekehrt sie informiert. Marsha wollte ebenfalls nach Albuquerque kommen. Sie wollte Scarborough helfen und außerdem in dieser uralten, haarsträubenden Geschichte über die angeblich in Roswell abgestürzte fliegende Untertasse recherchieren. Als ob er diese Geschichte nicht im Laufe der Jahre schon völlig ausgelutscht hätte. Schroeder wußte nichts über Manning, und das sollte auch so bleiben. Aber Scarborough – das war eine andere Sache. Er war das Thema ihres Geschäfts, die Hauptperson des Buches und des Films. Was konnte es schaden, wenn er Maximillian Schroeder ein paar Informationen gab? Einem Mann, auf den die Regierung mit Sicherheit nicht gut zu sprechen war, weil er hierhin und dorthin zeigte und überall Verschwörungen vermutete. Verständlicherweise war Schroeder daran interessiert, etwas über die seltsamen Dinge zu hören, die Camden zugestoßen waren, über die eigenartigen Schutzengel, die ihn verfolgten und auf ihn achtgaben ...

»Ich muß doch wissen, wie der Plot weitergeht«, drängte Schroeder ihn.

»Das stimmt, und vielleicht können Sie uns sogar helfen.«

»Ich will und werde wirklich alles tun, Jake. Das wissen Sie. Da wir jetzt Partner sind, bin ich dazu verpflichtet.«

»Also, ich kann Ihnen keine Einzelheiten geben, was aber nicht heißt, daß ich Ihnen mißtraue, Max.«

»Schon gut, ich verstehe. Sie müssen einen Menschen schützen. Ich bin mit Verallgemeinerungen durchaus zufrieden.«

»Okay. Er ist hier in New Mexico. Wir haben Grund zu

der Annahme, daß sich die Operationsbasis dieser CIA-Abteilung in der Nähe des Luftwaffenstützpunkts Kirtland befindet.«

»Was Sie nicht sagen.« Maximillian Schroeder sah ihn aus halb zusammengekniffenen Augen an. »Aber Operationsbasis, Jake? Was meinen Sie mit Operationsbasis? Geht es etwa darum, die Kontakte zwischen den Außerirdischen, den ›Anderen‹, und den Menschen zu vertuschen?«

»Schauen Sie, Max, mir ist klar, daß Sie das möglicherweise schockiert, aber Scarborough und ich, wir haben Grund zu der Annahme, daß ein ganzer Teil dieser Entführungen durch Außerirdische ... also, das alles könnte durchaus eine Verschwörung der Regierung sein. Aus irgendeinem Grund entführt die CIA Menschen und suggeriert ihnen, sie befänden sich auf einem Raumschiff von Außerirdischen. Fragen Sie mich nicht, warum ...«

Plötzlich fiel Camden etwas ein, und er unterbrach sich mitten im Satz. Jesus! Er hatte die Sache noch nicht bis zu Ende durchdacht. O nein! Wenn diese Lumpen tatsächlich gefälschte Entführungen inszenierten, dann war Max Schroeder womöglich eines ihrer Opfer! Und das bedeutete, daß Schroeder wahrscheinlich überwacht wurde.

»Fahren Sie doch fort, Jake.«

»Äh, also – vielleicht sollte ich mich jetzt einfach verabschieden, Max. Ich meine, ich will Sie da nicht zu weit hineinziehen. Es könnte sehr gefährlich werden.«

»Jake, damit sagen Sie mir aber wirklich nichts Neues.« Schroeder starrte ihn todernst an. »Die ›Anderen‹ – sie haben mir von diesen Dingen erzählt und sind darüber sehr ungehalten. Ich habe das bisher in meinen Büchern nicht erwähnt, es wäre im Augenblick zu verwirrend.« Schroeders Augen veränderten sich, er wirkte jetzt beunruhigt und fast gehetzt. Plötzlich wandte er sich ab, krümmte sich etwas, und sein Gesicht machte eine bemerkenswerte Transformation durch. Einen kurzen Augenblick lang war er nicht mehr der verbindliche, gefaßte Yuppie-Priester der New-Age-Religion der ›Anderen‹, sondern ein Mensch, der von Zweifeln und Schmerzen gepeinigt wurde. Er schien große Angst zu haben – und dann, ganz unvermittelt, gewann er die Kontrolle zurück. »Verzeihen Sie, Jake. Ich ... wenn die Erinnerungen an meinen Kontakt mit den ›Anderen‹ geweckt werden, wie es gerade geschehen ist, dann verliere ich manchmal die Fassung.«

Jake Camden dachte fieberhaft nach. »Vielleicht sollten Sie auch mal was Stärkeres zur Brust nehmen als französisches Tafelwasser.« Mann, diesem Schroeder standen sogar die Tränen in den Augen!

»Normalerweise gebe ich solchen Impulsen ja nicht nach, aber in diesem Fall ...«

»Bleiben Sie einfach sitzen, ich hole Ihnen etwas. Was möchten Sie denn? Einen Sherry, ein bißchen verdünnt?«

»Ich glaube, im Schrank ist noch eine Flasche Scotch, ein Glenlivet.«

Jake fand die Flasche. »Wasser? Eis?«

»Das wäre schön.«

»So, darauf trinken wir jetzt einen.« Jake gab zwei Schuß der bernsteinfarbenen Flüssigkeit in die Gläser. Der Mann ist ja echt erschüttert, dachte Camden. Und seine Erschütterung war anscheinend sogar *echt*. Jake hatte Schroeder für einen Spinner gehalten, aber jetzt, da überall um ihn her die Realität aus dem Leim ging, kam er auf die Idee, daß der gute alte Schroeder möglicherweise über die Entführungen durch die CIA ganz gut auf dem laufenden war.

»So, hier.« Jake gab ihm ein Glas, und Schroeder trank einen großen Schluck.

»Danke.«

»Hilft es?«

»Ein wenig.«

»Okay. Das ist jetzt wirklich interessant, Max. Ich meine die Tatsache, daß die ›Anderen‹ von den Entführungen durch die CIA wissen. Für meinen Teil denke ich mir das so ... entschuldigen Sie, daß ich da Zweifel habe – aber ist Ihnen schon einmal die Idee gekommen, daß Sie vielleicht auch selbst das Opfer irgendeiner Art von Gedankenkontrolle sind?«

Schroeder schauderte. Er trank noch einen langen

Schluck. Das Zittern hörte nicht auf. »Ja, Jake. Glauben Sie mir, dieser Gedanke hat mich von Anfang an verfolgt. Seit es begonnen hat, gehen mir verschiedene, äußerst paranoide Vorstellungen nicht aus dem Sinn. Viele davon habe ich in meinen Büchern festgehalten. Aber die Beteiligung der CIA, von der mir die ›Anderen‹ erzählten, erwähnte ich nicht, weil ich um mein Leben fürchtete.«

»Haben Sie denn in dieser Hinsicht etwas unternommen?«

»Nun, ich habe mit den ›Anderen‹ gesprochen, und sie fanden, ich sollte ruhig einige diskrete Nachforschungen anstellen. Wie Sie wahrscheinlich wissen, Jake, komme ich aus einer Familie, die nicht nur wohlhabend ist, sondern die auch über ausgezeichnete Beziehungen verfügt. Ich kenne viele hochgestellte Persönlichkeiten, bei denen ich mich erkundigen könnte. Aber ich habe absolut nichts gefunden, was als Beweis für derartige Aktivitäten der CIA hätte dienen können. Daher sind meine Beziehungen zu gewissen Mitgliedern dieser Organisation, deren Ehre und Integrität über jeden Zweifel erhaben sind, die allerbesten. Ich bin absolut sicher, daß sie nichts mit einer derartig schrecklichen Verletzung der Bürgerrechte zu tun haben.«

»Sind Sie denn nicht der Meinung, daß auch die ›Anderen‹ Ihre Rechte verletzen, wenn sie Sie in ihr Raumschiff schleppen?«

»Die ›Anderen‹ sind nicht durch die Gesetze dieser Nation gebunden. Sie können menschliche Emotionen auch gar nicht verstehen. Das ist das Höllische an diesen Kontakten. Eigentlich sind sie nicht einmal sonderlich besorgt darüber, daß die CIA ihre Prozeduren nachäfft – daß die Wahrnehmungen verzerrt wird, bis die Spiritualität und die emotionale Transformation in eine völlig negative Erfahrung verwandelt werden. In der Beziehung zwischen den ›Anderen‹ und ihren menschlichen Kontaktpersonen gibt es viel Himmlisches, Jake. Aber die Bewußtseinsveränderungen, die von dieser anderen Gruppe vorgenommen werden, sind absolut höllisch. Sie negieren alles, was ich in meinen Büchern und mit meinen Filmen vertreten wollte. Natürlich möchte ich diese schlimmen Dinge unterbinden. Aber wie soll ich das tun?«

»Sie sagten doch, daß Sie Verbindungen zur CIA haben.«

»Das ist richtig.«

»Wissen Sie vielleicht etwas über die Dinge, die da draußen am Rande des Luftwaffenstützpunktes Kirtland vorgehen? In diesem Labor – oder was immer es auch ist?«

»Nein. Ich wußte nicht einmal, daß es überhaupt existiert.«

»Glauben Sie, Sie können Ihre Kontaktpersonen anrufen und es herausfinden? Könnten Sie vielleicht sogar für uns einen Besuch auf dem Stützpunkt arrangieren?«

»Nun, wenn es ein geheimer Bereich ist, dann dürfte das ziemlich schwierig werden.«

Camden sah ihn scharf an. »Kommen Sie schon. Wir arbeiten doch für die ›Anderen‹. Diese CIA-Leute verraten alle kosmischen Bemühungen, die Evolution der Menschheit voranzutreiben. Es geht hier um die Zukunft des ganzen Planeten. Vielleicht könnten wir damit sogar einen Atomkrieg verhindern oder so.«

Schroeder nickte. »Da haben Sie wohl recht, Jake. Ich rufe gleich morgen an.«

»Morgen könnte es zu spät sein. Sie müssen es sofort tun. Es ist hier halb eins, in Washington also Spätnachmittag. Rufen Sie an.«

Maximillian Schroeder legte sich die Hände vor das Gesicht wie eine Sauerstoffmaske. Dann holte er tief Luft und klatschte die Hände auf die Knie. »Einverstanden, Jake. Ich werde anrufen.«

»Das ist gut.« Jake prostete ihm zu und trank sein Glas aus. Er fühlte sich jetzt besser, viel besser.

»Aber, Jake – ich glaube, Sie sollten mich besser allein lassen, während ich die Verabredungen treffe.« Schroeder ging zum Schreibtisch, kritzelte etwas auf ein Stück Papier und gab es Jake. »Das ist meine persönliche Telefonnummer. Selbst wenn ich am Set bin, werde ich von Anrufen unterrichtet, die über diese Nummer eingehen, und dann komme ich und nehme den Anruf selbst entgegen. Vielleicht haben Sie recht, Jake, vielleicht sollten wir herausfinden, was in Kirtland vor sich geht. Ja. Je länger ich darüber nachdenke, desto einleuchtender scheint mir dieser Gedanke.«

Camden steckte den Zettel ein. »Schön. Ich rufe Sie gleich morgen früh an.«

»Wo werden Sie sich aufhalten?«

»Das weiß ich noch nicht. Wahrscheinlich in einem Hotel in der Stadt.«

»Gut. Sie können mir dann morgen Bescheid geben.«

Sie wechselten noch einmal einen bedeutungsschweren, ernsten Blick und schüttelten sich die Hände; dann ging Camden hinaus. Die Geldscheine lagen kompakt und schwer in seiner Tasche, und die Zukunft sah ausgesprochen rosig aus.

Sobald Jake Camden gegangen war, griff Maximillian Schroeder zum Telefon.

»Gregg? Ja, Schroeder hier. Gregg, wahrscheinlich ist Ihnen der heruntergekommene Kerl aufgefallen, der sich heute morgen am Set herumgetrieben hat. Ich habe ihn in meinen Wohnwagen eingeladen. Ja, richtig, der ist es. Er ist mit einem Ford Escort gekommen. Gregg, er ist gerade gegangen, und ich möchte, daß Sie ihm folgen. Sagen Sie mir Bescheid, wohin er fährt und was er tut und mit wem er spricht. Haben Sie das verstanden? Schön. Und beeilen Sie sich, weil er inzwischen wahrscheinlich schon im Wagen sitzt.«

Schroeder legte wieder auf, lächelte und schenkte sich noch einen Scotch ein.

25. Kapitel

Sie waren wieder im Konferenzraum.

Der Kaffee, den sie bestellt hatten, war inzwischen serviert worden. Edward Myers nahm Sahne, Richards trank seinen Kaffee schwarz, Dr. Julia Cunningham verdünnte den ihren mit Mineralwasser.

Sie saß steif und gerade auf ihrem Stuhl und beteiligte sich aufmerksam und dennoch distanziert am Gespräch. Lieber hätte sie in ihrem Labor gearbeitet. Das war ihr Universum, nicht dieser Verwaltungskram. Dafür war Richards zuständig. Hin und wieder erwartete man allerdings von ihr, daß sie entsprechende Beiträge leistete, und deshalb war sie jetzt hier und hörte zu. Doch in Gedanken war sie schon wieder bei der Arbeit und ging im Geiste ein besonders kompliziertes neurologisches Problem durch. Es war beinahe, als glitten ihre Finger dabei über die Kugeln eines Abakus.

»Wir sprachen über die Publisher«, sagte Myers gerade. »Fahren Sie fort, Richards. Ich höre zu. Jetzt, da ich gegen meinen Willen für sie arbeite, will ich wenigstens verstehen, was für eine Organisation das ist.«

»Das Problem ist, daß Sie es bisher einfach nicht verstehen wollen, Ed.« Richards trank einen Schluck Kaffee und blickte nachdenklich zur goldbraunen Ebene hinaus, die sich hinter dem elektrisch gesicherten Zaun erstreckte. »Wir weihen Sie in diese Dinge ein, weil ich aufrichtig glaube, daß Sie mit ganzem Herzen dabeisein werden, sobald Sie begreifen können, daß ich für eine philanthropische Organisation arbeite. Es ist ein Unternehmen, das der ganzen Menschheit dient.«

»Yeah, schon möglich.«

»Die Publisher . . . Wo soll ich nur beginnen?« Richards legte die Fingerspitzen zusammen und schürzte gedankenverloren die Lippen. Dann begann er: »Aus Sicherheitsgründen kann ich nur sehr allgemein sprechen, sehr vage. Sagen wir also, die Publisher haben im neunzehnten Jahrhundert während der Industrialisierung ihre Arbeit aufgenommen, als der Fortschritt auf der ganzen Welt die Macht des britischen Empire schwinden ließ. Die tüchtigen Kapitalisten unseres Landes begannen, große Vermögen anzuhäufen.«

»Es hat demnach in Amerika begonnen?«

»Ja, das ist richtig. Aber diese Menschen hatten Kontakte und Einfluß auf der ganzen Welt. Ich habe Grund zu der Annahme, daß in gewisser Weise auch Freimaurer beteiligt waren, aber wir sprechen hier keinesfalls über eine religiöse Bewegung. Im Grunde wurde vielen dieser reichen und mächtigen Männer nach einer Weile klar, daß eine überpolitische Organisation gebraucht wurde, die nicht nur auf Amerikas Wohlergehen achtgab, sondern, viel konkreter, auf die nationale und kulturelle Integrität des Landes.«

»Dann sprechen wir jetzt über Leute wie John D. Rockefeller und Andrew Carnegie und so weiter.«

»Bitte, Ed, ich darf keine Namen erwähnen.«

Myers grunzte und verzog das Gesicht. Cunningham wußte, daß er bereits seine Schlußfolgerungen zog, aber das spielte keine Rolle.

»Kulturelle Integrität – Ed, ich wiederhole dieses Wort, weil es so wichtig ist. Ich meine damit nicht zwangsläufig die Kultur, die in Konzerten, in Kunstgalerien und in der Literatur ihren Ausdruck findet, obwohl dies alles Bausteine des Mosaiks sind. Ich meine jetzt auch Ebenen wie Sprache, Sitten, nationale Identität.«

»Und Sie meinen Menschenrassen?«

»Genau.«

»Dann sprechen wir jetzt also über eine Bande von Nazis.«

»O nein. Da denken Sie ganz und gar in die falsche Richtung, Ed. Ganz im Gegenteil. Die Publisher sind keine Rassisten. Sie sind sich bewußt, welche Beiträge Menschen aller Hautfarben für den wundervollen Schmelztiegel Amerika leisten, und alle diese Menschen sind auch in der Gruppe der Publisher vertreten. Vergessen Sie bitte nicht, daß der Kapitalismus das wichtigste Element ist. Es gibt in den USA reiche Schwarze und Latinos, Asiaten und irische Katholiken, und deshalb sind sie alle bei den Publishern vertreten.«

»Also eine Art Regierung über der Regierung.«

»Nein, es ist keine Regierung, Ed. Sie sind die Wachhunde oder Hüter. Und sie beeinflussen die Entwicklung der Nation.«

»Und dazu haben sie eine eigene Polizeitruppe?«

»Die in die Exekutive des Landes eingegliedert ist und deshalb ganz legal auf dem Boden unserer visionären Verfassung steht.«

»Anders ausgedrückt – unterlaufen sie die Beschränkungen, die normalerweise jede Regierung binden.«

»Mehr als zweihundert Jahre sind vergangen, seit unsere Gründerväter die Verfassung aufgesetzt haben. Einige ihrer Nachkommen sind übrigens heute Mitglieder der Publisher. Aber die Zeiten haben sich verändert, die Welt hat sich verändert. Früher brauchte man ein ganzes Jahr, wenn man um die Erde reisen wollte. Heute umrundet ein Shuttle den Planeten in wenigen Stunden. Ich muß Ihnen sicher nicht erklären, wie besorgniserregend und beängstigend die Zustände heute auf der Erde sind. Alles entwickelt sich rasend schnell, viel zu schnell, als daß wir schwachen Menschen Schritt halten könnten. Um es einfach auszudrücken, könnte man sagen, daß die Publisher ihre Aufgabe darin sehen, Amerika lebensfähig zu erhalten. Sie sorgen dafür, daß der amerikanische Traum weitergeträumt wird. Genau wie unsere Streitkräfte die Grenzen des Landes schützen, bewachen die Publisher die Grenzen unseres nationalen Bewußtseins und des Unbewußten – und, wenn Sie mir erlauben, einen Begriff bei Jung auszuborgen: sie hüten das amerikanische kollektive Unterbewußtsein.«

»Demnach wäre das etwas Ähnliches wie PR-Arbeit und Religion, nur auf einer fast kosmischen Ebene.«

»Wenn Sie das Wort ›fast‹ streichen, kommen Sie der Sache sehr nahe.« Richards lächelte ihn an und schien sehr zufrieden mit sich selbst zu sein.

»Mann, damit werden auch alle Theorien, die es über Verschwörungen gibt, auf die gleiche Ebene erhoben.«

»Die Publisher und Editoren würden sich nicht als Verschwörer bezeichnen. Wir tun das alles ja nicht, um uns persönlich zu bereichern. Letzten Endes handeln wir zum Wohle und für die Zukunft unseres großen Landes.«

»Warten Sie mal – jeder muß doch von irgend etwas leben. Und Sie versuchen gerade, mich zu bestechen.«

Richards hob eine Augenbraue. »Die Mitgliedschaft bringt große persönliche und emotionale Risiken mit sich. Dafür muß es natürlich auch eine großzügige Entschädigung geben.«

»Okay, okay, ich verstehe. Sie sind die wahren Götter Amerikas. Aber was hat die Bewahrung der nationalen Integrität damit zu tun, daß Sie Leute entführen und Methoden der Gedankenkontrolle einsetzen, um den Opfern einzuimpfen, sie wären von Außerirdischen entführt worden?«

»Ich hatte gehofft, daß Sie das ohne Erklärung verstehen würden. Haben Sie das Material denn nicht gelesen, das Ihnen zur Verfügung stand? Sie wissen, daß die amerikanische Regierung und das Militär praktisch von Anfang an die Wahrheit über die UFOs verschleiert haben.«

»Sicher, sicher. Und bisher glaubte ich auch, was die Firma offiziell dazu erklärt hat. Ich dachte, damals in den vierziger und fünfziger Jahren wären unsere Leute einfach besorgt gewesen, die Russen könnten uns verschaukeln. Damals war man in bezug auf die nationale Sicherheit wirklich sehr nervös. Und dann wollten wir das, wie üblich, nicht öffentlich zugeben, und deshalb wurde die Sache unter den Teppich gekehrt und verheimlicht. Ich wußte nur nicht, daß wir, nur weil Teile der Bevölkerung glauben, wir hätten sie belogen, gleich ein bizarres Programm auflegen mußten, um die Aufmerksamkeit in eine andere Richtung zu lenken. Was bezwecken Sie eigentlich damit? Wollen Sie die UFO-Gläubigen so mit Entführungen beschäftigen, daß sie nur noch in den Himmel starren? Wollen Leute hypnotisieren und befragen, bis sie überhaupt nicht mehr daran denken, daß die amerikanische Regierung von Anfang an die Finger im Spiel gehabt hat?«

Richards wandte sich an Julia Cunningham, die wie eine Statue auf dem Stuhl gesessen und zugehört hatte. »Leider habe ich das große Bild aus dem Ordner über das Projekt Black Book nicht dazugelegt«, sagte er seufzend. »Nun, da Mr. Myers uns seinen Wert bewiesen hat – und seine Loyalität, möchte ich hinzufügen –, halte ich es für das beste, ihm die Wahrheit zu berichten.«

»Was denn, war es etwa überhaupt nicht wahr, was Sie mir gerade erzählt haben?«

»Alles, was Sie heute gehört haben, ist absolut wahr«, erklärte Brian Richards mit ernstem Gesicht. Plötzlich sah er viel älter aus. »Doch mußten wir einen Teil, den wichtigsten Teil, auslassen. Oder, genauer gesagt, wir haben Ihnen bisher verschwiegen, was genau wir in dieser Operationsbasis der Editoren tun.«

»Also gut. Ich bin ein großer Junge. Bitte erklären Sie mir, warum ich meinen Freund verraten soll«, entgegnete Myers. Sein Sarkasmus war nicht zu überhören, aber sein Gesicht verriet, daß er sehr neugierig war.

Richards verständigte sich mit einem Nicken mit Dr. Julia Cunningham. Sie lächelte, denn sie genoß seinen Sinn für dramatische Augenblicke.

Dann wandte Richards sich wieder an den CIA-Agenten. »Im Grunde ist es ganz einfach, Mr. Myers. Es ist nämlich folgendermaßen – die Vereinigten Staaten von Amerika werden tatsächlich von Außerirdischen besucht.«

26. Kapitel

Everett Scarborough half Walter Mashkin gerade, einige Rohre auf den Kleinlaster zu laden, als ein weißer Chevrolet Lumina vor dem Haus hielt. Lieutenant Marsha Manning stieg aus.

Scarborough und Mashkin hatten mehrere lange Gespräche über das UFO-Phänomen geführt, seit Scarborough angekommen war. Manchmal wären die Gespräche um ein Haar in einen Streit ausgeufert, doch letzten Endes waren sie im Rahmen freundschaftlicher Debatten geblieben und nicht zu jenen hitzigen, gemeinen Auseinandersetzungen ausgeartet, zu denen Scarboroughs Diskussionen mit UFO-Anhängern sich in den letzten Jahren häufig entwickelt hatten. Die meiste Zeit hatte Scarborough jedoch geschlafen, sich ausgeruht und sich entspannt. Er bereitete sich innerlich auf das vor, was als nächstes kommen würde: der Anruf bei Ed Myers.

Scarborough hatte Mashkin achten gelernt, er bewunderte ihn sogar. Am Nachmittag mußte der Handwerker auswärts arbeiten. Für Scarborough war es natürlich das beste, sich im Haus versteckt zu halten, aber es gab keinen Grund, seinem Gastgeber nicht dabei zu helfen, die Rohre auf den Kleinlaster zu laden. Mashkin schien sich über die Hilfe, die ebenso eine symbolische Geste wie eine praktische Handreichung war, zu freuen.

»Hallo, Marsha!« rief Scarborough, nachdem er ein Rohr vorsichtig auf dem Stapel verstaut hatte, der schon auf der Ladefläche des Kleinlasters lag. »Wie schön, daß du kommen konntest!«

»Eine Fahrt in die Sonne und in die Wärme – wie sollte ich da widerstehen?«

»Walter, das hier ist die junge Dame, über die ich so oft gesprochen habe. Lieutenant Marsha Manning von der Air Force der Vereinigten Staaten von Amerika. Normalerweise müßten wir jetzt einen Trommelwirbel hören und die Flagge aufziehen, aber wir verzichten darauf, weil sie heute in Zivil ist.«

Marsha schnaubte. »Everett, du bist ja schon wieder richtig frech. Hallo, Mr. Mashkin.«

»Bitte, nennen Sie mich Walter. Oder Walt ...«

»Aber niemals Wally. Walter gibt gut auf mich acht, Marsha. Ich fühle mich beinahe wieder wie ein Mensch.«

Mashkin blinzelte ihr zu. »Er brauchte nur etwas Bier, ein wenig zu essen und ein bißchen Ruhe – aber kommen Sie doch herein, Marsha. Sie haben eine lange Fahrt hinter sich, und vielleicht könnten Sie jetzt auch ein Bier vertragen.«

Marsha lächelte, sofort von Walter Mashkins offenem Wesen eingenommen. »Vielen Dank, Walter. Aber eigentlich dachte ich doch, ich wäre in New Mexico gelandet und nicht in den Smoky Mountains.«

Walter grinste breit. »Tja, dann sagen wir einfach, ich habe ein Stück Tennessee in den Südwesten mitgebracht, Marsha. An meinem Akzent halte ich fest wie ein Geizkragen an seinem Geld. Haben Sie Gepäck? Ich bringe es rein, und Sie können mit Ihrem Freund schon vorausgehen und sich unterhalten.«

Marsha gab ihm die Schlüssel und deutete auf den Kofferraum. Sie bedankte sich und ließ sich in das kühle, stuckverzierte Haus schieben. Scarborough war selbst überrascht, wie sehr er sich darüber freute, Marsha Manning wiederzusehen, und er wunderte sich, welche emotionale und körperliche Wirkung sie auf ihn ausübte, als er mit ihr ins Haus ging und ihr vertrautes Opium-Parfüm und ihr Shampoo roch. Marsha trug einen grünen Hosenrock, der ihre runden Hüften betonte, und eine frische weiße Bluse, unter der sich ihre vollen Brüste wölbten. Sie schien seit ihrer letzten Begegnung ein paar Pfund abgenommen zu haben, und sie hatte etwas mehr Make-up aufgelegt als üblich. Ihr langes, lockiges Haar lag federleicht auf der hellen, leichten Jacke. Auch wie sie ihn ansah, war nicht mißzuverstehen. Sie freute sich, ihn zu sehen, und sie war anscheinend sehr glücklich, daß es ihm erheblich besserging als bei ihrer letzten Begegnung.

»Du siehst gut aus, Marsha«, sagte er, während er das Bier, das Mashkin ihr versprochen hatte, aus dem Kühlschrank holte.

»Danke. Und Sie, mein Herr, Sie sehen aus wie ein Klempner. Eine ausgezeichnete Verkleidung hast du dir da zugelegt.« Sie nahm das Bier entgegen und setzte sich an den Küchentisch.

Scarborough sah an sich hinunter. Er trug ein rotes Flanellhemd, die Ärmel hatte er hochgekrempelt, dazu eine abgetragene Levis und ausgetretene Keds-Sandalen. »Was denn, sind dir meine Air-Jordan-Schuhe nicht fein genug?«

»Ich bin sicher, daß du in dieser Aufmachung beim Basketballspiel der Publisher, das über dein weiteres Schicksal entscheiden wird, eine gute Figur abgibst.«

Scarborough grinste. »Jedenfalls kann ich gut dribbeln.« Und ein guter Stürmer bin ich auch, dachte Scarborough, während er ihre langen Beine bewunderte. Mann, dachte er bei sich, es ist doch schön zu sehen, daß ich noch nicht ganz ausgetrocknet bin. Trotzdem gab es im Augenblick Wichtigeres als sexuelle Emotionen.

»Da wir gerade von Ballspielen reden . . .« Sie hielt inne und trank einen Schluck. »Ich hoffe, das Spiel ist noch nicht vorbei. Es war schwierig, hier herauszukommen, und ich hoffe, ich bin nicht zu spät dran.«

Scarborough setzte sich neben sie und legte ihr eine Hand auf die Schulter. »Es läuft ganz gut. Ich habe inzwischen eine recht gute Vorstellung, wo man Diane und Tim festhalten könnte.«

»Nun, ich bin hauptsächlich gekommen, um der Sache nachzugehen, auf die ich in Wright-Patterson gestoßen bin. Außerdem dachte ich, daß ich dir vielleicht auch hier im Stützpunkt Kirtland helfen könnte, weil das ja ebenfalls ein Gelände der Air Force ist.«

Es war an der Zeit, die Stirn zu runzeln. »Marsha, du hast schon so viel für mich getan, und ich bin wirklich froh, daß du da bist. Aber ich kann einfach nicht zulassen, daß du deine Karriere aufs Spiel setzt – mein Gott, sogar deine Freiheit. Das sollst du für mich nicht riskieren, das kann ich nicht verlangen.«

»Ein Geschenk von mir, ob du es haben willst oder nicht – jedenfalls werde ich tun, was in meinen Kräften steht.« Sie sah ihn ernst und entschlossen an. »Was hast du von deinem Freund bei der CIA gehört?«

»Ich will heute abend noch einmal bei ihm zu Hause anrufen. Sein Sohn David kennt den Ort, an dem ich Ed morgen treffen soll.« Scarborough seufzte schwer. »Marsha, es wird klappen. Ich werde morgen Diane herausholen.« Er sah sie ernst an. »Ja, die Air Force hat tatsächlich damit zu tun. Und der Luftwaffenstützpunkt Kirtland . . . Vielleicht kannst du mir wirklich helfen.«

»Deshalb bin ich ja da.«

»Nein, ich meine damit nicht, daß du dein Leben riskieren sollst oder so etwas.«

Er wurde von Mashkin unterbrochen, der durch die Vordertür hereinkam und zwei Reisetaschen trug, die er mit einem Schnaufen abstellte. »Mann, ihr Frauen reist aber nicht gerade mit leichtem Gepäck.«

»O Walter – *ich* kann die beiden Taschen ohne weiteres tragen.«

»Bei einem großen Mädchen wie Ihnen überrascht mich das nicht. Obwohl ich den Eindruck habe, daß die Taschen mit Bleirohren vollgestopft sind.«

»Kugelsichere Unterwäsche«, scherzte sie.

»Ich glaube, ich lasse die Taschen erst mal stehen und ruhe mich etwas aus. Zeit für den Nachmittagstee, was? Okay, dann mal los.« Mashkin holte sich ein Bier, öffnete die Flasche, lehnte sich an die Küchenzeile und prostete seinen Gästen zu. »Ihr zwei seid wirklich ein schönes Paar.«

»Ja, wie Donald und Daisy«, gab Marsha lachend zurück.

»Ich hoffe, ich habe euch nicht bei irgendwelchen privaten Dingen gestört?«

»Nein, natürlich nicht, Walt. Wir haben uns über die Pläne für den morgigen Tag unterhalten. Mein Treffen mit Ed Myers . . .«

»Und wie ich Everett in Kirtland helfen kann.«

»Ja. Ich denke, wenn ich dort Diane und vielleicht auch Tim finden und in den legalen, offiziellen Teil des Stützpunkts schaffen kann, dann wäre Marsha in der Lage, dafür zu sorgen, daß man sie beschützt.«

»Ich weiß nicht, Ev, würden Sie damit nicht freiwillig Ihren Schwanz in den Bleistiftspitzer stecken? Entschuldigen Sie das Vokabular, Gnädigste.«

»Ich mache mir in erster Linie Sorgen um Diane und Tim. Werde ich von den Behörden geschnappt, bin ich sicher, daß ich meine Unschuld beweisen kann. Aber ich kann mich nicht stellen und gleichzeitig herausfinden, was mit Diane geschehen ist.«

»Ich verstehe . . . Nun ja, halbwegs wenigstens. Deshalb ist Marsha hier, was?«

»Das ist nicht der einzige Grund«, erklärte Marsha.

Scarborough seufzte und verdrehte die Augen. »Jetzt fang bitte nicht wieder damit an, ja? Ich will meine Tochter retten und herausfinden, was hinter all dem steckt, aber ich will keine kleinen grünen Männchen jagen.«

Mashkins Augen funkelten fröhlich. »Tja, Marsha, jetzt spitze ich aber die Ohren. Könnten Sie mich einweihen?«

»Wie ich sehe, sind Sie objektiv, Walter. Ganz im Gegensatz zu gewissen störrischen Trotteln, deren Namen ich im Augenblick nicht nennen will.« Sie sah Scarborough zornig an.

»Ich sage ja nicht, daß an dem, was du da im Lager gefunden hast, überhaupt nichts dran ist, Marsha. Ich sage nur, daß das für mich im Augenblick keine hohe Priorität hat, weil es nichts damit zu tun hat, Diane zu befreien und herauszufinden, was in diesem Komplex geschieht.«

»Das kannst du nicht wissen, Everett. Es könnte sogar eine Menge damit zu tun haben. Gut möglich, daß es ein Teil einer größeren Verschleierungsaktion ist.«

»Bitte, Leute. Ich komme vor Neugierde fast um.«

Scarborough schüttelte den Kopf und gab sich geschlagen. Er hob hilflos die Hände. »Lieutenant Manning glaubt, sie hätte auf dem Luftwaffenstützpunkt Wright-Patterson die fliegende Untertasse gefunden, die angeblich 1947 in Roswell abgestürzt ist.«

Walter Mashkin riß die Augen auf. »Was Sie nicht sagen.«

»Nun, im Computer war es als top-secret registriert, und deshalb mußte ich hingehen und selbst nachsehen.«

»Wie sind Sie überhaupt reingekommen?«

Marsha Manning erzählte die ganze Geschichte, und als sie fertig war, hatte Mashkin sein Bier längst ausgetrunken, war aber viel zu gefesselt gewesen, um sich aus dem Kühlschrank ein neues zu holen.

»O Mann«, sagte er, als Marsha ihren Bericht beendet hatte. »Das ist *unglaublich*! Ich beschäftige mich jetzt seit fünfundzwanzig Jahren mit UFOs, und alles, was ich vorzuweisen habe, sind ein paar gute Freunde, eine schöne Sammlung von Dokumenten und eine Sichtung. Und Sie stolpern jetzt mir nichts, dir nichts über den Beweis, daß die fliegenden Untertassen nicht nur existieren, sondern daß die Sache von der Regierung vertuscht wird.«

»Wir wissen, daß es eine Vertuschungsaktion gibt«, wandte Scarborough ungeduldig ein. »Aber wir wissen nicht, warum es sie gibt, und ich bin noch nicht bereit zu akzeptieren, daß wir es tatsächlich mit fliegenden Untertassen von Xenon zu tun haben.«

Marsha sah ihn traurig an. »Ich wünschte wirklich, du würdest mir glauben, Everett.«

»Marsha, ich glaube dir doch. Ich will nur die Schlußfolgerungen nicht akzeptieren, die du gezogen hast.«

»Also ein Patt«, sagte Marsha.

»Nein, eigentlich nicht.« Mashkins Gesicht nahm einen seltsamen Ausdruck an. »Ev, mein Freund, vor uns liegt doch ein freier Abend, nicht wahr? Ich meine, nachdem Sie Ed Myers' Sohn angerufen haben.«

Scarborough zuckte die Schultern. »Ja, sicher. Warum?«

»Nun, was würden Sie sagen, wenn ich Sie auf einen kleinen Ausflug mit meinem Laster einlade?«

»Und warum?«

»Hmm. Es könnte ein bißchen eng werden in meinem Laster, Marsha; wäre es vielleicht möglich, Ihren Mietwagen zu nehmen? Die zusätzlichen Kilometer bezahle ich.«

Marsha nickte. »Ich habe den Wagen pauschal gemietet, da gibt's keine Extrakosten.«

»Okay, okay, jetzt haben Sie es spannend genug gemacht«, sagte Scarborough. Er war wütend über sich selbst, weil er seine Neugierde nicht zügeln konnte. »Walt, was haben Sie nun mit uns vor?«

»Also, ich bin noch nicht sicher, ob es sinnvoll ist, hinzufahren. Ich muß vorher anrufen, weil ich sicher sein möchte, daß es auch klappt, das ist alles.« Er tat so, als salutierte er vor Marsha. »Und jetzt entschuldigen Sie mich bitte, ich werde mich in meine Lasterhöhle zurückziehen und den Anruf tätigen.«

Walter Mashkin ging hinaus. Kurz danach hörten sie, wie eine Tür geöffnet wurde und Schritte die Kellertreppe hinuntertrampelten.

»Was meinste, ob er da unten seinen Alienfusel eingebunkert hat?« ahmte Marsha den Akzent ihres Gastgebers nach.

Scarborough lachte. Die Spannung, die zwischen ihnen entstanden war, fiel sofort von ihm ab. »Er hat einen sehr gut eingerichteten Keller. Da unten steht sogar ein Computer, mit dem er seine Briefe an UFO-Zeitschriften und an andere UFO-Fans schreibt.«

»Ein interessanter Mann.«

»Wart's ab, du hast ja noch nicht viel von ihm gesehen.« Scarborough verdrehte die Augen, doch er lächelte dabei. »Aber ich mag ihn. Wie heißt das noch? Das Salz der Erde?«

»Das Salz der ätherischen Ebenen, meinst du wohl eher.«

»Nein, er ist ein ganz bodenständiger, vernünftiger Typ. Ein Amateurforscher. Wahrscheinlich sogar sehr gründlich und gewissenhaft – nur, daß er sich um eine Achse dreht, die nicht ganz im Lot ist.«

»Ich weiß nicht, Ev. Nach allem, was passiert ist, nach allem, was ich dir erzählt habe – bist du immer noch nicht bereit, dich ein wenig zu öffnen und einzuräumen, daß an all den Geschichten doch etwas dran sein könnte?«

Scarborough seufzte. »Ich will mich nicht mit dir darüber streiten. Dafür achte ich dich zu sehr, und ich bin mir auch sicher, daß das, was du dort im Hangar gefunden hast, sehr wichtig ist. Aber laß uns bitte keine voreiligen Schlußfolgerungen ziehen, ja?«

»Du bist wirklich niedlich, wenn du den weisen alten Mann spielst«, erwiderte Marsha kopfschüttelnd.

»Schön, daß du das denkst.« Er betrachtete sie aufmerksam. Gott, wie sie ihn auf die Palme bringen konnte, aber im Grunde genoß er es. Sie war sehr selbständig – in dieser Hinsicht ähnelte sie Diane. In ihrem hübschen Kopf steckte ein gut funktionierendes Gehirn, da gab es keinen Zweifel. Manchmal war sie ein bißchen zu kriegerisch, aber immerhin, das hielt ihn auf Trab.

»Es ist wirklich schön, mit dir zu reden, Ev, aber du kannst einem manchmal wirklich auf die Nerven gehen.«

Plötzlich hatte er Lust, sie in die Arme zu nehmen und festzuhalten, aber er unterdrückte den Impuls. »Ich freue mich auch, daß du hier bist, Marsha. Ich kann dir gar nicht sagen . . .«

Plötzlich knisterte es zwischen ihnen. Scarborough verschlug es fast den Atem, als er in ihre leuchtenden braunen Augen blickte, und obwohl sie ein paar Schritte voneinander entfernt waren, kam es ihm vor, als würde er ihren warmen, weiblichen Körper spüren.

Doch dann polterten Walter Mashkins Arbeitsstiefel wieder die Treppe herauf und zerstörten den intimen Augenblick. Marsha wandte sich ab, leicht errötend. Und Scarborough hatte das schreckliche Gefühl, daß auch ihm das Blut zu Kopf gestiegen war. Er ging zum Kühlschrank und holte sich noch ein Bier.

»Alles klar, Leute. Wir haben heute abend um halb neun eine Verabredung mit einem Freund.«

Scarborough nahm das Bier heraus und öffnete es umständlich. »Klingt gut, Walt. Aber mit wem treffen wir uns, und vor allem – warum?«

Walter Mashkins tiefliegende Augen funkelten, und er lächelte amüsiert. »Also, Ev, das ist nämlich so . . .«

27. Kapitel

Die Sonne war schon untergegangen, aber die letzten Strahlen erfaßten noch die Gipfel der Hügel und legten sanfte, karminrote und gelbe Schleier über das Land unter dem hellblauen Himmel, der allmählich verblaßte und der Dunkelheit und den Sternen wich. Der Wüstensand ließ Marsha Mannings Halstuch flattern, als sie aus dem Lumina stieg und auf Scarborough und Mashkin wartete. Dr. Scarborough trat auf die Sandpiste, die zu dem windschiefen alten Haus führte, das praktisch mitten in der Einöde stand, und ein vielsagender Geruch von Müll und verstopfter Kanalisation stieg ihm in die Nase; sofort fragte er sich, warum er sich überhaupt auf diesen dummen Ausflug eingelassen hatte.

Die Antwort darauf lautete natürlich: um Walter Mashkin einen Gefallen zu tun. Der Mann hatte sich schließlich in den letzten paar Tagen als Geschenk Gottes erwiesen, und er hatte versprochen, auch in Zukunft tatkräftig zu helfen. Was soll's, dachte Scarborough, es konnte ja nicht schaden, wenn er mitfuhr, um einen verrückten, ausgeflippten UFO-Fan zu besuchen und sich eine absurde Geschichte anzuhören. Es wäre ja nicht das erste Mal, daß Scarborough so etwas tat. Im Laufe seiner Forschungen hatte er genügend absurde Geschichten gesammelt, um einen Großhandel mit Verrücktheiten aufmachen zu können. Er hatte sogar überlegt, den amerikanischen Exzentrikern ein ganzes Buch zu widmen, das er *MacNuts* nennen wollte. Und da er an diesem Abend sowieso nichts weiter vorhatte, konnte er sich ohne weiteres eine neue Story anhören. Außerdem würde ihn das von dem morgen bevorstehenden Treffen mit Myers ablenken, an das er dauernd denken mußte. Und es würde verhindern, daß er mit Marsha Manning allein war.

Das Haus war eine alte, windschiefe, aus Adobeziegeln gebaute Hazienda, vom Wind grau geschliffen und von der erbarmungslosen Sonne ausgedörrt, bis die Wände Risse bekommen hatten. Gräser und tote Büsche hatten sich rings um das Gebäude festgeklammert wie die Finger eines Skeletts, die aus einem Grab nach oben griffen. Das Haus lag ein gutes Stück außerhalb der rasch wachsenden Vororte von Albuquerque; es war wohl in einer Zeit erbaut worden, als noch spanische Dons das Land regierten.

»Mensch, die Air Force sorgt gut für ihre Leute.« Er zog die Augenbrauen hoch und sah Mashkin vielsagend an.

»Oh, Jenkins hat es vor ein paar Jahren billig auf einer Auktion erstanden«, erklärte Mashkin. »Gut betucht ist er ganz bestimmt nicht, aber wenn er wirklich mal Geld braucht, dann könnte er ohne weiteres einen Teil des Landes mit gutem Gewinn an die Entwicklungsgesellschaften verkaufen. Wahrscheinlich bleibt er aber einfach hier sitzen, bis er den Löffel abgibt. Los, kommt jetzt, er wartet schon. Es passiert nicht oft, daß er Besucher empfängt. Wahrscheinlich wird er sogar seinen extra guten Tequila vorholen. Die Sorte mit den Würmern am Boden.« Mashkin blinzelte Marsha zu, die angewidert das Gesicht verzog, dann winkte er sein Gefolge weiter und führte sie über einen Weg aus zerbrochenen Steinplatten, über die hier und dort Eidechsen huschten.

»Ich hoffe nur, der Besuch lohnt sich auch.« Marsha hielt sich ein Stück hinter Mashkin, sah den Reptilien nach und überblickte den weitläufigen Hof vor dem Haus, der sich in einem erbärmlichen Zustand befand.

»Sie wollten doch unbedingt mitkommen!«

»Ich weiß, ich weiß.« Sie schwieg einen Augenblick und wandte sich dann an Scarborough. »Ist mit dem Anruf alles in Ordnung gegangen?«

Er nickte. »Ich treffe mich mit Myers im McDonald's außerhalb von Kirtland. Er hat für Mashkin und mich ein paar Passierscheine zusammengepfuscht. Wir werden uns, wie ich vorgeschlagen habe, als Klempner aus der Nähe ausgeben. Damit kommen wir ohne weiteres in den Standort.«

»Gut. Wir haben ja schon festgelegt, wo ich dann sein werde.«

»Richtig, als Rückendeckung in der Offiziersmesse, nicht wahr?«

Wenn Scarborough seine Tochter – und Tim? – gefunden hatte, würde er sie zu den zentralen Gebäuden des Stützpunktes schaffen und den Offizieren übergeben, um sie vor der CIA in Sicherheit zu bringen. Dann wollte er sich selbst verhaften lassen. Diane und Marsha konnten bezeugen, daß er nicht einmal in der Nähe gewesen war, als MacKenzies Haus gebrannt hatte und Mac getötet worden war.

Sie grinste. »Ich denke, ich kann mir bei der Gelegenheit, während ich auf dich warte, gleich ein paar Drinks genehmigen.«

»Du klingst wie Camden.«

»Er sollte doch eigentlich längst hier sein, oder?«

»Ja. Vielleicht ist eine Nachricht auf dem Anrufbeantworter, wenn wir wieder zurück sind. Auf jeden Fall können wir es uns nicht erlauben, noch länger auf ihn zu warten.«

»Nein. Camden wird die Geschichte eben aus zweiter Hand bekommen.«

»Ach, wer weiß.« Scarborough schüttelte den Kopf. »Der Mann hat so eine unheimliche Art, unangemeldet aufzutauchen.«

»Ich dachte nur ... hast du schon mal daran gedacht, daß Camden etwas mit den Leuten zu tun haben könnte, die deine Lektorin in der U-Bahn erschossen haben und die dir in Baltimore gefolgt sind?«

»Nein. Inzwischen kenne ich Jake gut genug. Du kannst mir ruhig glauben, Jake Camden arbeitet für niemanden außer für sich selbst.«

»Als er mich angerufen hat, schien er ziemlich daneben zu sein. Ich habe es dir ja erzählt. Diese Geschichte mit den Männern, die ihn gerettet haben, das hat ihn sichtlich erschüttert.«

»Marsha, laß uns bitte eins nach dem anderen in Angriff nehmen. Im Augenblick möchte ich mich darauf konzentrieren, meine Tochter zu befreien. Okay?«

Marsha salutierte ironisch. »Jawoll, Sir.«

Walter Mashkin hatte bereits das Ende des unebenen Weges erreicht und die schmutzige, aus Stein gebaute Veranda betreten. Er klopfte an die Holztür, und Scarborough und Manning hielten sich etwas zurück, damit die Freunde sich ungestört begrüßen konnten. Das Klopfen hallte hohl durch das große Gebäude.

»Er ist doch hoffentlich zu Hause, Walt?« fragte Scarborough, nachdem sie eine Weile gewartet hatten.

»Aber klar. Todd Jenkins geht kaum noch vor die Tür. Doch, er ist ganz sicher daheim. Wir müssen ihn nur wach bekommen, das ist alles.

Walter Mashkin klopfte wieder.

Plötzlich war irgendwo im Schatten auf der Veranda ein Klicken zu hören. Ein Gewehrhahn war gespannt worden.

Scarborough zuckte unwillkürlich zusammen. Manning faßte seinen Arm und drückte ihn beruhigend.

»Könnt Ihr Arschlöcher das verdammte Schild nicht lesen?« blaffte eine rauhe, heisere Stimme. »Keine Vertreterbesuche. Und jetzt haut ab!«

Mashkin trat von der Veranda herunter ins helle Sonnenlicht und grinste breit. »Todd, hallo! Wir wollen dir nichts verkaufen, du Bastard. Ich bin's, Mash, und wir sind pünktlich.«

»Was denn, Mashkin? Walter!«

Scarborough bemerkte erleichtert, daß der Gewehrlauf nach unten zeigte, als ein vom Alter gebeugter Mann mit zotteligem weißem Haar ins Licht trat. Er sah sie durch dicke Brillengläser an. »Amigo! Verdammt, ich hatte ganz vergessen, daß du heute abend vorbeikommen wolltest.« Er blieb stehen und winkte mit dem Gewehrlauf abfällig in Scarboroughs und Mannings Richtung. »Und was sind das für Witzfiguren?«

»Verdammt noch mal, Jenks, ich hab's dir doch erzählt. Mein Besuch. Das hier ist Marsha Manning, und ihr Freund ist auch dabei – äh – Doug Adams.« Sie hatten sich unterwegs überlegt, daß es sinnvoll wäre, Scarborough vorübergehend einen anderen Namen zu geben.

Marsha gab Jenkins die Hand, aber der Mann starrte seine Besucherin nur an, als wäre sie eine Fata Morgana. »O yeah.«

»So, du alter Knacker, und jetzt bitte uns endlich ins Haus. Du und Marsha, ihr habt einiges zu besprechen.«

»Ehrlich?«

»Yeah!« erklärte Mashkin und grinste Scarborough an. »Den UFO-Absturz in Roswell, 1947.«

»Möchten Sie darüber was hören, Miß Manning?«

»Und ob.«

Jenkins nickte. »In diesem Fall hoffe ich, ihr habt genug Platz zwischen den Ohren, denn ihr werdet ihn brauchen, um das zu verstauen, was ich euch gleich erzählen werde.«

Das Innere der Hazienda war groß und zugig. Nur in den kleinen Räumen im hinteren Teil des Hauses, in die Todd Jenkins sie führte, war es besser. Ein gewisser Mief lag in der Luft, wie das bei Junggesellen eben üblich ist, nur daß sich dazwischen noch der Hauch der Wüstenluft mischte. Man konnte fast glauben, daß irgendwo in den Ecken Klapperschlangen oder Eidechsen lebten, die womöglich dem Whisky ebenso zugetan waren wie ihr Hausherr. An einer Wand türmten sich unzählige Bücher auf, manche in Pappkartons, die meisten in wackligen Stapeln. An einer anderen Wand lagerten Zeitschriften. Abgerundet wurde die chaotische Bibliothek durch große Mengen alter Zeitungen. Anscheinend warf Todd Jenkins absolut nichts weg.

Er bot ihnen an einem langen, rissigen und verzogenen Tisch Stühle an, ging dann auf Mashkins Bitte nach nebenan und holte Bier.

»Todd Jenkins ist Captain der US Air Force im Ruhestand«, erklärte Mashkin. Er schien ausgesprochen stolz auf sich zu sein und fühlte sich in diesem eigenartigen, heruntergekommenen Wüstenpalast offenbar pudelwohl.

»Das sagten Sie bereits«, erwiderte Scarborough trokken. Er rutschte unbehaglich auf dem alten, quietschenden Stuhl herum.

»Warten Sie's nur ab, Ev. Er hat eine Geschichte zu erzählen, die Ihr Leben verändern wird.«

»Das werden wir ja sehen.« Er wandte sich an Marsha Manning, die zu seinem Kummer ausgesprochen neugierig schien. Scarborough fühlte sich eindeutig unwohl. Er wünschte jetzt, er wäre etwas energischer gewesen und hätte Walter Mashkins Wunsch, diesen Mann zu besuchen, mit einem klaren Nein beantwortet. Er hätte einfach daheimbleiben und früh zu Bett gehen sollen. Morgen war ein äußerst wichtiger Tag. Was hatte er davon, wenn er den Abend davor mit einem ausgemachten UFO-Trottel verbrachte und sich haarsträubende, verrückte Geschichten über Außerirdische und fliegende Untertassen anhörte?

Doch noch während ihm diese zornigen Gedanken durch den Kopf gingen, riß er sich zusammen und ermahnte sich, etwas gelassener mit der Situation umzugehen. Von diesen Vorurteilen hatte er Abschied genommen, sie waren ein Teil des alten Scarborough gewesen. Immerhin hatte er sich doch verändert, nicht wahr? Nun ja, ein wenig. Er war es Mashkin einfach schuldig, ihn zu begleiten. Und wenn Marsha Manning hier sein wollte, und wenn sie wollte, daß er sie begleitete – ja, dann war er es auch ihr schuldig.

Also verkneif's dir, du Trottel, sagte er zum alten Dr. Everett Scarborough. Halte dich zurück und höre einfach nur zu.

Jenkins kam mit einem Sechserpack Dos Equis Bier zurück. Er öffnete vier Flaschen und reichte drei seinen Gästen, wobei ihm die weiße Haarmähne ins Gesicht fiel.

Walter Mashkin prostete den anderen zu, und sie tranken.

»So, Miß«, knurrte Jenkins. »Walt hier sagte mir, Sie hätten in Wright-Patterson etwas sehr Interessantes gefunden.«

Marsha nickte und leckte sich nervös die Lippen. »Ja, Sir. Das stimmt.« Sie trank einen Schluck.

Ein lastendes Schweigen entstand.

»Verdammt, dann fangen Sie doch an und erzählen Sie Jenks, was Sie mir erzählt haben, Marsha. Oder brauchen Sie eine Extraeinladung?«

Marsha räusperte sich und begann. »Sie müssen wissen, daß ich mich auf Computer spezialisiert habe, Captain Jenkins. Bei meiner Arbeit habe ich im Computer eine Eintragung gefunden, die mit dem Material aus Roswell zu tun hatte. Anschließend habe ich mir Zugang verschafft und es mir angesehen.«

Jenkins' Augen begannen zu funkeln. Er nickte wie ein Wackelhund auf der Hutablage eines Autos. Begierig schien er jedes Wort aufzusaugen, das Marsha sagte.

Während Scarborough sich Marshas Geschichte noch einmal anhörte, trank er hin und wieder einen Schluck Bier. Er mußte zugeben, daß ihr Bericht sehr überzeugend klang, aber aus reiner Gewohnheit machte sein Verstand Überstunden, und er versuchte, eine logische Erklärung zu finden.

Als sie geendet hatte, fuhr Jenkins sich mit dicken, kurzen Fingern durch das wuchernde weiße Haar und öffnete sich ein neues Dos Equis. Er nahm einen langen Schluck, knallte die Flasche auf den Tisch und seufzte. »Diese alten Wichser.«

»Wie bitte?« sagte Marsha, offensichtlich etwas erschrocken.

»Marsha«, erklärte Mashkin und nahm sich selbst das letzte Bier, »Sie müssen das verstehen. Die Streitkräfte der Vereinigten Staaten haben den Mann durch die Hölle gejagt.«

»Ja, der Krieg ist die Hölle«, warf Scarborough ein.

»Jeder Krieg wäre mir jederzeit lieber als das, was diese Arschlöcher mir angetan haben«, knurrte Jenkins. Wieder nahm er einen großen Schluck Bier und sah Scarborough wütend an. »Und das alles haben sie nur gemacht, weil ich den Leuten die Wahrheit erzählen wollte.« Er warf Marsha einen etwas wohlwollenderen Blick zu. »Ma'am, ich warte seit mehr als vierzig Jahren darauf, daß jemand wie Sie mir so etwas berichtet. Teufel auch, die wollten mich nicht einmal mehr nach Wright-Patterson hineinlassen. Und Sie – Sie haben mir da ein großes Geschenk gemacht, das ist Balsam für meine Seele.«

»Siehst du!« meldete Walter Mashkin sich zu Wort. »Was habe ich dir gesagt, Jenks! Das bestätigt deine Geschichte. Ich habe das Gefühl, da ist mal wieder ein Artikel über dich fällig, alter Freund.«

»He, warten Sie mal«, warf Scarborough ein. »Das beweist doch überhaupt nichts.«

»Immer mit der Ruhe, Ev«, sagte Mashkin. »Schließlich habe ich Sie mitgenommen, damit Sie sich Jenks' Geschichte anhören können. Er ist jetzt nur ein bißchen aufgeregt, weil Marshas Bericht so gut zu dem paßt, was er selbst erlebt hat, das ist alles. Nicht wahr, Jenks?«

»Aufgeregt? Das ist wohl nicht ganz das richtige Wort«, wandte Jenkins ein. »Aber ich glaube, ich bin es euch jetzt schuldig, meine Geschichte zu erzählen. Also fangen wir an.«

Der Mann kratzte sich zwischen den Beinen, trank etwas Bier und begann.

»Ich war damals Berufsoffizier. Was das bedeutet, kann eigentlich nur jemand verstehen, der das aus eigener Anschauung kennt – wie Sie, Miß. Ich hatte mit meinem Blut unterschrieben, noch bevor die Japaner Pearl Harbor bombardierten, und habe dann im Zweiten Weltkrieg an allen Kriegsschauplätzen Bomber geflogen. Ich kannte nichts anderes, und ich kann verstehen, wie es den armen Schweinen ergangen ist, die mit gegrilltem Gehirn und mit dem Daumen im Arsch aus Vietnam zurückgekommen sind, denn wenn man einmal bei der Army ist, dann ist es verdammt schwer, halbwegs anständig wieder herauszukommen. Habe ich recht, Lieutenant?«

Marsha Manning nickte düster.

»Yeah. Ich war also ziemlich lange dabei. Und war dann auf der Roswell Army Base stationiert, das war 1947. Viele meiner Kumpel konnten nach dem Krieg dank der Army-Stipendien zum College gehen. Viele haben den Krieg nicht lebend überstanden. Ich hatte überlebt, und ich übernahm ohne Murren den Posten, auf den sie mich versetzten. Wenn sie gesagt hätten, daß ich furzen sollte, dann hätte ich gefragt, wie laut denn bitte. Es war im Juli 1947, und es war ein langweiliger Tag. Eigentlich war es dort immer langweilig. Aber plötzlich bekommt einer unserer Trupps ein paar sehr merkwürdige Befehle. Am Tag vorher wäre ein seltsames Ding in der Luft herumgeschwirrt. Es hieß, ungefähr vierzig oder fünfzig Kilometer vom Stützpunkt entfernt wäre ein großes Flugobjekt auf dem Gelände eines Farmers abgestürzt. Wenn ihr was über UFOs wißt, dann wißt ihr ja, daß die Leute im Jahre 1947 viele seltsame Dinge gesehen haben. Zunächst vermutete ich deshalb, daß es sich wieder einmal um eine Falschmeldung handelte, weil die Leute wegen Hiroshima noch sehr nervös waren. Deshalb habe ich mir nichts weiter dabei gedacht. Aber dann bekamen wir diese seltsamen Befehle ... Wir sollten ein paar Lastwagen nehmen, zu dem Rancher fahren und uns die Sache ansehen.«

»Dann waren Sie dabei?« fragte Marsha aufgeregt. »Sie waren wirklich in Roswell an der Absturzstelle?«

Scarborough hörte aufmerksam zu, aber wenn er ehrlich war, hatte er inzwischen so viele unterschiedliche Geschichten über den Vorfall gehört (die meisten unbeweisbar, einige waren sogar als dreiste Lügen entlarvt worden), daß er nicht anders konnte als zweifeln. Das war immerhin vor mehr als vierzig Jahren geschehen –

und die menschliche Erinnerung war schon nach fünf Minuten nicht mehr zuverlässig.

»Das ist richtig. Und womit ich dann konfrontiert wurde – das war das Verrückteste, was ich je gesehen habe. Dieser Rancher, er hieß Barzel, stand einfach nur da herum und wußte nicht, was er machen sollte. Das kann ich gut verstehen. Es gab ja auch nichts, was er hätte machen können, und deshalb hat er den Sheriff angerufen, der dann das gemacht hat, was *er* machen konnte. Er hat nämlich sofort die Regierungbehörden angerufen, und die haben uns geschickt. Das war eine ziemlich verrückte Sache damals, und das Militär hätte die Sache bestimmt ganz anders angepackt, wenn man gewußt hätte, was da auf einen zukam. Die Führungsleute jedenfalls. Mann, war das ein Durcheinander. Ich habe mir angeschaut, was es da zu sehen gab, und plötzlich wurde quer durch mein Leben eine dicke schwarze Linie gezogen. Von da an gab's für mich die Zeit vor Roswell und die Zeit nach Roswell. VR und AR, genauso wie vor Christus und nach Christus.«

»Jenks, könntest du jetzt bitte mal mit diesen Ausschmückungen aufhören und zur Sache kommen und deine verdammte Geschichte erzählen?« sagte Mashkin.

»Immer mit der Ruhe, Mashkin. Mein Gott, es ist doch *meine* Geschichte. Ich kann sie erzählen, wie *ich* will.« Er trank einen großen Schluck Bier und sah Mashkin wütend an.

»Schon gut, Mr. Jenkins«, schaltete Marsha Manning sich ein, die offenbar völlig hingerissen war. »Wir haben es nicht eilig.«

Jenkins kratzte sich ein Stück tote Haut von der fleckigen roten Nase und knallte seine Flasche auf den Tisch. Das Bier schäumte durch den Hals heraus und verteilte sich auf dem welligen Holz. »Eine verdammte fliegende Untertasse habe ich gesehen«, sagte er. Selbst jetzt, nach all den Jahren, waren ihm noch die Ehrfurcht und die Verwunderung anzumerken, die er damals empfunden hatte. »Eine abgestürzte fliegende Untertasse, die bei der Bruchlandung in Stücke gerissen worden war. Aber das nicht noch nicht alles, sage ich Ihnen.« Seine Lippen bewegten sich einige Sekunden lang stumm, als müßte er erst die richtigen Worte finden. »Es gab auch Leichen. Es müssen fünf oder sechs Leichen gewesen sein.«

»Die Leichen von Außerirdischen?« fragte Marsha begierig.

Jenkins antwortete ihr nicht, er war völlig gefangen in seinen Erinnerungen und sah wieder die Szene vor sich, die er damals, 1947, in Roswell beobachtet hatte.

»Auf dem ganzen Gelände lagen Trümmer herum, und ein langer Streifen Land war praktisch umgepflügt worden. Was von dem Flugobjekt noch übrig war, das war nicht mehr als eine zertrümmerte Hülle, aus der ein Haufen von Geräten herausschaute. Als wäre die große, dicke Scheibe in der Mitte durchgeschnitten worden.«

»Genau wie das, was ich im Hangar entdeckt habe!« rief Marsha.

»Yeah, aber Sie haben doch bestimmt keine Leichen gesehen, oder?«

»Nein.«

»Aus den Gerüchten und Legenden geht hervor, daß die kleinen kahlköpfigen Leichen in Formaldehyd gelagert worden sind.« Jenkins schüttelte den Kopf. »Aber das stimmt nicht. Zuerst einmal lagen die Leichen in der Gegend herum – und sie waren gar nicht kahlköpfig und auch nicht klein. Sie sahen ungefähr so aus wie Sie und ich, soweit ich das erkennen konnte. Natürlich waren sie ziemlich mitgenommen. Aber«, Jenkins hielt inne und holte tief Luft, »obwohl sie nur ein paar Stunden vorher gestorben waren, hatten sie sich schon stark zersetzt. Warum das so schnell ging, weiß ich nicht. Mann, war das ein Gestank! Man konnte sie beinahe schmelzen sehen wie in dieser Geschichte von Poe. Wie hieß sie noch? Ja, ›Der Fall Waldemar‹. Stinkender Schleim ist herausgetropft wie Kerzenwachs, wenn Sie verstehen, was ich meine.«

Scarborough blinzelte. »Eigentlich kann ich mir das nicht so richtig vorstellen, Mr. Jenkins.«

Jenkins sah ihn böse an. »Wissen Sie, Sie erinnern mich verdammt an dieses skeptische wissenschaftliche Arschloch, an diesen Scarborough oder wie er heißt. Aber ich kenne ja Walt hier, und ich weiß, daß Walt mit so einem Schleimer nichts zu tun haben wollte.«

Walter Mashkin grinste Scarborough an. »Im Leben nicht!«

Der Wissenschaftler zuckte nur mit den Schultern und lehnte sich wieder zurück.

»Das könnte erklären, warum es keine biologischen Beweise für die Existenz der Außerirdischen gibt«, warf Marsha Manning ein. »Sie verwesen zu schnell.«

»Yeah, und Mashkin berichtet in seinen UFO-Zeitschriften schon seit Jahren darüber. Aber hört ihm jemand zu? Nein. Die halten sich die Ohren zu und wollen von logischen Möglichkeiten nichts wissen. Wo war ich gerade? Ach ja, wir haben also diese verfaulenden Körper angestarrt, und als die Biologen dann endlich vor Ort eintrafen, war schon nichts mehr von ihnen übrig. Ich meine, die sind zerflossen wie Schlamm, den man aus einem Teich gebaggert hat. Ich denke mir, daß sie – die Außerirdischen, meine ich – das so drehen, damit sie nicht analysiert werden können, wenn man sie gefangennimmt oder wenn sie sterben oder so. Jedenfalls waren in der fliegenden Untertasse keine mehr drin, sie waren alle herausgeschleudert worden. Wir haben das Ding dann auf einen Tieflader gezogen, das Material eingesammelt und alles zum Luftwaffenstützpunkt Wright in Texas geschafft. Was mich selbst angeht – als ich mich so einigermaßen vom ersten Schrecken erholt hatte, sagte ich mir, Jenkins, du hast da gerade die verrückteste Sache des Jahrhunderts erlebt.«

»Ist Ihnen denn nicht die Idee gekommen, daß es sich um ein Versuchsflugzeug gehandelt haben könnte?«

»Was denn, mit Leuten drinnen, die geschmolzen sind, wie ich es beschrieben habe? Natürlich nicht. Außerdem sagte ich Ihnen doch schon, daß wir es uns auch von innen angesehen haben, und wie Miß Manning erklärt hat, handelt es sich bei dem Material um etwas anderes als alles, was sonst bei uns am Himmel herumfliegt. Und Menschen verwesen einfach nicht so schnell. Also, ich habe dann eine Presseerklärung vorbereitet. Ich werde in die Zeitschrift *Time* kommen, dachte ich mir. Edward R. Murrow wird ein Interview mit mir machen. Vielleicht würden sie sogar ein Foto von mir veröffentlichen – damals plagte mich eine so verrückte Idee, daß ich eines Tages vielleicht mal Schauspieler werden könnte. Da hatte ich also einerseits alle möglichen Flausen im Kopf, und andererseits war ich sehr erschrocken. Ich meine, es passiert ja nicht alle Tage, daß einem ein Ding von einem anderen Planeten ins Leben kracht. In Roswell gab es ein wenig Gerede über ein abgestürztes Objekt oder ein abgestürztes Flugzeug, und die Zeitungen haben etwas in der Art veröffentlicht, daß es möglicherweise eine fliegende Untertasse gewesen sei. Ein Fotograf hat sogar ein Foto von einigen meiner Kameraden gemacht, die ein Stück von diesem dünnen, folienähnlichen Material hochhielten. Der kommandierende Offizier, ein gewisser Major Marcel, sollte eine Erklärung zu dem Vorfall abgeben. Aber dann, auf einmal, wurde der Vorhang gesenkt. Kein Wort durfte mehr darüber nach außen dringen. Die Presse hat von der Air Force rein gar nichts mehr erfahren. Eine fliegende Untertasse? Pah, es gab keine fliegende Untertasse. Das war kein außerirdisches Raumschiff, das irgendwo auf einem weit, weit entfernten Planeten gebaut worden war. Das Zeug, das die Männer hochhielten, war ganz normales irdisches Material. Was da heruntergekommen ist – so haben sie das dann gedreht –, das war nichts weiter als ein Wetterballon.«

Jenkins räusperte sich laut und schüttelte wehmütig den Kopf.

»Verdammt. Ich weiß, was ich mit meinen eigenen Augen gesehen und was ich mit meiner eigenen Nase gerochen habe. Das Ding da auf Brazels Acker war mit Sicherheit kein Wetterballon. Und ich bin jetzt noch total sauer, daß ich nicht einfach zu einer Zeitung gehen und meine Geschichte erzählen durfte. Ein paar Militärpolizisten hielten mich auf, bevor ich gehen konnte, und haben mich nach Wright geschafft. Und dort hat Major Marcel höchstpersönlich auf mich gewartet.

›Ich habe Anweisungen von den höchsten Befehlshabern dieses Landes bekommen, Lieutenant Jenkins‹, sagte er zu mir. ›Und diese Anweisungen besagen, daß das, was Sie gesehen haben, streng geheim bleiben muß, weil es von großer Bedeutung für die nationale Sicherheit ist. Sie bekommen hiermit den Befehl, weder zur Presse noch zu sonst jemandem auch nur ein Wort über das verlauten zu lassen, was Sie an jenem Tag gesehen haben. Zuwiderhandlungen werden als Landesverrat geahndet. Haben Sie das verstanden, Lieutenant?‹ Tja, was sollte ich machen? Verdammt, ich konnte doch danach nicht einfach losziehen und der CBS sagen, daß es da eine Vertuschungsaktion gegeben hatte. Nein. Wie ich schon sagte, hatte ich den Krieg überlebt, und die Army, das war mein Beruf. Die Leute von der Army waren ja damals noch nicht die Weicheier, die sie heute sind. Ein Pieps von mir, und ich hätte im Zuchthaus geschmort. Nein. Ich mußte die Befehle akzeptieren und meinen Stolz hinunterschlukken und den Mund halten. Also habe ich weiter meinen Job gemacht. Aber in all den Jahren habe ich die Augen und Ohren offengehalten, und ich habe inzwischen eine ganz gute Vorstellung von dem, was da vorgegangen ist. Projekt Grudge und natürlich das Projekt Blue Book – Mann, das waren nichts als Ablenkungsmanöver. Vertuschungsaktionen der CIA und der Air Force. Ich habe das alles verfolgt, sagte aber kein Wort über das, was ich an jenem Tag gesehen habe. Offiziell jedenfalls. Aber ich habe einen klaren Kopf, und ich kann schreiben. Und deshalb habe ich dafür gesorgt, daß die Sache in der Untergrundbewegung der UFO-Beobachter bekannt wurde. Unter falschem Namen habe ich mit einigen wichtigen Leuten der UFO-Clubs korrespondiert. Ich habe Artikel für Zeitschriften geschrieben und dafür gesorgt, daß die Legende der in Roswell abgestürzten fliegenden Untertasse nicht vergessen wird, und ich habe dem Untergrund verschiedene Hinweise gegeben, daß das Projekt Blue Book eine Vertuschungsaktion war und so weiter. Das mache ich schon seit Jahren. Und mache es sogar heute noch. Ich bin ziemlich sicher, daß die CIA Wind davon bekommen hat, aber inzwischen ist alles so abgedroschen, daß es keine Rolle mehr spielt. Das war je vor mehr als vierzig Jahren, und heute interessiert sich kaum noch jemand für das, was vor so langer Zeit passiert ist. Aber ich interessiere mich dafür. Das ist wie eine Sucht. Ich träume heute noch von dem Ding – von den Leichen –, und ich kann mich nur fragen, in was für einer Welt wir leben würden, wenn die Regierung nicht die ganze Sache geheimgehalten hätte. Wenn man jetzt schwarz auf weiß in der ganzen Welt veröffentlichen würde, daß in der Tat Wesen von anderen Planeten die Erde besuchen, dann würde einiges hier anders aussehen. Ich stelle mir vor, daß diese Welt eine bessere Welt wäre, wenn wir wüßten, daß wir nicht allein sind, wenn wir wüßten, daß es außer uns noch andere Geschöpfe im Universum gibt. Verdammt – ich kann mich nur noch wundern . . .«

Er starrte ins Leere und flüsterte noch irgend etwas. Traurig, einsam, melancholisch. Die Zuhörer schwiegen, und sogar Scarborough fühlte sich auf einmal, als wäre auch er selbst um etwas Wichtiges betrogen worden.

Und irgendwo tief in seinem Innern regte sich etwas.

Sehr, sehr tief in ihm.

Einen Augenblick lang wurde ihm sogar ein wenig übel. Er fühlte sich schwindlig, holte tief Luft und schloß die Augen – bis er sich langsam wieder fing. Ihm war nicht klar, woher diese Angst auf einmal gekommen war, doch als er die Augen wieder öffnete und bemerkte, daß das Gespräch inzwischen fortgesetzt wurde, war er dankbar dafür, daß es anscheinend niemand bemerkt hatte.

»Einfach unglaublich«, sagte Marsha Manning gerade. »Ich muß schon sagen, Mr. Jenkins, Sie sind ein tapferer Mann, daß Sie wie ein Guerillakämpfer einfach weitergemacht haben.«

Jenkins hob die Schultern. »Wäre ich wirklich tapfer gewesen, dann hätte ich gleich an Ort und Stelle den Mund aufgemacht.«

»Mann, das war doch damals überhaupt nicht möglich.« Mashkin verzog das Gesicht. »Die haben doch damals unter jedem Stein einen Kommunisten vermutet und

Schlägertrupps losgeschickt, um sie zu fassen. Verdammt, Jenkins. Die Regierung hätte dich schneller am Wickel gehabt, als ich pieps sagen könnte. Du hast dich völlig richtig verhalten, Junge. Du hast es genau richtig gemacht.« Er wandte sich an die anderen und deutete mit dem Daumen auf ihren Gastgeber. »Der Guerillakampf dieses Mannes hat dazu beigetragen, daß die UFO-Bewegung in einer Zeit lebendig blieb, als es für uns gar nicht so gut aussah. Ich könnte euch wundervolle Geschichten darüber erzählen.«

»Danke, Walt.« Der Mann konnte seine Freude über Mashkins offene Bewunderung und über das Lob kaum verbergen. »Ich muß schon sagen, es war eine harte Zeit. Man muß ja von irgend etwas leben, und ich hatte da sozusagen immer einen Klotz am Bein. Dreimal war ich verheiratet, und meine drei Frauen konnten es nicht ertragen, sie haben mich verlassen. Nacheinander, meine ich natürlich.« Er lächelte. »Ich glaube, ich bin kein sehr angenehmer Ehemann. Aber wissen Sie, Miß Manning, nach den Dingen, die Sie da erzählt haben, muß ich sagen, daß all die Jahre, die ich gekämpft habe, nicht umsonst und daß meine Selbstzweifel nicht berechtigt waren. Ich möchte Ihnen dafür danken. Und wenn ich Ihnen bei Ihrer Suche irgendwie helfen kann, oder wenn Sie einfach nur einen Ort zum Übernachten brauchen, dann kommen Sie einfach her, und ich werde zu Ihrer Verfügung stehen.«

»Danke, Mr. Jenkins. Das ist wirklich sehr freundlich von Ihnen.«

»Morgen ist ein wichtiger Tag, und wir haben uns einiges vorgenommen, Jenks«, sagte Walter Mashkin. Er klatschte die Hände auf die Schenkel und erhob sich von seinem knarrenden Stuhl. »Wir gehen jetzt besser.«

»Ja, kein Problem, Walt.« Als der Mann sie zur Tür begleitete, war er erheblich freundlicher als bei ihrem Empfang. Scarborough bemerkte, daß er sich besondere Mühe gab, mit Marsha höflich und zuvorkommend umzugehen.

»So, und jetzt müßt ihr mir aber versprechen, daß ihr den alten Captain Jenkins auf dem laufenden haltet, wenn ihr etwas herausfindet. Ich möchte zu gern wissen, was da los ist und woher die fliegende Untertasse und die Außerirdischen gekommen sind.«

»Oh, das werden wir bestimmt tun.« Marsha schüttelte dem alten Mann freundlich die Hand.

Auf dem Rückweg nahm sie Scarboroughs Hand, drückte sie fest und blickte zu den unzähligen Sternen am samtweichen Nachthimmel hinauf.

»Morgen«, sagte sie. »Morgen, Ev. Vielleicht finden wir wirklich die Wahrheit heraus.«

Morgen, dachte Scarborough. Aber ihm kam es nicht darauf an, fliegende Untertassen zu finden und Außerirdische zu entdecken.

Er dachte an Diane.

Er dachte an seine Tochter.

Morgen ...

28. Kapitel

Jake Camden war betrunken.

Er saß auf einem Barhocker im Golden Wheels Honkey Tonk, wo es ›die beste Country-Musik und die besten Rippchen‹ gab, schwebte in einem rosigen Schimmer, der das ganze Leben und das ganze Universum durchdrang, und sah dem Barkeeper zu, der ihm den nächsten Old Grandad einschenkte. Der Whisky diente als Begleitung für den großen Humpen mit kaltem Olympia-Bier, der vor ihm auf der Holztheke stand. Die Musikgruppe auf der Bühne mühte sich unterdessen mit Buck Owens und Merle Haggard ab. Jake Camden stand eigentlich nicht besonders auf Country und Western, aber er mußte zugeben, daß diese Art Musik ganz nett klang, wenn man auf einem Barhocker saß, während einem der Alkohol in den Adern summte und der saftige kolumbianischen Koks durch den Schädel brauste. Tatsächlich war er besoffen und gleichzeitig hellwach.

Jake Camden war auf recht einfache Art und Weise an seinen Rausch gekommen.

Mit dem Geld von Schroeder in der Tasche hatte er sich im örtlichen Holiday Inn eingemietet und wollte gerade seinen guten alten Freund Ev Scarborough anrufen, als ihm etwas eingefallen war, das ungefähr so ablief:

Mensch, ich bin schon so lange ein braver Junge, und inzwischen fühlen sich meine Nerven an, als wären sie von der spanischen Inquisition auf die Streckbank gespannt worden. Der alte Jake ist ja wirklich durch die Hölle gegangen, er ist durchs ganze Land gesaust und trocken geblieben wie die Wüste, trotz der vielen Sorgen und Ängste. Und endlich ist er da, wo er sein soll. Er ist bereit, seinen Freunden und Gefährten zu helfen – und jetzt erkläre mir doch mal einer, warum ein braver Mann in dieser trockenen Umgebung nicht mal einen klitzekleinen Schluck trinken darf?

Nicht einmal einen halben Kilometer entfernt hatte Jake ein einladendes Lokal bemerkt, das Golden Wheel, in dem er jetzt saß. Unwiderstehlich zog es ihn an, und er dachte sich, wenn er schon in New Mexico herumhängen mußte, dann konnte er wenigstens das genießen, was die Gegend hergab.

Nur ein Bier, höchstens zwei. Ein Steak mit einer Folienkartoffel und Zwiebelringen. Dann wäre er seelisch in der richtigen Verfassung, um den Vierteldollar ins Telefon zu schieben und anzurufen.

Aber als ihm dann die Blondine mit den engen Jeans und der gut gefüllten Bluse über den Weg lief, wurden die Dinge etwas komplizierter.

Das Golden Wheel war ein recht angenehmes Lokal, mit Klimaanlage und einer Einrichtung aus dunklem, lackiertem Holz, so daß alles schummrig und gemütlich wirkte. Camden ging sofort das Herz auf. Ein Schild kündigte an, daß heute abend eine Band mit dem Namen ›The Spurs‹ spielen sollte, aber Camden wollte ja sowieso nicht lange bleiben. Er hatte sich in eine kühle, dunkle Nische zurückgezogen, ein Steak und ein Bier bestellt und war zu diesem Zeitpunkt noch fest entschlossen gewesen, innerhalb von dreißig Minuten wieder draußen zu sein.

Und dann war diese Frau an ihm vorbeigeschlendert und hatte sich an die Bar gesetzt.

Camden trank sein Olympia aus, vergaß prompt die Zwiebelringe und die Folienkartoffel (auf die Idee, die Brokkoli auch nur anzurühren, war er ohnehin nicht gekommen) und schlenderte mit seinem leeren Maßkrug zur Bar hinüber, wo er sich ein Stückchen von der Frau entfernt niederließ und ein neues Bier bestellte.

Beim fünften Bier war er der beste Freund der Dame (sie hieß Edith, arbeitete als Schreibkraft in einer Anwaltskanzlei in der Stadt und war bestens bekannt mit der Band). Schnell hatte sie ihn überredet, hinter die Bühne zu gehen und ›die Jungs‹ kennenzulernen, die gerade ihre Instrumente stimmten. Man trank noch ein paar Bier, von irgendwoher tauchte ein Röhrchen mit Kokain auf, und irgendwann vergaß es, daß er dem weißen Zeug, das ihm die Seele zerfraß, eigentlich abgeschworen hatte – er war viel zu sehr damit beschäftigt, Edith zu erzählen, daß er ein berühmter Reporter und beruflich in New Mexico unterwegs wäre. Sie wurde richtig heiß auf ihn, weil sie seinen Namen erkannte: ihre Oma kaufte immer den *National Intruder* im Winn Dixie im Ort. Das Kokain hatte ihn zwar nicht in einen tobenden Irren verwandelt, der immer mehr wollte und nicht mehr aufhören konnte, aber es hatte ihn so weit gebracht, daß er beschloß, es sei Zeit für ein paar Bier mit Schuß.

Das Resultat war ein betrunkener Jake Camden. Jetzt wartete er darauf, daß seine Prinzessin vom Lande von der Damentoilette zurückkehrte. Irgendwo in seinem Kopf regten sich Gewissensbisse. Irgendwo im Hinterkopf hatte er wirklich noch die Absicht, einen Quarter in das Münztelefon zu stecken, das dort drüben neben der Garderobe hing. Er wollte wirklich diesen Mashkin anrufen und sich mit Scarborough absprechen. Aber immer, wenn er es gerade tun wollte, kam ihm irgend etwas dazwischen.

Zum Beispiel ein neuer Drink.

Nun ja, es würde auch noch reichen, wenn er morgen anriefe. Das wäre immer noch früh genug. Kein Problem. Nein, er hatte wirklich keine Eile, sagte Jake Camden sich. Heute abend hatte er frei, und er wollte ordentlich einen draufmachen. Ohne seine kleine Party wäre er sowieso ungenießbar und für Scarborough nicht zu gebrauchen.

»Hi.«

Plötzlich wurde ihm klar, daß die Band zu spielen aufgehört hatte, und nachdem der wummernde Baß und das hohe Jaulen der elektrischen Gitarre verklungen waren, konnte er tatsächlich wieder etwas hören. Er drehte sich auf dem Barhocker herum, und siehe da, vor ihm stand die Angebetete, das blonde Haar in Wellen seidenweich über die leichte Jeansjacke gebreitet, die Brüste prall, als wollten sie gleich aus der Bluse hüpfen. Sie hatte White Linen aufgelegt, einen von Jakes Lieblingsdüften, und die erotische Spannung des Augenblicks war so stark, daß es ihm fast die Sprache verschlug.

»Hi«, murmelte er blinzelnd.

»Du hättest wohl nicht gedacht, daß ich zurückkomme, was? Tja, ich mußte nur mal schnell nach hinten und mit ein paar Freunden sprechen. Und mit einer weißen Dame.« Sie schnüffelte, um ihm zu zeigen, was sie meinte. »Willst du mitkommen und nachladen, mein berühmter Reporter?«

»Normalerweise würde ich das Angebot gern annehmen, aber ich glaube, für heute abend habe ich wirklich genug.« Jake konnte nicht glauben, daß er diese Worte sprach, aber er ließ sich einfach treiben und wartete ab, was geschehen würde.

Was geschah, war folgendes: Edith schmollte.

Sie schmollte und seufzte schwer, und ihre Bluse blähte sich, daß fast die Knöpfe wegflogen. Der Einblick in den Abgrund zwischen ihren Brüsten hätte Jake Camden beinahe vom Hocker gehauen. »Ah, und dabei dachte ich doch, es würde ein schöner Abend mit dir«, hauchte sie.

Jakes ohnehin schon ermattetes Gewissen wurde auf einen Schlag umgehauen. Aus den Schatten seines Ichs kroch der alte Jake hervor, die Libido glitt auf den Fahrersitz und übernahm zielstrebig die Kontrolle. »Weißt du, ich habe ja gegen ein paar schöne Stunden hier und dort überhaupt nichts einzuwenden.« Ein winziges teuflisches Grinsen, ein Funkeln im Auge. »Ich hätte nur nicht gedacht, daß ein süßes, unschuldiges junges Ding wie du mit dem, was an einem Ort wie diesem hier geboten wird, wirklich auf seine Kosten kommt.«

Sie kicherte kehlig. »Oh, hin und wieder durchaus.« Sie blinzelte ihm zu und fuhr mit einem langen Fingernagel über seinen Arm.

Jake bekam eine Gänsehaut und mußte sich an seinem Bier festhalten. »Nun, dann sollten wir zwei uns vielleicht doch lieber ins Hinterzimmer verkrümmeln und die Lady begrüßen, die du erwähnt hast.« Er hielt inne, trank einen kleinen Schluck und sah sie schräg von der Seite an. »Nur schade, daß wir es mit den anderen teilen müssen, wenn wir nach hinten zur Band gehen. Du hast nicht zufällig Lust, mit mir auf mein Zimmer im Holiday Inn zu gehen, die Schuhe auszuziehen und dich etwas zu entspannen?«

Sie strahlte ihn begeistert an. »O Jake, das würde ich wirklich gern tun. Aber ich möchte noch den nächsten Auftritt abwarten. Die Lieder sind alle mir gewidmet, und ich habe geholfen, sie auszusuchen.«

»Aha.« Jake ließ den Kopf sinken, und die Visionen von aufgeplatzten Blusenknöpfen zerstoben. »Es scheint mir fast, als wäre das Vergnügen in diesem gottverlassenen Land dünn gesät.« Er machte eine verzweifelte Geste. »Was wohl den Pionieren eingefallen ist, um den physischen Druck abzubauen? Kein Wunder, daß sie sich gegenseitig erschossen haben.«

»Du alberner Junge. Ich war noch gar nicht fertig. Da hinten, auf der anderen Seite der Garderobe, gibt es einen schönen großen Lagerraum, in dem die Putzmittel aufbewahrt werden. Um diese Zeit schaut dort niemand rein. Wir könnten da hineingehen, und dann brauchen wir es nicht zu teilen.« Sie klopfte auf die oberste Tasche ihrer Jeansjacke und damit zugleich auf ihre Brust. »Ich habe reichlich.«

Jake starrte auf die Stelle, auf der ihre Hand lag. »Das kannst du wohl sagen, Süße. Nun, worauf warten wir dann noch?«

Er nahm sein Bier mit, weil er mit der Möglichkeit rechnete, daß er später etwas flüssigen Zuspruch brauchen würde, und folgte Ediths aufreizend wackelndem Hinterteil ins verräucherte Halbdunkel.

Das Lager für die Putzmittel war tatsächlich nichts weiter als eine Abstellkammer: Besen, Mops, Reinigungsmittel auf Regalen, Papierhandtücher für die Toiletten und alle möglichen anderen Vorräte. Es roch nach Ammoniak, schmutzigem Wischwasser und konzentriertem Bohnerwachs. Aber sobald Edith das Licht eingeschaltet und die Tür hinter ihnen geschlossen hatte, roch Jake Camden nur noch parfümierte weibliche Haut und seinen eigenen Bierdunst.

Mein Gott, dachte er, der Himmel im Besenschrank.

»Ist dir das zurückgezogen genug, Jake?«

»Aber sicher doch, Baby. Wundervoll.«

Jake saß in der Klemme. Er wußte nicht, was er zuerst wollte, das Mädchen oder den Koks. Edith nahm ihm die Entscheidung ab. Sie zog die Jacke aus, schüttelte ihre gewaltige Mähne und brachte die Luft in Bewegung. Ihr Duft erfüllte den ganzen Raum.

Etwas unsicher wollte Jake nach ihr greifen.

Eine Hand, die ihm flach auf die Brust gelegt wurde, hielt ihn auf.

»Immer langsam mit den jungen Pferden«, flüsterte sie. Es war ein Versprechen und gleichzeitig ein aufreizender Rückzug. Ihre Augen und ihre Stimme lockten ihn. »Eins nach dem anderen.«

Sie fischte ein Röhrchen aus der Tasche und holte den kleinen Spiegel und das Messer hervor, die sie vorher benutzt hatte. Eine zusammengerollte Fünfdollarnote später stand Jake kerzengerade in der Besenkammer, und sein aufgekratztes Gehirn versuchte, den Raketenantrieb einzuschalten, den es in menschlichen Körpern nicht gibt.

»Mann, ich hätte fast vergessen, wie gut das Zeug tut.«

»Hmm.« Edith lächelte selig, und die blauen Augen rollten hemmungslos. »Ja, Ben kommt immer an ziemlich sauberen Stoff ran.«

»Ben?«

Sie legte den zusammengerollten Geldschein auf eine große Dose Mr. Clean und knöpfte sich die Bluse auf.

»Jake, glaubst du, daß ein schneller Fick mit Koks besser abgeht? Ich schon. Ich glaube, das ist das Tollste überhaupt auf der Welt. Und jetzt zieh dir diese blöde Hose aus und laß uns ein bißchen spielen, ja?«

Die Bluse war verschwunden, und Jake sah einen schwarzen Spitzenbüstenhalter über einer Wespentaille.

Einen Augenblick starrte Jake Camden sie an, dann gaben die aufgewühlten Hormone seiner Motorik einen Tritt, und er fummelte an seinem Gürtel herum. Als die Hose halb herunterhing, fiel ihm ein, daß er noch Schuhe anhatte. Schnell zog er sie aus. Als er damit fertig war und sich in Hemd, Boxershorts und voller Erwartung wieder aufrichtete, war Edith schon völlig ausgezogen und stand splitternackt vor ihm, eine Hand ungeduldig in die Hüfte gestemmt. »Du brauchst dich nicht weiter auszuziehen, Jake. Mach schon, komm jetzt!«

Und auf einmal hatte er die nackte Frau im Arm, und was an Gehirnzellen bei ihm noch funktionierten, wurde zerstäubt. Ihr Mund preßte sich bereits drängend auf seinen, und bevor er irgend etwas unternehmen konnte, beispielsweise ihre Brüste bearbeiten oder ihren Po begrapschen, steckte ihre Hand schon in seinen Shorts und überprüfte, wie weit er denn wäre.

»Mmpf«, machte Jake.

»Los, komm schon, Liebster.« Es dauerte nicht lange, bis Jake auf Touren kam, und als sie seine Reaktion spürte, legte Edith sich auf den Boden. »Ich bin heiß auf dich. Feucht und heiß.«

Und ob, das ist sie, dachte Jake, als er die Frau betrachtete, die sich lustvoll auf dem Boden wand. So etwas hatte er noch nicht erlebt. Diese Country-und-Western-Musik, der Blues und das Bier, das weckte bei Frauen anscheinend recht interessante Energien. Er war inzwischen, innerlich wie äußerlich, sehr gespannt.

»Ich bin ein Okie aus Muskogee«, sang er halblaut und streifte die Shorts ab.

Ein Bein hatte er befreit, und er begann gerade mit dem zweiten, als die Tür aufgerissen wurde. Ein großer Mann lugte herein. Über den breiten Schultern glänzte ein zorniges und puterrotes Gesicht, das einem Zeus gehören mochte, der auf dem Olymp dräute und sich überlegte, wohin er die nächsten Blitze schleudern sollte.

»Jesses«, sagte Edith und sank verzagt in sich zusammen. »Das ist mein Mann.«

Ediths Körper war nicht das einzige, was plötzlich verzagt erschlaffte. Jake Camden hob mit unsicherem Lächeln den Kopf. »Hallo, Sie müssen Ben sein. Sicher werden sie mir das nicht glauben wollen, aber wir haben gerade eine neue Art von Therapie ausprobiert, bei der es um nackte Telepathie geht.«

»Ich kenne auch eine gute Therapie«, sagte der Mann und kam ganz herein.

Was als nächstes passierte, hätte Jake Camden ganz gern so schnell wie möglich vergessen.

Es war gar nicht so schwer, aus den herumliegenden Mülleimern hervorzukriechen. Das Problem war, anschließend aufrecht auf zwei Beinen stehen zu bleiben. Jake gab sich Mühe, und nach ein paar Anläufen schaffte er es auch. Inzwischen war die Wirkung des Kokains weitgehend abgeklungen, und er bekam weiche Knie. Kopf und Brust taten noch von den Schlägen weh, die der Mann der Schlampe ihm verpaßt hatte. Glücklicherweise hatte Jake sich zwischen den Schlägen und bevor der wütende Ehemann ihn auf den Müll geworfen hatte, seine Sachen anziehen können. Unglücklicherweise hatte sich der Riese dann allerdings einen Sack mit frischem Müll geschnappt und als Abschiedsgruß über Jake ausgekippt.

Jake stellte sich lieber nicht vor, was der Mann mit ihm gemacht hätte, wenn er fünfundvierzig Sekunden später in den Lagerraum gekommen wäre.

Mein Hotelzimmer, dachte er. Ich muß ins Hotel. Wenn ich die Tür abschließe, eine Dusche nehme und ins Bett falle, ist alles in Ordnung.

Jake kämpfte sich weiter, einen Schritt nach dem anderen, und war froh, daß er sich überhaupt wieder bewegen konnte. Dann erkannte er plötzlich, daß er nicht wußte, in welche Richtung er sich wenden mußte. Mit glasigen

Augen schätzte er seine Situation ein. Vor ihm erhob sich die Rückwand des Gebäudes, in dem das Unglück ihn ereilt hatte. Benommen dachte er eine Weile darüber nach, dann schlurfte er zur Vorderfront des Gebäudes, zum Parkplatz vor dem Golden Wheels. Er war zu Fuß gekommen – aber aus welcher Richtung? Kein Problem, dachte er. Sobald er auf dem Highway war, würde er ein Stück hinauf- und wieder hinuntergehen, bis er die vertraute grüne und weiße Reklame des gut beleuchteten Holiday Inn erkennen konnte.

Momentan fühlte er sich, als säße eine giftige Kröte hinter seiner Stirn, die bei jedem Atemzug, den sie machte, größer wurde. Er war in einer erbärmlichen Verfassung, und er wußte es. Jetzt wollte er nur noch ins Loch kriechen und sich erholen.

»Ich habe Mist gebaut, Scarborough«, murmelte er, als müßte er ein Geständnis ablegen. *»Ich habe es verbockt. Aber ich werde es wiedergutmachen, das schwöre ich bei Gott. Sobald ich etwas Aspirin genommen und eine Weile geschlafen habe . . .«*

Die beiden Männer tauchten hinter einem großen schwarzen Chrysler-Lieferwagen auf und verstellte Jake Camden den Weg zum Highway.

»Verzeihung, meine Herren«, sagte Jake. Er war überrascht, wie schleppend die Worte herauskamen. »Aber ich muß jetzt nach Hause.«

Die Männer kamen näher, und Jake wurde klar, daß ihre Haltung eindeutig drohend war. Sie reagierten gar nicht auf sein Gemurmel.

»Oh, verdammt, Jungs, euer Freund hat mich doch schon vermöbelt und auf den Müll geworfen. Was wollt ihr denn jetzt noch?«

»Mensch, der Kerl stinkt wie ein Stück Scheiße«, sagte einer der Männer. »Bist du sicher, daß er der richtige ist?«

»Ja«, sagte der andere. »Er ist es.«

Erst jetzt erkannte Jake, daß sie Anzüge und Schlipse trugen. Das waren keine Cowboys aus der Kneipe.

»He, wer zum Teufel seid ihr?« Er wich zurück und wollte sich umdrehen und weglaufen.

Einer links und einer rechts, packten die Männer seine Arme.

»Kommen Sie mit, ohne Widerstand zu leisen, Jake Camden. Dann wird Ihnen heute abend nichts weiter geschehen.«

»Ihr könnt mich nicht einfach mitnehmen. Ich habe Leute, die mich beschützen!«

Allerdings waren die auch nicht zur Stelle gewesen, als der eifersüchtige Ehemann ihn mit der aufgeknöpften Blondine im Besenschrank beim Doktorspielen erwischt hatte.

»Genau, Jake. Und die Nase voll hast du auch«, sagte einer der Männer und packte gleichzeitig fester zu.

Die Angst fuhr wie ein Blitzschlag durch seinen Körper, und er wurde augenblicklich nüchtern.

Jake wehrte sich, wollte sich losreißen und in die Bar zurücklaufen. Dort würden sie ihn nicht kriegen! Er mußte nur eine Schlägerei inszenieren und dafür sorgen, daß die Cops ihn einbuchteten. Lieber in der Gefängniszelle aufwachen als umgebracht werden.

Einer der Männer schlug ihn nieder, dann zogen sie ihn wieder auf die Beine. Der zweite hielt Jake eine Hand vor den Mund, damit er nicht um Hilfe rufen konnte. Sie schleppten ihn zur hinteren Tür des Lieferwagens, die wie von Zauberhand geöffnet wurde.

»Hören Sie auf, sich zu wehren, dann wird Ihnen nichts weiter passieren«, sagte einer der beiden heiser.

Aber Jake hörte nicht auf ihn. Er wehrte sich verzweifelt. Viel lieber wäre er in den Händen eines eifersüchtigen Ehemannes oder wütender Drogendealer gewesen, als in der Gewalt dieser Männer.

Denn auf einmal wurde Jake, obwohl er von Alkohol und Drogen benebelt war, klar, um wen es sich bei diesen Männern handelte.

Der Schlag kam schnell und gezielt, wie aus dem Nichts, und Camden verlor sofort das Bewußtsein und versank in einer kalten, einsamen Schwärze.

29. Kapitel

Er war in der Hölle.

Der Schmerz hüllte ihn ein wie ein lebendiges Tuch aus Feuer, und er verbrannte. Er wehrte sich und jammerte in der Dunkelheit.

Everett Scarborough war in der Hölle, an die er nicht glaubte.

»Nein«, rief er gequält. Mit bloßer Willenskraft wollte er die Schmerzen vertreiben. »Nein, das ist alles nur Einbildung!«

So plötzlich, wie sie gekommen waren, erloschen die Flammen wieder, und er fühlte keine Schmerzen mehr. Dafür hatte er das Gefühl, rasch nach oben gezogen zu werden, und stellte sich sogar vor, er könnte die Beschleunigungskräfte spüren, als befände er sich in einem Fahrzeug. Aber er war nicht von Metall oder Glas umgeben. Keine Maschinen waren in der Nähe, nicht einmal Kleidung besaß er. Er war nackt, und es war dunkel um ihn.

Plötzlich flammten vor ihm Sterne auf. Ein prächtiger Sternenhimmel, ein atemberaubendes, strahlendes Schauspiel. Im Vordergrund hingen blendendhelle Planeten in der Leere.

Er sah nach unten, und unter seinen Füßen sah er die Sonne lodern.

Die Flammen, dachte er bei sich. Die Flammen hatten nicht in der Hölle gelodert. Er war in der Sonne gewesen, und jetzt wurde er irgendwie in den Weltraum hinausgezogen.

Allein.

Er war allein im Universum.

Kalt und einsam trieb er durch das Meer der Sterne.

Ein Gefühl von unendlichem Schrecken, eine Platzangst, wie er sie noch nie empfunden hatte, überkam ihn, klammerte sich wie mit Klauen an ihn und riß ihn auseinander.

Und er schrie, und sein Schrei war ein Geräusch, das ihn einhüllte, als hätte sich eine Faust um ihn geschlossen, die die Sonne, die Sterne und alles andere ausblendete.

Dann erwachte er. Er lag auf dem Rücken, es war dunkel.

»Scarborough«, sagte eine Stimme in der Dunkelheit. Es war eine leise Stimme, aber sie war nicht tröstend. »Scarborough, weißt du, wer du bist?«

»Nein«, keuchte er. »Ich weiß es nicht. Gott steh mir bei, ich weiß nicht, wer ich bin.«

Zu schnell, um sie bewußt zu erfassen, prasselten Erinnerungen nieder wie Sommerregen auf das Blechdach eines Schuppens. Erinnerungen, die er registrieren und doch nicht registrieren, die er nicht dingfest machen konnte. Sie gehörten nicht hierher, in diese Zeit und an diesen Ort. Es war, als seien es die Erinnerungen eines anderen Menschen. Und doch wußte er, davon war er felsenfest überzeugt, daß es sich um seine eigenen Erinnerungen handelte. Sie gehörten ihm und niemandem sonst.

Und sie sprachen zu ihm, sie summten ihm etwas vor, sie sangen für ihn. Sie erzählten von anderen Zeiten und anderen Orten. Serien von Bildern tauchten auf, Erinnerungen an Dinge, die er berührt hatte. Ein Mann, den er nicht kannte, beugte sich über ihn und tat etwas mit seinem Kopf. Ein Krankenhaus. War er in einem Krankenhaus? Er fühlte sich, als wäre er im Krankenhaus, aber es glich keiner Klinik, die er bisher gesehen hatte. Und es war auch nicht nur ein Mann, der sich über ihn beugte. Da waren noch mehr Personen, und mindestens eine Frau war bei ihnen. Plötzlich wurde ihm klar, daß er unter dem Lacken, das ihn bedeckte, nackt war. Irgend etwas stach in seinen Kopf, und er hatte eine Empfindung, die er nicht einordnen konnte.

Aus den Augenwinkeln sah er Geräte.

Sie funkelten, glänzten, begannen zu arbeiten.

»Everett Scarborough, Everett Scarborough, wissen Sie jetzt, wer Sie sind?« fragte die leise, monotone Stimme.

»Ja, natürlich«, sagte Everett Scarborough, endlich die Dunstschleier durchbrechend. »Ich bin Everett Scarborough.«

»Nein«, sagte die Stimme energisch und nachdrücklich. »Nein, das sind Sie nicht.«

Eine kalte Hand erschien und zog das Laken von seinem Körper. Er spürte, wie Augen, gefühllose Augen, seine Nacktheit betrachteten – und er sah die kalten, schwebenden Maschinen heruntersinken. Blitzende, glänzende Bohrer sah er und tropfende Nadeln. Es sah aus wie die Kiefer eines hungrigen Raubtiers.

Er schrie.

Der Schrei weckte ihn, und er kam zitternd und schwitzend zu sich und hatte das Gefühl, das Bett drehte sich um ihn.

Der Mond lugte durch die Jalousien und warf Lichtstreifen auf das zerwühlte Bettzeug.

Obwohl eine kühle Brise flüsternd durchs offene Fenster hereinwehte und lautlos durch die Jalousie ins Zimmer strich, war ihm heiß. Ihm war heiß, und ihm schwindelte. Keuchend blieb er liegen und klammerte sich an das Kopfkissen, als wäre es ein Rettungsring, den man ihm in gefährlichem Wasser zugeworfen hatte. Er brauchte eine Weile, bis sich die bruchstückhafte Erinnerung wieder zusammenfügten.

Das letzte Bier des Abends, kalt und herb.

Der lächelnde Walter Mashkin, der ihnen eine gute Nacht wünschte.

Marsha Manning, die ihm mit weichen Lippen einen Kuß auf die Wange hauchte und flüsterte: »Schlaf gut.«

Er war in New Mexico.

Und morgen wollte er sich mit Edward Myers treffen, der ihn zum Eingang des Luftwaffenstützpunktes begleiten sollte – wo er seine Tochter Diane wiederfinden wollte.

Er war Everett Scarborough. Doktor Everett Scarborough. So war es schon immer gewesen, so würde es immer bleiben.

»Scarborough«, flüsterte er. Er sprach seinen eigenen Namen wie ein Mantra. »Everett Scarborough. Everett Scarborough.«

»Everett?«

Sein Herz kam einen Moment aus dem Tritt, und er spannte sich an. Hatte er eine Stimme gehört? Eine Stimme, die draußen vor der geschlossenen Tür gesprochen hatte. Keine Männerstimme. Eine Frauenstimme war es gewesen. Sanft und besorgt.

»Ev, ist alles in Ordnung?«

Die Tür wurde einen Spalt geöffnet, und er konnte im Mondlicht sehen, wie ein Augenpaar hereinspähte.

»Marsha?« Er hatte kühl, distanziert und gesammelt sprechen wollen. Selbstsicher. Aber was er herausbekam, war nicht mehr als ein ängstliches Krächzen.

Sie trat in sein Zimmer – mit nichts an als einem kurzen Seidenhemd und einem Schlüpfer. Das Haar, das sie gelöst hatte, floß über ihre Schultern wie ein Wasserfall. Der Duft der Frau, das Parfüm und der Geruch des Schlafes schwebte um sie wie eine unsichtbare Aura, vertraut und beruhigend und vieles versprechend.

»Ev, Ev, ist alles in Ordnung? Ich hörte dich rufen.«

»Ein Alptraum. Ziemlich übel.« Er setzte sich auf, immer noch etwas benommen und verwirrt.

»Das wundert mich nicht. Das wundert mich überhaupt nicht. Du hast ja unter einem enormen Druck gestanden.« Sie setzte sich auf die Bettkante, streichelte ihm Schultern und Rücken und begann ihn sanft zu massieren. »Meine Güte, du bist ja völlig verkrampft. Vielleicht hätten wir Walts Rat annehmen sollen. Und sei es nur, damit dir jemand nahe ist.«

Es dauerte nur ein paar Sekunden, bis er sich im Gefühl ihrer Nähe und unter der leichten Massage ein wenig entspannte. Er seufzte dankbar. »Vielleicht . . .«

Als sie nach Hause zurückgekehrt waren und ihren Schlummertrunk zu sich genommen hatten, wie Walter Mashkin es nannte – ein letztes Bier für jeden –, hatte Mashkin erklärt: »So, ich glaube, jetzt ist es Zeit, zu Bett zu gehen. Morgen ist ein wichtiger Tag, und ihr braucht Ruhe.« Er blinzelte sie an. »Ich habe mir die Freiheit genommen, Ihre Sachen in Doc Scarboroughs Zimmer zu stellen, Marsha.«

Marsha erschrak, aber Scarborough fing sich noch vor ihr und widersprach als erster. »Nein, Walt, wir sind nicht . . . äh, wir sind nur Freunde.«

Mashkin schnappte erstaunt nach Luft. »Ja, da soll mir doch dieser und jener. Ihr wollt mich veräppeln.«

»Es ist aber so«, sagte Marsha lächelnd. »Wir sind einfach nur Freunde.«

»Tut mir leid, Leute«, sagte Mashkin nach einem kurzen, peinlichen Schweigen. »Zwischen euch hat's so gefunkt, da dachte ich natürlich, daß ihr zusammengehört.«

Er trank einen Schluck Bier und schüttelte den Kopf. »Mann, das ist mir jetzt aber peinlich«, grinste er. »In diesem Fall, meine Liebe, wenn Sie vielleicht Lust hätten, Ihre Sachen neben meine Cowboystiefel zu stellen? Ich bin jedenfalls nicht verrückt und verschließe nicht die Augen, wenn ich eine anziehende Frau vor mir habe.« Sein Tonfall und der schief gelegte Kopf zeigten, daß sein Vorschlag nicht ernst gemeint war.

Marsha lachte. »Ich freue mich immer, wenn ein Mann mich interessant findet. Aber Walt, wenn Sie eine Couch haben, dann gehört sie mir.«

»O nein, das ist gar nicht nötig. Ich habe noch ein zweites Gästezimmer. Das ist kein Problem.«

Scarborough hatte das Gefühl, daß sein Gesicht während des kurzen Wortwechsels knallrot angelaufen war, aber Walter Mashkin hatte keine ironische Bemerkung gemacht.

Doch jetzt, als er sich im Bett aufsetzte und spürte, wie die Erinnerungen an den Alptraum nur langsam von ihm abfielen, wünschte er, Marsha hätte bei ihm geschlafen, und sei es nur, damit er jemanden hatte, an dem er sich in seiner Angst festhalten konnte.

»Du weißt es ja, Ev, ich bin immer da, wenn du mich brauchst.«

»Ich ... ich ...«, stammelte er.

»Scht. Ev ...«. Ihre Stimme war sanft und weich wie Samt. »Du brauchst jetzt nichts zu sagen. Nimm mich einfach in den Arm, wenn du willst.«

Er wollte ablehnen, er wollte sagen, daß er stark wäre, daß er diese kurze Entgleisung allein in den Griff bekommen könnte, daß es nie wieder passieren würde; nein, ihm doch nicht! Aber er bekam nicht mehr als eine Mischung aus Seufzen und Krächzen heraus, und plötzlich zog er sie an sich und hauchte ihren Namen.

Ihr Haar legte sich auf ihn wie ein Seidenvorhang, ihr Körper war warm und lebendig und weich, als sie sich an ihn schmiegte, um ihn zu trösten. Ihre Lippen fanden seine. Sie küßte ihn zärtlich und entführte ihn in eine sichere, freundlichere Welt. Er nahm sie fest in die Arme und streichelte ihren nackten Rücken, genoß es, wie sie sich ihm hingab, wie ihre Brüste sich gegen seine Brust drückten, wie die Spitzen hart wurden, wie ihr Atem schneller ging. Vorsichtig ließ er den Mund zu ihrem Hals hinuntergleiten, kostete die Wärme ihrer Haut, und sie bog den Rücken durch und seufzte wohlig.

»Liebe mich, Everett«, forderte sie.

Sie gaben sich der Spannung hin, der lautlosen Musik ihrer Herzschläge, und der Tanz des Begehrens begann. Scarborough gab sich auf, ließ sich in den Duft der Frau hineinfallen, verlor sich in köstlicher Ewigkeit, die doch nicht länger währte als ein Moment. Sie hielt ihn kurz zurück, streifte das Oberteil ab. Ihre vollen Brüste wurden vom Mondlicht erfaßt, und sie bot sich ihm an. Sie gehörte ihm, und er küßte und streichelte ihre Brüste, bis sie dankbar seufzte und ihn leise murmelnd weitertrieb.

»Es reicht«, sagte sie. »Ich bin für dich bereit, Everett, ich bin bereit.«

Sie legte sich auf den Rücken, das Mondlicht funkelte in ihren Augen, und sie öffnete voller Vorfreude und Erwartung halb die Lippen.

Auch er war bereit, war es gewesen, seit sie ihn geküßt hatte. Sanft streifte er ihr das Spitzenhöschen ab, zog es über die Hüften hinunter, die langen Beine entlang bis zu den Füßen.

Dann stand er auf und zog sich aus. Das T-Shirt glitt mit einer fließenden Bewegung über seinen Kopf, aber mit den Shorts verhedderte er sich. Er legte sich neben sie, preßte sich an sie, damit sie seine Erregung spüren konnte. Sachte streichelte er die Innenseite ihrer Schenkel, küßte ihren Arm und ihre Brust, ihren Hals, ihren Mund. Als seine Hand zwischen ihre Schenkel glitt, spürte er ihre Wärme und die Feuchtigkeit. Ja, sie war bereit. Mehr als bereit.

30. Kapitel

Jake Camden wachte auf, und die Erinnerung überkam ihn wie ein Donnerschlag. Er lag auf dem Rücken, überwältigt von der ungeheuerlichen Situation, in der er sich befand. Nach ein paar Sekunden dachte er: Mein Gott, hilf mir, ich habe den größten Kater, den je ein menschliches Wesen hatte.

Und das wollte etwas heißen. In seinem wechselhaften Berufsleben hatte Jake Camden zahlreiche Kater gehabt. Schon auf dem College hatte er herausgefunden, daß Kater in verschiedenen Formen, Größen und Farben vorkamen. Ihre größte Gemeinsamkeit bestand jedoch darin, daß sie keine angenehmen Zeitgenossen waren.

Der, den er jetzt hatte, brachte ihn beinahe um.

Sein Kopf fühlte sich an, als wäre ihm das Herz ins Gehirn gesperrt worden und donnerte dort mit aller Kraft gegen die Schädelknochen, um wieder herauszukommen. Als benutzte es einen Hammer, um sich den Weg freizuschlagen. Ihm taten alle Knochen weh, vom schmerzenden Fleisch ganz zu schweigen. Sein Mund fühlte sich an wie eine Senkgrube, sein Bauch kam ihm vor, als würde ein Trupp Pfadfinder gerade in seinen Därmen das Knotenschlagen üben.

Als er ein paarmal durchgeatmet hatte und fähig war, über etwas anderes nachzudenken als über die Tatsache, daß er Schmerzen hatte, begann er sich zu fragen, wo er war.

Das war nicht so ohne weiteres zu beantworten.

Einmal deshalb, weil die Umgebung zwar nicht pechschwarz, aber doch so dunkel war, daß er nicht viel erkennen konnte. Düster, das war das richtige Wort, dachte er. Trotz des Hämmerns im Schädel, das er bis in die Augäpfel spürte, konnte Jake Camden nach einer Weile einige schattenhafte Umrisse wahrnehmen – kantige Umrisse. Also befand er sich in einem Zimmer. Es mußte eine Art Zimmer sein.

»Puh«, machte er. »Ich bin ja ein richtiger Sherlock Holmes.«

Doch richtig interessant wurde es erst, als er sich bewegen wollte.

Er stellte fest, daß er es nicht konnte.

Oder besser, er konnte nur ein paar unwichtige Körperteile bewegen. Zum Beispiel war es ihm möglich, mit den Zehen zu wackeln. Es kam ihm vor, als wären seine Füße nackt. Er konnte auch die Hände bewegen, aber über Fußgelenke und Schenkel, über den Bauch und über die Brust waren Riemen gespannt. Er konnte den Kopf drehen, aber der Kopf war der einzige Körperteil, den er im Augenblick überhaupt nicht bewegen wollte, weil er zu weh tat.

»So«, sagte er traurig und nach ein paar tiefen Atemzügen zu sich selbst. »Da hast du uns aber wieder in eine schöne Klemme gebracht, Stanley.«

Inzwischen funktionierte auch sein Gedächtnis wieder. Er erinnerte sich nur zu gut an das tödliche Glas Bier, das er zum Essen bestellt hatte, an die unvermeindlichen Runden, die er danach geordert hatte, an die Blondine, die Musikgruppe, den wütenden Ehemann ...

Und dann, als sei ihm ein Kasten Bier auf den Kopf gekracht, fielen ihm die Männer in den Anzügen wieder ein, die ihn auf dem Parkplatz abgefangen hatten.

Wenn er es bisher noch nicht völlig erfaßt hatte, weil er viel zu sehr mit seinem angeschlagenen Gesundheitszustand beschäftigt gewesen war, jetzt wurde es ihm klar.

Er steckte nicht nur in Schwierigkeiten, er steckte in *großen* Schwierigkeiten. Entsetzlichen Schwierigkeiten.

Er stöhnte leise, als könnte ihn der Klang der eigenen Stimme beruhigen.

So ein Mist, die haben mich gefesselt. Und was haben sie jetzt mit mir vor?

Die Antwort auf diese Frage ließ nicht lange auf sich warten.

Als hätte irgend jemand beobachtet, daß er wieder zu Bewußtsein gekommen war, begann sich der Raum zu verändern. Einer falschen Morgendämmerung gleich, krochen Lichter aus den Ecken des Raumes heran.

»He!« rief Jake. »Was ist hier los? Hört auf, mit meinem

Kopf herumzuspielen, der brummt schon laut genug. Wer seid ihr? Was wollt ihr?«

Keine Antwort.

Die Lichter hielten inne. Der Raum war jetzt so hell, daß Jake die seltsame Geometrie erkennen konnte. In so einem Raum war er noch nie gewesen. Die Decke zeigte ein seltsames Muster, Jake kam es sogar so vor, als wären dort Symbole oder Hieroglyphen zu sehen. Sie waren an verschiedenen Stellen angebracht wie Tätowierungen. Wenn er nicht so zynisch gewesen wäre, er hätte beinahe annehmen können, daß er sich an einem unglaublich albernen Ort befand – haha –, an Bord eines – haha – außerirdischen – haha – Raumschiffs oder in einem ähnlich unmöglichen Ding.

Es sah in der Tat erschreckend fremdartig aus.

Vielleicht war es nur ein Traum. Yeah, das mußte es sein. Irgendein Alptraum, der durch Drogen ausgelöst worden war. Die Blondine hatte seinen Drink mit LSD oder Peyote oder mit einer anderen halluzinogenen Droge gewürzt, und jetzt hatte er eine Vision oder einen Alptraum.

Andererseits hatte er im Traum noch nie einen Kater gehabt, und daher war es unwahrscheinlich, daß . . .

Als wollte ihm die Realität selbst den Gedanken austreiben, es könne sich um einen Alptraum handeln, wurde eine Tür geöffnet, und etwas sehr Reales, sehr Fremdartiges und dennoch eigenartig Vertrautes kam hereinmarschiert.

Der Kater war vergessen.

Es war klein, dieses Ding. Es trug eine Art silbrigen Overall. Es hatte Mandelaugen, einen Kahlkopf, ein spitzes Kinn und keine Nase. Es sah den Wesen, die in Maximillian Schroeders erstem Film aufgetreten waren, einigermaßen ähnlich, aber es war zugleich auch auf unerklärliche Weise *anders*. Jake verschlug es die Sprache.

Das Wesen kam schweigend auf ihn zu und blieb vor ihm stehen. Es hob einen Arm, und Jake konnte sehen, daß es eine Art Stab mit schlanken Fingern hochhielt.

Das Ende des Stabes flammte plötzlich auf, als wirkte ein Zauber.

Das Wesen richtete die feucht glänzenden Augen auf

ihn, hob den leuchtenden Stab und zog ihn einen Fuß über dem sprachlosen Jake Camden durch die Luft. Dabei bewegte es den Mund, als murmelte es einen Zauberspruch.

Auch Camden öffnete den Mund und wollte etwas Kluges oder Freches sagen. Beispielsweise: Schiebt mir bitte nicht das Ding in den Arsch, oder: Wo habt ihr nur die ganze Zeit gesteckt?

Aber er bekam nur einen Schrei heraus.

Es war ein lauter Schrei, der ewig dauerte, der ihm die Mandeln, das Zäpfchen, die Zähne und die Zunge zu zerfetzen schien. Es kam ihm vor, als hätte ein dicker Daumen mitten in seinem Kopf auf den Knopf gedrückt, der solche Schreie auslöste. Beim Schreien bemerkte er, daß er aus irgendeinem Grund eine unendlich tiefe, alles umfassende und unerklärliche Angst empfand.

Es gab keinen Grund, sich vor dem Wesen, das vor ihm stand, zu fürchten – keine logische Erklärung jedenfalls. Beinahe kam es ihm sogar vor, als hätte er ein Déjà-vu-Erlebnis, als wäre er schon einmal hier gewesen. Er hatte genügend Beschreibungen dieses Szenarios gehört, er hatte oft genug selbst darüber geschrieben und gelesen, und er hatte es auch in Filmen oft genug gesehen, um es als unglaubwürdig abzutun. Das alles war ein Klischee. Und doch hatte Camden, der jetzt mitten in dieser unmöglichen Realität steckte, das Gefühl, sein Blut hätte sich in reines Eiswasser verwandelt.

Als er sich zu fragen begann, ob man vom Schreien sterben konnte, ging ihm die Puste aus. Er verstummte.

Das Wesen war einen Schritt zurückgewichen und hatte ihn aus großen, undurchdringlichen Augen ein wenig distanziert und mit milder Neugierde angesehen – als sei es angesichts seiner Reaktion nicht überrascht, sondern nur etwas verlegen geworden.

Wieder ließ es den Stab über Jake gleiten, der sich daraufhin ein wenig beruhigte, ein paarmal tief durchatmete und sich dann das Wesen genauer ansah. Er blickte ihm ins Gesicht, und jetzt, da die Furcht etwas nachließ, konnte er wieder klar und folgerichtig denken. Seit der angebliche ET zur Tür hereingekommen war, hatte Jake den

Eindruck gehabt, daß mit der Erscheinung etwas nicht stimmte. Jetzt, als das Gesicht dicht vor seinem war, konnte er die Augen genau betrachten. Sie waren zwar feucht und glänzten, aber irgend etwas war mit ihnen nicht in Ordnung.

Sie schienen nicht wach zu sein, sie schienen nicht lebendig zu sein.

Das einzige, was Jake bewegen konnte, war sein Mund. Den hätten sie besser auch festbinden sollen; sein Mund war nämlich seine stärkste Waffe.

»Jetzt hört mal zu, ihr Arschlöcher!« brüllte er. »Ihr könnt mit diesem Theater vielleicht Bauernlackel aus Wisconsin veräppeln, aber keinen Jake Camden.«

Das Wesen hielt inne, legte den Kopf schief und sah ihn neugierig an.

»Los doch, ihr Trottel, habt ihr denn nichts Besseres zu bieten? Was ist das hier? Eine Abteilung von Disneyland? Ihr habt mich so gelegt, daß ich nichts sehen kann, aber ich gehe jede Wette ein, daß das Ding hier auf Schienen läuft und mit Drähten gesteuert wird. Glaubt ja nicht, ich wüßte nicht das richtige Wort dafür. Eine Simulation ist das, nicht wahr? Und ihr habt mich wahrscheinlich mit allerhand ausgeflippten Drogen vollgepumpt. Vielen Dank dafür, aber was ich jetzt wirklich brauche, ist ein Aspirin, und wenn ihr mir das gebt und ein Glas Wasser dazu, dann lasse ich vielleicht Gnade vor Recht ergehen, wenn ich hier wieder herauskomme und mein Buch schreibe.«

Schweigen. Ein lastendes Schweigen legte sich über den Raum.

Jake wurde fuchsteufelswild.

»Glaubt ihr denn, ich wüßte nicht, was ihr da spielt?« Eigentlich wußte er es nicht, aber er baute einfach auf die Theorie, die er zusammen mit Scarborough entwickelt hatte, nachdem sie in der Farm gewesen waren und nachdem Scarborough das Entführungsopfer in Baltimore besucht hatte.

»Okay, dann muß ich eben Klartext sprechen. Ihr wollt mir den Glauben einimpfen, daß ich von Außerirdischen entführt wurde. Aber das ist ein Betrug, ein Manöver, eine komplizierte Form der Desinformation. Ich habe keine Ahnung, was ihr damit vertuschen wollt – aber darum geht es doch letzten Endes, nicht wahr? Wir haben es hier mit einem ultrageheimen Projekt der Regierung zu tun, was? Die Jungs, die mich geschnappt haben, die trugen die normale Uniform, Leute. Das waren keine Außerirdischen und keine Männer in Schwarz. Das waren Agenten vom FBI oder der CIA oder von irgendeiner anderen gottverdammten illegalen Organisation dieser korrupten Regierung – aber das und nichts anderes waren sie!«

Wieder dieses lastende Schweigen. Jake setzte noch einmal an und holte Luft, aber dann hielt er den Mund.

War da ein Surren zu hören gewesen? Ein Klicken? Das Schleifen und Gluckern hydraulischer Vorrichtungen?

Der Stab, den das Wesen in der Hand hatte, erlosch. Er ließ den Arm sinken, drehte sich um und verließ den Raum.

»Jetzt zeigt euch doch endlich, ihr Schweinehunde!« rief Jake Camden. »Kommt raus und laßt euch sehen.«

Er spürte im Nacken ein leichtes Kribbeln, als würde er von unsichtbaren Fingern berührt, die ihn leicht in die Haut kniffen.

Eine dunkle Woge legte sich über ihn wie eine Kapuze, und er verlor das Bewußtsein.

Als Jake Camden wieder erwachte, hatten die Schmerzen nachgelassen.

Aber er war immer noch auf den Tisch gefesselt wie ein Untersuchungsobjekt in einem Labor, bereit für die Sektion. Camden fühlte sich, als wäre der Kater zum größten Teil verflogen, aber trotzdem war in seinem Körper irgend etwas nicht in Ordnung. Ihm wurde sofort klar, daß dieses Gefühl durch die Einnahme von Drogen entstanden war. Jake Camden hatte reichlich Erfahrungen mit Drogen: Unmengen Marihuana, LSD auf dem College, Experimente mit Ecstasy und Kokain in den letzten Jahren. Das Kokain war sein Untergang. Den Alkohol zählte er nicht mit, den betrachtete er als Bestandteil seines Berufs. Aber eigentlich, abgesehen von dem kurzen Rückfall gestern abend, hatte er sich, was Drogen anging, recht gut im Griff. Psychedelische Drogen nahm er schon lange nicht mehr. Was jetzt in seinem Kopf vorging, erinnerte ihn jedoch ein wenig an diese Erfahrungen. Desorientiertheit und eine gewisse Bewußtseinstrübung wechselten mit einer leicht veränderten Wahrnehmung. Allerdings schien die Wirkung subtiler zu sein. Er konnte es nicht ganz einordnen. Aber was es auch war, er wußte, daß man ihn unter Drogen gesetzt hatte. Zugleich wußte er jedoch auch, daß er noch die Kontrolle über sich hatte.

Er lag nicht mehr in dem verwinkelten, bizarren Raum, in dem er zum erstenmal erwacht war. Jetzt befand er sich in einer Art Sprechzimmer, das einem Arzt gehören mochte. Er sah Tische und Schränke, weiß und klinisch. Es roch nach Desinfektionsmitteln, ein Geruch, der ihn an ärztliche Behandlungesräume erinnerte. Hier und dort bemerkte er blitzende Instrumente. Edelstahl. Er konnte förmlich die Nadeln spüren, die im Augenblick noch wie bei Wespen versteckt waren. Jake Camden wand sich. Die Paranoia erwachte wieder. Gott, wie er Spritzen haßte. Er hatte sie schon immer gehaßt, er würde sie immer hassen. Deshalb war er auch nie in Versuchung gekommen, Heroin zu spritzen. Das hätte er nicht ertragen, das wäre so schlimm gewesen wie die Situation damals, als sein Vater ihn ins Sprechzimmer eines Arztes geschleppt hatte, der ihm eine unendliche Serie von Spritzen in die Arme und ins Hinterteil verpaßt hatte.

Na, prima, dachte er. *Zweifellos wissen diese Ungeheuer von meiner Angst – wahrscheinlich ist das in dem Bericht, den sie über mich angefertigt haben, dreimal rot unterstrichen.*

Noch immer konnte er sich nicht bewegen. Auch das fand er beunruhigend. Aber er konnte nach wie vor den Mund benutzen. Dieses Mal ließ er sich jedoch Zeit und blieb fürs erste still.

Er mußte nicht lange warten. Es dauerte nur wenige Sekunden, bis die Tür geöffnet wurde. Aber keine Außerirdischen mit großen Augen kamen herein. Nein, ein Wesen ließ sich blicken, für das Jake Camden große Leidenschaft entwickeln konnte. Eine Blondine. Eine ziemlich hübsche sogar, wie er erfreut feststellte – und dann freute er sich darüber, daß er wieder imstande war, solche Dinge zu bemerken.

»Also gut«, sagte die Frau steif zu jemandem, den er nicht sehen konnte. »Er ist fixiert und sediert. Ich würde mich gern allein um ihn kümmern. Falls ich Probleme habe, werde ich auf den Knopf drücken.«

Sie schloß von innen die Tür und musterte Jake mit einer eigenartigen Mischung aus Besorgnis, Nachdenklichkeit und Begierde. Sie trug einen langen weißen Laborkittel. Das Haar hatte sie zu einem strengen Pferdeschwanz zusammengebunden. Über einer Brille runzelte sie die Stirn.

Auf der anderen Seite des Raumes stand ein Schreibtisch. Sie ging hinüber und blätterte mit geübten Fingern ein geöffnetes Buch durch, das teilweise bedruckt und teilweise mit handschriftlichen Notizen gefüllt zu sein schien.

»Hmm«, machte sie und hustete leicht in die Hand, die sie vor den Mund gehoben hatte. »Also gut, Mr. Camden. Es scheint mir, als wären Sie ein harter Bursche. Wie fühlen Sie sich?«

»Wie unter Drogen.«

»Ja.« Sie hob einen Zettel mit einer kurzen Liste. »Das sind die Drogen, die wir in Ihrem Fall benutzt haben, die Dosierungen sind hier notiert. Sie haben eine bemerkenswerte hohe Schwelle, Jake. Ich vermute aber, daß wir bei einer gründlichen körperlichen Untersuchung eine Menge Schäden entdecken würden. Wie lautet der Begriff dafür? Die Kerze an beiden Enden gleichzeitig anzünden? Anscheinend, Jake, hat Ihre Kerze sogar drei Dochte. Außerdem habe ich den Eindruck, daß Sie bemerkenswert unempfänglich für das Szenario sind, das wir Ihnen angeboten haben. Oh, natürlich funktioniert es nicht bei jedem Menschen, das ist bekannt. Es wirkt vor allem bei Menschen, die für Suggestionen sehr empfänglich sind. Kommen wir zur Sache. Worauf genau wollen Sie hinaus, Jake Camden? Und warum helfen Sie einem gesuchten Kriminellen, der mit großer Wahrscheinlichkeit die Interessen und die nationale Sicherheit der Vereinigten Staaten gefährdet hat?«

»Meinen Sie Doktor Scarborough? Verdammt, der hat niemanden gefährdet. Ihr seid von der CIA, was?«

»Ich stelle hier die Fragen, Camden. Und ich möchte Ihnen raten, meine Fragen vollständig und wahrheitsgemäß zu beantworten. Es gibt außer den relativ schmerzlosen Medikamenten noch einige andere Methoden, die Informationen aus Ihnen herauszuholen.«

»Sie sind wirklich von der CIA? Aha. Dann sind die Geschichten also wahr. Okay, verdammt. Ich will nicht gefoltert werden, verdammt. Geht aus Ihren Aufzeichnungen über mich nicht hervor, daß ich ein Feigling bin?«

»Eigentlich nicht. Und ich glaube auch nicht, daß Sie schon einmal in einer Situation wie dieser waren.«

»Nicht direkt, aber ich habe grundsätzlich etwas gegen Schmerzen.«

Die Frau stand auf, kam zu ihm und beugte sich dicht über ihn, als wollte sie ihn einschüchtern und ihren Wünschen Nachdruck verleihen.

»Dann werden Sie uns alles sagen, was Sie über Everett Scarborough wissen?«

»Sicher. Ich denke schon. Aber im Grunde weiß ich gar nicht so viel über ihn.«

»Über das kleine Szenario, daß wir Ihnen vor einer Stunde vorgeführt haben, schienen Sie eine ganze Menge zu wissen. Ich finde das sehr beunruhigend, weil Sie da möglicherweise einige unerfreuliche Schlußfolgerungen gezogen haben. Daraus folgere ich, daß Ihnen Informationen vorliegen, von denen uns nichts bekannt ist – und daß Sie möglicherweise Dritten davon erzählt haben. Oder, was noch schlimmer wäre, daß Sie Ihre Informationen niedergeschrieben haben.« Sie knirschte mit den Zähnen. Jake nahm ihren Körpergeruch wahr: kein Parfüm, sondern medizinische Gerüche. »Trifft das zu, Jake Camden? Sind diese Erkenntnisse bereits bei einer Zeitung oder einem Buchverlag eingereicht, wo sie für die Veröffentlichung vorbereitet werden?«

»Teufel, nein, soweit sind wir doch überhaupt noch

nicht gekommen. Ich meine, ich bin noch nicht ... also, ich habe einen Artikel über Scarborough geschrieben, aber dort ging es hauptsächlich darum, daß er hereingelegt worden war. Von, äh ... von Szenarios war dort nicht die Rede. Auch nicht von Alien-Simulationen und von Desinformation und so weiter. Der Grund dafür ist vor allem der, Schwester, daß ich nicht die geringste Ahnung habe, warum Sie diesen Unfug überhaupt machen.«

Die Frau entspannte sich ein wenig und trat einen Schritt zurück. Sie verschränkte die Arme vor der Brust. »Sie erwarten doch hoffentlich nicht von mir, daß ich Ihnen das erzähle, oder?«

»Nein. Ich erwarte von Ihnen, daß Sie mich hier herauslassen. Ich bin ein amerikanischer Bürger, verdammt. Ich habe Rechte.« Das waren die Sätze, die jeder Reporter sagte, wenn er in der Klemme saß. Aber besser dies als überhaupt nichts; außerdem half ihm die Wut, wieder einen klaren Kopf zu bekommen. »Und dann will ich mit meinem Anwalt sprechen.«

Die Frau gestattete sich ein Lächeln. »Sie belieben zu scherzen. Als Sie Ihre Nase in diese für die nationale Sicherheit wichtige Angelegenheit steckten, haben Sie selbst auf Ihre Rechte verzichtet.«

»Die nationale Sicherheit! Was für ein Blödsinn. Spielt auch gar keine Rolle. Bin ich verhaftet? Dann will ich meinen Anwalt sprechen.«

Die Frau schien das für ausgesprochen witzig zu halten. »Mr. Camden ... Jake. Sie sind nicht verhaftet. Sie können gehen, wann immer Sie wollen.«

»Dann nehmen Sie mir die Fesseln ab.«

»Selbstverständlich, gleich. Nur noch eine Kleinigkeit. Wir müssen eine kleine inoffizielle Befragung durchführen.«

»Und mir dabei das Gehirn zermatschen, was? Wollen Sie mich dazu bringen, diese Märchen von den Entführungen durch Außerirdische zu glauben? Wollen Sie herausfinden, ob es auch beim alten Jake funktioniert? Tja, es hat nicht funktioniert, und Sie müssen mich nicht befragen, weil ich Ihnen alles sage, was ich weiß.«

»Werden Sie das wirklich tun?«

»Ja. Und das erste, was ich Ihnen sage, daß ich inzwischen weiß, wer Sie sind, Lady.«

»Wirklich?«

»Ja. Sie sind Dr. Julia Cunningham, eine Art Dr. Mengele der CIA, wie Scarborough meinte.«

»So, bin ich das?« Sie versuchte, die Fassung zu bewahren, aber Camden konnte sehen, daß er einen Treffer gelandet hatte. »Sie sind sich Ihrer Sache aber sehr sicher.«

»Nun, Sie sind blond, Mitte Dreißig, attraktiv und eiskalt. Und Sie kennen sich mit Psychopharmaka aus. Ein paar davon toben mir gerade durch den Schädel.«

»Spielt es eigentlich eine Rolle, wer ich bin?«

»Nein, aber jetzt ist mir klar, daß Sie für die CIA arbeiten.«

»Ich dachte, das hätten Sie ohnehin schon geklärt – ihrer Meinung nach, jedenfalls.«

»Es beweist, daß wir mit unseren Nachforschungen auf der richtigen Spur sind.«

»Das ist nach Ihren jüngsten Erfahrungen ja auch nicht schwer zu erraten, Mr. Camden.«

»Das einzige, was ich mir nicht zusammenreimen kann – ich meine, die große Frage –, das ist doch, warum Sie das überhaupt machen.«

»Eigentlich hatte ich es mir so vorgestellt, daß ich Sie befrage, Mr. Camden, nicht umgekehrt.«

»Oh, sicher doch, sicher doch. Ich wollte nur ein paar Fakten geklärt haben.«

»Ich glaube, so langsam reicht es mir«, sagte sie, ging zu einem Schrank und zog ein Tablett heraus, auf dem Spritzen und Ampullen bereitlagen. »Wo ist Dr. Scarborough, Mr. Camden?«

»Leider kann ich Ihnen das nicht sagen.«

»Das habe ich befürchtet.« Sie betrachtete die Ampullen und packte eine Einmalspritze aus. »Ist Ihnen eigentlich der Fall des Agenten William Buckley bekannt, der in Beirut eingesetzt war, Mr. Camden?«

»Oh, sicher. Der CIA-Schlapphut, der von einer Terroristenbande entführt wurde.«

»Da war auch ein Arzt beteiligt. Ein Mann, der William Buckley die Drogen gab. Dr. Aziz al Abud. Kennen Sie die Videobänder, die an die CIA geschickt wurden?«

Jake Camden konnte sich nicht an alle Details der Geschichte erinnern, aber er war normalerweise sehr gut informiert, und so war ihm auch diese Story in ihren Grundzügen bekannt. Was verursachte, daß er innerlich zusammenzuckte. Angst kroch wieder mit scharfen Krallen sein Rückgrat hinauf und hinunter.

Buckley war während der Unruhen im Nahen Osten als leitender Agent der CIA in Beirut tätig gewesen. 1984 war er von einer radikalen Moslemgruppe namens Hisbollah entführt worden. Bald darauf bekam die CIA Videobänder zugespielt, auf denen dokumentiert war, welche Fortschritte man mit William Buckley machte. Zwar war Buckley als hervorragend ausgebildeter Agent auch auf das vorbereitet, was ihm als Geisel zustoßen mochte, aber die Hisbollah brachte ihn zu einem berüchtigten Arzt, der zu allem bereit war. Dieser Arzt verabreichte ihm eine Reihe von Mediakamenten, die seine Persönlichkeit praktisch auslöschten. Auf dem vierten oder fünften Videoband waren gräßliche Folterszenen zu sehen. Buckley hatte offenbar nicht nur der Hisbollah alles verraten, was er wußte, und damit eine Schatzkiste voller geheimer Informationen geöffnet, sondern er sprach sich nach der ›Behandlung‹ auch dafür aus, daß man die amerikanischen Truppen aus Beirut zurückziehen und die amerikanischen Aktivitäten im Libanon einstellen müsse.

William Buckley hatte nicht nur eine Gehirnwäsche bekommen. Sein Gehirn war zum Trocknen auf die Wäscheleine gehängt worden, und danach hatten seine unmenschlichen Entführer es in die Form gebracht, die ihnen genehm war.

»Ja«, sagte Camden mutlos. »Ich kenne die Aufnahmen.«

»Gut. Dann sollten Sie noch wissen, daß wir auf die Beeinflussung der Gehirnfunktionen spezialisiert sind. Wir kennen nicht nur die sehr effizienten Praktiken des Dr. al Abud, sondern wir haben außerdem auch noch ganz eigene, viel wirksamere Methoden entwickelt, die manchmal alles andere als schonend sind. Die Geheimnisse des Bewußtseins, Mr. Camden, werden nach und nach gelüftet. Ich bin einer der privilegierten Menschen, die sich ohne jede Beschränkung auf dieses Neuland vorwagen dürfen. Der Grund dafür ist meine ganz besondere Stellung in unserer Organisation. Ich habe wundervolle und schreckliche Dinge entdeckt, und die Suche geht weiter.«

Dr. Julia Cunningham blickte gedankenverloren und mit glänzenden Augen ins Leere, als hätte sie gerade selbst eine Injektion bekommen, deren Wirkung sie auskosten wollte. Sie überprüfte die Spritze und drückte die Luftblase zusammen mit einem kleinen Strahl der Flüssigkeit heraus. Dann wandte sie sich wieder an Camden.

»Ich habe das Gefühl, daß Sie ein sehr interessantes und lohnendes Untersuchungsobjekt abgeben werden, Mr. Camden.«

Als sie sich ihm näherte, die Spritze wie eine Waffe vor sich haltend, betrachtete Jake Camden ihr Gesicht und entdeckte einen Ausdruck, der ihn normalerweise vor einer Frau die Flucht ergreifen ließ.

Was er sah, war sadistische Vorfreude.

Natürlich konnte er jetzt nicht weglaufen.

Jake hatte das klare Gefühl, daß es ihr nicht nur um Karriere oder wissenschaftliche Herausforderungen oder um die Neugierde ging, wie das menschliche Gehirn funktionierte.

Ihm war absolut klar, daß Julia Cunningham die Situation genoß.

Scarborough schob sich sanft über sie, fand intuitiv den richtigen Weg und drang erstaunlich leicht in sie ein. Leicht ging es, und es fühlte sich so an, als würden sie, obwohl sie das erstemal zusammen waren, sofort zu einem größeren Ganzen verschmelzen.

Als er tief in ihr war, hob sie den Kopf und flüsterte: »Ja, Everett, ja ...«

Er legte die Hände neben ihren Kopf, bewegte sich ruhig und genoß das Gefühl, mit ihr vereint zu sein.

»Ja, Everett, schneller jetzt, schneller . . .«

Er war völlig überrascht. Gerade noch hatte er geglaubt, sich zurückhalten zu können, doch schon im nächsten Augenblick schloß sie sich samtweich und dennoch so fest um ihn, daß seine Reaktion augenblicklich erfolgte. Die Wochen voller Furcht und Panik, voller Ungewißheit und Spannung – alles löste sich in einer bebenden, erschütternden Explosion. Zitternd und stöhnend vor Lust genoß er diesen Moment, der ewig zu dauern schien. Einen Augenblick lang fürchtete er sogar, er könnte das Bewußtsein verlieren.

Kirschblüten.

Er schüttelte die Benommenheit ab und lag blinzelnd neben ihr. Sie streichelte seine Stirn und flüsterte zärtlich irgend etwas.

Kirschblüten?

Warum dachte er an Kirschblüten?

Und plötzlich war er wieder Doktor Everett Scarborough, und er wußte, daß er neben einer Frau lag, die er enttäuscht hatte. Die Worte ›vorzeitiger Samenerguß‹ dröhnte anklagend in seinem Schädel.

»Es tut mir leid«, murmelte er.

»Warum? Was sollte dir leid tun?«

»Es hat ja nicht gerade sehr lange gedauert.

»Zerrede es nicht. Es war schön, es war wundervoll. Bitte zerstöre es nicht.«

»Normalerweise dauerte es bei mir länger als nur ein paar Sekunden.«

»Was glaubst du denn, was wir hier tun, Ev?« Sie machte sich über ihn lustig, sie war amüsiert, aber sie schien auch betroffen. »Ist das eine olympische Disziplin?«

»Nein, aber ich wollte dir etwas mehr geben als ein paar Sekunden Stöhnen.«

»Ev, Ev, Ev.« Sie küßte ihn zärtlich auf die Stirn, und er spürte, wie die Spannung nachließ, als er den Kopf zwischen ihre Brüste legte. »Du armer kleiner Junge.«

»Oh, vielen Dank auch.«

»Sei nicht albern. Du hast dich mir geschenkt. Wirklich. Ich wollte keinen Hengst, ich wollte dich.«

»Aber ich kann ein Hengst sein, ehrlich.«

»Das männliche Ego überrascht mich immer wieder. Fühlst du dich jetzt besser?«

»Ich glaube schon.«

»Schmolle nicht, das steht dir nicht gut.«

»Vielleicht bist du einfach eine überwältigende Frau.«

»Ja, das muß es sein. Ich bin wie keine andere Frau, die du je zuvor gehabt hast.«

»Hmm. Da war mal eine geschiedene Frau in Cleveland, die . . .« Er mußte sich unterbrechen, als sie ihm ein Kopfkissen aufs Gesicht klatschte.

Sie lachten beide, und in gewisser Weise war ihr Lachen eine ebenso große Erleichterung wie das, was gerade vorher geschehen war.

Als sie sich wieder beruhigt hatten, hielten sie einander im Arm und tauschten zärtliche Flüsterworte.

»Wirklich, das war einfach unglaublich. Für mich jedenfalls.«

»Für mich war es auch etwas ganz Besonderes.«

»Gott, wie ich dieses Wort hasse. Das klingt, als würden wir für Sonderangebote im Supermarkt werben.«

»Achtung, liebe Kunden des Supermarkt! Dr. Everett Scarborough hatte gerade einen ganz besonderen Orgasmus.«

»Und Lieutenant Marsha Manning hatte keinen.«

»Oh, es hat schon ein bißchen gekitzelt.«

»Vielen Dank auch. Der Applaus überwältigt mich.«

»Du darfst dir nicht so viele Gedanken machen. Bist du schon einmal auf die Idee gekommen, daß ein Mädchen so eine kurze, leidenschaftliche und heftige Reaktion auf ihre Reize auch als Kompliment auffassen könnte?«

»Hmm. Nein, auf diese Idee bin ich noch nicht gekommen.«

»Ich aber.«

»Du bist ein Schatz.«

»Na, ist dein Ego damit repariert?«

»Geheilt, beruhigt, am dritten Tag erlöst von den Leiden und aufgestiegen gen Himmel.«

»Gut, dann will ich dir noch etwas anderes zeigen.«

Sie küßte ihn fest und kräftig auf die Lippen, dann fuhr sie mit der Zunge an seinem Ohr entlang und knabberte an seinem Ohrläppchen. Er begann, ihren Rücken zu streicheln, um sich zu revanchieren.

»Nein«, sagte sie, zog sich zurück und schüttelte den Kopf, daß ihr Haar flog. »Du darfst dich nicht bewegen. Du darfst keinen Finger rühren, wenn du das aushalten kannst. Das hier ist für dich, Ev, nur für dich.« Sie kicherte heiser, drückte die Zunge in sein Brusthaar und leckte seine Brustwarzen, bis sie hart wurden; dann glitt sie langsam über seinen Bauch nach unten, ihr Haar kitzelte seine Haut, während sie ihn mit kundigen Fingern streichelte.

Die Berührung, dazu ihr Geruch, die selbstvergessene, heftige und dennoch zielgerichtete Sexualität, die er mit ihr erlebt hatte, das war fast mehr, als Everett Scarborough ertragen konnte. Er atmete tief ein und stieß die Luft mit einem Keuchen aus. Genau im richtigen Augenblick glitt sie weiter nach unten zu seinen Schenkeln und ließ die Zunge dann wieder nach oben gleiten.

Scarborough wurde plötzlich klar, war Marsha vorhatte. »Marsha«, sagte er. »Ich glaube, ich brauche wirklich etwas mehr Zeit. Ich meine, lassen wir das Ego mal beiseite ... Ich bin fünfzig Jahre alt.«

»Scht! Sei still, Scarborough. Entspanne dich einfach. Genieße es. Ich will dir mal was zeigen ...«

Er ließ den Kopf aufs Kissen sinken, etwas zweifelnd noch, aber bereit, sich hinzugeben. Was auch immer geschehen würde, es lenkte auf jeden Fall von den schlimmen Alpträumen ab, von dem Gefühl der Bedrohung und Anspannung – genauer gesagt, von jener unangenehmen, durchaus nicht erotischen Anspannung.

Marsha beugte sich über ihn, küßte ihn, nahm seinen schlaffen Penis in den Mund und hielt sich völlig still.

Und dann, so langsam, daß er es kaum bemerkte, begann sie sich zu bewegen. Behutsam und geduldig. Eine Winzigkeit nur. Bis pochendes Verlangen aus Scarboroughs tiefsten Tiefen emporstieg wie kühles, dunkles Wasser.

Begeistert warf sie den Kopf zurück, als sie seine Reaktion spürte.

»Mein Gott«, keuchte er. »Ich kann's nicht glauben.«
Marsha kicherte nur.

»Vielleicht sollten wir das sinnvoll nutzen, solange es noch anhält . . .?«

Sie hob den Kopf und schnappte nach Luft, bevor sie weitermachte. »Sei still, Liebster. Laß mir das Vergnügen.«

Und kurz bevor er es nicht mehr ertragen konnte, kurz bevor er das Gefühl hatte, er würde gleich in tausend Stücke zerspringen, hörte sie auf.

»Okay. Okay, Ev. Ich glaube, jetzt bist du in Form.«

Sie hockte sich auf ihn, glitt über ihn und keuchte und stöhnte, als er in sie eindrang; dann bewegte sie sich auf und ab, wie es ihr gefiel.

Scarborough fühlte sich einigermaßen verwirrt und benommen – und dann erkannte er, daß er an einem Punkt angelangt war, wo er sich keine Sorgen mehr zu machen brauchte, daß diese Vereinigung zu einem vorzeitigen Ende kommen würde. Er konnte sich entspannen und Marshas Lust genießen.

Sie bewegte sich auf ihm, als sei sein Penis ihr privates Spielzeug, ließ ihn genau das berühren, was sie gereizt haben wollte, und mit erstaunlicher Leidenschaft arbeitete sie sich einem wilden Höhepunkt entgegen.

Als sie kam, war es, als hätte sich eine donnernde Welle am Strand gebrochen.

»Everett!« keuchte sie und bog den Rücken so weit durch, daß er schon glaubte, sie würde rücklings von ihm herunterfallen.

Genauso unvermittelt drängte sie sich wieder an ihn, krümmte sich und zitterte, stöhnte und wand sich, als wäre sie heftigen Stromschlägen ausgesetzt. Erst als sie sich beruhigte, erkannte Everett Scarborough, daß auch er gekommen war, doch war sein Orgasmus in der Kraft und Energie ihrer Entladung völlig untergegangen.

Schwitzend und heftig atmend sank sie neben ihm aufs Bett. Zusammen entspannten sie sich und genossen die sanfte Wärme, die sie jetzt beide einhüllte.

»Wow«, flüsterte sie und stupste seinen Arm mit der Nase.

»Wow«, gab er zurück.

»Ich muß immer an das denken, was Walter über die Spannung zwischen uns gesagt hat.«

»Hmm, Mac hat das übrigens auch gesagt. Ich dachte immer nur, daß du mich auf die Palme bringen wolltest.«

»Ist das nicht komisch? Dabei hätten wir uns schon die ganze Zeit ganz woanders hinbringen können.«

»Nein, dies hier war der richtige Augenblick, Marsha.«

»Ich weiß.«

»Ich mußte mich erst wirklich nach dir sehnen, ich mußte erst erkennen, daß ich nicht alleine bin. Das hast du mir gezeigt. Danke.«

»Keine Ursache, Dr. Scarborough«, hauchte sie ihm zärtlich ins Ohr. »Es war mir ein Vergnügen. Und übrigens, falls du morgen früh über Teile fällst, die mir aus dem Gehirn geflogen sind und die jetzt auf dem Boden oder im Bett herumliegen – würdest du sie mir bitte zurückgeben? Ich brauche sie noch.«

»Wie kann ich denn erkennen, welche deine sind und welche meine?«

»Auf meinen steht: ›Everett Scarborough ist der wunderbarste Mann auf der Welt!‹«

»Ich sage ja – wie soll ich sie denn unterscheiden?«

Sie stieß ihm den Ellbogen in die Seite. »Alberner Kerl.«

Er lächelte und zog sie an sich. Gemeinsam sanken sie in einen tiefen, traumlosen Schlaf.

31. Kapitel

Everett Scarborough saß auf den Plastikpolstern in einer Nische, vor sich eine Tasse langsam auskühlenden Kaffee und einen McMuffin, den er nicht angerührt hatte. Er fragte sich, warum Ed Myers als Treffpunkt ausgerechnet ein McDonald's-Restaurant vorgeschlagen hatte. Scarborough haßte McDonald's samt vergleichbarer Konkurrenz mit ihrem miesen, süßen und schmierigen Fraß, der die Gesundheit der Konsumenten ruinierte. Normalerweise würde er lieber sterben als sich in ein solches Lokal zu begeben. Aber Myers hatte natürlich recht. Das Lokal war leicht zu finden, und es war wegen der zahlreichen Gäste ein unauffälliger Treffpunkt. Außerdem war es nur ein paar Kilometer vom Eingang des Luftwaffenstützpunktes Kirtland entfernt.

Die meisten der Gäste, die zum Frühstück gekommen waren, hatten das Restaurant inzwischen wieder verlassen. Ein junger Mann wischte den Boden mit einem Mop, während eine ältere Mitarbeiterin eine neue Schublade in die Kasse einsetzte. Zwei Angestellte, die äußerst schlecht bezahlt werden, dachte Scarborough. Und Roy Krocs Konzern sackte sich die wahnwitzigen Gewinne ein, indem er die Geschmacksverirrung der Kinder und den Zeitmangel der Erwachsenen ausnutzte.

Scarborough trank einen Schluck Kaffee und verzog das Gesicht. Entsetzlich. Er sah auf die Uhr.

Zwanzig nach neun.

Myers hatte gesagt, er würde zwischen Viertel nach neun und halb zehn eintreffen. Scarborough blieben also noch zehn Minuten. Aber aus irgendeinem Grund hatte er ein komisches Gefühl im Bauch, das ihn daran hinderte, das pappige Frühstück zu essen und den erbärmlichen Kaffee zu trinken.

»Tja«, dröhnte eine Stimme direkt vor ihm. Es war Walter Mashkin, der seine schmierige Arbeitskleidung trug. Er machte sich begeistet über sein Riesenfrühstück mit Pfannkuchen, Eiern, Speck, Würstchen und Toast her.

Scarborough hatte keinen Grund, Mashkins Äußeres zu kritisieren, denn er trug die gleichen Sachen wie sein Gastgeber: einen grauen, verschmierten Overall, ein kariertes Flanellhemd und abgestoßene Arbeitsstiefel. Nicht einmal die altersschwache schwarze Baseballmütze fehle, auf der die Werbung der Firma eingenäht war: Mashkin's Plumbing.

Sie hatten sich überlegt, daß es keine schlechte Idee wäre, sich auf diese Weise zu verkleiden. Myers konnte sie als erfahrene Klempner, die eine verstopfte Latrine säubern sollten, in den Stützpunkt schleusen. Scarborough war auf diese Idee gekommen, und Myersh hatte sie sofort als praktikablen Einfall akzeptiert. Wobei Scarborough zugeben mußte, daß die schmierige Kleidung das letzte Detail war, das noch fehlte, damit bei ihm eine Generalüberholung fällig wurde. Bei der gründlichen Inspektion am Morgen hatte Marsha Manning gelacht – es war die perfekte Verkleidung, das mußte sie zugeben.

Marsha. Der einzige Lichtblick überhaupt. Die Erinnerung schien um ihn zu schweben wie eine schöne Melodie. Eine stille, erstaunliche Freude war nach der letzten Nacht zurückgeblieben. Marsha ...

»Wo ist denn nun der Schlapphut?« fragte Mashkin, während er sich eine Fuhre seines Frühstücks in den Mund schob.

»Scht, Walter«, sagte Scarborough leise. »Wir sind nicht allein.«

»Oh, Entschuldigung. Aber was soll's, es ist ziemlich leer hier, und niemand achtet auf uns. Außerdem, wer weiß schon, daß ich mit ›Schlapphut‹ einen CIA-Agenten meine?«

»Walter!«

»Hoppla. Tut mir leid.« Mashkin zuckte ein wenig überheblich die Schultern, als wollte er Scarborough zu verstehen geben, daß dies ein ganz normaler Tag im Leben des Walter Mashkin war: Walter Mashkin, der erstklassige UFO-Forscher und Amateur-Abenteurer. Scarborough erkannte aber, daß die Lautstärke und die hastigen Bewegungen des Mannes darauf hinwiesen, daß er im Grunde teuflich nervös war. Er versuchte, sich wie ein abgebrühter Held zu geben, aber es gelang ihm nicht besonders gut. »Ich dachte nur, der Kerl wollte schon um 9 Uhr 15 da sein.«

»Spätestens um 9 Uhr 30. Machen Sie sich keine Sorgen, er wird schon noch kommen.«

Scarborough hoffte es jedenfalls. Sein Magen verkrampfte sich ein wenig, als er sah, wie Mashkin einen Löffel Ahornsirup auf seinem Pfannkuchen verstrich. Er trank noch einen Schluck Kaffee, wandte sich ab und dachte an Marsha, um seine Nervosität zu überwinden.

Die letzte Nacht war das schönste Erlebnis gewesen, das er je mit einer Frau gehabt hatte. Scarborough wußte nicht warum – vielleicht war ihre Begegnung so explosiv verlaufen, weil ihre emotionalen Bedürfnisse einander ähnlich waren und weil zwischen ihnen die Spannung herrschte, die sie beide gespürt hatten. Aber es war sicherlich noch mehr als das – sie hatten hervorragend zusammengepaßt, es war so schön gewesen, so erfüllend, so aufregend.

Marsha Manning war an diesem Morgen anderswo, aber in der gleichen Mission unterwegs. Zur Unterstützung, hatte sie gesagt: zur Deckung der Flanke. Sie war allein nach Kirtland gefahren, um sich auf dem Gelände umzusehen und einen sicheren Hafen vorzubereiten, in den Scarborough und Mashkin gegebenenfalls fliehen konnten. Gemeinsam hatten sie beschlossen, daß die Offiziersmesse dieser Zufluchtsort sein sollte. »Da können wir uns wenigstens noch einen hinter die Binde kippen, bevor wir eingelocht werden«, hatte Mashkin gesagt.

Ed Myers kam exakt um 9 Uhr 29 durch die Tür des McDonald's.

Er trug eine hellblaue Popelinejacke, einen locker geknoteten roten Schlips, ein weißes Hemd und sauber geputzte Halbschuhe. Wie immer sah er gut aus, entspannt und gebräunt. Doch als er die Sonnenbrille abnahm und sich im Raum umsah, konnte man einige Sorgenfalten um die Augen erkennen.

»Ed!« rief Scarborough und winkte. »Hier drüben, Ed.«

Myers lächelte, hob kurz die Hand und kam zu ihnen herüber. Scarborough stand auf, und als Myers ihm die Hand schütteln wollte, gab er seinem Impuls nach und umarmte ihn.

»Mein Gott, ist das ein Schraubenschlüssel in deiner Hose, oder bist du wirklich so froh, mir zu begegnen?« sagte Myers, immer zu einem groben Scherz aufgelegt.

»Es ist schön, dich zu sehen, Ed. Und du nimmst mich auf den Arm! Ed, das hier ist Walter Mashkin.«

Die beiden gaben sich die Hand.

»Nun, seid ihr bereit für etwas Klempnerarbeit?«

»Wenn du glaubst, daß es etwas bringt, Ed.«

Myers sah sich um und checkte mit geübtem Blick die Umgebung. »Ich glaube, das sollten wir lieber draußen besprechen.«

»He, ich habe noch nicht zu Ende gefrühstückt!«

»Ich kaufe Ihnen später das Essen Ihres Lebens, Walt. Los, kommen Sie.«

Sie verließen den nach Fett und Bohnerwachs riechenden Raum und traten auf den Parkplatz hinaus, über dem die Sonne von New Mexico schon hoch am Himmel stand. Scarborough setzte den Hut und seine Sonnenbrille auf, Mashkin kniff die Augen zu.

»Ist das Ihr Kleinlaster dort drüben?«

»Einer aus meiner Flotte.«

»Gut. Da hinten steht mein Lincoln. Ich hatte ganz schön Probleme, ein geheimes Abwasserproblem zu konstruieren, aber ich muß zugeben, daß es eine gute Tarnung ist.«

»Dann bringen Sie uns zu dem Gelände, auf dem Diane festgehalten wird?«

»Genau. Und ihr bekommt Abzeichen, mit denen ihr euch frei bewegen könnt und alles, was dazugehört. Wie ich es versprochen habe. Aber dann seid ihr auf euch allein gestellt. Ev, du kannst dir ja denken, was sie mit mir machen, wenn sie mich schnappen, während ich euch helfe.«

Scarborough klopfte seinem Freund auf die Schulter. »Du weißt gar nicht, was mir das bedeutet, Ed. Das ist das Ende einer langen, schmerzvollen Reise. Ich wünschte nur, wir hätten mehr Zeit, uns zu unterhalten.«

»Ev, wenn du das hier heil überstanden hast, dann haben wir reichlich Zeit zum Reden. Und dann werde ich dir einen ausgeben.«

»Oh, ich werde es heil überstehen. Wie ich schon sagte, habe ich keine Probleme, meine Unschuld zu beweisen. Aber zuerst will ich Diane dort herausholen. Ich fürchte, ich kann deinen Vorgesetzten nicht vertrauen.«

Myers grunzte. »Eine seltsame Sache ist das schon. So, und jetzt zu meinem Plan . . .«

Sie folgten Myers' Lincoln in Mashkins Kleinlaster zum Haupttor der Kirtland Air Force Base. Es gab im hinteren Teil des weitläufigen Stützpunktes noch mehrere Einfahrten, die ihrem Ziel näher waren, aber dort wurden die Plaketten und Papiere schärfer kontrolliert. Nein, hatte Myers ihnen versichert, das Haupttor war der beste Weg für sie. Danach konnten sie die Straßen innerhalb des Stützpunktes benutzen und zum CIA-Gelände fahren, wo Diane ihrer Meinung nach festgehalten wurde.

Ed Myers hatte ihnen die Plaketten und die notwendigen Papiere besorgt, und am Vortag hatte Mashkin einen Arbeitsvertrag für Scarborough aufgesetzt; Scarborough arbeitete jetzt unter dem Namen Ted Phillips. Die wenigen Kilometer bis zum breiten Tor des Stützpunktes legten sie in ein paar Minuten zurück. Der Lincoln blieb an einem der Kontrollpunkte vor einem rot-weiß gestreiften Schlagbaum stehen. Myers stieg aus, zeigte einem Uniformierten seine Papiere und deutete in Richtung des Kleinlasters. Der Uniformierte – ein Corporal, wie Scarborough an den Abzeichen sah – nickte und winkte Myers, mit seinem Wagen bis zur Sperre zu fahren. Er ging in sein Wachhäuschen, legte den Schalter um, und der Schlagbaum klappte hoch. Myers fuhr hindurch und wartete dahinter, bis der Kleinlaster abgefertigt war.

»Junge, das ist es«, sagte Mashkin. Sein Tennessee-Akzent war jetzt, da er nervös war, beim besten Willen nicht mehr zu überhören. »Jetzt geht es los. O Herr, nun wandle ich im finsteren Tal der Central Intelligence Agency, und kein Unheil soll mir widerfahren.«

Mashkin fuhr bis zur Sperre und hielt beim Corporal an.

Der Mann von der Air Force war einer jener jungen Typen, die in gestärkter Uniform, mit kurz rasiertem Haar und nach fünf Jahren Dienst beim Militär erheblich älter aussahen. Vor allem schien er knochenhart, und Scarborough glaubte einen Augenblick, daß ihn ein Profi wie dieser ohne weiteres durchschauen würde.

Aber der Corporal würdigte ihn kaum eines Blickes.

»Ihre Ausweise, bitte«, sagte er. Seine Stimme klang rauh wie Sandpapier.

»Klar doch«, sagte Mashkin und gab ihm die Papiere.

Der junge Mann hatte ein kantiges Gesicht und zahlreiche Aknenarben. Sorgfältig und gründlich prüfte er die Papiere und musterte die Insassen des Wagens quälend lange. Scarborough schlug das Herz bis zum Hals.

Schließlich gab der Corporal die Papiere zurück. »Sieht korrekt aus. Muß ja ein ernstes Problem sein, wenn Leute von draußen geholt werden.«

Mashkin grinste. »Yep. Das habe ich zu den Herren in Schlips und Kragen auch schon gesagt. Deshalb haben sie den besten Klempner New Mexicos geholt.« Er deutete mit dem Daumen auf Scarborough. »Wenn der Kerl hier das Rohr nicht freikriegt, dann kriegt es keiner frei.«

»Das ist gut zu wissen. Es ist nicht angenehm, wenn die Toiletten der Offiziere verstopft sind.«

Als der Corporal sie durchwinkte, atmete Scarborough erleichtert auf.

»Weiß Gott, mein Freund«, erklärte Mashkin anschließend, »Offizierskacke ist im Augenblick mein geringstes Problem.«

»Was Sie nicht sagen.« Scarborough schauderte und starrte die weitläufigen, eintönigen Gebäude an, die sich vor ihnen erstreckten. In einiger Entfernung hörten sie das Kreischen eines startenden Düsenflugzeugs. »Ich dachte schon, wir würden jeden Augenblick durchs Klo gespült.«

Mashkin brüllte vor Lachen und klopfte Scarborough auf die Schulter. »So ist es richtig. Ist doch klar, daß Sie nicht lange in Walter Mashkins Nähe bleiben können, ohne vom Tennessee-Humor angesteckt zu werden.«

»Was denn, Scheißhaushumor?«

»Scarborough! Gibt es denn überhaupt eine andere Art von Humor?«

Scarborough kicherte, dann erinnerte er sich an den Ernst der Situation und verstummte.

Der Lincoln bog kurz vor den Bürogebäuden nach links auf die Hauptstraße des Stützpunktes ab und beschleunigte. Mashkin mußte das Gaspedal durchtreten, um mitzuhalten. »Meine Güte, was denkt der denn, was ich unter der Haube habe? Einen Rennmotor? Verdammt.« Er öffnete tastend, ohne die Augen von der Straße zu nehmen, das Handschuhfach, nahm einen Riegel Red-Man-Kautabak heraus und zwackte sich eine ordentliche Portion ab. »Wie weit ist das Gelände jetzt noch entfernt?«

»Ungefähr dreißig Kilometer, glaube ich.«

»Als ob die Regierung nicht genug Land hier draußen im Westen hätte. Verdammt auch, sind das Besatzungstruppen, oder was ist das?«

»Ich meine, es gibt da eindeutig einige Fehlentwicklungen, Walter. Je mehr ich über das erfahre, was da im Gange ist, desto mehr Respekt empfinde ich für die Absichten unserer Gründerväter.«

»Verdammt auch. Wenn Tom Jefferson und Ben Franklin sehen könnten, was heute in Washington los ist, würden sie einen Herzanfall bekommen. Heute sind andere Zeiten, das kann man nicht mehr miteinander vergleichen, Mann.«

»O doch, das kann man. Wir haben immer noch die Verfassung und die Bill of Rights, die garantieren sollen, daß bestimmte Prinzipien nicht verraten werden. Vergessen Sie nicht, daß diese Prinzipien die Grundlage aller unserer Gesetze sind, Walt. Das Militär und die Cops, dabei handelt es sich doch nur um bezahlte Nutten, deren Zuhälter frei herumlaufende Kriminelle sind.«

»Hilfe, Sie werden doch wohl nicht auf Ihre alten Tage noch zum Zyniker?«

»Vielleicht doch.«

»Scarborough, mein Junge, das liegt Ihnen nicht. Sie müssen sich um ein paar wichtige Dinge kümmern.« Mashkin spuckte einen dicken Batzen Tabaksaft aus dem Fenster.

»Ich habe mich zwanzig Jahre lang an der Nase herumführen lassen. Zwei Jahrzehnte lang war ich eine Spielfigur auf ihrem Schachbrett, ein Opfer meines eigenen, aufgeblasenen Ego. Jetzt habe ich mich geändert. Und wenn ich heil aus dieser Sache herauskomme, dann soll die Welt erfahren, was ich erlebt habe.«

»O yeah, genau. Alles klar, Kumpel. Machen Sie das, und erwähnen Sie Walter Mashkin in einer Fußnote oder so. Aber das meine ich jetzt nicht. Ich rede über Ihre Einstellung. Ich meine, ich hätte Ihnen das im Grunde schon vor Jahren sagen können. Ihre Einstellung ist für den Arsch, entschuldigen Sie die deutlichen Worte. Mag ja sein, daß Sie über manche Dinge jetzt anders denken als früher, aber es kommt mir so vor, als wäre Ihre Einstellung immer noch für den Arsch.«

»Mein Gott, Mashkin, können Sie mir nicht etwas Zeit lassen? Meine ganze Welt ist in Stücke gegangen, meine Tochter wird von einer illegalen Gruppe von Fanatikern gefangengehalten . . .«

»Oh, sicher doch. Und jetzt soll ich Mitleid mit Ihnen empfinden, was? Hören Sie, ich hatte auch mal ein Kind. Einen kleinen Jungen. Yeah. Und ich hatte eine Frau. Sie sind bei einem Autounfall gestorben, und meine Welt ist da auch in Stücke gegangen.«

»Das tut mir leid. Ich wußte nicht . . .«

»Schon gut. Ich rede nicht gern darüber. Was nützt das auch? Was ich Ihnen jetzt sagen will, mein Freund, das ist, daß ich den Glauben nicht verloren habe. Ich bin nicht zynisch und verbittert geworden. Sehen Sie, das ist einer der Gründe dafür, daß ich mich so für UFOs interessiere. Ich glaube, es hat damit zu tun, daß ich zu den Sternen hinaufblicke und sie irgendwie berühre. Die Geheimnisse des Universums herausfinden oder Gott näher sein oder dem, was man sich eben unter Gott vorstellt, Sie wissen schon. Und vielleicht finde ich dabei sogar mich selbst. Yeah, vielleicht haben Sie recht mit dem, was Sie in Ihren Büchern schreiben. Vielleicht sind wir wirklich viel zu leichtgläubig. Vielleicht verwandelt sich diese UFO-Sache in eine neue Religion, wer weiß . . . aber, Scarborough, glauben sie nicht, daß in jedem Menschen eine Sehnsucht nach etwas Höherem steckt, die uns letzten Endes zu dem macht, was wir sind? Haben Sie noch nie an einem schönen blauen See gesessen und zum Nachthimmel emporgesehen und sind erschauert und haben sich gesagt: »Mann, das Leben ist schon eine gute Sache. Und ich für meinen Teil möchte dem, was hinter alledem steckt, etwas näher sein. Wahrscheinlich muß da jeder seinen eigenen

Weg gehen, um das zu erreichen. Meditieren zum Beispiel. Yeah. Das ist das richtige Wort dafür. Jeder braucht seine eigene Art von Meditation. Nachdenken und lesen und etwas über die UFOs herausfinden und fragen, was für Wesen da drin sitzen könnten – das ist vielleicht so etwas wie meine Art der Meditation und meine Art zu sagen: He, Universum, oder he, Gott, oder he, wer auch immer, ich sehne mich nach dir und ich will alles über dich wissen.«

»Das sind Ansichten, die ich wirklich gut verstehen kann«, sagte Scarborough. Eine Spur der alten Schärfe kehrte in seine Stimme zurück. »Aber wenn Sie eine Religion suchen, warum schließen Sie sich dann nicht einfach einer Kirche an?«

»Ich bin kein Kirchgänger. Ich mußte, bis ich sechzehn wurde, einen ganzen Haufen Baptistenmist fressen, davon habe ich die Nase voll. Das heißt nicht, daß ich nicht an Gott glaube, Mann, ab und zu bete ich sogar. Es ist sehr beruhigend, mit dem Allmächtigen zu sprechen. Nein, ich bin ein Einzelgänger, Scarborough. Ich denke, das können Sie sicher verstehen. Ich muß die Dinge auf meine eigene Art und Weise tun – ich lasse mir nicht meine harten Kanten von Dogmen und Moralvorstellungen abschleifen. Aber das heißt nicht, daß ich ein Zyniker bin, Scarborough. Ich sage ja nur, daß Sie vielleicht etwas besser auf sich aufpassen sollten. Denn Zyniker, Mann, die richtigen Zyniker, das sind keine guten Menschen. Die sind böse, die zählen nicht. Ihre Herzen schlagen, aber sie sind innerlich so gut wie tot.«

»Okay, Walt. Ich werde darüber nachdenken. Allerdings fühle ich mich innerlich nicht gerade tot. Ich fühle mich sogar sehr lebendig. Vielleicht ist es bei mir kein Zynismus, vielleicht bin ich einfach nur verletzt.«

Mashkin zwinkerte ihm zu. »Das kann ich mir gut vorstellen, das sehen Sie wohl richtig. Und diese Schweinehunde – die haben Ihnen sehr weh getan. Aber eins will ich Ihnen sagen, mein Freund. Wir werden heute Ihr kleines Mädchen dort herausholen, und dann werden wir alles über die fliegende Untertasse herausfinden, die in

Roswell abgestürzt ist. Und vielleicht bekomme ich wirklich noch einmal einen ET zu sehen.« Mashkin strahlte begeistert und grinste ihn breit an.

»Heute wollen wir uns aber vor allem auf den ersten Teil konzentrieren, ja?«

Als sie die Gebäude hinter sich gelassen hatten, war nur noch eine weite, dürre Landschaft zu sehen. In der Ferne konnte Scarborough Jäger und Transportmaschinen der Air Force ausmachen, die zur Landung ansetzten oder unter leisem Grollen abhoben. Die Straße, auf der sie fuhren, war weit von den Landebahnen entfernt.

Sie mußten noch etwa zwanzig Kilometer zurücklegen. Scarborough bereitete sich innerlich auf das vor, was kommen würde. Unter dem Sitz hatten sie einige Exemplare aus Mashkins Waffenarsenal verstaut: eine Schrotflinte und mehrere Pistolen. Er hatte Myers nichts davon verraten, aber Mashkin hatte darauf bestanden, sie mitzunehmen, und Scarborough mußte zustimmen, daß es keine schlechte Idee wäre, sie im Notfall zur Hand zu haben. Die Fahrzeuge, die in New Mexico in Stützpunkte der Luftwaffe hineinfuhren, wurden nur selten kontrolliert, und erst recht nicht, wenn jemand wie Ed Myers sie hereinlotste. Scarborough hoffte nur, daß sie die Waffen nicht benutzen mußten. Sie hatten sich überlegt, daß sie eine Weile an der Kanalisation arbeiten und sich dann davonschleichen wollten, um Diane zu befreien und vielleicht auch noch herauszufinden, was auf dem Gelände vor sich ging. Sie würden Diane unter einer Plane auf der Ladefläche verstecken und auf dem Rückweg bei der Offiziersmesse vorbeischauen – und zwar hoffentlich ohne verfolgt zu werden. Dort würde Walter Mashkin Scarborough und Diane absetzen und mit seinen eigenen Papieren den Stützpunkt wieder verlassen. Von diesem Augenblick an mußte Marsha sich um den Rest kümmern. Dann wären sie in sicherem Fahrwasser.

Scarborough überließ es Myers, sich aus Schwierigkeiten herauszureden, die er selbst bekommen mochte. Myers arbeitete seit fast einem Vierteljahrhundert für die CIA, und wenn jemand dem Teufel von der Schippe springen konnte, dann war es Ed. Wahrscheinlich hatte er sich schon im voraus überlegt, wie die Sache am besten zu managen wäre. Ed war wirklich ein erstaunlicher Mann. Scarborough war froh, daß er einen guten Freund hatte, der das System in- und auswendig kannte. Einen Freund, dem er vertrauen konnte.

Sie fuhren jetzt durch Ödland, wo außer Beifuß und gelegentlich Steppenginster kaum noch etwas wuchs. Der Wind, der durchs Fenster hereinpfiff, trug den typischen Geruch der Wüste von New Mexico mit sich. Aber der schreckliche Geschmack des Kaffees, den er im McDonald's getrunken hatte, wollte nicht aus Scarboroughs Mund weichen.

»Haben Sie zufällig einen Kaugummi dabei, Walt?«

»Da im Handschuhfach müßten noch ein paar Juicy Fruit sein. Bedienen Sie sich.«

Scarborough öffnete das Handschuhfach und ging in der Sintflut des Krams, der ihm entgegenkam, fast unter. Er hatte keine Ahnung, wie Mashkin seinen Kautabak da herausbekommen hatte, ohne alles auf dem Boden zu verstreuen. Er jedenfalls hatte alle Hände voll zu tun, um genau dies zu verhindern. Er sah Karten, alte Zulassungsbescheide, Scheren, Werkzeuge, Quittungen und eine Menge anderer Dinge und mußte eine Weile wühlen, bis er den Kaugummi gefunden hatte. Es war eine frische Großpackung. Scarborough stopfte die anderen Utensilien ins Handschuhfach zurück und wickelte zwei Streifen aus. Der süße Geschmack war angenehm, und er fühlte sich sofort besser. Der Kaugummi schien sogar seinen Magen zu beruhigen.

»Ja, bei Juicy Fruit kann man nichts verkehrt machen. Das ist meine Lieblingssorte. Eine Weile habe ich Doublemint genommen, aber Juice Fruit ist einfach der beste.«

»Falls Sie keinen Tabak kauen.«

»Ich kaue bloß, weil ich nervös bin. Das Zeug ruiniert einem ja die Zähne, wenn man zuviel davon konsumiert.«

»Fragen Sie Ihren Arzt oder Apotheker.«

»Sie machen sich lustig über mich, Junge.«

»Nein, Walt. Sie sind ganz von selbst lustig.«

»So, jetzt müssen wir uns auf was gefaßt machen. Die Jungs da vorn möchten sich wohl mit uns beschäftigen.« Er deutete, und Scarborough blickte in die angegebene Richtung.

Es war der Gebäudekomplex, zu dem sie wollten.

Genau wie Myers gesagt hatte, standen die Gebäude mitten in der Wüste. Es sah aus, als hätte man nachträglich den bereits fertiggestellten Stützpunkt durch ein paar rasch errichtete Anlagen erweitern wollen. Im Grunde war es eine Miniaturausgabe des Stützpunktes: die gleichen nachlässig gestrichenen Bauten, die gleichen Hangars und Schuppen.

Nur, daß diese CIA-Enklave einen eigenen Zaun hatte mit eigenem Tor und eigenen Wachtposten am Eingang.

»Kein Problem«, sagte Mashkin. Er zog die Papiere hervor, die er unter die Sonnenblende geklemmt hatte. »Wir haben die ersten Kontrollen überstanden, dann werden wir auch diese hier überstehen.«

»Ja«, stimmte Scarborough zu. »Natürlich.« Hatte Myers ihnen von diesem Tor erzählt? Er mußte es berichtet haben; Scarborough konnte sich nur nicht daran erinnern.

Dies hier war zweifellos ein perfekter Standort für eine geheime Einrichtung der CIA. Mitten im Niemandsland in einem gut bewachten Stützpunkt der Air Force, inmitten in der Wüste. Und obwohl sie ziemlich weit vom Zentrum des Stützpunktes entfernt waren, unterschieden sich diese Gebäude nicht von den übrigen Anlagen. Niemand würde auf die Idee kommen, hier nachzuforschen. Es wäre schon schwierig, überhaupt etwas über die Gebäude in Erfahrung zu bringen, und selbst wenn man etwas erfuhr, wie wollte man durch zwei Tore kommen, die von der Air Force gesichert wurden? Ja, das war ein guter Ort, wenn man vorhatte, schreckliche Dinge mit Entführungsopfern zu tun und entsetzliche Experimente durchzuführen. Ein guter Ort für Ärzte, die ihren hippokratischen Eid brechen und im Namen der nationalen Sicherheit unschuldige Opfer mißhandeln wollten.

Myers hielt seinen Wagen direkt vor dem Tor an. Ein uniformierter Wachtposten kam heraus, um die Ausweise zu überprüfen. Myers winkte Mashkin, den Kleinlaster anzuhalten, und Mashkin gehorchte. Myers kam zu ihnen; er lächelte, wirkte aber auch ein wenig angespannt.

»Ich habe befürchtet, daß es passieren würde, aber ein Problem ist es im Grunde nicht«, sagte er, während er sich lässig an die Fahrerseite des Kleinlasters lehnte.

»Was ist denn los?«

»Oh, nichts weiter. Das hat nichts zu bedeuten. Eine Routineüberprüfung, mehr ist das nicht. Ihr sollt aussteigen und mit den Papieren, die ich euch gegeben habe, zur Wachstube kommen. Ich erledige das, es ist überhaupt kein Problem.«

Mashkin zuckte die Schultern und stieg aus. »Warum nicht? Schließlich haben wir es hier mit dem amerikanischen Militär zu tun.«

Scarborough war noch nicht ganz überzeugt. Myers hatte nicht erwähnt, daß sie auf diese Art und Weise noch einmal überprüft werden könnten. Immerhin hatte Scarborough mehrere Jahre für die Air Force gearbeitet, und er wußte, daß die, was die Sicherheit anging, manchmal etwas lax war. Hier hatten sie es allerdings mit einer Abteilung der CIA zu tun, und deren Sicherheitsvorkehrungen waren natürlich erheblich strenger. Aber Myers war nicht dumm. Er hatte sich sicher auf diese Möglichkeit vorbereitet.

Sie gingen zur Wachstube, einer kleinen Hütte mit Fenstern, die den Kontrollpunkten ähnelte, die am Haupteingang eingerichtet waren, nur daß es hier noch eine Art Hinterzimmer ohne Fenster gab.

»Guten Morgen, meine Herren«, sagte der Corporal, ein Zwillingsbruder des Mannes, der sie am Haupttor kontrolliert hatte. Auch an seiner blauen Uniform waren die Knöpfe blitzblank poliert, auch er hatte am Hals Schnittverletzungen vom Rasieren. »Darf ich Ihre Dokumente sehen? Es kommt nicht oft vor, daß wir Klempner von draußen holen.«

»Klar doch«, grinste Mashkin. Er gab dem Mann die Papiere.

Scarborough tat das gleiche.

Gerade als sie die Hände ausgestreckt hatten, traten zwei Männer, die Anzüge, Schlipse und Sonnenbrillen trugen, aus der Wachstube. Zwei von ihnen waren mit Maschinenpistolen bewaffnet. Die ersten beiden kannte Scarborough nicht, aber ihm wurde sofort klar, wer der dritte sein mußte.

Es konnte sich nur um Brian Richards handeln.

»Hallo, Scarborough«, sagte Richards. »Würden Sie und Ihr Freund bitte die Hände über den Kopf heben und mitkommen?«

Scarboroughs Herz tat einen Satz. Er fühlte sich, als müßte er sich gleich übergeben, gewann aber die Beherrschung sofort wieder zurück. Sich zu Myers umdrehend, wollte er etwas sagen, konnte jedoch nur keuchen und bekam kein Wort heraus.

Myers hatte den Blick abgewandt und den Kopf gesenkt. »Es tut mir leid, Ev. Es tut mir wirklich leid.«

»Was soll der Blödsinn?« sagte Mashkin. »Ich bin ein amerikanischer Bürger, das könnt ihr mit mir nicht machen.« Trotzdem hob er die Hände über den Kopf.

»Wir sind Beamte einer Behörde der Vereinigten Staaten von Amerika.« Richards zeigte Mashkin seine Dienstmarke. Sein Gesicht war eine undurchdringliche Maske. »Hiermit verhafte ich Sie, weil Sie einem flüchtigen Verbrecher geholfen und ihm Unterschlupf gewährt haben.« Er wandte sich an Myers. »Wer ist dieser Kerl überhaupt?«

»Der Klempner. Ich habe es Ihnen doch gesagt. Walter Mashkin, Klempner.«

»O ja. Der Klempner, der auf UFOs abfährt, richtig.« Er deutete in Richtung der Gebäude. »Also gut, Scarborough. Gehen Sie dorthin zum nächsten Gebäude. Man wird Sie dort inhaftieren, bis wir Sie verhören.«

»He, wollen Sie uns nicht über unsere Rechte aufklären? Dürfen wir nicht unsere Anwälte anrufen? Was ist hier eigentlich los?«

»Mr. Mashkin«, sagte Richards grob, »Sie sind gerade in einen riesengroßen Haufen Scheiße getreten. Wenn Sie da jemals wieder herauskommen wollen, würde ich Ihnen dringend empfehlen, mit uns zusammenzuarbeiten.«

Obwohl schockiert und entsetzt, war Scarborough alles andere als gelähmt. All die Verachtung und Wut, die er für diesen Mann und das empfand, was er repräsentierte, suchten in einer einzigen unkontrollierten Reaktion einen Ausbruch.

Scarborough sprang ihn an.

»Was . . .«

Die dunklen Mündungen der Maschinenpistolen schwenkten herum zu Scarborough.

»Nein, nicht schießen . . .!«

Scarborough packte Richards am Hals und riß ihn um; sie landeten beide auf dem Asphalt. Er wollte den Mann erwürgen, aber bevor Scarborough dieses Ziel auch nur annähernd erreichen konnte, bekam er von hinten mit einem schweren, harten Gegenstand einen Schlag auf den Kopf. Ein paar Sekunden war er betäubt und desorientiert, und als er wieder zu sich kam, lag er, alle viere von sich gestreckt, flach auf dem Boden. Sein Nacken und der Hinterkopf taten höllisch weh.

Er hörte Schritte, blickte auf und sah Mashkin zu seinem Kleinlaster laufen. Einen Moment lang flackerte neue Hoffnung auf: Wenn Mashkin bis zur Offiziermesse durchkam und Marsha Manning berichten konnte, was hier geschehen war, dann könnten sie vielleicht doch noch . . .

»Haltet ihn auf«, befahl Richards. »Um Himmels willen, haltet den Mann auf.«

Es gab eine Pause, und Scarborough dachte schon, Mashkin würde es schaffen. Er hatte bereits die Tür geöffnet und stieg ein.

Dann krachten Schüsse.

Kugeln durchsiebten den alten Lastwagen und stanzten Löcher in die Reklameschrift von Mashkins Klempnerfirma. Sie rissen Fleischfetzen aus Mashkins Rücken, Blut spritzte aus den Wunden. Der Mann bog mit einem Schmerzensschrei den Rücken durch, hob drohend die Fäuste gen Himmel und sackte auf der Straße zusammen wie ein Sack Kartoffeln.

»Walter!« rief Scarborough. Er wollte aufstehen und zu

ihm laufen, aber die Agenten packten ihn und hielten ihn fest.

Scarborough konnte sehen, daß sein Freund tot war. Die Augen blickten starr in den blauen Himmel und zu den Wolken hinauf, als wollte er noch im Tod einen letzten Blick auf fliegende Untertassen erhaschen.

»Ihr Schweinehunde!« rief Scarborough.

Richards grunzte und knöpfte sein Hemd auf. »Ja, wenn es nötig ist, können wir auch Schweinehunde sein. Um die Leiche kümmern wir uns später. Durchsucht jetzt erst einmal diesen Mann hier auf Waffen, und dann legt ihm Handschellen an und steckt ihn in eine Zelle. Klar?«

Die Agenten gehorchten und führten Scarborough ab.

»Ich werde Sie umbringen, Richards!« schrie Everett Scarborough. »Gott ist mein Zeuge, ich werde Sie umbringen.«

»Sehen Sie, Ed?« sagte Richards. »Wie ich schon sagte, ist er ein sehr gefährlicher Mann. Sie haben sich völlig richtig verhalten.«

Ed Myers schwieg.

32. Kapitel

Irgend etwas stimmte da nicht.

Lieutenenat Marsha Manning saß in der Offiziersmesse des Luftwaffenstützpunktes Kirtland und hatte ein komisches Gefühl im Magen. Everett Scarborough und Walter Mashkins Ausflug in die CIA-Enklave war schiefgegangen. Das war keine Intuition, denn es war inzwischen schon fast halb eins am Nachmittag.

Sie hätten schon vor mindestens einer Stunde hier sein müssen.

Mechanisch nippte sie an ihrer Cola und knabberte ohne große Appetit an dem frischen gemischten Salat herum, den sie vor einiger Zeit bestellt hatte, um zwischen den anderen Gästen nicht aufzufallen. Seit ungefähr halb zwölf trafen immer mehr Offiziere ein, die Mittagspause hatten, und wenn Marsha sich mehrere Stunden nur an einer Cola festhielt, würde sie auffallen wie ein bunter Hund. Sie saß jetzt allein an einem Tisch, hatte einige Berichte vor sich ausgebreitet und tat so, als wäre sie in ihre Arbeit vertieft, während sie sich in Wirklichkeit große Sorgen machte.

Sie war schon früh auf dem Stützpunkt eingetroffen und hatte sich mit den entsprechenden Stellen in Verbindung gesetzt. Angeblich war sie als Computerspezialistin angefordert worden, was sie mit Hilfe eines Freundes in Wright-Patterson inszeniert hatte, der dort als Chefprogrammierer arbeitete. Außerdem war ihr Hilfe von einigen weiteren Freunden zuteil geworden, die sie per E-mail kennengelernt hatte. Jetzt war sie froh, daß sie sich im letzten Jahr eine Weile sehr einsam gefühlt hatte, denn um die freie Zeit zu füllen, war es ihr eingefallen, lange Briefwechsel über den Computer zu führen. Die vielfältigen Kontakte, die sie dabei geknüpft hatte, waren ihr mehr als einmal nützlich gewesen, und jetzt konnte sie sich dadurch einen besonders großen Vorteil verschaffen. Ohne die Hilfe dieser Leute hätte sie nie im Leben die ›Abordnung‹ nach Kirtland inszenieren und Wright-Patterson für eine Weile verlassen können.

Ihre technischen Aufgaben sollte sie erst am nächsten Morgen in Angriff nehmen. An diesem Tag hatte sie noch frei, um sich einzurichten und sich vorzubereiten. Aber natürlich benutzte sie den freien Tag nicht dazu, sich um ihren Computer zu kümmern. Vielmehr half sie Dr. Everett Scarborough, seine Tochter Diane und deren Freund Tim zu retten. Und natürlich Walter Mashkin zu unterstützen, der Scarborough begleitete. Sie mußte zugeben, daß es ein guter Plan war. Scarborough hatte da eine gute Idee gehabt. So gemein und korrupt die Editoren auch waren, und selbst wenn sie mit der CIA und der Air Force in Verbindung standen: Sie arbeiteten verdeckt, und sie mußten sich an die amerikanischen Gesetze halten. Scarborough wollte sich unbewaffnet in der Offiziersmesse den Behörden stellen. Sie würden ihn verhaften, aber sie konnten ihm nicht seine Rechte als amerikanischer Bürger nehmen, und er würde unter dem Schutz höherer Autoritäten stehen. Dafür würde Marsha sorgen. Sie hatte bereits einen Anwalt angesprochen, und sie wußte genau, welche Abgeordnete sie anrufen mußte, von der Presse ganz zu schweigen. Sobald Everett durch diese Tür trat, wollte sie dafür sorgen, daß die Sache an die Öffentlichkeit kam. Mit der Zeit kam alles ins Lot.

Aber das wichtigste Ereignis – daß der flüchtige Doktor Scarborough höchstpersönlich zur Tür hereinkäme – blieb aus, und in Marsha Mannings Bauch begann es immer mehr zu kribbeln. Sie fischte eine Packung Magentabletten aus der Handtasche, kaute ein paar, sah sich dabei vorsichtig um und betrachtete die Gesichter der Offiziere, die beim Essen saßen und sich unterhielten.

Der Geruch des Tagesgerichts – Kalbskotelett oder etwas Ähnliches – hing schwer in der Luft; überall war das Klimpern von Besteck und Tellern und das Murmeln der Gäste zu hören. Auf den ersten Blick mochte es einer zwanzig oder dreißig Jahre alten Szene gleichen, nur daß früher auf den Tischen Gläser mit Martini oder Bourbon und ähnlichen Spirituosen gestanden hatten, während die Offiziere heute eher Mineralwasser und Saft bestellten. Die militärische Führung mißbilligte es, wenn die Offiziere Alkohol tranken. Nachdem sie einige Zeit mit Jake Camden und Walter Mashkin verbracht hatte, konnte Marsha das durchaus verstehen. Es ging einfach nicht an, daß ein Gewohnheitstrinker ein Düsenflugzeug steuerte oder einen Luftwaffenstützpunkt leitete. Hoher Alkoholkonsum galt beim Militär schon lange nicht mehr als Zeichen von Männlichkeit, und das war gut so.

Um 13 Uhr war die Offiziersmesse fast bis auf den letzten Platz besetzt, und der Kellner erkundigte sich, ob Marsha nicht vielleicht an die Bar umziehen könnte. Man hätte nicht damit gerechnet, daß sie so lange bleiben würde, und der Tisch sei für 13 Uhr 15 bereits wieder reserviert.

Also ließ Marsha Manning sich an der Bar nieder, bestellte ein Ginger Ale ohne Eis, trank und wartete. Sie wußte nicht, was sie sonst noch unternehmen sollte. Dann kam jemand herein, den sie kannte.

»Rick!« rief sie und winkte. »Hier, Rick!«

Rick Hawkins war ein schlanker, dunkelhaariger Mann von ungefähr fünfunddreißig Jahren. Er hatte eine große Hakennase und einen starken Überbiß, bekleidete den Rang eines Captains und hatte wie Marsha Manning mit Computern zu tun, überwachte aber hauptsächlich die Bautätigkeit auf dem Stützpunkt. Captain Rick Hawkins war einer der Brieffreunde, mit denen Marsha unzählige E-mails ausgetauscht hatte. Sie waren sich bisher erst einmal persönlich begegnet, als er Wright-Patterson besucht hatte, und damals war er offensichtlich sehr von ihr eingenommen gewesen, denn er hatte sie zum Abendessen eingeladen. Beinahe hätte er ihr einen Antrag gemacht, doch dank ihrer weiblichen Geschicklichkeit hatte Marsha ihn ein wenig auf Distanz halten können, ohne ihn offen vor den Kopf zu stoßen. Er freute sich sehr, sie wiederzusehen, und war besonders angetan, als er hörte, daß sie möglicherweise sogar etwas Zeit für ihn hatte.

»Marsha! Wie ich sehe, machst du gerade eine sehr ausgedehnte Mittagspause.«

»Ich, äh – ich warte auf jemanden.«

»Auf mich?«

»Nein, aber ich muß schon sagen, daß ich mich sehr freue, dir zu begegnen, Rick.«

Er strahlte. »Darf ich das so übersetzen, daß wir heute abend essen gehen können?«

»Ja, das darfst du.«

»Oh, das ist schön. Dann sage ich meinen Bowling-Abend ab. Es kommt ja wirklich nicht oft vor, daß ein Mann wie ich in den Genuß der Gesellschaft einer schönen und klugen jungen Frau kommt, mit der er sich sonst nur per Computer unterhalten darf.«

»Das stimmt, so etwas kommt nicht oft vor, Rick. In Ordnung, wir können heute zu Abend essen. Aber ein Freund, mit dem ich verabredet war, ist nicht erschienen, und jetzt muß ich ihn in seinem Büro aufsuchen. Leider ist es ziemlich weit weg.«

»Soll ich dich hinbringen?«

»Nein, es wird eine Weile dauern, und danach muß ich

ja auch irgendwie zurückkommen.« Sie hielt einen Augenblick inne und schaute ihm tief und fragend in die graublauen Augen. »Wie wär's, wenn du mir vielleicht deinen Wagen borgen würdest? Was für einen hast du noch gleich? Einen blauen Toyota Celica?«

Er lächelte. »Genau. Daß du dich daran noch erinnerst.« Er sah sich um und massierte sich nachdenklich am Kinn. Marsha wußte, daß er nur ein Spiel spielte. Es hieß ›Harter Mann muß nachdenken‹ oder so ähnlich. »Tja, heute nachmittag werde ich den Wagen wohl nicht mehr brauchen, und zu meinem Büro kann ich auch laufen. Oh, sicher, das wird gehen. Warum nicht? Auf die Art sehe ich dich ja außer zum Essen sogar vorher noch einmal.«

Marsha lächelte und kniff ihn neckisch ins Ohr. »Rick, wenn du mir bis sechzehn Uhr dein Auto leihst, dann kannst du danach über mich verfügen.«

Captain Rick Hawkins konnte nicht wissen, dachte Marsha, daß ihm das Verleihen des Autos eine Menge Ärger einbringen konnte. Mehr als ein Abendessen mit einer dankbaren Marsha wert war. Aber sie hatte keine Wahl, sie war verzweifelt.

Verführerisch klimperte sie mit den Wimpern. »Übrigens, Rick, hast du zufällig eine Karte des Stützpunkts im Handschuhfach?«

33. Kapitel

Sie hatten ihm Handschellen angelegt, bedrohten ihn mit ihren Maschinenpistolen und demonstrierten ihre Bereitschaft, die Waffen zu benutzen, mit denen auch sein Freund getötet worden war. Doch Scarborough hatte nicht die Absicht, einen Fluchtversuch zu unternehmen – nicht zuletzt, weil er von den jüngsten Ereignissen wie betäubt und viel zu schockiert war, als daß er etwas hätte tun können. Im Augenblick war er einfach nicht handlungsfähig.

Auch als sie ihn in einem der Gebäude in einem gesicherten Raum untergebracht hatten, nahmen sie ihm nicht die Handschellen ab. Nein, Brian Richards hatte zusätzlich noch angeordnet, daß Scarboroughs Beine mit weiteren Handschellen an den Stuhl gekettet wurde, auf den sie ihn gesetzt hatten.

»Ich bin doch kein Schwerverbrecher«, murmelte er.

Brian Richards betrachtete die Situation einen Moment schweigend. Als er sich davon überzeugt hatte, daß Scarborough nicht fliehen konnte, grunzte er. »Verzeihung? Was haben Sie gesagt?«

Scarborough schwieg. Die erschrockene Starre wich allmählich von ihm, und jetzt kam irgendwo tief in seinem Innern die Trauer hoch. Das Bild von Walter Mashkin, der erschossen worden war wie ein wildes Tier auf der Jagd, stand schrecklich vor seinem inneren Auge, und er wußte, daß er es nie wieder würde auslöschen können, so lange er lebte. Was angesichts der Umstände sowieso keine sehr lange Zeitspanne sein konnte.

Und Diane ... er hatte versagt, es war ihm nicht möglich gewesen, sie zu retten. Wieder hatte er seine Tochter im Stich gelassen, als sie ihn am dringendsten brauchte.

Alles in ihm krampfte sich zusammen, als hätte ihn eine Faust gepackt.

Richards seufzte und setzte sich vor dem Gefangenen auf einen Stuhl. »Wir wollen wirklich nur Ihr Bestes, Scarborough.«

Scarborough hob den Kopf und sah den Mann wütend an. »Es ist für Sie das Beste, nicht für mich. Warum haben Sie mich nicht einfach niedergeschossen wie Walter Mashkin?«

»Was das sein Name? Mashkin, Mashkin – richtig. Der UFO-Anhänger aus Albuquerque. Wir hätten es uns ja gleich denken können – sicher, es ist ein Jammer, daß wir ihn töten mußten. Aber er hat versucht zu fliehen. Ich hoffe, Sie sind klug genug, so etwas gar nicht erst ins Auge zu fassen.«

Richards räusperte sich, erhob sich und baute sich neben Scarborough auf. Er zog ihn an den Ohren, wie es ein alter Schulmeister im 19. Jahrhundert mit ungehorsamen

Schülern getan hätte. »Denn ich schwöre Ihnen, Dr. Everett Scarborough, wenn Sie zu fliehen versuchen, bevor wir mit Ihnen fertig sind, dann müssen wir Sie töten.«

Die kalten grauen Augen in seinem Gesicht wirkten wie Steine.

»Was haben Sie mit meiner Tochter gemacht, Sie Drecksack?« Scarborough spie die Worte förmlich aus. Er schluckte die Schmerzen hinunter und wehrte sich mit aller Kraft gegen die Angst.

»Ihre Tochter? Oh, Sie meinen Diane? Glauben Sie denn wirklich, daß wir sie haben?«

»Wer denn sonst?«

»Eine interessante Frage. Angenommen, es liefe darauf hinaus, daß Sie Ihre geliebte Diane zurückbekommen, Scarborough. Würden Sie dann mit uns zusammenarbeiten?«

»Ich würde lieber in der Hölle schmoren.«

Richards lachte. »Können Sie haben, wenn Sie wollen.« Er richtete sich auf und ließ die Fingerknöchel knacken. Es war eine eher nachdenkliche denn drohende Geste. Sein Gesichtsausdruck veränderte sich nicht, als er den Kopf abwandte und angestrengt überlegte. Scarborough nutzte die Unterbrechung, um die Umgebung zu mustern.

Er befand sich in einem Raum, der ihn an das Sprechzimmer eines Arztes erinnerte. Die Wände waren hellbeige gestrichen, und es gab einige Schränke, in denen vermutlich ärztliche Instrumente und Medikamente untergebracht waren. Aber es gab keinen Untersuchungstisch, keine gefährlich aussehenden Geräte aus Edelstahl und keine Riemen, mit denen man widerspenstige Versuchspersonen fesseln konnte. Neutral war das Wort, das diesen Raum am besten zu beschreiben schien – aber direkt danach fiel Scarborough ein weiteres Wort ein, das mindestens genauso gut zu passen schien: tödlich.

»Ich glaube, Sie können uns jetzt allein lassen, meine Herren. Ich denke nicht, daß er fliehen wird.«

»Aber, Sir«, wandte einer der CIA-Agenten ein, »Sie sagten doch, er sei sehr gefährlich und dürfte nicht aus den Augen gelassen werden.«

»Das habe ich tatsächlich gesagt. Nun gut, halten Sie draußen vor der Tür Wache und unterrichten Sie Dr. Julia Cunningham, daß sie hier gebraucht wird.«

»Jawohl, Sir.«

Sie drehten sich um, gingen hinaus und ließen sie allein.

»Ich möchte Ihnen zunächst versichern, daß wir Ihre Tochter nicht haben, Scarborough. Ihr Verschwinden ist auch für uns ein Rätsel.«

»Ich glaube Ihnen nicht. Sie wollen mir doch nicht erzählen, daß Sie auch ihren Freund nicht entführt haben?«

»Mr. Timothy Reilly? Aber natürlich, den haben wir.«

»Was haben Sie mit ihm gemacht?«

»Oh, er ist in recht guter Verfassung. Wir nehmen gerade die letzten Abstimmungen vor, ehe wir ihn wieder in die Welt entlassen. Wissen Sie, Mr. Timothy Reilly hat vor einiger Zeit beschlossen, nach Europa zu reisen. Um etwas Abstand von allem zu gewinnen. Seine Eltern bekommen schon seit einiger Zeit regelmäßig Ansichtskarten aus München, aus Florenz, Venedig und von der Französischen Riviera – von all den Orten, von denen ein junger Mensch träumt. Der alte Mr. Reilly ist über diese Entwicklung sehr erfreut. Es scheint so, als hätte Tim sich von Ihrer Tochter getrennt und käme ein wenig zu sich. Er will anscheinend das Geschäft seines Vaters übernehmen, sobald er noch etwas von der Welt gesehen hat.«

»Das sieht Tim aber überhaupt nicht ähnlich. Haben Sie ihn so – verändert?«

»Hmm, das klingt ja beinahe so, als hätten Sie Tim Reilly ins Herz geschlossen? Als er ein Auge auf Ihre Tochter geworfen hatte, da waren Sie, wie ich mich erinnere, alles andere als erbaut.«

»Diane ist ein erwachsener Mensch. Sie haben meine Frage nicht beantwortet.«

»Ich muß überhaupt nichts beantworten, Scarborough. Ich bin hier derjenige, der die Fragen stellt.« Er beugte sich über seinen Gefangenen und fuhr ihn an: »Warum mußten Sie uns derartig hintergehen, Everett Scarborough? Warum haben Sie Ihre Regierung verraten?«

»Ich habe niemanden verraten. Ich bin meinem Land

gegenüber loyal. Illegale Abteilungen der Geheimdienste haben mich für ihre eigenen Zwecke mißbraucht. Das werde ich der Öffentlichkeit mitteilen.«

»Oh, sicher. Und Sie glauben wohl auch noch, Sie hätten Ihre Sache gut gemacht, was? Nein, Scarborough. Sie haben uns hintergangen. Irgendwo in Ihrem Innern müßten Sie eigentlich gemerkt haben, daß Sie nur zu Ruhm und Reichtum gekommen sind, weil Sie den Handlanger für eine Macht gespielt haben, die weit wichtiger ist, als Sie ahnen können. Sie haben einer würdigen Sache gedient, einer wertvollen Sache – der nationalen Sicherheit.«

»Werde ich auch den Grund für all dies erfahren?«

»Ich bin sicher, daß Sie jetzt schon gewisse Vermutungen hegen. Aber das gehört nicht hierher. Was wir auf der Stelle wissen müssen, ist, wie groß der Schaden ist, den Sie unserem Projekt zugefügt haben.«

»Das weiß ich nicht. Einen großen, hoffe ich.«

»Hmm, wir sind wohl ein wenig störrisch? Nun, das dachte ich mir. Es spielt keine Rolle. Wir werden Ihnen das schon noch austreiben.«

»Wie denn? Mit Folter? Oder mit Drogen?«

»Ich bitte Sie. Das ist nicht meine Art. Ich will Ihnen jetzt nur klarmachen, daß Sie sich das Leben erheblich einfacher machen können, wenn Sie mit uns kooperieren. Sagen Sie uns, was Sie bisher unternommen haben.«

»Sie wissen, daß ich MacKenzie nicht getötet habe.«

»Aber natürlich. Unser Agent mußte den Captain umbringen. Ich kann Ihnen versichern, daß Sie kein steckbrieflich gesuchter Krimineller mehr sein werden, sobald wir Sie wieder als vertrauenswürdiges Mitglied unserer Gruppe eingestuft haben. Wir werden Sie nicht einmal für den Tod unseres Agenten am Hoover Damm zur Rechenschaft ziehen. Wie Sie sehen, können wir sehr großzügig sein.«

»Und wenn ich nicht kooperiere?«

»Sie werden kooperieren, Scarborough, glauben Sie mir. Ganz bestimmt. Aber sollten wir den Eindruck gewinnen, daß man sich auf Sie nicht mehr verlassen kann –

nun ja, in diesem Fall liegen Sie mit Ihren Vermutungen ziemlich richtig. Dann müßten wir Sie töten.«

»Aus Gründen der nationalen Sicherheit.«

»Sie haben es erfaßt.«

»O du mein schönes Land, in dem die Freiheitsglocke klingt.«

Richards runzelte mißmutig die Stirn. »Höre ich da etwa einen gewissen Sarkasmus heraus?«

Kalte Wut durchströmte Scarborough, eine tiefe und mächtige Kraft, wie er sie noch nie in sich gespürt hatte. Nach all der Angst, nach den Schrecken und dem Terror hatte er jetzt den Boden des Abgrundes erreicht. Er war gefangen und saß hilflos im Spinnennetz des Feindes, und genau in diesem Augenblick spürte er eine Kraft, von der er bisher noch gar nicht gewußt hatte, daß er sie überhaupt besaß. Eine Kraft, die nicht der Verzweiflung entsprang und keiner nihilistischen Resignation, sondern seiner Charakterstärke.

»Machen Sie, was Sie wollen. Aus mir werden Sie nichts herausbekommen, solange ich noch bei Verstand bin.«

»Wie reizend. Ich bin sicher, daß Dr. Cunningham großen Spaß an Ihnen hat. Übrigens, wir haben auch Ihren Freund Jake Camden erwischt. Er ist ziemlich schnell umgefallen. Es sieht so aus, als verfügten wir mit ihm über einen weiteren äußerst kooperativen Journalisten, mit dem es sich gut zusammenarbeiten läßt.«

»Sie können mich mal!« schrie Scarborough.

Richards schlug ihm ins Gesicht.

Scarborough schmeckte sein eigenes Blut. Er ließ den Kopf einen Augenblick hängen, dann saugte er den Speichel und das Blut ein, warf den Kopf hoch und spuckte auf Richards' sauberes Hemd und seine Jacke.

»Mein Gott«, sagte Richards und schlug noch einmal zu, diesmal fester. »Ich wünschte, wir hätten Ihr Flittchen von Tochter, Sie Mistkerl. Dann hätten wir zwei Nutten aus der gleichen Familie am Wickel.«

Scarborough wurde schwarz vor Augen. Er wollte seinen Gegner anspringen, doch Richards wich einen Schritt zurück, und der Stuhl samt dem angeketteten Wissenschaftler polterte auf den Boden, wo Scarborough liegenblieb. Verzweifelt versuchte er sich zu befreien und seinen Folterknecht am Kragen zu packen. Doch dann betrat jemand den Raum, und die Frauenstimme, die er nun hörte, ließ ihn innehalten.

»Wie ich sehe, wart ihr Jungs in meiner Anwesenheit nicht untätig«, sagte die Frau verächtlich.

»Ich fürchte, unser Dr. Scarborough ist ein wenig aufsässig«, bemerkte Richards, holte ein Taschentuch heraus und säuberte sich.

»Offensichtlich. Und auch Sie, der Sie sonst so ruhig sind, scheinen im Augenblick etwas erregt. Wenn er dort auf dem Boden liegt, kann ich nicht viel mit ihm anfangen. Könnten Sie Ihre Schläger rufen und sie bitten, ihn für mich aufzurichten?«

Richards rief nach seinen Männern, und Scarborough wurde mitsamt dem Stuhl wieder hochgezogen. Die Gesichter der Anwesenden verschwammen vor seinen Augen: Richards, der sich abwischte, und eine blonde Brillenträgerin in einem Laborkittel, die in einer strengen und fast schulmeisterlichen Pose die Arme unter den Brüsten verschränkt hielt.

Er erkannte sie sofort. Einige Male war er ihr bei Empfängen begegnet, die Colonel Dolan gegeben hatte, und er hatte sie auf Konferenzen gesehen, an denen er im Auftrag des National Institute of Mental Health teilgenommen hatte. Die Eiskönigin, so wurde sie von ihren Kollegen hinter ihrem Rücken genannt. Seine Mutmaßungen hatten sich bestätigt. Was er sich nach dem Gespräch mit der Frau in Baltimore zusammengereimt hatte, traf zu. Julia Cunningham war die wichtigste wissenschaftliche Mitarbeiterin des Projekts, in dessen Rahmen Entführungen durch Außerirdische vorgetäuscht wurden. Sie war die Frau, die dank ihrer biochemischen Tricks und ihrer Kompetenz in der Lage war, eine Bewußtseinskontrolle auszuüben, von der sich kein Mediziner eine Vorstellung machen konnte.

»Hallo, Doktor. Haben Sie zufällig medizinischen Alkohol da? Ich könnte einen steifen Drink vertragen«, sagte er. Allmählich bekam er seine Gefühle wieder unter Kontrolle.

Dr. Cunningham ignorierte ihn. »Darf ich über Ihre Männer verfügen, nachdem er so starke Neigungen gezeigt hat, gewalttätig zu werden?«

»Ja, kein Problem.« Richards sah auf die Uhr. »Ich fürchte, Sie müssen jetzt ohne mich weitermachen. Ich darf mein Flugzeug nicht verpassen. In Washington muß ich mich um einige wichtige Dinge kümmern. Aber ich bin sehr froh, daß die Ereignisse diese und keine andere Wendung genommen haben. Wirklich sehr froh. Sie werden mich doch über Ihre Fortschritte mit unseren – mit unserem Gast auf dem laufenden halten?«

»Ich hoffe, Sie haben Zeit, sich im Flugzeug umzuziehen. Sie sehen schrecklich aus, Richards. Und was diesen Mann hier angeht ...« Sie wandte sich an Scarborough und hob eine Augenbraue. »Um ihn werde ich mich mit all meiner beruflichen Kompetenz kümmern. Ich glaube, in ein oder zwei Tagen wird er ein neuer Mensch sein.«

Sie lächelte eiskalt, und Scarborough lief es kalt den Rücken hinunter.

»Ausgezeichnet. Scarborough, dann überlasse ich Sie also Dr. Cunninghams heilenden Händen. Ich hoffe, wir können unsere Unterhaltung bald in bestem Einvernehmen fortsetzen.«

»Wenn wir uns das nächste Mal begegnen, Richards, dann werde ich sie umbringen, das schwöre ich.«

»Sehen Sie, meine Liebe«, sagte Richards mit künstlich klingendem Kichern, »irgendwo ist er in der letzten Zeit wirklich recht feindselig geworden. Beheben Sie das doch bitte.« Richards warf Scarborough noch einen kalten Blick zu, dann eilte er aus dem Raum.

»Dr. Scarborough«, sagte Cunningham, »mein Kollege beliebt zu scherzen. Mir liegt das nicht. Ich nehme Widerstände bei Ihnen wahr, und ich möchte Sie warnen, daß Widerstand gebrochen werden kann. Das wird allerdings nicht schmerzlos vor sich gehen. Ich schlage Ihnen vor, sich zu entspannen und sich so gut es geht mit der Situation abzufinden.«

»Vielen Dank, aber ich fürchte, das wird nicht möglich sein.«

»Nein? Wie schade. Es kommt selten vor, daß ich es mit einem Intellekt zu tun habe, der so stark ist wie der Ihre, und mit einer so komplexen Persönlichkeit. Wenn der Patient sich nicht fügt, dann sind mitunter durchgreifende Maßnahmen und höhere Dosierungen notwendig. Dabei kann es jedoch zu gewissen unerfreulichen Nebenwirkungen kommen.«

»Ich kann mir fast denken, daß Sie nicht scherzen, Doktor.«

»Kurz gesagt, Scarborough«, fuhr sie zähneknirschend fort, während ihre Augen kalt wie Eis blitzten, »falls Sie den Wunsch haben, daß von Ihnen noch ein Fetzen übrig ist, wenn ich mit Ihnen fertig bin, dann sollten Sie besser mit uns kooperieren.«

Instinktiv erkannte Scarborough, daß er mit dieser Frau anders umgehen mußte. Richards war offensichtlich ein Mann, der trotz seines rauhen Auftretens die Härte eines anderen Mannes zu würdigen wußte. Diese Frau war eiskalt. Bei ihr mußte er ein anderes Spiel spielen.

»So ganz verstehe ich das nicht. Wie könnte ich kooperieren? Sie haben mich gefesselt, Sie können mit mir tun, was Sie wollen. Welchen Unterschied macht es da noch, ob ich kooperiere oder nicht, Doktor?«

»Bieten Sie an, mit mir zusammenzuarbeiten?« Ihre Stimme war anzuhören, daß sie mißtrauisch war.

»Ich möchte zuerst wissen, was Sie darunter verstehen.«

Sie schnaubte. »Ich meine damit natürlich Ihre Einstellung. Sie sollen kapitulieren, wenn Sie das so ausdrücken möchten. Sie sollen sich in Ihr Schicksal fügen.«

»Ich soll mich unterwerfen?«

»Ja. Genau. Natürlich wollen wir von Ihnen auch Informationen bekommen.«

»Ach, richtig. Sind Ihre Methoden denen ähnlich, die bei William Buckley in Beirut benutzt wurden?«

Sie lächelte ein wenig. »Das waren barbarische Methoden, aber letzten Endes hat man die gewünschten Informationen erhalten. Nein, Scarborough. Wir sind inzwischen Lichtjahre davon entfernt. Wir brauchen nicht auf physische Folter zurückzugreifen. Obwohl ich gelegentlich höre, daß der physischen Folter der Vorzug gegeben würde, wenn man die Wahl hätte. Meine Patienten lassen mich das jedenfalls manchmal wissen.«

»Soviel zu Ihrem hippokratischen Eid.«

»Ich bin Doktor der Naturwissenschaften, diene meinem Land und brauche mich für nichts zu entschuldigen. Aber Sie haben das Thema gewechselt. Wir wollen gewisse Informationen von Ihnen bekommen. Diese Informationen lassen sich leicht verifizieren, also sollten Sie die Wahrheit sagen.« Nachdenklich runzelte sie die Stirn. »Sie haben sich Richards widersetzt, Scarborough. Jetzt scheinen Sie anzudeuten, daß Sie kooperieren wollen. Warum dieser Sinneswandel?«

»Vielleicht, weil ich Zeit zum Nachdenken hatte.«

»Dann werden Sie reden?«

»Sagen Sie mir, was Sie wissen wollen, und ich werde mir Mühe geben.«

»Hmm.« Sie zuckte die Schultern. »Sehr gut, dann will ich meinen Kassettenrecorder holen.« Sie ging zu einem Beistelltisch und öffnete eine Schublade, der sie ein kleines Aufnahmegerät entnahm.

»Heißt das, Sie wollen mir keine Drogen verabreichen?«

»Enttäuscht Sie das?«

»Hat Ihnen eigentlich mal jemand gesagt, daß sie Ähnlichkeit mit Lilith Sternan in ›Cheers‹ haben?«

»Cheers? Was ist das?«

»Schon gut.«

Ja, er würde ihre Fragen beantworten. Doch eines wußte er genau: Sobald sie begannen, ihn mit ihren Nadeln zu stechen, sobald sie ihre entsetzlichen Chemikalien in seinen Kreislauf spritzten, würden die Dinge erheblich komplizierter werden. Er mußte auf Zeit spielen, weil er erkannte, daß es nur eine Hoffnung gab: Marsha. Wenn er und Mashkin sich verspäteten, würde sie vielleicht kommen und zu helfen versuchen.

Das war die einzige Hoffnung, an die er sich klammern konnte.

»Fangen Sie an. Ich werde antworten.«

»Ausgezeichnet, Dr. Scarborough. Ich habe Ihre Krankenunterlagen und Testergebnisse einsehen können.« Sie schwieg eine Weile, als wollte sie sich die richtigen Worte zurechtlegen. »Es gibt natürlich eine ganze Reihe von Akten über Sie, die Ihre Rolle beim Projekt Blue Book beschreiben.«

»Sie meinen, meine Rolle als nützlicher Idiot.«

»Nennen Sie es, wie Sie wollen. Ihnen ist sicher klar, daß wir Akten über Sie besitzen, nicht wahr?«

»Dicke Akten, würde ich sagen.«

»Ja. Aber um die Befragung für den heutigen Tag einzuleiten, Dr. Scarborough, möchte ich auf einen Punkt zu sprechen kommen, der mich stark beunruhigt. Es geht um folgendes: In Ihrer Persönlichkeit gibt es eine Facette, die uns schon immer Kopfzerbrechen bereitet hat. Erlauben Sie mir, die Frage folgendermaßen zu formulieren: Everett Scarborough, haben Sie Grund zu der Annahme, daß Sie irgendwann einmal, möglicherweise schon sehr früh in Ihrem Leben, von Außerirdischen entführt worden sind?«

34. Kapitel

Ed Myers drückte die Spülung der Toilette und blieb noch einen Augenblick auf Knien vor der Schüssel hokken. Er schwitzte, ihm war übel, es brach ihm fast das Herz, und er hatte Schuldgefühle, die zusammen mit seiner Übelkeit in Wellen über ihn kamen. Sich zu übergeben, hatte ihn etwas erleichtert, aber die Übelkeit ließ noch immer nicht nach.

Es tut mir leid, Scarborough, dachte Myers. *Mein Gott, es tut mir so leid.*

Aber er hatte gehorchen müssen. Sie hatten ihm keine Wahl gelassen. Sie hatten gedroht, seiner Familie etwas anzutun, und er wußte ganz genau, daß dieser gottlose Schweinehund Brian Richards willens und bereit war, genau das auszuführen, was er angedroht hatte.

Nach einer Weile stand Myers auf und ging zum Waschbecken, wo er sich kaltes Wasser ins Gesicht spritzte. Er ließ die Tropfen einen Moment hinunterrinnen, dann nahm er ein Handtuch und wischte sich das Gesicht ab. Widerstrebend hob er das gerötete Gesicht und starrte sein Spielbild an.

Die Augen sahen aus, als hätten sie sich tief in den Schädel zurückgezogen, und was früher ein Netz kleiner Fältchen gewesen war, erschien jetzt wie ein Geflecht tiefer Risse. Aber ganz so schlimm, wie er sich fühlte, sah er doch noch nicht aus. Er mußte plötzlich an das Bildnis des Dorian Gray denken. Zum erstenmal in seinem Leben erkannte er offenen Auges, was sein Beruf aus ihm gemacht hatte.

Sicher, oberflächlich betrachtet hatte alles einen großartigen Eindruck gemacht, vielen Dank auch. Seine Familie entsprach dem Idealbild konservativer Politiker. Menschen wie er und seine Angehörigen wurden der Nation im Fernsehen vorgestellt und als Argument für die Wahl konservativer Politiker ins Feld geführt. ›Frage nicht, was dein Land für dich tun kann, sondern frage, was du für dein Land tun kannst‹ – so hatte er seinen Job aufgefaßt. Er hatte eine Eliteuniversität besucht, zwei Jahre bei den Marines gedient, säuberte sich jeden Morgen die Zähne mit Zahnseide, hatte das Rauchen nach dem College und das Trinken nach der Geburt des ersten Kindes aufgegeben, war anständig geblieben und bemühte sich, einen gesunden amerikanischen Optimismus zu bewahren.

Stets hatte er sich geweigert, Menschen zu töten, hatte dafür gesorgt, daß er bei seiner Arbeit als CIA-Agent nie in diese Situation gekommen war. Und er hatte auch noch nie einem anderen Agenten befohlen, jemanden umzubringen. Im Auftrag der Firma war er in Chile, in Mittelamerika, in Beirut und im Fernen Osten tätig gewesen, ganz zu schweigen von den wundervollen, extravaganten Ausflügen nach Europa. Und doch, obwohl er manchmal sehr lange von ihr getrennt war, hatte er seine Frau Carol nie betrogen.

Trotz seiner langen Dienstreisen hatte er sich immer bemüht, ein guter Vater zu sein – gerecht, vernünftig und liebevoll. Er hatte gesehen, was die Macht aus einem Mann machen konnte, und hatte deshalb den Verlockungen irgendwie widerstanden. Tatsächlich hielt er sich für einen guten und anständigen Mitbürger, der seine Pflicht tat – aber jetzt, da er in den Spiegel sah, erkannte er, daß er sich das alles nur eingebildet hatte. In den mehr als zwanzig Jahren, die er bei der CIA war, hatte die Fäulnis unmerklich von ihm Besitz ergriffen, und jetzt war sie mit voller Kraft ausgebrochen.

Er hatte seinen Freund verraten, er war nicht besser als der biblische Judas. Was war er denn – eine Ziffer im Register, ein Rädchen im Getriebe. Und als das Rädchen klemmte, hatten sie den Schraubenschlüssel angesetzt, und er hatte nachgeben müssen. Wie ein Zombie. Wie ein willenloses Monster. Soviel zu seinen Idealen und seiner Individualität. Hinter dem äußeren Gepränge, hinter der hochgelobten Demokratie seines Vaterlandes, hinter den noblen Worten der Verfassung, hinter alledem lauerte ein gräßliches Gerippe, ein faschistoider Machtapparat. Wenn man den schönen Schein durchschaute, dann kamen die grinsenden Totenschädel von Leuten wie Richards zum Vorschein. Und die ganze Zeit war er, Ed Myers, nichts weiter als ein dummer Mitläufer gewesen, der jedes Wort glaubte, das man ihm erzählte.

Ed Myers seufzte schwer, und sein Magen revoltierte schon wieder. Er schüttelte sich, nahm ein frisches Papierhandtuch und wischte sich das Gesicht trocken.

Was würden sie mit Scarborough tun?

Die Frage hallte durch seinen Kopf wie ein Glockenschlag. Plötzlich wollte er unbedingt die Antwort darauf wissen. Plötzlich wurde ihm klar, daß die Dinge, die sie ihm erzählt hatten, dieses Geschwätz über Editoren und Publisher und Außerirdische und wer weiß was noch alles, nicht unbedingt der Wahrheit entsprechen mußte.

Was würden sie mit Scarborough tun?

Myers zog seine Jacke an. Er kämmte sich das Haar, rückte sein Abzeichen gerade und machte sich zurecht, bis er wieder den Anschein von Professionalität, Durchsetzungsvermögen und Kompetenz erweckte, den man bei einem CIA-Agenten vorzufinden erwartete.

Gestern abend, als es ihm nicht gelungen war, einzuschlafen, hatte er sich auf diesen Fluren umgesehen. In einem der Räume hatte er Schreie gehört. Er wußte, welche Rolle Dr. Julia Cunningham bei diesem Projekt spielte, aber er hatte nicht gewußt, daß auch körperliche Folter auf dem Programm stand. Jetzt hatten sie Scarborough in der Gewalt. Ob ihm das gleiche Schicksal bevorstand? Folter? Kaum vorstellbar, aber ihm war die traurige Geschichte der CIA, was derartige Dinge anging, nur zu gut bekannt. Wenn es darauf ankam, wenn es um die ›nationale Sicherheit‹ ging, dann konnten die Amerikaner genauso widerwärtige Dinge tun wie die Russen, die Chinesen oder die Diktatoren in Entwicklungsländern, die ihren Gefangenen die Informationen mit Elektroschocks und Zahnarztbestecken entrissen.

Und jetzt hatten sie Scarborough in der Gewalt. Den Freund, den er verraten hatte. Den Freund, der ihm geholfen hatte, seinen Sohn von den Drogen loszubekommen.

Er mußte herausfinden, was sie mit ihm taten. Plötzlich kam es nur noch darauf an.

Myers spülte sich den Mund aus, kaute ein Tic Tac und war bereit zu gehen.

Er wußte genau, wohin er sich wenden mußte.

Die Flure waren praktisch menschenleer gewesen. Vor der verschlossenen Tür standen keine Wachtposten.

Das Schloß war kein Problem. Ed Myers zog seinen Schlüsselbund heraus, an dem ein handelsüblicher Werkzeugsatz zum Schlösserknacken hing. Schlösser waren eine von Myers' Spezialitäten. Nach ein paar genau berechneten Manipulationen ließ sich der Zylinder drehen, die Tür ging auf.

Dahinter war es dunkel. Das Licht, das aus dem Flur hereinfiel, konnte den großen Raum kaum erhellen; mehr als verschwommene Schatten waren nicht zu erkennen. Eine eigenartige Mischung verschiedener Gerüche drang Myers in die Nase: Desinfektionsmittel und medizinische Chemikalien waren deutlich zu erkennen, und außerdem roch es nach Blut und Erbrochenem und Exkrementen. Es war eine entsetzliche Kombination; der Geruch hing im Raum wie das Gespenst eines Mannes, der unter gräßlichen Umständen gestorben war.

Myers tastete nach dem Lichtschalter und fand ihn, schloß jedoch hinter sich die Tür, ehe er ihn umlegte. Aus irgendeinem Grund wollten die Leuchtstoffröhren nicht brennen. Vielmehr flammte eine weichere, indirekte Beleuchtung auf, die eine seltsam unwirkliche Atmosphäre entstehen ließ.

Es war jedenfalls hell genug, und Myers konnte sehen, was er zu sehen befürchtet hatte.

Der Mann war mit Ledergurten auf einen Tisch gefesselt. Es sah aus wie eine Szene aus einem Horrorfilm der dreißiger Jahre mit Bela Lugosi und Boris Karloff, wirkte aufgrund der Alltäglichkeit und Banalität der Umgebung jedoch viel schrecklicher. Der Mann lebte noch. Er war bewußtlos und atmete flach. Unter der Nase waren Blutkrusten zu sehen, auf Hals und Kinn hatte er Flecken von Erbrochenem. Die Kleidung war schweißnaß.

Ed Myers erkannte den Mann nicht, aber er war ziemlich sicher, um wen es sich handelte. Er trat neben den Untersuchungstisch und wollte ihn anstoßen, um ihn zu wecken, doch dann hielt er inne.

Das Schlimmste bemerkte er erst jetzt.

Die Einstichstellen an den Unterarmen.

Mein Gott, dachte er. Allmächtiger, die haben den armen Kerl durchlöchert wie ein Nadelkissen.

Und genau das gleiche würden sie auch mit Everett Scarborough tun. Da gab es keinen Zweifel.

Die Haut des Mannes fühlte sich kalt und klamm an, aber der Puls schlug kräftig. Myers schüttelte ihn leicht an der Schulter. Keine Reaktion. Er schüttelte fester. Die Augenlider des Mannes flatterten, der Mund bewegte sich.

»Sagen Sie jetzt nichts«, sagte Myers. »Nicht bewegen. Bleiben Sie einen Augenblick ganz ruhig.«

Die Augen öffneten sich, und sofort flackerte eine ungeheure Panik in ihnen auf. Myers konnte sehen, daß der Mann schreien wollte. Er legte ihm die Hand auf den Mund und erstickte den Schrei.

»Hören Sie zu. Ich bin ein Freund. Sind Sie Camden? Jake Camden? Everett Scarboroughs Freund?«

Der Mann beruhigte sich. Die Augen rollten ein wenig hin und her, als sähe der Mann Bilder, die nicht zu dieser Welt gehörten. »Camden«, murmelte er. »Jake ... Jake ...«

»Ja. Sind Sie es?«

»Die Frau soll aufhören damit. Aufhören. Ich schwöre, das ist alles, was ich weiß. Ich schwöre, daß ich alles tun werde. Alles ...«

»Ich hole Sie hier raus. Aber jetzt beruhigen Sie sich bitte, okay?«

Mein Gott, was für ein Teufelszeug hatten sie diesem armen Kerl gespritzt? Seine Hände zitterten, als wäre er ein Greis, und das Gesicht zuckte. Die Augen schienen durch die Decke hindurchzustarren und voller Angst einen Aufmarsch von Dämonen und Gespenstern zu beobachten.

»Sie dürfen mich nicht erwischen! Sie dürfen mich nicht kriegen, bitte!«

»Immer mit der Ruhe, Freund. Die werden Sie schon nicht kriegen. Und jetzt sagen Sie mir, sind Sie Jake Camden?«

»Ja, Jake ... Jake. Das bin ich. Jake.« Er brach ab. Ein tiefes Seufzen. »Mensch, ich könnte einen Drink vertragen. Aber in fliegenden Untertassen gibt's wohl keinen Schnaps. Keinen Schnaps, kein Bier, da trocknet man aus. Ich brauche einen Drink, Mann.«

»Ich besorge Ihnen einen Drink. Aber jetzt beruhigen Sie sich.«

Schon der Gedanke an einen Drink schien den Mann sichtlich zu beleben.

»Okay, Jake. Wenn Sie mir versprechen, nichts Verrücktes zu tun, werde ich Sie von diesen Riemen befreien.«

»Yeah, yeah, die Riemen. Gott, die tun weh. Schlimm.«
Sie waren grausam fest angezogen. Allmählich begriff Ed Myers, was in dieser Cunningham vorging. Sie war eine verdammte Sadistin. Brian Richards hatte als Leiterin des Programms eine Sadistin eingestellt. Myers brauchte eine Weile, aber schließlich konnte er die Riemen lösen und half Camden vom Tisch.
Der Reporter brach auf dem Boden zusammen.
»Mein Gott, die haben mir die Beine abgeschnitten«, stöhnte er, als er am Boden lag.
»Nein, die haben Ihnen nicht die Beine abgeschnitten, Mann. Nur den Blutkreislauf blockiert.«
»Also, irgend etwas haben sie mir ganz bestimmt abgeschnitten, das weiß ich genau.«
Myers rieb Jake Camden methodisch die Arme und Beine und half ihm, den Kreislauf wieder in Gang zu bringen. Trotzdem konnte er nicht stehen, war aber mit Mühe fähig, zu einem Stuhl zu humpeln und sich mit rasselndem Atem darauf fallen zu lassen.
»Mensch, was haben die bloß mit Ihnen gemacht?« sagte Myers.
»Drogen. Ich weiß nicht, was sonst noch. Gott, ich weiß kaum noch, wer ich bin ... Wer sind sie überhaupt?«
»Myers. Ed Myers.«
Es dauerte einen Augenblick, bis es Jake dämmerte, aber dann blitzte die Erinnerung in seinen Augen auf, und er nickte. »Sie sind Scarboroughs Freund. Der Freund, der bei den Schlapphüten arbeitet.«
»Genau.«
»Wo ist Scarborough?«
»Glauben Sie, Sie können jetzt gehen?«
»Ich weiß nicht, ich kann es ja versuchen.« Camden kam auf die Beine, blieb ein paar Sekunden wackelnd stehen und sackte dann wieder auf den Stuhl. »Ja, ich kann gleich gehen, aber lassen Sie mir noch ein paar Minuten Zeit, ja?«
»Bleiben Sie hier«, sagte Myers und ging zur Tür.
»Yeah, in diesem Zustand werde ich kaum wegrennen.« Camdens Stimme klang belegt, seine Zunge schien

dick angeschwollen. »Aber Sie haben meine Frage nicht beantwortet. Wo ist Scarborough?«

Als Ed Myers sich umdrehte, hatte er eine 38er Automatik in der Hand.

Man kann einen Mann nur bis zu einem gewissen Punkt zwingen, die Dinge zu verraten, an die er glaubt. Wenn dieser Punkt überschritten wird, zerbricht er – oder er schlägt zurück.

Edward Myers war nicht zerbrochen.

»Ich hole ihn«, sagte er und rannte in den Flur hinaus.

35. Kapitel

»Ob ich von Außerirdischen entführt worden bin?« sagte Scarborough. Er versuchte, kühl und überlegen zu reagieren, aber sein Mund war trocken, und er konnte die Antwort nur stammeln.

»D-das haben Sie sich doch nur ausgedacht, Doktor.«

Julia Cunningham schwieg einen Augenblick und musterte aufmerksam ihren Gefangenen. »Es wäre sinnlos zu leugnen, daß unser Projekt an der Entwicklung und Ausgestaltung des Phänomens der außerirdischen Besucher beteiligt war. Aber es ist ein reales Phänomen, Dr. Scarborough. Machen Sie sich da nichts vor. Es geschieht wirklich.«

»Was denn? Sie wollen mir doch nicht einreden, es gäbe tatsächlich Außerirdische, die auf der Erde herumlaufen und verrückte Dinge tun?«

»Dieser Aspekt ist belanglos.« Sie tippte ihm mit einem eiskalten Finger auf die Stirn. »Ich rede über die Dinge, die in den Tiefen des menschlichen Bewußtseins vor sich gehen, Dr. Scarborough. Ich rede über die Psychologie. Carl Gustav Jung war vom Phänomen der fliegenden Untertassen fasziniert. Ich nehme an, das ist Ihnen bekannt.«

»Sie haben anscheinend meine Bücher nicht gelesen.«

»Doch, ich habe sie gelesen. Sie erwähnen ihn gelegentlich, aber immer sehr herablassend. Das ist es auch, was ich an Ihrer Neurose so faszinierend finde – diese Verleugnung, die da sichtbar wird. Ich meine, es ist ja nicht so, daß Sie gegenüber dem UFO-Phänomen und den damit verbundenen logischen Verrenkungen einfach nur skeptisch wären. Es kommt mir eher vor, als führten Sie einen persönlichen Rachefeldzug dagegen – genauer gesagt, gegen etwas, das Ihnen selbst zugestoßen ist.«

»Unfug.«

»Wirklich? Ich kenne Ihre Krankenakte, Dr. Scarborough. Wir kennen Sie besser, als Sie sich selbst kennen, wissen Bescheid über Ihr psychologisches Profil – wir wissen so gut wie alles über Dr. Everett Scarborough, über seine Psyche ebenso wie über seine Physis. Aus diesem Grund konnten wir Sie ja auch so gut am Gängelband führen.«

»Warum erzählen sie mir das alles? Ihnen ist doch klar, daß ich es gegen Sie benutzen werde, wenn ich kann. Und wenn Sie mich sowieso umbringen wollen, dann verschwenden Sie Ihre Zeit.«

»Wir wollen Sie nicht umbringen. Wir – wir wollen Sie besser kennenlernen. Und was Sie dabei durchmachen«, sie lächelte überheblich, »das wird in den Gulli gespült. Glauben Sie nicht, wir wären dazu nicht imstande. Also entspannen Sie sich, falls Sie um Ihr Leben fürchten. Arbeiten Sie mit uns zusammen. Es wird alles zu einem guten Ende kommen.«

»Warum bringen Sie mich persönlich mit Entführungen durch Außerirdische in Verbindung? Und wenn Sie sowieso mein Gedächtnis löschen können, wie Sie es behaupten, warum erzählen Sie mir dann nicht einfach, warum Sie den Glauben an die Entführungen fördern oder sogar selbst wecken wollen?«

»Ich bin diejenige, die hier die Fragen stellt, Scarborough«, sagte sie. Kalt und geschäftmäßig. »Vielleicht wäre eine kleine Hypnosesitzung in Verbindung mit entsprechenden Medikamenten angezeigt, um Ihnen die richtigen Antworten zu entlocken.«

»Wenn Sie mir ein paar Beweise anbieten, könnte ich mich ja vielleicht zu Ihrer Frage äußern.«

»Hatten Sie mal seltsame Träume?«

»Sicher. Wer hat die nicht?«

»Die Frage war nicht korrekt formuliert. Lassen Sie es mich so sagen: Sie haben das Phänomen der Entführungen untersucht. Sie haben darüber geschrieben. Sie müssen sich darüber im klaren sein, daß die Erinnerungen oft erst lange nach der vermeintlichen Begegnung mit den fremden Wesen auftauchen. Träume, blitzartige Eindrücke, Visionen – was auch immer. Ich glaube, einer der wichtigsten Autoren, die über dieses Thema geschrieben haben, ist – wie heißt er noch gleich? – Maximillian Schroeder? Ja, richtig. Er hat am Ende seines ersten Buches eine Liste der Symptome veröffentlicht, und er hat zahlreiche Antworten von seinen Lesern erhalten. Hatten Sie diese Symptome, Scarborough?«

Ungebeten kam ihm ein Wort in den Sinn:

Neulich . . .

Er schob es weg, negierte es, wollte es nicht anerkennen.

»Nein, ganz bestimmt nicht.«

»Hmm. Was ist mit den Blackouts, die Sie auf dem College hatten? Wir haben so gut wie keine Informationen darüber, außer daß sie wahrscheinlich nicht durch Drogen oder Alkohol verursacht wurden.«

Blackout. Das Wort löste bei Everett Scarborough sofort eine Reaktion aus. Spannung. Verleugnung. Das war eine Phase seines Lebens gewesen, die er längst vergessen geglaubt hatte. Und dennoch wußte diese von der CIA bezahlte Wissenschaftlerin von den Bewußtseinsausfällen, die ihm am College widerfahren waren, sie wußte von den Erinnerungslücken in der Zeit, als er für das MIT tätig gewesen war. Mit dürren Worten wies sie ihn darauf hin, als hätte sie ihm vor Augen gehalten, daß er sich als Kind in die Windeln gemacht hatte.

»Sie haben wirklich gründlich recherchiert«, sagte er. »Ja, so etwas hat es gegeben. Das war im ersten Jahr, als ich die ersten Prüfungen vor mir hatte. Ich bin natürlich zum Arzt gegangen. Wahrscheinlich haben Sie die Informationen auf diesem Weg bekommen. Aus der Patientenkartei. Es gibt allerdings nichts weiter als das zu berichten, was Sie bereits gesagt haben. Es war wohl irgendeine Funktionsstörung im Gehirn, und es hat sich danach niemals wiederholt.«

Cunningham biß sich auf die Unterlippe. »Wie ich hörte, hat einer dieser Ausfälle ganze drei Tage gedauert.«

»Ja, aber ich bin nicht verschwunden. Ich habe weiterhin den Unterricht besucht und mich mit meinen Freunden getroffen. Ich konnte mich nur später nicht daran erinnern.«

»Aber es hat doch auch Phasen gegeben, in denen Sie verschwunden sind.«

»Ich habe allein gelebt. Vielleicht war ich in meiner Wohnung.«

»Immerhin, Sie erinnern sich nicht daran – und das ist der springende Punkt.«

»Und daraus wollen Sie schließen, ich sei von einer fliegenden Untertasse entführt worden?«

»Nein. Ich sage nur, daß dies Indizien sind, die auf Entführungserlebnisse hinweisen könnten. Dr. Scarborough, ich habe das Studium des menschlichen Bewußtseins zu meiner Lebensaufgabe gemacht, und es wäre eine starke Untertreibung, wollte man sagen, daß unser Bewußtsein nach wie vor ein großes Geheimnis ist. Dank der Möglichkeiten, die mir aufgrund meiner Position zur Verfügung stehen, habe ich jedoch einige Dinge gelernt, die über das allgemein Bekannte weit hinausgehen. Sie liegen zwar völlig richtig mit der Annahme, daß man alles logisch erklären kann, doch ich fürchte, Ihre sogenannte Logik ist zu eng begrenzt.«

»Aber was hat das damit zu tun, daß ich ein Entführungserlebnis gehabt haben soll?«

»Das will ich gerade herausfinden.«

»Sie werden nichts finden, das kann ich Ihnen versprechen«, knurrte Scarborough.

»Nun, wir haben reichlich Zeit, diese Frage zu klären. Und Ihre Krankenakten werden uns dabei helfen.« Julia Cunningham trat vor den Tisch, blickte in einen geöffneten Ordner und runzelte nachdenklich die Stirn. Sie las noch einen Augenblick, dann tippte sie auf das Dokument. »Ein normaler Doktor der Medizin würde hier vermutlich überhaupt nichts Außergewöhnliches erkennen. Aber nehmen wir beispielsweise Ihr Blutbild. Sehr ungewöhnlich. Eigenartige Enzymreaktionen. Ein paar weitere Tests, die zu merkwürdigen Resultaten geführt haben – vielleicht nicht einzeln betrachtet, aber alle zusammen zeichnen sie ein Bild, das für einen Spezialisten, der sich mit dem Stoffwechsel des menschlichen Körpers auskennt, sehr interessant ist. Einige Ihre Gehirntests beispielsweise liegen vom chemischen Standpunkt aus gesehen dicht an der Schizophrenie – aber psychologisch gesehen zeigen Sie nicht die geringsten Symptome dieser Krankheit.«

»Das freut mich zu hören.«

»Kann ich mir denken. Aber erzählen Sie mir doch noch etwas über Ihr früheres Leben, Everett Scarborough. Haben Sie irgendwann einmal das Gefühl gehabt, anders zu sein? Als seien Sie nicht von dieser Welt?«

»Ich dachte, das sei eine ganz normale Phase, die jeder Heranwachsende durchlebt.«

»Wann war das?«

»Ich muß schon sagen, das sind wirklich seltsame Fragen. Ich dachte, Sie wollten zu beweisen versuchen, daß ich Geheimnisse verraten habe, die für die Landesverteidigung von Belang sind.«

»Kaum. Wir sind uns sehr wohl bewußt, wie makellos Ihr Ruf in dieser Hinsicht ist. Und offen gestanden war Ihre Reaktion, als Sie erfuhren, daß Sie von unserer Gruppe getäuscht worden sind, in gewissem Maße vorhersagbar. Ihre Wut, ihre Besesseneheit – das paßt alles recht gut zu Ihrem psychologischen Profil. Und Sie sind kein Feigling, Dr. Scarborough.« Sie lächelte leicht. »Ich muß allerdings anmerken, daß Sie meinen Vorgesetzten großen Kummer gemacht haben.«

»Ihre Vorgesetzten haben umgekehrt auch mir großen Kummer gemacht.«

»Das glaube ich Ihnen gern.« Sie blätterte eine Seite der Akten um, las noch einen Moment und sprach beim Lesen weiter. »Sie sagen also, Sie hätten sich als Jugendlicher fremd gefühlt – gewissermaßen, als wären Sie kein Teil der Menschheit? Sind diese Gefühle später noch einmal aufgetaucht?«

Die Wendung, die das Gespräch nahm, behagte ihm überhaupt nicht, aber er mußte es in Gang halten. Er mußte mehr Zeit herausschinden. »Von Zeit zu Zeit hatte ich das Gefühl, mit dem gesamten Universum nicht im Einklang zu sein. Aber ich verstehe nicht, was Sie mit dieser Diskussion bezwecken.«

»Das lassen Sie nur meine Sorge sein, Dr. Scarborough. Ich stelle diese Fragen nicht, um Sie zu therapieren. Außerdem habe ich nur noch eine weitere Frage. Sagen Sie, Dr. Scarborough, hatten Sie schon einmal das Gefühl, nicht hierher zu gehören?«

»Was meinen Sie mit hierher?«

»Auf diesen Planeten?«

»Das ist lächerlich. Ich bin ein Mensch, ein *Homo sapiens*. Natürlich gehöre ich hierher. Wohin sonst sollte ich gehören?«

»Das würde ich gern von Ihnen wissen, Dr. Scarborough.« Sie ging zu einem Schrank und öffnete eine Schublade, aus der sie ein Tablett mit einer Reihe von Ampullen und Fläschchen nahm. Einige enthielten farbige Flüssigkeiten, die meisten waren klar. »Das sollen Sie mir erzählen.« Sie nahm ein weiteres Tablett heraus, auf dem Scarborough metallene Instrumente blitzen und blinken sah: Spritzen in verschiedenen Größen.

»Ich weiß nicht, worauf Sie hinauswollen«, sagte er verzweifelt. Wenn er nur das Gespräch in Gang halten könnte ...

»Bewußt vielleicht nicht. Sagen wir einfach, ich führe Sie jetzt auf den richtigen Weg.« Sie hob eine große Spritze und hielt sie ins Licht. »Ich nehme nämlich an, daß Ihr Unterbewußtsein es genau versteht, nicht wahr? Verborgene Erinnerungen? Die verschüttete, vergessene Vergangenheit? Das, Scarborough, wollen wir jetzt als nächstes untersuchen. Ein wenig Druck an der richtigen Stelle, ein paar kleine Anpassungen, und Sie werden ein neuer Mensch. Das ist meine Spezialität.«

»Die Inquisition des Torquemada hat die Streckbank, den Folterhelm und glühende Eisen benutzt. Sie verwenden Chemikalien.«

Sie legte die Spritze zur Seite. »Aber verstehen Sie es denn nicht, Scarborough? Es ist alles nur Chemie. Das Geheimnis des Lebens, das Geheimnis des Bewußtseins, die Geheimnisse aller Dinge, die man sich nur vorstellen mag – jedenfalls, soweit wir Menschen betroffen sind. Wenn Sie morgens aufstehen, trinken Sie eine Tasse Kaffee – und nehmen damit Einfluß auf Ihre Körperchemie. Mit einem sehr unvollkommenen Mittel, nebenbei bemerkt. Sie trinken einen Whisky – übrigens sollten Sie damit aufhören, Scarborough. Ich sehe hier, daß Sie einen kleinen Leberschaden haben. Sie trinken also einen Whisky, und auch der verändert Ihre Körperchemie. Instinktiv wissen wir Bescheid, wir wissen nur nicht, wie wir damit umgehen sollen. Dieses Gebiet studiere ich, Scarborough. Und einige Rätsel habe ich gelöst. Ob ich kein Gewissen habe? Vielleicht habe ich wirklich keines. Vielleicht habe ich meine eigenen Gründe, dies alles zu tun – meine eigenen Dämonen. Sie kennen doch sicher den Spruch ›Heiler, heile dich selbst‹. Nun, vielleicht bin ich ein Heiler, dem das gelungen ist.«

»Warum erzählen sie mir das alles?«

Sie zuckte die Schultern. »Es ist angenehm, jemanden zum Reden zu haben. Ein gefesseltes Publikum, das über die Intelligenz verfügt, mich zu verstehen. Vielleicht finde ich Sie sogar faszinierend, Scarborough. Vielleicht benutze ich Sie als eine Art Beichtvater. Was würden Sie davon halten?«

»Ich würde denken, daß es stimmen könnte. Aber da Sie eine so intelligente Frau sind – hatten Sie eigentlich nie Gewissensbisse wegen der Dinge, die Sie tun? Haben Sie keine Achtung vor den Menschenrechten und der Würde des Menschen?«

Sie sah ihn scharf an, und ihre Augen wurden plötzlich wieder kalt wie Stein. »Vielleicht früher einmal, Scarborough. Vielleicht hatte ich als junges Mädchen wirklich noch hochfliegende Träume und Ideale. Vielleicht war ich sogar bei ein paar Protestmärschen dabei und habe mich Greenpeace angeschlossen, was weiß ich. Aber wenn man älter wird, beginnt man, die Wahrheit zu erkennen. Und die Wahrheit ist, daß die Menschen tief innen scheußlich entstellte Geschöpfe sind. Bei den Menschen, die mir begegnet sind, konnte ich keinen Respekt vor den Menschenrechten und vor der Würde des Menschen feststellen. Nicht bei denen, die mich verletzt und mich geformt haben.«

Ein seltsames, halb irres Lächeln flackerte über ihr Gesicht. »Vielleicht sind es genau diese Erfahrungen, die mich antreiben. Ich will die menschliche Rasse vervollkommnen. Ein besseres Leben durch die Chemie! Mitgefühl und Liebe durch die Nadel!« Sie nahm eine Spritze in die Hand, betrachtete sie und legte sie wieder zurück. »Sie sehen nicht so aus, als würden Sie sich besonders wohl fühlen, Scarborough. Vielleicht brauchen wir die Hilfe der Männer draußen, damit sich das ändert.«

»Sie glauben, die Handschellen reichen nicht?«

»Könnte schon sein.« Sie ging zur Tür und öffnete sie. »Meine Herren, würden Sie bitte hereinkommen? Halten Sie den Patienten fest, während ich ihm eine kleine Injektion gebe. Es wird nur einen Augenblick dauern.«

Einer der Männer lächelte. »He, Doc, das ist erheblich interessanter, als draußen vor der Tür Wache zu stehen.«

Der zweite kicherte. »Yeah. Wenn ich das wollte, dann hätte ich mich für den Wachdienst in Leavenworth beworben.« Sie gaben sich locker, als probten sie für eine Szene in einer Komödie. Anscheinend waren sie nun, da Richards fort und die Beute sicher verschnürt war, der Meinung, sie könnten sich etwas entspannen.

Aber Dr. Julia Cunningham war nicht in Stimmung für Komödien und Scherze. Ein einziger kalter Blick von ihr, und die Agenten verstummten abrupt und wurden sehr sachlich. Sie bauten sich neben Scarborough auf, jeder hielt eine Schulter des Gefangenen fest.

»Williams, würden Sie bitte Scarboroughs Ärmel hochkrempeln?«

»Hören Sie«, sagte Scarborough verzweifelt, »ist das

denn wirklich nötig? Sie sind ein intelligenter Mensch. Wir können doch darüber reden. Wir können zusammenarbeiten.« Energisch sollte es klingen, keine Angst verraten. »Sie haben mich davon überzeugt, wie wichtig Ihre Arbeit ist, Dr. Cunningham. Aber könnten wir es nicht einmal ohne Drogen versuchen?«

»Unsinn.«

»Doktor, der Ärmel hat sich in den Handschellen verfangen«, sagte einer der Männer.

»Kein Problem.« Metall klapperte, als die Frau ein Instrument vom Tablett nahm. Sie hob ein Skalpell, kam einen Schritt näher und winkte den Männern, ihr Platz zu machen. »Ich würde vorschlagen, daß Sie jetzt ganz still halten, Scarborough.« Sie packte den Ärmel und schnitt den Stoff bis zur Schulter auf. Scarborough zuckte zusammen, als er die leichte Berührung des kalten Metalls auf der Haut spürte.

»Sehr schön«, sagte sie, zurücktretend. »Jetzt können Sie ihn wieder festhalten.«

Doch in diesem Augenblick kam ein weiterer Mann in den Raum.

Scarborough sah ihn zuerst nur aus den Augenwinkeln, aber er erkannte ihn sofort und reagierte sofort auf ihn. Es war Ed Myers, der leise den Raum betrat. Scarborough kämpfte ohnmächtig gegen die Fesseln an und stieß die Schultern nach vorn. Die Agenten mußten sich über ihn beugen und ihn festhalten.

»Myers!« rief Scarborough. »Myers, du Hurensohn! Wie konntest du mir das nur antun?«

»Myers«, sagte Julia Cunningham stirnrunzelnd, »was machen Sie denn noch hier? Ich dachte, Sie müßten Ihr Flugzeug erreichen?

»Ich fürchte, ich habe es verpaßt«, entgegnete Myers und stellte sich mit einem raschen Schritt neben sie. »Aber das trifft sich ganz gut, weil ich hier noch etwas zu erledigen habe.«

Mit der Gewandtheit des Profis zog er seine Waffe, trat hinter Julia Cunningham, packte ihren Arm und setzte ihr die Mündung des Schalldämpfers an die Schläfe.

36. Kapitel

»So, meine Herren, und jetzt heraus mit Ihren Waffen und auf den Boden damit.«

»Myers, was fällt Ihnen ein?« sagte einer der Agenten. »Was zum Teufel soll das?«

»Ich versuche, etwas wiedergutzumachen. Und jetzt gehorchen Sie, sonst bringe ich die Frau um.« Seine Augen funkelten fast irr. »Ich werde dich hier rausholen, Scarborough. Ich hätte dich gar nicht erst hier hereinbringen dürfen. Es tut mir leid.«

Die Agenten schauten Julia Cunningham an, die sich steif wie ein Brett hielt; ihre Augen blickten ins Leere. Angst schien sie nicht zu haben, doch wie winkte den Männern, der Anweisung zu gehorchen.

Pistolen fielen auf den Boden und wurden mit den Füßen zu den Schränken hinübergestoßen.

»Gut, Doktor. Wo sind die Schlüssel für die Handschellen?«

»In der Tasche meines Kittels«, sagte sie mit monotoner Stimme.

»Gut. Holen Sie sie heraus, und befreien Sie den Mann, den Sie da an den Stuhl gefesselt haben.«

Sie nickte und griff in die Tasche. Als er den Edelstahl funkeln sah, fiel Scarborough ein, daß Julia Cunningham das Skalpell nicht weggelegt hatte.

»Myers!« rief er. »Paß auf, sie hat . . .«

Metall blitzte, als sie mit dem Skalpell quer über Myers' linken Arm und seine Brust hieb. Mit einem Schmerzenslaut gab Myers sie frei, und sie brachte sich mit einem Sprung in Sicherheit.

»Tötet ihn!« kreischte sie. »Legt ihn um – sofort!«

Die CIA- Männer bückten sich und wollten ihre Waffen aufheben, aber die Wunde, obwohl schmerzhaft und stark blutend, war alles andere als tödlich. Die Hand, mit der Myers die Pistole hielt, war unverletzt, und er richtete die Waffe mit dem Schalldämpfer auf seine Kollegen. Die Pistole spuckte, wurde herumgeschwenkt, spuckte noch einmal. Ein Grunzen und ein Stöhnen, und die CIA-Agenten warf es zu Boden. In ihren eleganten grauen Anzügen klafften häßliche Löcher. Julia Cunningham kreischte verzweifelt und stürzte vorwärts, um selbst eine Waffe aufzuheben.

Myers drehte sich um, zielte und schoß noch einmal.

Die Kugel traf Julia Cunninghams Schulter. Sie schwankte, schlug mit dem Kopf schwer gegen einen Metallschrank und sank bewußtlos auf den Boden.

»Nur gut, daß ich daran gedacht habe, den Schalldämpfer aufzusetzen«, sagte Myers. »Sonst würde es hier jetzt schon vor Militärpolizei und CIA-Agenten wimmeln. Mein Gott, dieses Miststück hat vielleicht Krallen, was?« Er verzog vor Schmerzen das Gesicht und besah sich seinen Arm. Scarborough konnte sehen, daß die Wunde blutete, aber anscheinend hatte das Skalpell keine ernsthafte Verletzungen verursacht.

»Ed«, sagte Scarborough, völlig überrascht von der Entwicklung. »Warum machst du das?«

»Ich habe es vermasselt, mein Freund. Ich habe mich von ihnen einschüchtern lassen. Sie haben meine Familie bedroht, und ich glaube, da muß bei mir irgendein Instinkt die Oberhand gewonnen haben. Die Familie beschützen oder so was. Es war dieser verdammte Richards, der mir gedroht hat, und ich wußte, daß Richards seine Drohung wahr machen würde.«

Er seufzte, ging zu der bewußtlosen Wissenschaftlerin und klopfte ihre Taschen ab. Als er es klimpern hörte, zog er die Schlüssel hervor. »Aber weißt du, letzten Endes steht ein Mann immer allein. Wenn sie dich beerdigen, dann liegst du allein im Sarg und hast lange, lange Zeit, in deinem eigenen Saft zu schmoren. Mit dem, was ich dir angetan habe, hätte ich nicht leben und nicht sterben können, Scarborough. Was jetzt noch geschieht, muß ich eben nehmen, wie es kommt.«

Er ging zu seinem gefangenen Freund und löste die Handschellen, die Scarboroughs Beine fixiert hatten.

»Drüben in der Offiziersmesse im zentralen Bereich von Kirtland wartet eine Freundin auf mich«, erklärte Scarborough. »Sie wartet darauf, daß ich mich melde und wird dafür sorgen, daß uns nichts passiert. Wir werden diese Verbrecher ans Licht bringen. Myers, mein Freund – *ich* habe die Männer hier erschossen, ist das klar?«

»Damit kämen wir nicht durch.« Er schloß auch die Handschellen an den Handgelenken auf. »Aber trotzdem, danke für das Angebot. Diese ganze Sache ist der entsetzlichste Mist, von dem ich je gehört habe. Wenn das ans Licht kommt, wird Watergate daneben aussehen wie ein neckischer Streich. Nun, mal sehen, wie es sich entwikkelt.«

»Wirst du vor Gericht aussagen?«

»Und ob, Everett. Ich bin noch nicht fertig mit meiner Wiedergutmachung. Ich habe mir ein paar dunkle Flecken auf der Seele zugezogen, und die . . .«

Es klang wie ein Peitschenschlag. Myers bog den Rükken durch, sein Gesicht wurde kreidebleich. Er taumelte und kippte über Scarborough.

Über seine Schulter hinweg konnte Scarborough Julia Cunningham sehen, die gerade aufstand. Sie hatte die Waffe eines der toten Agenten in der Hand. Blut aus der Schulterwunde rann über ihren weißen Laborkittel. Ihr blondes Haar hatte sich gelöst und hing wie ein unordentlicher Heiligenschein um ihren Kopf.

»Keine Bewegung, Scarborough. Bleiben Sie, wo Sie sind. Ich schlage Alarm.«

»Den Teufel werden Sie tun«, keuchte Myers plötzlich. Er drehte sich um, hob seine Waffe und schoß sie in die Brust. Der Aufschlag warf sie nach hinten. Sie stürzte über das Tablett mit den Medikamenten und Instrumenten, das sie auf dem kleinen Tisch abgestellt hatte.

Julia Cunningham kreischte.

Sie fuchtelte wild herum, um einen Halt zu finden, aber es gab nichts, an dem sie sich hätte festhalten können. Vor den Schränken kippte sie herunter, die Tabletts rutschten vom Tisch und krachten auf den Boden. Glas splitterte, und Klammern, Zangen, Skalpelle, Spritzen und die Flüssigkeiten aus den geborstenen Flaschen, alles fiel und rann über sie, in ihr Gesicht und in ihre offene Schulterwunde.

Julia Cunningham schrie wieder und verkrampfte sich.

Myers hatte sich ein wenig vor Scarborough aufgerichtet, aber jetzt brach er zusammen.

Julia Cunningham wand sich vor Schmerzen.

Scarborough konnte sehen, daß sie nicht nur durch einige Instrumente und die Glassplitter der zerbrochenen Ampullen und Flaschen verletzt worden war. Größere Mengen der Psychopharmaka waren durch die Wunde direkt in ihren Kreislauf gelangt, und die Drogen begannen sofort zu wirken.

Dr. Julia Cunningham starb nicht einfach, sie starb mitten im schlimmsten Drogentrip, den man sich vorstellen mochte.

Sie keuchte und wand sich. Sie rollte sich zusammen wie ein Fötus, das Gesicht war entstellt und erinnerte kaum noch an das eines Menschen. Die Augen schienen fast aus den Höhlen zu treten, und die purpurn angelaufene Zunge zuckte im Mund hin und her.

Zwischen den Lippen sprudelte Blut hervor.

Scarborough wandte sich von dem entsetzlichen Anblick ab, um sich um Myers zu kümmern. Die Wissenschaftlerin konnte ihnen jetzt nicht mehr gefährlich werden. Sein Freund lag auf dem Boden und atmete langsam und flach. Scarborough kniete sich neben ihn und nahm ihm die Waffe aus der Hand.

Flatternd öffneten sich die Augenlider des Mannes. Er sah Scarborough an, aber sein Blick schien in die Ferne gerichtet. »Es ist am besten so . . . jetzt ist . . . wenigstens meine Familie sicher«, sagte er leise. »Scarborough . . .«

»Ja, Myers, was soll ich tun?«

»Camden. Hier auf dem Flur . . . Links. Vier Türen weiter. Die Tür ist offen. Dein Freund Jake Camden. Nicht in guter Verfassung, aber besser dran als ich.« Er hustete und spuckte Blut. Die Augenlider flatterten wieder, und es sah aus, als wollte das wenige Licht in seinen Augen jeden Moment verlöschen.

»Myers, nein! Nein, warte. Du mußt mir sagen . . .«

»Was sagen?« Die Stimme war fast unhörbar, die Lippen bewegten sich kaum noch.

»Diane! Meine Tochter. Wo ist Diane?«

Myers schüttelte mühsam den Kopf. »Sie haben Diane nicht entführt. Das war nicht die CIA . . . nicht die Editoren und Publisher.«

»Um Himmels willen, was ist denn dann mit ihr passiert?«

Die letzten Worte sprach Myers gurgelnd. Es war klar, daß der Mann starb. »Die *›Anderen‹* haben Sie, Scarborough. Die ›Anderen‹.«

»Die ›Anderen‹? Was meinst du damit – Ed?«

Aber die Lippen bewegten sich nicht mehr, und das Licht in seinen Augen war erloschen.

Edward Myers war tot.

»Verdammt!« rief Scarborough. Er blickte auf. Julia Cunningham hatte sich in dem Chaos aus Glas, Instrumenten und Blut herumgewälzt und die Hände vors Gesicht geschlagen.

Scarborough stand auf und ging zu ihr.

»Die ›Anderen‹, Dr. Cunningham«, sagte er, als sie einen Augenblick zu stöhnen aufhörte. Er kniete sich neben sie. »Wer sind die ›Anderen‹?«

Sie öffnete die Augen, aber in ihnen waren nur Angst und Entsetzen zu sehen, kein Erkennen.

»Geht weg, geht weg!« keuchte sie.

»Die ›Anderen‹, Dr. Cunningham. *Wer sind sie? Wer sind die ›Anderen‹? Wo ist meine Tochter? Wer sind die ›Anderen‹?«*

»Sie selbst sind es, Scarborough«, sagte sie krächzend. Die Worte waren kaum zu verstehen. »Sie selbst sind es.«

Und dann, nach einem letzten Zucken, das ihren ganzen Körper durchlief, starb die Frau.

Die Drogen hatten sie um den Verstand gebracht. Sie war nicht bei Sinnen. Dennoch gab es etwas, das er tun konnte, und das tat er jetzt. Er ging zu dem Schreibtisch, auf dem die Akten lagen, die sie durchgesehen hatte. Der Bericht über ihn. Er faltete den Papierstapel zusammen und steckte ihn in die Tasche.

Myers hatte natürlich vollkommen recht.

Er mußte sehen, daß er hier herauskam.

Scarborough fand Camden in dem Raum, den Myers ihm beschrieben hatte. Er hing schlaff auf einem Stuhl und sah aus, als hätte er gerade dem Tod ins Gesicht geschaut und wäre bereit, das irdische Jammertal für immer zu verlassen.

»Camden, Camden! Mann! Alles in Ordnung?«

»Nein, ganz im Gegenteil.«

Auf den Fluren hatten keine Sirenen geheult, es hatte keinen Alarm gegeben, nirgends war das Trampeln von Soldatenstiefeln zu hören. Scarborough hatte keine Menschenseele gesehen. In diesem Teil der Einrichtung gab es offensichtlich nicht viel Personal. Das war, wenn man bedachte, welch streng geheimen Dinge hier vor sich gingen, eigentlich auch ganz logisch.

Und für ihn war es ein großer Vorteil. Es bedeutete, daß sie eine Chance hatten, herauszukommen. Wenn er nur Jake Camden auf die Beine bringen konnte.

»Wie wär's mit einem Glas Wasser?«

»Wie wär's mit einem Glas Whisky?«

»Hier gibt's nur Wasser.«

Scarborough ging auf den Flur hinaus und fand eine Toilette, wo es einen Trinkwasserspender und Papierbecher gab. Er schenkte zwei Becher voll. Den ersten flößte er Camden vorsichtig ein, den zweiten spritzte er ihm ins Gesicht.

»He, was soll denn das?« sagte Camden spuckend.

»Kommen Sie. Wir haben keine Zeit, noch länger herumzutrödeln. Wenn wir nicht bald hier herauskommen, dann werden wir wahrscheinlich sehr lange hier bleiben müssen.«

Das brachte Camden in Bewegung. »Sie haben recht.« Er schwankte leicht und hatte einige Koordinationsschwierigkeiten, aber immerhin konnte er aufstehen und in Richtung Tür wackeln. Scarborough faßte ihn am Arm und stützte ihn. »Gut, daß Sie die Kanone haben«, murmelte der Reporter.

»Es ist nur schade, daß ich kein sehr guter Schütze bin.«

»Soll ich sie nehmen?«

»Vielen Dank, Camden, aber ich fürchte, Sie würden aus Versehen am Ende noch *mich* erschießen.«

»Vielleicht haben Sie da sogar recht.«

»Die Frage ist jetzt, wie wir hier herauskommen.«

»Wollen Sie sich zuerst noch hier umschauen? Damit Sie sehen, was die hier gemacht haben?«

»Sie können es mir später beschreiben. Im Augenblick will ich nur raus.«

»Was ist mit Diane?«

»Myers sagt, daß die Leute hier sie nicht haben.«

»Und was ist mit Myers?«

»Tot.«

»Scheiße. Und diese blonde Ärztin?«

»Ganz besonders tot.«

Camden grunzte. »Da geht's mir gleich besser.«

»Ihr sicher auch.«

Sie eilten den Flur hinunter. Zwar wußten sie nicht, wohin, aber sie wußten, daß sie es auf jeden Fall sehr, sehr eilig hatten.

37. Kapitel

Der Wind ließ ihr Haar flattern, neben ihr auf dem Beifahrersitz flatterte die Karte des Stützpunktes. Der geborgte Toyota Celica schnurrte über die Straße, die zum CIA-Quartier im entlegendsten Teil des Luftwaffenstützpunktes Kirtland führte.

Natürlich war diese Einrichtung nicht eingezeichnet. Nirgends gab es einen Hinweis darauf – das einzige Anzeichen, daß dort, am Rande von Kirtland, überhaupt Gebäude existierten, waren ein paar unbeschriftete Quadrate. Für eine unbefangenen Betrachter der Karte hätten es auch Toiletten sein können. In der Nähe war nichts weiter zu sehen, und so war dieses Gebiet sicherlich ein guter Ort, um eine geheime Dienststelle unterzubringen.

Marsha wollte so schnell wie möglich dorthin. Inzwischen gab es überhaupt keinen Zweifel mehr, daß Scarborough mit seiner Mission gescheitert war. Eine andere Erklärung dafür, daß er nicht in der Offiziersmesse erschienen war, wollte ihr nicht einfallen. Sie hatte ihm sogar die Telefonnummer gegeben, unter der er sie hätte erreichen können – aber es war kein Anruf gekommen.

Sie behielt die Straße genau im Auge, ob ihr Fahrzeuge entgegenkämen. Dies war die einzige Zufahrt zu dem Geheimquartier, doch in der halben Stunde, die sie unterwegs war, kam ihr kein einziger Personenkraftwagen oder Lastwagen entgegen.

Wenn Scarborough nur nicht tot war.

Aber irgendwie konnte sie das nicht glauben. Das Band, das zwischen ihnen entstanden war, fühlte sich nicht an, als wäre es zerschnitten. Marsha wußte es, sie spürte einfach, daß er noch lebte und nach ihr suchte.

Er saß einfach nur ziemlich tief in der Tinte.

Als sie den Zaun und das Tor erreichte, wußte sie, daß es Probleme geben würde. Aber damit hatte sie gerechnet und hatte sich einen Schlachtplan zurechtgelegt.

»Guten Tag, Lieutenant«, sagte der Soldat am Tor, nachdem er höflich salutiert hatte. »Darf ich Ihre Ausweise und Ihren Passierschein sehen?«

»Gewiß.« Sie gab ihm ihre ID-Karte, die er gründlicher untersuchte, als es an solchen Posten sonst üblich war.

»Und Ihren Passierschein, bitte.«

Sie gab ihm die Karte, die sie als Computerspezialistin auswies, die Systemanalysen für die Air Force durchführte.

»Das ist soweit alles in Ordnung, aber es ist nicht das, was ich brauche. Wen wollen Sie hier aufsuchen?«

»Die Computerabteilung. Dort gibt es einen Notfall, und sie haben mich geholt, damit ich die Sache in Ordnung bringe.«

»Ich habe keine Anweisung, daß Sie hier erwartet werden, Lieutenant Manning. Normalerweise werden wir entsprechend unterrichtet.«

Sie seufzte. »Muß ich jetzt etwa bis zum Hauptbüro des Stützpunktes zurückfahren und mir eine schriftliche Erlaubnis holen?«

»Gibt es jemanden, den ich anrufen kann?«

»Ja.« Verzweifelt überlegte sie, welchen Namen Scarborough genannt hatte. »Doktor . . .«, begann sie. Sie war sich noch nicht ganz sicher. »Oh, richtig. Doktor Julia Cunningham. Rufen Sie sie bitte an. Sie wird persönlich herauskommen und Ihnen bestätigen, daß ich herein darf. Würde Ihnen das reichen?«

Der Wächter lächelte nicht, er nickte nicht einmal, ging einfach nur in seine Wachhütte zurück und blätterte eine Telefonliste durch. Dann nahm er den Hörer ab und wählte eine Nummer.

Was jetzt? fragte sie sich. Das Gaspedal durchtreten und das Tor rammen? Das wäre nicht besonders klug, denn die Tore wurden heutzutage nicht mehr aus zerbrechlichem Holz, sondern aus ziemlich stabilem Metall gebaut. Nein, sie mußte einfach abwarten und versuchen, mit einem Bluff hineinzukommen.

Ja, einfach abwarten und das Beste aus der Situation machen.

Ungefähr hundert Meter hinter dem Tor sah sie ein gedrungenes, schlichtes Gebäude. Aus einer Seitentür kamen zwei Gestalten heraus, und Manning erkannte sofort, daß sie eindeutig nicht wie Mitarbeiter der Air Force oder der CIA aussahen.

Sie wirkten sogar ziemlich abgerissen und erweckten den Eindruck, als wären sie auf der Flucht. Rasch entfernten sie sich in die andere Richtung, als suchten sie etwas.

»Es tut mir leid, Lieutenant, aber Dr. Julia Cunningham meldet sich nicht. Ich fürchte . . .«

»Warten Sie mal, Corporal. Da drüben sehe ich einen Mann, mit dem ich zusammenarbeiten soll. Er ist gerade aus dem Gebäude gekommen. Können wir irgendwie Kontakt mit ihm aufnehmen?«

Der Corporal sah sie erschrocken an. »Das verstößt aber gegen die Vorschriften.«

»Corporal, ich weiß zufällig, daß ein Megaphon zur Standardausrüstung von Kontrollposten gehört. Sie können das Magaphon benutzen. Los, rasch.«

»Ich habe noch nie . . .«

»Corporal, mir ist bekannt, daß diese Einrichtung geheim ist. Aber wir befinden uns hier auf Militärgelände, und ich bekleide einen höheren Rang als Sie. Betrachten Sie das als Befehl.«

Der Soldat griff nach Megaphon. »Wie ist sein Name?«

»Captain ... Captain Everett. Nennen Sie meinen Namen.«

Der Soldat setzte das Megaphon an die Lippen, legte den Schalter um, und seine Stimme dröhnte über das Gelände.

»Ich rufe Captain Everett. Achtung, Captain Everett. Lieutenant Marsha Manning bittet Sie zum Tor.«

Marsha konnte sehen, wie sich die beiden Gestalten umdrehten. Einen Augenblick sah es so aus, als wollten sie weglaufen ...

Nein, Everett, nein. Ich bin es doch.

Sie rannten nicht weg.

Vielmehr liefen sie einige Augenblicke später in Richtung des Tors.

»Danke, Corporal, ich werde Sie bei Ihren Vorgesetzten lobend erwähnen.«

»Warten Sie. Er trägt keine Uniform. Das ist überhaupt kein Captain. Ich erkenne ihn. Das ist ...«

Marsha Manning nahm die Pistole aus ihrer Handtasche und richtete sie auf den Corporal. Sie hatte das vermeiden wollen, aber in dieser Situation hatte sie keine Wahl.

»Wenn Sie sich umdrehen, werden Sie einsehen, daß es das beste ist, wenn Sie den Mund halten und Ihre Hände dort lassen, wo sie sind.«

Der Mann drehte sich um und starrte sie erschrocken an. Die Mündung der Waffe, die auf ihn gerichtet war, trieb ihm alles aus, was er in seiner Ausbildung gelernt hatte. Er wollte etwas sagen, aber die Worte blieben ihm im Hals stecken.

»Gut. Bewegen Sie sich nicht, sonst muß ich Sie töten.« Eine massive Drohung dürfte genug sein, um ihn einzuschüchtern, bis Scarborough das Tor erreicht hatte.

Ob man sie ins Zuchthaus Leavenworth steckte oder nicht, ihre Karriere bei der Air Force war sowieso vorbei.

Es spielte keine Rolle mehr.

»Achtung, Captain Everett. Lieutenant Marsha Manning bittet Sie zum Tor.«

Als die elektronisch verstärkten Worte wie Donnergrollen erklangen, war Scarboroughs erster Impuls gewesen, einfach wegzurennen. Camden, der sich rasch erholte, folgte ihm dichtauf. Er packte Scarborough am Arm und zog ihn herum.

»He, Mann. Ich glaube, die rufen Sie.«

Erst jetzt dämmerte es Scarborough, daß der Name Marsha Manning gefallen war.

Er drehte sich um.

In einiger Entfernung stand ein blauer Toyota Celica im Schatten des Wachhäuschens. Scarborough hatte gute Augen, aber so gut waren sie denn doch nicht – er konnte nicht erkennen, wer im Auto saß. Allerdings erkannte er am langen, frei fallenden Haar, daß es eine Frau sein mußte.

Marsha Manning! Sie war gekommen, um ihn abzuholen! Mit ihrer Hilfe würde Ihnen die Flucht vielleicht gelingen.

Sie mußten nur zu ihr laufen.

»Los, kommen Sie!« schrie er den Reporter an.

Camden brauchte keine weitere Einladung. Mit einer Geschwindigkeit, die für einen Mann in einer körperlichen und seelischen Verfassung äußerst erstaunlich war, humpelte er los und ließ Scarborough mühelos hinter sich zurück.

Sieh an, dachte Scarborough. Die Energie der Jugend. Er versuchte aufzuholen.

Das Rennen verlief unentschieden, aber als Camden den Wagen erreichte, hatte er sich völlig verausgabt. Scarborough war unendlich froh, als er sah, daß die Frau im Wagen tatsächlich Marsha Manning war. Sie hatte eine Pistole auf den Posten gerichtet und hielt ihn offensichtlich davon ab, um Hilfe zu rufen.

Camden lief um den Wagen herum, öffnete die hintere Tür und ließ sich auf den Rücksitz fallen.

»Marsha! Du glaubst nicht, wie froh ich bin, dich zu sehen!«

»Übertreib's nicht. Wer ist der Kerl auf dem Rücksitz?«

»Jake Camden.«

»Was ist mit Walter passiert?«

»Tot. Eine Falle, direkt hier am Tor. Ich erkläre es dir später. Wir müssen jetzt verschwinden.«

»Sie sind Scarborough«, murmelte der Wachsoldat. »Sie sind der Mann, der . . .«

»Genau, mein Freund. Hat Ihnen die Vorstellung vor kurzem gefallen?« Wütend nahm der Wissenschaftler Marsha die Pistole ab und versetzte dem Mann einen harten Schlag in den Nacken. Der Soldat ging sofort zu Boden, aber Scarborough fing ihn auf und schleppte ihn in die Wachstube.

»Was soll das? Du hast soeben dafür gesorgt, daß ich vor das Kriegsgericht komme.«

»Er wird bald wieder aufwachen. Ich wollte nur verhindern, daß er sofort jemanden anrufen kann.« Scarborough drehte sich um und musterte die Umgebung. In einiger Entfernung sah er ein paar Männer zwischen Gebäuden hin und her laufen, noch weiter entfernt bewegte sich ein Lastwagen. Das war einer der großen Vorteile dieser Dienststelle: kaum Publikumsverkehr, nur wenige Menschen unterwegs. Sie hatten eine gute Chance, unbehelligt davonzukommen, aber um das sicherzustellen, mußte der Uniformierte unauffällig aus dem Verkehr gezogen werden. In der Wachstube gab es einen Hocker. Scarborough setzte den Mann darauf, riß die Telefonschnur heraus und benutzte sie, um Hände und Füße des Soldaten zu fesseln.

»Hast du ein Taschentuch?« fragte er Manning.

Sie fand eines in ihrer Handtasche. Scarborough knebelte den Corporal damit, sorgte aber dafür, daß die Nase frei blieb, damit er atmen konnte.

»Wir wollen hoffen, daß er noch eine Weile bewußtlos ist«, sagte Scarborough. Dann rannte er zur anderen Seite des Wagens, öffnete die Beifahrertür und stieg ein.

»Okay«, sagte er. »Setz zurück und wende, und dann sehen wir zu, daß wir hier rauskommen.«

»Antrag angenommen«, stöhnte Camden auf dem Rücksitz.

38. Kapitel

Nachdem Marsha auf die Hauptstraße des Stützpunktes eingebogen war, trat sie das Gaspedal durch und fuhr so schnell, wie es der Celica zuließ. Sie rasten durch die trokkene Wüstenlandschaft, und hinter ihnen stieg eine hohe Staubfahne auf, als würden sie vom Teufel persönlich gehetzt.

So falsch war der Vergleich gar nicht.

Sie wollten in der übersichtlichen Landschaft New Mexicos von einem Luftwaffenstützpunkt fliehen, und das war ein Problem. Sobald die Luftwaffe von ihrer Flucht erfuhr (oder besser die CIA, die sich auf dem Luftwaffenstützpunkt eingenistet hatte), brauchte sie nur noch einige der vielen Hubschrauber loszuschicken, die man hier zweifellos zur Verfügung hatte. Hervorragend ausgebildete bewaffnete Männer würden in die Maschinen steigen, und es konnte nicht lange dauern, bis man die Flüchtigen entweder gefaßt oder einfach vom Antlitz der Erde gebombt hatte.

Scarborough war sich ihres Dilemmas bewußt.

Ihm war klar, daß sie, wenn sie überhaupt eine Chance haben wollten zu fliehen, so schnell wie möglich dichtbesiedeltes Gebiet erreichen mußten. Außerdem mußten sie schnellstens den Wagen loswerden – aber nach Möglichkeit erst, wenn sie in einer Stadt untergetaucht waren. Diese Stadt, das war natürlich Albuquerque. Kein anderer Ort war nahe genug, um ihn schnell genug erreichen zu können.

Auf der Karte des Luftwaffenstützpunktes Kirtland, an die Marsha Manning glücklicherweise gedacht hatte, war am südlichen Rand und erheblich näher am CIA-Stützpunkt ein zweites Tor eingezeichnet, das wahrscheinlich sogar geeigneter war als das Haupttor.

Zu diesem Tor fuhr Marsha Manning jetzt mit Höchstgeschwindigkeit.

»Mir wurde irgendwann klar, daß etwas schiefgegangen ist. Ich mußte dich einfach abholen, auch wenn du mich gebeten hattest, es nicht zu tun.«

»Danke«, sagte Scarborough. Er war froh, daß sie zunächst eine Weile schweigend gefahren war. Er hatte etwas Zeit gebraucht, um wieder zu Atem zu kommen.

»Dann wirst du nicht mit mir schimpfen?«

Er holte tief Luft. »Ich glaube, was bisher noch an Starrsinn und Stolz in diesem alternden Körper gesteckt hat, wurde mir gründlich ausgetrieben.«

»Es tut mir leid, daß Walter tot ist. Und was ist mit Myers? Er hat dich verraten, nicht wahr? Und wo hast du Camden aufgelesen?«

Scarborough erzählte ihr die Geschichte, so gut das auf der fünfzehn Kilometer langen Fahrt bis zum Südtor möglich war. Als er geendet hatte, kam das Tor schon in Sicht, ungefähr einen Kilometer entfernt.

»Mein Gott, das ist unglaublich«, sagte sie. »Diese Wissenschaftlerin ... das klingt, als wäre sie wirklich eine schreckliche Frau gewesen.«

»Vielleicht hat mit ihrer Psyche etwas nicht gestimmt«, sagte Scarborough. »Wir können später noch ausführlicher darüber reden.« Daß er angeblich Kontakt zu Außerirdischen gehabt hätte, wollte er ihr nicht erzählen. Dieser Happen war etwas zu groß, um gleich an Ort und Stelle verdaut zu werden. Nur nicht im Augenblick darüber nachdenken.

»Hast du die notwendigen Papiere, Marsha?«

»Klar.«

»Ich fürchte, wir aber nicht.«

»Um einen Stützpunkt zu verlassen, brauchst du keinen Ausweis. Es würde mich nicht wundern, wenn sie uns einfach durchwinken.«

Scarborough drehte sich und wandte sich an Camden.

»Jake, setzen Sie sich bitte gerade, und rücken Sie auf die Seite, die am weitesten von dem Posten entfernt ist. Wenn wir angehalten werden, bewegen Sie sich nicht. Reden Sie nicht, halten Sie sich einfach still, und tun Sie so, als wäre mit Ihnen alles in Ordnung. Haben Sie das verstanden?«

»Hmm«, machte Jake. Er lag auf der Seite, das Gesicht tief ins schwarze Kunstleder des Rücksitzes gedrückt.

»Jake, kommen Sie hoch!«

Widerstrebend richtete sich der Reporter auf. Scarborough brachte sein zerzaustes Haar in Ordnung und zog sein Hemd zurecht, so gut es ging. Hoffentlich würde der Wachtposten nicht in den Wagen hineinriechen. Der arme Jake stank einfach erbärmlich.

»Wachtposten, direkt vor uns«, kündigte Marsha an. Sie holte tief Luft und machte sich auf das gefaßt, was kommen würde.

Der Soldat, seinem Kollegen zum Verwechseln ähnlich, winkte ihnen und forderte sie auf, anzuhalten.

»Na also«, murmelte Marsha leise, »immerhin schwenkt er nicht seine Knarre.«

»Er sieht auch nicht besonders beunruhigt oder erregt aus. Ich frage mich, warum er uns überhaupt anhält.«

Sie bremste dich vor dem Tor.

Der Mann beugte sich mit freundlichem Lächeln auf der Fahrerseite zum Fenster herunter. »Entschuldigen Sie, daß ich Sie angehalten habe, Lieutenant. Darf ich bitte Ihren Ausweis sehen?«

»Gibt es ein Problem?«

»Ja, ich kann auf Ihrem Auto keinen Aufkleber entdekken.«

»Oh, das ist es. Richtig, der Wagen gehört einem Freund, es ist gar nicht meiner.«

»Keine Sorge, Ihre Zulassung brauche ich auch nicht. Ich wollte mich nur vergewissern.« Er betrachtete die Eintragungen und das Foto auf Marshas Ausweis, dann verglich er sie mit dem Bild. »Ja, das scheint in Ordnung zu sein. Wie ich sehe, kommen Sie von Wright-Patterson?«

»Richtig.«

»Ich war mal dort stationiert.« Er blickte zur weiten Wüstenlandschaft hinaus. »Und ich dachte schon, *dort* wäre es langweilig.«

Marsha lachte freundlich. »Ja, ich weiß, was Sie meinen. So, wäre das dann alles, Soldat?«

Wie auf ein Stichwort klingelte das Telefon in der Wachstube, als sie das Wort ›alles‹ aussprach.

»Oh, ein Anruf – das ist sehr ungewöhnlich. Würden Sie

bitte noch einen Augenblick warten, Lieutenant? Ich möchte Sie noch etwas fragen.«

Das Telefon klingelte wieder.

Riefen Sie an, daß er die Ausfahrt sperren sollte? Was sonst konnte es sein? Scarborough spürte, wie sich seine Muskeln unwillkürlich verkrampften.

»Hören Sie, Soldat, wir haben es etwas eilig.« Das Telefon klingelte wieder. »Was wollten Sie denn fragen?«

»Ich hätte nur gerne gewußt, wie lange Sie wohl in New Mexico bleiben?«

»Ungefähr eine Woche.« Sie lächelte ihn an. »Das hier sind meine Brüder. Ich habe sie herumgeführt. Möchten Sie vielleicht mal etwas trinken oder zum Abendessen ausgehen?«

»Ja, also . . .«

»Sie können mich über Colonel Norths Büro erreichen. Rufen Sie mich morgen an, okay?«

»Klar, ja, aber sicher doch.«

Es klingelte wieder.

»Können wir jetzt fahren?«

»O ja, natürlich.« Etwas verdutzt und überglücklich, daß er eine Verabredung hatte, marschierte der Soldat zur Wachhütte und legte den Schalter um, der die Sperre öffnete. Noch während sich der Schlagbaum hob, nahm er den Hörer ab.

Marsha Manning verschwendete keine Zeit. Sobald der Schlagbaum hoch genug war, um darunter hindurchzufahren, gab sie Gas und beschleunigte energisch.

»Camden, sehen Sie sich um, und beobachten Sie, was hinter uns passiert.«

»Ich dachte, ich darf mich nicht bewegen.«

»Neue Anweisung von oben.«

»Ich bin gar nicht so sicher, ob ich mich überhaupt bewegen will. Ich fühle mich total steif, Mann. Und ich glaube, ich werde gleich das Bewußtsein verlieren.«

»Dann tun Sie das doch endlich, damit wenigstens ich ungehindert hinaussehen kann«, sagte Scarborough.

Camden brach auf dem Sitz zusammen, und Scarborough drehte sich um.

Der Mann telefonierte immer noch.

Falscher Alarm? Wenn die Nachricht gelautet hätte, daß alle Fahrzeuge zu überprüfen seien, dann wäre der Mann längst wieder auf die Straße gerannt und hätte hinterhergeschossen. Oder passierte so etwas nur in Filmen?

Auf jeden Fall klebte Marshas Fuß auf dem Gaspedal, das Tor schrumpfte hinter ihnen zu einem kleinen Punkt, und sie waren in Richtung Highway unterwegs.

»Ob er inzwischen Bescheid weiß?«

»Oh, wenn sie es bisher noch nicht wissen, dann werden sie es bald herausfinden«, sagte Manning. Sie packte das Lenkrad fester und schob entschlossen das Kinn vor. »Wir haben ja reichlich Spuren hinterlassen.«

»Es wäre jetzt nicht schlecht«, murmelte Scarborough, »wenn wir den Wagen wechseln könnten. Einen Wagen wie diesen hier können sie leicht finden.«

»Sicher, ich halte gleich mal bei Joes Gebrauchtwagenladen an der Ecke, da können wir einen neuen kaufen.«

»Bring uns einfach nach Albuquerque, Marsha. Mehr verlange ich gar nicht von dir.«

»Und von dort aus kommst du allein zurecht?«

Scarborough deutete mit dem Daumen zum Rücksitz. »Mit ihm ist ja im Augenblick nicht zu rechnen.«

Sie rasten über den schwarzen Asphalt, der die Wüste schnurgerade zerschnitt.

Den Winnebago sahen sie, als sie einen Felsvorsprung passiert hatten. Der Wohnwagen stand zur Hälfte auf dem Randstreifen, die andere Hälfte ragte in ihre Fahrbahn der zweispurigen Straße hinein. Vor dem Wohnwagen war auf der Straße eine Warnfackel aufgestellt worden, die grell leuchtete und eine dunkle Rauchsäule in die klare Nachmittagsluft aufsteigen ließ.

»Das sieht aus, als hätten sie eine Reifenpanne oder so«, bemerkte Marsha. Sie tippte leicht auf die Bremse.

»Ja.«

»Sollen wir halten und ihnen helfen, oder sollen wir lieber weiterfahren?«

»Du denkst in die gleiche Richtung wie ich, was? Du

fragst dich wohl, was wäre, wenn unser Auto auf einmal einen Motorschaden bekäme, so daß uns nichts anderes übrigbliebe, als zu halten und ihnen zu helfen, woraufhin wir sie bitten könnten, uns nach Albuquerque mitzunehmen.«

»So etwas habe ich mir in der Tat überlegt. Lassen wir den Celica doch einfach stehen. Die Air Force wird ihn bald finden, und mein Freund wird ihn zurückbekommen. Allerdings wird er danach wohl nicht mehr mein Freund sein.«

Scarborough grunzte. »Dann sieht es wohl so aus, als sollten wir halten.«

Marsha stieg härter auf die Bremse, lenkte den Wagen auf den Randstreifen und hielt kurz hinter dem Wohnwagen an. Sie schaltete die Zündung aus, und sie stiegen aus. Das grelle Sonnenlicht blendete sie.

Hinter dem Wohnwagen arbeiteten zwei Männer. Wie es aussah, war tatsächlich ein Reifen platt. Sie waren gerade damit beschäftigt, das schwere Fahrzeug anzuheben, hatten aber anscheinend Probleme mit dem hydraulischen Wagenheber.

»Hallo!« rief Scarborough. »Wir haben gesehen, daß Sie eine Panne haben. Wir haben auch eine. Sollen wir uns zuerst um Ihren Wagen kümmern?«

Die beiden Männer blickten auf und drehten sich zu ihnen herum.

Einer war jünger, vielleicht Ende Zwanzig. Er trug ein Lacoste-Hemd mit grünen Streifen, Blue jeans und Tennisschuhe. Der zweite, ältere Mann hatte ein gelbrotes Hawaiihemd an, das weit bis zum Bauch herunter aufgeknöpft war, und eine weiße Tennishose.

»Aber sicher doch, Mr. Scarborough«, sagte der ältere. »Das wäre sehr freundlich von Ihnen.«

39. Kapitel

Er hatte Kopfschmerzen.

Sein Kopf fühlte sich mies an. Ein spitzer Schmerz, als hätte man ihm einen Korkenzieher in den Nacken gedreht.

Scarborough wachte auf. (Wieso wachte er auf? Hatte er denn geschlafen?) Einen Zeitsprung schien es nicht gegeben zu haben. Doch als er länger darüber nachgedacht hatte, erkannte er, daß er sich irrte. Aber er war so durcheinander, daß er nicht wußte, wohin er geraten war, und er konnte sich auch nicht erinnern, wo er abgehoben hatte.

Scarborough blickte nach vorn. Er saß auf dem Beifahrersitz eines Fahrzeuges, hoch über dem Boden. Draußen vor der großen Windschutzscheibe blendete grelles Sonnenlicht.

Er hatte Angst, und er fühlte sich, als wäre es aus und vorbei mit ihm.

Ich muß hier raus, dachte er. Ich muß sofort hier raus.

Hastig wollte er die Tür öffnen, aber sie war verriegelt. Verzweifelt hämmerte er dagegen und drückte noch einmal fest auf den Griff.

Es war zwecklos.

Scarborough geriet in Panik. Er wollte zum Fahrersitz hinüberrutschen, doch in diesem Augenblick umfing ihn von hinten ein Arm und zog ihm mit Gewalt auf den Beifahrersitz zurück.

»Was . . .«

»Bewegen Sie sich nicht, Scarborough«, sagte eine tiefe, drohende Stimme. »Drehen Sie sich nicht um.«

Scarborough war viel zu benommen, um sich ernsthaft zu wehren.

»Wer sind sie?« quetschte er heraus. Das war natürlich eine dumme Frage, dachte er sofort danach, denn er wußte nur zu genau, wer es war.

Sie waren es.

»Es ist zu früh, um uns offen zu zeigen.«

»Sie haben Diane. Sie haben meine Tochter.«

»Das ist richtig, Everett Scarborough. Vergessen Sie das

nicht. Wir haben ihre Tochter. Ihr wird nichts geschehen, ihr wird kein Leid angetan – unter der Bedingung, daß Sie kooperieren.«

»Was soll ich denn tun?«

Scarborough roch Eau de Cologne. Brut.

Der Mann schwieg. Es war ein lastendes, bedrohliches Schweigen. Scarborough spürte den Einfluß von etwas Fremdem. Die Person hinter ihm (die Person?) besaßen eine ungewöhnliche *psychische Tiefe*, eine große Intelligenz. Aber wie konnte er das überhaupt wissen? fragte er sich sofort.

Er hatte keine Zeit, länger darüber nachzudenken.

Die tiefe Stimme sprach energisch weiter.

»Im Handschuhfach dieses Fahrzeugs finden Sie ein Kassettengerät. Ihre Anweisungen wurden auf Band gesprochen.«

»Ich verstehe.« Scarborough war in Versuchung, einfach aufzuspringen, den Mann hinter ihm anzugreifen und die Wahrheit aus ihm herauszuprügeln. Er wollte ihn zwingen, ihn zu seiner Tochter zu führen. Aber das Gefühl der Bedrohung war so stark, daß Scarborough seine ganze Willenskraft aufbieten mußte, um seine Angst niederzuringen. »Meine Freunde . . .«

»Ihren Freunden geht es gut.«

»Sie haben auf uns gewartet. Die Männer am Wohnwagen, das waren Sie.«

»Ja. Scarborough, Sie müssen die Anweisungen auf dem Band befolgen. Ich kann Ihnen gar nicht nachdrücklich genug sagen, daß Sie sich unbedingt daran halten müssen.«

»Wer sind Sie? Was wollen sie? Was ist hier los?«

Er bekam keine Antwort.

Scarborough spürte plötzlich einen Stich im linken Arm, es roch noch stärker nach einem Männerparfüm . . .

Und dann stürzte er in die Dunkelheit wie in kaltes, schwarzes Wasser.

Allmählich wachte Everett Scarborough auf.

Der erste Schritt war eine sehr lange Phase, in der er

zwischen völligen dunklen Abschnitten Bewegungen spürte.

Dann, unvermittelt, begann die Traumphase.

Er träumte, er würde fallen. Er träumte vom Fliegen. Er träumte alle Träume noch einmal, die er bisher in seinem Leben geträumt hatte, persönliche Träume und klassische Träume – als liefe vor seinem inneren Auge eine Art Rückschau ab, wie es angeblich den Menschen geschieht, die im Sterben liegen.

Er sah seine Alpträume.

Doch als Scarborough ins nächste Stadium des Erwachens hinüberglitt, hatte er keine Angst. Er empfand nicht einmal Unbehangen. Vielmehr fühlte er sich entspannt und friedlich. Die nächste Phase ähnelte einem sanften, weichen Schweben. Er döste und trieb schwerelos in einem Meer, in dem ihn nichts Störendes berühren konnte.

Irgendwann bemerkte er dann, daß die Bewegungen aufgehört hatten.

Er schlief wieder ein.

Als er ganz wach wurde, fuhr er sofort erschrocken auf. Er hob den Kopf und sah sich um.

Er lag auf einer Koje, die in die Wand eines kleinen Raumes eingelassen war. Neben sich konnte er zahlreiche Schränke, einen Kühlschrank, einen Tisch, eine Bar, Hokker, eine Couch, einen Fernseher und drei oder vier weitere Kojen sehen. Der Raum roch nach schlafenden Menschen, abgestandenem Kaffee und nach einer Klimaanlage. In den anderen Kojen lagen zwei Menschen, die beide schliefen.

Jake Camden und Marsha Manning.

Einen Augenblick fühlte Scarborough sich völlig desorientiert. Er wußte nicht, wo er war, und er fühlte sich sehr benommen. Aber ein Wort fiel ihm immer wieder ein, und dank dieses Wortes kehrten schließlich auch die Erinnerungen zurück und füllten die Leere.

Das Wort war *Winnebago.*

Sie befanden sich im Wohnwagen.

Er erinnerte sich jetzt, wie sie am Straßenrand gehalten

hatten und ausgestiegen waren. Sie hatten die Männer gefragt, ob sie Hilfe brauchten.

Einer von ihnen hatte etwas aus der Tasche gezogen und damit auf sie gezielt, und in diesem Augenblick setzte seine Erinnerung aus.

Irgendwann war er dann auf dem Beifahrersitz des Wohnwagens kurz erwacht.

War das ein Traum gewesen? fragte er sich. Und gab sich selbst die Antwort, und sie ließ keinen Zweifel zu.

Nein. Das war die Realität gewesen. Eine ausgesprochen bedrückende Realität.

Seine erste Sorge galt Marsha.

Sie lag in der Koje, die seinem Schlafplatz am nächsten war. Er stand auf und schüttelte sie leicht am Arm. »Marsha«, sagte er. »Marsha, wie geht es dir?«

Sie öffnete die Augen, blinzelte und erkannte ihn.

»Hallo«, sagte sie und streckte ihm die Arme entgegen.

Er nahm die Einladung gern an, beugte sich über sie, umarmte sie und küßte sie ebenso zärtlich wie leidenschaftlich. Ihre Nähe ließ die Angst von ihm abfallen, die ihn zu überwältigen drohte. Aber so schön der Moment auch war, die Realität forderte ihren Tribut.

Wo waren sie?

Warum befanden sie sich auf einmal in dem Winnebago?

Genau das fragte Marsha, als sie sich umgesehen hatte.

»Ich bin nicht sicher«, antwortete er ihr. »Ich bin selbst auch noch ziemlich durcheinander.«

»Diese Männer – jetzt erinnere ich mich an sie.«

Scarborough blickte zum vordern Teil des Fahrzeugs. Ein Vorhang trennte die Fahrerkabine vom Wohnbereich.

»Vielleicht sollten wir uns etwas umsehen; vielleicht bekommen wir sogar eine Chance, mit den Leuten zu sprechen, die uns gefangengenommen haben.«

Er hatte einen Verdacht, wer sie waren – die Männer, die ihn in der New Yorker U-Bahn gerettet hatten und die er an jedem Abend in Baltimore hatte stellen wollen –, aber er sagte Marsha zunächst kein Wort davon. Das konnte warten.

Schnell half er ihr aus der Koje, und zusammen gingen sie nach vorn zum Vorhang. Scarborough zog ihn mit einem Ruck zurück, auf alles gefaßt.

Doch außer zwei leeren Sitzen war nichts zu sehen.

»Es scheint so, als wären wir allein«, sagte Marsha.

»Ich sehe mich mal draußen um.«

»Falls wir nicht eingesperrt sind.«

»Das werden wir gleich wissen.«

Er kletterte auf den Fahrersitz und wunderte sich, wie beweglich und erfrischt, wie kräftig er sich fühlte. So gut war er seit dem Beginn seines Abenteuers nicht in Form gewesen.

Der Türgriff ließ sich herunterdrücken, und die Tür öffnete sich. Ein Schwall heißer, trockener Luft wehte herein. Scarborough trat auf den Kies hinaus und entfernte sich ein Stück vom Wagen.

Der Winnebago stand am Straßenrand eines Highways.

In einer Richtung waren Berge, ein Stück Wüste und ein klarer, blauer Himmel zu sehen. In der anderen Richtung konnte Scarborough Restaurants, Tankstellen, einen Gebrauchtwagenhandel und in einiger Entfernung die Spitzen höherer Gebäude ausmachen, die in der Hitze flimmerten. Dort war eine größere Stadt.

»Es sieht aus, als wären wir immer noch irgendwo im Südwesten, das ist mal sicher«, sagte Marsha. Sie rieb sich den Schlaf aus den Augen.

»Aber wo? Arizona vielleicht?«

»Kann sein.«

»Dann haben sie uns hergefahren und uns dann verlassen. Aber warum?«

Im Winnebago klapperte und polterte es.

»Dein Freund Camden entspricht exakt deiner Beschreibung«, sagte Marsha trocken.

»Er hat ja auch eine Menge durchgemacht.«

»Ich hätte nie vermutet, daß du ihn eines Tages mal in Schutz nehmen würdest.«

»Wir sollten lieber wieder einsteigen und sehen, wie es ihm geht.«

Sie kletterten über die Sitze in den hinteren Teil des

Wohnwagens zurück. Im Küchenbereich, mitten zwischen Töpfen, Pfannen und anderen Utensilien, die auf dem Boden verstreut lagen, stand Jake Camden. Er starrte sie mit großen Augen an und sagte: »Hallo, ihr beiden. Könnt ihr mir mal helfen? Ich wollte mir gerade einen Kaffee machen.«

Scarborough lachte erleichtert. »Ja, ich glaube, das läßt sich einrichten, Jake.«

»Die Milch habe ich gefunden. Der Kühlschrank ist mit Lebensmitteln vollgestopft. Nur den Kaffee kann ich nicht entdecken. Übrigens, wo bin ich hier eigentlich?«

»Jake, Sie befinden sich in einem Winnebago.«

»In einem Winnebago? In einem Wohnwagen?«

»Genau.«

Jake Camden verzog das Gesicht. Er wußte offenbar nichts mit der Antwort anzufangen, doch dann zuckte er die Schultern und begann wieder, nach Kaffee zu suchen.

»Könnten Sie uns auch einen Kaffee machen, Jake?« fragte Scarborough.

»Was haben Sie vor, Ev?«

Scarborough war schon wieder zum Fahrerhaus unterwegs.

Der Traum. Er hatte geträumt, auf dem Beifahrersitz des Winnebago zu sitzen. Aber es war kein Traum gewesen.

Jetzt erinnerte er sich. Das Band – der Kassettenspieler im Handschuhfach.

Er ließ sich auf den Beifahrersitz fallen und öffnete das Handschuhfach, das nicht verschlossen war.

»Ich suche eine Art Zulassung. Ich möchte wissen, wem das Fahrzeug gehört.« Er wollte seine Gefährten nicht beunruhigen und verschwieg ihnen die schreckliche Bedrohung, die er empfunden hatte, sein Entsetzen, seine Angst.

Fahrzeugpapiere fand er nicht, aber dafür einen Walkman von Sony mit einem kleinen Lautsprecher.

Marsha setzte sich auf den Fahrersitz und starrte das Gerät an, das Scarborough nachdenklich in der Hand wog.

»Meine Güte«, sagte sie. »Der Weihnachtsmann war da.«

»Ich glaube, mir bleibt kaum etwas übrig, als die Anweisungen zu befolgen.«

Scarborough drückte auf »Play«.

Einen Augenblick war Rauschen zu hören, dann begann eine Stimme zu sprechen:

Diese Botschaft ist für Everett Scarborough bestimmt.

Bitte nehmen Sie zur Kenntnis, daß Sie in einem Fahrzeug sitzen, dessen Benzintank gefüllt ist. Das Fahrzeug ist in einwandfreiem Zustand. Hinten sind reichlich Vorräte und frische Kleidung für Sie und Ihre Begleiter gelagert. Im Handschuhfach werden Sie keine Zulassung finden, aber Sie werden sie höchstwahrscheinlich ohnehin nicht brauchen. Bitte beachten Sie aber, daß dort ein Umschlag mit fünftausend Dollar in Hundertdollarnoten liegt.

Sie befinden sich augenblicklich ein Stück außerhalb der Stadt Prescott, Arizona.

Wir haben Ihre Tochter Diane, Scarborough. Sie ist in Sicherheit, und es geht ihr gut, und so wird es bleiben, wenn Sie weiterhin mit uns kooperieren.

Für den Augenblick können Sie tun und lassen, was Sie wollen. Es ist nicht der richtige Augenblick, um direkt mit Ihnen Kontakt aufzunehmen. Wenn der Zeitpunkt kommt, werden wir uns melden.

Bis dahin leben Sie wohl, Mr. Scarborough. Eines Tages werden wir alle ihre Fragen beantworten.

Das Band rauschte nur noch.

»Aber wer sind diese Leute?« fragte Marsha, das lastende Schweigen durchbrechend.

»Habe ich recht gehört, daß jemand fünftausend Dollar erwähnt hat?« sagte Camden. Er lugte strahlend durch den Vorhang.

Plötzlich wurde es Scarborough zu eng im Führerhaus. Er hatte das Gefühl, als zöge sich das Metall und Plastik des Wohnwagens um ihn zusammen und wolle ihn erdrosseln.

»Ich muß hier raus«, sagte Scarborough mit erstickter Stimme.

Er verstaute den Walkman wieder im Handschuhfach, drückte die Tür des Wohnwagens auf, sprang auf den Schotter hinaus und lief einige Schritte, hinein in die rauhe, von wenigen Büschen und Kakteen belebte Landschaft. Die Hitze hüllte ihn ein, die Sonne strahlte auf ihn herunter wie ein Scheinwerfer auf einer großen Bühne.

»Everett! Everett!« rief Marsha ihm hinterher. »Alles in Ordnung?«

»Ich brauche etwas Zeit!« rief er zurück, die Worte ebenso an seine Gefährten gerichtet wie an sich selbst. »Ich muß eine Weile allein sein.«

Sie folgte ihm nicht, und Scarborough war ihr dankbar dafür. Er war innerlich zerrissen vor Furcht und Zorn, er wußte nicht wohin und hatte trotzdem das Bedürfnis, etwas zu tun.

Nach ungefähr hundert Metern hatte er eine Gruppe Kakteen erreicht und setzte sich dort auf einen flachen Stein. Erst jetzt bemerkte er, daß ihm die Tränen in den Augen standen.

Diane, dachte er. Diane.

Die Worte von Ed Myers und Julia Cunningham hatte sich ihm unauslöschlich eingeprägt.

Die Anderen . . .

Die Anderen.

Existierten sie etwa wirklich?

Waren sie wirklich hier?

Aber wer waren sie überhaupt?

Und was, in Gottes Namen, wollten sie von ihm?

Er blieb eine Weile sitzen, bis die Wärme seine Tränen getrocknet hatte.

Und dann erinnerte Everett Scarborough sich an den Bericht – an die Papiere, die er vom Schreibtisch geschnappt und in seine Hosentasche gestopft hatte. Zögernd, fast widerstrebend zog er sie hervor und faltete sie auf.

Er las.

Als er fertig war, legte er sie sorgfältig wieder zusammen und steckte sie in die Gesäßtasche zurück.

Dann hockte er sich auf die Knie, ballte die Hände zu Fäusten und biß sich auf die Unterlippe, bis er Blut schmeckte.

Als er endlich die Gefühle abschütteln konnte, die ihn übermannt hatten, stand er auf und holte ein-, zweimal tief Luft.

Dann blickte er zur Wüste hinaus, zu den fernen Bergen hinüber und hinauf zum kalten, hellblauen Himmel. Er wünschte, er wäre tot.

Aber nein. Er war nicht tot. Er lebte, und irgend jemand hatte Diane in seiner Gewalt.

Er mußte herausfinden, wer dieser Jemand war.

Entschlossen stand er auf und kehrte zu seinen Freunden zurück, die im Wohnwagen auf ihn warteten.